KB162272

한국현대아동문학비평론 연구

이 저서는 2016년 정부(교육부)의 재원으로 한국연구재단의 지원을 받아
수행된 연구임(NRF-2016S1A6A4A01019884)

한국현대
아동문학비평론 연구

류덕제

역락

일러두기

1. 비평문을 인용할 때 원문의 표기를 따르되 한자는 한글로 바꾸었다. 의미 전달상 필요한 경우에는 괄호 안에 한자를 병기하였다.

2. 연재된 비평문의 경우 본문에 비평문의 제목과 횟수, 발표지지(發表紙誌)와 발표연월일을 밝힌 후, 이후에는 횟수와 일자만 괄호 안에 밝혔다. [예시: ① 「소년문예운동의 당면에 임무(전8회)」(『조선일보』, 1931.1.30~2.10), ② 당면 임무는 "소년 교양문제"(6회, 2.4)에 있다고]

3. 필명으로 비평문을 발표한 경우, 괄호 안에 한자를 병기하고 본명을 밝혀 놓았다. [예시: 구봉학인(九峰學人＝宋完淳)]

4. 특정 항목을 두 항목 이상에 걸쳐 논의한 경우 참조 표시를 통해 더 자세한 내용을 찾아 볼 수 있도록 하였다. [예시: (자세한 내용은 제2장 3절 '나. 소년문예운동 방지 논쟁' 참조)]

5. 약물(約物)은 다음과 같이 구분하였다.

　　『　』: 책, 신문, 잡지
　　「　」: 작품, 비평문
　　< >: 단체, 노래, 연극, 영화
　　" ": 직접 인용
　　' ': 간접 인용, 비평문 표시(「　」) 안의 작품명

머리말

15년쯤 전이었던 것으로 기억한다. 인터넷을 통해 일제강점기의 비평문 하나를 읽으려고 하니 안 보이는 글자가 너무 많았다. 전사(轉寫)라도 해서 읽어봐야겠다고 한 것이 그 길로 나서 결국 『한국아동문학비평사 자료집(전8권)』을 간행하게 되었다.

전사를 하고 교정을 보느라 여러 번 읽고 확인한 터라 자연스럽게 아동문학 비평문의 내용을 파악할 수 있었고, 비평문 간의 상관관계뿐만 아니라 전체적인 흐름도 가늠할 수 있게 되었다. 이것이 『한국현대아동문학비평론 연구』를 집필하게 된 동기다.

한국 아동문학의 시작부터 해방기까지에 걸쳐 누가, 언제, 무엇을 했는지를 밝히자는 것이 이 책의 목표다. 2,000여 편이나 되는 비평문 가운데, 나름대로 비중 있는 비평가(작가)와 의미 있는 비평문을 고르고 내용에 따라 분류하는 작업이 만만찮았다. 서술은 사실의 재제시(再提示, representation)를 일차적인 목표로 하고 해석은 최소화하는 방향을 취했다. 비평문의 원천탐색(源泉探索)을 위해 일본 쪽 자료를 많이 찾아 확인하여야 했다. 돌아보니 미흡한 구석이 많고 아쉬운 대목도 적지 않으나 대강의 얼개는 세운 듯하다.

비평 자료를 찾느라 여러분의 도움을 받았다. 류종렬, 김용희, 장정희 선생의 도움이 컸고, 근대서지학회의 오영식 선생은 도저히 찾을 수 없을 듯한 자료를 다수 보내주었다. 수년간 무시로 드나들었던 연세대 국학자료실에서는 요긴한 자료를 많이 확보할 수 있었다. 국립중앙도서관, 국회도서관, 경희대 한국아동문학연구센터, 고려대, 서강대, 이화여

대 도서관의 소장 자료도 많은 도움이 되었다. 아단문고와 이주홍문학관에서도 필요한 자료를 다수 찾을 수 있었다.

이 책을 집필하는 데 한국연구재단의 지원을 받았다. 연구기한에 맞추어 저서를 발간해야 하는 것이 족쇄 같기도 하였지만, 자료 더미에 치여 흐트러지려는 마음을 다잡는 자극제가 되기도 했다. 2020년 한 해 동안은 연구년이어서 이 책을 마무리하는 데 큰 도움이 되었다.

도서출판 역락의 이대현 사장과, 원문을 고집한 탓에 까다로운 활자와 씨름해야 했던 편집진의 수고에도 감사를 전한다.

이제 한국아동문학비평사 연구로 나아가고자 한다. 이 책이 그 토대 역할을 할 수 있을 것으로 생각한다.

2021년 봄을 맞으며
대명동 연구실에서 류덕제

제1장 **연구의 목적과 방법** _ 9

제2장 **아동문학 비평의 양상과 의미** _ 15

연구의 목적과 방법

1. 연구의 목적

최근에 이르러 아동문학에 대한 연구가 활발해졌다. 개별 작가와 작품에 대한 연구뿐만 아니라 갈래별 연구 등으로 연구의 범위가 확대되었다. 연구에 대한 연구도 늘어나면서 비판적 검증을 통한 연구의 질적 수준 또한 높아지고 있다. 그러나 아직도 연구의 손길이 요긴한 분야가 많다. 그 가운데 일제강점기 아동문학 비평에 대한 연구도 포함된다. 지금까지 연구된 바가 없다는 점과 비평 연구의 중요성 때문이다.

일반문학 연구는 소설사(小說史), 시사(詩史), 희곡사(戱曲史), 비평사(批評史) 등 갈래별 연구뿐만 아니라 문학사(文學史)와 같은 종합적인 연구도 오랜 기간 여러 사람에 의해 이루어져 왔다. 작품 갈래별 연구와 작가 연구가 체계적으로 이루어지자 문학사 서술 또한 수준이 높아졌다. 수준 높은 문학사 서술은 진전된 작품론과 작가론을 가능하게 하였다.

반면 아동문학은 아직 갈래별 연구 결과가 충분하지 못하고, 아동문학사도 이재철의 『한국현대아동문학사』(일지사, 1978)가 유일하다. 이재철의 아동문학사 연구는 척박한 연구 풍토에서 아동문학에 관한 자료를 광범위하게 수집하여 읽고 정리한 것만으로도 그 공적을 인정받을 만하다. 그러나 여러 가지 미흡한 점을 지적할 수 있는 것도 사실이다. 특히 시대구분의 문제, 계급주의 아동문학에 대한 평가, 작가와 작품의 문학사적 가치 평가 문제 등은 새로 논의해야 할 점들이다. 미흡함은 개별 저자의 역량에만 책임을 물을 것이 아니다. 작가론, 작품론, 비평론 등 문학사 서술을 위해 선결되어야 할 토대 구축의 불비에 더 큰 책임이 있다.

아동문학 비평에 대한 연구는 부실하다기보다 없다고 하는 편이 더 맞을 것이다. 2001년에 원종찬 교수가 '한국 아동문학 비평자료 목록'을 공개한 바 있다. 그러나 목록이 발표된 지 거의 20년이 되었지만 비평가나 비평적 쟁점에 대한 연구가 활성화되었다고 하기 어렵다. 필자는 『한국아동문학비평사 자료집』을 간행하면서, 일제강점기와 해방기(解放期)까지에 걸쳐 아동문학 비평가(작가)가 500명이 넘고 2,000여 편 이상의 비평문이 있음을 확인하였다.

이재철의 『세계아동문학사전』(계몽사, 1989)과 『한국 아동문학작가작품론』(서문당, 1991), 『한국현대 아동문학작가작품론』(집문당, 1997), 『한국현대 아동문학작가작품론2』(청동거울, 2001) 등은 아동문학 작가와 작품을 광범위하게 검토한 저술이다. 하지만 일제강점기에 활동한 다수의 아동문학 작가가 연구대상에서 제외되어 있다. 특히 비평가와 비평은 아예 검토 대상에서 빠져 있다. 일제강점기에 비교적 활발한 활동을 한 아동문학 비평가(작가)만 해도 100여 명에 이른다. 아동문학 비평가에 대한 연구가 시급하고 중요하다는 것을 알 수 있다.

작가론, 작품론, 문학사 연구에서 비평의 중요성은 아무리 강조해도 지나치지 않다. 일제강점기 아동문학 비평의 전개 양상을 개괄적으로 제시해 보면, 동심론, 아동문학의 계급성, 조직화, 동요 - 동시 논쟁, 소년문예운동 방지 논쟁, 표절 논쟁, 방향전환 논쟁, 동요(동시) 창작론, 아동극, 아동문학 부흥론, 아동문학 잡지론 등 당대 아동문학이 요구하는 본질적 문제와 당대적 논점을 망라하고 있다. 당대 작품과 동요집 및 동화집에 대한 서평(書評) 활동 또한 활발했다.

일제강점기 아동문학 비평은 당대의 문학적 방향을 제시하고 가늠해 본 이론비평(理論批評)과 작가론, 작품론 그리고 서평과 같은 실제비평(實際批評), 그리고 작품 창작에 대한 제작비평(製作批評) 등 다양한 형태로 나타났다. 주요 이슈가 한 비평가에 의해 제기될 경우 다수의 반론이 뒤따르게 되고 곧장 논쟁으로 전개되었다. 논쟁은 가장 첨예한 글쓰기다. 전후 맥락이나 당대 문단의 지형도(地形圖)를 가장 잘 드러내는 글쓰기 형태이기 때문이다. 따라서 비평적 논의를 살피는 일은 아동문학을 종합적으로 이해하는 데 있어 더없이 소중한 작업이 될 것이다.

그러나 한국 현대 아동문학 비평의 전모를 살펴보자고 해도 딱히 참고할 논문이나 저서가 많지 않다. 비평가에 대한 연구도 부족하지만 비평문을 제대로 따져 살핀 논문이나 저서가 부족하기 때문이다. 윤석중(尹石重)이 동요집 출판기념회를 회상하는 글에서, "문단서 보이고트당하고 사회에서 푸대접 밧는 아동문학"[1]이라 한 바 있다. 그로부터 80여 년이 지나 아동문학에 대한 인식은 많이 달라졌다. 그러나 아동문학 연구는 지금도 외면과 푸대접에서 크게 벗어난 것 같지 않다.

『한국현대아동문학비평론 연구』의 범위는 다음과 같이 요약할 수 있다.

첫째, 일제강점기와 해방기에 발표된 아동문학 비평목록을 작성한다.

---

1) 윤석중, 「출판기념 회상 - 동요집의 회상」, 『삼천리』 제5권 제10호, 1933년 10월호, 101쪽.

작가와 작품에 대한 비평을 중심으로 하되, 서평, 서발비평(序跋批評)[2]도
포함하고자 한다. 둘째, 아동문학의 주요 논점과 쟁점을 정리한다. 아동
문학이 소년운동과 분리될 수 없었던 만큼 필요할 경우 소년운동과 연
결하여 논의를 전개하도록 할 것이다.

　이상과 같은 작업이 앞으로 이어질 아동문학 연구의 토대가 되기를
바란다. 한국 아동문학비평사 저술의 바탕이 되고, 나아가 한국 아동문
학사가 튼실하게 기술되기를 희망한다.

2. 연구의 방법

　『한국현대아동문학비평론 연구』는 아동문학 비평사를 전제로 한다.
비평사(批評史)는 비평목록(批評目錄) 작성 곧 비평의 사실(事實)을 확인하는
일이 우선되어야 한다. 『한국현대아동문학비평론 연구』는 먼저 일제강
점기와 해방기에 있었던 한국 현대 아동문학에 관한 비평목록을 작성
하는 데서 시작한다. 실증적 연구방법을 통해 자료를 수집하고, 이를 논
점별로 정리하고자 한다.

　실증적 연구방법은 객관적 사실 확인이 일차적 선결과제다. 즉 누가,
언제, 무엇을 했는지를 밝혀야 한다. 일제강점기와 해방기의 신문과 잡
지 등을 면밀히 살펴보면 기존의 비평목록을 상당 부분 보완해야 함을
알 수 있다. 비평목록만으로 한국현대 아동문학비평론을 집필할 수는
없다. 비평론이 평지돌출이 아니듯이 아동문학 작품과의 밀접한 관련성

---

2) '서발비평'의 경우는 비평적 관점에서 유의미한 경우에 국한한다. '서문'과 '발문'
　은 대체로 저자(편자) 자신이나 가까운 지인이 쓴 경우가 많아, 가치를 평가하는 비
　평의 의미는 크지 않고 안내와 칭찬에 머물렀기 때문에 아동문학비평사적 관점에
　서 선별하도록 하겠다.

을 살펴야 한다. 이를 위해 아동문학 관련 매체에 수록된 아동문학 작품목록을 작성하는 일도 아울러 필요하다. 소년운동(少年運動)에 대한 사실 확인도 필요하다. 일제강점기 사회운동의 일환으로 전개된 소년운동에 대한 사실 확인이 아동문학 이해에 필수적으로 요청되기 때문이다. 일제강점기 아동문학은 이른바 '운동으로서의 문학'이 문단의 주도권을 쥐고 있었다. 따라서 소년회(少年會), 어린이날 행사, 아동애호운동(兒童愛護運動) 등 다양한 형태로 나타난 소년운동의 흐름과 변모양상을 확인하는 것은 아동문학을 이해하는 데 필수적이다.

아동문학가(비평가)들에 대한 사실 확인도 필요하다. 지금까지 일반문학가들에 대한 연구는 상당한 수준에 이르렀다. 작가연보나 작품연보가 작성되고 꾸준하게 보완되었기 때문이다. 그런데 아동문학으로 눈을 돌리면 거의 방치 수준이라 해도 과언이 아니다. 방정환(方定煥), 윤석중(尹石重), 이원수(李元壽) 등 몇몇 명망가를 중심으로 한 연구는 상당한 수준에 이르렀으나, 그 외 수많은 작가와 비평가들에 대한 연구는 거의 이루어지지 않았다.

그리고 당대 문단의 풍토가 다양한 필명을 사용하여 문필활동을 하였기 때문에 본명과 필명을 확인하는 일도 선결해야 할 과제다. 필명을 확인하지 않으면 같은 사람의 작품과 비평이 다른 사람의 것으로 오인될 수 있다. 사실 확인에 있어 잘못이 발생하면 해석과 평가의 오류로 이어진다. 이를 방지하기 위해서는 어렵고 번거롭더라도 필명에 대한 연구가 요구된다.

덧붙여 비평문의 원천 탐색(源泉探索)도 필요하다. 실제비평의 경우는 그렇지 않지만 이론비평의 경우 상당수가 일본 문단에서 벌어진 논의가 재현된 경우가 많다. 일반문학에서도 '동경 문단의 지부' 또는 '국제적 추수주의(國際的追隨主義)'[3] 등의 표현에서 보듯이 일본 문단의 번역(飜

譯) 혹은 번안(飜案) 수준의 글들이 많았다. 아동문학 또한 예외가 아니다. 인용 표시 없이 본인의 연구물인 것처럼 빌표한 비평문은 반드시 원자료를 확인할 필요가 있다.

『한국현대아동문학비평론 연구』는 비평사가 아니다. 하지만 아동문학 비평사를 위한 사실확인을 치밀하게 하고자 한다. 비평활동이 이루어진 양상을 확인해 제대로 재제시(再提示, representation)[4]하는 데 집중하고 해석은 최소화하고자 한다. 그렇다고 해서 비평문의 단순한 나열에 머무는 것은 아니다. 한국 현대사의 전개 과정, 한국문학사와 한국문학비평사와의 관련성을 밀접하게 고려하면서, 필요에 따라 형식주의 이론 혹은 문학사회학과 역사주의적 연구방법을 유연하게 활용하여 비평가와 비평문의 좌표를 확인할 수 있도록 할 것이다. 이상의 작업이 향후 한국 아동문학비평사의 바탕이 되도록 염두에 두면서 진행하겠다.

---

3) 김윤식, 『한국근대문예비평사 연구』, 한얼문고, 1973, 22쪽.
4) Paul Hernadi(최상규 역), 『비평이란 무엇인가』, 정음사, 1984, 11~20쪽.

제 2 장

아동문학 비평의 양상과 의미

1. 소년운동과 방향전환론

일제강점기 소년운동은 사회운동 가운데 한 부문운동(部門運動)이었다. "소년운동은 민족적 일 부문운동",[1] "전무산계급 예술운동의 일익적(一翼的) 부문운동",[2] 또는 "소년운동이 조선 민족 해방운동의 하나"[3]라고 한 데서 확인할 수 있다.

소년운동 단체는 자연발생적인 것이어서 조직적이지 못했는데, 1927년에 처음 하나로 통합한 것이 <조선소년연합회(朝鮮少年聯合會)>(1927.10. 16~17)다. 방정환(方定煥) 중심의 <조선소년운동협회(朝鮮少年運動協會)> (1923.4. 17)와 정홍교(丁洪教) 중심의 <오월회(五月會)>(1925.5.31)가 결합하여 창립한

---

1) 「(사설)소년운동의 지도정신 - <소년연합회>의 창립대회를 제(際)하야」, 『조선일보』, 1927. 10.17.
2) 김태오, 「인식 착란자의 배격 - 조문환(曹文煥) 군에게 여(與)함(1)」, 『중외일보』, 1928. 3.20.
3) 홍은성, 「소년운동의 이론과 실제(5)」, 『중외일보』, 1928.1.19.

것이다. 창립을 주도한 것은 사회주의 이념을 기반으로 한 <오월회>였다.

1928년 3월 25일 경운동 천도교기념관(天道敎紀念舘)에서 개최된 제1회 정기총회에서 <조선소년연합회>를 민주주의적 중앙집권제인 <조선소년총동맹(朝鮮少年總同盟)>으로 개칭하기로 결의하고, 이튿날인 3월 26일 제1회 중앙집행위원회를 열어 강령과 조직 문제 등을 결의하였다. 조직 문제는 6개 항으로 정리하였다.

> 1. 조직 문제
> 가. 종래의 자유연합제(自由聯合制)인 완매(頑昧)한 조직제로부터 민주주의적 중앙집권제인 총동맹제(總同盟制)를 결성할 것
> 방법. 연령 12세 이상 18세까지로 제한함
> 나. 1군, 부(一郡,府) 동맹에 지도자 3인을 치(置)하야 지도부를 조직케 하야 운동을 지도 훈련케 함. 단 지도자에게는 발언권과 피선거(被選擧)만 유(有)함
> 다. 1 군, 부(一郡,府)에 단일 소년동맹을 조직할 것
> 라. 면(面)에는 동맹 지부를 설치할 것
> 마. 동리(洞里)에 반제(班制)를 설치할 것
> 바. 부(府)에는 구역별로 지부를 설치하고 면, 리, 정, 공장(面,里,町,工場) 내에 반(班)을 치(置)할 것[4]

군부(郡府)에 단일 소년동맹을 조직하고 면(面)에 지부를 설치한다는 것을 내용으로 하는 중앙집권제로 조직체를 변경한다는 것이 주된 내용이다.

김태오(金泰午)는 그간의 소년운동이 변모된 양상을 두고, "기분운동에서 조직적 운동으로―자연생장기(自然生長期)로부터 목적의식기(目的意識期)"[5]로 방향을 전환하였다고 정리하였다.

---

4) 「조직체를 변경한 <조선소총동맹(朝鮮少總同盟)>의 첫 중앙집행위원회의 결의」, 『동아일보』, 1928.3.28.

조선무산계급운동이 과거의 <u>자연생장적 운동에서 목적의식적 운동으로—부분적 운동에서 전체적 운동으로—그리고 경제투쟁으로부터 전면적인 정치투쟁으로의 방향을 전환하야</u> 이제 민족적 단일당 결성을 전민족적으로 부르짓고 잇스며! 전민족적 단일당의 매개 형태인 신간회(新幹會)를 전민족적으로 지지하고 잇는 과정에 잇다. 그럼으로 우리 소년운동에도 과거의 분산적 운동 그리고 무의식적 운동에서 통일집중적이고 의식적인 조직운동으로서의 방향전환하려는 과도기적 과정을 과정하고 잇다고 볼 수 잇는 것이다.[6] (밑줄 필자)

결국 <조선소년연합회>의 창립(1927.10.16)이 "방향전환의 실증적 산물"[7]이라고 보는 것이 김태오와 홍은성(洪銀星), 곽복산(郭福山) 등의 주장이다. 그러나 이에 대한 반론도 있는데, 최청곡(崔靑谷 = 崔奎善)과 조문환(曹文煥), 정순정(鄭順貞) 등이 주장했다.

그리고 방향전환에도 여러 가지 의미가 잇는 것이니 이 방향전환론은 현실에는 도모지 맛지 안는다. <u>그저 막연한 말로 방향전환을 부르지즈며 <조선소년연합회>를 가르켜 방향전환의 실증적 산물이라 하니 무슨 말인지를 알 수 업는 것이다.</u> 사회운동이 방향전환을 고조하얏스니 소년운동도 방향을 전환하여야 하겟다는 막연한 관념으로 하는 것이 아닌가? 그러나 소년운동은 정치운동이 아니오 계급운동이 아닌 것만을 인식하여야 할 것이다.[8] (밑줄 필자)

---

5) 김태오, 「소년운동의 당면문제 - 최청곡(崔靑谷) 군의 소론을 박(駁)함(1)」, 『조선일보』, 1928.2.8.
6) 조문환, 「특수성의 조선소년운동 - 과거 운동과 금후 문제(3)」, 『조선일보』, 1928.2.28. 조문환의 이 글에 대해서는 김태오가 「인식착란자의 배격 - 조문환 군에게 여(與)함(전5회)」(『중외일보』, 1928.3.20~24)으로 비판하였다.
7) 홍은성, 「소년운동과 그의 문예운동의 이론 확립(4)」, 『중외일보』, 1927.12.14. 홍은성은 같은 글에서 "나는 <조선연합회> 창립을 정리기에 입(入)한 쏘한 목적의식기에 입(入)한 방향전환으로 본다."고도 하였다.(1927.12.15) '조선연합회'는 '조선소년연합회'를 가리킨다.
8) 조문환, 「특수성의 조선소년운동 - 과거 운동과 금후 문제(3)」, 『조선일보』, 1928.

<경성소년연맹(京城少年聯盟)>의 3인 집행위원의 한 사람으로 소년운동의 중심에 있던 최청곡은 "소년은 저만쯤 잇는대 운동자만이 방향을 전환한다고 하면 엇지"[9]하느냐고 반문하였고, 정순정(鄭順貞)도 "소년운동의 방향전환 운운은 이론분자의 이론적 유희에 불과"[10]하다고 하여 이견을 드러냈다. 최청곡과 조문환(曹文煥)의 주장에 대해 홍은성과 김태오의 반론[11]이 있었고, 홍은성에 대한 송완순(宋完淳)의 반론,[12] 정순정에 대한 곽복산(郭福山)의 반론[13] 등 소년운동 진영 내에서 활발한 "이론투쟁"[14]이 벌어졌다.

1928년 6월 3일, <조선소년총연맹> 제2회 중앙집행위원회가 시천교당(侍天敎堂)에서 개최되었고 결의사항 중 '당면 제 문제'를 보면 다음과 같이 '방향전환 배격'이 눈에 띤다.

　　5. 당면 제문제
　　　1. 방향전환 배격
　　　1. 1면 1소년회제(一面一少年會制) 채용

2.28.

9) 최청곡, 「소년운동의 당면 제문제(4)」, 『조선일보』, 1928.1.22.

10) 정순정, 「소년 문제·기타(하)」, 『중외일보』, 1928.5.5.

11) 홍은성, 「<소년연합회>의 당면임무 - 최청곡 소론을 박(駁)하야(전5회)」, 『조선일보』, 1928.2.1~5.
　　김태오, 「소년운동의 당면문제 - 최청곡 군의 소론을 박(駁)함(전6회)」, 『조선일보』, 1928.2.8~16.
　　김태오, 「인식착란자의 배격 - 조문환 군에게 여(與)함(1)」, 『중외일보』, 1928.3.20~24.

12) 송완순, 「공상적 이론의 극복 - 홍은성 씨에게 여(與)함(전4회)」, 『중외일보』, 1928.1.29~2.1.

13) 곽복산, 「망론(妄論)의 극복」, 『중외일보』, 1928.5.10.

14) 김태오, 「이론투쟁과 실천적 행위 - 소년운동의 신전개를 위하야(1)」, 『조선일보』, 1928.3.25~4.5. '객년(客年) 십월(1927년 10월: 필자)을 기초로 하야 과감한 이론투쟁이 전개'되었다며 이후의 논의 전개를 정리하고 있다.

1. 도(道)에는 도연맹(道聯盟), 군(郡)에는 군연맹을 둠. 동맹체의 재
   조직 시까지 해(該) 동맹을 군연맹으로 간주함
1. 7, 8월 중에 체육 장려 급 임간 강좌를 실시하도록 지시할 것[15]

(밑줄 필자)

1930년에 접어들어서도 정서교육이 필요하다는 방정환과 의식 문제
가 중요하다는 정홍교의 생각은 접점을 찾지 못했다.[16] 정홍조(鄭紅鳥)가
어린이날을 앞두고 소년운동의 혼란을 청산하고자 임시총회 개최를 제
의하고,[17] 안정복(安丁福)도 "파쟁에서 통일로"[18] 나아갈 것과 더불어
<조선소년총연맹> 재조직을 제안하였다.[19] 두류산인(頭流山人 = 金成容)은
"반동적 속회파(續會派) 박멸"[20]이라며 1928년 대회를 부정하고 계급적
투쟁을 국면 타개 방안으로 제시하였다.

　'이론투쟁'을 두고 단순히 혼란이나 분열로 치부할 필요는 없다. '이
론투쟁'을 통해 이념의 정교화가 가능해지고 구체적 실천방안이 제시
될 수 있기 때문이다. 건전한 비판이 있어야 조직이나 운동의 견실한
발전이 가능한 법이다. 대체로 방향전환 논의는 식민지 조선의 전 사회
운동의 방향선(方向線)이자 일반문학에서도 중요하게 논의된 점 등을 종
합하면 당대의 '시대정신'이었다고 할 수 있겠다. 소년운동과 소년문예
(운동)에서도 방향전환이 대세로 굳어진 것은 필연이었다.

---

15) 「일면일회 – <소년총연맹> 집행위원회에서 결의」, 『동아일보』, 1928.6.6.
16) 박팔양 외, 「사회문제 원탁회의(속), 원탁회의 제7분과)소년운동」, 『조선일보』, 1930.
　　1.2.
17) 정홍조, 「'어린이 데-'를 압두고 임총 개최를 제의함(상, 하)」, 『중외일보』, 1930.
　　4.6~7.
18) 안정복, 「파쟁에서 통일로 – 어린이날을 압두고(상, 중, 하)」, 『중외일보』, 1930.
　　4.21~25.
19) 안정복, 「전국 동지에게 <소총> 재조직을 제의함」, 『중외일보』, 1930.6.6.
20) 두류산인, 「소년운동의 신진로 – 약간의 전망과 전개 방도(2)」, 『중외일보』, 1930.
　　6.8.

그렇다면 소년운동과 소년문예운동의 방향전환이란 그 구체적 내용
이 무엇인지 정리해 볼 필요가 있다. <조선소년연합회>와 <조선소년
총연맹>의 강령과 '결의사항'을 종합하고, 홍은성, 김태오, 최청곡, 장선
명(張善明), 안덕근(安德根), 조문환 등 당대의 논자들의 의견을 종합해 보
면 다음과 같이 요약된다. 목적의식, 조직, 부분에서 전체, 경제투쟁에
서 정치투쟁, 무산계급 소년 교양 등이 주요 논점이었다. '신사회 건설'
은 식민지 조선의 전 사회운동의 지향점이었고 해석하면 바로 '민족해
방운동'이 될 것이다.

소년부를 조직하여 "소년 직공의 야업은 반대한다/유년 견습 직공에
게도 월급을 줄 일/노동시간을 여섯 시간으로 할 일/소년 점원의 대우
개선/공장의 위생 시설의 완전을 요구"[21]하는 모습들이 방향전환의 구
체적 실천 사례라 할 수 있을 것이다. 소년운동의 방향전환은 바로 이
"<조선소년연합회>의 강령을 관철"[22]하는 것이기 때문이다.

소년운동 통일 1주년 기념식(1928.10.16)에 정홍교(丁洪敎) 명의로 발행한
'기념사(草案)'에 내건 표어가, "소년교육 보급, 소년건강 보장, 소년조기
(早起) 장려, 조혼의 철저적 폐절(廢絶), 소년끽연(喫煙) 금지"[23) 등이었다.
이어 1928년 12월 22일 <조선소년총연맹> 중앙집행위원회에서는 '소
년애호주간'을 결의하였다. 어머니를 상대로 소년보육과 건강에 대한
문제로 아동애호사상을 고취시키기 위한 것이었다. 이를 종합해 보면,
조직의 통일과 강령의 일관된 실천이 분명하였던가에 일정한 의문이
든다. 혹독한 검열 때문이었겠지만, <조선소년총동맹>의 '강령'과 '결의

---

21) 김광균, 「(소년보고문학)소년부는 작구 조직된다」, 『별나라』 제49호, 1931년 4월
    호, 3쪽.
22) 홍은성, 「소년운동과 그의 문예운동의 이론 확립(3)」, 『중외일보』, 1927.12.14.
23) 「(京鍾警高秘)<朝鮮少年總聯盟>一週年記念式擧行二關スル通文發送ノ件」(1928년 10월
    19일), 『思想問題에 關한 書類』, 국사편찬위원회.

사항'24)에는 소년운동의 방향전환을 통해 정치투쟁으로 나아가자는 의미가 뚜렷이 드러나지는 않는다. 소년보호운동도 "자연생장기 쏘는 조합주의(組合主義) 시대"의 단계이고 "소년회는 학교 보도기관(輔導機關), 그 문예운동은 과외독물로 취급"되어 "하등 민족해방을 의미한 조선 소년으로의 밧는 ××에 대한 ××운동은 아니엇든 것"25)으로 볼 수 있겠다.

결국 일제강점기의 소년운동은 조직적, 중앙집권적, 목적의식적 운동을 지향했으나 지도부의 원만한 통합이 이루어지지 못해 분란이 극복되지 못했다. 그 결과 중앙의 강령이 세포단체에까지 일사불란하게 파급되었다고 보기 어렵다. 그러나 큰 가닥에서 방향이 전환되었던 것은 분명하다고 해석해야 할 것이다.

2. 아동문학론의 현황과 실제비평

가. 아동문학론의 현황

1) 소년문예운동과 방향전환론

소년문예운동의 전개 양상을 시간적 순서에 따라 정리하면서 소년문예운동의 방향전환론은 어떻게 전개되었는지를 살펴보도록 하겠다.

홍은성은 「소년문예 정리운동(전3회)」(『중외일보』, 1929.4.4~15)에서 조선 소년운동과 문예운동을 3기로 나누었다. 제1기는 최남선의 『소년』과 『붉은저고리』, 『아이들보이』 시대이고, 제2기는 <천도교소년회>와 『새소

---

24) 「조직체를 변경한 <조선소총동맹>의 첫 중앙집행위원회의 결의」, 『동아일보』, 1928. 3.28.
25) 홍은성, 「소년운동과 그의 문예운동의 이론 확립(2)」, 『중외일보』, 1927.12.13. 복자(伏字)는 '抑壓'(억압)과 '解放'(해방)으로 읽을 수 있을 것이다.

리』, 『어린이』 창간 시대이며, 제3기는 최근의 시기 곧 1929년 전후의
시기이다. "순수 소년운동과 그의 문예운동은 『새소리』 창간 이후"(1회,
4.4)이고 조선소년운동은 『새소리』가 창간된 1920년에 시작되었다고 보
았다. 이를 통해 알 수 있는 것은 아동문학을 곧장 아동문학운동(소년문
예운동)과 동일한 개념으로 사용하였다는 것을 알 수 있다.

소년문예운동에 관한 논의가 처음 제기된 것은 최영택(崔永澤)의 「소년
문예운동 방지론 – 특히 지도자에게 일고를 촉(促)함(전5회)」(『중외일보』, 1927.
4.17~23)이다. 제목에서 보듯이 소년문예운동을 방지해야 한다는 주장이
다. 비평의 일환으로 '방지론'이 제기되었다는 것은 그만큼 소년문예운
동이 왕성했다는 뜻이고 최영택이 보기에 이것이 문제라고 본 것이다.
최영택의 주장에 유봉조(劉鳳朝)가 「소년문예운동 방지론을 닑고(전4회)」(『중
외일보』, 1927.5.29~6.2)로 소년문예운동이 필요하다고 반론을 펴고, 이에
대해 최영택이 다시 「내가 쓴 소년문예운동 방지론(전3회)」(『중외일보』,
1927.6.20~22)으로 재반박을 하였으며, 이어 민병휘(閔丙徽)가 「소년문예운
동 방지론을 배격(전2회)」(『중외일보』, 1927.7.1~2)을 통해 최영택의 주장에
대해 반격하였다.(자세한 내용은 제2장 3절 '나. 소년문예운동 방지 논쟁' 참조) 최
영택의 주장은 소년(어린이)들이 문학에만 과도하게 쏠리고 있는 현상을
부정적으로 본 것이었다.

소년문예운동 방지 논쟁이 벌어지고 있는 도중에 『동아일보』는 「소
년문학운동 가부(可否) – 어린이들의 문학열을 장려하는 것이 가할가, 고
려를 요하는 문제」(1927.4.30)란 제목으로 교원과 작가 그리고 소년운동
단체 대표의 의견을 물었다. 편집자는 "소년 소녀 간에 문학열이 매우
왕성"하여 "소년잡지의 전성시대"인데, "과학뎍 지식을 닥그며 건강한
신톄를 길우어야 될 시긔에 잇서서 조희와 붓만 친한다 하는 것"이 가
능한가 하는 점을 물은 것이다. 휘문고보 교원 김장섭(金長燮)은 「학교교

육의 보충을 위하야」를 통해 학교교육에서 부족한 부분을 보충하는 의미에서 가능하다고 보았고, <소년척후단>의 정성채(鄭聖采)는 "이상만 발달되고 실제적 활동 능력이 약한 불구자 될 염려"가 있으므로 "활동적 훈련과 실제적 운동"과 함께 문학을 함으로써 이상과 실제가 겸비하도록 해야 한다고 보았다. 작가 이익상(李益相)은 「금일의 그것은 별무이익」에서 "조선 금일의 소위 소년문학운동은 업는 것보다는 나흘는지 알수 업스나 별로 이(利)하리라고는 생각할 수 없다."고 하여 부정적으로 보았다. 시인 박팔양(朴八陽)은 「진정한 의미의 건전한 문학을」에서 "소년문학운동은 가(可)하다. 그러나 그것을 지도하는 이들이 건전한 방면으로 지도할 중대한 임무가 잇다."고 하여 조건적 찬성을 하였으며, <조선소년운동협회>의 정병기(丁炳基)는 「실사회와 배치(背馳) 안 되면 가(可)」에서 실사회에 배치되지 않는 소년문학운동은 가능하다고 보았다. 찬성이 많았으나, 문학이 이상(理想)을 좇는 것, 약한 것, 현실을 외면하는 것으로 인식하고 있어 최영택이 제기한 논점을 공유하고 있다는 것을 알 수 있다.

소년문예운동의 가부가 논의될 시점에 정홍교(丁洪敎)는 「소년운동의 방향전환 - '어린이날'을 당하야」(『중외일보』, 1927.5.1)를 발표해 소년운동의 방향전환을 처음 공론화하였다. <오월회(五月會)>의 대표로 일제강점기 소년운동의 한 축을 담당하고 있던 그였기 때문에 앞서 논점을 제공한 것은 당연한 일이라 하겠다. 그가 말한 방향전환은 "과거의 자연생장성적(自然生長性的) 내지 종교적 마취운동으로부터 분리하야 단연히 목적의식적(目的意識的) 운동으로 비약할 것을 급박히 요구하는 것"으로 요약된다. 자연생장기로부터 목적의식기로 운동의 방향을 전환한다는 것은 사회운동의 방향전환과 일치한다. '자연생장성적' 및 '종교적 마취운동'이라 한 것은, 동심천사주의로 평가되는 방정환(方定煥)의 어린이 운동

과 아동문학, 그리고 기독교 측의 『아이생활』과 같이 전도(傳道) 잡지 성
격을 띤 것을 일컫는 말이다.

정홍교는 방향전환을 위해 '어린이날'과 '메이데이'가 겹치는 문제를
해결해야 할 것과, 소년운동을 조직할 것, 바람직한 교양운동으로 나아
갈 것 등 세 가지를 들었다. 그리고 <오월회>의 슬로건 8가지를 제시
하였다.

> 1. 5월 1일은 세계의 노동제이니 우리는 우리의 명절을 새로히 찻자.
> 1. 우리는 저 - 완악(頑惡)하고 국한(局限)된 소년운동과 항쟁하자.
> 1. 우리는 조선 역사와 조선어를 조선 사람에게서 배우자.
> 1. 무산아동의 의무교육 기관의 실시를 요구하자.
> 1. 우리는 자연과 사회와 노력과 속성된 교육을 밧자.
> 1. 우리 운동은 세계소년운동 전선의 일각이니 조직적으로 단결하여
>   야 된다.
> 1. 노동 아동을 절대 보호하자.
> 1. 우리는 조선 청년 전위대의 후비군(後備軍)이 되자.26)

'완악하고 국한된 소년운동과 항쟁'하자고 한 것은, 보이스카우트 운
동이 봉건적이고 반동적이므로 이에 대해 항쟁하자는 말이다. '노동 아
동을 절대 보호'하자는 데에서 방향전환이 계급운동의 주요 개념인 것
을 알 수 있다. '조선 청년 전위대의 후비군'이 되자는 것은 사회운동의
부문운동으로 청년운동이 존재하고 청년운동의 지도를 받는 소년운동
으로 이어지는 견고한 조직적·위계적 연결고리를 확인시켜 준다.

소년운동에 있어 소년회의 연합 조직과, <조선소년군>27) 및 <조선

---

26) 정홍교, 「소년운동의 방향전환 - '어린이날'을 당하야」, 『중외일보』, 1927.5.1.
27) 1922년 10월 5일 중앙학교 조철호(趙喆鎬)가 창립하였다. 보이스카우트 또는 동자
   군(童子軍)이라고도 하였다.(조철호, 「어린이운동의 역사 - 1921년부터 현재까지(하)」,
   『동아일보』, 1934.5.9)

소년문예연맹>[28]과의 관계를 밝힌 것은 최청곡(崔靑谷)의 「방향을 전환해야 할 조선소년운동(전2회)」(『중외일보』, 1927.8.21~22)이다. 요지는 세 가지로 정리하였다. 먼저 500만 소년을 결집시키지 못하고 분산적 운동으로 지나왔던 조선 소년운동을 하나로 규합할 <조선소년연합회>를 조직하여 소년운동의 진의의(眞意義)를 발휘할 수 있도록 방향을 전환하자고 하였다. 다음은 <조선소년군>에 대한 일반의 오해를 불식시킬 수 있도록 방향전환을 단행하라고 요구하였다. 마지막으로 조선 소년운동의 문화 노선을 담당한 <조선소년문예연맹>이 선언서를 제정해 정당한 임무를 재논의하게 되기를 바란다는 것이었다.

자연생장기 혹은 조합주의라 할 때 소년회와 문예운동에 대한 인식은 어떠한 것일까? "소년회는 학교 보도기관(輔導機關), 그 문예운동은 과외독물로 취급"[29]된 것을 말한다. '소년보호운동', '소년의 취미증장과 학교교육의 보충 교양' 등의 표현은 모두 소년운동의 자연생장기를 의미하는 말이다. 방정환, 이정호(李定鎬), 장무쇠(張茂釗), 연성흠(延星欽) 등이 소년회를 조직하고 잡지를 간행한 것 등이 이에 해당한다.

당시 소년운동의 대표적인 조직은 "동지 방정환(方定煥) 군의 민족주의를 가미한 사상이라든가 동지 정홍교(丁洪敎) 군의 사회주의를 표방한 운동"[30]으로 양분된다. 전자는 <조선소년운동협회>[31]이고 후자는 <오월

---

28) <조선소년문예연맹>은 1927년 7월 24일에 창립되었고, 강령은 "1. 아등(我等)은 현생활을 부인하는 소년문제와 항쟁하며 차(此)의 배격을 기(期)함, 1. 아등은 정통적 소년문예의 확립 발전을 기함, 1. 아등은 소년운동의 문화전선에 입(立)함" 등이었다.

29) 홍은성, 「소년운동과 그의 문예운동의 이론 확립(2)」, 『중외일보』, 1927.12.13.

30) 홍은성, 「소년운동과 그의 문예운동의 이론 확립(3)」, 『중외일보』, 1927.12.14.

31) 1923년 4월 17일 방정환과 조철호 등이 발기하였고, <천도교소년회>, <명진소년회(明進少年會)>, <현대소년구락부(現代少年俱樂部)>, <취운소년회(翠雲少年會)>, <별탑회>, <개운소년회(開運少年會)>, <불교소년회>, <조선소년군> 등이 참여하여 창립하였다.

회>32)다. 둘은 분열하여 파벌운동의 모습을 보였다. 이 두 조직이 1927년 10월 16~17일에 <조선소년연합회> 창립대회를 통해 극적인 결합을 하였다. 이것이 바로 방향전환의 실증적 산물이라 할 수 있다.

이상과 같은 소년운동의 방향전환 논의와 연동하여 소년문예운동 또한 방향전환을 요청하게 되었다. 김한(金漢)의 「(학예)전환기에 선 소년문예운동(전3회)」(『중외일보』, 1927.11.19~21)은 소년문예운동의 방향전환을 주창한 첫 번째 비평문이다.

> 그리해서 누구 할 것 업시 모다 정서운동 교화운동에 전력을 경주하야 왓다. 하나 일시 절정에 처하얏든 <u>이 운동도 금년에 잡아들자 방향전환을 부르는 소리</u>가 놉하젓다. 우리는 벌서 과거의 형식 내용으로서 불만을 늣기게 되엇다.
> 왜? 조선의 정세는 날로날로 변천한다. 계급과 계급의 전선은 각각으로 급박해 온다. 이째에 우리가 다만 정서운동에만 안주할 수가 잇슬가. 아니다. 과거의 운동은 일로써 청산해 버리고 다시금 <u>신방향을 전개</u>하지 안흐면 안 되겟다. (2회, 11.20) (밑줄 필자)

지금까지 소년문예운동이 '정서운동 교화운동에 전력을 경주'해 왔다는 것과 금년 곧 1927년에 접어들어 '방향전환을 부르는 소리'가 높아졌다는 것은 현실 진단이다. 방향을 전환해야 할 이유는 무엇인가? 조선의 정세가 변천한 것이다. 정세 변천은 계급과 계급의 전선이 급박해 오기 때문이다. 그 '전선'은 부르주아계급과 프롤레타리아계급 간의

---

32) 1925년 5월 31일 정홍교, 이원규 등이 '경성소년지도자연합'의 발기로 불교소년회관에서 <경성소년연맹 오월회>를 창립하였는데, 준비위원은 정홍교, 박준표(朴埈杓), 이원규(李元珪), 김홍경(金興慶), 장무쇠(張茂釗)였고, 참가단체는 <반도소년회(半島少年會)>, <불교소년회>, <새벗회>, <명진소년회(明進少年會)>, <선명청년회소년부(鮮明青年會少年部)>, <중앙기독교소년부(中央基督敎少年部)>, <천도교소년회> 등이었다.

대립을 뜻하는 이른바 계급모순이다. 이러한 시대적 상황을 도외시한 채 정서운동에만 매달리고 있는 아동문학은 청산해야 한다는 것이 소년문예운동의 방향전환이라고 할 것이다. 그 방향 곧 '신방향'은 무엇이고 어떻게 하여야 한다는 것인가? 김한은 먼저 아동문학의 현황을 진단한 후, 이어서 '신방향'의 내용을 간략히 밝혔다. 먼저 지금까지의 아동문학이 어떠했는가를 밝힌 부분이다.

> 그들은 행복도 업고 신비도 업고 다만 악착한 현실이 그들 압혜 걸려 잇슬 쑨이다. 한데도 불구하고 그의 영(靈)을 형이상학적 소위 신비세계에 유리 마취(遊離痲醉)시키어 억지로라도 현실을 엄피(掩避)하고 마녀와 호리(狐狸)를 주인공으로 한 교사둔지적(巧邪鈍智的) 독물(讀物)이 아니면 왕자 왕녀를 찬미하는 노예적 독물을 제공하야써 그들의 열렬한 창조성(××적)을 저해함은 확실히 반동운동에 지내지 안는 것이다. (2회)

'그들'은 아동을 가리킨다. 행복도 신비도 없고 악착한 현실만이 존재하는 그들에게 아동문학은 신비의 천국을 노래하고 꿈을 이야기했다. 이는 어린 영혼을 현실에서부터 유리시키고 현실을 직시하지 못하도록 마취시키는 것이라 보았다. 이러한 내용을 담은 읽을거리를 '둔지적 독물' 혹은 '노예적 독물'이라 한 것이다. 전자는 지식과 지혜를 쌓지 못하도록 하는 읽을거리라는 뜻에서 한 말이다. 후자는 식민지 조선의 어린이들의 삶과 무관한 왕자와 공주의 삶이 주를 이루는 이야기를 읽게 함으로써 어린이들 스스로를 그들의 신하로 생각하게 만든다는 말이다. 이러한 읽을거리들은 계급적 창조성을 저해할 뿐만 아니라 반동적인 운동에 해당한다고 보았다. 현실 진단이 이러함에 따라 방향전환을 요청하였고, 전환해야 할 '신방향'은 다음과 같이 제시하였다.

> 우리는 그들에게 우리 ×××민족의 어린이에게 우리 <u>푸로레타리아</u>

어린이에게 과학적 지식으로써 우리의 현실을 여실히 보여주어서 자기
계급의 '이데오로기'를 파악시키고 쌀하서 ××적 사상을 흥기시키는 문
예가 아니면 안 되겠다.
그들의 현실적 생활이 누구보다 고뇌와 비통에 복개느니 만치 그들
은 누구보다 자유를 동경하고 해방을 욕구하느니 만치 그들은 이에 흥
미 감격을 늣기게 되고 쌀하서 이 해결의 비책을 차즈랴 한다.
이에 이 해결의 비책을 차저 주는 것이 전환기에 잇는 소년문예의 임
무가 아닌가 한다. (3회, 11.21) (밑줄 필자)

두 가지로 요약할 수 있다. 하나는 프롤레타리아 어린이에게 현실을
직시할 수 있도록 하기 위해 과학적 지식을 보급하는 것이다. 다음은
과학적 지식을 바탕으로 자신이 처한 계급의 이데올로기를 파악하도록
하여 계급적 사상을 고취시키도록 하는 것이다. 이것이 바로 소년문예
운동의 신방향이다. 왜 과학적 지식이 필요하고 계급사상을 고취해야
하는가? 그것은 바로 고뇌와 비통의 현실을 극복하여 자유와 해방을 구
하고자 하기 때문이다. 이 '해결의 비책'을 찾는 것이 전환기에 처한 소
년문예의 임무라는 것이다.
소년운동의 방향전환과 그에 따른 소년문예의 실천 곧 작품 창작이
불일치하고 있다고 본 것은 홍은성(洪銀星)의 「소년운동과 그의 문예운동
의 이론 확립(전4회)」(『중외일보』, 1927.12.12~15)에서다.

종래 『어린이』, 『어린벗』의 시기, 말하자면 자연생장기로부터 금년 5
월 1일을 최고 파벌운동의 총결산으로 하고 의의 잇는 조직적 운동기
에 들어왔다. 다시 말하면 자연생장기로부터 목적의식기로 들어왔다는
말이다.
그러나 소년운동에 잇서서는 정확히 자연생장기—조합주의운동—
에서 목적의식기—대집단적 쏘는 사회적 진출, 약소민족의 해방운동
의 일부문 운동—로 왓지마는 그의 표현기관이라고 하는 모든 소년소

녀잡지는 재래의 자연생장기 — 취미시대, 쏘는 조합주의시대 — 의 것
으로 그대로 잇다. (1회, 12.12)

소년운동이 분산적 자연생장기적 상태에서 '금년 5월 1일' 곧 1927년
어린이날을 기해서 파벌운동을 지양하고 조직적 운동을 시작하였다. 소
년운동이 자연생장기에서 목적의식기로 방향을 전환했다는 말이다. 그
러나 작품은 아직도 자연생장기의 성격을 벗어나지 못하고 있음을 짚
은 것이다.

목적의식은 아오노 스에키치(靑野季吉)의 「자연생장과 목적의식(自然生長
と目的意識)」(『文芸戰線』, 1926.9)에서 비롯된 것이다.[33] 프롤레타리아의 생활
을 그리는 것만으로는 개인적 만족에 그치며 계급투쟁의 목적을 자각
했을 때 목적의식을 띤다고 한다. 식민지 조선에서는 회월 박영희(懷月朴
英熙)가 중심이 되어 방향전환을 시도할 때 목적의식이란 개념이 등장하
였다.[34]

홍은성이 이미 언급했듯이, 소년문예는 <조선소년연합회>의 강령에
어그러지지 않아야 한다는 것이 방향전환론을 주창하던 당시 논자들의
인식이었다. "소년문예운동이 소년운동의 상부구조"[35]이지만, 소년운동
을 떠나 예술성을 주장하는 것은 무용하다고 본다.

방향전환을 선언하였음에도 일사불란하거나 통일집력이 잘 이루어졌
다고 보기는 어렵다. 홍효민(洪曉民 = 洪銀星)은 「금년에 내가 본 소년문예
운동 - 반동의 1년」(『소년세계』, 1929년 12월호)에서 "과거 1년간의 조선 소
년문예운동은 음으로 양으로 날노 반동하고 반동"(3쪽)하였다고 보았다.

---

33) 平野謙(고재석, 김환기 역), 『일본 쇼와 문학사(昭和文學史)』, 동국대학교출판부, 2001,
    31~34쪽.
34) 김윤식, 『한국근대문예비평사 연구』, 한얼문고, 1973, 73~74쪽.
35) 홍은성, 「소년운동과 그의 문예운동의 이론 확립(4)」, 『중외일보』, 1927.12.15.

박인범(朴仁範)도 「내가 본 소년문예운동」(『소년세계』, 1929년 12월호)에서 "지나온 소년문예운동은 기운찬 것"(5쪽)이라면서도 "어른 밥을 아희도 주엇고 만히 멕이고 굶기기도 하엿스며 일본(日本)밥 서양(西洋)에 엇던 썩은 밥"(5쪽)을 주었다는 비유에서 보듯이 "소년이라거나 어린이들을 표준 못한 금년의 소년문예운동"(5쪽)이라고 평가하였다.

1930년대 들머리에 나온 신고송(申孤松)의 「새해의 동요운동-동심 순화와 작가 유도(전3회)」(『조선일보』, 1930.1.1~3)는 이전에 발표한 「동심에서부터-기성 동요의 착오점, 동요시인에게 주는 몇 말(전8회)」(『조선일보』, 1929.10.20~30)과 '동심'에 대한 이해에 있어 동일선상에 놓여 있다. 한마디로 "완전한 동심에로 귀환하고 순연한 동심을 파악하여야만 진정한 동요"(「새해의 동요운동(2)」, 1.2)라는 것이다. 이에 대해 직격한 것이 김성용(金成容)의 「'동심'의 조직화-동요운동의 출발 도정(전3회)」(『중외일보』, 1930.2.24~26)이다. "우리는 소위 '순진한 동심'관과 첨예 대립하는 자"(2회, 2.25)임을 밝히고 "소년 '의식'의 결정 작용을 계급 관계와 일치"(2회)시켜야 한다고 보았다. 그 결과 신고송(申孤松)은 '동심의 순화', '동심에의 귀환'을 주장하던 것에서 벗어나 「동심의 계급성-조직화와 제휴함(전3회)」(『중외일보』, 1930.3.7~9)을 집필하였다. 집필 의도는 스스로 김성용의 "「동심의 조직화」와 제휴하기 위"(1회, 3.7)한 것이라고 밝혔다. 당시 문단 및 아동문단에서 주도적인 평필 활동을 하던 신고송조차 초기에는 계급의식이 철저하지 못했던 것을 알 수 있다. 따라서 김성용의 글은 소년문예운동의 방향전환을 둘러싼 주요한 이론투쟁의 하나라 할 수 있다. 바로 이어 두류산인(頭流山人=金成容)은 「동화운동의 의의-소년문예운동의 신전개(전4회)」(『중외일보』, 1930.4.8~11)를 발표했다. 여기에 소년문예운동의 방향전환 곧 '신방향' 또는 '신흥 소년문예운동'에 관한 내용이 잘 요약되어 있다.

一. 소년문예운동은 소년운동의 일부문이며 한편으로 문예운동의 일부문이다. 그 중요한 사명을 교화적 임무로 하는 소년운동과 "아지", "푸로"의 행위로서의 문학운동의 일부문으로서 "푸로칼드" 전선에 출마한 소년문예운동은 그 임무가 중대하며 그 수행을 위하여서는 객관적 조건은 물론이지만 운동 내부의 제 조건상 용이한 일이 아니다.

첫재, 소년운동과 예술운동의 통일적 확립과 상호 간의 밀접한 유기적 연결이 크다란 전제가 된다.

둘재, 소년문예운동 자체의 운동 형태로서의 구체적 계획적 동작 즉 소년운동과 예술운동의 지도하에 소년문예운동의 집단 결성(투쟁을 통하야 결성)

셋재, 집단의 목하의 임무는 소쓸으조아적 조잡한 동화 세력의 극복에 잇다.(종래의 방법과 가튼 지상전개식만으로 하여서는 안 된다.) (4회, 4.11) (밑줄 필자)

소년문예운동이 사회의 제 조건과 유리되어 있는 독립적인 활동이 아니라 소년운동의 일 부문이자 문예운동의 일 부문이라는 점, 따라서 소년운동과 예술운동의 통일과 유기적 연결이 전제된다는 점, 소년문예운동은 '아지·푸로'[36]의 임무를 띤다는 점 등을 확인할 수 있다. 두류산인의 글은 1930년 초반에 작성되었는데, 김완동(金完東)의 「신동화운동을 위한 동화의 교육적 고찰」(『동아일보』, 1930.2.16~22)과 월곡동인(月谷洞人)의 「동요 동화와 아동교육: 초역(抄譯)」(『조선일보』, 1930.3.19~21)을 비판하기 위해 집필한 것이었다. 비판의 목적은 소년문예운동이 소년운동과 밀접하게 상호관련성을 지니고 있다는 점을 가벼이 하거나 몰각한 점을 지적하기 위한 것이었다.

1930년을 전후하여 신고송과 송완순(宋完淳)은 끈질긴 논쟁을 전개했

---

36) '아지프로'는 'agitation propaganda'에서 온 말로 "선동을 목적으로 하는 선전"이란 뜻이다. "「아지·푸로」 아지테-슌과 푸로파간다라는 말의 략어(略語)다.(「우리들의 사전」, 『신소년』, 1932년 2월호, 14쪽)

는데, 그중 하나인 신고송의 「동요운동의 당면 문제는?(전2회)」(『중외일보』, 1930.05.14~18)에서 "나의 과거의 제론(諸論)의 태도가 소부르적이엿슴으로 비난을 바닷다"는 것을 자인하고(1회, 5.14) 당면 임무는 "이제 겨우 수립된 푸로 동요운동의 전개"(2회, 5.18)를 위해 힘을 쓰자고 제안하였다.

이로써 소년문예운동의 방향전환은 이론의 여지 없이 아동문학 평단의 일치된 견해로 자리 잡았다. 1927년 방향전환론이 처음 제기되어 1930년 초반까지 비슷한 논의가 이어졌던 까닭은 무엇일까? 논란이 될 만한 개념에 대한 이론투쟁의 성격도 있지만 그보다는 이론에 부합하는 작품 창작이 실천되지 못한 이유가 크다. 이론과 창작의 대응양상을 면밀히 살펴보면, 이론적으로만 논의되었던 방향전환이 1930년 전후에 이르러서야 작품에 반영되기 시작한 것으로 파악된다.[37] 이주홍(李周洪)과 이동규(李東珪)의 다음과 같은 말이 잘 입증한다.

> 조선의 문학운동에 잇서서 특히 아동문학운동의 영역에 잇서서 지난 1930년은 확실히 투쟁의 1년이엇다. <u>1929년이 초보적 계몽적 자연발생적임에 반해서 30년은 보담 수보(數步) 전진한 목적의식적 ××의 활기에 찬 조선 아동문학운동사상에 획선(劃線)할 1년이엇다.</u>[38] (밑줄 필자)

> 1929년은 맹아(萌芽)시대로 발생한 푸로레타리아 소년문학은 1930년에 드러서 초기의 성장을 보여 주엇고 1931년에 드러서서는 일층 더 그 지반을 굿티고 씩씩한 발전을 나앗다고 우리는 단언한다.[39]

---

37) 류덕제, 「일제강점기 계급주의 아동문학의 방향전환론과 작품적 대응양상 연구 – 『별나라』와 『신소년(新少年)』을 중심으로」, 『문학교육학』 제43호, 한국문학교육학회, 2014, 191~229쪽 참조.

38) 이주홍, 「아동문학운동 1년간 – 금후 운동의 구체적 입안(1)」, 『조선일보』, 1931. 2.13.

39) 이동규, 「소년문단의 회고와 전망」, 『중앙일보』, 1932.1.11.

김태오는 「소년문예운동의 당면에 임무(전8회)」(『조선일보』, 1931.1.30~2.10)에서 '소년운동'과 '소년문학운동'의 관계를 "불가분적 관계로 연결성"을 갖는다고 보았는데, 이는 당시의 관점으로 볼 때 보편적인 인식에 부합한다. 당시 "소년운동은 지도자로써 실제적 운동이라 하겟고 소년문학운동은 지도자로써 간접 지도운동"(2회, 1.30)으로 규정되었다. 이후 '동요운동', '동화운동', '소년잡지 단평'으로 나누어 그간의 경과를 정리하였다. 마지막으로 '당면 임무와 금후 전망'에서 조선 소년문예운동의 당면 임무는 "소년 교양 문제"(6회, 2.4)에 있다고 단언하였다. 교양은 "정서교육을 기초로 한 소년 교양과 또 하나는 사회의식을 기초로 한 소년 교양"(6회)으로 구분하였다. 나아가 1931년을 계기로 "비조직적 자연생장기적 운동을 양기해 버릴 것은 물론이오 조직적 — 목적의식기적 운동"(7회, 2.6)을 수행해야 한다고 전망하였다. 구체적인 방법으로는 '예술교육', '한글 교육' 그리고 <소년문예가협회>와 같은 '기관 조직과 평론' 등 세 가지를 예시하였다.

1932년 연초에 소년문예운동을 전망한 글로 윤철(尹鐵)의 「1932년을 마즈며 소년문예운동에 대해서」(『신소년』, 1932년 1월호)가 있다. 1928~9년경 소년잡지의 홍수 시대가 왜 쇠퇴했는가 하는 이유를 "신흥하는 푸로레타리아 소년문학"(8쪽) 때문으로 보았다. 그리고 "정당한 소년지도이론과 소년문예론을 발표하며 훌륭한 작품"을 창작하는 것뿐만 아니라 "소년 대중과 더부러 갓치 놀고 갓치 일하고 갓치 조직의 한 사람으로 잇서야 될 것"(11쪽)을 주문하였다. 1932년 12월에 한 해의 소년문예운동을 되돌아본 설송아(雪松兒)의 「1932년의 조선 소년문예운동은 엇더하엿나」(『소년세계』, 1932년 12월호)는 "문예운동이 동일한 선상에서 활약하지 못하고 이중 삼중으로 나"(2쪽)뉜 것을 질타하고 "1933년에는 전조선 근노소년 대중의 기관지인 본지로 집중"(3쪽)할 것을 제안하였다. 1934년

전영택(田榮澤)은 「소년문학운동의 진로」(『신가정』, 1934년 5월호)에서 다음과
같이 향후 진로를 제시하였다.

> 그런즉 이 앞으로는 모방과 번역에 한하였던 과거의 지역(地域)에서
> 떠나서 창작의 새 경지를 개척하고 조선 재래 아동문학의 재작(再作)을
> 힘쓸 것이다. (52쪽)

초창기 방정환(方定煥)과 오천석(吳天錫) 등이 외국 아동문학을 번역한
것에 대한 반성이 필요하다는 것과 창작에 힘쓰자는 제안이다. '재작'은
재화(再話, retelling)를 뜻하는데 우리 고유의 전래동화를 개작하자는 것이
다. 그리고 우리 아동문학이 센티멘털리즘을 벗어날 것을 주문하면서
도, 계급의식을 주입하는 것은 반대하였다. 동시에 소년 자신이 소년문
학운동의 중심이었던 현상을 벗어나기 위해 선배 문인들이 아동문학에
더 많은 관심을 갖고 노력해 주기를 희망하였다.

아동문학운동(소년문예운동)에 관한 논의가 무엇을 주된 논점으로 어떻
게 흘러왔는가를 대강 살펴보았다. 갈래별로 논의된 자세한 내용은 제2
장 2절 '나. 아동문학의 실제비평'에서 찾아볼 수 있을 것이다.

2) 아동문학의 이론 탐색

일제강점기와 해방기를 통틀어 아동문학의 이론은 갈래별로 이루어
져 왔다. 그 내용도 창작방법을 제외하면 대체로 소략하다. 갈래별 이론
과 창작방법론은 다음 항에서 살펴보기로 하고, 여기에서는 아동문학
전반에 대한 이론을 대상으로 그 의미를 짚어 보고자 한다.

장선명(張善明)의 「소년문예의 이론과 실천(전4회)」(『조선일보』, 1930.5.16~
19)은 아동문학에 있어서 첫 번째 이론비평에 해당한다. 이 글의 들머리
에 "문예란 그것이 어느 사회 어느 째를 막론하고 그 사회적 현실성을

구존(具存)치 아니하엿스면 사회적으로 아모런 가치가 업슬 뿐만 아니라 문예의 본질성에 잇서서도 무가치하다는 것은 확연한 정의(定義)"(1회, 5.16)라 하여 논의의 입각지를 분명히 하였다. 1920년대의 많은 작품이 "사회와 생활을 써나 신비력에 의한 미신적 작품과 공주니 왕후이니 하는 영웅주의적 내지 개인주의적 견지에 입각한 반동적 작품"(1회)이었다고 평가하였다. 이러한 진단에 기반을 두고 소년문예운동의 본질과 의의를 다음과 같이 정리하였다.

> 한 사회와 그 시대의 반영이 예술이라면 사회 성원의 일부인 소년층의 생활의 반영으로서 소년의 예술이 업슬 수 업다.
>
>
>
> 그러면 이러한 의미로 보아 무산계급 해방운동과 합류되는 소년실천운동의 투쟁 그것의 일 무기인 문예 다시 말하면 소년층을 사회적으로 교양식히며 더 나아가 조직을 강화 결성식히는데 조장력(助長力)을 가진 문예운동을 엇지 무시할 수 잇스랴. 그러기 쌔문에 <u>소년문예로서 소년들의 생활을 묘사하고 사회를 해부하고 감정을 노래하여 계급의식을 고취식히는 것이 소년문예운동의 본질인 동시에 의의가 잇는 것</u>이다. (1~2회, 5.16~17) (밑줄 필자)

한마디로 아동들에게 계급의식을 고취시키는 것이 소년문예운동의 본질이자 의의라 하였다. 계급의식을 고취시키기 위해 소년들의 생활을 묘사하고 사회를 해부하고 감정을 노래하는 것이라고 본 것이다.

장선명은 소년문예운동이 밟아 온 길을 발아기, 자연생장기, 전환기로 구분하여 살폈다. 발아기는 1919년에서 1922년 전반까지로 보았다. <진주소년회>, <천도교소년회> 등의 소년운동의 시작과 더불어 소년회를 조직하고 무산아동의 교양기관을 설립하면서 부로(父老)에게 눌리고 부자유스럽던 소년들이 자유로운 성장을 시작한 시기이다. 이 시기에 동화를 들려주고 노래도 불렀던 것이 문예운동의 시작이라 보았다. 자연생장기는 1923년 초부터 1926년까지를 이른다. 『어린이』를 비롯한 소년잡지가 다수 발간되면서 대단한 성장을 보였으나, 조직적 결성이 없던 터라 통일적 역량이 부족하였다. "부자계급(父者階級)에서의 해방과 학교 보충기관에 불과"(3회, 5.18)하여 "역사적 필연에 의한 계급성을 망각하고 소년의 사회적 지위를 무시"(3회)한 것으로 보아 소년문예운동의 자연생장기라 하였다. 종래 교양운동과 정서운동에 그쳤던 소년문예운동도 1926년 말경부터 방향전환을 부르짖게 되었고 이 시기를 일컬어 전환기라 한 것이다.

> 계급과 계급의 전선과 투쟁은 급속도로 절박하엿고 대자본의 침략과 노동력 착취는 무산계급으로 하여금 재래의 국부적이든 경제투쟁으로부터 정치투쟁에로 보무를 전환케 하엿다. 이에 짤아 소년운동까지 방향전환을 부르지젓다. (3회) (밑줄 필자)

조선 소년의 8할 이상이 빈농계급의 자녀들이고 이들은 과중한 노동과 잉여가치를 착취당하는 상황에서 부로(父老)로부터의 해방보다 당면의 빵을 해결하는 것이 급선무였다. 그것이 바로 경제투쟁이었다. 경제투쟁의 한계를 극복하는 방법이 바로 정치의식의 각성을 통해 정치투쟁을 전개해 나가는 것이다. 이것이 바로 방향전환인 것이다. 소년문예운동도 이러한 의식의 각성을 바탕으로 현실을 반영하고 투쟁하는 것이라는 말이었다. 8할 이상이 농민이므로 농업경제의 사정에 따라 조선인의 생활이 좌우될 것은 분명했다. 토지의 겸병(兼倂) 혹은 독점이 진행되어 자족경제가 붕괴되자 농민의 생활은 비참하게 되었다. 소유하고 있는 토지마저 대자본가에게 전집(典執)의 형태로 실질적인 소유권이 넘어간 상태였다. 토지를 잃은 농민은 결국 이역(異域)으로 유랑의 길을 떠날 도리밖에 없는 것이었다.

당시의 '현실'이 이러하였다면, 문학도 이를 외면하면 안 된다는 것이 계급문학의 관점이었다. 조선인들 대다수가 프롤레타리아 곧 무산계급이었다면 문학도 당연히 무산계급의 삶에 초점을 맞추어야 한다. 소년문학도 이러한 관점을 벗어나면 안 된다고 생각한 것은 당연한 귀결이었다. 장선명의 글은 대놓고 리얼리즘을 말한 것은 아니다. 하지만 논의의 내용을 뜯어보면 바로 리얼리즘적 세계관과 현실인식을 바탕으로 하고 있었기 때문에 리얼리즘 논의라 해도 무방하다. 「소년문예의 이론과 실천」은 완결되지 못한 채 4회로 마감되었다. 『조선일보』의 공지[40]에 따르면 노골적인 계급의식의 노출로 인해 일제의 검열에 걸려 게재중단된 것으로 보인다.

아동문학에 있어 리얼리즘론을 표나게 제기한 사람은 유백로(柳白鷺)다. 「소년문학과 리아리즘 – 푸로 소년문학 운동(전5회)」(『중외일보』, 1930.9. 18~26)을 통해서다. 당시 아동문학에 있어 리얼리즘론은 곧 프롤레타리아 소년문학을 수립하는 것을 목적으로 한다. 유백로는 1930년대에 이르기까지 조선 소년문예운동선상에서 '소년'을 어떻게 보고 있는가를 다음과 같이 말했다.

> "소년은 하얀 천사의 아들이다.", "소년의 동심 전당은 사랑과 순진의 낙원이다.", "소년은 천진난만하다.", "소년의 가질 수 잇는 나라는 신비의 선경(仙境)과도 갓다.", "소년은 별나라에서 보낸 사자이다." — 그리고 다시 "소년은 보옥(寶玉)이다.", "소년은 성인(어른)의 축쇄판은 아니다." "소년의 대인(大人)의 아버지다." — 그리하야 마츰내 신비의 천사(?)가 되여 버린 소년. 이 짜위 캐캐묵은 개념들은 모다 푸로레타리아 소년문학 발전기에 잇서서의 두텁고 깜앗코 그리고 더러운 쌔다. (2

---

40) "「기자로부터 – 본 학예란에 연재되든 장선명 군의 「소년문예의 이론과 실천」은 사정에 의하야 게재중지하얏나니다."(『조선일보』, 1930.5.23)

회, 9.23)

동심주의 아동관(소년관)은 소년(아동)을 '천사의 아들', '순진의 낙원', '천진난만', '신비의 선경', '별나라에서 보낸 사자' 등으로 부르며 '신비의 천사'로 바라보았다. 유백로는 이러한 관점에 동의하지 않는다. 케케묵은 개념이며 '두텁고 짬앗코 그리고 더러운 째'라고 비판하였다. 유백로는 어른의 현실과 소년의 현실이 따로 있는 것이 아니라고 하였다. 소년에게는 계급이 없다고 하는 것도 "한학자(漢學者), 야소교(耶蘇敎) 목사나 혹은 변태적인 성욕자의 기괴망측한 실로 변태인 '동화문학'의 애독자"(3회, 9.24)나 하는 소리로 비판하였다. 봉건적 사고를 상징하는 인물로 '한학자'를, 현실을 외면하고 내세를 강조하는 점에서 '야소교 목사'를 비판의 표적으로 삼은 것이다.

그렇다면 프롤레타리아 소년문학은 어떠해야 하는가? 프롤레타리아 소년문학의 원칙은 "푸로레타리아 소년문학이라는 것은 소년 그 자신을 푸로레타리아 성원으로 연마하기 위한 양(糧)"(3회)으로 보는 데 있다. 문학의 독자성보다는 계급적 성원으로 성장시키기 위한 수단으로 보는 것이다. 왜 이렇게 보는가?

> 현재 조선에는 6백만 소년대중을 가지고 잇다. 그 70파―센트 즉 4백
> 20만이란 엄청난 농민소년을 포용하고 잇다. 그리고 그 속에서 다시 93
> 파―센트 즉 3백 90만이 "토지"를 가지지 못한 빈농소년이다. 다 악착한
> 숫자를 보아도 새삼스럽게 푸로레타리아 문학 진영 내에 소년문학운동
> 이 제기되어 그 해결을 급박하고 잇슴을 늣길 수가 잇다. 특히 우리들
> 이 주의하지 안흐면 안 될 것은 빈농계급에 처한 소년대중은 그 대개
> 가 한글도 쓰더보지 못하는 문맹들이며 그 남어지 농민계급에 속하는
> 소년은 간신히 서당 혹은 학교에 단일 만한 여유가 잇서서 한글도 쓰
> 더본다는 것이다. (4회, 9.25) (밑줄 필자)

600만 소년들 중에서 70%인 420만 명이 농민소년이고 이들 중 93%
인 390만 명이 빈농소년이라고 하였다. 그렇다면 나머지 30%는 모두
부르주아 소년들인가? 농민소년이 아니란 것이지 부르주아 소년이란
말은 아니다. 이들 가운데는 도시 빈민 노동자의 자녀들도 많다. 따라서
1930년대 조선의 소년들은 거개가 가난한 농민과 노동자들의 아들딸들
이다. 바로 프롤레타리아계급이다. 그들의 삶의 현실을 직시하지 않은
채 '비과학적 가공(架空)'에 안주하는 소년문학을 극복할 방안이 바로 리
얼리즘이며 정확히는 프롤레타리아 리얼리즘이라고 본 것이다.

프롤레타리아 리얼리즘의 내용은 무엇인가? 대체로 대중에게 이해되
고 그들의 심신을 고양시키는 문학, 산 대중을 묘사하는 문학을 말한다.
달리 표현하면, '푸로문학의 대중화'와 '예술운동의 볼셰비키화'가 될
것이다.

'예술운동의 볼셰비키화'는 <나프(NAPF)>(ナップ, 日本プロレタリア芸術連盟)
제2회 대회에서 확립한 방침이었다. 식민지 조선에서는 제2차 방향전환
이 곧 볼셰비키화와 연결되어 있었다. '예술운동의 볼셰비키화'에 근거
한 제재 선택의 규준과 운동의 구체적 방침은 다음과 같다.

1. 전위(前衛)의 활동을 이해식히고 그곳에 주목을 환기(喚起)하는 작품
2. 사회민주주의의 본질의 여러 방면으로부터 하는 폭로
3. 푸로레타리아 히로리씀의 정당한 현실화
4. 소위 맛센 스트라이키를 묘사한 작품
5. 대공장 내부의 반동세력 즉 반대파 쇄신동맹의 조직을 묘출(描出)
   한 것
6. 농민투쟁의 현실을 노동자의 투쟁에 결부식히지 안흐면 안 될 것
   을 절실히 늣기게 하는 작품
7. 농민 어민 등의 대중적 투쟁의 의의를 명백하게 한 작품
8. 쁘르조아××, 경제과정의 현상(例)하면 공포, 군축회 회의, 산업

합리화, 금 해금(金解禁), 보안××확장, ××사건, 사철(私鐵)×× 등)
을 맑스주의적으로 파악하야 그것과 푸로레타리아—트의 투쟁을
결부식히는 작품

9. 전쟁, 반×× 반 쏘베—트의 투쟁을 내용 삼은 것
10. 식민지, 반식민지(半殖民地) 푸로레타리아—트와 국내 푸로레타리
    아—트와의 연결을 명확히 지시한 작품—푸로레타리아—트의 국
    제적 연대심을 환기(喚起)시키는 작품 (5회, 9.26)

  이상은 아동문학에만 한정되는 방침이 아니다. 예술운동의 볼셰비키
화에 대한 방침을 아동문학에도 적용한 것이다. 아동문학은 예술운동(문
예운동)의 부문운동이기 때문이다.

  안덕근(安德根)도 「푸로레타리아 소년문학론(전12회)」(『조선일보』, 1930.10.18
~11.7)을 발표하였는데, 리얼리즘론이란 이름을 표면에 내걸진 않았지
만 사실상 리얼리즘론이었다. 이시다 시게루(石田茂)의 「아동문학운동의
특수성」[41]과 오카와라 히로시(大河原浩)의 「푸로레타리아 동화운동에 대
한 작가의 태도」 및 마키모토 구스로(槇本楠郎)의 프롤레타리아 아동문학
론을 주로 참조한 것이다. 이 외에도 이노 쇼조(猪野省三)의 「사실적(事實的)
사건을 주제로 하는 동화에 대하야」, 소다 류타로(相田隆太郎)의 「우리나
라 현재의 동화문학을 논함」[42] 등도 인용하고 있다.

  즉 종래의 아동은 천진난만하고 순진무구하야 소위 천사와 가튼 별
천지의 초계급적 존재로 간주되여 왔다. (중략)
  이리하야 소년문학은 현금(現今)은 명백히 대인의 계급문학과 가티
'푸로레타리아—트' 전체의 목표 사명을 위하야 협동의 임무를 감행하
랴고 해방 전선에 섯다. "소년도 쏘 투사이다." 소년문학은 그들을 위

---

41) 石田茂, 「兒童文學運動の特殊性」, 『童話運動』 창간호, 1929년 1월호.
42) 相田隆太郎, 「我が國現在の童話文學を論ず－童話文學に對する不滿と要求」, 『早稲
    田文學』, 1924년 10월호.

한 "무기"이다. (1회, 10.18)

'종래'와 '현금(現今)'으로 구분하여 '아동'과 '아동문학(소년문학)'을 살폈다. 아동을 천진난만하고 순진무구하여 천사와 같은 별천지의 초계급적 존재로 본 것은 '종래'의 관점이다. 동심주의 또는 천사주의로 비판했던 부르주아 아동문학의 아동관이다. 반면 프롤레타리아 전체의 목표를 달성하기 위해 소년문학도 협동적 임무를 감행해야 하며, 이러한 관점에서 소년도 투사이고 소년문학은 그 소년들을 위한 무기라고 보는 것은 '현금'의 프롤레타리아 아동관이자 아동문학관이다. 이러한 생각은 "개인 자신은 말하자면 압축되고 고결(固結)된 사회적 영향의 일 응고체"(2회, 10.22)라고 한 부하린(Bukharin, Nikolay Ivanovich)의 『사적유물론(史的唯物論)』(1921)에 기댄 바 크다.

대인문학(일반문학)이 그런 것처럼 소년문학(아동문학)도 계급의식을 뚜렷이 하고 궁극적으로 '선전'과 '선동'의 역할을 하는 것이라 보았다. 이는 "소년문학이 점차 내용주의적으로 발달"(3회, 10.24)하는 것이라고 한다든지, "소년문학의 교화적 사명의 중대시 되는 현상에 빗취어 보드라도 명백한 사실"(3회)이라고 하는 데서도 확인이 된다.

아동문학 혹은 아동문학 작가들은 계급적 인식을 분명히 한 성인들에 의한 보호와 교화가 필요하다고 하였다. 프롤레타리아 전체의 목적을 위한 투쟁의 일환으로서 문학이 존재한다고 보는 관점에서는 성인과 소년이 연대해야 한다고 보는 것은 당연한 인식이다.

　따라서 소년문학은 특히 회화적 요소, 음악적 요소를 다분히 필요로하는 것이다. 그럼으로 먼저 화가, 음악가의 협력은 절대로 필요하다. 다음에 연극상의 지도자, 노농 소년소녀의 지도자, 이해 잇는 교단상의 지도자 기타 일반의 관심을 가진 이는 협력할 의무가 잇는 것이다. 그

러치 안은가? <u>예술은 지금이야말로 계급의 무기로서 발달하는 중이고</u>
<u>더욱 소년은 우리들 무산계급의 태반을 점령하지 안엇느냐?</u> 그들이야
말노 신예한 계급전사가 안이면 안 될 것이다. (6회, 10.31) (밑줄 필자)

안덕근은 아동문학의 갈래를 제1기(유년기)와 제2기로 나누어 구분하였
다. 전자로는 동요, 동화, 동요극, 동화극을, 후자로는 소년시, 소녀시, 소
년소설, 소녀소설, 소년극이 있다고 하였다. 이 중에 아동문학을 본질적
으로 대표하는 것으로는 "동요, 동화, 소년(소녀)소설"(4회, 10.26)을 꼽았다.

이 가운데 아동문학의 대표적 갈래인 동요, 곧 프롤레타리아 동요에
대해서는 송구봉(宋九峰＝송완순)의 의견과 비교하여 그 개념을 분명히
하고자 하였다. 송구봉은 동요를 둘로 나누었다.

"동요에는 두 가지 종류가 잇는데 그 <u>하나는 자연생장성 동요이며</u>
<u>또 하나는 목적의식성 동요</u>이다. 목적의식성 동요는 즉 계급의식을 가
진 자의 일정한 목적을 의식하고 짓는 동요이며 자연생장성 동요는 주
로 아동 자신이 무의식중에 생활감정을 일정한 목적의식이 업시 마음
대로 부르는 노래가 그것이다."[43] (밑줄 필자)

이에 대해 안덕근은 동요의 구분을 부정한다. "푸로레타리아ー트의 승
리를 위하야 '아지·푸로'의 역할을 연(演)하면 그만"(8회, 11.4)이라고 보기
때문이다. 안덕근은 '소년운동'과 밀접한 관련 아래 아동문학(소년문학)을
보고 있다.

---

43) 안덕근, 「푸로레타리아 소년문학론(7)」, 『조선일보』, 1930.11.1.
　　송완순은 동요의 자연생장성과 목적의식성을 구분하여 논의한 바 있다. 송구봉(宋
　　九峰), 「동요의 자연생장성 급 목적의식성」(『중외일보』, 1930.6.14～?)(5회 연재
　　중 중단)과 구봉학인(九峰學人), 「동요의 자연생장성 급 목적의식성 재론(전4회)」(『중
　　외일보』, 1930.6.29～7.2)이 그것이다. '宋九峰'과 '九峰學人'은 송완순(宋完淳)의 필
　　명이다.

그리고 '푸로레타리아' 소년문학 작가는 소위 "소년운동"의 이해자 내지 지도자임을 절대로 필요로 한다. 그러나 항상 사회적, 정치적, 계급적 정세에 응하야 당면에 가장 필요한 작품을 칭량적(秤量的) 계획으로 생산하도록 훈련되지 아니하면 안 될 것이다. 그를 위하야는 다시 작가는 광범한 아동대중의 생활환경, 문화수준, 연령, 성 등등을 이해하고 그들의 일상의 '칸파니다'가 어데 잇는가. 무엇이 그들의 당면의 투쟁목표인가를 이해하고 성, 연령, 지방적 상세(狀勢) 등등에 의하야 작품의 생산, 활용방법 등등을 구체적으로 고구하고 동시에 그것을 표시하지 안흐면 안 될 것이다. (10회, 11.7) (밑줄 필자)

아동문학(소년문학) 작가는 소년운동의 이해자이자 지도자일 필요가 있다고 보았다. 그래서 아동문학 작가들은 사회적, 정치적, 계급적 정세를 면밀히 분석해야 하고, 널리 어린이들의 생활환경, 문화수준, 연령, 성 등을 이해하는 동시에 사회의 조직적인 운동 곧 '칸파니다'[44]의 목표도 이해해야 한다는 것이다.

이상에서 보았다시피 아동문학의 이론은 곧 리얼리즘으로 귀결된다. 리얼리즘에 논의의 초점을 모은 것은 아니지만, 리얼리즘이 주요 내용으로 언급된 비평문은 다수가 있다. 일제강점기 일반문학이나 아동문학 비평의 흐름을 살펴본 경우 리얼리즘론이 문단의 중심적인 의제였음은 누구나 쉽게 파악할 수 있다.

유무명(有無名)을 불기하고 조선의 동요계는 지금 한 개의 방면을 정하고 푸로레타리아 리아리즘을 꾀하고 있는 과도기에 있어서 이와 같은 무의미한 선집이 출판됨을 우리는 비난 안이 할 수 없는 것이다.
노동 대중소년을 위한 작품 행동 작품을 바래며 선집이 있기를 바래 마지안는 바이다.[45] (밑줄 필자)

---

44) 러시아어 캄파니아(кампáния, kampaniya)로, "조직적인 운동, 사회운동"을 뜻한다.
45) 김병호, 「『조선신동요선집』을 읽고」, 『신소년』, 1932년 7월호, 19쪽.

김병호(金炳昊)가 김기주(金基柱)의 『조선신동요선집(朝鮮新童謠選集)』에 대해 남긴 서평이다. 김병호는 경남공립사범학교(현 진주교육대학교) 특과를 졸업하였다. 재학 중 엄흥섭(嚴興燮), 손풍산(孫楓山) 등과 교유하였다. 이들은 같은 지면에 글을 발표하면서 경상남도 지역에서 프롤레타리아 문학을 이끄는데 선봉 역할을 했다.[46] 김병호의 문학적 입각점은『불별』에 실린 5편의 작품을 보면 잘 알 수 있다. 문학적 성취와는 별개로 계급모순을 바라보는 그의 시선이 선전과 선동에 초점을 두고 있음을 확연히 알 수 있다. 김병호의 문학적 관점이 이러했고 동요선집이 발간된 시기가 '프롤레타리아 리얼리즘을 꾀하고 있는 과도기'라고 보았기 때문에, 김기주의 동요선집이 그의 눈에는 그저 다수의 작품을 모아 놓은 것으로 보였던 것이다.

> 최근에 이르러 우리들의 현명한 작가는 자기 분묘(墳墓)를 파는 자신을 발견하얏다. 자기들이 과거에 잇서서 흥분되어 제작한 작품이 소설이 아니라 작문이고 진실을 그린 것이 아니라 주제만을 나타낸 것이며 사실적(事實的) 형상이 아니라 선전하얏다는 것을 기피기피 깨닷게 되엿다. 그들이 이것을 금일에 잇서서 새삼스럽게 깨달엇다고 곳 내일부터 쏘시앨리스틱 · 리알리즘의 준한 작품──'진실'은 형상화한 작품을 제작할 수 잇슬까?──[47] (밑줄 필자)

김우철(金友哲)의 「아동문학의 문제」인데, 사회주의 리얼리즘이 언급되었다. 김우철의 짧은 언급 중에는 리얼리즘 논의의 역사가 포함되어 있다. 프롤레타리아 리얼리즘 혹은 변증법적 창작방법으로 일컬어졌던 창작방법론이 '진실을 그린 것이 아니라 주제만을 나타낸 것'이고, '형상

---

46) 박경수, 「잊혀진 시인, 김병호의 시 세계」, 『한국시학연구』 제9호, 한국시학회, 2003. 11, 69쪽.
47) 김우철, 「아동문학의 문제 - 특히 창작동화에 대하아(1)」, 『조선중앙일보』, 1934.5.15.

이 아니라 선전'이었다는 것이다. 이것의 잘못을 깨닫고 사회주의 리얼리즘이 대두되었는데, '진실을 형상화한 작품'을 그 개념으로 제시한 것이다.

사회주의 리얼리즘(socialist realism)은 1932년부터 1980년대 중반까지 소련(蘇聯)에서 널리 유행한 문학창작의 이론이자 방법으로 공식 허용되었다. 진실하고 객관적인 삶의 반영을 주장했던 19세기 러시아 리얼리즘의 위대한 전통을 따른다. 그러나 여러 가지 중요한 측면에서 차이가 있다. 사회를 비판적인 시각으로 그린 톨스토이(Tolstoy, Lev Nikolaevich)나 체호프(Chekhov, Anton Pavlovich)의 리얼리즘은 비판적 리얼리즘(critical realism)이라 하였다. 비판적 리얼리즘이 자본주의 사회에 대한 비판과 폭로에 그쳤다면, 사회주의 리얼리즘의 일차적 주제는 사회주의와 계급사회의 건설에 있었다. 그 과정의 투쟁을 묘사하면서 작가는 불완전함을 받아들일 수 있었지만, 사회주의 사회에 대한 긍정적이고 낙관적인 전망과 더 큰 역사적 관련성을 명심해야 했다. 사회주의 리얼리즘의 필수품은 모든 고난과 역경을 견뎌내는 긍정적인 영웅이다. 그래서 대중의 의식에 강한 영향을 주기 위해 영웅과 사건을 고조시키고 이상화하는 것을 권장하는 혁명적 로맨티시즘(revolutional romanticism)을 돌아보게 되었다. 인민성(人民性), 계급성(階級性), 당파성(黨派性)과 더불어 혁명적 낭만주의를 기본 축으로 하게 된 까닭이다.

일제강점기 사회주의 리얼리즘론은 백철(白鐵)이 「문예시평」(『중앙일보』, 1933.3.2)에서 첫 항목의 제목을 "변증법적 창작방법에서 사회주의적 리얼이즘으로!"라고 한 데서 처음 보인다. 이후 추백(萩白＝安漠)의 「창작방법 문제의 재토의를 위하야(전8회)」(『동아일보』, 1933.11.29～12.7)와 이를 비판한 김남천(金南天)의 「창작방법에 잇서서의 전환의 문제 – 추백(萩白)의 제의를 중심으로」(『형상』 제1권 제2호, 1934년 3월호) 등에 잇달아 나타났다. 이

런 연장선상에서 김우철은 리얼리즘론의 변모양상을 꿰뚫고 있었고 아
동문학에도 도입하였던 것이다. 송완순(宋完淳)도 김우철과 기본 입장이
다르지 않았다.

> 동요는 이 꿈과 공상의 진취성을 잘 받어드리어 어린이의 정신적 양
> 식(糧食)을 좀 더 영양 가치 잇게 해 주어야 한다.
> 오인(吾人)은 동요도 그 기초를 리얼리즘에 두어야 한다고 믿는 자이
> 나 리얼리즘이라고 꿈과 공상을 무시치는 못할 것이다. 꿈, 환상, 신비
> 라는 것을 초현실적인 것으로만 생각하는 사람도 잇으나 그것은 결코
> 천당적(天堂的)인 관념이 아니라는 것을 알지 안흐면 안 된다. 현실을
> 떠난 꿈, 환상, 신비라는 것은 하나도 없다.[48] (밑줄 필자)

송완순은 휘문고등보통학교를 중퇴하고 『신소년』을 편집하면서 계
급주의 아동문학의 관점을 뚜렷하게 견지했다. 동시대에 활동했던 윤석
중(尹石重)이 "작품을 제쳐놓고, 사람을 가려서 치는 비평이었는데, 그 선
봉장은 송완순"[49]이라 할 정도였다. 같은 계급주의 아동문학을 지향하
면서도 신고송(申孤松)이 자신의 작품을 높이 평가해 주는 데 반해 송완
순은 그렇지 않았기 때문이었다. 그만큼 송완순은 선명하게 계급적 입
장을 고집했다. 그러나 위의 인용에서 보듯, 틀에 갇힌 계급론자인 것만
은 아니었다. 팔봉 김기진(八峰金基鎭)과 회월 박영희(懷月朴英熙) 사이에 벌
어졌던 내용 - 형식 논쟁에서 김기진이 주장했던 바를 떠올리게 하기
때문이다. 김기진은 기둥과 서까래만으로 집이 되지 않는다며 소위 '소
설 건축설' 곧 문학은 내용과 더불어 형식도 고려해야 한다는 주장을
했다. 그러나 이 주장은 당시 계급문단의 분위기 때문에 '자설철회(自說
撤回)'를 하고 물러나야 했다.[50]

---

48) 송완순, 「동요론 잡고 - 연구노-트에서(완)」, 『동아일보』, 1938.2.4.
49) 윤석중, 『어린이와 한평생』, 범양사출판부, 1985, 64쪽.

같은 리얼리즘론이기는 하지만 이구조(李龜祚)는 장선명, 안덕근, 김우철 그리고 송완순과는 결이 다르다.

> 작금 양년 간 현저히 아동생활을 제재로 한 <u>리얼리즘 동화가 눈에 띠인다.</u> 쌍수를 들어 환영하기를 조금도 주저하는 자 아니다.
> 여기에 문과학교(文科學校) 노우트 우에 오르내리는 <u>리얼리즘문학론</u>을 초록해서 논적(論的) 전개의 전제를 삼을 것 없이 신인 현덕(玄德) 씨의 동화작품의 분석을 약간 시험하기로 하자. (중략)
> 셋째의 특징은 제재에 잇서 범상한 일상 아동생활의 형상화이다. 리얼리즘 동화로서 마땅히 도달하여야 할 꼬올이겟으나, 신진인 만큼 수법의 미숙으로 인하야 추상적 묘사의 레피테이슌으로 미봉하는 경향이 잇다. 이것은 점차 극복되겟지만, 동무의 얼굴에 물딱총으로 '찌익' 쏘는 것 같은 야비한 취재는 어떨까
> <u>무릇 리얼리즘 동화는 아동의 행동과 심리를 가능한 범위 내에서 충실히 재현시키려는 의도로 출발</u>한다. 그러나 누구나 아는 상식화한 말이 되어서 쓰기가 멋쩍으나, 작자는 카메라맨만이어서는 아니 된다. 어린이는 천진하고 난만하며 '어른의 아버지'오 지상의 천사만도 아닌 동시에, 개고리 배를 돌로 끈는 것도 어린이오 물딱총으로 동무의 얼굴을 쏘는 것도 어린이오 메뚜기의 다리를 하나하나 뜯는 것도 어린이오 미친 사람을 놀려 먹는 것도 어린이이다.
> 리얼리즘 동화는 인생의 추잡면을 들추던 자연주의 말기의 전철을 밟을 필요가 없다. 우리의 사실동화(寫實童話)는 인생의 사실(事實)을 묘사 제출함과 아울러, 그 인상을 깊게 하기 위하야 가능한 사실까지 표현하여야 할 것이다. <u>참다운 리얼리즘 동화는 현실의 인생에 직면하면서도 그 자체 내에서 혹종(或種)의 희망의 광명을 지속시켜 독자인 어린이에게 공허한 자극을 줄 것이 아닐까</u> 한다.
> 교육동화도 또한 이러한 리얼리즘 동화의 개념 우에 별개의 외연을 첨가할 것이 없다. 예술동요가 창가를 극복하듯이 리얼리즘 동화가 속된 교육가의 교육동화의 개념을 수정시켜야 하겠다. (끝)[51] (밑줄 필자)

---

50) 김윤식, 『한국근대문예비평사연구』, 한얼문고, 1973, 63쪽.

리얼리즘 동화와 교육동화를 연결 지어 생각해 본 글이다. 리얼리즘을 말했지만 세계관보다는 묘사 방법으로서의 리얼리즘에 집중했다. 그 결과 논점 또한 확연한 차이를 보이게 된 것이다.

송남헌(宋南憲)은 아동연극과 리얼리즘을 관련지어 살폈다.

> 아동연극이 이제 겨우 맹아상태에 잇는 현상에서 과대한 요구는 할 수 업다. 명일의 아동극 건설을 위하여 건강한 교훈을 포함한 아동연극을 그리고 아름다운 한 폭 그림으로서 볼 수 잇는 형식 달성과 로맨티시즘을 담은(위대한 리얼리즘은 결국에 로맨티시즘에 통한다.) 아동연극을 요망한다. 그리고 아동의 정당한 재평가 시대의 본질 척택(剔擇), 금일의 새로운 전환기에서 본 아동생활의 수정, 이것들은 명일의 본격 아동연극이 가저야 할 본질이 아닌가 한다. 동극회 제1회 공연이 여러 가지 불리한 환경과 조건 아래서 모든 것을 물리치고 그만한 성과를 내엿다는 것은 동극회원들의 아동문화에 대한 정열이 그 모든 불리한 조건을 극복한 바로서 경의를 표하며 명일의 본격적 아동연극의 건설을 위하여 분투를 빈다. (5월 6일)[52] (밑줄 필자)

논의의 본질이 리얼리즘론이 아니어서 충분한 내용을 엿볼 수는 없다. 그러나 송남헌은 '위대한 리얼리즘' 속에는 로맨티시즘을 내포하고 있다고 보았다. 프롤레타리아 리얼리즘 시기를 거쳐 사회주의 리얼리즘 논의가 전개될 때 혁명적 로맨티시즘은 필수적인 수반 요소였다. 이러한 당대의 논의를 수렴한 것으로 이해된다.

이상과 같이 일제강점기 아동문학에 나타난 리얼리즘론은 소략하기는 하나 일반문학에 젖줄을 대고 있어 그 내용은 크게 다를 바가 없었다. 방향전환이나 리얼리즘론이나 기본적으로 같은 논점이 제기되었고

---

51) 이구조, 「어린이문학 논의(3) 사실동화(寫實童話)와 교육동화」, 『동아일보』, 1940. 5.30.
52) 송남헌, 「명일의 아동연극 - <동극회> 1회 공연을 보고」, 『매일신보』, 1941.5.12.

그 내용도 차이가 없었다. 아쉬운 것은 작품에 있어서 일반문학이 이룬 리얼리즘적 성취에 버금갈 정도의 작품을 찾기가 어려웠다는 점이다.

3) 아동문학의 현황과 전망

일제강점기와 해방기를 통틀어 아동문학의 현황을 짚어 본 비평은 여러 사람에 의해 제출되었다. 소년운동(소년문예운동)을 포함하여 아동문학 일반에 관해 논의한 비평문을 대상으로 아동문학 비평의 전개 양상을 살펴보기로 하겠다.(갈래별 현황과 전망은 제2장 2절 '나. 아동문학의 실제비평' 참조)

전영택(田榮澤)의 「소년 문제의 일반적 고찰」(『개벽』 제47호, 1924년 5월호)은 봉건시대의 소년관을 고쳐야 할 필요성을 제기하고, 최남선의 『소년』과 방정환의 『어린이』, 조철호의 <소년척후단>과 여러 소년회가 결성된 사정을 짚었다. 본론에서는 '소년문학과 그 교육적 가치'와 '소년문학과 주의점'을 살폈다. 아동문학의 효과와 가치로 미적 감성을 길러 주고, 취미를 넓히며, 덕성과 지력을 배양하고, 상상력을 풍부하게 하는 것을 들었고, 아동문학이 주의해야 할 점으로는 문장과 제재 선택을 주의할 것을 당부하였다. 송순일(宋順鎰)은 "이지(理智) 편중의 경향"을 보이는 현재 교육을 '예술교육'을 통해 아동의 창조적 능력 계발과 정조(情操) 교육을 강화하는 방향으로 전환할 것을 요구하였다. '예술교육'은 노래와 그림이 포함되지만 주된 것은 동요, 동화, 아동극이다.[53] 예술교육에 대해 김태오도 「예술교육의 이론과 실제(전9회)」(『조선일보』, 1930.9.23~10.2)에서 "인간 도야의 일면으로써의 예술교육의 필요"를 논의하였다. 예술교육의 이론으로 과학과 예술 – 예술교육, 예술의 사회적 효과와 예술교육, 교육과 예술교육, 예술교육의 실제라는 항목으로 나누어 살펴보

---

53) 송순일, 「(자유종)아동의 예술교육」, 『동아일보』, 1924.9.17.

았다. 예술교육의 실제는 형식적 예술교육, 묘사적 예술교육, 문예와 예술교육, 기타의 예술교육, 아동극과 예술교육, 유희와 예술교육 등으로 나누어 설명하였다.54) 노구치 우조(野口雨情)의 '농심예술'을 참조하여 '동요예술'이란 용어를 만들고 "어린이노래(동요, 동요음악, 동요무용, 동요극, 동요유희)"(1회, 7.1)로 분류하여 논의를 진전시킨 것이 김태오의 「동요예술의 이론과 실제(전5회)」(『조선중앙일보』, 1934.7.1~6)이다. 남석종(南夕鍾)의 「문학을 주로 - 아동예술교육의 관련성을 논함(전2회)」(『조선중앙일보』, 1934.9.4~6)에서도 예술교육의 필요성을 강조하였다. 예술교육의 목적으로 개성 존중과 창조적 정신의 함양, 그리고 교육의 생활화 등 세 개 항목을 들었다.

김남주(金南柱)는 「문예와 교육(전4회)」(『조선일보』, 1926.2.20~23)에서 "우리 소년이 일시라도 집착할 곳 문예 이밧게 다시 갈 곳이 업"(1회, 2.20)다고 단정하고 건전한 읽을거리를 제공할 것을 제안하였다. 김태오는 <조선소년연합회> 교양부 위원으로서 아동들의 읽을거리[讀物]를 제시할 필요가 있었다. "아동 정신발달의 시기"(2회, 11.23)를 기준으로 한 점에서 과학적 기준을 도입하려 하였다. 8, 9세의 소년에게는 "영웅담, 모험담, 역사담, 사실담(事實談)"을, 소녀들에게는 "가련하고 소년소녀에 관한 섧고 애닯은 이약이 가튼 것", 12, 3세쯤의 소년소녀들에게는 시, 소설, 극 등의 문예독물이 적당한 것으로 보았다. 지나치게 감상적(感傷的)인 것은 피하고, 과학적 독물과 조선적인 내용의 동화를 추장할 것을 제안하였다. 조선의 동화가 전설을 동화화한 것이거나 외국 것을 도적질한 것이 대부분이라며, 아동문학의 창작을 강조한 이는 홍은성(洪銀星)이다. 그는

---

54) 이 글의 끄트머리에 "이 논문은 일본의 小林澄兄, 大多和顯 양 씨의 『藝術敎育論』과 쏘 小林 씨 저 『最近敎育思潮批判』에서 참조 쏘는 초역한 것도 잇"(9회, 10.2)다고 밝혔는데, '머리말'을 제하고는 고바야시 스미에(小林澄兄)와 오타와 아키라(大多和顯)의 『예술교육론』의 제3장과 제5장을 초역한 것이다.

소년 지도를 청년에게 맡기는 현실을 개탄하면서, "소년문예에 책임 잇
는 집필"을 할 것을 기성 문인들에게 요구하기도 하였다.[55] 문예의 교
육적 효과에 대해서 부정할 사람은 없겠으나, 소년소녀들이 너나없이
문예로 몰리는 것을 걱정한 최영택(崔永澤)은 소년문예운동을 방지해야
한다고 하여 논쟁이 벌어졌던 적이 있었던 것도 기억해 둘 필요가 있
다.(제2장 3절 '나. 소년문예운동 방지 논쟁' 참조) 홍은성의 「금년 소년문예 개
평(전4회)」(『조선일보』, 1928.10.28~11.4)은 1928년 한 해 동안의 아동문학을
개략적으로 비평한 것인데, 작가별로 간략하게 살폈다. 대상 작가는 송
영(宋影), 방정환, 김영팔(金永八), 연성흠(延星欽), 최독견(崔獨鵑), 유도순(劉道
順), 한동욱(韓東昱), 김남주(金南柱), 이정호(李定鎬), 최영택(崔永澤), 이명식(李明
植), 금철(琴澈), 신재항(辛在恒), 유지영(劉智榮), 정홍교(丁洪敎), 김태오(金泰午),
최청곡(崔靑谷), 윤소성(尹小星), 마춘서(馬春曙), 박세영(朴世永), 고한승(高漢承),
양고봉(梁孤峯), 이적성(李赤星), 백옥천(白玉泉 = 洪命熹), 고장환(高長煥), 엄필진
(嚴弼鎭) 등 26명이다. 개별 작가마다 주요한 활동과 작품을 예로 들어 촌
평을 붙였다. 당시 아동문단에서 활동한 작가가 누구인지 무슨 작품을
쓰고 어떤 활동을 했는지 가늠할 수 있다.

1930년 들머리에 아동문학의 현황을 전반적으로 살핀 것은 보성고보
(普成高普)에 재학 중이던 승응순(昇應順)의 「조선 소년문예 소고」(『문예광』
제1호, 1930년 2월호)이다. 승응순은 좋은 사조(思潮)가 좋은 시대를 만든다
고 전제하고, 좋은 사조는 문예를 통해 가능하다고 보아 문예의 사회적
위치를 중요하게 취급하였다. 아동문학의 연혁으로 최남선의 『소년』과
방정환의 『어린이』, 신명균의 『신소년』의 공헌과 윤석중(尹石重), 서덕출
(徐德出), 윤복진(尹福鎭) 등의 동요, 안평원(安平原)과 송완순(宋完淳)의 소년소
설 등을 거론한 뒤 소년문단의 현상을 살폈다. 『신소년』, 『새벗』, 『별나

---

55) 홍은성, 「문예시사감 단편(斷片)(3)」, 『중외일보』, 1928.1.28.

라』 등의 쇠퇴, 훌륭한 지도자의 부재를 안타까워하면서도, 남응손(南應孫), 이동규(李東珪), 이영수(李影水) 등의 활약을 기대했다. 아동문학의 전망으로 신흥 소년문예가 발흥한 것을 기뻐하였다. 이명식(李明植)의 프롤레타리아 소년소설과 뒤를 이은 성경린(成慶麟)과 태재복(太在福), 안평원의 활동을 높이 평가하였다. 아동문학이 나아갈 방향은 "쎼 업는 작품 애상적 작품을 버리고 힘 잇고 열(熱) 잇는 작품"(27쪽)을 창작하는 것에서 찾았다. 아동문학의 현황을 개괄적으로 정리한 승응순은 승효탄(昇曉灘)이란 필명으로 소년 문예단체를 정리함으로써 당시 아동문단의 사정을 확인할 수 있게 하였다. 「조선 소년 문예단체 소장사고(消長史稿)」(『신소년』, 1932년 9월호)가 그것인데, <색동회>, <별탑회>, 윤석중의 <기쁨사>, 대구(大邱) 윤복진의 <등대사>, 임동혁(任東爀)의 <방년사(芳年社)>, 개성(開城) 김영일(金永一)과 현동염(玄東濂)의 <소년문예사>, 합천(陜川) 이성홍(李聖洪)의 <달빛사>, 승응순과 최봉하(崔鳳河)의 <글꽃사>, 박홍제(朴弘濟), 태재복, 성경린, 승응순, 최봉하, 최정하(崔鼎河), 이동규, 신순석(申順石), 이규용(李圭容), 구직회(具直會), 정태익(鄭台益), 안평원, 김돈희(金敦熙), 이성홍(李聖洪), 오경호(吳慶鎬), 채규삼(蔡奎三), 우태형(禹泰亨) 등의 <조선소년문예협회>, 함경북도 허수만(許水萬)의 <백의소동사>, 춘천 홍은표(洪銀杓)의 <횃불사>, 진남포 정명걸(鄭明杰)의 <붓춤사>, 진주 정상규(鄭祥奎)의 <새힘사>, 송영, 이동규, 홍구(洪九)의 <조선소년문학연구회>, 윤석중, 신고송, 승응순의 <신흥아동예술협회> 등의 발기와 동인지 발간 상황 등을 밝혔다. 1929년과 1930년에 이르러 아동문학이 중대한 변혁을 이룬 해로 규정하였는데, 자연생장기에서 목적의식기로의 전환이 일어난 것을 가리킨 것이었다. 1932년에 이르러 내리막길을 걷고 있는 아동문학의 부흥을 기대하는 것으로 아동문학의 문단 상황을 개괄하였다.

1930년대 아동문학과 문단을 두고, 최청곡(崔青谷)은 "사이비 소년문예

작가들과 비평가들의 난무"56)라고 한 반면, 이주홍(李周洪)은 「아동문학
운동 1년간 - 금후 운동의 구체적 입안(전9회)」(『조선일보』, 1931.2.13~21)에
서 1929년까지는 초보적, 계몽적 자연발생적인 수준이었지만 "30년은
보담 수보(數步) 전진한 목적의식적 ××의 활기에 찬 조선아동문학운동
사상에 획선(劃線)할 1년"(1회, 2.13)이라고 하여 상반된 인식을 보여주고
있다. 1930년 1년간의 아동문학을 프롤레타리아 아동문학에 초점을 맞
추어 총괄적으로 검토하였다. 먼저 앞머리인 '첫말'에서는 개괄적인 검
토를 하였다. 성과로는 "장선명(張善明) 동무 외 수인(數人)의 작품 제작에
대한 이론"57)과 "신고송, 양우정(梁雨庭) 동무 외 몇 사람의 동요 동시 등
에 관한 논쟁",58) 그리고 "동무 몇 사람의 운동 이론"59) 등을 매거하였

56) 최청곡, 「소년문예에 대하야」, 『조선일보』, 1930.5.4.
57) 장선명의 「신춘동화 개평 - 3대 신문을 주로(전7회)」(『동아일보』, 1930.2.7~15)와
「소년문예의 이론과 실천(전4회)」(『조선일보』, 1930.5.16~19), 구봉학인(九峰學人)
의 「'푸로레' 동요론(전15회)」(『조선일보』, 1930.7.5~22), 유백로(柳白鷺)의 「소년
문학과 리아리즘 - 푸로 소년문학운동(전5회)」(『중외일보』, 1930.9.18~26), 안덕
근(安德根)의 「푸로레타리아 소년문학론(전12회)」(『조선일보』, 1930.10.18~11.7)
등을 가리키는 것으로 보인다.
58) 신고송의 「동심에서부터 - 기성동요의 착오점, 동요 시인에게 주는 몇 말(전8회)」
(『조선일보』, 1929.10.20~30)과 「새해의 동요운동 - 동심순화와 작가 유도(전3회)」
(『조선일보』, 1930.1.1~3)가 있었고, 이에 대한 반론인 이병기(李炳基)의 「동요 동
시의 분리는 착오 - 고송(孤松)의 동요운동을 읽고(전2회)」(『조선일보』, 1930.1.23
~24)가 있었다. 신고송과 이병기를 반박한 양우정의 「작자로서 평가(評家)에게 -
부적확한 입론의 위험성: 동요 평가(評家)에게 주는 말(전2회)」(『중외일보』, 1930.
2.5~6), 이병기를 반박한 신고송의 「동요와 동시 - 이 군에게 답함」(『조선일보』,
1930.2.7), 양우정을 반박한 신고송의 「현실도피를 배격함 - 양(梁) 군의 인식오류
를 적발(전2회)」(『조선일보』, 1930.2.13~14), 구봉산인(九峰山人)의 「비판자를 비
판 - 자기변해와 신(申) 군 동요관 평(전21회)」(『조선일보』, 1930.2.19~3.19), 신고
송과 구봉산인을 반박한 양우정의 「동요와 동시의 구별(전3회)」(『조선일보』, 1930.
4.4~6), 그리고 구봉학인(九峰學人)의 「동시말살론(전6회)」(『중외일보』, 1930.4.26
~5.3)과 「'푸로레' 동요론(전15회)」(『조선일보』, 1930.7.5~22) 등을 가리킨다.
59) 홍은성(洪銀星)의 「재래의 소년운동과 금후의 소년운동(전2회)」(『조선일보』, 1928.
1.1~3), 김태오의 「정묘(丁卯) 1년간 조선소년운동 - 기분운동에서 조직운동에(전2

다. 이어서 동요, 동화, 소년소설, 소년시, 아동극, 노래, 그림, 작가동맹
그리고 실제운동 등 9개 부문으로 나누어 1930년 1년의 성과와 한계를
살펴보았다. 동요 부문에서는 "30년은 동요의 풍년이요 동요의 홍수 시
대"라거나, "작품평에 힘을 다한 이는 오즉 김병호(金炳昊) 동무 한 사람
쑨"이라 하였다. 가장 많은 활동을 한 작가로 "김병호, 신고송, 이구월(李
久月), 양우정, 박세영(朴世永), 손풍산(孫楓山), 엄흥섭(嚴興燮), 박철(朴轍)"(이상 2
회, 2.14)을 들었고, 기대를 갖는 "새로운 동요작가로는 정상규, 이재표(李
在杓), 손길상(孫桔湘), 이동규, 이용섭(李龍燮), 박고경(朴古京), 조종현(趙宗泫)"
등을 꼽았다. "아지푸로 … 무기로서의 예술이라고 너무도 공식적 소아
병적"(이상 3회, 2.15)이어서는 안 된다는 점도 강조하였다. 동화 부문에서
는 1930년 한 해 동안 성과가 부족하였음을 지적하고, 동화란 그릇에다
"과학적 사회적 맑쓰주의적 이데오로기를 주입하여서 아즉 비판력과
인식력이 부족한 그들의 관념을 어른의 푸로레타리아트가 가질 관념에
싸지 유도케 하는 것이 우리 맑스주의적 예술가의 근본적 사명"(4회,
2.16)임을 강조하였다. 소년소설 부문은 동요 다음으로 풍요하였으나 아
동들이 이해하고 인식하고 감득할 만한 내용으로 단순한 체제와 쉬운
말로 쓸 것을 요구하였고, 많이 쓴 작가로는 "엄흥섭, 윤기정(尹基鼎), 송

회)」(『조선일보』, 1928.1.11~12)와 「소년운동의 지도정신(상, 하)」(『중외일보』, 1928.
1.13~14), 홍은성의 「소년운동의 이론과 실제(전5회)」(『중외일보』, 1928.1.15~
19), 최청곡의 「소년운동의 당면 제문제(전4회)」(『조선일보』, 1928.1.19~22), 홍은
성의 「<소년연합회>의 당면임무 – 최청곡 소론을 박(駁)하야(전5회)」(『조선일보』,
1928.2.1~5), 김태오의 「소년운동의 당면문제 – 최청곡 군의 소론을 박(駁)함(전7회)」
(『조선일보』, 1928.2.8~16), 조문환(曹文煥)의 「특수성의 조선소년운동 – 과거 운
동과 금후 문제(전7회)」(『조선일보』, 1928.2.22~3.4), 김태오의 「인식 착란자의
배격 – 조문환 군에게 여(與)함(전5회)」(『중외일보』, 1928.3.20~24), 김태오의 「이
론투쟁과 실천적 행위 – 소년운동의 신전개를 위하야(전6회)」(『조선일보』, 1928.3.
25~4.5), 김성용(金成容)의 「소년운동의 조직문제(전7회)」(『조선일보』, 1929.11.26
~12.4), 김태오의 「소년 문예운동의 당면에 임무(전8회)」(『조선일보』, 1931.1.30
~2.10) 등을 가리킨다.

영, 김성봉(金性奉), 향파(向破), 태영선(太英善), 이명식, 안평원, 오경호, 이동규, 구직회"(5회, 2.17)를 들었다. 소년시(少年詩) 부문은 양이나 질 두 측면 모두 매우 부진하였다고 평가하였다. 작가로는 김해강(金海剛), 신고송, 김병호, 안평원, 오경호, 차홍이(車紅伊), 이성홍 등이 있었다.(6회, 2.18) 동요-동시 구분 여부와 '동시말살론'을 둘러싼 신고송, 양우정, 송완순 등의 논쟁을 소개한 후, 결말이 나지 않았으므로 1931년에 귀결을 지을 것을 기대하였다. 아동극 부문에서는 "아지푸로성(性)은 극(劇)에 싸를 것이 업슬 것"(6회, 2.18)이란 말에 녹아 있듯이 '운동으로서의 문학'에 초점이 있음을 알 수 있고, 한 해 동안 성과가 부진한 만큼 향후 아동극 부문에 많은 관심을 기울이기를 희망하였다. 노래 부문은 "동요의 작곡화한 것 곡부투쟁가(曲符鬪爭歌) 등"(7회, 2.19)을 가리킨 것인데 잡지『음악과 시』창간부터 시작된 것으로 보았고, 이구월, 이주홍 등이 노력하였으나 부르주아 동요곡의 틀을 벗어나지 못했다고 평가하면서도, "「거머리」(이일권 곡), 「새 훗는 노래」(이구월 곡), 「편싸홈」(향파 곡)"(7회, 2.19) 3편의 성과를 높이 샀다. 그림 부문은 유소년이나 문맹(文盲) 아동들도 소화가 가능해 "제일 아지성(性)이 잇고 제일 보급성이 잇고 대중적"(7회)인 장르이므로 "푸로레타리아 그림의 부분적 역할"(8회, 2.20)을 다할 것을 요구하였다. 강호(姜湖), 임학선(林學善), 정하보(鄭河普) 등이『별나라』를 중심으로 활동하였으나 큰 효과를 보지 못한 것으로 평가하고 작가들의 많은 활약을 기대하였다. 작가동맹과 관련해서는 <조선프롤레타리아예술동맹> 안에 '아동문학반'이 설치되기를 희망하나 불가하다면 따로 <조선프롤레타리아아동문학작가동맹>을 결성하자고 촉구하였다. 실제운동으로 도시에서는 동화회, 음악회 등을 자주 개최하고, 지방에서는 노농소년단 등을 결성해 "소년들의 조직화에 힘을 다할 것"(9회. 2.21)을 요청하였다. 이주홍의 의도는 "아동문학 지도자이기 전에 몬저 실제 소년운

동의 '올가나이저'이어야 한다."(9회)는 말에 잘 드러나 있듯이 아동문학
은 소년운동의 좋은 수단이었다. 방향전환론이 실제 작품에 일정 부분
반영되면서 1930년에 들어서면서부터 한층 계급적 아동문학이 성황을
이룬 시점에서 「아동문학운동 1년간」은 당시 아동문학과 소년운동의
현황을 살피고 전망을 담아낸 것이었다.

정윤환(鄭潤煥)의 「1930년 소년문단 회고(전2회)」(『매일신보』, 1931.2.18~19)
는 1930년도 소년문단 전반을 회고하고 평가하였다. 동요계, 지도자, 기
성작가, 신진작가, 소설계 등 5항목으로 나누어 살폈다. 전반적인 부진
에도 불구하고 '동요계'는 활기가 있었으나, 농사와 공장 노동에 찌든
노농소년들의 노래보다 의식이 있고 광명에 찬 노래를 요구하였다. '지
도자'급으로는 엄흥섭, 박세영, 이주홍, 임화, 한정동, 이구월, 손풍산,
신고송, 양우정, 김해강, 박고경, 최수환, 윤석중, 전봉제를 거명하였는
데, 그중 김해강, 박고경, 최수환 그리고 윤석중의 작품은 힘없고 의식
불분명하며 취할 게 없다고 비판하였다. '기성작가'로는 김광윤(金光允),
정상규, 채규철(蔡奎哲), 안평원, 남응손 등의 활동이 보잘것없다고 깎아
내렸다. '신진작가'로는 이재표, 한춘혜(韓春惠), 김철수(金哲洙), 김창남(金昌
南), 전식(田植), 김기주, 이화룡(李華龍), 오경호(吳庚昊), 한태봉(韓泰鳳), 한백곤
(韓百坤), 김춘강(金春岡), 박대영(朴大永), 김병순(金秉淳) 등에 대해 촌평하였
다. '소설계'는 북극성(北極星), 최병화(崔秉和), 강성주(姜晟周), 이적악(李赤岳),
이구월, 안준식(安俊植), 양고봉(梁孤峯 = 梁在應), 이명식, 정상규, 이재표 등
의 활동을 촌평한 후 "소설계도 양으로는 진보라 할 수 잇스나 질로는
어느 하나 우리가 넑고 색여둘 것이 잇는가?"라며 불만을 표시하였다.
1930년도에 활동한 작가와 작품에 대한 개괄적 지식을 얻을 수 있으나,
별 근거를 제시하지도 않고 평가절하한 것은 다소 아쉽다.

이동규의 「소년문단의 회고와 전망」(『중앙일보』, 1932.1.11)은 1931년도

소년문예운동을 평가한 것이다. 정윤환과는 달리 아동문학이 발전하고
있다는 것이 개괄적인 총평이다.

> 1929년은 맹아시대로 발생한 푸로레타리아 소년문학은 1930년에 드
> 러서 초기의 성장을 보여 주엇고 1931년에 드러서서는 일층 더 그 지
> 반을 굿티고 씩씩한 발전을 나앗다고 우리는 단언한다.

동요와 동화(소년소설)를 두루 살폈는데, 동요에 대해서는 "단순한 예
술형식인 동요가 이해에는 질로써나 양으로써나 수위(首位)를 점령"하였
다고 보았고, 박세영, 이주홍, 정청산(鄭青山), 박고경, 송완순, 이동규, 홍
구, 손길상, 홍은표, 오경호 등의 작품을 우수하다고 평가하였다. 동화
는 정청산, 송소민(宋素民 = 宋完淳), 현동염을 동극에는 박세영, 신고송, 오
경호, 홍구 등의 성과를 꼽았다. 부르주아 소년문단의 부진과 달리 "우
리들의 소년문단은 씩씩한 보조로 일익적 임무를 진실이 수행"하였다
는 데서 계급주의 아동문단의 편에서 내린 평가임을 알 수 있다. <카
프> 조직 내로 들어가야 하나 재조직 문제가 해결되지 않았으므로 예
비적 조직으로 <소년작가동맹>을 결성해야 한다는 것, 창작에 있어서
는 아동이 이해하기 쉽도록 할 것과 케케묵은 형식을 탈피할 것을 주문
하였다. 윤철(尹鐵)의 「1932년을 마즈며 소년문예운동에 대해서」(『신소년』,
1932년 1월호)도 1931년도분 아동문학을 검토한 것이다. "푸로 의식을 가
진 문학소년들의 활동은 점점 활발"(8쪽)하였다는 데서 보듯이 정윤환과
는 현상을 달리 인식하고 있고, 주로 계급주의 아동문학의 관점에서 『신
소년』과 『별나라』를 대상으로 검토하였다. "계급××에 엇더한 의미로
서든지 소용이 잇는 소설을 써야 될 것"(10쪽)이라면서도 "소년들에게 강
렬한 푸로레타리아 의식을 주입"(10쪽)시키는 것은 잘못이라고 보았다.
검열을 감안하면서 "이론의 정당성을 고집"(10쪽)하라고 권유하였고, 투

고작품에 선평, 월평, 시평 등 비평을 해 주면 "투고가들은 자기의 밟을 정당한 길"(10~11쪽)을 갈 수 있다는 점을 잡지 편집자들에게 알렸다. 이동규(李東珪)의 「소년문단 시감(時感)」(『별나라』, 1932년 1월호) 역시 1931년 아동문학 문단을 검토한 글이다. 새로운 작가로 강노향(姜鷺鄕), 김우철(金友哲), 김명겸(金明謙), 한철염(韓哲焰)의 등장을 알렸고,『소년세계』와 같은 비계급적 출판물을 배척할 것, 적대감이나 증오심을 부추기는 '부자놈', '뚱뚱보' 등의 문구나 나열하는 것을 벗어날 것, 표절을 금할 것 등을 주문하였다.

빈강어부(濱江漁夫)의 「소년문학과 현실성 – 아울러 조선 소년문단의 과거와 장래에 대하야」(『어린이』, 1932년 5월호)도 근년의 아동문학이 "실로 비상한 진보적 현상으로서 과거 6, 7년간의 발전보다도 오히려 월등한 수확"(2쪽)을 얻었다고 진단하였다. 이러한 배경에는 "이주홍, 양창준, 엄흥섭, 이구월, 신고송"(2쪽) 등의 공헌과 일반 소년문예가들의 노력이 있었다고 보았다. 부르주아 관념주의를 벗어나 "푸로 소년들의 현실성을 담은 그 작품"(5쪽) 창작을 가치 있는 일로 평가하였다. 진정한 아동문학은 누구의 손으로 이루어야 할 것인가에 대한 대답은 다음과 같다.

> 우리는 기성문단의 점잔흔 신사 작가들에게는 바라지도 안커니와 바랏쟈 허사요 또는 야심 만흔 신흥작가들에게도 역시 바라든 바보다는 실망치 아니할 수 업스니 우리는 차라리 <u>노동소년이나 농촌소년 속에서 총명 잇는 이들이 자기의 생활과 환경에서 심각하게 체험한 것을 작품에 표현시키어 가지고 그것이 노래가 되고 시가 되고 동화가 되고 소설이 되는 그곳에 비로소 진정한 소년작품이 나올 것이고 소년문단의 형성될 것</u>이라고 믿는다. (6쪽) (밑줄 필자)

기성 또는 신흥작가들보다 소년소녀들이 자신들의 삶의 체험을 바탕으로 한 작품을 써야 진정한 아동문학이 될 것이라고 하였다. 그리고

지금은 자연성장에 맡겨 두되, 향후 완전한 아동문학의 발전을 위해서
는 "소년작가 자신들이 유긔적(有機的) 긔관"(6쪽)을 만들 것을 제안하였
다. 이것은 이주홍이 <조선프롤레타리아아동문학작가동맹>을 결성해
야 한다고 주장한 것과 같은 맥락이다. 부르주아와 프롤레타리아 문학
의 대립·대결 양상은 도처에 노출되는데, 빈강어부와 같이 호인(虎人 =
宋完淳)도 「아동예술 시평(時評)(전2회)」(『신소년』, 1932년 8~9월호)에서 "푸로
레타리아 아동예술 운동자는 계급적 임무의 일부"(14쪽)로서 부르주아
문학자들을 투쟁 대상으로 삼아야 한다면서, 구체적으로 잡지『소년세
계』, 일농졸(一農卒), Y.H.P, 이고월(李孤月 = 李華龍) 등을 거명하였다. 이어
"체계 선 아동예술 이론의 확립"(17쪽)과 아동 장편과 콩트형의 벽소설(壁
小說) 창작이 필요하다는 점을 지적하였다. 장편에 김우철, 콩트에 이동
규와 신고송 등의 성과가 있으나 더욱 발전시킬 것을 요청하였다. 이헌
구(李軒求)와 같은 부르주아 아동예술 이론가에 맞설 이론가의 배출을 희
망한 것이다. 아동예술에 있어 중심 갈래는 동화이고 부르주아 아동문
학은 창작방법상 기술을 갖고 있으나 프롤레타리아 아동문학은 그렇지
못한 점을 극복하기 위한 노력이 필요하다는 점도 강조하였다.『신소년』
과『별나라』에서 '소년소녀'란 용어를 '아동'으로 고칠 것을 제안하였다.
윤지월(尹池月)의 「(자유논단)1932년의 아동문예계 회고」(『신소년』, 1932년 12월
호)는 1932년 한 해 동안의『신소년』과『별나라』를 중심으로 '동요계',
'소설계', '평론계', '작가계' 등 네 분야를 살펴본 비평이다. "쌘르조아에
대한 증오 질투를 골자로 한 살벌적 작품"을 벗어나 "사실적이면서도
변증법적"(이상 46쪽)인 동요를 요구하였고, "우리들 문예운동의 부문에
잇서서 가장 중요한 역할"을 하는 소설의 중요성을 강조하고 "『소년
소설육인집』" 발간의 성과를 추어올렸다. "그릇된 작품의 뒤에는 공정
한 비판"이 따라야 하듯이 "스캡푸60)한 작가의 철저적 배격과 쏘한 반

동문학파와의 용서 업는 도전"(이상 47쪽)을 보여주어야 할 평론의 임무를 강조하였다. 작가들로는 이동규, 홍구, 현동염, 박고경, 김우철, 구직회, 윤철, 안평원, 한철염, 이청송(李淸松), 김춘강, 홍은표, 승응순, 박병도(朴炳道), 오경호, 김명겸, 손길상, 채택룡(蔡澤龍), 채규삼, 김월봉(金月峰) 등의 활동이 있었음을 적기하였다. 설송아(雪松兒)의 「1932년의 조선소년문예운동은 엇더하엿나」(『소년세계』 제3권 제12호, 1932년 12월호)는 1932년 조선 소년문예운동을 살펴본 것인데, 작가들을 다음과 같이 세 갈래로 나누었다.

> 1. 내 몸은 편안이 안저 고흔 손, 고흔 얼골의 팜푸렛트 권이나 읽고 거름 것든 중도에서 먼 데를 바라보고 써베트 로시아를 상상하고 푸로레타리아만을 공연한 헛소리로 주창한 작가 일파는 —— 김우철, 이철아(李鐵兒), 안우삼(安友三), 박일(朴一), 정청산, 이찬(李燦), 한철염, 홍구, 승응순, 송완순, 이민(李民), 박태양(朴太陽), 홍북원(洪北原), 성경린, 현동염, 안평원 등々이라 하겟고
>
> 2. 자연과 춤추며 깁분하소 슯흔하소 본 대로 늣긴 대로 자유롭게 아름답게 고읍게 어엽부게 끄리김 없이 그려 내여 운전해 나온 일파는 —— 유천덕(劉天德), 윤지월, 박형청(朴衡靑), 황순원(黃順元), 양춘석(梁春錫), 김동선(金東善), 정윤희(鄭潤熹), 현기열(玄基列), 김대봉(金大鳳), 민봉호(閔鳳鎬), 김성도(金聖道), 백학서(白鶴瑞), 상선(相船), 전창식(田昌植), 박운익(朴雲益), 박고경, 박약서아(朴約書亞), 박봉택(朴鳳澤), 지창순(池昌洵), 섭성수(葉城守), 양가빈(梁佳彬), 강용률(姜龍律), 고넬뇨, 목일신(睦一信), 광아견(狂兒見), 심동섭(沈東燮), 정봉(晶峯), 관조(關鳥), 노종국(盧鍾國), 고문수(高文洙), 강노향, 이고월 등이고
>
> 3. 직업소년, 실업소년, 공장에서 농촌에서 함마 쥐고 광이 메고 용감

---

60) '스캽푸'는 'scab'으로 '파업 불참자, 파업에 비협조적인 자'라는 뜻이다. 당대의 풀이는 다음과 같다. '배반자 반역자라는 말이다. 갓흔 동모들 중에서 동모를 배반하고 돈 갓흔데 팔니여 반역행동을 하는 쥐색기 갓흔 무리를 스캽푸라고 한다.' (편집실, 「우리들의 사전」, 『신소년』, 1932년 2월호, 15쪽)

이 일하는 근노소년, 분함에서 억울함에서 용소슴처 나오는 대로 현실
×× 대중의 실감을 그대로 그리어 1932년 조선소년문예선상에서 일해
나온 그 일파는 —— 차칠선(車七善), 노양근(盧良根), 허적악(許赤岳),
채몽소(蔡夢笑), 박수봉(朴秀峯), 한죽송(韓竹松), 박인수(朴仁守), 김춘곡
(金春谷), 최은향(崔隱鄕), 이종순(李鍾淳), 이적권(李赤拳), 이석진(李夕津),
오성덕(吳聖德), 송해광(宋海光), 강백파(姜白波), 박양호(朴養浩), 백문현
(白文鉉), 김돈희(金敦熙) 등々이라 하겠고 을마 전까지도 근노소년 문단
에서 열々히 싸와 주든 채규삼, 정태환(鄭泰煥), 박정균(朴挺均), 정윤환,
김명겸, 오석범(吳夕帆), 윤인근(尹仁根), 김춘강, 손길상, 이용섭, 조병화
(趙炳化), 이재표, 홍은표, 김종대(金鍾大), 김월봉, 이호순(李浩淳), 박병
도, 정상규, 이성홍 등등. 그동안(1932년)에는 소년문단을 떠낫으니 그
무슨 연고인지? 물론 마음과 뜻이야 그윽하겟지만 옷밥을 차저 헤매임
이겟지! 제형(諸兄)! 아모리 환경이 용서를 주지 안는 처지일지라도
1933년에는 전조선근노소년대중의 기관지인 본지(本誌)로 집중하라! (3쪽)

『소년세계』를 '전조선근로소년대중의 기관지'라 한 것을 수긍하기 어
렵고, 신고송, 윤복진, 윤석중, 이원수 등이 빠지고 생소한 이름들은 두
루 올려놓은 것도 미덥지가 않다. 1항과 3항을 구분했다는 것과 윤지월,
민봉호, 고문수, 강노향 등이 2번 항에 놓인 것도 의아하다. 하지만 당
시 작가들의 경향을 분류해 보았다는 것과 분류가 일정 부분 수긍할 점
도 있다는 것은 의미가 있다. 박양호(朴養浩)의 「본지 1년간 문예운동에 –
송년 편감」(『소년세계』, 1932년 12월호)은 1932년 『소년세계』에 "소설 30편,
동요와 시 86편, 수필 기타 50여 편" 등이 발표되었다는 것과 작가들로
는 "한죽송, 한백곤, 채택룡, 김계담(金桂淡), 김시창(金時昌), 이진호(李璡浩),
은하(銀河)" 등의 소설과 김대봉, 이신(李伸)의 시가 있었고, 김청엽(金靑葉)
의 작품이 검열에 자주 걸렸다는 등등의 사실을 적시해 잡지 『소년세
계』의 활동상을 엿볼 수 있게 하였다. 프로 소년문학의 새날을 다짐했
으나 "가면지"(4쪽)로 비판받고 있다는 것도 밝혀 놓았다.

1930년대 중반부터 급격히 침체하게 된 아동문학을 어떻게 발전시킬 것인가에 대한 논의가 이어졌다. 먼저 『조선일보』는 1933년 1월 「침체된 조선 아동문학을 여하히 발전식힐 것인가(전3회)」(『조선일보』, 1933.1.2~4)란 특집을 내걸었다. 당대 아동문학의 대표적 논자들에게 의견을 물었다. 참여한 사람은 김태오, 양재웅(梁在應 = 梁孤峰), 이정호, 고장환, 최진순(崔瑨淳), 안정복 등이었다. 이 기획을 담당한 기자는 침체의 원인을 다음과 같이 보았다.

> 이삼 년래로 조선의 소년문학(少年文學)운동이 침체한 가운데에서 별 발전이 업시 거러오는 것은 그 한 가지 원인으로써 들게 되면 조선의 소년운동이 침체한 중에서 몃 해 간을 두고서 억지로 억지로 '어린이날'만은 거행케 되는 데 잇다고 하겟습니다. 그러나 여긔에 사회 인사는 아모런 전개 리론이 업섯스며 관심을 두지 안은 까닭에 침체를 타개치 못하고 더욱더욱 침체를 거듭할 뿐입니다.[61] (밑줄 필자)

소년운동의 침체가 소년문학운동의 침체에 영향을 미쳤다는 진단이다. 더 정확히는 소년운동이 침체하였음에도 억지로 '어린이날만은 거행'한 것이 하나의 원인이라 한 것이다. 그런데도 이에 대한 이론 전개가 없고 관심을 두지 않아 침체를 타개하지 못한다고 보았다. '어린이날만은 거행'이라고 한 것은, 모두 주목하는 어린이날 행사를 거행함으로써 최소한의 소년운동은 이어가고 있다고 자위하고 있다는 의미일 것이다. 일제의 감시, 검열 등 엄혹한 여건에 맞서 소년운동을 하기 어려웠던 사정을 엿볼 수 있다.

김태오는 침체를 타개할 방책으로 다섯 개의 항목을 제시하였다. 농촌소년 교양, 진실한 작품 창작, 새로운 예술교육 수립, 기관조직과 평

---

61) 김태오 외, 「침체된 조선아동문학을 여하히 발전식힐 것인가(1)」, 『조선일보』, 1933. 1.2.

론, 그리고 이를 종합하여 건실한 소년문학을 수립할 것 등이다. 양재응은 소년문예운동의 침체의 원인으로 잡지 경영난, 검열, 소년문학 관련자들의 무관심을 들었다. 침체의 타개책으로 문학가가 책임 의식을 가져야 하고, 소년문학을 위해 일할 새 사람을 선발하며, 신문과 잡지가 소년문학을 좀 더 중요하게 대접하여야 할 것과, 힘닿는 대로 투쟁하여야 한다고 보았다. 이정호는 실제적 작품생산에 노력하고, 신문은 아동란을 신설해야 하며, 연구기관, 기관지, 연구 이론지가 있어야 한다고 제안하였다. 고장환은 작가와의 관계와 작품과의 관계로 나누어 각각 7항목을 제시하였다. 항목화하였을 뿐 아니라 망라하다시피 하였으므로 그대로 인용해 보겠다.

1. 작가와의 관계
가. 작가의 기반을 견고히 하며 건전한 클럽(조직)의 완성을 촉(促)할 것
나. 소년문학운동의 지도 원리를 완전히 확립하며 작가의 근본정신을 통일할 것
다. 전문적 연구작가와 신작가 및 이 방면에 유의하는 이의 만흔 출현을 기대하는 것
라. 발표기관의 연합 — 이들의 의사 합치 — 영업적 경쟁적에서 버서날 것
마. 계단적 지도의 필요 — 노동소년을 표준 삼아 유년, 유소년, 소년 청소년 격인 연령적으로일 것
바. 신문 아동란의 확장 — 그들의 가일층한 노력. 가정란보다도 이 난(欄)에 더 유의해 주기 바라는 것
사. 이리하야 재래 제 기관의 내용 혁신과 아울러 신흥 신잡지의 출현을 바라는 것
2. 작품과의 관계
아. 현재 조선소년이 가장 요구하고 가장 희망하는 바의 작품의 제작
자. 예술적이 아니고 낙관적인 것 말하자면 광명하고 신선하고 생기잇는 것

차. 너그러운 작품, 큰 작품, 묵에 잇는 작품, 역사적으로 묵거 둘 수
잇도록 된 것

카. 개인적이 아니고 사회적인 것. 아울러 민족적인 동시에 세계적인
것—모든 요구(時代相) 급 (아동생활)의 중심을 통한 것일 것

타. 과학적인 동시에 예술적인 것—째에 의해선 계급의식적 이념을
통한 것일 것—그러나 너무 어그러진 초월적 주의 선전에 몰두
치 안흔 것

파. 검열상 죽지 안코 살일 수 잇는 것일 것. 그러나 피와 쎄 임는 산
작품이래야 할 것

하. 완구적(玩具的) 작품 개인과 개인 간에 논하는 작품 일시적 유희
적의 의한 작품 등은 절대로 피할 것

숫으로 이번 신년에 소년문학 관계자 전체의 회합이 잇서 주길 절실
히 바라는 바입니다.[62] (밑줄 필자)

'작가와의 관계'에서는 작가의 조직, 작가의 자세 확립, 새로운 작가
의 배출, 발표기관, 유년으로부터 청소년까지의 단계적 지도, 신문 아동
란 확충, 새로운 잡지 발간 등을 제안하였다. '작품과의 관계'에서는 독
자인 조선 소년이 요구하고 바라는 작품 제작, 예술적인 것보다 낙관적
이고 생기 있는 것, 무게 있고 역사적인 대작, 사회적이고 민족적인 작
품, 과학적이면서 예술적인 것과 계급의식을 담은 작품, 검열을 통과할
수 있으면서도 피와 뼈가 있는 산 작품, 유희적인 작품 금지 등을 들었
다. 덧붙여 소년문학 관계자 전체의 회합을 요망하였다.

최진순(崔瑨淳)은 '소년문학 진흥책'으로 네 가지를 제안하였다. 신문
학예란에 소년문학란을 특설할 것, 우수한 소년문예 작품을 선출하여
포상할 것, 소년문학연구회 같은 기관을 조직할 것 등이다. 우수 작품에
포상을 하자는 것을 제외하면 다른 사람들의 제안과 겹친다. 여러 사람

---

62) 고장환, 「몃 가지 희망과 건의」, 김태오 외, 「침체된 조선아동문학을 여하히 발전
식힐 것인가(2)」, 『조선일보』, 1933.1.3.

의 의견이 같다는 것은 당면한 요구사항으로 그 시급함이랄까 중요성이 크다는 의미가 될 것이다.

안정복(安丁福)은 침체의 타개책으로 집필가와 편집자에게 각각 세 가지씩 요청하였다. 집필가에게는 어린 사람들에게 집단의식을 넣어주고 조선을 정당하게 이해할 수 있도록 할 것, 어린 사람들을 위해 책임 있는 글을 쓸 것, 그리고 프롤레타리아 작품이 지나치게 가난과 격동만 강조하지 말고 어린사람들이 잘 이해할 수 있도록 할 것 등을 요청하였다. 편집자에게는 잡지 내용을 고려해 어린이들이 이해할 수 있도록 편집할 것, 되지 않은 작품을 게재하지 말것, 그리고 어린사람을 지도할 만한 책임 있는 편집을 요구하였다. 집필가와 편집자를 구분하여 요청하였으나 내용이 엄격히 구분되는 것은 아니다.

이상 6인의 제안을 요약하여 정리해 보면 다음과 같다. 작가들에게 제안하는 것으로는, 소년문예 작가들의 조직이 필요하고, 새로운 작가들의 출현을 기대하며, 작가들이 책임의식을 갖고 소년문학 창작에 임해야 하고, 어린이가 독자이므로 어휘 선정과 내용 그리고 소년들의 정서에 부합하는 것을 창작할 것 등이 있다. 작품에 대한 비평을 활성화할 것과, 신문이나 잡지 등 발표 매체를 확충하고, 검열을 피할 방안을 강구하며, 우수 작품을 선발하여 포상하는 방안 등은 작가들의 창작을 활성화시킬 제도적 방안으로 내놓은 것이었다. 이정호(李定鎬)의 「1933년도 아동문학 총결산」(『신동아』, 1933년 12월호)은 제목만 보면 1933년도 아동문학을 총괄적으로 이해할 수 있을 것 같다. 하지만 임의로 고른 동화와 소년소설 7편에 대한 평가에 국한하고(제2장 2절 나항 '2) 동화 비평의 이론과 실제' 참조) 동요(동시)나 아동극에 대한 내용은 없다.

고장환(高長煥)의 「아동과 문학 – 1934년의 전망(전7회)」(『매일신보』, 1934.1.3 ~28)은 '아동문학의 발생 시기'와 '아동문학에 대한 어른의 태도'가 주

내용이다. "본시 나는 조선 아동문학계에 대한 금후 전망을 쓸여는 것
이 그만 이러케 되고 말엇다."(7회, 1.28)고 실토한 것처럼 1934년에 대한
전망은 없다. 일본의 마쓰무라 다케오(松村武雄)의 책을 일부 발췌·번역
하고 만 것이다.[63] 1934년 연초에 발표한 임화(林和)의 「아동문학 문제에
대한 이삼(二三)의 사견(私見)」(『별나라』, 1934년 2월호)은 계급주의 아동문학
의 입장에서 아동문학의 문제를 살핀 것이다. 임화는 아동문학이 교화
적(教化的) 임무를 갖고 있는 것으로 본다. 이 임무를 달성하기 위해 노력
했어야 함에도 불구하고, 『별나라』, 『신소년』 및 지방의 여러 잡지들을
원조하지 못한 것과, 아동의 문학 진출을 지도하지 못하고 예술적 수준
을 높이기 위한 비평이 없었던 점은 비판되어야 한다고 보았다. 아동의
문학 욕구 성장을 돕기 위해 고립적 상태로부터 구해 내는 것이 최대
급무라며 다음과 같은 점을 요청하였다. 먼저 아동문학은 아동에 대한
깊은 이해가 필요하므로, 『별나라』와 『신소년』이 갖고 있는 "비소년적
결함의 제거를 위한 사업"(3쪽)을 해야 하고, 둘째 "아동적 생활의 모든
구체성으로 된 문학적 형상(形象)"(4쪽)을 추구하며 "아동문학의 리론적
과학적 리해와 권위 잇는 비평의 확립"(4쪽)을 요청하였다. 비평은 성실
하고 친절해야 하며, 기술적인 도움을 주어 아동문학의 성장을 도와주
어야 한다고 보았다.

우리는 아동문학의 선진적 동무와 우리들이 작가 비평가의 공동의
조직적 방책과 로력에 의하야 이 모든 과제의 성공적 수행을 위하야
의론하고 행동해야 하리라고 생각한다. (5쪽)

---

63) 마쓰무라 다케오(松村武雄)의 『동화교육신론(童話教育新論)』(培風館, 昭和4)의 "第
三章 兒童の心的特徴と童話の內容形式との關係 第二節 子供の文學の發生時期"(125
~133쪽)와 "第三章 兒童の心的特徴と童話の內容形式との關係 第三節 子供の文學
に對する大人の態度"(133~151쪽)를 각각 "아동문학의 발생 시기"와 "아동문학에
대한 어른의 태도"로 발췌·번역하였다.

이 글을 쓸 당시 <조선프롤레타리아예술동맹(KAPF)> 서기장이었던 임화는 <카프>와 아동문학이 연대하여 문제를 해결해야 한다고 본 것이다. 전영택(田榮澤)은 「소년문학운동의 진로」(『신가정』, 1934년 5월호)에서 1934년 시점에서 소년문학이 나아갈 방향을 점검하였다. 당시까지의 아동문학이 걸어온 길을 먼저 살폈는데, 대체로 외국 아동문학의 번역이거나 모방으로 보았다. 전래동화를 제대로 수습하지 않은 것을 유감으로 생각하였고, 감상주의(感傷主義)가 과도했던 것을 과거 아동문학의 특색으로 보았다. 최근에는 "계급의식이 갈리고 사상적 색채를 띠는 것이 또 한 가지 특수한 현상"(52쪽)이라며, 감상주의가 지나쳐서도 안 되고 계급의식을 주입하는 것도 반대하였다. 아동문학이 나아갈 방향으로 모방과 번역에 안주할 것이 아니라 창작과 전래 아동문학의 재화(再話)에 힘써야 한다고 주장하였다. "시대와 사회를 배경으로 하고 재료로 한 아동문학을 창작"(53쪽)해야 한다며 현실과 동떨어진 신화와 같은 이야기는 어린이들의 관심을 받지 못할 것으로 보았다. 아동문학운동이 방정환 등 일부를 빼고는 대개 소년(아동)이 중심이었던 점을 들어 "교육받고 경력 있는 지도자"(53쪽)가 앞으로 아동문학에 더 많은 관심을 가져 줄 것을 희망하였다. 고인태(高仁泰)는 「아동교육과 아동문예의 서설(序說)」(『실생활』, 1934년 5월호)에서 재래의 아동교육과 아동문예가 기형적인 발달을 해 왔다고 보았다. 종교를 지도할 경우 과학 사상을 근거로 해야 하고, 새로 사회주의 사상이 수입된 것을 주목해야 하되, 가정과 학교 그리고 사회가 상호지도, 상호부조해야 할 것으로 전망했다. 송창일(宋昌一)은 「아동문예의 재인식과 발전성(전4회)」(『조선중앙일보』, 1934.11.7~17)에서 "현금 조선 아동문예계는 서리 마즌 만추(晩秋)의 화단(花壇)가티 황량(荒凉)"(1회, 11.7)하다고 진단하였다. 그리고 아동문학의 발전을 위해서는 "은퇴한 아동예술 작가들의 재출발", "발표기관의 건설", 그리고 아동문예 작법 강좌, 지도적인 이론 수립, 작품에 대한 시평(時評) 등을 포함한 "기성 문인들의 후원"(이상 4회, 11.17)이 그 해결책이 될 수 있다고 하였다. 그리고 동요의 경우 노래로 불러야 효과가 있으므로 작곡가들의 도움이 필요하다는 점을 덧붙였다. 같은 시기에 차빈균(車斌均)은 기성 문인들이 "아동독물에 대하야 등한시"하고 있는 현실을 지적한 뒤, 어린이들을 위해 외국의 번역물보다 "조선에 자연과 인정풍속을 제공하야 조선 아동으로 하여금 향토를 사랑하는 마음을 북도다 주고 자미잇게 읽고 유익됨이 만흔 독물"[64]을 제공하자고 제안하였다. 조선의 작가들에게 "아동문학에 소호(小毫)만치라도 유의"[65]할 것을 바란 김첨(金尖)도 같은 생각이었다.

1935년 말경 이원우(李園友)는 「(수감수상)진정한 소년문학의 재기를 통절이 바람(전2회)」(『조선중앙일보』, 1935.11.3~5)이란 글을 썼다. 송창일이 "잡지라고는 손을 곱기가 힘들게 그 수가 적"[66]다고 했듯이, 『어린이』가 통권 121호(제12권 제6호: 1934년 6월호)를 낸 후 9개월 만에 통권 122호(제13권 제1호: 1935년 3월호)를 내고 폐간되었고, 『신소년』도 1934년 4-5월 합호를 마지막으로 폐간된 것으로 보이고, 『별나라』역시 통권 80호(1935년 1-2월 합호)를 마지막으로 폐간되었으며, 『소년중앙』(조선중앙일보사)은 1935년 1월호를 창간호로 발간하여 통권 7호(1935년 7월)를 마지막으로 폐간된 상태였다. 『아이생활』이 남아 있었지만, 『소년』(통권 45호, 1940년 12월호 발간 후 폐간)은 1937년 4월호를 창간호로 발간되었기 때문에 송창일이 '소년문학의 재기'를 바랄 시점엔 존재하지 않았다. "신문은 거의 아동문예 게재를 이저버린 상태"[67]이고 『조선중앙일보』만이 아동문예

---

64) 차빈균, 「(예원 포스트)아동문학을 위하야」, 『조선일보』, 1934.11.3.
65) 김첨, 「(예원 포스트)아동문학을 위하야」, 『조선일보』, 1934.12.1.
66) 송창일, 「아동문예의 재인식과 발전성(1)」, 『조선중앙일보』, 1934.11.7.
67) 송창일, 위의 글.

란을 유지하고 있었다.

이원우는 1935년 당시 아동문학이 처한 상황을 다음과 같이 묘사했다.

　일부의 증오를 다닥다닥 질머지고 근 10년이란 세월을 쓰라린 눈물
과 투쟁하야 온 우리들의 『별나라』와 『신소년』이 빈사상태에 빠지든
작년――그때부터 희미하든 촛불이나마 참절한 사해(死海)의 격랑에
휩싸히고 말엇나니 그 후에도 아동문학을 연구한다는 군소지(群小誌)가
업슨 것은 아니엇다. 『아이생활』, 『어린이』, 『소년중앙』 등이 그러나
그것들도 이제는 다 넘어가고 남어 잇다는 그것은 크리스도 기관인 『아
이생활』뿐이니 이 산하 곳곳에서 진정한 소년문학을 연구하는 벗들이
여! 꿈나라와 하늘나라의 예전 동산(東山)을 갑싼 상아(象牙)의 끄트로
파고 잇는 그 무리들마저 이제는 사러지고 말지 안헛는가.
　이것이 필자의 곱으라운 시야라면 오즉 조켓는가만은――이것은 넘
우나 똑똑한 현실이 아닌가? 그러면 그동안 진보의 도정을 밟고 잇든
아동문단은 영영 깨여지려는가? 누가 이것을 해 넘어간 후에 차저오는
암흑에 비하지 안흐며 주먹을 들어 왜치지 안흘 게냐. (1회, 11.3) (밑줄
필자)

이원우는 아동문학의 발표 매체가 폐간되는 것에 초점을 맞추었다.
발표의 장(場)이 사라지면 작품의 생산자인 작가는 독자와 만날 수 있는
기회가 원천 차단된다. 아무리 능력 있는 작가가 좋은 작품을 쓴다 해
도, 그것을 "담어 주는 그릇"(2회, 11.5)이 없다는 것보다 더 아동문학의
침체를 웅변하는 것은 없다. 이원우는 아동문학의 부흥을 위해 "하로밧
비 녹쓰른 연장을 갈며 어떤 유지(有志)여! 그대 주머니를 기우려라."(2회)
며 매체 발간을 첫 번째의 과제로 보았다. 1935년도 "조선 아동문학 총
평"을 써 달라는 『아이생활』의 요청에 응한 것이 남석종(南夕鍾)의 「1935
년 조선 아동문학 회고 - 부(附) 과거의 조선 아동문학을 돌봄」(『아이생활』,
1935년 12월호)이다. 1935년 조선 아동문학을 두고, "극도(極度)로 피폐(疲弊)

의 현상"(31쪽), "아동문학에 대한 이론이라고는 참으로 얻어보기 어려운 조선문단의 정세(情勢)"(31쪽), "적막한 조선 아동잡지계"(31쪽) 등으로 표현 하였다. 아동문학이 쇠퇴했다고 한 송창일이나 이원우와 같은 의견이 고, "오늘의 소년문학은 실로 마즈막 죽음을 손꼽아 기다리는 병든 노 인"[68]과 같다고 한 이설정(李雪庭)의 진단과도 일치하였다.

남석종은 1935년 당시 활동하고 있는 아동문학가들을 동요, 동화, 소 년소설 등 세 부문으로 나누어 제시하였다.

> 동요 방면에는 윤석중(尹石重), 목일신(睦一信), 박영종(朴泳鍾), 김태오 (金泰午), 김성도(金聖道)
> 동화 방면에는 모기윤(毛麒允), 최봉측(崔鳳則), 최인화(崔仁化), 원유각 (元裕珏), 김상덕(金相德), 이영철(李永哲)
> 소년소설 방면에는 정우해(丁友海), 이구조(李龜祚), 이문행(李文行), 김 규은(金圭銀) (32쪽)

이 외에도 박태원(朴泰遠), 이원규(李元珪), 송창일(宋昌一), 방인근(方仁根), 김소운(金素雲), 양재응(梁在應), 김영수(金永壽) 등이 있으나 퇴보 과정에 있 고, 신진 동요작가로 강승한(康承翰)과 배선권(裵先權)을 꼽았다. 단체로는 <조선아동예술연구협회>가 있으나 라디오 방송을 조금 했을 뿐 명목 상의 단체에 지나지 않는다고 보았고, "동요집이나 동화집 한 권이 발 행 못"(32쪽) 되어 "1935년 아동문학은 완전히 퇴화(退化) 과정을 밟은 현 상"(32쪽)이라 평가하였다. 끝으로 신문사가 아동 독물을 발행해 줄 것을 요망하였다.

아동문학의 이론 결여에 대해서는, 알파의 「(정찰기)아동문학과 이론 결여」(『동아일보』, 1935.7.28)와 신고송(申孤松)의 「아동문학 부흥론 - 아동문

---

68) 이설정, 「(日評)위기를 부르짖는 소년문학」, 『조선중앙일보』, 1936.2.19.

학의 르네쌍쓰를 위하야(전5회)」(『조선중앙일보』, 1936.1.1~2.7)에서도 지적하
고 있다.

> 한 개의 적절한 이론이 그 공명자를 얻을 때에는 그로부터 생기는 효
> 과는 무섭게 큰 것이다. 조흔 작품을 내노키 위하야 전심력을 경주하는
> 것은 더없이 귀한 일이어니와 그러한 작품을 나코저 하는 작가들에게
> 조흔 자극과 지시가 될 만한 적절한 이론이 선행하는 것은 이 또한 바
> 라서 마지안흘 일이다.[69] (밑줄 필자)

아동문학의 침체를 이론 결여에서 그 원인을 찾고, 창작을 자극하기
위해 작가들에게 '자극과 지시가 될 적절한 이론'을 제시하라는 요청이
다. 신고송도 「아동문학 부흥론」(1회, 1.1)의 첫머리에서 "아동문학 이론
의 결여 – 이것은 근자 조선에 있어서 통절히 느끼어지는 문제"(1회)라고
하였다. 주지하다시피 신고송은 일제강점기를 통틀어 계급문학의 입장
에서 아동문학의 이론과 작품 창작에 매진했다. 따라서 그의 이론이나
작품의 입각지가 당연히 계급문학 쪽에 자리할 것은 불문가지다.

> (전략) 아동문학의 문예부흥을 초치하기 위하야 두 가지의 방법으로
> 첫재, 기성작가의 아동문학에의 참가에 의하야 아동문학의 질적 향상
> 을 도모할 것과, 다음, 문학의 내용을 풍부하게 하기 위하야 아동의 현
> 실생활에서 취재할 것을 말하였다. (4회, 2.6) (밑줄 필자)

기성작가가 아동문학에 참가하라는 것과 아동의 현실생활에서 취재
해 내용을 풍부하게 하라는 것이다. 기성작가의 참여는 아동문학의 질
적 향상을 도모하기 위한 것이다. 당시 아동문학 작가 대다수가 문학소
년들이었던 것을 전제로 한 것이다. 그들의 대부분은 아동문학을 발판

---

69) 알파, 「(정찰기)아동문학과 이론 결여」, 『동아일보』, 1935.7.28.

삼아 일반문단으로 도약하려는 사람들이었다. 문학적 수련 없이 좋은 아동문학을 창작할 수는 없다. 이를 극복하는 방법으로 문단적 지위가 있는 기성작가들이 '조로증(早老症)'을 극복하고 아동문학 작품을 창작해야 한다는 것이다. 대표적인 예로 이무영(李無影)의 '애기네 소설'을 들었다. 그는 『동아일보』에 「이뿌던 닭」(1935.5.26)을 시작으로 「둘 다 미워」(1935.12.22)까지 7개월가량 매주 일요일마다 '어린이 일요(日曜)' 난에 '애기네 소설'을 연재하였다.

작품의 내용을 풍부하게 하기 위해 아동의 현실 생활에서 취재하라고 한 것은 신고송의 계급적 입장을 드러낸 주장이다. 신고송이 본 조선의 현실은 "부유층 내지 소시민층의 아동 생활의 그것이 아니고 농촌의 빈농 아동의 생활 도시의 하층에 있는 노동자의 아동의 생활이 조선 아동 총수(總數)의 8할을 점(占)"(4회, 2.6)하고 있는 현실을 말한다. 따라서 이러한 현실을 제대로 인식한다면 "진보적 레아리슴을 방법으로 하므로 하야 아동문학의 문예부흥은 정당하게 일으켜질 것"(4회)이라고 보았다. 반면, "공상이 아동을 현실이란 진흙 가운대서 유리(遊離)하야 제2의 세계에다 은폐하려는 문학이야말로 반동적인 아동문학"(4회)이라 하였다. 끝으로 신고송은 당대 아동문학가들을 호명하며 아동문학 부흥을 위해 노력해 줄 것을 당부하였다. 송영(宋影), 이동규(李東珪), 김욱(金旭), 홍구(洪九), 박세영(朴世永), 이주홍(李周洪), 양창준(梁昌俊) 등이 그들이다. 주지하다시피 다들 계급적 관점에서 아동문학 활동을 했던 작가들이다. 신고송은 자신이 견지하고 있던 계급적 입장에서 아동문학 부흥을 기대하였던 것이다. 그렇다고 신고송이 좁은 의미의 진영 논리에만 빠져 있었던 것은 아니다. 아동문학의 부흥을 바라면서 이른바 동심주의적 입장이라고 공박했던 윤석중(尹石重)과 윤복진(尹福鎭)에게도 "언제나 소시민적 아동의 시가를 제작하지 말고 즉 현실(現實)한 동요를 내여놓아 이 아동문학의 르네쌍스에 참가하기를 기대"(완, 2.7)하였기 때문이다. 뿐만 아니라 이무영에게도 취재의 대상을 광범위하게 볼 것을 요청하였고, 해외문학파 제씨들도 "해외의 아동문학을 번역 소개"(완)하는 것으로 아동문학의 부흥에 동참하기를 바랐다. 이구조(李龜祚)의 「아동문예 시론(時論)(전7회)」(『조선중앙일보』, 1936.8.7~14)도 1936년 중반 시점에 아동문학의 대표 갈래인 동요와 동화의 문제점을 짚어 본 것이다. 1회부터 4회까지는 '동요 제작의 당위성'이란 제목이 붙어 있는 것처럼 동요의 문제점을 살폈고, 5회부터 7회까지는 동화의 문제점을 다루었다. 먼저 근자의 '예술동요'가 7·5조를 기반으로 하고 있으나 이는 일본의 음률이고 우리 고유의 것은 4·4조, 3534, 334와 같은 형식을 갖고 있다는 것을 들어 동요시인들의 반성을 촉구하였다. 동화는 '아이에게 보여 줄 이야기'가 아니라 '아이의 이야기'라고 그 개념을 규정하였다. "아동생활의 현실에서 취재함이 아니면 아동독물로의 자격이 없다"(5회, 8.12)는 의미인데, 『그림동화집』과 『안데르센동화집』의 번역물이 횡행하나 각각 1812년과 1853년에 간행된 책이어서 "우리의 동화작가는 백 년 이전에서 답보를 계속"(5회)하는 셈이라 아이들의 현실과 무관하다는 것이다. 이광수(李光洙)의 「다람쥐」[70]와 이무영(李無影)의 유년소설, 이구조 자신의 「청개고리나라」[71] 등은 어른이 작가 자신의 이야기를 아이에게 들려주는 것이므로 동심과 무관하다고 보았다. 연성흠(延星欽)의 「목숨 바친 곰」, 「잃어버린 노래」[72] 등도 현실적인 실현 가능성은 살피지 않고 '희생만능주의', '윤리만능주의'로 흘러 동심과는 거리가 멀다고 본 것이다. 이러한 현상은 "『어린이』의 창간 이래"(완, 8.14)로 계속되고 있고, 『신소년』과 『별나라』의 게재 작품은 "사춘기를 지내서 인생과 사회에 눈이 뜬 사람이

---

70) 이광수, 「다람쥐」, 『동화』, 1936년 4월호, 4~6쪽.
71) 이구조, 「청개구리 나라(전5회)」, 『조선일보』, 1935.12.1~6.
72) 연성흠, 「일허버린 노래」, 『매일신보』, 1936.4.12.

주인공"(완)이어서 "진정한 아동문학이 아니"(완)라고 평가하였다. 최인화(崔仁化)가 발간하는 "『동화』의 게재 동화는 동화다운 동화들이 아니"(완)라고 한 것도 같은 맥락이다. 이구조가 말하고자 하는 요지는 우리음조에 맞는 동요와 아이들의 삶에 밀착한 동화를 창작하자는 것으로요약된다.

송완순(宋完淳)의 「아동문학·기타」(『비판』, 1939년 9월호)는 1939년 당시 '아동문학의 현상'을 "놀랠 만치 위축쇠퇴한 현금의 꼴" 또는 "현금의 아동문학의 참담하게도 형해화한 꼴"(82쪽)로 표현하였다. 조선의 아동문학이 이미 청산되어 버린 지 오래된 '천사주의'로 되돌아갔다고도 하였다.

> 이 천사주의는 『어린이』지식(誌式)의 그것처럼 센티멘탈하지를 안코 헐신 낙천적인 맛을 갖기는 하엿스나 하나의 환상인 점에 잇서서는 후자와 달를 것이 업다. 그러나 그 질로 볼 때에는 후자보다 전자가 더 나쁘다. 웨 그러냐 하면 『어린이』지식 센티멘탈이즘은 현실을 잘못 인식한 데에 그 원인이 잇섯스나 현금의 낙천주의는 애제부터 현실이라는 것은 인식해 보려고 하지도 안는 때문이다. 즉 <u>현실에 대하여 일체로 오불관언하고 한갓 상아탑 속에 틀어백혀서 무지개 가튼 환상을 그리며 그것만을 즐거워하는 유의 낙천주의자가 현금의 아동문학자들인 것이다.</u> (83쪽) (밑줄 필자)

'천사주의'를 둘로 나누었는데, 잡지 『어린이』의 천사주의는 현실을 잘못 인식하였으나 현금의 천사주의는 아예 현실을 인식하려고도 하지 않는 낙천주의라는 것이고 이것이 천사주의보다 더 나쁘다는 것이다. 아동문학의 재출발을 위해 "문학예술만의 전문단체보다도 아동문제 전반을 연구하는 기관이 먼저 긴요"(84쪽)하다고 보았다. 송남헌(宋南憲)의 「아동문학의 배후(전2회)」(『동아일보』, 1940.5.7~9)도 당시 조선 아동문학의 현상을 "일말의 적막감"(상, 5.7)을 느낀다고 할 정도였다. 이를 극복하기 위해, "외국의 신작동화를 만이 읽고 그것을 자기와 그 주위 작가의 신작과 비교 연구하여 작품의 질적 향상을 꾀하는 것"(하, 5.9)을 해결책으로 제시하였다.

1940년에 들어서 아동문학의 현황을 살펴본 것으로 이구조(李龜祚)의 「어린이문학 논의(전3회)」(『동아일보』, 1940.5.26~30)가 있다. 부제는 '동화의 기초공사', '아동시조의 제창', '사실동화(寫實童話)와 교육동화' 등이다. 동화와 소년소설의 개념을 분명히 하기 위해 유년동화와 동화, 그리고 소년(녀)소설로 구분하였고, 박영종(朴泳鍾)의 동시를 예로 들어 외래형식인 7·5조를 버리고 정형률을 유지하기 위해 아동시조(兒童時調)를 제안하였으며, 희생만능의 동화와 진부한 도덕담에 그친 교육동화를 리얼리즘 동화(寫實童話)로 극복하자고 하였다. 이는 앞서 발표한 「아동문예 시론(時論)」을 발전시킨 논의이다. 양미림(楊美林)은 「아동예술의 현상(전5회)」(『조선일보』, 1940.6.29~7.9)에서 동요와 동화뿐만 아니라 '아동예술'의 관점에서 그 현상을 진단하였다. 아동예술의 올바른 성장을 위해 "아동문화협회라든가 아동문예가연맹"(2회, 7.2)과 같은 통합 기관이 있다면 상호부조와 연대를 통해 파행을 막을 수 있을 것으로 보았다. "평론은 예술활동을 유발 융성케 하며 부단의 자극이 되는 것"(2회)임에도 "비평은 거이 업다고 해도 과언이 아니"(2회)라고 하였다. 아동예술을 아동문학, 아동연극, 아동미술, 아동음악, 아동무용, 아동영화 등 6부문으로 나누어 분야별 작가를 거명한 후 간단하게 논평하였다. 동화가 순조롭게 발달하지 못한 이유는 "아동문학 이론의 빈곤 때문"(3회, 7.5)이지만, 현덕(玄德), 노양근(盧良根), 송창일(宋昌一) 등 우수한 작가와, 김복진(金福鎭), 고재천(高在天), 박인범(朴仁範), 전향진(全向鎭), 최인화(崔仁化) 등의 구연동화가 있어 앞날을 낙관한다고 하였다. 소년소설엔 작가로는 현덕을, 작품으로는 노양근의 『열세동무』를 성과로 들었다. 동시(요)는 윤석중(尹石重), 윤복진(尹福鎭) 등 중진의 활동과 박영종(朴泳鍾), 이원수(李元壽)의 신작이 있으나 주의를 끄는 작품이 없다며 "애송할 동시와 애장될 동요"(3회)를 희망하였다. 아동연극은 박흥민(朴興珉), 정영철(鄭英徹), 김상덕(金相德) 등의 노력이 있으나 "다로무득(多勞無得)"(3회)으로 평가절하했고, 아동극(동화극) 부문에 홍은표(洪銀杓)와 박흥민의 극작과 연출, 함세덕(咸世德)의 극작을 꼽고 특히 함세덕의 활동을 기대하였다. 아동음악과 동요에 있어 "동요의 전성시대는 까마득한 옛 기억"(3회)으로 지나갔다며 윤극영(尹克榮), 정순철(鄭淳哲), 김태석(金泰晳), 윤희영(尹喜永), 홍난파(洪蘭坡), 박태준(朴泰俊) 등을 초기 작곡가로 들었고, 신진작곡가로는 김성태(金聖泰), 박태현(朴泰鉉), 김성도(金聖道)를 꼽았다. 동요 이상의 형식과 내용을 생각하는 아동음악가로 홍난파, 박경호(朴慶浩), 임동혁(任東爀)을 들었다. 아동미술에는 정현웅(鄭玄雄), 김규택(金奎澤), 임홍은(林鴻恩), 임동은(林同恩), 현재덕(玄在德)과 신인으로 김상욱(金湘旭)을 들고 "조선의 향토색이 망각"(4회, 7.6)되지 않아야 함을 강조하였다. 아동무용은 제대로 된 공연이 없었으나 함귀봉(咸貴奉)과 같은 무용연구가에게 기대를 걸었고, 아동영화로는 "일반영화에 아동을 등장시킨 데 지나지 안"(4회)은 것이나 <수업료>[73]의 성공을 꼽았다. 아동예술을 "소일꺼리로 이것을 건드리거나 또 예술의 습작"으로 취급한 까닭에 "아동예술가들이 멸시"를 받아 왔고, 기성예술가들이 "아동예술을 경원(敬遠)"(종, 7.9)한 점이 극복되어야 한다고 보았다. 예술 전 분야를 망라하다 보니 내용이 소략하나 당대 사정을 전반적으로 살피는 데 도움이 된다. 아동문학가들이 "문단에서 외인부대로 취급"[74]을 받았다는

---

73) 전남 광주의 소학생 우수영(禹壽榮)의 작문 「수업료」가 총독상을 받게 되자, 1939년 4월부터 최인규(崔寅奎)가 감독을 맡아 서울의 고려영화사에서 촬영한 영화이다.

74) 인왕산인(仁旺山人), 「(전초병)아동문학의 의의 - 정당한 인식을 가지자」, 『매일신보』, 1940.7.2.

진단이 있는 것처럼 양미림이 짚은 문제들은 시급히 해결되어야 할 과제였다고 하겠다.

전선을 넓혀가던 일본이 1942년 12월 8일 미국 하와이의 진주만을 기습함으로써 태평양전쟁이 벌어졌다. 이 시기를 전후하여 아동문학에서도 전시 아동문제 또는 전시하 아동문학에 대한 논의가 나타났다. 양미림과 목해균(睦海均)의 글이 대표적이다. 양미림의 「전시하 아동문제(전3회)」(『매일신보』, 1942.1.29~2.3)에서 현재의 아동을 "대동아의 맹주 국민"(2회, 2.2)이 되도록 하기 위해 "미증유의 큰 국난을 당한 오늘 국가의 장래를 쌍견(雙肩)에 질머지고 나아가며 대동아건설의 일꾼이 되여야 할 소국민들에게 지대한 정신적 영향을 주는 이 아동문화"(3회, 2.3)를 재검토해야 한다고 보았다. 1938년 일본 내무성(內務省)의 발안으로 아동 도서의 정화 통제가 시작되었고, 1941년 12월 정보국(情報局)의 발안으로 아동문화의 일원적, 통합적 지도기관으로 <일본소국민문화협회(日本少國民文化協會)>가 설립된 것처럼, 조선에서도 지도이념을 확립하고 "강력한 조직체"(3회)를 갖출 필요가 있다고 주장하였다. 일제강점기 말 총후보국(銃後報國)을 부르짖던 일제의 주장에 영합한 것이다. 양미림의 주장이 좀 더 구체화 된 것은 목해균(睦海均)의 「(전시아동문제)아동과 문화 – 전시 아동문화의 실천방향(전7회)」(『매일신보』, 1942.3.7~19)과 「조선 아동문화의 동향」(『춘추』, 1942년 11월호)에서다. 「전시 아동문제」의 시국 인식은 양미림과 같다. "아동독물이란 통이 기근상태"(2회, 3.10)라고 보고 이를 극복하기 위해서는 "국가, 사회, 문화인은 삼위일체"(3회)가 되어 건전한 아동독물을 발행할 것을 제안하였다. 그간의 성과로는 『세계걸작동화집』, 『조선아동문학집』, 박영만(朴英晚)의 『조선전래동화집』, 이구조의 『까치집』, 노양근의 『물레방아』 등의 동화집과, 박인범, 고재천, 정영철, 전상진, 오세창(吳世昌), 백화선(白華善), 이순이(李順伊) 등의 라디오방송 동화 프로, 동요 부

문에서 윤석중의『어깨동무』, 아동극 부문으로 1941년 2월 <경성동극
회>가 결성되어 노양근(盧良根) 원작, 홍은표(洪銀杓) 각색의 <소년애국반>(『열
세동무』)을 공연한 것과, 김태석(金泰晳), 김상덕(金相德), 현재덕(玄在德), 박흥
민(朴興珉) 등의 활약을 예시하였다. 「조선 아동문화의 동향」도 「전시 아
동문제」에서 논의했던 내용과 대동소이하다. 목해균은 기본적으로 "황
국신민으로서의 연성체득(鍊成體得)"(「전시 아동문제(4회)」, 3.12), "대동아 맹주
국민"(5회, 3.14)이라는 관점에서 아동문화를 보고 있으며, 일본의 전시체
제에 순응하는 문화운동을 부르짖고 있는 모습을 볼 수 있다.

　1944년 초에 발표된 박랑(朴浪)의 「아동문단 소감(小感)」(『아이생활』, 1944
년 1월호)은 당시 문단을 "대부분이 몽당연필로 작난질 친 낙서요 값싼
분(粉)으로 더덕을 해 논 꼴불견들"(13쪽)로 진단하고, "작가는 생각하고
그리고 체험에서 오는 느낌을 사상을 전달하는 창조의 인(人)"(13쪽)임에
도 불구하고 "호구(糊口)에 급급해 늘 같은 틀에 넣고 못을 치는 구두직
공"(13쪽)과 다를 바 없다고 질타하였다.

　해방이 되자 '나라찾기'에서 '나라만들기'의 새로운 과제가 아동문학
가들에게도 요구되었다. 일제강점기에도 비평은 대체로 좌파 문학가들
이 중심이었는데 해방기에도 마찬가지였다. <조선문학건설본부><(조선
문학동맹>, <조선문학가동맹>)를 중심으로 재빠르게 문단을 장악하고자 할
때 아동문학 또한 그 산하에서 동조하였다.

　윤복진(尹福鎭)의 「민족문화 재건의 핵심 - 아동문학의 당면 임무(전2회)」
(『조선일보』, 1945.11.27~28)에 임화(林和)와 김남천(金南天) 등이 주도했던 해
방공간 계급문학의 이데올로기가 그대로 드러난다. "아동에게 옹색한
봉건적 잔재를 일소케 하고 야만적인 일본제국주의와 군국주의의 여천
(餘喘)을 청산"하고, "진보적 민주주의적 방향으로 영도"해 나가야 하며,
"동심! 동심! 동심이라고 빙자하고 허무맹랑한 사로(邪路)로 방황"하지 말

것과, "과학적 토대 우에 문화 전역 우에 진보적인 아동문학을 재건"해
야 한다고 주장하였다. 이 과정에서 "'일본적', '일본색'이란 것을 우리의
감정에서 우리의 언어에서 추방"하자면서 "옹색한 국수주의"를 버리자
고도 하였다.(하, 11.28) 봉건 잔재와 일본제국주의 잔재를 청산하고 진보
적 민주주의의 방향으로 나아가자는 것으로 요약할 수 있는데, 이것은
해방 직후 임화(林和)가 발표한 「현하의 정세와 문화운동의 당면 임무」(『문
화전선』, 1945.11.15)에서 밝힌 것이다. 임화의 글은 1945년 8월 20일에 발
표한 박헌영(朴憲永)의 「현 정세와 우리의 임무」, 이른바 '8월 테제'를 수
용한 것이다.[75] 이러한 윤복진의 문학관이 드러난 글로는 「담화실」(『아
동문학』, 1945년 12월호), 「아동문학의 진로(전2회)」(『영남일보』, 1946.1.8~9), 「아
동에게 문학을 어떻게 읽힐가」(『인민평론』, 1946년 3월호), 「신음악 수립에
로」(『조광』, 1946년 3월호), 「발문 - 나의 아동문학관」(『꽃초롱별초롱』, 아동예술
원, 1949.8), 「석중(石重)과 목월(木月)과 나 - 동요문학사의 하나의 위
치」(『시문학』 제2호, 1950년 6월호) 등이 더 있다. 대체로 내용은 「민족문화
재건의 핵심」에서 벗어나지 않는다.

윤복진이 일제강점기의 자신의 문학을 반성한 것은 「발문」에서다.
현실의 아동을 선녀나 천사로 숭상하던 시기에 "나도 그런 한 과오를
범한 사람의 한 사람"(120쪽)이었음을 밝히고, "동심지상주의 내지 천사
주의의 아동관은 더욱 불법하고 부당한 것"(121쪽)으로 규정하였다. 해방
후 윤복진은 이와 같은 생각을 일관되게 견지하다가 결국은 6.25전쟁
도중 월북하였는데 남한에서의 마지막 글인 「석중과 목월과 나」에 월
북이 예고되어 있었다고 하겠다. "새로운 시대의 또 하나의 '이대욤'과
'포름'을 만들어 보자!"며 석중과 목월에게 "새로운 시대의 옷을 갈아

---

75) 류덕제, 「윤복진의 아동문학과 월북」, 『한국 현실주의 아동문학 연구』, 청동거울,
   2017, 436~442쪽 참조.

입"(39쪽)자고 권유한 데서 확인할 수 있다.

계급주의 아동문학 측은 '나라 만들기'의 일환으로 아동문학의 이데올로기를 선점할 필요가 있어 다수의 아동문학론을 발표하였다. 송완순(宋完淳)은 「아동문학의 기본과제(전3회)」(『조선일보』, 1945.12.5～7), 「아동문화의 신출발」(『인민』, 1946년 1-2월 합호), 「조선 아동문학 시론(試論) - 특히 아동의 단순성 문제를 중심으로」(『신세대』, 1946년 5월호), 「아동 출판물을 규탄」(『민보』 제343호, 1947.5.29), 「아동문학의 천사주의 - 과거의 사적(史的) 일면에 관한 비망초(備望草)」(『아동문학』, 1948년 11월호), 「나의 아동문학」(『조선중앙일보』, 1949.2.8) 등 논객답게 다수의 글을 발표하였다.

「아동문학의 기본과제」는 앞서 윤복진이 '당면 임무'로 제시한 것과 유사한 내용이다. 당면과제를 "'조선 것'을 찾고 맨드는 데"서 찾고, "진보적인 민주주의에 의한 '일본적인 것'의 박멸과 봉건잔재의 소탕에서부터 시작"(상, 12.5)해야 한다는 것이 그렇다. 「아동문화의 신출발」도 "첫재는 일본적인 것의 근멸(根滅)이며, 둘재는 봉건잔재의 소탕이며, 셋재는 진보적 민주주의에 의한 긍정적 건설적 정신의 함양"(96쪽)을 주장하는 점에서 「아동문학의 기본과제」와 같은 생각이다.

> 『아이들보이』, 『소년』에 거(據)한 최남선 씨 등의 복구적 민족주의, 『어린이』에 거한 방정환 씨 등의 감상적(感傷的) 천사주의, 『신소년』(전기)에 거한 신명균(申明均) 씨 등의 순민족주의, 『아히생활』에 거한 기독교도 등의 종교적 아동주의, 그리고 『새벗』, 『소년조선』 기타를 중심으로 하는 경향주의, 『별나라』, 『신소년』(후기)을 중심으로 하는 계급주의 — 아동문학은 이렇한 경로를 걸어왔다. 일반 소년운동과 아동문화로 이렇한 과정을 걷혀온 것은 물론이다. (95쪽)

이처럼 서로 다른 주의 주장을 하였으나 공통점은 "일본제국주의에

대한 반발"(95쪽)이었다고 보고, 일제강점기의 아동문화 가운데 계승할
만한 것은 아동문학밖에 없다고 하였다. 해방 후의 정치·사회적 인식
은 송완순의 다른 글들에도 유사하게 드러나 있다.[76]

해방 후 송완순의 아동문학론으로 득의의 것은 「조선 아동문학 시론」
과 「아동문학의 천사주의」이다. 「조선 아동문학 시론」은 아동의 '단순
성'이란 개념을 중심으로 하여 일제강점기의 아동문학이 지닌 성격을
다음과 같이 규명하였다.

> 방 씨 일파가 승천시키어 무리로 천사를 맨들엇던 아동을 인간적 육
> 체를 부여하여 지상에 머물러 잇게 하고, 계급적 아동문학이 무리 투약
> 해서 수염을 나게 한 아동을 다시 무수동자(無鬚童子)가 되게 한 것은
> 신천사주의 아동문학의 공적이라고 안흘 수 업스나 그 대신 이번에는
> 실상은 그러치 안코 또 못한 아동을 능라금수(綾羅錦繡)로 몸을 휘감은
> 지상의 천사를 맨들어서 관념 속의 금풍패궐(金宮珮闕)이 임립즐비(林立
> 櫛比)한 도원경에서만 몽유케 하려고 의욕한 것은 자기의 공적을 스스
> 로 포기하고 선과(善果)를 악과(惡果)로 바꾼 비극이 아닐 수 업다. (85쪽)

방정환 등의 천사주의가 현실을 몰각하고 아동을 하늘나라로 승천시
켰다면, 계급주의 아동문학은 현실에 귀환하였으나 아동의 단순성을 무
시하거나 망각한 결과 아동을 "수염 난 총각"(84쪽)으로 만들어 버렸다.
1935년 전후로 계급주의 아동문학이 요절하자 신천사주의가 나타났으
나 계급주의 아동문학의 '총각'을 '아동'으로 환원시킨 것은 옳았으나 새
로운 천사를 만든 잘못을 저지르고 말았다는 평가다. 방정환 등이 "식
민지적 불우(不遇)에 대한 소극적 센티멘탈이즘"(83쪽) 때문에 천사를 만

---

76) 송완순의 「민족문화건설의 임무 - 그의 르네쌍스적 의의」(『인민』 제4호, 1946년 3
월호)(일문으로 된 「民族文化建設의 任務 このルネッサンス的意義」(민주조선 제2
권 제12호, 1947.7)는 같은 내용이다.)와 「삼일운동의 문학적 계승자」(『우리문학』,
1946년 3월호) 등에도 같은 생각이 피력되어 있다.

들었다면 "신천사주의는 낙천적"(84쪽)인 천사를 만들어 잘못이 더 크다고 보았다. 일제강점기 말에 발표한 「아동문학·기타」에서, 방정환 등은 현실을 잘못 이해했지만 신천사주의는 현실을 인식하려고도 하지 않았다고 한 것과 궤를 같이한다. 「아동문학의 천사주의」는 「조선 아동문학 시론」에서 말했던 '천사주의'를 재론하면서 '신천사주의'의 대표자로 방정환의 "애제자인 윤석중(尹石重)"(29쪽)을 특정하였다. 그리고 윤석중과 같은 인식은 "일제 말기에 활약한 조선 아동문학자의 대부분 — 예컨대 노양근(盧良根), 양미림(楊美林), 최병화(崔秉和), 임원호(任元鎬), 윤복진(尹福鎭), 강소천(姜小泉), 박영종(朴泳鍾) 등 제씨 — 에게도 적용"(31쪽)된다고 하였다.

> 천사주의는, 우리가 살고 있는 지역사회에 있어서는 외관상으로는 어린이를 가장 위하는 것 같으면서도, 그실은 가장 그릇치는 사상이니, 아동문학은, 어린이를 관념에 있어서만 미리 천사부터 만드는 데에 힘을 낭비하지 말고 어린이가 실제에 있어서 문자 그대로의 천사적인 인간이 될 수 있을, 사회의 탐구에 관한 의욕과 정열을 계발하는 데에 치중하지 않으면 안 된다. (31쪽)

관념적으로만 아동을 천사시할 것이 아니라 현실 사회를 제대로 탐구하여 실제 천사가 될 수 있도록 해야 한다는 생각이다. 해방 후 우리 아동문학이 당면한 과제는 바로 이러한 현실을 제대로 인식하는 것이라고 송완순은 확신하였다. 「아동 출판물을 규탄」은 해방 후 아동출판물을 "상업주의적인 것과 교화주의적인 것 두 가지"로 나누고, "어린애 코 묻은 돈을 발녀 먹기 위한 단작스러운 붓작난"에 지나지 못함을 비판한 것이다. 「나의 아동문학」은 20년 이상 아동문학에 몸을 담고 있었던 소회를 밝힌 수필이다.

  박세영(朴世永)의 「조선 아동문학의 현상과 금후 방향」(『건설기의 조선문학』, 1946.6)은 1946년 2월 8일 <조선문학가동맹>이 주최한 제1회 전국문학자대회에서 아동문학 분야 '보고 연설'로 발표한 것이다. 일제강점기의 아동문학을 사적으로 개관한 다음 향후의 방향을 제시한 것이어서 한국 아동문학을 개괄적으로 이해하는 데 도움이 된다. 조선 아동문학의 시작은 최남선의 『소년』, 『아이들보이』, 『붉은저고리』에서 찾았다. 방정환이 창간한 『어린이』의 주조 사상은 "공리주의엿스며 감상적이었스며 또는 아동지상주의"(97쪽)였다고 평가하였고, 작가들로는 동화와 소년소설에 이정호, 연성흠, 고한승, 정홍교, 동요에 한정동, 윤석중, 윤극영, 목일신, 윤복진, 노양근, 서덕출을 꼽았다. 대표작은 윤극영의 「반달」, 한정동의 「두루미」, 윤석중의 「밤 한톨이 떽데굴」, 서덕출의 「봄편지」, 윤복진의 「바닷가에서」 등을 들었다. 1926년 6월에 안준식(安俊植)이 주재하여 발간한 『별나라』는 초기에 "자연발생적 영역"(97~98쪽)에서 머물렀으나 제6호 이후 송영(宋影)이 편집을 맡으면서 "유물변증법적 사회주의 리아리즘에로 지향"(98쪽)하였고, 임화(林和), 엄흥섭(嚴興燮), 박세영(朴世永)이 편집할 때는 "계급투쟁기에로 돌입"(98쪽)하였다며, 변천 과정을 요약하였다. 『별나라』의 작가로는 동화와 소년소설에 구직회(具直會), 최병화(崔秉和), 양재응(梁在應), 안준식, 염근수(廉根守), 송영, 엄흥섭, 홍구(洪九), 이동규(李東珪) 등을, 동요에는 신고송(申孤松), 손풍산(孫楓山), 박아지(朴芽枝), 이구월(李久月), 김병호(金炳昊), 정청산(鄭青山), 김우철(金友哲), 송완순(宋完淳), 박고경(朴古京), 박세영(朴世永) 등을 거명하였다. 신명균(申明均)이 발행한 『신소년』은 후기에 이르러 이동규(李東珪), 홍구(洪九), 이주홍(李周洪)이 주간이 되자 "민족주의로부터 방향을 전환하야 계급투쟁의 기치"(98쪽)를 들고 『별나라』와 같은 길을 걸었다고 하였는데, 방향전환 이후 계급주의 아동문학을 표방한 것을 짚은 것이다. 고장환(高長煥)과 이원규(李元珪)의 『새벗』,

정홍교(丁洪敎)의 『소년조선』 등은 다소 경향적(傾向的)이었지만 윤석중이 주간한 『소년』은 민족주의 영역에 머물렀고, 최봉칙(崔鳳則)과 임원호(任元鎬)가 주재한 『아이생활』은 "아동 신앙주의"(99쪽)를 표방한 것으로 평가하였다.

동요는 "내용이 지극히 온건하고 기교가 있고 또는 감상적이며 추상적"(99쪽)인 『어린이』류의 작품이 대중화되었었는데, 프롤레타리아 동요가 유행하지 못한 이유는 당시 작곡가가 "사상의 빈곤자"였기 때문이라 하였다. 학교나 동요단체가 "경향적 동요는 가장 위험시하고 거부"하였을 뿐만 아니라, 프롤레타리아 동요는 "음악전문가의 작곡을 빌지 못하고 음악동호자에 의해서 작곡"(99쪽)되어 소박했기 때문에 널리 유행하지 못한 것으로 자평하였다. <카프>와 연대하여 프롤레타리아 아동문화운동이 왕성해지자 뮤흐렌(Zur Mühlen, Hermynia)의 동화집 『왜』와 프롤레타리아 동요집 『불별』이 간행된 것을 성과로 꼽았다. 일본제국주의의 탄압으로 1934년 말경부터 아동문학도 일대 암영을 드리우게 되었으나 "국민문학에 협력한 일이 없었다는 것은 하여간 그 경향의 여하를 불구하고 아동을 대상으로 한 것만치 그중에서도 양심적이었다는 것"(101쪽)을 과소평가하지 말아야 한다고 강조하였다. "십 년간의 암흑시대"(101쪽)를 거쳐 해방이 되자, 이주홍에 의해 『신소년』의 후신인 『새동무』가, 안준식이 『별나라』를, <조선아동문화협회>에서 윤석중이 『주간소학생』을 발행하여 조선 아동문학의 새 출발이 이루어졌다. 아동문학이 지향할 바로는 첫째, 일본제국주의 잔재 소탕, 둘째, 봉건적 잔재 청산, 셋째, 홀대된 아동문학을 권위 있는 작가가 배출되어 극복할 것, 넷째, 아동문학 전문 작가의 배출, 다섯째, 진보적 민주주의의 길로 나아갈 것 등을 들었다. 이 내용은 앞에서 윤복진과 송완순이 주장하던 것과 같은 것임을 알 수 있고, 그 원천은 '8월 테제'라는 것도 확인한 바다.

이원수(李元壽)의 「아동문학의 사적(史的) 고찰」(『소년운동』 제2호, 1947년 4월호)은 한국 아동문학을 3기로 나누어 간략히 살폈다. 최남선, 방정환의 아동문학을 제1기로 보고, 제2기는 1925년부터 1935년까지 프롤레타리아 아동문학 시기, 제3기는 해방 후의 아동문학으로 나누었다. 제1기는 "동심문학운동" 시기로 "현실의 절망적인 데서 오는 센치멘타리즘과 비현실적인 작품이 주류"(6쪽)를 이룬 것으로 평가하였고, 제2기는 프롤레타리아 아동문학의 시기인데 "아동의 사상 감정을 초월한 성인적 아동문학"(7쪽)이었다고 보았다. 제3기의 아동문학은 동심주의적인 것도 아니고 계급투쟁 감정을 직수입한 것도 아닌 "진보적 민주주의적이요 반봉건적인 그리고 어른들의 사회와 담을 쌓지 않는 것"(8쪽)을 요구하였다. 이원수에게도 윤복진이나 송완순의 시각이 묻어 있음을 알 수 있다.

해방 직후에 윤복진이나 송완순, 박세영한테서 읽었던 계급주의 아동문학의 진로와 동일한 주장은 거의 모든 아동문학자들이 분출하였다고 해도 과언이 아니다. <조선문학건설본부> 아동문학위원회의 기관지 『아동문학』(창간호, 1945년 12월호)에는 임화(林和)의 「아동문학 압헤는 미증유의 큰 임무가 잇다」, 이태준(李泰俊)의 「아동문학에 있어서 성인문학가의 임무」, 이원조(李源朝)의 「아동문학의 수립과 보급」, 안회남(安懷南)의 「아동문학과 현실」 등을 실어 해방 후 아동문학이 나아갈 바를 밝혔다.

동화와 소년소설 분야에서 가장 많은 작품을 발표한 사람 중의 한 사람인 최병화(崔秉和)는 「아동문학 소고 – 동화작가의 노력을 요망」(『소년운동』 제1호, 1946년 3월호)에서 아동문학가들이 창작과 외국 동화 번역을 위해 희생적으로 노력할 것을 요구하였고, 「아동문학의 당면 임무」(『고대신문』, 1947.11.22)에서는 과거의 미신적이고 비과학적인 아동문학을 극복하고 "정당한 현실 속에서 씩씩하고 쾌활하고 건전하고 희망에 넘치는 문학"을 제공할 것을 당면과제로 제시하였다. 박랑(朴浪)은 「아동문단 수립의 급무」(『조선주보』, 1946.11.4)를 통해, 해방기를 장악했던 <조선문학가동맹> 아동문학부가 "구성 형태로 보아 최초로부터 합리적인 조직이 아니"었으므로 기대를 가질 수 없다고 비판하였다. 동시에 <조선아동문화협회>와 『어린이신문』의 윤석중(尹石重)과 임병철(林炳哲)에 대해서도 "군(君)들의 향락을 위한 도구로 생각해서는 안 될 것"이라며 "케케묵은 봉건적인 보수정신"을 버리고 아동문학 수립을 위해 힘쓸 것을 요구하였다. 양미림(楊美林)은 「아동문학에 있어서 교육성과 예술성(전3회)」(『동아일보』, 1947.2.4~3.1)에서 "모어(母語)로 쓰인 문학작품이나 과학독물의 기근" 또는 "사생아적 존재를 면치 못하였었다"(이상 중, 2.9)란 말로 해방 후 아동문학의 현실을 진단하였다.

　　종래의 우리나라 문학이 순작가(純作家)의 작품인 경우엔 거이 교육성이 몰각 내지 무시되었으며 또 그 반면 교육가의 작품인 경우엔 이것이 문학인가고 반문하고 싶을 만큼 교육 아니 교훈 일색이었음에 우리 눈을 찌프리게 하였음을 또한 부정할 수 없다. 그것들은 그 어느 것이나 예술 이전의 다못 이야기나 노래(?)의 역(域)을 벗어나지 못하였었다. (하, 3.1)

　기성작가를 가리키는 '순작가'의 작품은 아동에 대한 이해가 없어 교육성이 결여되었고, 교육가들의 작품은 교훈 일색이어서 문학이 아니란 지적이다. 양미림이 교육성과 예술성을 들고나온 까닭은 "아동의 정신 생활과 그 생활 전체를 관조 체득한 작가"가 "역사적 대전환 혁신기"의 아동문학을 담당해야 한다고 강조하기 위한 것이다. 한마디로 아동문학을 "성인문단에의 등룡문 삼아 그 습작"(이상 하, 3.1)으로 생각하는 무책임한 작가들에 대한 질타라 할 것이다. 1950년 이주훈(李柱訓)은 동심을 제대로 파악하지도 못하고 "'어른아이'의 문학"[77]을 아동문학이라 하는

현실을 개탄한 바 있는데, 양미림의 생각과 다르지 않다. 양미림은 교과
서 이외의 만화, 동화, 위인전, 사화(史話) 등 아동독물의 발전을 위해 큰
활자와 판형, 선명한 인쇄와 좋은 지질, 자연과학과 인문과학의 균형 잡
힌 도서 출판을 요청하기도 해 아동문학뿐만 아니라 아동의 교양 증진
을 위해 애를 썼다.[78] 일제강점기에 『신소년』을 편집하고 계급주의 아
동문학의 중심적 역할을 맡았던 이주홍(李周洪)은 「아동문학 이론의 수립
(전2회)」(『문화일보』, 1947.5.27~28)을 주창하였다. 지금까지 이론이 제대로
수립되지 못한 이유로 "첫째, 사상 유례가 없는 일본제국주의의 극악무
도한 민족문화 말살에 인한 점, 둘째, 성인문단이 아동문학에 심심한 관
심이 부족하여 이 부문 문학의 생성 기반이 조해(阻害)된 점, 셋째, 이러
한 격려 충동이 없음으로 인하여 우수한 아동문학 작가가 배출치 못한
것"(상, 5.27)을 들었다. 이론 수립을 위해 "초계급적인 천진함만을 동심세
계라 해서 그 신비를 아동문학의 주체성"(상)이라고 맹신하지 말 것과
"역사적 과정과 사회적 의의를 구체적으로 이해하는 뚜렷한 작자의 견
해"(상)가 필요하고, "설명이거나 노골적인 교훈"이 아니라 "예술의 정서
적 사상적 감염작용"(하, 5.28)에 기대며 "정당한 이론 확립과 아울러 보
담 왕성한 작품 활동"(하)이 있어야 할 것으로 정리하였다. 일제강점기
의 아동문학에 대해 반성한 것도 포함되어 있는데, 이는 해방기의 새로
운 아동문학의 방향을 모색하는 데 도움이 될 것이다.

　　과거의 『어린이』가 소뿌루적인 동심 농성(籠城)을 계속해 오는 반면
　에 과거 『신소년』과 『별나라』는 그 아동의 지적 수준을 무시한 고도의
　내용과 형식이 마침내는 정치주의적 편향으로 독행(獨行)하야 아동문학
　으로서의 진정한 성과을 걷우지 못했음을 솔직히 반성하지 않으면 안

---

77) 이주훈, 「아동문학의 한계 - 최근 동향의 소감(小感)」, 『연합신문』, 1950.3.9.
78) 양미림, 「아동독물 소고」, 『조선교육』 제1권 제7호, 1947년 12월호.

될 것이다. (하)

『어린이』가 동심주의에 매몰된 것도 비판하였지만, 그 자신이 몸담았던 계급주의 아동문학의 상징인 『신소년』과 『별나라』 역시 '정치주의적 편향'으로 문제점이 있었음을 반성하고 있다. 해방기의 아동문학은이 둘을 지양(止揚)·극복하는 방향이어야 했을 것이고 이주홍은 그 점을 짚었던 것이다. 『조선동요전집 1』(신성문화사, 1946)을 편찬했던 정태병(鄭泰炳)도 「아동문화 운동의 새로운 전망 – 성인사회의 아동에 대한 재인식을 위하여」(『아동문화』 제1집, 1948년 11월호)에서 어린이들을 "동심지상(童心至上)의 몽환의 세계"(19쪽)로 이끌어가려는 시도를 버리고 "현실을 정확히 관찰 파악"(20쪽)하여 "장래할 중대임무와 그 수행에 대처할 만한 힘을 어떻게 배양"(21쪽)할 것인가를 모색하는 것이 해방기 아동문화 운동의 급선무라 하였다.

나. 아동문학의 실제비평

우리나라 아동문학은 『소년』(최남선 주간, 신문관; 1908.11~1911.1, 통권 23호)을 기점으로 시작되었다.」 이어 『붉은져고리』(최남선 주간, 신문관; 1913.1~1911.5, 통권 12호), 『아이들보이』(최창선 발행 신문관; 1913.9~1914.9, 통권 13호) 등도 『소년』과 같이 아동의 계몽이라는 공리적 목적을 앞세우고 발간되었다. 문학적 갈래로는 대체로 '창가(唱歌)'가 주류였다. 창가 중심의 아동문학이 동심(童心)을 바탕으로 한 예술적 아동문학으로 변모해 가는 과정은 시간을 기다려야 했다.

제국주의 일본의 문을 연 메이지(明治, 1868~1912) 시대에서 다이쇼(大正, 1912~1926) 시대로 변모해 가는 시기는 일본 아동문학에서 중요한 변곡

점이었다. 이 시기에 일본 아동문학에 중요한 역할을 한 인물이 이와야 사자나미(巖谷小波)다. 1891(明治 24)년 일본의 하쿠분칸(博文館)에서 『소년문학총서(少年文學叢書)』의 제1권으로 출판된 『고가네마루(こがね丸)』는 근대 일본 아동문학사를 열었다고 평가되는 이와야 사자나미의 작품이다. 이후 그는 오토기바나시(御伽噺)와 구연동화 및 아동극 분야를 개척하였다. 이러한 행보에 관해 비교문학적 관점에서 영향 관계를 따지는 일은 별론으로 하더라도, 한국 아동문학의 길을 낸 방정환에게서도 유사한 점이 발견된다. "한국 아동문학의 개척자, 외국동화의 번안 번역자, 옛이야기 재화자, 동화구연가, 잡지 발행 편집인 등으로 사자나미가 일본의 아동문학사에 남긴 공헌과 비슷한 발자취"[79]를 남겼기 때문이다.

메이지 시대의 군국주의적 분위기는 다이쇼 시대로 접어들면서 자유주의적인 환경으로 변모하기 시작하였다. 아동문학에도 예술동화 운동이라는 변화가 일었다. 스즈키 미에키치(鈴木三重吉)가 창간한 『빨간새(赤い鳥)』(1918년 7월 창간~1936년 10월)가 선도하였다.

우리나라의 경우, 공리적 목적이 앞선 창가류의 아동문학에서 예술동화 또는 동심을 앞세운 예술적 동요 작품이 발표되기 시작한 것은 『어린이』(1923.3~1935.3, 통권 122호)의 발간 이후로 보는 것이 일반적이다. 연이어 『신소년』(1923.10~1934.5), 『아이생활』(1926.3~1944.1, 통권 218호), 『별나라』(1926.6~1935.2, 통권 80호) 등 일제강점기 아동문학의 주요 매체이자 장수한 잡지들이 발간되었다. 이를 통해 아동문단은 활기를 띠게 되었다. 잡지만이 그 역할을 한 것은 아니었고, 신문의 학예면(學藝面)도 아동문학의 발전에 톡톡히 한몫을 담당했다. 『조선일보』(1920년 3월 5일 창간), 『동아일보』(1920년 4월 1일 창간), 『시대일보』(1924년 3월 31일 창간), 『중외일보』(1926년 11월 15일 창간; 『중앙일보』, 1931년 11월 27일 속간; 『조선중앙일보』, 1933년

---

79) 염희경, 『소파 방정환과 근대 아동문학』, 도서출판 경진, 2014, 76~77쪽.

3월 7일 속간하여 1937년 11월 5일 폐간), 『매일신보』(『대한매일신보』는 1904년 7월 18일 창간하였는데 1910년 8월 29일 1461호로 종간되었다. 『대한매일신보』를 1910년 8월 30일(1462호)부터 『매일신보』로 개제하여 조선총독부의 기관지로 편입하였기 때문이다.) 등 일제강점기의 대표적인 신문들의 학예면에는 일반문학뿐만 아니라 아동문학의 장이 폭넓게 그리고 지속적으로 제공되었다.

다수의 신문과 잡지가 아동문학의 매체로서 발표의 장(場)으로 제공되었지만, 아동문학 문단이 제대로 형성되지 않았던 터라 작품을 제공할 작가들의 배출이 뒤따르지 못했다. 신문과 잡지들은 독자들의 참여를 요청하였고 명예욕과 발표욕이 뒤섞인 독자들의 호응이 컸다. 그러나 문학과 관련하여 제도적 교육을 받은 바 없고 체계적으로 훈련을 쌓은 적도 없던 15세 전후의 소년 소녀들의 필력(筆力)이란 매우 제한적인 것이었다. 그러나 동화나 소년소설 그리고 아동극은 상당한 수준의 필력을 요구하기 때문에 소년문사들의 접근이 용이하지 않았다. 반면에 동요(童謠)는 소년 문사들의 문단 진입 장벽이 높지 않았다. "우리 소년들이 처음으로 글을(藝術的 作品) 지어 보는데 동요가 데일 첩경으로 짓기 쉽고 자미잇"[80]다고들 여겼다. 수준 높은 동요의 창작조차 용이하게 접근할 수 있었다는 것이 아니다. 짧은 시형에 일정한 운율을 갖추면 동요가 된다고 생각했기 때문에 소년 문사들이 상대적으로 쉽게 도전할 수 있었던 갈래였다는 말이다. 1920년대 초중반에 동요가 아동문학의 주류적 위치를 차지한 이유라 할 것이다.

1) 동요 비평의 이론과 실제

일제강점기의 아동문학 비평은 대개 동요(동시) 비평이라 해도 과언이 아니다. 그 양이나 논의의 깊이 또한 다른 갈래를 뛰어넘는다. 따라서

---

80) 편집인, 「독자 작품 총평」, 『별나라』, 1926년 12월호, 49쪽.

비평의 발표 순서에 따라 논의할 경우 졸가리가 서지 않아 체계를 파악하기가 어렵다. 편의상 이론비평, 실제비평으로 나누어 살피되, 실제비평은 월평, 선평 그리고 그 외의 비평으로 묶어서 검토하도록 하겠다. 이론비평이나 실제비평이 엄격하게 구분되지 않은 경우가 많아 중복 논의하는 경우도 있으나 가급적 비중에 따라 구분하도록 하겠다.(동요작법 관련은 제2장 2절 나항 '4) 아동문학 창작방법론' 참조)

동요의 개념을 밝힌 비평문은 1925년 1월에 처음 발표되었다. 1923년부터 『어린이』와 『신소년』이 발간되었고, 『동아일보』는 1925년 처음으로 신춘 현상문예를 모집하면서 동요와 동화를 포함하는 등, 소년문예 운동의 장이 제공된 시점이었다. 매체의 속출과 지면을 채워 줄 작가의 부족은, 소년 문사들 곧 독자들의 투고로 감당해야 했다. 아직 문학적 수련이 되지 못한 그들에게 당대의 주도적 갈래였던 동요에 관한 개념과 창작방법은 요긴한 것이었다. 밴댈리스트[81]의 「동요에 대하야」(『동아일보』, 1925.1.21)는 동요의 개념을 다루었다는 점에서 주요한 비평문이다. 이전까지 동요 창작에 관한 글들이 없었던 것은 아니지만, 동요에 관한 이론비평의 범주에 들 수 있는 것으로는 이것이 첫 번째 비평문이다. 밴댈리스트는 당대에 명확한 인식이 없던 동요의 개념을 밝히려 하였고, 동요와 창가를 구분하기 위해 애를 썼다. 그는 "재래의 창가에 대한 새롭은 창가" 곧 "예술적 창가가 동요"라고 규정하였다. 창가와 동요는 모두 운율을 지닌 점에서 시가와 다를 바 없다고 본다. 동요의 목적은 "어린이의 정조(情操)의 훈련과 상상의 해방"에 있다고 하였다. 그래서 동요는 "지식을 주는 방법이나 공리(功利)를 암시하는 것이 아니고 어데 까지든지 이런 것을 써나 예술적"이어야 하고, "새롭은 동요는 재래의

---

81) 밴댈리스트는 「에취・지・웰스」(『동아일보』, 1924.12.29)와 「동요에 대하야(未定稿)」라는 두 편의 글을 남긴 것으로 확인된다. 하지만 누구인지 신원 확인이 안 된다.

학교의 창가와는 달나 지식과 공리(功利)의 수단이 아"니라고 하였다. 창
가는 지식을 전달하려는 공리적 목적의 시가라면, 동요는 예술적 시가
로 정조의 훈련과 상상의 해방을 목적으로 한다는 점에 그 차이가 있다
고 보았다. 아동문학의 형성기에 창가와 동요의 구분은 필요했다. 창가
라는 익숙한 내용과 형식으로부터 새로운 동요 형식의 창조는 갈래에
대한 인식이 분명해야 가능한 일이다. 이것을 분명히 밝힌 것이 바로
밴댈리스트다.

　김억(金億)의 「동요 선후감」(『동아일보』, 1925.3.9)은 제목 그대로 선평(選評)
이지만, 동요의 개념 등 이론비평적인 요소가 포함되어 있다. "동요는
단순한 창가가 아니고 예술미 만흔 시"라거나, "동요라는 것은 공리적
(功利的)이나 수단적이나 교훈적이라는 것보다도 영원한 미지의 경이 세
계이며 시적 황홀"이라고 그 개념을 규정하였다. "공리적 창가를 동요
라고 하면 새롭은 의미를 가진 동요는 순실한 예술적 창가"라 하여 창
가와 동요를 구분하려 하였다. 창가(唱歌)와 새로운 갈래로 부상한 동요
(童謠)를 구분하지 못하는 것은 어린이만이 아니라 고선자(考選者)들도 마
찬가지였기 때문이다.

　우이동인(牛耳洞人 = 李學仁)은 「동요 연구(전8회)」(『중외일보』, 1927.3.21~28)
(이하 '전자')와 이를 다듬고 내용을 늘려 같은 제목으로 「동요 연구(전15
회)」(『중외일보』, 1928.11.13~12.6)[82](이하 '후자')를 연재하였다. 이 두 글은 이
론비평, 실제비평, 서평이 모두 포함된 당시로서는 방대한 글이다. 실제
비평과 서평은 성격상 당시 조선의 동요 작가와 작품, 그리고 동요집을
대상으로 하고 있다.

　전자는 주로 이론비평이다. 구체적 작품이 인용되고 평가되지 않는

---

82) 현재 『중외일보』를 전량 확인할 수 없는 관계로 「동요연구」도 15회분까지만 확인
　　할 수 있다.

것은 아니나, 그것은 개념을 설명하고 논리적 근거로 삼을 때 끌어온 것이다. 내용은 '동요의 기원', '동요의 의의', '창가와 동요', '창작 주의 (注意)', '작자의 감동', '예술이란 무엇인가', '동요도 시일가', '동요의 종류' 등이다. '3 시인(三詩人)의 동요관'은 일본의 대표적인 동요시인인 미키로후(三木露風), 기타하라 하쿠슈(北原白秋), 그리고 사이조 야소(西條八十)의 동요관을 소개한 것이다. 일본의 논의가 많이 수렴되었는데 당시 일반 문학에서도 비슷한 경향이었다. 스스로 "아즉 동요에 유의만 하얏지 연구를 별로 하지 안해서 여긔에 일본 西條八十 씨의 『현대동요강화(現代童謠講話)』와 野口雨情 씨의 『동요작법(童謠作法)』[83]과 내가 생각한 의견과 종합하야 이약이한다."(1회, 3.21)며 인용 전거를 솔직히 밝혔다.

앞에 제시한 소제목을 보면, 동요에 대한 철학적이고 이론적인 연찬을 거쳐야 어느 정도 관점을 정립할 수 있고 나름대로 논리를 구축할 수 있는 내용들이다. 따라서 선행연구를 인용하면서 자신의 주장을 정리하는 것은 나무랄 일이 아니라 하겠다.

'동요'란 말은 이전에 널리 쓰이던 '창가(唱歌)'란 말과는 다른 개념이다. '동요의 의의'와 '창가와 동요' 항에서는 '동요'와 '창가'의 다른 점을 설명하였다. 설명에 그치는 것이 아니라 다양한 동요 작품을 예로 들어 이해를 돕고자 하였다. 아동문학의 형성기에 수많은 소년 문사들이 '동요' 창작에 동참했지만 그들은 뚜렷한 갈래 인식이 없었고 동요와 창가의 차이를 분명하게 인식하고 있는 것도 아니었다. 이를 분명히 하기 위해 우이동인은 글의 앞부분에 이 문제를 배치하여 설명하고자 하였다.

    종래의 창가라는 것은 전부 노골적으로 말하면 교훈 내지 지식을 너

---

83) 西條八十 著, 『現代童謠講話: 新しき童謠の作り方』, 東京: 新潮社, 大正13.
    野口雨情 著, 『童謠作法問答』, 東京: 尙文堂書店, 大正11. 또는 野口雨情 著, 『(雨情童謠叢書 第2編)童謠作法講話』, 東京: 米本書店, 大正13.

허주겟다 목적한 공리적 가요이기 쌔문에 아동들의 감정생활에는 하등
의 교섭도 가지지 안흔 것을 유감으로 생각하고 그 결함을 보충하기에
만족한 내용 형식보다도 예술적 향기가 잇는 신(新)창가를 창작하겟다
는 것이 동요 운동의 목적이라고 생각한다. 그리하야 신흥 동요의 정의
는 "예술적 미(味)가 풍부한 시"라고 할 수 잇다. (2회, 3.22) (밑줄 필자)

창가는 '교훈 내지 지식을 넣어주겠다 목적한 공리적(功利的) 가요'이
고, 동요는 '예술적 향기가 있는 신창가'로 구분한다. 당시 '신흥 동요운
동'이 일어났는데 그 내용은 바로 '창가'가 아니라 '동요'로 변화·발전
해야 한다는 문학 운동을 일컫는 말이었다.
'동요는 시일가' 항에서는 '동요', '시', '창가'를 비교하면서 같은 점
과 다른 점을 들어 설명하고자 하였다.

결국 작자는 동요에 대해서는 평상시의 작시의 경우보담 자유대로
그 감동을 피력하는 것이 되지 안는 것이다. 이 점에서 보면 동요는 시
가 아니다. 이것은 종래의 창가에 비교하면 꼭 시에 갓가운 것이라 하
지만 시와 전연 동일하다고는 하지 안는다. (6회, 3.26)

시와 같이 감정을 자유롭게 표현할 수 없다는 점에서 동요는 시가 아
니지만, 창가보다는 시에 가깝다고 보았다.
동요의 종류로는 이어(俚語)로서의 동요, 문답으로서의 동요, 옛이야기
로서의 동요, 우화(寓話)로서의 동요, 유희노래로서의 동요, 추억시로서
의 동요, 상징시로서의 동요, 동화로서의 동요 등으로 구분하였다. "연
구가 부족하야 남의 글만 옴겨노케 되"(8회, 3.28)었다고 한 우이동인의
말처럼, 분류의 기준이 분명하지 않아 겉으로 드러난 현상을 좇아 나열
한 모습이 역력하다. 일관된 기준 설정이 없어 이와 같이 분류할 경우
그 종류가 무한정 늘어날 수도 있기 때문에 경계해야 할 일이다.

　후자인 「동요 연구(전15회)」는 지금까지 살펴본 전자를 개작한 것이다. 분량이 늘어나고 내용이 정비되었다. 개작이다 보니 앞서 다룬 내용과 겹치는 경우가 많다. 소제목을 통해 확인해 보자. '동요란 무엇인가', '동요의 기원' 등의 내용은 전자와 대동소이하다. 설명이 좀 더 자세하고 인용하고 있는 예시 작품을 달리한 정도다. 반면 '동요의 분류'는 두 가지로 줄여 하나는 '서사동요' 다른 하나는 '서정동요'로 구분하였다. 전자의 '이어(俚語)로서의 동요', '우화(寓話)로서의 동요' 등은 서정동요이고 '동화시'는 서사동요로 구분하였다. 일제강점기 신문과 잡지에서 널리 쓰고 있던 '동화시'를 '서사동요'로 고쳐야 한다고 한 것은 '서정동요'에 짝을 맞춰 대응시킨 것이다. 갈래 구분은 기준에 따라 다양한 결과가 도출될 수 있는 것이지만, 전자와 달리 형식상 기준으로 일원화하여 간명하게 구분한 것이어서 진전된 논의가 되었다.

　후자에는 전자에서는 볼 수 없었던 서평(書評)이 추가되었다. 문병찬(文秉讚)의 『세계일주동요집(世界一週童謠集)』, 정열모(鄭烈模)의 『동요작법(童謠作法)』, 엄필진(嚴弼鎭)의 『조선동요집(朝鮮童謠集)』 등이 대상이다. 동시대에 간행된 책에 대해 '신간평' 형태의 서평이 붙을 경우, 차후 발간되는 책의 완성도를 높이는데 상당히 기여할 것은 분명하다.(서평에 대한 자세한 논의는 제2장 2절 나항 '마. 서평의 현황과 과제' 참조)

　'동요를 지을라는 아동을 위하야'라는 소제목을 통하여, 남의 동요를 본뜨지 말고 자신의 감동을 표현할 것을 강조하였다. '자장가에 대하야'라는 소제목으로는 일본과 서양의 자장가와 전 조선 각 지역의 자장가를 두루 모아 제시하였다. 그리고는 공리적 의미를 담은 자장가보다는 "자연과 신도(神道)를 의미한" 자장가가 어린이가 체험하기에 적합하다고 평가하였다. 끝으로 동요 작가에 대해서 간략한 논의를 덧붙인 후 마무리하였다. 동요는 구전동요와 아동 자신이 지은 동요, 그리고 시인

이 지은 동요가 있다고 구분하였다. 그러나 엄밀히 말하면 "동요 그 어
대까지던지 아동이 지어야 된다."(14회, 12.6)고 단언하였다. 동요의 작가
와 향수층인 독자가 일치할 수도 있지만 다를 수도 있다. 우이동인은
'단언'하고 있지만, 오늘날의 관점으로 보더라도 동서양을 막론하고 동
요의 창작층이 어린이 자신들만이라는 주장은 찾아보기 어렵다. 어린이
도 동요 창작층 가운데 하나일 뿐이다. 그리고 어린이들의 작품이 작품
수준을 담보하는가가 문제가 될 것이다. 어쨌든 우이동인은 동요에 관
해 비평문을 쓰고 체계적으로 연구해 본 첫 번째 평자라 할 수 있겠다.

고장환이 쓴 「동요 의의 - 동요대회에 임하야」(『조선일보』, 1928.3.13)에
서도 동요의 개념과 본질, 동요의 종류에 대해 언급하였다. 이는 <취운
소년회(翠雲少年會)>가 주최한 동요대회를 맞아 <조선동요연구협회(朝鮮童
謠研究協會)>를 대신하여 쓴 글이다.

> 동요는 어린사람 마음에서 생긴 말의 음악입니다. 어린사람 마음에
> 서 생긴 말의 고락이 예술적 가치가 잇스면 동요라고 할 수 잇습니다.
> 쏘한 동요를 가르켜 어린사람 맘에서 나온 자연시라고 할 수 잇습니다.
> 다시 말하면 동요는 일상에 쓰는 통속말로 누구든지 알도록 어린이
> 의 심사를 그대로 표현하면 그만입니다. 즉 시 가튼 형성이 업고 자유
> 로 생각해서 감각한 일을 자유로 노래하면 그것으로써 조흘 것입니다.
> 동요는 어듸까지 노래의 형상을 구비한 동심예술입니다. (밑줄 필자)

'말의 음악', '말의 고락(苦樂)이 예술적 가치', '어린 사람 마음에서 나
온 자연시', '노래의 형상을 구비한 동심예술' 등이 고장환이 규정한 동
요의 개념이다. 이상의 개념을 종합하여 요약하면, 동요는 어린 사람의
마음에서 자연스럽게 우러나온 음악적 요소를 갖춘 동심예술이라 하겠
다. 동요의 종류로는 아동이 자신의 사상과 감정을 운율로 표현한 것,
어른이 아동의 사상과 감정을 파악하여 아동의 운율로 표현한 것, 어른

이 아동의 소망을 노래해 준 것 등 세 가지로 구분하였다. 동요의 '본질적 생명의 요소'라고 밝힌 다음 일곱 가지가 좀 더 동요의 개념에 가깝다.

1. 통속말로 써서 어린이나 어른들도 능히 알 수 잇도록 할 것
2. 능히 노래할 수 잇고 춤출 수 잇슬 것
3. 어린이의 생활을 절대 토대로 할 것
4. 예술적 가치가 잇슬 것
5. 신선하고 순진한 사상 감정을 노래한 것일 것
6. 감정에 고소(訴訴)하야 과학적 설명을 초월한 것일 것
7. 동심을 통해 본 것으로 모든 사물을 노래할 것

1929년 1월에 발간된 <조선동요연구협회>의 『조선동요선집』에는 우이동인의 「동요 연구의 단편」, 진장섭(秦長燮)의 「동요 잡고 단상」, 그리고 한정동(韓晶東)의 「동요에 대한 사고(私考)」 등 3편의 비평문이 부록으로 실려 있다. 우이동인의 글은 앞에서 살핀 「동요 연구」와 동일한 내용이고 진장섭과 한정동의 글은 새로 쓴 것이다. 진장섭은 "동요는 아동의 가요"란 뜻이며 '가(歌)'는 악기에 맞춰 부르는 노래지만 '요(謠)'는 악기 없이 부르는 노래로 규정하였다. 동요는 어린이의 노래이므로 "어린이의 마음을 본위"로 해야 하며, "어린이의 말"로 지어져야 하지만, "어른의 동심에의 복귀"가 가능하도록 해야 한다고 보았다.(222~3쪽) 한정동은 동요를 첫째, 아이들의 노래, 둘째, 아이들을 위한 노래, 셋째, 아이들이 노래하는 전래동요, 넷째, 시인이 지은 것 중 아이들이 음미할 만한 것 등 네 가지로 구분하였다. 이 가운데 어른이 어린이를 위해 지은 둘째와 넷째 경우에 대해 "그저 제재나 어린이다운 것을 택해 가지고 막연하게 아모 의미도 업시 소곡(小曲)처럼 또는 창가(唱歌)처럼 천편일률"로 "유치한 노래"(225쪽)를 지어서는 안 된다는 점을 강조하였다.

소년운동과 문예운동에 걸쳐 주도적으로 비평문을 발표했던 광주(光

州의 김태오(金泰午)도, 1929년에 「동요 잡고 단상(童謠雜考斷想)(전4회)」(『동아일보』, 1929.7.1~5)을 통해 동요에 관한 이론비평을 시도하였다. 이는 다음과 같은 문단 환경에서 발표된 것이다.

> 근래 신문이나 잡지상에서 동요작품을 만히 대하게 됨은 실로 깃버할 현상이다. 그런데 조선에 동요가 업지 안흔 바는 아니나 소년문학 건설의 기초가 되는 이 동요를 이저버린 대신에 퍽으나 등한시하야 왔다.
> 이것을 유감으로 생각한 조선에 잇서서 동요연구에 뜻 둔 몃 분들의 노력으로 <u>1927년 9월 1일을 기하야 <조선동요연구협회>가 창립된 이후로 그 기세는 자못 치열하야 신흥 동요운동은 날을 거듭할스록 씩씩하게 전개되어 간다.</u> (1회, 7.1) (밑줄 필자)

<조선동요연구협회>는 1927년 9월 1일 김태오를 포함하여 정지용(鄭芝鎔), 한정동(韓晶東), 신재항(辛在恒), 유도순(劉道順), 윤극영(尹克榮), 고장환(高長煥) 등이 창립하였다. 강령은 "1. 아등(我等)은 조선 소년운동 문화전선의 일 부내(一部內)에 입(立)함, 1. 아등은 동요의 연구와 실현을 기(期)하고 그 보급을 도(圖)함"[84] 두 조항으로 되어 있다. <조선동요연구협회>의 위치가 '조선소년운동 문화전선의 일 부내'에 있다고 한 것은 무슨 뜻인가? 조선의 전체 사회운동의 일 부문운동이 소년운동이고, 전체 소년운동의 일 부문운동이 소년문예운동이며, 소년문예운동의 중심이 동요이고, 이 '동요의 연구와 실현' 그리고 '보급'을 도모하는 것이 <조선동요연구협회>라는 뜻이다. 동요의 '연구'는 이론적인 부면을 말하는 것이고, '실현'은 동요창작으로 이해할 수 있으며, '보급'은 기관지나 동요집 발간을 두고 하는 말이다. <조선동요연구협회>는 기관지 『동화』를 발간하기로 하고, 1929년 1월에는 협회 대표자 고장환(高長煥)의 이름으

---

84) 「<조선아동연구협회>를 창립 – 동요에 유지한 청년문사가」, 『조선일보』, 1927.9. 3. '조선아동연구협회'는 '조선동요연구협회'의 오식이다.

로 앤솔러지 『조선동요선집 - 1928년판』(박문서관)을 발간하였다.

신흥 동요운동의 '신흥'이란 종래의 '창가(唱歌)'를 극복하고 새로운 '동요(童謠)'를 창작하자는 의미와, '신경향'의 의미를 동시에 내포하고 있다. '신경향'의 의미가 포함된 것은 논의를 주도한 사람들이 대개 계급적 의식을 소유한 사람들이었기 때문이다.

> 문단의 전환을 보자. 우리는 어드런 과정을 밟어 왔는가? 위선 작년 까지도 한정동 씨는 동요계의 권위를 잡고 잇섯다. 그럼으로 인기는 그에게로 집중하엿다. 그러나 <u>신흥 문예운동이 발흥된 오날</u>에 그 일홈이 과연 엇더한가.
> 우리는 한 씨의 사상을 근본으로 알어내자! 그리고 째달음이 잇자!85)
> (밑줄 필자)

한정동이 동요계의 권위였으나, '신흥 동요운동'이 일어난 이후 전과 같지 않다는 의미다. 나아가 한정동 사상의 근본을 알아내자고 한 것으로 보아 '문단의 전환'이 있었음을 알 수 있다.

김태오는 '동요가 무엇이냐?'라고 스스로 묻고 다음과 같이 동요의 개념을 규정하였다.

> <u>동요는 아동의 가요란 뜻</u>이니 가(歌)나 요(謠)나 조선말노는 다 놀애라고 부르지만 억지로 구별하자면 가(歌)는 악기에 맛초며 부르는 놀애요 요(謠)는 악기를 써나서 부르는 놀애이다.(절대적은 아님) 그런데 동요를 분류해 보자면 동요란 단순히 동(童)의 요(謠)라는 뜻만이 아니고 <u>첫재 어린이들의 놀애요 둘스재 어린이들을 위해서의 놀애요 셋재 어린이들이 놀애해 오는 전래의 놀애 그것이오 넷재 시인이 자기의 예술적 충동에서 을픈 시(詩)라도 어린이들이 음미할 만한 것이면 역시 동요라고 할 수 잇다.</u>

---

85) 남응손, 「(수상)가을에 생각나는 동무들(상)」, 『매일신보』, 1930.10.5.

다시 말하면 동요의 정의는 여긔에 잇다고 본다. <u>동요란 것은 예술적</u>
<u>냄새가 풍부한 어린이들 놀애</u>이니 아름답고 깨끗한 짠 세계(환상세계)
에 대하야 무한히 동경하는 마음이 어린이들 흥미에 꼭 들어마저서 그
것이 그냥 한 덩어리가 되고 가장하지 안흔 무사기(無邪氣)하고 천진한
그대로여서 마치 종달새가 맑아캐 개인 한울을 볼 째 놀애 부르지 안
코는 견댈 수 업는 것가티 제절로 터저나오는 어린이 시를 동요라고
한다. (2회, 7.2) (밑줄 필자)

동요는 '예술적 냄새가 풍부한 어린이들 노래'로 정의된다. 이를 세
분하여 첫째, 어린이들이 지은 노래, 둘째, 어린이들을 위한 노래, 셋째,
전래동요, 넷째, 어른들이 지은 시 가운데 어린이들이 음미할 만한 것
등으로 나누었다. 이는 앞에서 보았듯이 한정동(韓晶東)의 「동요에 대한
사고(私考)」(『조선동요선집』, 1929)에서 보았던 내용 그대로다. 김태오가 생
각하는 동요는 어린이들이 짓고 부르는 노래라는 의미가 강한 듯하다.
사이조 야소(西條八十)가 동요는 직업적 시인이 아니더라도 "참으로 시인
의 혼이 잇는 사람"이 지어야 한다고 주장한 것에 반해, 김태오는 시인
이라 하더라도 어린이의 마음을 갖게 되는 것이 쉽지 않은 일이므로
"소년소녀들이 이 동요를 짓는다면 어른들보다 매우 용이한 것"이라 하
여 의견을 달리하는 듯 보였다.(3회, 7.3) 하지만 김태오는 어른들이 어린
이들을 위해 지은 시(詩)도 동요라고 본다. 그렇다면 둘째와 넷째는 다
어른들이 지었다는 것이 전제가 되고 있어 같은 것을 거듭 말한 것이
된다.

동요의 분명한 개념이 널리 공유되지 않은 상황에서 앞 시대를 풍미
했던 '창가'와는 어떤 차이가 있는지를 비교해 밝히는 것은 동요에 관한
이론비평의 경우 당연히 규명해야 할 과제다. 김태오도 이 점을 놓치지
않았다. '창가와 동요의 구별은 어떠한가?'라고 스스로 묻고는 다음과

같이 창가의 개념을 규정하였다. "재래의 조선에서 유치원이나 보통학
교에서 아동들이 불르는 창가는 어린이의 마음과 교섭이 업는 대부분
이 공리적(功利的) 목적을 가지고 지은 산문적 놀애이기 째문에 무미건조
한 놀애"(2회, 7.2)라고 하였다. 어린이의 마음과 교섭이 없다는 것은 어른
들이 지었다는 것을 전제하고 지은이들이 어린이의 마음과 무관하게
교훈과 지식을 주입하겠다는 공리적 목적에서 창작된 것이라고 본 것
이다. 이런 생각은 일관되게 유지되었는데, "재래 조선에서 유치원이나
보통학교에서 불으는 창가는 어린이의 맘과 교섭 없는 대부분이 공리
적 목적을 갖이고 지은 노래"라거나, "종래의 창가라는 것은 자기 소년
시대의 공상과 곱고 깨끗한 맘성을 돌아보지 않고 다만 이지(理智) 그것
에만 팔려서 마츰내 평범한 수공품을 맨들어 교훈 내지 지식을 넣어주
겠다는 공리적 가요이기 때문에 아동의 감정생활과는 하등의 교섭이
없엇든 것은 속일 수 없는 사실"[86]이라 한 데서 확인된다.

동요는 "읽어서 염량(念量)하기보담 자유로운 곡조로 명쾌하게 놀애하
며 질길 것"으로 생각해, 긴 것보다 짧은 것이 적당하며 곡조를 붙여 노
래하기에 적당한 것은 "칠오조, 육오조, 사사조 등의 삼행 이삼절이나
사행 이삼편(二三篇)이 놀애부르기에 조선 민족의 정서에 알맞다"(3회,
7.3)('二三篇'은 '二三節'의 오식: 필자)고 보았다.

1930년 들머리부터 동요와 동시를 구별하는 논쟁이 여러 사람에 의
해 벌어졌는데, 동요(동시)의 개념, 정의 등을 포함한 이론비평적 성격의
글들이었다.(논의의 중복을 피하기 위해, 제2장 3절 '다. 동요 - 동시 논쟁' 참조)

송완순(宋完淳)의 「조선 동요의 사적(史的) 고찰(전2회)」(『새벗』 제5권 제9호,
1929년 8, 9, 10 합병호; 복간호, 1930년 5월호)은 동요를 역사적으로 살펴본 것
이다. 민요와 동요를 구분하기 위해 여러 예를 들어 설명하였다. 결국

---

86) 김태오, 「소년문예운동의 당면에 임무(3)」, 『조선일보』, 1931.1.31.

전래동요는 동요가 아니라는 결론에 이르렀다.

> 재래에도 아동 독자(獨自)의 동요가 더러 잇섯스나 그것은 진정한 동
> 요가 못 되얏고 다만 아동들만이 불럿기 째문에 동요이엇지 그실은 사
> 이비 동요이엇다.[87]

"완전한 '조선동요사'가 되도록 힘쓸 것"(93쪽)이라 하였으나 완결을
짓지 못하였다. 스무 살 전의 송완순으로서는 '동요사'를 쓸 만큼의 공
부가 이루어지지 못했고, 자료 수집도 여의치 않았으며, 기타 매체 사정
등도 겹쳤기 때문으로 보인다. 하지만 갈래 인식을 분명히 한 것만으로
도 의의를 인정할 만하다. 엄필진(嚴弼鎭)의 『조선동요집』에 수록된 80편
의 '동요'도 위의 주장에 따르면 모두 민요라 해도 과언이 아니다.[88]

송구봉(宋九峰)과 구봉학인(九峰學人)[89]이란 이름으로 발표한 「동요의 자
연생장성 급 목적의식성(전5회)」(『중외일보』, 1930.6.14~?),[90] 「동요의 자연생
장성 급 목적의식성 재론(전4회)」(『중외일보』, 1930.6.29~7.2), 그리고 「'푸로
레' 동요론(전15회)」(『조선일보』, 1930.7.5~22)은 당대 계급주의 아동문학의
"선봉장"[91]이었던 송완순다운 글이다. 봉건시대의 아동이 처했던 문제
점을 환기한 것은 부르주아 지식인들 덕분이었으나 그들은 아동을 "천
사"로 만들었거나, "종교적 화해"를 시도했다고 비판하였다.[92] '재론'에

---

87) 송완순, 「조선 동요의 사적(史的) 고찰(2)」, 『새벗』 복간호, 1930년 5월호, 93쪽.
88) 류덕제, 「엄필진의 『조선동요집』과 아동문학사적 의미」, 『어문학』 제149집, 2020,
   316~320쪽.
89) 송구봉(宋九峰), 구봉학인(九峰學人), 구봉산인(九峰山人), 호인(虎人), 소민학인(素民
   學人), 송소민(宋素民) 등은 모두 송완순(宋完淳)의 필명이다.
90) 『중외일보』는 1930년 6월 15일부터 19일까지 지면을 찾을 수 없어 정확한 연재
   일자와 내용을 확인할 수 없다. 「동요의 자연생장성 급 목적의식성 재론(1)」의 첫
   머리에 "제6회분부터 돌연정지를 당"했다는 것으로 보아 5회까지 연재된 것을 알
   수 있다.
91) 윤석중, 『어린이와 한평생』, 범양사출판부, 1985, 64쪽.

서는 동요를 '자연생장적 동요(노농동요)'와 '목적의식적 동요(계급동요)'로
나누었다. 전자는 "아동 자신이 불른 동요"(2회, 6.30)를 가리키고, 후자는
"의식 잇는 대인(大人)이 아동을 대상으로 하야 어쩌한 일정한 계급적 주
의(主義)의 입장에서 아동을 일정한 계급적 목적투쟁에까지 동원"(3회, 7.1)
시키려는 노래다. 어린이들은 윤극영(尹克榮)의 「반달」과 서덕출(徐德出)의
「봄편지」와 같은 부르주아 동요에 끌리기 쉬운데 이를 방지하고 계급
전선에까지 이끌고 나오는 것이 "지도자・비평가의 임무"(4회, 7.2)라 하
였다. 이상의 논의를 가다듬어 송완순이 프롤레타리아 동요에 대해 종
합적인 견해를 밝힌 것이 「'푸로레' 동요론」이다. 새로운 논의는 연령
문제와 민족과 계급에 관한 것이다. 소년운동에서 논란이 되었던 아동
의 연령은 8세부터 18세까지로 한정하였다. 이를 다시 '유년적 아동'과
'소년적 아동'으로 구분하였는데, 전자는 14세까지, 후자는 18세까지로
나누었다.[93] 구분이 필요한 이유는 유년적 아동에게는 '동요'가, 소년적
아동에게는 '소년시'가 필요하다고 보았기 때문이다. 프롤레타리아와
민족의 관련 문제는 다음과 같이 정리하였다.

> 그럼으로 '프로레타리아-트'는 외국의 이민족 '프로레타리아-트'와
> 의 제휴, 단결, 친밀은 할 수 잇서도 동족인 '부르조아지-'와는 절대로
> 협조할 수 업는 것이다. 쌀아서 되지도 안는 것이다. (중략)
> 조선 '프로레타리아' 아동의 동요가 일본이나 중국이나 독일이나 노
> 서아 등등의 '프로레타리아' 아동의 심금은 울리어도 가튼 동족인 조선
> '쌱르조아' 아동의 심금은 울리지 못할 것이다. (9~10회, 7.16~17)

이러한 생각이 구체화된 일례로 일본의 대표적인 프롤레타리아 아동

---

92) 송구봉, 「동요의 자연생장성 급 목적의식성(1)」, 『중외일보』, 1930.6.14.
93) 이후 유년(4~7), 아동(8~13), 소년(14~17)으로 세분하였다.(호인, 「아동예술 시
　　평」, 『신소년』, 1932년 9월호, 21쪽)

문학가인 마키모토 구스로(槇本楠郎)의 동요집 『붉은 기(赤い旗)』(東京: 紅玉堂書店, 1930.5)를 들 수 있다. 이 책의 표지는 한글로 '푸로레타리아 동요집'이라 하였고, 구스로의 작품 「コンコン小雪」을 임화(林和)가 번역한 「쌀악눈」을 앞머리에 수록하였다.[94] 구스로의 다른 저서인 『신아동문학이론(新兒童文學理論)』(東京: 東苑書房, 1936.7)에는 「조선의 신흥 동요(朝鮮の新興童謠)」(184~191쪽)가 실렸다. 이 글에는 『신소년』, 『별나라(星の世界)』, 『음악과시(音樂と詩)』 등의 잡지와 프롤레타리아 동요집 『불별(火星)』 및 작가로 김병호(金炳昊), 엄흥섭(嚴興燮), 이주홍(李周洪), 정청산(鄭靑山), 이동규(李東圭), 김우철(金友哲), 안용민(安龍民), 북원초인(北原樵人), 홍구(洪九), 김욱(金旭) 등을 소개하였다. 작품으로는 이구월(李久月)의 「새 훗는 노래(雀ひの追歌)」(『음악과시』, 1930년 9월호), 손풍산(孫楓山)의 「거머리(蛭)」(『음악과시』, 1930년 9월호), 양우정의 「망아지(お馬)」(『신소년』, 1930년 6월호), 신고송의 「잠자는 거지(乞食の子)」(『신소년』, 1930년 8월호), 김성도(金聖道)의 「우리들의 설(お正月)」(『별나라』, 1931년 1-2월 합호), 적악(赤岳 = 許水萬)의 「쌀 풍년(多過ぎる米)」(『신소년』, 1931년 1월호) 등 6편을 번역 수록하였다.[95] 그리고 이주홍은 "일본의 동지 槇本楠郎 군"[96]과 긴밀한 교섭을 한 것으로 보인다.

> 아동문학가 전본남랑(槇本楠郎) 씨가 소개를 해 주어서 문학신문이나 부인잡지 같은 데에 주장 동요를 발표했고, 미술신문 같은 데는 만화(漫畵)를 그려서 그 방면의 대가 대월원이(大月源二)나 촌산지의(村山知義) 같은 사람들의 과찬을 받기도 했다.[97]

---

94) 이 작품 「싸락눈」은 『신소년』(1933년 2월호, 1쪽)에도 실렸다.

95) 김영순은 「1930년대에 교차하는 한국과 일본의 아동문학」(『한일아동문학수용사연구』, 채륜, 2013, 161~171쪽)에서 이러한 사실을 밝혔다. 김영순은 원작의 작품명과 서지사항을 일부만 간접적으로 확인하였다.

96) 이주홍, 「아동문학운동 1년간 금후 운동의 구체적 입안(3)」, 『조선일보』, 1931. 2.15.

97) 이주홍, 「스미다강의 5월」, 『(이주홍 에세이집)술 이야기』, 자유문학사, 1987, 113

이런 것으로 미루어볼 때 식민지 상태임에도 민족보다 계급을 앞세운 당시 프롤레타리아 아동문학의 한일 교섭 양상을 확인할 수 있다.

1930년대에 들어 아동문학의 당면문제를 논의한 것도 이론비평의 범주에 든다. 신고송(申孤松)이 송완순(宋完淳)과 벌인 논쟁 중에 "겨우 태생한 '푸로 동요운동'의 기반을 정재(整栽)하고 진전을 도모치 안흐면 안 될 것"[98]이라고 한 것은 신흥 동요운동의 방향성에 대한 입장 표명이다. 홍은성(洪銀星)도 조선 동요의 당면 임무로 "조선 민족이 공통으로 밧고 잇는 비애와 침통한 생활의 표현을 요"하며 "장래의 행복을 동경하는 ××적(투쟁적: 필자) 기분이 濃厚한 것"과 "단일선(單一線)에 진출하는 의미의 작품"을 요구하였다.[99] 김태오(金泰午)도 당면 임무로 창가 배격, 씩씩하고 예술적인 동요 수립, 동요작곡집 발행 촉진 등 3가지를 꼽았다. 덧붙여 <조선동요연구협회>를 중심으로 "좀 더 운동을 통일적으로 조직적으로 전개"할 것을 요청하였다.[100] 김태오는 2년여 뒤인 1933년에도 거의 같은 내용을 반복하여 강조하였다.[101] 김대봉(金大鳳)도 "생활고에 기원을 두고 계급감정을 읊흐는 데 형식과 운율, 내용과 취재 또는 용어에 잇서서도 숙고"하는 것이 신흥동요가 나아갈 방향이라 하였다.[102]

비평이 제대로 수립되어야 작품의 수준도 향상된다. 그러나 지금까지 비평(혹은 독후감, 감상)은 많았으나 기준이나 방법에 대한 성찰조차 없이 평자의 사적 기준에 의해 이루어졌다. 이러한 사정을 두고 볼 때, 김대봉의 「동요 비판의 표준(전2회)」(『중앙일보』, 1932.1.18~19)은 비평기준 수

~4쪽. 오쓰키 겐지(大月源二: 1904~1971)는 서양화가이자 사회운동가이고, 무라야마 도모요시(村山知義: 1901~1977)는 극작가, 연출가, 소설가이다.

98) 고송, 「동요운동의 당면문제는?(1)」, 『중외일보』, 1930.5.14.

99) 홍은성, 「조선동요의 당면 임무」, 『아이생활』 제6권 제4호, 1931년 4월호, 5쪽.

100) 김태오, 「동요운동의 당면 임무」, 『아이생활』 제6권 제4호, 1931년 4월호, 6~9쪽.

101) 김태오, 「동요운동의 당면 임무(전4회)」, 『조선일보 특간』, 1933.10.26~31.

102) 김대봉, 「신흥동요에 대한 편견(片見)(2)」, 『조선일보』, 1931.11.3.

립이라는 과제에 도전한 것으로 그 의도가 참신하다. 동요는 "취재가 내용을 결정하고 내용이 형식을 결정"한다고 보고, 취재는 "아동생활상 감정의 실재의 반영의 일부"이고 내용은 "인사상(人事上) 노래, 전통적 노래, 무생물에 대한 노래, 동물에 대한 노래, 유희의 노래"(이상 1회, 1.18)로 분류하였으며, 형식은 "단적(單的) 표현과 음악적 구성"을 요구한다고 보았다. 그리고 동요의 비판적 요소로 "계급심리를 표현하려는 내용 결정과 발언 동기"(이상 2회, 1.19)에 따라 달라질 것이라 하였다. 다소 난삽하지만, 계급의식에 바탕을 둔 내용을 우선하고 동요인 만큼 단순하되 음악적 구성을 하라는 것으로 요약할 수 있겠다. 이어서 「동요단 현상의 전망」(『중앙일보』, 1932.2.22)에서는 당시 아동문단의 현상을 크게 둘로 나누었다. 첫째, "예술파 동요, 향토적 동요, 초현실적 동요, 고답파(高踏派) 동요"를 창작하는 작가로 한정동(韓晶東), 유도순(劉道順), 윤복진(尹福鎭), 남궁랑(南宮浪), 목일신(睦一信), 이원수(李元壽), 서덕출(徐德出), 석순봉(石順鳳) 등을 꼽고, 둘째, "푸로동요 사이비 푸로동요"를 창작하는 작가로 신고송(申孤松), 이구월(李久月), 이동규(李東珪), 김병호(金炳昊), 엄흥섭(嚴興燮), 박철(朴轍) 등을 꼽았다. 전자는 가난한 조선 아동들의 환경과 생활 이데올로기를 외면하였고, 후자는 동요를 교화와 선전 수단으로 취급함으로써 예술적 효과를 상실하였다고 보았다. 양자의 장단점은 비교적 잘 포착하여 지적하였으나 가난한 조선 아동들을 위한 창작을 어떻게 해야 할 것인지에 대한 구체적인 '전망'은 제시하지 못하였다. 박세영(朴世永)의 「고식화한 영역을 넘어서 - 동요・동시 창작가에게」(『별나라』, 1932년 2-3월 합호)는 김대봉과의 교섭과 무관하게 프롤레타리아 아동문학의 창작방향을 제시한 것이다. 아동문학이 방향전환을 통해 자연발생기에서 목적의식기를 거치면서 많은 발전을 이루었으나 작품들이 한결같이 "고식화(固式化)"(10쪽)한 현실을 벗어날 것을 요구하였다.

그러면 압흐로의 우리들의 창작적 태도는 고식화한 이 영역을 버서
나 버려야 하겟다. 먼저 재료를 다방면에서 취해 낼 것과 그리하야 시
야를 넓힐 것과 너무나 경렬한 제목에만 편중치 말며 또는 농촌에서
이러나는 조그만 일이라도 재래에는 동요의 내용으로의 재료로도 되지
안흘 것이라도 이를 각양각태(各樣各態)로 계급의식을 느어 표현할 것
이다. (11쪽)

다방면으로 제재를 취해 너무 격렬한 표현에 편중하지 말고 넓은 시
야로 계급의식을 담아내자는 방향 제시이다. 1934년에 들어 원유각(元裕
珏)이 「조선 신흥 동요운동의 전망(전5회)」(『조선중앙일보』, 1934.1.19~24)을
통해 향후 동요운동을 전망하였다. 신흥 동요운동의 연구는 공부의 범
위가 넓고 많은 지식을 갖추어야 한다는 것과 유치원의 동요운동과
<조선동요연구협회>의 부흥, 연구단체와 방송단체 등을 연결하여 동
요대회와 지방 순회 지도 및 보급을 하는 방향을 제창하였다. 그러나
신흥 동요의 개념을 분명히 하지 못한 점, 동요연구와 그 지식을 분명
히 설명하지 못한 점 때문에 풍류산인(風流山人 = 南應孫)의 반박을 받아야
했다.[103]

송창일(宋昌一)의 「동요운동 발전성 - 기성 문인, 악인(樂人)을 향한 제창
(전2회)」(『조선중앙일보』, 1934.2.13~14)도 동요 운동의 발전 방향을 모색해
본 것이다. 첫째, 아동문예에 무관심한 기성 문인들이 노력해야 하고,
둘째, 실력 있는 작곡가들의 출현이 필요하고, 셋째, 아동들 가운데에서
훌륭한 동요시인이 배출되어야 한다고 보았다. "동요 운동은 조선문예
측의 기초공사인 것을 절감하는 동시에 기성문인과 악인(樂人)과 아동작
가들이 하나이 되어 정성을 다하는 곳에 참으로 조선 동요의 광휘 잇는

---

103) 풍류산인, 「'조선신흥동요운동의 전망'을 읽고(전2회)」, 『조선중앙일보』, 1934.1.26
～27.

발전이 잇슬 것"(2회, 2.14)이란 말에 논점이 잘 요약되어 있다. 「아동문학 강좌 - 동요편(전9회)」(『가톨릭소년』, 1937년 11월호~1938년 8월호)에서는 동요의 개념, 동요가 그려내는 아동의 세계, 동요의 교육상 가치, 동요의 요소, 동요의 창작 등을 두루 다루었다. '강좌'는 어린이들을 교육하는 성격의 글이라 구체적인 작품을 예시하여 설명하고 있어 이전의 논의와 다른 새로운 내용은 없다.

1934년을 전후한 "아동예술은 더 한심하게 아주 보잘것이없게 되엿다"[104]는 박세영의 진단처럼 대체로 퇴보를 걱정하는 것이 일반적이다. SS생의 「조선 동요계의 작금과 전망 - 작년 작품의 총평을 대신하여」(『아이동무』 제4권 제2호, 1936년 2월호)도 문단의 향후를 전망하였다. 먼저 1935년도의 작가들의 작품활동을 일별한 후, 여러 가지 부족한 점이 많으나 "발랄한 노력으로 꾸준히 애쓰는 신진들"(22쪽)을 볼 때 앞으로의 전망이 밝다고 보았다. 그러나 SS생의 희망과는 달리 검열 등 매체에 가해지는 압박과 시국의 제반 여건이 동요문학의 전망을 밝게 한 것은 아니다.

김태준(金台俊)의 「동요편(전3회)」(『조선일보』, 1934.3.21~24)은 '조선 가요 개설'의 일환으로 쓴 것인데, 역사적 전거를 살펴 동요의 개념을 정의하고 구체적인 전래동요 작품을 예로 들어 "순진하고 숭고하고 아동성이 잇고 어운까지 음악적이어서 동요 유희"[105]로 될 수 있는 점을 설명하였다. 1930년대 들머리부터 논쟁을 통해 논의하였던 동요(동시)의 개념과 동요와 동시 구분 등 아동 시론이 1930년대 중반에 들어 전식(田植)과 남석종(南夕鍾) 등에 의해 재론되었다. 전식의 「동요 동시론 소고(전3회)」(『조선일보』, 1934.1.25~27)는 동요와 동시를 구분하였는데, 동요는 "어린이의 부르는 노래"(1회, 1.25)이고, 연령에 따라 4, 5세에서 11, 12세까지의

---

104) 박세영, 「작금의 동요와 아동극을 회고함」, 『별나라』 통권79호, 1934년 12월호, 4쪽.
105) 김태준, 「(조선가요개설 68)동요편(13)」, 『조선일보 특간』, 1934.3.21.

유년요(幼年謠)와 12, 13세부터 17, 18세까지의 소년요(少年謠)로 구분하였다. 동시는 "어린이의 시"로 "부르는 것보다 읽어서 그 참뜻을 맛보는 것"(3회, 1.27)으로 개념을 정의하고 유년시와 소년시로 구분하였다. 이러한 구분이 동요를 지을 때 도움이 되리라 전망하였다. 남석종의 「조선과 아동시 – 아동시의 인식과 그 보급을 위하야(전11회)」(『조선일보 특간』, 1934.5.19~6.1)는 "여지업시 멸시를 당하며 말할 수 업시 유린을 당"해 온 아동문학은 반성하고 "아동시에 대한 관념의 인식과 그 보급이 가장 급무일 것이니 이의 일조의 의미"(1회, 5.19)로서 집필된 것이다. 김태오가 「동요예술의 이론과 실제」를 집필한 것과 동기가 같다. 아동시의 개념, 종류, 예술적 가치 등의 개념을 담고 있는데, 주로 미키 로후(三木露風), 기타하라 하쿠슈(北原白秋), 사이조 야소(西條八十), 노구치 우조(野口雨情), 시로토리 세이고(白鳥省吾), 야나기사와 겐(柳澤健) 등을 인용하고 있다. 조선의 사정을 살피고 있으나 주요 개념은 스기하라 이사무(杉原勇)의 『아동시교육의 신연구(兒童詩教育の新研究)』(東京: 雄文閣, 1931.9)에 기댄 것이다. '아동시'는 "아동자유시와 동요"[106]로 구분하였는데, '동요'와 '아동자유시'의 개념에 대해서는 「(아동문학강좌 2)동요란 무엇인가」(『아이생활』, 1934년 11월호)와 「(아동문학강좌 3)아동자유시란 무엇인가」(『아이생활』, 1935년 1월호)에서 되풀이하였다. 동요의 개념이 지속적으로 요구되는 것은 그만큼 필요로 하는 독자가 있었다는 반증이다. 옌지(延吉)에서 간행된 『가톨릭소년』에도 엄달호(嚴達鎬)의 「(강좌)동요에 대하야」(『가톨릭소년』, 1937년 3월호)와 「(동요강좌)진정한 동요(2)」(『가톨릭소년』, 1937년 7월호)가 실렸다. 제목은 다르나 연결된 글인데, '진정한 동요'가 무엇인지를 살핀 것이다. 첫째, "예술다운 값이 잇고 음악다운 맛"이 있어야 하고, 둘째, "어린이의

---

106) 남석종, 「조선과 아동시 – 아동시의 인식과 그 보급을 위하야(3)」, 『조선일보 특간』, 1934.5.23.

마음 그대로 단순"해야 하며, 셋째, "어린이들에게 지나치게 구슬픈 마음을 이르켜서는 자미 적"다고 하였다. 여기에 "민족의 전통(傳統)과 향토미(鄉土美)"(3월호, 30~31쪽)를 저버리지 않아야 한다고 해 사실상 '진정한 동요'의 네 가지 조건을 내세웠다. 고봉호(高奉鎬)의 「힌구름」을 통해 위 네 가지 조건을 입증하고, 다시 윤석중(尹石重)의 「봄나드리」를 감상할 것을 제의하였다.

남석종이 소개한 '아동자유시'는 일본에서 기타하라 하쿠슈(北原白秋)가 제창했던 것이다. 김영일(金英一)은 「사시 소론(私詩小論)(전2회)」(『아이생활』, 1943년 7-8월 합호~10월호)에서 '아동자유시'를 소개하면서 7·5조를 벗어난 자유율의 '단시(短詩)'를 강조하였다. 해방 후 이를 다듬은 것이 「사시 광론(私詩狂論)」(『아동자유시집 다람쥐』, 고려서적주식회사, 1950.2)이다.

"동요에 대한 이해와 기픈 연구도 업시 동요를 경멸히 보는 경향"(1회, 7.1)을 바로잡기 위해 김태오도 「동요 예술의 이론과 실제(전5회)」(『조선중앙일보』, 1934.7.1~6)를 집필하였다. 그간 「동요 운동의 당면 임무」, 「동요 작법」 등으로 꾸준히 동요의 이론과 실제에 대해 평필을 이어 온 연장선상에 놓인 것이다. 동요 예술의 개념, 동요무용과 동극, 동요의 지도 문제, 동요 아닌 동요(사이비 동요), 동요 방송과 레코드음악, 유치원 동요의 급무 등을 두루 살폈다. 동요 예술의 개념은 「동심과 예술감」(『학등』 제8호, 1934년 8월호)으로 이어졌다. 「조선 동요와 향토 예술(전2회)」(『동아일보』, 1934.7.9~12)도 문제의식은 같다. "동요 아닌 동요의 도량(跳梁)", "외국 동요의 의역이나 또는 아기네들 생활과 그들 연령에 적합지 못한 노래를 그대로 주입"시키고 있으므로 "조선의 흙으로부터 생산된 동요다운 동요"(상, 7.9)를 창작하자고 하였다.

동요의 형식에 대해 반성을 요구한 글이 이구조(李龜祚)의 「아동문예 시론(時論) - 동요 제작의 당위성(1~3)」(『조선중앙일보』, 1936.8.7~9)이다. 당시의 동요가 7·5조를 강요하는 현실을 비판하고 대안을 제시해 본 것이다. 7·5조는 일본의 운율임을 전거를 통해 밝히고, 동요 형식은 "조선 아동정서에 들어맞는 4·4조를 기본조"(2회, 8.8)로 하고 변조를 수용해야 한다는 것이다. 김성태(金聖泰) 편곡의 <새야새야 파랑새야>와 김태석(金泰晳)과 윤희영(尹喜永)의 동요곡집 『꾀꼬리』(꾀꼴이)에 다수의 고요(古謠)가 작곡되어 있는 것 등을 운율 개혁의 사례로 들었다.

천청송(千靑松)의 「조선동요 소묘 – 동요 재출발을 위하야(전3회)」(『가톨릭소년』, 1937년 4월호~6월호)도 동요론이다. '고(古) 동요의 음미', '구전동요의 개작 문제', '신동요의 감상', '신동요의 재출발' 등의 소제목을 통해, 옛동요(古童謠)가 동심을 잘 표현하였으므로 구전동요를 개작할 필요가 있다고 보았다. '신동요'로 서덕출의 「봄편지」와 김자겸(金子謙)의 「집 직키는 아희의 노래」 2편을 들고, 전자는 "표현이 너무나 어룬다운 점"(5월호, 59쪽)이 있어 어린이들로부터 멀어졌고, 후자는 프롤레타리아 동요로 "감정을 잇는 그대로 형식의 여부는 가리지 않고 노래한 것"(6월호, 23쪽)이어서 어색하다고 하였다. '신동요의 재출발'은 동요 문학의 앞날을 전망한 것인데, 조봉구(趙鳳九)의 「간난이」[107]를 '참다운 동요'로 내세웠다. '고사리주먹'이란 표현을 높이 평가하며 "조선 동요의 앞길을 빛여주지나 안는가고 생각"(6월호, 25쪽)하였다. 천청송의 시각은 현실보다는 동심과 그 표현에 맞춰져 있음을 알 수 있다.

송완순(宋完淳)의 「동요론 잡고 – 연구 노트에서(전4회)」(『동아일보』, 1938.

---

107) 「간난이」는 1935년 『조선중앙일보』 신춘문예 동요 부문 '가작동요'로 당선된 군산(群山) 조봉구(趙鳳九)의 작품이다. 원문은 아래와 같다.
　　한살난 간난이,
　　엄마젓 두통을
　　　　　다먹고나서
　　고사리 주먹을
　　　　　작고빱니다

1.30~2.4)는 동요와 관련한 생각들을 17개의 항목으로 정리하였다. '잡고' 라 한 것은 '연구 노트'를 보면서 잡다한 내용을 적었다는 의미일 테지만 이전에 그 자신이 논자로 참가하였던 논쟁적 문제들을 항목화하였다고 보면 된다. 송완순은 "현실의 어린이를 잇는 그대로 보고 생각"(1회, 1.30)할 것을 강조한다.

> 우리는 어떤 부류의 사람들처럼 어린이를 천진난만이라는 여구(麗句) 로써 불가침의 천사시(天使視)하여 지상의 현실로부터 초연한 존재로 승천시킬 필요는 조금도 없다.(1회)

'어떤 부류의 사람들'은 방정환(方定煥)과 초기 『어린이』를 둘러싼 사람들을 가리키는 것이다. 동요가 아동교육의 수단이 되기도 하지만 수신 교과서가 아니라는 것과 창가(唱歌)와 다른 점도 명기하였다. "형식과 양식은 일본 내지(內地)의 것을 몰래 꾸어 오고, 그럴듯한 조선말의 미사여구"(2회, 2.2)를 결합시켜 신동요라 하는 형식주의를 비판하였으며 "내용의 완(完)과 형식의 미(美)가 가장 잘 조화한 동요"(2회)를 주장하였다. 이는 7·5조 일변도의 정형률을 벗어나야 한다는 것이다. 이론적 근거는 일본의 기타하라 하쿠슈(北原白秋)와 사이조 야소(西條八十)에 기댔지만 비판적인 수용이란 점에서 의미가 있다. 사이조 야소의 '정신의 유사 (analogy) 발견'이란 개념이 어린이에게서 어른스런 점을 발견해야 한다는 의미라면 동요가 불필요하다는 것을 입증하려 하였고, 사이조 야소와 기타하라 하쿠슈의 동요 창작상의 태도를 비판적으로 극복하고자 하였다. 이전에 많은 논자들이 일본의 주장을 무비판적으로 옮겨놓기에 급급한 것에 비한다면 송완순의 비판은 그 의미가 결코 작지 않다.

해방 후 동요(동시) 문학에 가장 큰 파장을 던진 사람은 윤복진이다. 일제강점기의 윤복진은 현실인식이 없는 작가는 아니었지만 그렇다고 계급적인 인식을 뚜렷이 드러낸 작가는 더더욱 아니었다. 그러나 해방이 되자 윤복진은 계급주의 문학을 표나게 주장하였다. 동요(동시)와 관련하여 그러한 생각을 드러낸 대표적인 글이 「발문 - 나의 아동문학관」(『꽃초롱 별초롱』, 아동예술원, 1949.8)과 「석중(石重)과 목월(木月)과 나 - 동요문학사의 하나의 위치」(『시문학』 제2호, 1950년 6월호)이다. 「발문」은 1949년에 발간된 윤복진의 첫 번째 동요집인 『꽃초롱 별초롱』에 실려 있다. "현실의 아동을 선녀나 천사로 숭상하려던 시대도 있었다. 나도 그런 한 과오를 범한 사람의 한 사람이다."(120쪽)라고 자기반성을 한 후, "우리의 동요 문학을 민주주의적 과학적 아동관에 입각"(122쪽)하여 생장하게 하자고 제안하였다. 방정환식의 동심천사주의를 과오로 비판하고 계급주의 아동문학이 주장하던 과학적 아동관을 주장한 것이다. 이러한 변화는 「석중과 목월과 나」에서 뚜렷하게 나타난다.

> 석중(石重)이, 목월(木月)이 그리고 나는 어떻게 새로운 시대의 옷을 갈아입어야 하겠다. 또 하나의 이정표를 세워야 하겠다. 우리는 그래도 늙어서 우리의 호흡은 느린데 시대는 벅찬 호흡을 하고 있다. 어떻게 심장이 '스톱'되는 한이 있더라도 다시 한번 옛 정열로서 시대를 따라가 보자! 새로운 시대의 또 하나의 '이대옴'과 '포름'을 만들어 보자! 다른 하나의 석중이가 되어 보잣구나. 다른 하나의 목월이가 되어 보잣구나! 다른 하나의 내가 되어 보자구나! (39쪽)

시대의 변화를 따라 새로운 사상[이대옴]과 형식[포름]을 만들어 지금까지와 다른 동요(동시)를 지어 보자는 요청이다. 이 글이 발표된 후 6.25전쟁 도중 윤복진은 월북하였다. 일제강점기는 물론이고 해방기에도 일관되게 계급문학을 주창했던 신고송(申孤松)과 송완순(宋完淳)의 월북과는 다른 점에서 동요문학사에 있어서 하나의 파장이라 해도 될 것이다.

동요는 부르는 노래이기 때문에 음악과 분리하기 어렵다. 동요 작곡

등 음악과 관련된 논의에는 윤극영, 홍종인, 구옥산, 김태오, 윤복진, 이
주홍, 김관, 정순철, 김영은 등이 참여하였다. 윤극영(尹克榮)은 어린이들
이 부를 노래가 마땅치 않은 조선의 현실을 점검하고 생명이 있는 노래
를 제공해 줄 것을 요구하였다.[108] 홍종인(洪鍾仁)은 일본 동요를 직역하
던 당시 환경에서 윤극영의 <반달>이 나온 것을 두고, "조선 동요 운동
은 '푸른 하날'로써 한 전기(轉機)"[109]가 마련되었다고 평가하였다. 또 "서
양노래와 일본노래를 억지로 말을 부쳐 번역해서 유치원 어린이들에게
가르치는 것이 종전의 동요"[110]였으나, 윤극영, 박태준, 정순철, 현제명
(玄濟明), 홍난파(洪蘭坡) 등이 곡을 붙인 『양양범버궁』(양양범벅궁), 『윤석중
동요집』과 같은 우리 정서를 담은 동요곡집이 발간되었음을 소개하였
다. 구옥산(具玉山)은 조선의 동요 음악이 나리타 다메조(成田爲三)의 작곡
에 가사를 붙인 <가을밤>, <형제별> 등 모방시대에서 번역시대를 거
쳐 창작시대로 발전해 왔다고 정리하였다. 그러나 창작시대의 착오점은
장음계와 단음계를 구분하지 못해 가사는 희열을 노래하였으나 단음계
로 작곡한 탓에 감상적(感傷的)인 노래가 되어버린 모순을 극복해야 하는
점을 꼬집었다. "일본 동요와 외국 동요는 배척"하고 "우리 의식에서 생
산한 조선적 감정 조선적 선율을 애창"[111]하자고 요청하였다. 이를 위
해 작곡가 윤극영, 박태준, 정순철(鄭淳哲), 홍영후(洪永厚 = 洪蘭坡), 신고송
(申孤松), 이구월(李久月) 등의 노력을 기대하였다. 김태오(金泰午)는 동요 작
곡집 출간을 통해 동요 보급을 도모해야 한다며, <조선동요연구협회>
에서도 이 운동을 당면 임무로 해야 한다고 하였다.[112] 윤복진(尹福鎭)도

---

108) 윤극영, 「(여학생과 노래)노래의 생명은 어대 잇는가?」, 『신여성』, 1924년 7월호,
　　30~34쪽.
109) 홍종인, 「1929년 악단 전망기(4)」, 『중외일보』, 1930.1.5.
110) 홍종인, 「근간의 가요집(2~3)」, 『동아일보』, 1932.8.11~12.
111) 구옥산, 「당면문제의 하나인 동요작곡 일고찰」, 『동아일보』, 1930.4.2.
112) 김태오, 「소년문예운동의 당면에 임무(3)」, 『조선일보』, 1931.1.31.

동요는 읽어야 할 동요와 불러야 할 동요가 있지만 대개는 후자이기 때문에 동요 작곡이 필요함을 강조하였다.[113] 이주홍(李周洪)은 프롤레타리아 음악 운동의 출발을 잡지『음악과 시』창간 이후로 보았고 이구월의 동요 작곡을 높이 평가하였다.[114] 김관(金管)은 「우리들은 엇더한 노래를 불너야 조흔가」(『별나라』, 1931년 4월호)에서 유행가 따위를 부를 것이 아니라, "활발되고 용감되고 힘이 넘처흐르는 피가 쓸토록" "우리의 힘 우리의 마음이 쏘리박힌 노래"(21~22쪽)를 부르자고 제안하였다. 정순철(鄭淳哲)은 동요곡 <옛이야기>를 구절마다 구체적으로 음색, 성량, 박자 등에 걸쳐 노래 부르는 방법을 설명하였다.[115] 김영은(金泳恩)은 유치원 음악과 동요의 관계를 살폈는데, 동요를 설화적 동요, 추억시적 동요, 상징시적 동요로 나누고, 예술적 가치와 더불어 운율이 음악적이어야 할 것임을 강조하였다.[116] 이러한 동요를 지도하는 단체로는 유기흥(柳基興)의 <녹성동요연구회>, 남기훈(南基薰), 유영애(劉永愛)의 <경성방송아동극연구회>, 최인화(崔仁化), 모기윤(毛麒允), 윤희영(尹喜永), 이구조(李龜祚) 등의 <조선아동예술연구협회>, 김상덕(金相德)의 <두루미회>, 윤희영, 김태석(金泰晳)의 <꾀꼬리회> 등이 있었는데, 동요 지도와 동요곡집 발간 등을 위해 노력하였다.[117]

전래동요에 관심을 둔 비평도 정리될 필요가 있다. 손진태(孫晉泰)의 「조

김태오, 「동요운동의 당면 임무」,『아이생활』제6권 제4호, 1931년 4월호, 8쪽.

113) 윤복진, 「3신문의 정월 동요단 만평(6~8)」,『조선일보』, 1930.2.8~12.

114) 이주홍, 「아동문학운동 일년간 – 금후 운동의 구체적 입안(7)」,『조선일보』, 1931. 2.19.

115) 정순철, 「노래 잘 부르는 법 – 동요 '옛이야기'를 발표하면서」,『어린이』, 1933년 2월호, 20~24쪽.

116) 김영은, 「유치원 음악과 노래(동요)에 대하야」,『아이생활』, 1934년 4월호, 38~39쪽.

117) 「목소리만 듯고 얼골 모르는 이들!! 방송소년예술단체 순례(전5회)」,『매일신보』, 1936.6.21~8.9.

선의 동요와 아동성」(『신민』, 1927년 2월호), 유도순(劉道順)의 「조선의 동요
자랑」(『어린이』, 1929년 3월호), 송완순의 「조선 동요의 사적 고찰」(『새벗』 복
간호, 1930년 5월호), 김태준(金台俊)의 「(조선가요개설)동요편(전3회)」(『조선일보』,
1934.3.21~24) 등을 들 수 있다.

손진태는 '아동성'으로 생동성, 식욕[소유욕], 단순[自然兒], 음악적, 혁명
적[정복적], 호기성(好奇性), 애[비애] 등을 들고 항목마다 전래동요를 가져다
입증하였다. 유도순은 동요가 어린이들의 노래일 뿐만 아니라, "백성의
고유한 성정(性情)"이 포함되어 있어 "백성의 귀중한 보배"(이상 52쪽)인
점을 5편의 전래동요를 예거하여 설명하였다. 송완순의 글은 조선의 동
요를 역사적으로 살펴보기 위해 쓴 것이다. 2회 연재로 미완성인데, 현
재 확인 가능한 2회에서는 민요와 동요를 구분하는 데 초점을 맞추어
다음과 같은 결론에 도달했다.

　　재래에도 아동 독자(獨自)의 동요가 더러 잇섯스나 그것은 진정한 동
　　요가 못 되얏고 다만 아동들만이 불럿기 째문에 동요이엇지 그실은 사
　　이비 동요이엇다. (93쪽)

김태준은 예전에는 참요(讖謠)를 동요라 하였다며 그 전거를 11가지나
제시하였다. 이와 달리 동요는 예언적 의미가 없는 "아동의 가요 즉 어
린이의 노래"로 개념을 규정하였다. "민요가 순진하고 숭고하고 아동성
이 잇고 어운(語韻)까지 음악적이어서 동요 유희"(이상 3.21)가 되기도 하지
만 시인이 창작한 동요도 있다고 하였다. 동요는 풍자, 수요(數謠), 골계
적 특성이 있다는 것도 여러 예시를 통해 확인하였다.

양명(梁明)의 「문학상으로 본 민요 동요와 그 채집」(『조선문단』, 1925년 9
월호)과 알파의 「전래동요 민요곡의 채집」(『동아일보』, 1935.6.30), 이하윤(異
河潤)의 「민요의 채집지 문제」(『매일신보』, 1939.7.6) 등은 민요나 동요의 채

집에 관한 글들이다. 우이동인(牛耳洞人)의 「민요연구(전48회)」(『중외일보』, 1928.8.5~10.24)는 일제강점기의 민요 연구로는 가장 방대한 것이고, 김소운의 『언문조선구전민요집(諺文朝鮮口傳民謠集)』(東京: 第一書房, 1933.1)은 2,375수의 동요와 민요를 채집하여 책으로 간행한 것이었다. 이에 대한 서평으로는 함대훈(咸大勳)의 「김소운 씨 편저 『조선구전민요집』-(조선문)제일서방판」(『조선일보』, 1933.2.17), 박태원(朴泰遠)의 「언문조선구전민요집 -편자의 고심과 간행자의 의기」(『동아일보』, 1933.2.28), 김소운(金素雲)의 「'전래동요, 구전민요'를 기보(寄報)하신 분에게 - 보고와 감사를 겸하야」(『매일신보』, 1933.3.23) 등이 있었다.

김소운(金素雲 = 金敎煥)은 전래동요를 체계적으로 수집한 공이 많다. 김소운이 1929년부터 『매일신보』에 근무하게 되면서 '전래동요'와 '구전민요'를 모집하였다. 1930년 5월경부터 9월 말까지 '전래동요'를 모집하여 1930년 5월 초부터 1931년 12월 초까지 연재하였다. 이어서 1930년 9월부터 '구전민요'를 모집하여 1930년 10월 하순부터 12월 하순까지 연재하였다. 그 결과를 묶어 책으로 발간한 것이 『언문조선구전민요집』이다. 이는 도쿄(東京)에서 앞서 발간한 『조선민요집(朝鮮民謠集)』(東京: 泰文館, 1929.7)과 손진태, 다나카 하쓰오(田中初夫) 등의 자료를 합한 것이었다. 김소운이 발간한 책 가운데 동요를 모은 것으로는 『조선동요선(朝鮮童謠選)』(東京: 岩波書店, 1933.1)과 『구전동요선(口傳童謠選)』(박문서관, 1940.5)이 있다. 『조선동요선』은 『언문조선구전민요집』에 포함된 동요를 추려 일본어로 번역한 것이다. 이를 일부 수정하여 발간한 것이 『구전동요선』이다. 『구전동요선』은 215수의 동요가 수록되어 있는데, 『조선동요선』을 보완한 자매편이라 할 수 있다. 이 두 책은 『언문조선구전민요집』에 수록된 민요와 동요 중 동요만을 추려 모은 것이다. 『구전민요선(口傳民謠選)』(박문서관, 1939.10)에도 동요가 일부 포함되어 있다. 자료를 확보하고 있던 김소

운이 '어머니'를 주제로 한 동요만을 살펴본 것이 「동요에 나타난 '어머
니'」(『가톨릭청년』 제3권 제3호, 1935년 2월호)다. 경상도, 황해도, 전라도에 전
래되는 동요 6편을 대상으로 한 것이다.

  알다시피 일제강점기 조선총독부는 식민 통치의 일환으로 조선의 동
요, 민요, 설화 등을 수집(蒐集)하는 데 공을 들였다. 조선총독부(朝鮮總督府)
의 『朝鮮童話集』(京城: 株式會社大海堂(大阪屋號書店), 1924.9), 나카무라 료헤이(中
村亮平)의 『朝鮮童話集』(東京: 富山房, 1926.2), 모모세 지히로(百瀬千尋)의, 『諺文
朝鮮童謠選集』(東京: ポトナム社, 1936)118)과 『童謠朝鮮』(京城: 朝鮮童謠普及會, 1936.
11) 등이 그것이다. 조선인이 편찬한 것으로는 손진태의 『조선민담집(朝
鮮民譚集)』(東京: 鄕土硏究社, 1926)과 『조선고가요집(朝鮮古歌謠集)』(東京: 刀江書院,
1929.6), 신화, 전설, 민담, 고소설 등 43편을 담은 정인섭의 『온돌야화(溫
突夜話)』(東京: 日本書院, 1927.3)119) 등이 도쿄(東京)에서 발간되었다. 이와 달리
우리 말로 된 것으로는 엄필진이 전래동요 80편을 모아 편찬한 『조선동
요집』(경성: 창문사, 1924.12)이 있다.

  실제비평은 잡지나 신문에 실린 작품을 대상으로 한 월평(月評, monthly
review) 형태가 대부분이지만, 간혹 연간평(年刊評, yearly review)도 발표되었
다. 그리고 선평(選評)과 서평(書評)도 실제비평의 예가 된다. 당시로서는
특이한 것으로 자기 시를 평석한 자평(自評)이 있는가 하면, 일종의 주제
비평으로 '박물 동요(博物童謠)'를 두루 모아 비평한 것도 있다. 연간평은
범위와 대상이 넓다 보니 대개 개괄적인 언급에 그친 경우가 많고, 동
요만을 대상으로 한 것은 없다. 가장 많은 것이 월평인데 오늘날처럼
신문이나 잡지에서 특정 비평가에게 매달 정기적으로 비평을 의뢰한

---

118) 이 책이 절판되자 『(改版)朝鮮童謠選集』(東京: ポトナム社, 1936)을 발간하였다.
119) 『온돌야화』를 근간으로 하여 총 99화가 수록된 책을 1952년 영국에서 발간하였
    다.(Zong In-sob, 『Folk Tales from Korea』, Routledge & Kegan, Paul Ltd.,
    London, 1952)

것이 아니다. 따라서 비평가가 특정되지 않을 뿐 아니라, 대상의 범위
또한 오로지 비평가의 선택에 달렸다.

월평(月評)은 신문이나 잡지에서 다달이 하는 비평을 가리킨다. 매월
빠짐없이 비평이 이루어진 것은 아닌데, 일제강점기의 매체 발행이 순
조롭지 못한 사정과 필진의 형편 때문으로 보인다.

윤복진(尹福鎭)의 「3 신문의 정월 동요단 만평(전9회)」(『조선일보』, 1930.2.2
~12)은 『중외일보』, 『동아일보』, 『조선일보』 등 3 신문의 신춘문예 당
선작(중외: 5, 동아: 12, 조선: 5)과 그 외 동요(중외: 15, 동아: 27, 조선: 36)를 대상
으로 한 비평이다. 『중외일보』는 "쾌작이 희소"(3회, 2.4)하나 "서오송 작
「우리 옵바」"가 낫고, 『동아일보』는 "동요 못 될 동어(童語)가 만하 뵈"(3
회, 2.5)[120]이며, 『조선일보』는 "한경천(韓璟泉) 작 「공장굴둑」이 우수"(6회,
2.8)하다고 평가하였다. "필자의 동요는 그만두기로 하겟다"(3회, 2.4)고 해
놓고도 김귀환(金貴環) 명의로 『동아일보』에 당선된 「동리 의원」을 두고
"정월 동요단에서는 제일이다. 걸작"이라며 "「동리 의원」 가튼 것이 종
종 출현되엇스면 한다."며 거듭 자찬하였다.

김병호(金炳昊)의 「4월의 소년지 동요(전3회)」(『조선일보』, 1930.4.23~26)는 『별
나라』(4편), 『신소년』(15편), 『소년세계』(1편) 등 세 잡지의 동요 20편을 대
상으로 한 비평이다. 김병호는 노골적인 계급의식을 드러낸 『푸로레타
리아 동요집 불별』(중앙인서관, 1931.3)의 공동 저자로, 이 글에서도 문학을
보는 관점이 선명하다. "신흥동요(계급의식적의 것과 노농적의 것들)의 진전
을 의미할 무엇이 잇섯다는 것이 우리로서 대단히 질거워할 것"이고
"순동심 그것만의 것과 자연시적의 것들은 시대치(時代耻)"(1회, 4.23)하다
는 이분법적 구분에 기초하고 있다. 손풍산(孫楓山)의 「불칼」("하날에 불칼
이 번적인다/무섭게 무섭게 번적인다/일하는 동무는 째리지말고/노는놈 상투나 배여가

---

120) 3회는 2월 4일 자와 2월 5일 자로 횟수가 두 번 매겨져 있다.

거라//")을 인용하고는 "얼마나 통쾌한 동요이냐! 얼마나 무게 잇는 풍자이냐!"(1회, 4.23)라고 감탄하고 있다. 한정동(韓晶東)은 자신의 동요 「신소년」과 「봄노리」에 대한 김병호의 혹평을 "무식" 또는 "심한 망언"[121] 등의 표현으로 반박하였다. 「불칼」과 같이 계급의식에 기초해 적대감을 노골적으로 표출하지 않으면 대놓고 부정해 버리는 김병호의 평가 기준에 일침을 가한 것이다. 그러나 김병호가 달라진 건 아무것도 없었다. 문학 이전에 사회운동이 선행되는 이른바 '운동으로서의 문학'이란 관점에서 보면 한정동은 한낱 낡아빠진 예술지상주의자류에 지나지 않기 때문이다. 김병호는 「최근 동요평」(『음악과시』, 1930년 9월호)에서 "예술지상주의적 동요 박멸"(36쪽)을 앞세워 『별나라』, 『신소년』, 『새벗』, 『소년세계』에 수록된 동요를 대상으로 월평을 이어갔다. 1930년에 이르면 1927년경부터 부르짖던 계급주의 동요의 방향전환이 작품에도 실천되는 양상을 보이는데 주로 『별나라』와 『신소년』에서 구체화되었다. 따라서 김병호는 일종의 진영(陣營) 논리로 "『소년세계』의 동요들은 모도가 우리 동요계에서 레벨 이하 무절조(無節操)한 것들"(41쪽)이란 식으로 다른 잡지에 수록된 작품들을 평가절하하였다. 김병호의 「최근 동요평(전3회)」(『중외일보』, 1930.9.26~28)도 "『별나라』와 『신소년』에 나타나는 작품이 우리의 것이요 우리 동요인들"(3회, 9.28)이라는 말에서 보듯이 견고한 진영의 입장은 동일하다. 대상은 1930년 7월과 8월 『신소년』, 『별나라』, 『음악과 시』, 『어린이』에 수록된 작품들이다. "목적의식 업는 것은 우리 동요로 인용(認容)할 수 업다."(1회, 9.26)는 말에 김병호의 비평기준이 잘 드러나 있다. 이주홍(李周洪)의 「수박」이 좋은 점은 "부르조와에게 대한 적개심"(1회)이 드러나 있기 때문이고, 이주홍의 「편싸홈 노리」가 "잘된 동요"(2회, 9.27)고, 이구월(李久月 = 李錫鳳)의 「새 훗는 노래」가 "손

---

121) 한정동, 「'4월의 소년지 동요'를 닑고」, 『조선일보』, 1930.5.6.

구락을 꼽을 만한 것"(2회)이며, 손풍산(孫楓山)의 「거머리」와 김병호 자신의 「모숨기」가 "득의의 작"(3회)인 까닭은 계급대립과 적개심이 노골적으로 드러나 있기 때문이다. 같은 진영이지만 엄흥섭(嚴興燮)의 「서울의 거리」는 "아지푸로적 효과를 소실"하였고, 신고송(申孤松)의 「바다의 노래」는 "전투적 전위적의ㅅ 것"(2회)이 못 되며, 이성홍(李聖洪)의 「약속」은 "부자연 비피오닐-르적"¹²²⁾(3회)이기 때문이어서 아쉽게 생각한다. 반면 논전을 벌인 한정동의 작품은 "무감각, 무능력한 과거로 퇴보"(1회)하여, "예술지상주의자의 정체"(2회)를 드러냈고, 윤석중(尹石重)의 「낯선 집 한 채」는 "우리 감정을 노래한 것도 못"(2회)되기 때문에 배척의 대상이 된다. 서두에서 "형식 문제와 예술적 가치론에까지 진전함으로써 건설기"(1회)에 들어서야 한다는 주장을 했으나 비평의 기준이나 내용은 앞선 것들과 별다른 차이가 없다. 김병호가 '우리 동요인들'로 꼽은 작가는 "엄흥섭, 손풍산, 양창준(梁昌俊), 이구월, 이주홍, 신고송, 박세영(朴世永)" 등이고, "약간의 신흥 기분을 엿보여 주는 이로 정상규(鄭祥奎), 늘샘[卓相銖], 이성홍, 박인호(朴麟浩=朴轍), 박고경(朴古京), 윤석중, 송완순(宋完淳), 남궁랑(南宮琅)" 등이다. "반동의 입장에서 발버둥치고 잇는 한정동 군은 김안서(金岸曙)의 그것과도 갓튼 것"(이상 3회)이라 함으로써 '우리'와 '너'가 뚜렷이 구분된다.

1925년경부터 동요 작품을 발표하던 유재형(柳在衡)은 「『조선일보』 9

---

122) '피오네르(пионéр)'(영 pioner)는 구 소련의 소년 단체 조직이다. 1922년에 레닌 ((Lenin, Vladimir Ilich Ul·ya·nov)의 부인 크룹스카야(Krupskaya, Nadezhda Konstantinovna)의 지도로 창설되었다. 10~15세의 소년 소녀로 구성하였고, 소련 연방의 소멸 이후 1991년 해산되었다. 당시의 풀이로, "'피오닐' 무산소년단이란 말이다. 로동자 농민소년들의 단체이다."(「우리들의 사전」, 『신소년』, 1932년 2월호, 15쪽), "피오닐─소년나라의 소년단체이니 씩ㅅ한 청년이 되도록 소년 어린이를 모아 장래 나라 일꾼을 맨들야는 것"(「별나라 사전」, 『별나라』 해방 속간 1호, 1945년 12월호, 27쪽) 등이 있다.

월 동요(전2회)(『조선일보』, 1930.10.8~9), 「『조선』,『동아』10월 동요(전3회)」(『조
선일보』, 1930.11.6~8), 「『조선』,『동아』양지의 신춘당선동요 만평(전3회)」(『조
선일보』, 1931.2.8~11) 등을 잇달아 발표하였다. 「『조선일보』9월 동요」에
서 다음과 같이 자신의 비평기준을 밝혔다.

> 동요에 잇서 집단적 계급의식을 고취 선양하고 투쟁의식 투쟁수단을
> 내용으로 한 순전한 정치적 아지·푸로의 동요일지라도 그곳에 예술적
> 가치가 결여되엿다면 동요로서의 효과와 역할을 다 못한다고 본다. (중략)
> 그러나 선녀니 무지개다리니 하는 고흔 몽상국(夢想國)을 노래하는
> 동요는 극히 시대에 뒤진 현대 아동으로는 넘어도 그 거리가 멀은 취
> 재일 것이다. (2회, 10.9) (밑줄 필자)

글의 말미에, "필자는 예술적 정치적 가치의 이원론에 입각"(2회)하고
있음을 밝혔다. 1930년 9월 『조선일보』에 발표된 19명의 작품 42편을
대상으로 하였는데, 간단한 촌평 수준이었다. 종합적으로 작품은 많으
나 활기를 잃고 있고, 질적으로 전락하였다고 보았다. 「『조선』,『동아』
10월 동요」는 제목에서 보다시피 1930년 10월 『조선일보』와 『동아일보』
에 발표된 100여 편의 작품을 대상으로 하였다. 「『조선일보』9월 동요」
가 너무 간단하여 미비한 점이 많았다고 자성한 터라 작품마다 좀 더
자세한 평가를 붙이기는 했으나 크게 달라진 것 없이 대동소이하다.

엄격히 말하면 월평이라 하기 어렵지만 여러 잡지에 실린 근래의 작
품을 대상으로 비평한 유운경(柳雲卿)의 「동요 동시 제작 전망(전22회)」(『매
일신보』, 1930.11.2~29)은 주목할 만한 비평이다. 지금까지 여러 월평의 경
우 짤막한 촌평이 대부분이고 사고의 깊이가 없는 인상(印象)의 표현에
그쳤었다면, 유운경은 내용과 형식을 아우르고 시대적 환경을 감안하여
정돈된 언어로 동요의 가치를 살펴본 첫 번째의 경우라 할 수 있다. 『별

나라』 제3권 제4호(1928년 5월호), 제4권 제5호(1929년 6월호), 제4권 제9호(1929년 10월호), 제5권 제10호(1930년 11월호), 『신소년』 제8권 제7호(1930년 7월호), 『어린이』 제5권 제8호(1927년 11~12월 합호) 등 1927년 말부터 1930년 11월까지 소년잡지 6권에 게재된 동요 26편을 평가의 대상으로 삼았다. 게재된 동요 가운데 비평의 대상으로 삼지 않은 것도 있고, 두어 줄 촌평으로 마감한 것도 있다. 그러나 자세하게 분석한 경우는 해당 작품을 인용하면서 취재, 어조, 수법, 운율 등을 두루 다뤄, 짧게는 신문 연재 1회분에서부터 길게는 3회분에 이를 정도로 깊이가 있다. 유운경은 대놓고 계급 대립과 증오심을 부추기는 것은 아니지만 식민지 상황을 고려한 현실주의적 비평기준을 갖고 있다. 손풍산의 「우리 옵바」에서 "이세상 이대로 둘수업다고" 한 구절을 꺼내 "작자가 의도하는 전인격"(6회, 11.9)이 드러났다고 한다든가, 한정동의 작품에 대해 "이 작자의 가지고 잇는 이데올로기란 너머도 구식"(14회, 11.19)이라거나, 잡지 『별나라』에 대해 "사상의 기치"가 분명하고 "이런 태도를 갖는 것은 일대 용단"(16회, 11.21)이라 한 반면, 『어린이』에 대해서는 "좀 불조와적"(21회, 11.27)이라고 하는 데에서 확인할 수 있다.

1930년 10월 『매일신보』 학예면 게재 동요에 대한 월평은 남석종(南夕鍾＝南應孫)의 「『매신(每申)』 동요 10월평(전9회)」(『매일신보』, 1930.11.11~21)이 처음이다. 학예면과 '소년문단'란(欄)을 합해 103편의 동요를 대상으로 간단한 촌평을 붙인 것인데, 대상 작품이 많다 보니 10일 이상 연재하였다. 남석종의 비평기준은 "일종의 계급적 입장에서 대중을 목표로 한 비판안(批判眼)"(1회, 11.11)에 두었다. 종합 평가는 "양으로는 상당한 수확이 잇섯지만은 질로는 비교적 효과를 엇지 못한 것"(1회)으로 보았다. 남응손은 1932년 11월에 여러 신문과 잡지에 게재된 작품을 대상으로 한 월평으로 「11월 동요평(전3회)」(『조선중앙일보』, 1933.12.4~7)을 썼다. 대상

작품은 『동아일보』 8편, 『조선일보』 31편, 『별나라』 14편, 『어린이』 9편, 『아이생활』 5편 등 도합 67편이다. 개별 작품마다 촌평을 하면서, "교묘한 수법", "표현에 주의", "표현의 형식 문제", "기픈 비유" 등의 표현에서 보듯이 형식 문제에 관심을 보이고 있는 점이 이전과 다른 차이점이다. 전식(田植)의 「7월의 『매신(每申)』 동요를 읽고(전9회)」(『매일신보』, 1931.7.17~8.11)는 1931년도 『매일신보』 7월분 동요에 대한 비평이다. 유재형, 남석종과 같이 간단한 촌평으로 시종일관하였다. 너무 곱게 짓겠다는 것, 운율을 맞추느라 불필요한 글자를 추가하는 것과 7·5조에 치중하지 말라는 것이 종합 평가이다.(9회, 8.11) 백학서(白鶴瑞)의 「『매신(每申)』 동요평 - 9월에 발표한 것(전8회)」(『매일신보』, 1931.10.15~25)은 1931년 9월분 『매일신보』 동요에 대한 비평이다. 작품에 대해 촌평을 하는 방식은 앞선 평자들과 다르지 않았다. "평범한 자연을 스케취한 것" 또는 "공연한 애상에 흐르는 것"(1회, 10.15)이란 총평을 앞세우고, 말미에 "공연한 허영심에서 울어난 붓작난이 만타."(8회, 10.25)는 말로 마감하였다.

유재형, 남석종, 전식 및 백학서는 모두 동요 작가이자 소년 문사로, 비평이라기보다는 독후감 수준을 벗어나지 못했다. "외람하나 독필(禿筆)"[123]을 든다는 유재형이나, "일종의 독후감"으로 "필자도 쏘한 습작시기에 잇슴은 회피할 수 업는 사실"[124]이라는 남석종, 그리고 자신의 글이 "동요평"이 아니라 "동요 독후감"[125]이라는 전식, "습작시대이고 더욱이 초보기"[126]라는 백학서의 자세에서 보듯이, 문학 이론을 섭렵한 체계적인 비평 수준에 이른 것은 아니었다. 사정이 이러하다 보니, 유재

123) 유재형, 「『조선일보』 9월 동요(1)」, 『조선일보』, 1930.10.8.
124) 남석종, 「『매신(每申)』 동요 10월평(1)」, 『매일신보』, 1930.11.11.
125) 전식, 「반박이냐? 평이냐? - 성촌(星村) 군의 반박에 회박(回駁)함(1)」, 『매일신보』, 1931.9.18.
126) 백학서, 「『매신(每申)』 동요평 - 9월에 발표한 것(1)」, 『매일신보』, 1931.10.15.

형의 월평에 대해 남궁랑(南宮琅)이 「동요 평자 태도 문제 - 유(柳) 씨의 월평을 보고(전4회)」(『조선일보』, 1930.12.24~27)를 통해 반박을 했고, 남석종의 월평에 대해서는 전춘파(全春坡)가 「평가(評家)와 자격과 준비 - 남석종 군에게 주는 박문(駁文)(전5회)」(『매일신보』, 1930.12.5~11)으로 비판하였다.(제2장 3절 '가. 아동문학 비평 논쟁의 전개 양상' 참조)

주요한(朱耀翰)은 『아이생활』에서 월평을 맡았다. 「동요 월평」(1930년 2월호, 1931년 1, 2, 4월호), 「동요 감상」(1931년 7월호~8월호), 「동요 감상평」(1932년 2월호), 「동요작법평」(1932년 7월호) 등의 이름으로 연재하였는데, 잡지 전부를 확인하면 더 많을 것으로 보인다. 대상 작품은 『아이생활』만이 아닌 여러 신문과 잡지에 게재된 작품이다. "조선 동요의 원래의 조류가 대개 이러한 사회상의 모순을 풍자한 것"[127]이라 하였지만, 비평의 초점은 대개 운율이나 표현 등 형식이론에 기반한 것이었다. 당시 동요가 대개 7 · 5조였던 것에 대해, "칠오조의 단조한 것", "칠오조를 벗지 못했다."[128]는 등 매우 부정적이었다. 「동요 월평」은 여러 작가의 작품을 간단하게 촌평한 것에 비해, 「동요 감상」은 작품 하나에 대한 심층 비평을 한 점에서 차이가 있다. 한정동의 「제비야」와 『별나라』 '동인 합작'의 「초하행진곡(初夏行進曲)」을 대상으로 '글자 해석'[字意], '노래의 뜻'[大意], '비평'[鑑賞]으로 나누어 세세하게 살폈다. 박병도(朴炳道)의 「우리 살림」과 박철암(朴鐵岩)의 「가련한 거지」와 같은 계급적 신흥동요에 대해서는 "절망의 감정뿐"이라거나, "죄다 낡은 시상(詩想)"[129]이라며 대체로 부정적이었다. 「동요 작법평」에서는 시상과 표현, 비유법 등을 지적하면서 대상 작품을 개작해 보여 줌으로써 시작(詩作)의 구체적인 지도에 나섰다. 주요한의 비평을 한마디로 요약하면, 계급주의 비평가

127) 주요한, 「동요 월평」, 『아이생활』, 1931년 1월호, 47쪽.
128) 주요한, 「동요 월평」, 『아이생활』, 1931년 2월호, 32쪽, 33쪽.
129) 주요한, 「동요 감상평」, 『아이생활』, 1932년 2월호, 31쪽.

들이 '소년문예운동'을 당대 사회운동의 일환으로 보고 내용에 치중한 비평을 한 것에 반해, 문학에 초점을 맞춘 것이었다.

『신소년』의 월평은 「『신소년』 9월 동요평」(『신소년』, 1931년 11월호)을 쓴 손길상(孫桔湘)이 처음이었다. 1931년 9월호에 게재된 22편의 동요를 대상으로 하였다. 주로 계급의식을 바탕으로 하여 내용을 우선하고 간단한 촌평 형식을 취한 점은 앞에서 본 것과 유사하다. "9월호의 동요는 모두가 과거의 시대지(時代遲)한 소뿌르적 분야로부터 비약하며 새로운 의식적 경향을 보여 주엇스나 전부가 추상적"(37쪽)이라는 총평으로 마감하였다. 안평원(安平原)의 「(소론)알기 쉽게 감명 잇게 씁시다 - 3월호를 읽고 늣긴 바 잇서 글 쓰는 동무들에게 제의함」(『신소년』, 1934년 4-5월 합호)은 1934년 3월호 『신소년』 게재 작품을 읽고서 쓴 월평이다. 작품 창작의 중요한 방법인 "정확하고 알기 쉽게 쓰는 것 감명이 잘 되게 쓰는 것"(23쪽)에 어그러진 작가와 작품을 구체적으로 예거하여 비판하였다. 「『신소년』 3월호 동요를 읽은 뒤의 감상」(『신소년』, 1934년 4-5월 합호)은 1934년 3월호 『신소년』에 게재된 동요를 읽은 남대우(南大祐)의 감상이다. 10편의 동요를 대상으로 한 짤막짤막한 촌평이다.

백세철(白世哲 = 白鐵)의 「신춘 소년문예 총평 - 편의상 『어린이』 지의 동시·동요에 한함」(『어린이』, 1932년 2월호)은 『어린이』에 게재된 동요와 동시에 대한 첫 번째 비평이다. 1932년 1월호(제10권 제1호)는 '신춘소년문예호'였는데 여기에 수록된 특집 소년시와 신년동요 및 독자동요 21편만을 대상으로 한 것이다. 일찍이 백철은 도쿄고등사범학교(東京高等師範學校)를 마치고 1930년 <전일본무산자예술연맹(全日本無産者芸術連盟)>(약칭 NAPF) 맹원이 되었다가 1931년 10월 중순 귀국하여 개벽사(開闢社)에서 잡지 『혜성(彗星)』을 편집하였다. 그 배면에는 천도교 중앙본부에 간부로 있던 형 백세명(白世明)의 영향이 있었다. 천도교 운동에 가담하였을 뿐 아니라, 도쿄 유학도 천도교의 장학금을 받아 이루어졌다. 천도교단에서 개벽사를 세웠고 여기에서 잡지 『어린이』를 발간한 것은 주지의 사실이다. 백철과 『어린이』는 이런 인연이 있었던 것이다. 방정환이 사망하고 1931년 10월호부터 편집을 맡은 신영철(申瑩澈)은 이전과 달리 『어린이』도 『신소년』이나 『별나라』와 같이 계급의식을 적극적으로 노출시켰다. 백철 자신의 계급주의 문학관과 신영철의 편집방침이 어우러져 비평의 기준 또한 대체로 계급주의 동요의 관점에 서 있었다. 자연발생적, 소작인, 농촌소년, 공장소년, 대중생활의 참담성, 민족 감정보다 계급 감정으로 행동해야 한다는 등의 표현에서 잘 확인할 수 있다. 고문수(高文洙)의 「『어린이』지 5월호 동요 총평」(『어린이』, 1932년 6월호)은 1932년 『어린이』 5월호에 수록된 동요 17편을 대상으로 하였다. "쌀조아층에 인테리의 유드비아의 단꿈을 불살너 버리고 씩씩이 일할 것"(59쪽)을 요구하는 데서 그의 비평기준을 엿볼 수 잇다. 『어린이』 잡지가 '가면지'가 아니라130) 계급의식을 견지하고 있음을 확인하고자 했던 고문수다운 시각이었다.

평양(平壤)의 동인지 『동요시인(童謠詩人)』에 대한 월평도 있었다. 『동요시인』은 1931년 겨울에 조직된 동요시인사가 발행하였는데, 편집 겸 발행인은 양춘석(梁春錫)이었고, 집필자는 남궁인(南宮人 = 南宮琅), 황순원(黃順元), 김조규(金朝奎), 고택구(高宅龜), 김동선(金東鮮), 전봉남(全鳳楠), 이승억(李承億), 박태순(朴台淳), 손정봉(孫正鳳) 등이었다.131) 무명작가의 등룡문이 되고 침체된 동요시의 발전을 위하되 매체의 상업주의를 배격한다는 원칙을 갖고 앵데팡당(Indépendants)식 곧 투고작품을 심사 없이 게재한다는 것이

---

130) 고문수, 「(독자평단) 『어린이』는 과연 가면지일까? - 『어린이』에게 오해를 삼는 자에게 일언함」, 『어린이』, 1932년 5월호.
131) 「평양에서 『동요시인』 발간 - 투고를 환영한다고」, 『조선일보』, 1932.2.11.
「평양에 동요 잡지」, 『중앙일보』, 1932.2.16.

이 동인지의 신조였다. 1932년 5월호를 창간호로 발간하여 약 1년간 제4호까지 내고 폐간되었다.[132] 여성(麗星)이 제2호인 6월호를 읽고 동요 및 동시 50편을 대상으로 하여 평가한 것이 「『동요시인』 총평 - 6월호를 닑고 나서(전7회)」(『매일신보』, 1932.6.10~17)이다. 앞의 월평에서 본 것처럼 내용과 형식 등에 두루 걸쳐 간단한 촌평을 붙였다.

1932년 10월호 『소년세계』에 게재된 동요 비평은 설송(雪松)의 「『소세(少世)』 10월호 동요시를 읽고 - 짤막한 나의 감상」(『소년세계』, 1932년 12월호)을 통해 이루어졌다. 26편의 게재 작품에 대해 간략하게 촌평을 붙인 형식은 앞서 살펴본 것들과 대동소이하다. 설송 또한 평(評)으로 보지 말고 부제처럼 감상문으로 봐 달라고 하여 이 글이 비평에 이르지 못했음을 자인하였다.(9쪽) 홍구(洪九)의 「아동문예 시평」(『신소년』, 1933년 3월호)은 1933년 1월호 『신소년』 게재 작품 12편을 대상으로 한 월평이다. 독자동요는 하나도 평할 만한 것이 없다고 평가절하하였다. 『동요시인』과 같이 평양에서 발행한 잡지로 『아이동무』[133]가 있다. 유성(流星 = 康承翰)의 「(제3회)동요 월평 - 『아이동무』 9월호」(『아이동무』, 1935년 10월호)는 9월호에 게재된 동요 중 7편 만을 대상으로 한 것인데, 내용과 리듬, 표현 등에 초점을 두고 촌평을 붙였다.

『가톨릭소년』은 만주국 간도성 옌지시(延吉市)에서 1936년 3월호를 창간호로 발행하여 1938년 8월호를 마지막으로 폐간하였다. 목양아(牧羊兒 = 姜永達)는 길림고등사범학교(吉林高等師範學校) 학생으로 『가톨릭소년』에 게재된 작품을 대상으로 한 월평을 지속적으로 발표하였다. 「(시평)동시

---

132) 양가빈, 「『동요시인』 회고와 그 비판(1)」, 『조선중앙일보』, 1933.10.30.
　　「『동요시인』 5월 창간호」, 『동아일보』, 1932.4.6.
133) 1933년 5월호를 창간호로 평양에서 발간한 아동문학 잡지이다. "(신간소개)아이동무(창간호) 1부 2전 발행소 평양부 신양리 39 아이동무사 진체경(振替京) 4852번"(『조선일보』, 1933.6.1)

를 읽고」(제1권 제4호, 1936년 7월호)는 창간호에 게재된 작품 중 3편을 대상
으로 하여 부족한 부분을 개작해 보이거나 표절을 적발하였다. 월평과
더불어 "좀 부르기 쉽게 음률(音律)에 맞추어서 지은 것을 동요라 하고
글귀에 구속이 없이 된 것을 소년자유시, 동시"로 구분해 보이면서, "형
식과 의사(내용)"(39쪽)의 균형을 잡아야 한다며 일종의 시론(詩論)을 덧붙
였다. 「독후감 – 동요를 읽고」(제1권 제6호, 1936년 9월호)는 6월호에 게재된
작품 중 5편을 대상으로 비평한 후 마찬가지로 약간의 시론을 이어 갔
다. 지난번의 '형식과 내용'에 이어 묘사(描寫)를 정태(靜態)와 동태(動態)로
나누고 구체적인 예를 들어 설명하였다. 「독후감 – 8월호의 시」(제1권 제7
호, 1936년 10월호)는 부제에서 보듯이 8월호에 게재된 작품 중 7편을 대상
으로 하였다. "평이라기보다 선생님 혹은 독자들의 시를 읽고 난 독후
감"(44쪽)임을 강조하였고, 소년시의 범위와 '설명체'의 단점에 대한 시론
도 계속하였다. 「독후감」(제1권 제8호, 1936년 11월호)은 1936년 9월호의 동
요 작품 중 7편을 대상으로 하였다. 시의 리듬(음률)에 대해 강조하였는
데, 이전과 달리 작품에 대한 논평 가운데 자연스럽게 처리하였다. 「(시
평)10 · 11월호 시단평(詩壇評)」(제2권 제1호, 1937년 1-2월 합호)은 1936년 10월
호와 11월호 게재 동요 중 8편에 대한 촌평을 한 다음, 이전과 같이 동
요, 동시, 소년시의 구분에 대한 시론과 동요로는 유지영(柳志永)의 「고드
름」, 동시로는 사이조 야소(西條八十)의 「달님」, 소년시로는 로세티(Rossetti,
Christina Georgina)의 「바람」을 견본으로 제시하였다. 「독자문단평」(제2권 제4
호, 1937년 5월호)은 1937년 1-2월 합호의 동요 중 8편을 대상으로 하였다.
동요는 정신의 표현이자 율동(리듬)이 있어야 하고 감격과 정서가 있어
야 한다는 시론이 덧붙어 있다. 「독자문단 독후감」(제2권 제10호, 1937년 12
월호)은 필자 목양아의 사정으로 1937년 5, 6, 7-8월 합호 게재 동요 중
5편을 대상으로 한 것이다. 작품에 대한 촌평을 마친 후에 예와 같이

시론을 덧붙였는데 리듬에 관한 것이었다. 리듬을 내용의 리듬(심령, 정신, 감정)과 형식의 리듬으로 구분하였다. 「10월호 시평(詩評)과 감상(鑑賞)」(제3권 제1호, 1938년 1월호)은 1937년 10월호에 게재된 동요 중 4편에 촌평을 붙인 후, 선생님들 작품을 감상한다며 박만향(朴晚鄕)의 「시계」와 이봉수의 「은실비」 2편을 제시하였다.

동요를 대상으로 한 연간평은 SS생의 「조선 동요계의 작금과 전망」(『아이동무』, 1936년 2월호)이 있다. "작년도 작품의 총평"(18쪽)이라 하였으므로 1935년도의 동요문학을 평가한 것이다. 『신소년』과 『별나라』가 이미 폐간이 되어 『아이생활』, 『아이동무』, 『고향집』[134] 등을 주요 대상으로 하였다. 따라서 1920~30년대 문단의 중심적인 작가뿐만 아니라 새로운 작가들의 면면을 확인할 수 있다.

> 먼저 윤복진(尹福鎭), 김태오(金泰午), 목일신(睦一信), 강승한(康承翰), 윤석중(尹石重), 박영종(朴泳鍾), 김명선(金明善) 씨 등의 동요 작가와 한 사람의 시인(詩人)으로써 동요계에 힘쓰신 림연(林然), 장정심(張貞心) 씨 외에 습작가로서 장인균(張仁均), 한상진(韓相震), 홍월촌(洪月村), 배선권(裵先權), 양승란(梁承蘭), 리문행(李文行), 최영일(崔影一), 현영해(玄泳海), 우봉익(禹鳳翊), 리강세(李康世), 홍석동(洪汐童), 김요섭(金要燮), 지상렬(池相烈), 엄달호(嚴達鎬), 김옥분(金玉粉), 리찬옥(李燦玉), 황명애(黃明愛) 씨 등을 들 수 있다. 그리고 이 밖에 금파(錦波), 전덕인(全德仁), 강소천(姜小泉) 씨 등의 활약도 적지 않았다고 보는 것이다. (19쪽)

윤복진, 김태오, 김명선, 박영종, 그리고 윤석중의 작품을 싸잡아 "퇴보"(19~20쪽)하였다면서도, 신진들의 활동으로 동요가 많이 창작되었다고 보았다. 1936년 신춘문예는 습작품 아니면 표절이라 비판하면서도 꾸준히 애쓰는 신진들이 많다며 "저윽히 빛나오는 앞날"(22쪽)을 전망하

---

134) 1935년 9월, 김영일(金英一)이 도쿄(東京)에서 발간한 아동문학 잡지이다.

였다. SS생은 아동문학의 평단을 지배했던 프롤레타리아 아동문학에 대한 비판도 보탰다.

> 일천구백삼십이, 삼년경 『신소년(新少年)』 『별나라』 등의 색다른 잡지를 비롯하여 『어린이』를 통하여서 밀물처럼 쏟아저 나오든 <u>자본주의(資本主義)에 대한 맹목적 항거(盲目的 抗拒)의 작품들이 이제는 찾어볼 수 없고</u> 오직 우리의 생활과 그 환경의 자극에서 즉 설음과 한숨에서 굳센 결심을 비저내는 노래와 기쁨의 웃음에서 쾌활한 감각을 일층 새롭게 하는 노래를 지케 되는 것을 볼 때 심히 기쁜 일이다. (23~24쪽) (밑줄 필자)

연간평은 문단의 폭과 흐름을 꿰뚫고 있어야 가능한 비평이다. 연간평의 형식을 갖추었으나 그 내용은 이주홍(李周洪)을 제외하고는 소략함을 면치 못했다.

특별한 형식의 비평으로는 다음과 같은 것들이 있다.

일종의 주제비평으로 「박물동요 연구(전26?회)」(『조선중앙일보』, 1935.1.26~3.21)[135]가 있다. 필자 김병하(金秉河)는 개성(開城)의 곤충학자로 유명하였는데, 10여 년간 여러 신문에서 동식물을 주제로 한 동요 1,280수를 수집한 것 중 식물편만을 발표한 것이다. 69종의 식물 관련 동요를 다시 44과(科)로 분류하고 간단한 촌평을 붙였다. "동요작가들에게 참고가 될 것이오 일반적으로는 취미독물이 될 것이오 중학교 학생들과 보통학교 교원 제씨에게는 교수용으로 적당"(1회, 1.26)할 것이라고 하였다. 수집과 분류에 많은 노력을 들여 일일이 설명을 넛붙임으로써 참고하고자 하는 독자에게 큰 도움이 되는 것은 말할 것도 없고, 오늘날에도 일정한 참고가 된다.

---

135) 신문지의 산일로 정확하게 언제까지 연재되었는지 불명확하다.

이정구(李貞求)[136]의 「동요와 그 평석(전5회)」(『중외일보』, 1928.3.24~28)은 자기 작품만을 대상으로 한 일종의 자작시 해설이다.

> 그러나 우리의게도 겨을이 잇스면 봄이 잇다는 격으로 쑤리가 잇스면 쏫이 핀다는 예로…눈물의 세월이 잇스면 놀애의 세월이 잇슬 것이오 울음의 날이 잇스면 웃음의 시절이 쏘 잇슬 것이다. 우리는 이 <u>압날에 차저올 놀애의 시절을 준비하기 위하야 어린이의 놀애(童謠)를 장려시킬 필요가</u> 업지 안타. 아니 쏙 장려시켜야 한다. 그리하야 나는 지금 어린이의게 이 쑷의 놀애를 장려시키기 위하야서 나의 창작동요집 가운대서 수십 편의 동요를 들어 이것을 평석(評釋)하려 한다. (1회, 3.24)
> **부기(付記)**
> 이것은 어린이의 노래를 위하여 쓴 것입니다. 어린이들이 흔히 부르고 십고 짓고 십고 읊으고 십흔 장면에 당하드라도 마음대로 못 부르는 째가 만습니다. 이러한 점을 위해서 더욱이 동요를 쓰고 그 <u>동요의 쯧과 읊흔 이의 마음과 쏘 읊흘 째의 감을 적어 어린 동무에게 밧침니다.</u> (5회, 3.28) (이상 밑줄 필자)

「동요와 그 평석」을 쓸 당시 이정구는 18세의 소년문사이고, 신춘문예를 통해 막 등단했을 때이다. 앞으로 도래할 동요의 시대를 맞이하여 비슷한 또래인 소년문사들의 동요 창작을 장려하기 위한 의도에서 쓴 것이다. 이 의도를 달성하는데 가장 실감나고 설득력 있게 하는 방법으로 자신의 동요를 대상으로 하였다. 자신의 작품이면 시작(詩作)의 동기

---

136) 이정구는 함경남도 원산(元山) 출생으로, 1937년 3월 교토제국대학(京都帝國大學) 법학부를 마친 후 평안북도 지역에서 교원 생활을 하면서, 일제강점기 내내 다수의 동요 작품을 발표하였다. 1927년 『동아일보』 현상당선의 시가 부문에 「단풍닙」(『동아일보』, 1927.1.22)이 3등으로, 1928년 『동아일보』 신춘현상문예의 가요(歌謠) 부문에 「쩌나는 이」(『동아일보』, 1928.1.2)가, 1929년 『조선일보』 현상문예 동시 부문에 「삶의 광휘(光輝)」(『조선일보』, 1929.1.1), 그리고 이듬해인 1930년 시 부문에 「내 어머님」(『조선일보』, 1930.1.4)이 잇달아 당선되면서 작품활동을 하였다.

와 배경, 시어와 시구(詩句)의 정확한 의미를 스스로 가장 잘 알 수 있기 때문이다. 「꽃밧」, 「단풍닙」, 「초사흘날 달」, 「추녓물」, 「까마귀」, 「은(銀)샘」, 「해지는 저녁」, 「잠자는 해당화」, 「써나는 이」, 「꽃피면?」 등 자작 동요 10편에 대해 '동요의 뜻과 읊은 이의 마음과 또 읊을 때의 감'을 밝히고 있다.

1925년 『동아일보』 신춘문예 1등 당선작인 한정동(韓晶東)의 「소금쟁이」(1925.3.9)에 호감을 갖고 여기에 대고 부른 「단풍닙」, 동생의 죽음을 추회(追懷)한 「초사흘날 달님」, 신춘 현상에 당선된 「써나는 이」(『동아일보』, 1928.1.2)는 "처참한 눈물·한숨·울음을 여러 동무에게 알리"기 위해 썼다고 창작 동기를 밝히고 "필자의 동요 중에서도 제일 미듬성 잇다고 생각하는 가장 현실에 각가운 노래"(4회, 3.27)라고 평석하였다.

선평(選評)은 신문과 잡지가 현상(懸賞)을 내걸고 작품을 모으거나 작품을 투고 받았을 때, 기성 문인들이 그중 나은 작품을 고르고 그에 대해 비평한 것이다.

선평으로는 시인 이상화(李相和)와 최소정(崔韶庭)이 『동아일보』 대구지부의 소년문예 모집에 대한 선평인 「선후에 한마듸」137)가 가장 앞선 것이다. 신춘문예 제도를 처음 도입한 『동아일보』의 첫 선평으로 김억(金億)이 쓴 「동요 선후감」(『동아일보』, 1925.3.9)에 대해 유지영(柳志永)이 「동요 선후감『동아일보』 소재)을 읽고」(『조선문단』, 1925년 5월호)를 통해 동요에 대한 뚜렷한 인식이 부족하다고 공박하였다. "모든 점으로 보아 동요에 대한 지식이라고는 일호반사(一毫半些)도 업는 선자"(132쪽)라며, 동요 갈래에 대한 인식, 사적 인연에 따른 고선(考選), 터무니없는 첨삭 등에 대해 비판하였는데, 내용이 구체적이고 조리가 정연한 까닭에 김억은 아무런 반론을 제기하지 못하고 말았다.

137) 이상화, 최소정(共選), 「선후에 한마듸」, 『동아일보』, 1924.7.14.

『시대일보』부산지국의 현상 독자문예에 대한「선후감」[138]은 음조, 의미, 분위기 등을 고선의 기준으로 삼았다.『별나라』의「독자 작품 총평」[139]은 작문, 동요, 동화 부문으로 구분하였다. 동요 부문에 대해서는 "우리 소년들이 처음으로 글을(예술적 작품) 지어 보는데 동요가 데일 첩경으로 짓기 쉬웁고 자미"(49쪽)있다고 하여 독자 투고를 권유하였다. 크리스마스를 기해 미국에서 인형을 선물로 보내자,『오사카아사히(大阪朝日)』에서 인형 환영가를 모집하였다. 3,853편이 응모되어 1등으로 당선된 작품이 조선의 12세 소녀 정욱조(鄭旭朝)의「인형 노래」로 "조선의 동요계에 큰 충격을 줄 것"이라 하였다.[140] 이러한 연고로 이 노래는『조선동요선집』(박문서관, 1929.1, 179쪽)에도 수록되었다. 고긴빗(高長燠)의「가단선후감」[141]은『아희생활』의 첫 선후감으로 보인다. 입선 작품이 아니라 낙선자 중 17명의 작품에 대해 촌평을 붙였다. 훗날 동요단에서 많은 역할을 한 김광윤(金光允), 남응손(南應孫), 채규삼(蔡奎三), 박순석(朴順錫 = 朴古京), 김대창(金大昌), 선우천복(鮮于天福), 강용률(姜龍律 = 姜小泉) 등의 이름이 보인다. 1931년도『조선일보』「신춘문예 현상작품 선후감 - 시조, 동요 기타(3)」[142]는 염상섭(廉想涉)이 맡았는데, 1,000여 편의 응모작이 제재가 천편일률적이고 신경지를 개척하지 못하고 타성에 젖었다고 간략하게 언급하는 데 그쳤다. 전식(田植)의「신년 당선 동요평」(『매일신보』, 1931.1.14)은 1931년도『매일신보』당선작 3편에 대한 촌평이다. 모두 "예술적 작품"이고 "기교에 잇서서 진전한 맛"이 있으나 "모다 한 경향"이어서 "좀 더 내용이 풍부한 작(作)"을 기다린다는 요지다. 이종수(李鍾洙)

---

138) 문예부원,「선후감」,『시대일보』, 1925.11.2.
139) 편즙인,「독자작품 총평」,『별나라』, 1926년 12월호.
140)「(時評)인형노래」,『조선일보』, 1927.3.1.
141) 고긴빗,「가단(歌壇) 선후감」,『아희생활』제4권 제3호, 1929년 3월호, 88쪽.
142) 상섭,「신춘문예 현상작품 선후감 - 시조, 동요 기타(3)」,『조선일보』, 1931.1.6.

의 「(신춘현상 동요 동화)선후감(전3회)」(『조선일보』, 1934.1.7~10)은 1934년도 『조선일보』의 신춘문예 심사평이다. 응모작이 "231편의 다수에 달하나 그 중 예선에 든 것이 10여 편"뿐인데, 그 이유는 글이 안 된 것, 노래가 안 된 것, 동심이 없는 것이 많았기 때문이었다.(2회, 1.9) 1936년도 『동아일보』의 「신춘문예 선후감」[143]도 응모 편수가 제일 많았지만, "쓸 만한 것은 몇 편 되지 못"한다고 해 평가 내용이 비슷할 뿐만 아니라 비평문의 분량도 짧다. 1938년 『동아일보』의 「신춘 작품 선평」도 "응모작품 중 가장 편수가 만흔 것이 동요"[144]라 하면서도 평가는 짧은 세 문장으로 마무리하였다. 신문의 신춘 현상에서는 시나 소설에 비해 아동문학이 상대적으로 홀대받고 있는 것이 사실이었고, 선평에서도 마찬가지였음을 확인할 수 있다. 동화나 동요 전문 작가가 아닌 사람이 고선에 참여하는 것이 다반사였고 그 결과 선평마저도 부실했던 것이다.

이에 반해 아동문학 잡지의 선평은 다소 차이가 있다. 윤복진(尹福鎭)은 『아이생활』의 독자 작품 고선(考選)을 수년간 맡았다.[145] "경건하고 진실한 태도에서 창작한 작품"(1940년 9-10월 합호, 35쪽)을 높게 평가하겠다고 당부하거나, "구상을 좀 더 연마하고 표현에서 좀 더 시적인 것을 취"(1941년 4월호, 26쪽)할 것을 요구하고, "독창성과 창조성"(1941년 5월호, 23쪽)에 유념할 것을 강조하기도 하면서, "2행만으로 훌륭한 동요가 될 수

---

143) 선자, 「신춘문예 선후감(완)」, 『동아일보』, 1936.1.12.
144) 일선자, 「신춘작품 선평」, 『동아일보』, 1938.1.12.
145) 윤복진, 「선후감」, 『아이생활』, 1940년 9-10월 합호.
　　　윤복진, 「윤복진 선생 평선 - 선후감」, 『아이생활』 제16권 제4호, 1941년 4월호.
　　　윤복진, 「선후감」, 『아이생활』 제16권 제5호, 1941년 5월호.
　　　윤복진, 「윤복진 선생 선」, 『아이생활』, 1941년 6월호.
　　　윤복진, 「선후감」, 『아이생활』 제17권 제1호, 1942년 1월호.
　　　윤복진, 「윤복진 선생 선(選)」, 『아이생활』, 1942년 6월호.
　　　윤복진, 「윤복진 선(選)」, 『아이생활』, 1942년 8월호.
　　　윤복진, 「독자 동요선」, 『아이생활』, 1943년 1월호.

있"(1941년 6월호, 21쪽)다며 투고작품을 첨삭하여 지도하였다. 지속적으로 투고작품을 심사해 온 윤복진은 정형화되어 유사한 작품이 많은 점을 지적해 "여러분의 각자의 특이한 세계를 찾어 세계에서 밭을 갈며 씨를 뿌리며 때로는 꽃도 심고 피리를 부시기를"(1942년 1월호, 37쪽) 바랐다. "꾸밈없는 소박한 시상! 꾸밈없는 나이브한 표현! 아모런 재조와 기교 을 부리지 않은 점"(1942년 8월호, 27쪽)을 높이 사고, "내가 적은 감상이나 평이 절대적인 것이 아니"(1943년 1월호, 26쪽)므로 각자의 감정과 개성을 살릴 것을 강조하였다. 내용과 형식에 걸쳐 구체적이고 전문적인 평가 를 함으로써 아동문학에 첫발을 내딛는 소년 문사들에게 실질적인 도 움을 주었을 것으로 보인다. 김영일(金英一)은 '아동자유시'에 관심이 많 았는데 선평에도 반영하였다.146) 윤복진의 선평을 받은 소년 문사들 중 에는 함처식(咸處植), 임인수(林仁洙), 박화목(朴和穆), 이종성(李鍾星), 남대우(南 大祐) 등도 있었는데, 뒷날 이들은 중견 아동문학가로 성장하였다.

직접 고선자(考選者)가 되어 쓴 선평은 아니지만 당선작을 대상으로 한 비평도 있었다. 김병호(金炳昊)의 「신춘 당선가요 만평 – 3사분(三社分) 비 교 합평(전3회)」(『조선일보』, 1930.1.12~15)은 연재 2, 3회분에서 당선동요를 평가하였다. 1930년 『동아일보』 신춘현상 1등으로 당선된 김귀환(金貴環 = 尹福鎭)의 「동리의원」에 대해 "어린이의 작품이라면 놀날 만한 것이다. 솔닙침 눗는다는 것은 대단 조흔 기교"라며 "조흔 동요다. 다만 조흔 동요다."(2회, 1.14)라며 극찬하였다. 『조선일보』에 당선된 「스무하로 밤」 에 대해 월급 타는 날 품삯이 모자라 걱정하는 어머니 모습을 그린 것 이기 때문에 "조흔 경향을 보여주는 것"이라 하였다. 그간 "너적지근한 것들을 너무도 만히 보아 왔든 것"(이상 3회, 1.15)이라면서도 긍정적으로 평가한 것은 계급의식의 경향성이 드러났기 때문이다. 정상규(鄭祥奎)가

---

146) 김영일(金英一), 「선평」, 『아이생활』 제18권 제6호, 1943년 7–8월 합호, 38~39쪽.

『중외일보』에 당선된 「도라오는 길」도 높이 평가했지만 그가 "계급의
식이 확립된 피오니-르"이기 때문이었다.(2회) 그만큼 김병호는 비평의
기준을 계급의식의 유무에 두었다. "동요에 잇서서도 자연시적의 것 그
만 동심 그것만의 노래와 계급적의 것이 잇는 것을 알어야 되며 우리는
후자에 것이 둘 중에서 더 조흔 장래를 촉망할 수 있는 것"(3회)이라 하
면서도, 계급성이라고는 조금도 드러나지 않았지만 「동리의원」을 높이
평가한 것은 계급주의 아동문학 비평이 가진 최소한의 균형감각이라
해도 좋겠다. 윤복진(尹福鎭)의 「3 신문의 정월 동요단 만평(전9회)」(『조선일
보』, 1930.2.2~12)은 당선동요만을 대상으로 한 것은 아니지만, 『중외일보』
5편, 『동아일보』 12편, 『조선일보』 5편 등 신춘문에 당선작도 포함하였
다. 서오송의 「우리 옵바」(『중외일보』), 김귀환의 「동리의원」(『동아일보』), 한
경천(韓璟泉)의 「공장굴둑」(『조선일보』)을 우수한 동요로 꼽았다. 「3 신문의
정월 동요단 만평」은 한마디로 말하면 윤복진의 동요론이다. 그의 비평
기준은 지금까지 알려진 것과 사뭇 다르다. 동심만 부르짖고 형식미학
에만 갇힌 게 아니라, 내용과 형식의 조화를 추구하였다. "우리에게도
귀족적—쌕르조아적인 노래가 맛당한가"라고 묻고는 "환상과 허식"을
버리고 "우리의 생활과 현실을 써나 옥토끼이니 계수나무이니 불느는
것보다 그들의 생활을 반영케 한 현실을 불너 주자"(3회, 2.5)라거나, "동
요는 교훈을 피하여야 한다."(5회, 2.7)라고 하였고, "아동에게 넘우 환상
의 노래를 불릴 것도 아니며, 넘우 쓰라린 현실만을 노래할 것도 아
니"(6회, 2.8)라는 매우 균형 잡힌 시각을 가지고 있었다. '우리가 요구하
는 몃 가지의 동요에 대한 요건' 10가지 중에는 "환상적으로 질주하지
말고 현실을 굿게 파악", "우리 혼을 일치 말고 조선 동요를 창작", "아
동에게 굿센 힘을 주어 투사가 되게 할 것" 등의 항목이 들어 있어, 정
확한 현실인식을 바탕으로 현실에 맞부닥쳐 나아가는 아동 곧 "아동에

게는 무엇보다 민족의식을 고취"하자고 하였다. 이 경우 자칫 교훈을 강요하기 쉬우니 "지식의 나열을 피할 것"(이상 6회, 2.8)도 요구하였다. 유재형(柳在衡)의 「『조선』, 『동아』 양지의 신춘 당선동요 만평(전3회)」(『조선일보』, 1931.2.8~11)은 제목 그대로 『동아일보』와 『조선일보』의 당선동요 각 8편 도합 16편을 대상으로 한 비평이다. 서두에서 비평기준으로 "내용과 형식의 조화"(상, 2.8)를 제시하였다. 내용은 "무산아동의 대중성을 포유한 사회적 정치적 가치 여하를 운위"하는 것으로 다시 말해 "'푸로레타리아'의 '이데오르기-'를 파악햇느냐 안헛느냐"를 의미하며, 형식은 "표현 수법의 기교"(이상 2.8)를 말한다. 하지만 지나치게 계급의식적 내용에 치우친 점은 아쉬운 대목이다.

해방 후 선평은 『소학생』, 『어린이나라』, 『한성일보』 등의 잡지와 신문에서 찾을 수 있다. <조선아동문화협회>의 기관지 『소학생』[147]은 '아협상타기' 현상을 통해 작품을 모집하였는데 이때 고선자가 선평을 남겼다. 이희승(李熙昇)은 「겉과 속이 같아야」(제49호, 1947년 8월호)에서 특등 우등(5편), 입선(8편)을 고르고 작품마다 짤막한 선평을 붙였다. 이원수(李元壽)도 「생활을 노래하라」에서 이희승과 같이 작품마다 짤막한 선평을 달았다. 윤석중(尹石重)은 「동요를 뽑고 나서」를 통해, "동욧감이 못되는 것을 가지고 글짜 수효만 맞춰 놓았기 때문에 굶어 버린 뼈댕이 모양으로 꺽꺽"(16쪽)한 것이 많았다고 뭉뚱그려 박한 평가를 하였다. 『소학생』 제62호에도 장지영(張志暎), 이병기(李秉岐), 이희승(李熙昇), 정지용(鄭芝溶), 피천득(皮千得), 윤석중(尹石重), 조풍연(趙豊衍)이 고선을 맡았는데, 특등(1편), 우등(5편)을 뽑고 짤막한 선평을 달았다. 제69호(1949년 7월호)에도

---

147) <조선아동문화협회(朝鮮兒童文化協會)>에서 1946년 2월 5일 자로 『주간소학생』 창간호를 시작해 통권45호(1947년 4월 21일자)까지 발간한 후, 1947년 5월부터 제호를 『소학생』(통권46호)으로 고쳐 통권79호(1950년 6월호)까지 발간한 아동문학 잡지이다.

이병기의 「어린이는 모두가 시인」, 이희승의 「느낀 바를 그대로」, 박영
종의 「너른 세계를 가지자」, 윤석중의 「제 소리와 남의 소리」 등의 동
요(동시) 선평이 이어졌다.

　박영종(朴泳鍾)은 1949년 1-2월 합호부터 1950년 2월호까지 1년간 『소
학생』의 독자 작품 선평을 맡았다. 일제강점기 말경부터 왕성하게 동요
창작을 하는 한편 해방기에 접어들어 동요 창작론과 감상론을 잇달아
발표해 온 박영종의 솜씨답게 꼼꼼한 첨삭 지도에다가, 표현과 시상을
살피고, 국내외의 뛰어난 동요를 비교 대상으로 제시하여 쉽게 설명하
였다. 어린이들이 동요를 이해하고 나아가 창작하는 데도 도움이 되었
을 것으로 생각된다.

　『어린이나라』[148]의 고선은 정지용(鄭芝溶)이 맡았는데, 1949년 2월호부
터 10월호까지 이어졌다.[149] 고선을 맡은 시기 직후에 정지용은 <국민
보도연맹>에 가입하는 등 해방기의 소용돌이에 휘말렸으나 선평에는
시어와 표현 등 지극히 형식론적인 요청과 평가뿐이었다. 정지용에 이
어 1950년 3월부터 5월까지 『어린이나라』 ‘독자동요란’의 고선은 윤복
진(尹福鎭)이 맡았다.[150] 리듬의 중요성, 정형률에 얽매이지 말되 산문처
럼 되지 않게 할 것과 무엇보다 동심을 저버려서는 안 된다는 점을 강
조하였다. 해방 직후부터 계급주의 아동문학을 표방하고 6.25전쟁 중
월북한 그였지만, 동요 창작의 실제에 있어서는 1930년대 계급주의 아
동문학가들의 모습을 따르지 않았다. 윤석중(尹石重)은 『한성일보』의 응
모작품 심사를 맡은 소감에서 “당선시킬 만한 작품이 없어 유감”[151]이

---

148) 동지사아동원(同志社兒童園)에서 1949년 1월호를 창간호로 시작하여 1950년 5월
　　호까지 발간한 아동문학 잡지이다.
149) 정지용, 「작품을 고르고(전6회)」, 『어린이나라』, 1949년 2월호~10월호.
150) 윤복진, 「동요 고선을 맡고서」, 『어린이나라』, 1950년 3월호.
　　윤복진, 「뽑고 나서」, 『어린이나라』, 1950년 4-5월 합호.
151) 윤석중, 「현상문예작품 아동작품을 읽고」, 『한성일보』, 1950.2.5.

라며 어린이들의 꾸준한 공부와 지도자들의 성의 있는 노력을 요구하
였다.

2) 동화 비평의 이론과 실제

"동화! 그것은 아동예술의 중추"[152]라고 했으나 동요에 비해 그 비중
은 상대적으로 낮았다. 하지만 일제강점기 아동문학의 교화적 속성을
감안할 때 동화의 중요성이나 필요성은 결코 가볍지 않다. 동화 비평은
동화에 관한 이론비평과 실제비평을 대상으로 논의하고자 한다.

동화(童話)와 관련한 첫 번째의 비평은 1921년에 발표된 목성(牧星 = 方
定煥)의 「동화를 쓰기 전에 - 어린이 기르는 부형과 교사에게」(『천도교회월
보』, 1921년 2월호)가 될 것이다.

> 동생 잇난 형이여 어린애 기르는 부모여 어린이 가르치는 선생님이
> 여 원하노니 귀여운 어린 시인에게 돈 쥬지 말고 과자 쥬지 말고 겨를
> 잇난 딕로 기회 잇난 딕로 신성한 동화를 들녀쥬시요. 썬々로 자조〵.
> (94쪽)

어린이들은 이야기를 들려 달라고 조르니, 돈이나 과자보다도 동화
를 들려주라는 것이다. 그렇게 할 수 있도록 "더 좃코 더 갑 잇난 동화
예술"(94쪽)이 창작되기를 바라고 있다. 방정환은 독자 대중인 어린이들
의 첫 번째 요구가 이야기(동화)이고, 그 동화가 효용성이 크다는 인식을
하고 있다. 이 글에서 동화에 대해서는 다시 이야기할 기회가 있을 것
이라고 하였는데, 그 글이 「필연의 요구와 절대의 진실로 - 소설에 대하
야」(『동아일보』, 1922.1.6)와 「새로 개척되는 '동화'에 관하야 - 특히 소년 이
외의 일반 큰 이에게」(『개벽』 제31호, 1923년 1월호)이다.

---

152) 호인(虎人), 「아동예술 시평(時評)」, 『신소년』, 1932년 9월호, 19쪽.

「필연의 요구와 절대의 진실로」는 작가로서의 포부를 밝힌 것이다. 방정환은 "참을 수 업서〃", 그리고 "나 자신의 생활을 챗죽질하기 위하야" 창작을 한다고 그 이유를 밝혔다. 인간의 참을 수 없는 필연적인 요구와 절대적인 진실로 이루어진 창작이 새로운 세상을 만든다고 보았다. 「새로 개척되는 '동화'에 관하야」는 동화라는 새로운 갈래에 대한 개념을 규정하고 전래동화의 발굴 필요성에 이르기까지 당대로서는 선구적이면서도 포괄적인 내용을 담은 글이다. 당시 일부 식자를 제외하고는 '동화'가 무엇인지조차도 모르는 상태인지라 개념에 대한 설명이 필요한 것은 당연한 일이었다.

> <u>동화의 童은 아동이란 童이요 話는 說話이니 동화라는 것은 아동의 설화, 쏘는 아동을 위하야의 설화이다.</u> 종래에 우리 민간에서는 흔히 아동에게 들려주는 이약이를 '옛날이약이'라 하나 그것은 동화는 특히 시대와 처소의 구속을 밧지 아니하고 대개 그 초두가 "옛날 옛적"으로 시작되는 고로 동화라면 '옛날이약이'로 알기 쉽게 된 까닭이나 결코 옛날이약만이 동화가 아닌 즉 다만 '이약이'라고 하는 것이 가합(可合) 할 것이다. (19쪽) (밑줄 필자)

덧붙여 「해와 달」, 「흥부와 놀부」, 「콩쥐 팟쥐」, 「별주부(톡긔의 간)」 등과 오스카 와일드(Wilde, Oscar Fingal O'Flahertie Wills)와 마테를링크(Maeterlinck, Maurice Polydore Marie Bernard) 등의 작품이 바로 동화라고 구체적인 예를 들어 설명하였다. 동화의 독자대상이 '아동(兒童)'인 점을 강조하면서, 「흥부전(興夫傳)」, 「별주부전(鼈主簿傳)」, 「박천남전(朴天男傳)」[153]과 같은 고소설에 대해서는 '고대소설(古代小說)'이지 동화가 아니라고 하였다. 이러한 구

---

153) 『박천남전』(조선서관, 1912.11)은 박건회(朴健會)의 창작으로 알려져 왔으나, 이와야 사자나미(巖谷小波)의 「桃太郎」(『日本昔噺 第一編』, 東京: 博文館, 1894.7)의 번안으로 밝혀졌다.

분의 기준으로 '영원한 아동성(兒童性)'을 들고 있다. 당시 "조선서 동화집 이라고 발간된 것은 한석원(韓錫源) 씨의 『눈꽃』과 오천석(吳天錫) 씨의 『금 방울』과 졸역 『사랑의 선물』154)이 잇슬 뿐"(23쪽)이라며 동화를 연구하 고 창작할 것을 희망하고 있다. 창작과 더불어 외국동화의 번역과 전래 동화(古來童詁)의 발굴 필요성을 주장하였는데, 외국동화의 번역보다 전래 동화의 발굴을 우선해야 한다는 입장이다. 동화가 넓은 세계를 갖고 있 고 다방면에 관계를 맺고 있으므로 향후 유망하다고 전망하였다. 「새로 개척되는 동화에 관하야」는 아동문학론의 효시라는 평가와 한국 최초 의 본격적인 아동문학 비평이란 평가가 있었다.155) 그러나 주요 논점은 일본의 앞선 논의를 참고한 것이었다. 다카기 도시오(高木敏雄)의 「동화의 연구(童話の硏究)」(婦人文庫刊行會, 1916)와 『와세다문학(早稻田文學)』의 특집란 「동 화 및 동화극에 대한 감상(童話及童話劇についての感想)」(1921년 6월호)에 실린 오가와 미메이(小川未明)의 「동화를 쓸 때의 나의 마음가짐(私が童話を書く時 の心持)」과 아키타 우자쿠(秋田雨雀)의 「예술 표현으로서의 동화(藝術表現とし

---

154) 한석원의 동화책 『눈꽃』(새동무사, 1920.9), 오천석(吳天錫)의 『동화집 금방울』(廣 益書舘, 1921), 방정환이 번역한 『사랑의 선물』(개벽사, 1922.7)을 가리킨다.
  『눈꽃』(새동무사, 1920.9)은 "조선서 제일 처음 난 동화책"으로 알려져 있다.(『아 이생활』 제18권 제9호, 통권192호, 1943년 11월호, 20~21쪽)
  동화집 금방울』(廣益書舘, 1921)의 표지에는 '오텬원 편'이라 되어 있다. '오텬원' 은 천원 오천석(天園吳天錫)이다. 안데르센(Andersen, H. C.)의 「어린 인어 아씨의 죽음」, 「엘리쓰 공쥬」, 「어린 석냥파리 처녀」 등을 포함하여 전 10편의 작품을 번역한 책이다.
  『사랑의 선물』은 안데르센의 「꽃 속의 작은 이(장미 속의 요정)」, 그림 형제 (Brüder Grimm)의 「잠자는 공주」, 페로(Perrault, C.)의 「산드룡의 유리구두」, 오 스카 와일드(Wilde, O.)의 「행복한 왕자」, 데아미치스(De Amicis, E.)의 「난파선」, 하웁트만(Hauptmann, G.)의 「한넬레의 죽음」 등 10편의 명작동화를 가려 뽑아 번역한 책이다.
155) 조은숙, 「동화라는 개척지 - 방정환의 '새로 개척되는 동화에 관하여'(1923)를 중 심으로」, 『어문논집』 제50호, 민족어문학회, 2004, 405~432쪽)
  심명숙, 「한국 근대아동문학론 연구」, 인하대학교 석사논문, 2002, 18쪽.

ての童話」, 그리고 잡지『동화연구(童話研究)』의 창간사인 「문화생활과 아동예술(文化藝術と兒童藝術)」(1922년 7월호) 등이 그것이다.156)

성해(星海 = 李益相)는 「동화에 나타난 조선 정조(情操)」(『조선일보』, 1924. 10.13~20)를 통해 조선의 동화에 나타난 정서의 기조를 밝혀 보려 하였다. "정서의 기조는 철두철미로 애상이오 퇴영적이오 소극적이오 영탄적이오 피공박적(被恐迫的)"(2회, 10.20)이라 하였다. 그 근원은 한문학의 영향이 아니라 불교사상이 그 기초가 되었다면서도 구체적인 근거는 밝히지 않았다. 제목에서 보듯이 만만찮은 주제의 이론비평이다. 조선의 동화를 망라하여 섭렵한 후 작품마다 나타난 조선 정조를 추출해 귀납적으로 결론을 내려야 하는 작업이기 때문이다. 그러나 이익상이 조선의 동화를 두루 연구한 바도 없거니와 검토한 작품도 몇몇 작품에 지나지 않아 당초부터 불가능하거나 버거운 일이었다. 그 결과 선입견적 결론을 내려두고 그에 해당하는 몇몇 작품을 끼워 맞추듯 하고 말았다. 그러나 동화에 대한 연구는커녕 전래동화의 수집도 제대로 되지 않은 토양에서 이러한 주제의 연구를 시도했다는 점만은 높이 살 만한 것이다.

방정환, 이익상에 이어 요안자(凹眼子)가 동화의 개념과 동화 연구의 방향을 제시한 것이 「동화에 대한 일고찰 – 동화 작자에게」(『동아일보』, 1924.12.29)이다. 동화는 "아동이 아동으로서의 특유한 심성에 적응하게 하는 그곳에 깃붐과 광명을 너어서 써 계발하여 가는 이약이"라고 규정한다. 동화를 지식 공급이나 도덕을 강조하는 것에 초점을 맞추는 것은 구각(舊殼)이라며, "덕성을 함양하며 권선징악(勸善懲惡)만으로는 그 동화 본래목적에서 도저히 만족할 수는 업는 것"이라 하여 아동문학이 교훈성 위주에서 벗어나야 함을 알렸다. 동화를 예술화해야 한다는 점을 처음 제

---

156) 이정현, 「방정환의 동화론 '새로 개척되는 동화에 관하야'에 대한 고찰 – 일본 타이쇼시대 동화이론과의 영향 관계」, 『아동청소년문학연구』 제3호, 2008.12, 89~131쪽.

기한 신선한 주장이다. 예술화의 구체적 방안은 제시되지 않았으나 큰
방향은 언급하였다.

> 그러함으로 조금이라도 동화를 맘 두는 사람은 무엇보다도 먼저 <u>민
> 족심리학적 연구에 의하야 동화의 발생과 유동(流動)의 진상을 아라야
> 만 할 것이다. <u>아동심리학적 연구에 의하야 아동과 동화와의 생명적 관
> 계를 붓드러야 할 것이다.</u> 그리고 더욱 <u>문예적 고찰에 의하야 예술로서
> 의 동화의 가치를 아라 두어야 할 것이다. <u>광의로의 동화의 교육적 효
> 과를 이해하여야 할 것이다.</u> 그리고 <u>동화 그것을 교육적 기구(器具)로만
> 할 수 업는 것</u>을 나는 이에 말하여 두고저 한다. (밑줄 필자)

동화에 관심을 두는 사람은, 동화의 발생과 흐름의 진상, 아동과 동
화의 관계, 예술로서의 동화의 가치를 알아야 한다고 하였다. 광의로 동
화의 교육적 효과를 이해해야 하나 동화를 교육적 도구로만 활용하는
것을 지양해야 한다는 주장이다. 아동문학이 덕성 함양 곧 교육적 가치
가 있음은 주지의 사실이다. 그러나 아동문학 혹은 동화가 도덕교육의
도구적 수단은 아니다. 동화의 예술적 독립성을 언명한 것은 당시의 관
점에서 볼 때 돋보인다.

요안자의 글이 일반론적인 요구이자 제안이었다면, 방정환의 「동화
작법 - 동화 짓는 이에게 ◇소파생◇」(『동아일보』, 1925.1.1)는 보다 구체적
이다. 동화작가가 주의할 점 세 가지를 들었는데, 첫째, 아동이 알지 못
하는 말을 쓰지 말 것, 둘째, 아동이 흥미를 느낄 수 있도록 쓸 것, 셋째,
교육적 의미를 가져야 할 것으로 요약된다. 주목할 것은 "아모러한 교
육덕의 의미가 업서도 동화는 될 수 잇지만 아모러한 유열(愉悅)도 주지
못하고는 동화가 되기 어렵"다고 한 말이다. 지나치게 재미(愉悅)만을 강
조한 것으로 볼 수도 있겠다. 그러나 셋째 항에서 '교육적 의미'가 포함
된 것으로 보아, 종래의 동화가 재미는 무시하고 교훈성만 강조했던 문

제점을 강조한 표현으로 이해하여야 할 것이다. 한동욱(韓東昱)은 「동화를 쓰기 전에」(『새벗』 창간호, 1925년 11월호)에서, 동화를 쓰고자 하는 까닭이 "제이 국민인 어린이의 순진한 정신을 튼ᄼ케 함"(6쪽)에 있다고 하여 동심(童心)을 강조하였다.

안덕근(安德根)도 동화에 관한 견해를 밝혔다. 「동화의 가치」(『매일신보』, 1926.1.31)에서 "어린이의 예술에 가장 중요한 것은 동화"라 단정한 후, "어린이는 동화에 의하여 인생에 대한 비판고찰의 태도를 교양식혀야 될 것"이라고 하였다. 동화가 아동문학에서 차지하는 비중을 평가하였고, 어린이들이 비판적 현실인식이 가능하도록 하고자 할 때 동화를 활용해야 한다고 본 것이다. "동화의 세계를 여는 다만 한아의 열쇠는 우리들의 동심"이라고도 하였는데, 동심이라는 바탕 위에다 우주 인생의 그림자를 비추게 된다고 본 것이다. 안덕근이 말하는 동심은 동심천사주의적 동심과는 일정한 차이가 있다. 동화를 통해 인생의 교양을 가능하게 해야 하고 그 교양의 결과는 "인간으로서의 인생의 삼라만상에 대한 공정한 비판과 고찰의 힘"을 불러일으키는 것이라고 한 데서 그 차이가 드러난다. 나아가 동화가 간단한 재담이나 단편적인 수신담이 아니라 "철저한 인생관을 급여하는 것"이라 하였다. 인간은 사상의 동물이므로 사상의 지배로부터 자유로울 수 없다고 하면서, 이 사상을 충실하게 하는 매개가 예술이며 어린이에게는 바로 동화라는 결론에 이른다. 요컨대 "도덕은 예술에 의하야 구체화되는 것"이라고 본 것이다. 안덕근의 주장은 어린이들의 사상과 도덕 등을 충실하게 하여야 하는데 그 내용은 인생에 대한 비판적 고찰을 가능하게 하여야 한다는 것이다. 여기에 동화의 가치가 있다고 본 것이다. 「푸로레타리아 소년문학론(전12회)」(『조선일보』, 1930.10.18~11.7)에서 프롤레타리아 아동문학을 이론적으로 살폈던 안덕근의 문학관을 염두에 두고 본다면 당연한 결론이라 하겠다.

정홍교(丁洪敎)도 동화에 관한 글을 여러 편 발표하였다. 동화의 가치
와 종류, 아동의 생활심리와 동화와의 상관관계, 그리고 동화와 옛이야
기와의 관계 등을 살핀 글이 있다. 「동화의 종류와 의의」(『매일신보』,
1926.4.25)에서는 다음과 같은 견해를 밝혔다. 소년운동과 소년문예운동
을 주창한 사람들 대부분이 진단한 바와 같이 정홍교도 당시 어린이들
이 처한 우리의 현실은 아동을 압박하고 구속하여 지배해 왔다고 전제
하였다.

> 어린 사람을 문화인으로 지배할 것 가트면 완미(完美)한 교육이 필요
> 할 것이다. 완미한 교육의 내용은 여러 가지가 잇지만 동화적 교육이
> 완미한 교육의 한 가지일 것이다. 엇지하야 그러하냐 하면 동화는 그
> 내용이 다양성에 싸러서 아동 심성의 각 요소를 계발(啓發)식히는 힘이
> 잇는 싸닭이다. (밑줄 필자)

동화의 내용이 다양해 아동 심성의 여러 요소를 계발시키는 데 도움
이 되기 때문에 동화 교육이 완미한 교육의 일환이라는 것이 요지이다.
정홍교가 말하고자 한 동화의 의의라고 정리할 수 있겠다. '완미한 교
육'이란 매우 포괄적인 개념이지만, 완전하고 아름다운 교육을 말한다.
완전하다는 의미는 문학적 형상화의 방식을 통해 교육 목적이 달성된
다는 것으로 볼 수 있다. 아름답다는 것은 정서교육과 관련될 것이다.
"동화는 아동의 감성과 지력과 정조(情操) 등을 함양함에 유일한 직능"을
가졌다고 한 천마산인(天摩山人 = 權九玄)의 주장도 동화 혹은 아동문학이
교훈적인 기능 이외에 정서와 감성 함양 기능을 아울러 가진다고 보고
있다.157)

---

157) 천마산인, 「동화연구의 일단면 - 동화집 『금쌀애기』를 읽고」, 『조선일보』, 1927.

비록 이들 논의가 정치한 이론적 성찰이 아니라 하더라도 당시 수준에서 보면 문제점을 제대로 지적한 것이다. 교훈 위주의 공리적 문학관이 변모되고 있음을 보여주는 징후로 읽을 수 있기 때문이다. 이런 과정을 거쳐 오늘날 아동문학의 내용과 형식, 교훈과 재미 등이 진전된 이론적 논의로 이어진 것이다.

동화의 종류로는 "유치원화(幼稚園話), 골계담(滑稽談), 우화(寓話), 석화(昔話), 전설(傳說), 신화(神話), 역사담(歷史譚), 자연계화(自然界話), 실사담(實事譚) 등으로 분(分)할 수 잇슬 것"이라 하였다. 동화를 분류하는데 일관된 기준을 적용한 것이 아니다. 내용과 형식을 뒤섞어 기준으로 삼았다. 다만 이 글을 쓸 당시 존재한 동화의 양상을 적은 것으로 볼 수 있다. '유치원화'는 시의 형식으로 된 동화와 산문 형식의 동화가 있다고 다시 재분류하였다. 전자는 동화시(童話詩)라고 할 수 있을 것 같은데 이를 '동화(童話)'라고 규정한 것은 어색하다. '골계담'은 다시 무의의담(無意義譚)과 소화(笑話)로 나누었다. 무의의담은 별 의미가 없는 이야기라는 뜻으로 보인다. '우화'는 현재의 개념과 유사하다. '유치원화'와 '골계담'은 흥미가 우선이고 교훈은 후순위가 된다고 보았으나, '우화'는 이와 달리 교훈이 우선이고 흥미는 후순위가 된다고 보았다. 다시 '유치원화'와 '골계담'은 옛이야기에 뿌리를 두고 있으나 '우화'는 창작으로 개인적인 문학이라고 하였다. '석화(昔話)'는 일본어 무카시바나시(むかしばなし[昔話])다. 우리말로는 '옛이야기'가 될 것이다. 정홍교는 이 '昔話'가 "동화계의 왕자"라며, 다양한 형식, 교훈성, 아동심리의 적합성 등에 있어서 다른 동화가 비교 대상이 될 수 없다고 하였다. '석화'는 아동과 관련된 사람, 동물 및 신(神) 등의 태도(態度)에 따라 9가지 종류로 다시 분류하였다. '전설', '신화', '역사담'은 명명에서 지칭의 대상을 짐작할 수 있다.

12.6.

'자연계화(自然界話)'는 자연계의 이야기와 과학적인 이야기의 흥미를 담은 것이다. '실사담(實事談)'은 일상적인 이야기인데 아동의 지력, 덕성 및 정서를 함양하기 위한 것으로 풀이하였다.[158]

　동화와 옛이야기의 차이를 살핀 것은 동화의 분류에 대한 미흡함을 극복하기 위한 것으로 보인다. 제목은 「소년문학운동의 편상 - 특히 동화와 신화에 대하야」이지만 여기서 '신화'는 '옛이야기'를 지칭하는 개념이다. 정홍교는 "동화와 옛이야기는 전연히 틀니고 잇는 것"이라며 구별하지 않으면 안 된다고 하였다. "신화, 전설, 민화 가튼 것을 잘 골나서 한 개의 이야기를 창작하게 된 것"을 일컬어 "옛이야기[昔話]"라 하고, 오늘날 소년소녀가 요구하는 것을 창작한 것은 '동화(童話)'로 규정하였다. "옛이야기와 동화는 형식이 상이한 것이 안이고 정신적으로 서로서로 상이하여야 될 것"이라고 구분하였다.[159] 일본에서도 메이지(明治) 시기(1868~1912)에는 오토기바나시(御伽噺, 御伽話), 다이쇼(大正) 시기(1912~1926)에는 동화(童話), 쇼와(昭和) 시기(1926~1989) 이후는 아동문학이라는 용어가 사용되었다.[160] 정홍교의 「동화의 종류와 의의」뿐만 아니라, 「아

----

158) 정홍교, 「동화의 종류와 의의」, 『매일신보』, 1926.4.25.
　　「동화의 종류와 의의」는 마쓰무라 다케오의 『동화 및 아동의 연구(童話及び兒童の硏究)』(東京: 培風館, 1922)의 제5장 「동화의 종류와 의의(童話の種類と意義)」를 발췌·번역한 것이다. 마쓰무라 다케오는 동화의 종류를 "幼稚園話, 滑稽譚, 寓話, お伽噺, 傳說, 神話, 歷史譚, 自然界の物語, 實事譚" 등으로 구분하였다. 정홍교는 오토기바나시(お伽噺)를 '석화(昔話)'로, '自然界の物語'를 '자연계화(自然界話)'로 번역한 것이다.
159) 정홍교, 「소년문학운동의 편상(片想) - 특히 동화와 신화에 대하야」, 『조선강단』 제1권 제2호, 1929년 11월호, 57~59쪽.
160) 日本兒童文學學會 編, 『兒童文學の思想史·社會史』, 東京: 東京書籍, 1997, 32~38쪽.
　　野上曉, 「日本童話變遷史 - 童話學への招待」, 『童話學がわかる』, 『AERA MOOK47』, 朝日新聞社, 1999, 63쪽.
　　河原和枝, 『子ども觀の近代』, 東京: 中央公論社, 1998, 15쪽.
　　가와하라 가즈에(河原和枝) 저(양미화 역), 『어린이관의 근대』, 소명출판, 2007.

동의 생활심리와 동화(전2회)」(『동아일보』, 1926.6.18~19)도 마쓰무라 다케오 (松村武雄)의 저서를 발췌·번역한 것이다.[161]

그러나 일본에서도 동화와 옛이야기에 대한 구분이 분명하지 않았다. 일본 오토기바나시의 창시자인 이와야 사자나미와 그를 따르던 기무라 쇼슈(木村小舟)도 문학적인 명칭으로는 오토기바나시, 교육적으로는 동화로 칭하고 있어,[162] 문학적 갈래 인식을 바탕으로 한 구분이 아니었다. 정홍교 역시 뚜렷한 차이를 드러내지 못하였다. 동화와 옛이야기의 구분에 자연생장기의 이야기를 버리고 사상(思想)을 기준으로 하자는 언급 등에서 볼 때 갈래 인식이 분명하지 않았던 것을 알 수 있다.

정홍교는 "아동에게 흥미와 환희를 사지 못하는 동화"는 설령 "지력적 우수성(智力的優秀性)"이 있다 하더라도 아동에게 참다운 도움이 되는 동화가 아니라고 보았다. 그래서 아동들의 흥미와 환희를 살 수 있는 동화는 그들의 생활심리를 파악해야 한다고 생각했다. 생활심리는 생활감, 감관인상(感官印象), 상상적 요소, 신비적 요소, 경이성, 활동성, 모험적 요소, 골계적 요소, 과장적 요소 등으로 파악하였다. 이들 생활심리 중 하나 또는 부분만을 과중하게 강조할 것이 아니라 여러 요소를 함유한 동화가 아동의 감흥을 불러일으키고 동화로서의 가치를 갖게 된다고 주장하였다.[163]

김광식, 「식민지기 재조일본인의 구연동화의 활용과 전개양상」, 『열상고전연구』 제58호, 열상고전연구회, 2017, 15쪽.

161) 松村武雄의 『동화 및 아동의 연구(童話及び兒童の硏究)』(東京: 培風館, 1922) 제5장 「동화의 종류와 의의(童話の種類と意義)」와 제7장 「아동의 생활 및 심리와 동화와의 관계(兒童の生活及び心理と童話との關係)」

162) 巖谷小波, 「お伽噺の性質及び話方」, 藤田湛水 編, 『お噺の研究』, 日曜學校叢書 第1編, 東京: 日曜學校研究社, 1922, 267쪽.
木村小舟, 『少年文學史(明治篇 下卷)』, 東京: 童話春秋社, 1942, 63쪽.

163) 정홍교, 「아동의 생활심리와 동화(전2회)」, 『동아일보』, 1926.6.18~19.
마쓰무라 다케오(松村武雄)의 『동화 및 아동의 연구(童話及び兒童の硏究)』(東京:

아동의 생활심리를 파악하지 못하고 '지력적 우수성' 곧 지식 전달과 같은 교훈성이 강조된 동화가 소년 독자 대중의 관심을 끌 수가 없는 것은 당연한 이치이다. 「동화의 종류와 의의」에서 "아동 심성의 각 요소를 계발"시키는 힘을 가진 것이 동화라고 했던 주장과 같은 맥락이다. 문학이 추구하는 바는 교훈과 재미이다. '지력적 우수성'이 교훈과 대응되고 '흥미와 환희'는 재미와 짝이 맞는다. 아동문학에서 늘 논란이 되어 왔던 것 가운데 하나가 교훈성이 과도하게 강조되는 것이다. 정홍교가 '지력적 우수성'이 있다 하더라도 '흥미와 환희'가 없으면 바람직한 동화가 아니라 한 것은 결코 '지력적 우수성'의 필요성을 무시한 게 아니다. "수신 교훈을 하는 것"보다 "훌용히 된 동화를 들니난 것"이 유익하다고 한 송악산인(松岳山人)의 인식도 같은 맥락이다. 그는 동화를 두고 소년소녀들의 "중요한 정신량식(精神糧食)"이고, "훌용한 동화의 세계에서 무섭게 정화(淨化)되고 무섭게 큰 교훈을 밧고 놀날 만한 상상력(想像力)을 길느는 것"[164]이라 하였다. 교훈을 직접 전달하는 것보다 문학적 형상화를 통해 아동의 상상력을 기르고 교훈을 전달하며 카타르시스를 맛보게 하는 것이 문학의 존재 방식이자 기능임을 잘 인식하고 있는 발언이다. 아동문학의 상상력에 관해 언급한 최초의 주장이 송악산인의 비평문이라 하겠다. 하지만 그야말로 언급에 그쳤고 개념이나 의미에 대한 충분한 논의가 없는 점은 아쉽다. "공상과 상상력"[165]을 통해 인생을 알게 하는 것이 동화의 본질이라 한 견해와 맥락이 닿아 있다. 정홍교가 아동 생활심리 중 가장 핵심적인 내용만을 제시한 것인가

培風館, 1922)에는 "生活感, 熟知性若くは親密性, 感官印象, 韻律と反復, 想像的要素, 驚異性, 活動性, 冒險的要素, 滑稽的要素, 誇張" 등으로 나누어 기술하고 있다.

164) 송악산인, 「부녀에 필요한 동화 - 소년 소녀의 량식」, 『매일신보』, 1926.12.11.

165) 「꿈결 갓흔 공상을 이상(理想)에 선도 - 넘치는 생명력을 됴절한다 ◇···동화의 본질」, 『매일신보』, 1928.12.17.

에 대한 판단은 논란의 여지가 있을 수 있다. 그러나 정홍교가 제시한 아동의 생활심리는 대체적으로 수긍할 만한 요소들이라는 것은 부정할 까닭이 없다. 정홍교나 송악산인, 권구현에 이르러 최남선 등 창가(唱歌) 시대의 교훈 전달의 공리적 문학을 벗어나 문학의 목적이나 기능을 제대로 인식하기 시작했다고 볼 수 있다.

동화의 기원을 살펴본 것으로는 김석연(金石淵)[166]의 「동화의 기원과 심리학적 연구(전10회)」(『조선일보』, 1929.2.13~3.3)가 있다. 동화의 기원을 4가지로 나누어 살피면서 관련 정보를 제공하고 있다. 동화의 기원으로 인도(印度) 기원설, 신화 사재설(神話渣滓說), 자연현상 기술설(自然現象記述說), 흥미 욕구설(興味欲求說)을 제시하고 항목마다 자세한 설명을 이어갔다. 인도기원설은 문자 그대로 동화의 기원이 인도라는 것인데 학술적으로 인정받지 못하고, 신화 사재설은 신화의 잔재로부터 동화가 발생했다는 주장인데 일부 동화에서 들어맞지만 모든 동화에 적용되지는 않으며, 자연현상기술설은 자연을 경험하고 관찰하면서 과학적으로 기술한 것이라는 말인데 이 또한 학술적으로 타당하지 못하고, 흥미욕구설은 민족마다 보편적으로 가지고 있는 교화적 본능(交話的本能)과 흥미 욕구가 결합하여 이야기가 발생한다는 것이다. 김석연은 흥미욕구설이 가장 적당한 학설로 보았다. 그러나 서로 다른 입장이 있으므로 종합하여 연구하고 해석할 것을 요구하였다. 동화 기원설을 설명하는 과정에서 동화 관련 서적들이 언급되었는데 당시로서는 전무후무해서 연구와 학습에 도움이 될 만했다. 『판차탄트라(pancatantra)』, 『히토파데샤(hitopadesha)』, 『자타카(jātaka)』, 그림 형제의 『어린이와 가정의 동화(『Kinder-und Hausmärchen』)』, 페로의 『옛날이야기(Histoires ou Contes du Temps Passé)』, 아파나세프(Afanas'ev,

---

166) 김석연의 본명은 김영희(金英熹)이고, 산양화(山羊花) 등의 필명으로 아동문학 활동을 하였다. 경상북도 달성군 현풍면(玄風面) 출신으로 대구고보를 거쳐 일본 유학을 한 것으로 보이나 더 이상 확인이 되지 않는다.

Aleksandr Nikolaevich)의 『러시아 민담집』 등이 그것이다. 그러나 이 글은 김석연의 연구 결과가 아니라, 마쓰무라 다케오(松村武雄)의 글을 발췌·번역한 것이다.[167] 김석연이 일부를 보여 준 세계 동화에 대한 연구는, 해방 후 최병화(崔秉和)의 「세계동화 연구(전7회)」(『조선교육』, 1948년 10월호~1949년 10월호)를 기다려야 다시 만날 수 있다.

동화구연(童話口演)은 구연동화(口演童話) 또는 실연동화(實演童話)와 같은 말이다. 구연(口演)의 사전적 의미는 "동화, 야담, 만담 따위를 여러 사람 앞에서 말로써 재미있게 이야기함"이란 뜻이다. 따라서 '동화구연' 혹은 '구연동화'는 "입으로 실감 나게 들려주는 동화"란 뜻으로, 구연을 잘하는 사람이 대중을 모아 놓고 동화를 들려주는 것을 말한다. 일제강점기에는 '동화구연'이란 용어보다는 '동화대회', '동화회' 등의 이름으로 더 많이 불렀다.

동화구연은 일본에서 시작되었는데, "어린이들을 모아 놓고 이야기를 들려주는 방법(子どもたちを集めてお話を聞かせる方法)"[168]이란 뜻으로, "어린이에게 들려주는 문예적인 이야기(子どもに語って聞かせる文芸的な話)"[169]라는 의미도 있는 오토기바나시(お伽話)와 밀접한 관련이 있다. 1896년 이와야 사자나미(巖谷小波)가 교토(京都)의 한 소학교 교장의 의뢰로 구연한 것을 계기로 구연동화가 시작되었고,[170] 이어 동화 창작 및 재화(再話)가 뒤따랐다. 1913년 9월 29일 이와야 사자나미는 '만선 구연여행(滿鮮口演旅行)'을 위해 도쿄(東京)를 출발해 만주(滿洲)와 평양(平壤)을 거쳐 10월 22일 경성에 도착하여 열흘간 체류하였다.[171] 이 기간 동안 만주와 조

---

167) 마쓰무라 다케오(松村武雄)의 『童謠及童話の研究』(大阪: 大阪每日新聞社, 1923.5)의 제2편 '童話の起源及び本質の民族心理學的考察'의 제1장 '童話の起源の民族心理學的研究'(82~119쪽)를 발췌·번역한 것이다.
168) 大阪國際兒童文學館 編, 『日本兒童文學大事典(2)』, 大日本図書株式會社, 1994, 355쪽.
169) 위의 책, 334쪽.
170) 巖谷小波, 『我が五十年』, 東京: 東亞堂, 1920, 295쪽.

선에서 여러 차례 동화구연을 했다. 조선에서 동화구연에 해당하는 동
화회가 개최된 것은 1922년경부터 확인된다.[172]

동화구연에 대한 글은 연성흠(延星欽)[173]이 쓴 「동화구연 방법의 그 이
론과 실제」가 처음이자 마지막이다. 방정환이 쓴 「연단진화(演壇珍話)」[174]
는 제목에서 보듯이 동화구연을 하는 과정에서 겪은 진귀한 경험을 적
은 것이어서 연성흠의 글과는 다소 성격이 다르다.

연성흠은 「동화구연 방법의 그 이론과 실제」란 제목으로 『중외일보』
에 두 차례에 걸쳐 발표하였다. 처음 발표된 것은 『중외일보』(1929.7.15)
이다. 현재 1929년 7월 치 『중외일보』는 1일에서 15일까지만 확인이 가
능하다. 따라서 7월 15일에 수록된 제1회분 이외에는 확인이 불가능하

171) 김광식, 「식민지기 재조 일본인의 구연동화 활용과 전개양상」, 『열상고전연구』
    제58호, 열상고전연구회, 2017, 17쪽.
    김성연, 「일본 구연동화 활동의 성립과 전파과정 연구」, 『일본근대학연구』 제48
    호, 한국일본근대학회, 2015.5, 143쪽.
    오타케 기요미(大竹聖美), 「근대 한일 아동문화교육 관계사 연구(1895～1945)」,
    연세대 교육학과 박사논문, 2002, 55쪽.
    巖谷小波, 「失敗と成功」, 『我が五十年』, 東京: 東亞堂, 1920, 314～316쪽.
    大竹聖美, 『근대 한일 아동문화와 문학관계사 1895～1945』, 청운, 2006, 61쪽.
    「岩谷小波의 입경(入京)」, 『매일신보』, 1913.10.24.
172) 조은숙, 「식민지시기 '동화회(童話會)' 연구 – 공동체적 독서에서 독서의 공동체로」,
    『민족문화연구』, 제45호, 고려대 민족문화연구소, 2006, 226쪽.
173) 연성흠은 일제강점기 아동문학 문단의 지도적인 작가요 비평가이자 소년운동의
    지도자였다. 야간학교 배영학원(培英學院)을 설립하여 무상교육을 실시하였고,
    1924년 소년소녀 잡지 『어린벗』을 발행하였다. 1924년 소년단체 <명진소년회
    (明進少年會)>와 1927년 아동문학연구단체인 <별탑회>를 결성하였다. 「용사 화
    평이」를 쓰기 전까지 다수의 작품을 발표하였고 비평문과 작품집도 발간하였다.
    비평문으로는 「안더슨 선생의 동화 창작 태도(전6회)」(『조선일보』, 1927.8.11～
    17), 「10월의 소년잡지(전5회)」(『조선일보』, 1927.11.3～8), 「동화구연 방법의 그
    이론과 실제」(『중외일보』, 1929.7.15), 「동화구연 방법의 그 이론과 실제(전18회)」
    (『중외일보』, 1929.9.28～11.6) 등이 있다. 저서로는 『세계명작동화보옥집(世界名
    作童話寶玉集)』(이문당, 1929)이 있다.
174) 방소파(方小波), 「연단진화」, 『별건곤』 제33호, 1930년 10월호, 116～122쪽.

다. 두 달가량 뒤에 같은 제목으로 총18회(『중외일보』, 1929.9.28~11.6)에 걸쳐 다시 연재하였다. 확인 가능한 1회분만 비교해 보면 내용이 서로 다르다. 후자는 개정한 것으로 보인다.[175]

7월 15일 치는 소제목이 '동화는 최면술적 육아법'인데, 어머니가 들려주는 옛날이야기가 아이를 잠들게 하거나 감화를 주는 등 교육적 가치가 크다는 점에서 붙인 것이다. 9월 28일부터 연재된 글도 소제목을 달고 있는데 전체 12개가 된다. '아동은 엇지하야 동화를 조화하는가', '조선동화와 서양동화', '교육상 엇더한 동화를 취할가', '동화구연자의 먼저 준비할 것', '동화구연자의 복장', '등단하기 전 준비', '연단에 올은 일순간', '청중이 싯그럽게 써들 째 등단은 엇더케 할가', '말과 목소리', '담화 중 인물의 위치', '형용 몃 가지', '참고사항 일속(一束)' 등이다.

첫 회는 어린이와 동화의 관계, 동화의 종류가 주 내용이다. 현실과 상상의 구별이 엄격하지 않은 어린이들이 동화를 환영한다고 보았다. 동화는 우화, 민족적 동화, 창작동화, 역사전기, 서물담(庶物譚) 등으로 분류하였다. '민족적 동화'는 전래동화를 지칭하는 것이고, '창작동화'에는 외국동화의 번안과 개작도 포함된다. '서물담'은 '서물'이 '여러 가지 온갖 물건'을 뜻하는 것과 같이, 개, 나무, 석탄, 배 등 그야말로 온갖 물건들에 관한 이야기를 말한다. 이 외에 따로 17~8세의 어린이를 대상으로 한 현실적 동화를 하나 더 추가하였다. 오늘날 개념으로 현실주의 동화(realistic fiction)쯤 될 듯하다. 이 가운데 어린이들이 좋아하는 동화는 민족적 동화와 번안·개작동화 및 창작동화라 하였다. 그 이유는 현

---

175) 연성흠의 「동화구연 방법의 그 이론과 실제」에 대해 살펴본 논문은 김경희의 「연성흠(延星欽)의 '동화구연 방법의 이론과 실제」(『국문학연구』 제21호, 국문학회, 2010년 5월)가 있다. 그런데 연재 사실에 대해, "『중외일보』에 1929년 7월 15일부터 11월 6일까지 「동화구연 방법의 그 이론과 실제」 1~18을 연재"(195쪽)라 하였는데 이는 착오다.

실과 공상을 구별할 줄 모르는 어린이들의 생각에 적합하기 때문이라 보았다.

'조선동화와 서양동화'에서는 조선동화와 서양동화의 차이를 비교하였다. 서양동화가 적극적이라면 조선동화는 소극적인데, 서양은 아동을 행복하게 만들기 위해 애를 쓰지만, 조선은 어른 중심이고 벌 받는 것을 강조하여 소극적이게 만든다는 것이다. 귀신도 서양은 여신과 마술사가 자비롭지만 조선의 귀신은 위협적이고 만행을 부리며, 서양엔 연애 이야기가 많은데 조선에서는 배제해야 할 것으로 치고, 계모 이야기는 해로우니 들려주지 않는 것이 좋다고 본 것 등이 비교의 내용이다. '교육상 엇더한 동화를 취할가'에서는 재미있는 것, 너무 교훈적이지 않은 무해하고 담박하며 깨끗한 이야기, 교훈적인 이야기 가운데 적극적인 것을 추천하였다. 지나치게 슬픈이야기나 끔찍한 이야기, 참혹한 이야기, 계모 이야기 등은 빼야 할 것으로 보았다.

동화구연에 관한 구체적인 내용은 5회분부터 시작된다. 그 첫 번째가 '동화구연자의 먼저 준비할 것'에 관한 내용이다. 구체적인 예를 들어가며 원고를 암기하고 연습을 충분히 해야 한다는 점을 강조하였다. '동화구연자의 복장'에는 구체적이고 세세한 복장 상태에 대해 설명함으로써 실제 동화구연자에게 도움이 되도록 하고 있다. '등단하기 전 준비' 사항으로는 평소의 80% 정도의 식사량, 주류나 농후한 차, 과자, 실과(實果) 등을 먹지 말 것 등 구체적인 음식료에 관한 지침과 의복 지침, 예정 시간에 늦지 말 것, 앞 순번 연사의 이야기를 반쯤 들어 준비에 만전을 기할 것, 청중의 태도에 따라 연제 변경 여부 결정 등 전반적인 사항에 대한 세세한 내용을 담고 있다. '연단에 올은 일순간'에서는 연단에 등단했을 때의 자세와 구체적인 행동거지 등 주의할 사항을 설명하였다. '청중이 싯그럽게 써들 째 등단은 엇더케 할가', '말과 목소리', '담화 중 인물의 위치'는 소제목이 말하는 바 그대로 동화구연에 관한 내용을 담고 있다.

14회에서부터 17회에까지는 '형용 몃 가지'에 대한 내용인데, 구체적 인 동화를 예로 들어 설명하였다. '형용(形容)'은 곧 '표정(表情)'을 뜻하는 데, "비애(悲哀), 실망(失望), 공포(恐怖), 경악(驚愕), 탄원(嘆願), 사색(思索), 결단 (決斷), 감사(感謝), 분노(憤怒), 제지(制止), 조소(嘲笑), 희열(喜悅), 희학(戲謔), 감 탄(感嘆) 등"(14회, 10.20)을 포괄하고 있다. 각 표정마다 목소리, 얼굴, 눈, 입, 몸, 손, 발 등을 어떻게 할 것인지를 상세하게 설명하였다. 17회부터 18회까지는 '참고사항 일속(一束)'인데, '동화에 회사(誨辭)가 필요할가', '동물을 인격화하는 시비에 대하야', '아동이 울도록 감동시키는 이점', '동화 중에 노래를 삽입하는 데 대한 가부', '담화의 구절은 엇더케?', '청중을 엇더케 웃켜야 할가?', '참혹한 이약이는 엇더케' 등 일곱 가지 를 설명하였다.

연성흠의 이 글은 일본의 3대 동화구연가 중 한 사람인 기시베 후쿠 오(岸邊福雄)의 책 『오토기바나시 방법의 이론과 실제(お伽噺仕方の理論と實際)』 (明治の家庭社, 1909)를 축약・번역한 것이다. 기시베의 책은 총론(總論) 15항, 이야기 방법의 실제(話方の實際) 4편, 주요 내용(要言一束) 11가지로 이루어 져 있다. 연성흠은 이 책의 1쪽에서부터 88쪽까지를 번역하였다. '총론' 에서 4항을 빼고, '이야기 방법의 실제' 전부 그리고 '주요 내용'에서 4 가지는 뺀 것이어서 축약・번역한 것이라 할 수 있고, '총론'의 '일본 오 토기바나시와 서양 오토기바나시(日本のお伽噺と西洋のお伽噺)'를 '조선 동화 와 서양동화'로 바꾼 점에서는 번안(飜案)이라고도 할 수 있다.

동화구연에 대한 이론적・실천적 고찰이 연성흠의 글이라면, 동화회, 동화대회를 보고 의견과 소감을 적은 글도 있었다. 당대의 아동문단에 서 벌어지는 주요활동 가운데 동화대회가 차지하는 비중이 컸던 만큼 관련 논평이 많았던 것은 당연한 일이다. 그 가운데 촌평류의 것은 제 외하고 체계를 갖추어 쓴 두 편의 글을 통해 당대 동화회의 모습을 가 늠해 보도록 하자.

이정호(李定鎬)의 「어린이들과 옛날이야기, 어떤 이야기를 들려줄가?(전 4회)」(『조선중앙일보』, 1934.2.19~22)도 구연동화와 관련된다. 연성흠과 같이 구연동화의 구체적인 방법을 제시한 것은 아니지만 어린이들에게 이야 기를 들려주는 것의 효과와 방법을 개괄적으로 밝히고 있다. 이원규(李 元珪)의 「순회동화를 맛치고」(『소년세계』, 1932년 1월호)와 「순회동화 30일 간(2)」(『소년세계』, 1932년 2월호)은 『소년세계』 속간(續刊) 기념으로 충남(忠南), 전북(全北) 지방을 순회하며 동화회 연사로서 보고 느낀 바를 적은 글이 다. 일제강점기 당시 동화회의 모습을 확인할 수 있는 글이다. 이종수(李 鍾洙)의 「전조선 현상 동화대회를 보고서(전3회)」(『조선일보』, 1934.3.6~8)는 제1회 전조선동화대회를 보고 적은 소감문이다. 제1회 전조선동화대회 는 중앙보육학교 동창회가 주최하고 『조선일보』 학예부가 후원하여, 1934년 3월 2일부터 3일까지 양일간 경성 장곡천정공회당(長谷川町公會堂) 에서 열렸다. 2월 25일까지 신청서를 받아 확정한 동화대회 연사는 15 명이었다.[176] 이종수는 동화를 창작하는 사람을 동화작가, "동화를 잘 하는 사람 적어도 동화를 잘할 소질을 가진 사람"(상, 3.6)을 '동화가(童話 家)'라 지칭하였다. 이번 대회를 통해 우수한 동화가를 발견하였고, 동화 작가와 동화가에게 풍부한 연구재료를 제공한 것이 의의라고 평가하였 다. 이런 대회를 통해 동화술(童話術) 곧 동화구연술이 발전할 것이란 기 대도 드러냈다. 동화 내용과 표현으로 갈라 유념할 점과 미비했던 점을 제시했는데, 연성흠이 꼼꼼하게 지적했던 내용들과 대동소이하다. 먼저 내용에 있어서, 동화의 대상이 어린이라는 점을 망각한 경우가 많은 것,

---

176) 「현상동화대회 – 각도 연사 15명 결정」, 『조선일보』, 1934.3.2.

둘째, 동화의 발단 부분을 간단하고 흥미가 있게 하여야 하고 클라이맥스와 대단원을 잘 구성할 것, 셋째, 권선징악 일변도를 지양하고 지나치게 슬픈이야기를 줄일 것, 넷째, 용어가 어려워 어린이들이 이해하지 못한 부분이 많은 것 등을 개선할 점으로 꼽았다. 표현에 있어서는, 첫째, 영화 해설식 구연이 듣기에 거북하다는 것, 둘째, 제스처는 충분하게 표현할 것, 셋째, 제스처와 설명의 통일 문제와 동작의 남용 주의, 넷째, 이야기 중 인물의 성격 표현법, 다섯째, 성음(聲音)의 표정에 관한 것 등을 지적하였다. 총평은 연사들이 대체로 이상의 지적사항 이행에 미흡했다는 것이지만, 글을 쓴 목적은 향후 동화가들에게 참고가 되게 하려는 것이었다.

이정호(李定鎬)의 「중, 보, 동창회주최 동화대회 잡감, 동창회, 연사, 심판자 제씨에게(전13회)」(『조선중앙일보』, 1934.3.9~27)는 이종수와 같이 제1회 전조선 현상 동화대회를 보고 느낀 점을 주최 측인 동창회와 참가자인 연사, 그리고 심판자에게 당부하는 형식으로 쓴 글이다. 전체 13회에 걸쳐 연재한 것이어서 구체적이고 세세한 논평을 담고 있다. 먼저 주최 측인 '중앙보육 동창회에' 전하는 형식으로 1회분과 2회분을 할애하여 주최 측이 유념해야 할 내용을 지적하고 반성적 평가를 하였다. 그는 이번 대회가 "완전히 실망"스럽고 "무엇 때문에 주최하엿느냐고 뭇고십"다며 전반적으로 부정적인 평가를 내렸다.(1회, 3.9) 그 이유는 다음 세 가지를 충족시키지 못하였기 때문이었다.

　　첫째로 어린사람을 만히 입장하도록 하야 조흔 이야기와 이러한 회합에 굼주린 이들에게 자긔네의 요망을 충족시켜 한때이나마 너그러운 위안을 주엇서야 할 것입니다.
　　둘째로 현상동화회라는 특수 회합인 만치 청중은 반드시 어린사람으로 하고 동화회로서의 긔분을 충분히 나타내여 일반 연사들로 하야금

자긔네의 기술을 완전히 발휘케 하고 엄정한 심판으로 빈약한 실연동
화에 잇서 새로운 한 긔틀을 짓는 동시에 이를 항상 발전케 할 계긔를
지엿서야 할 것입니다.

셋째로 일반가정과 사회에 대해서 동화를 좀 더 충분히 인식케 하고
그 보급을 꾀하되 동화회로서의 탈선과 모순이 업도록 또는 연사 자체
에 하등 구애되는 무엇이 업도록 어린사람보다는 훨신 적은 수효의 가
정부인과 일반인사의 입장을 허하엿서야 할 것입니다. (1회)

동화구연은 '읽는 동화'가 아니라 '들려주는 동화'이므로 청중(독자)이
어린이들이어야 함에도 고가의 입장료를 받고 어른들을 상대하였으니
차라리 "동화에 대한 리론을 토대로 한 보육강연 가튼 것이 좀 더 큰
성과를 나타내"(1회)었을 것이라고 비꼬았다. 그도 그럴 것이 어린이들
을 대상으로 하는 동화구연에 어린이는 1할도 못 되고, 나머지는 보육
학교 학생과 유치원 보모, 가정부인과 중학 이상의 학생 및 일반 인사
가 차지하였다고 하니 당연한 비판이었다. "청중을 어린사람으로만 생
각하고 온갓 준비를 하야 가지고 왓는 연사들은 거개 락망과 실패"(2회,
3.10)를 하였기 때문이다. 심판 선정도 중대한 실책으로 지적하였다. 평
가가 교육을 규정한다는 말이 있듯이, 동화구연에 있어서도 평가자인
심판이 어떤 관점, 전문성을 지닌 사람인가에 따라 대회 참가자의 준비,
강조점 등이 달라질 것은 뻔한 일이다. "다른 방면의 저명한 인사보다
도 이 방면의 전문 연구와 조예가 잇는 이로서 선정하야 엄밀한 심사와
주도한 지시가 잇서야 할 것을 넘우도 소홀"(2회)하였다는 표현에서 비
전문가가 심판으로 선정되었음을 알 수 있다. 연사들이 유념해야 할 것
으로는 동화구연의 내용과 표현 두 가지로 나누어 살펴보았다. '연사
제씨에게'는 3회분부터 12회분까지 총 10회에 걸쳐 지적과 평가 그리고
요청 내용을 제시하였다. 새겨들어야 할 지적은 '읽는 동화'와 '듣는 동

화'의 차이를 구분하지 못하는 사람들이 많다는 것이다. '읽는 동화'로
서 독자의 호응을 받은 작품이라도 반드시 '듣는 동화' 곧 동화구연(이정
호는 '실연동화', '동화실연'이란 표현을 썼다.)도 좋은 호응을 받는다는 보장이
없다는 것이다. 이정호는 이번 대회에서 "내용과 표현을 완전히 조화하
야 가장 원만한 성과를 보혀 준 이가 단 한 분도 업섯"(6회, 3.16)다고 혹
평하였다. 방정환이 외국동화를 가지고도 성공적인 동화구연을 했던 사
실을 환기시키면서 표현방식에 대해 논의하였다. 그 내용은 7회분부터
12회분까지 총 6회분에 걸쳐 자세하게 지적하고 평가한 것이다. 음성과
동작 문제, 등단 자세, 단상에서의 위치, 표정, 손동작과 발동작, 대화의
어조와 동작, 연단에서의 물 마시는 행위, 참고 물품 사용 방법, 청중을
웃기고 울리는 방법, 동화의 제목 붙이기 등으로 나누어 조목조목 논평
하였다. 각 항목마다 연사 중에 가장 잘한 사람을 거명하여 향후 동화
구연을 할 사람들에게 도움을 주기 위해 노력하였다. 마지막으로 13회
분은 '심판 제씨에게' 주는 글이다. 심판은 "이광수(李光洙) 씨, 윤백남(尹白
南) 씨, 주요섭(朱耀燮) 씨, 옥선진(玉璿珍) 씨, 박인덕(朴仁德) 씨의 다섯 분"(13
회, 3.27)177)이 선정되었으나, 당시 중앙보육학교의 동화과를 전담하고
있었던 윤백남과, 상하이대학(上海大學) 시절부터 동화에 대해 연구하고
좋은 작품을 발표한 주요섭만 적격으로 보았다. 심판을 수락하고도 이
틀 동안 결석한 이광수와, 출석은 하였지만 "동화의 본질을 모르는 모
순된 감상담을 들려준"(13회) 심판에 대해 비판하였다.

　동화구연(동화회)은 일제강점기의 대표적인 아동문학 활동 중의 하나
였다. 일본의 대표적 동화구연가는 이와야 사자나미(巖谷小波)와 구루시
마 다케히코(久留島武彦), 기시베 후쿠오(岸邊福雄) 등이다. 일제강점기에 이

---

177) 옥선진(玉璿珍)은 1924년경부터 보성전문학교 교수로 재직하였다. 중앙고보와 메
　　이지대학에서 법학을 전공하였다. 박인덕(朴仁德)은 이화학당 교사 등을 지낸 교
　　육가이다.

들은 수차 조선에 건너와 동화회를 열었다. 이와야 사자나미는 1913년 평양과 경성, 1923년에는 20일에 걸쳐 '이와야 사자나미 선생 전선순회 구연동화회(巖谷小波先生全鮮巡回お伽講演會)를 총 60여 회나 개최하였으며, 1930년 김제(金堤), 경성 등지를 포함하여, 총 여섯 차례에 걸쳐 조선에서 구연동화회를 개최하였다. 구루시마 다케히코도 1915년, 1917년, 1927년과 1928년 구연동화회와, 1935년 이후 경성방송국(JODK) 제1방송 라디오를 통해 조선에서 동화회와 관련된 활동을 한 바 있다. 기시베 후쿠오 역시 1934년에서 1936년에 걸쳐 경성방송국을 통해 여러 차례 구연동화를 하였다. 이런 점으로 보아 동화구연도 일본의 영향과 교류가 컸었던 것으로 보인다.[178]

동요에 대한 실제비평과 상위비평(上位批評) 곧 비평에 대한 비평은 적지 않았다. 그러나 동화에 대한 비평은 그렇게 많지 않았다. 장선명(張善明)의 「신춘동화 개평 - 3대 신문을 주로(전7회)」(『동아일보』, 1930.2.7~15)는 동화 작품에 대한 본격적인 실제비평으로는 처음 발표된 것이다. 서평 형식의 글은 이보다 앞선 시기에도 있었지만, 신문 매체에 수록된 당대 작품을 대상으로 한 것으로는 장선명이 첫 번째다. 부제(副題)에서 보듯이 세 신문, 곧 『조선일보』, 『동아일보』, 『중외일보』에 수록된 동화 작품을 대상으로 한 것이다. 소년잡지를 포함하지 못한 것은 "지방에 잇서서 소년독물을 구하기 어려운 탓"(1회, 2.7)이라 하였다. 평안북도 의주

---

178) 대표적인 것만 보이면, 「암곡(巖谷) 씨의 강연과 환영연」(『매일신보』, 1923.7.15), 「小波 씨 초대 동화회」(『매일신보』, 1930.5.23), 「久留島 씨의 강화(講話)」(『조선일보』, 1921.6.11), 「동화계의 선진 구류도(久留島) 씨 내선(內鮮)」(『매일신보』, 1927.12.17), 「아동애호일에 창경원을 개방」(『매일신보』, 1928.4.26)(구루시마가 라디오 강연을 함), 「ラヂオJODK」(『朝鮮新聞』, 1934.1.5), 「ラヂオJODK」(『朝鮮新聞』, 1936.7.28)(이상 기시베가 라디오 동화회를 함) 등이 있다. 김성연, 「일본 구연동화 활동의 성립과 전파과정 연구」, 『일본근대연구』 제48호, 한국일본근대학회, 2015, 143~145쪽.

(義州)에서 태어나 그곳에서 머물렀던 터라 소년잡지를 두루 구해 보기 어려웠음을 짐작할 수 있다. 당시 지면 배분이나 발표된 아동문학 작품의 양으로 볼 때 세 신문보다 비중이 컸던 『매일신보』를 뺀 까닭은 밝히지 않았다.

장선명(1909~?)의 신원은 분명하게 밝히지 못했다. 1926년 5월 <의주 푸로동지회(義州푸로同志會)>의 간사부 위원을 맡았고, 같은 해 6월경부터 『어린이』, 『신소년』 등 소년잡지에 동요, 작문 등 작품과 독자담화실 등에 글을 투고하기 시작하였다. 1927년 아동문학 잡지 『소년계(少年界)』의 의주지사(義州支社) 기자로 활동하였고, 이명식(李明植), 유종원(劉宗元)과 함께 소년잡지 『조선소년(朝鮮少年)』을 창간하였다. 대체로 의주(義州) 지역에서 소년운동과 청년운동을 하면서 문사로 활동했던 것으로 보인다. 1926년 『별나라』에 「홍수의 광경」이란 작문을 투고했는데, "적절한 니야기를 썼지만은 아직 글이 서툴너서 나종을 그다"[179)린다는 평가가 있다. 그러나 불과 4년 만에 3 신문(三新聞)에 수록된 동화를 개괄적으로 비평할 정도의 필력을 보여주고 있다.

대상으로 한 작품은 『중외일보』에서 3편, 『동아일보』에서 7편, 그리고 『조선일보』의 7편을 합해 도합 17편이다. 1930년도 『중외일보』 신춘문예 동화 부문 가작 당선작인 원흥균(元興均)의 「까막동이」, 연성흠(延星欽)의 「용사 화평이」와 「산(山)임자 사슴 이약이」, 1930년 『동아일보』 신춘문예 동화 부문 1등 당선작인 건덕방인(建德坊人 = 李德成)의 「귀여운 복수」, 2등 당선작인 이원 김철수(利原 金哲洙)의 「어머니를 위하야」, 3등 당선작인 김완동(金完東)의 「구원의 나팔소리」, 선외가작인 권한술(權翰述)의 「산 호랑이 방아」, 선외가작인 안악 박일(安岳朴一)의 「동생을 차즈려」, 전창식(田昌植)의 「새털 두루막이」, 이원 김철수의 「소년 용사 '돌쇠'」, 『조

---

179) 편즙인, 「독자작품 총평」, 『별나라』, 1926년 12월호, 47쪽.

선일보』에서는 염근수의 「봉구의 손구락」, 신년현상 당선작인 이덕성 (李德成)의 「아버지의 원수」, 신년현상 당선작 김완동(金完東)의 「약자의 승리」, 신년현상 당선작 김재철(金在哲)의 「싸치의 꿈」, 신년현상 당선작 김정한(金正漢)의 「욕심쟁이」, <진주 새힘사> 정상규(鄭祥奎)의 「나는 소병 정입니다」, 염근수의 「산의 아들」 등이다.

실제비평은 설득력 있는 기준을 바탕으로 대상 작품이 좋은지 나쁜 지를 가치판단하는 작업이다. 따라서 동일한 작품을 대상으로 하더라도 어떤 기준으로 작품을 평가하느냐에 따라 그 가치는 다를 수 있다. 기 준은 비평가의 세계관과 밀접한 관련성을 갖게 된다. 그렇다고 기준만 이 비평의 관건은 아니다. 기준에 수반하여 주장하는 바를 논리적으로 입증하는 문장력이 요구된다.

작품을 비평함에 있어 장선명은 어떤 기준, 곧 세계관을 바탕으로 하 였을까? 1930년 『중외일보』 신춘문예 동화 부문 선외가작으로 당선된 원홍균의 「싸막동이(전4회)」(『중외일보』, 1930.1.1~4)에 대한 평가에서 확인 할 수 있다.

> 작자는 이 작품을 통하야 소년들께 무엇을 주려는가? 작품은 누가 보
> 든지 고대소설의 한 토막이며 고루한 불교 선전문에 불과하다고 안 할
> 수 업다. 그리고 <u>이러한 작품은 쌜죠아들이 자기의 향락물과 가티 아동
> 의 정신을 광범한 신비의 천지에 허매이게 하며 현실 쌜죠아 사회의
> 계승자로서 적합한 개인주의적 근거에 입각케 하려는 쌜죠아 그들이나
> 사용할 것이다. 우리는 언제든지 작품을 내놀 째에 조선 소년이 밧고
> 잇는 현 자본주의 사회의 사회적 환경과 그들이 맛보는 실생활 속에서
> 닐어나는 제 사실을 재료로 한 현실적 작품이라만 무산소년으로 하야
> 금 의식적 교양을 시킬 수 잇고 그들의 심리에 부합되는 동시에 미래
> 사회를 마지함에 유감업는 준비를 할 것이다.</u> (1회, 2.7) (밑줄 필자)

부르주아계급에서는 아동문학을 자신들의 향락물처럼 취급해 아동들의 정신을 신비의 세계에서 헤매게 만들고 있는 데 반해, 무산소년들을 의식적으로 교양시켜 미래사회를 맞이할 작품을 내놓아야 힌다고 보는 게 장선명의 생각이다. 연성흠(延星欽)의 「용사 화평이(전4회)」(『중외일보』, 1930.1.5~8)에 대해서도 "소년에게 필요한 동화는 유물변증법으로 변선(變選)되는 사회에 잇서 경제적 내지 정치적 제반 현상에 대한 필요한 지식을 취재한 것이 아니면 안 될 것"(2회, 2.8)이라며 「까막동이」와 흡사하게 신비한 내용을 담고 있는 점을 비판하였다. 연성흠의 다른 작품인 「산(山) 임자 사슴 이야이(상, 하)」(『중외일보』, 1930.1.26~27)에 대해서도 비현실적인 사건 전개를 비판하고 "좀 내용다운 내용"(2회)을 쓰라고 주문하였다. 장선명이 비판하고 있는 중심은 내용이다. 연성흠의 필치가 세련되고 용어가 부드러우며 표현방식이 적절한 것은 긍정하면서도, 계급의식을 바탕으로 한 내용이 아니면 날카롭게 비판하였다.

『동아일보』의 1등 당선작 「귀여운 복수(전3회)」(『동아일보』, 1930.1.1~3)에 대해, "내용에 잇서서 대표적은 못 되나 취할 점"(2회, 2.8)이 있다고 하였다. 계급의식을 뚜렷하게 드러내지 못했기 때문에 '대표적은 못' 된다고 하면서도, 부정행위로 상을 탔지만 수남이의 딱한 사정을 알고 수남이 할머니의 약값을 도와준다는 내용에 대해 '취할 점'이 있다고 한 것이다. 「어머니를 위하야(전2회)」(『동아일보』, 1930.1.3~4)도 「용사 화평이」와 같은 이유로 비판하였다. 「어머니를 위하야」는 어려운 집 살림살이에도 불구하고 극진한 효성을 지닌 자식을 그렸지만, 빈한한 생활에 아무런 불평불만도 느끼지 못하는 천치를 만들어 놓았다는 것에 장선명은 주목하였다. "빈한한 생활을 그리는 동시에 그 빈궁화하는 기인(基因)을 들추어 설명하며 표현시킴으로써 소년의 의식을 고취시키며 사회적으로 진출케 하여야 할 것"(2회, 2.8)이라고 본 것이다. 문화적 시설이란 것이 유산

계급의 향락적 수용품이지 무산계급에게는 하등의 관계가 없다는 것을
설명해야 함에도 이를 외면했다는 것이 비판의 주된 이유다. 김완동의
「구원의 나팔소리(전3회)」(『동아일보』, 1930.1.9~12)에 대해서는 개인적 향락
에만 도취되어 민중의 수난을 돌아보지 않는 비인간적인 무리들을 경
계하고 있고, 불합리한 사회제도와 위정자의 비행을 미약하지만 돌아보
았다는 점은 긍정적인 요소로 보았다. 개인적 향락을 버리고 근로민중
과 같이 노동을 하는 결말 등은 높이 평가하였다. 그러나 사건이 너무
복잡하여 지루하다는 점, 신비적 내용을 담아 계급에 대한 현실적 지식
을 바탕으로 하지 못한 점 등에 대해서는 비판적 시선을 거두지 않았
다. 권한술의 「산 호랑이 방아」(『동아일보』, 1930.1.13)는 호랑이를 잡아 원
님에게 바치고 원님이 내준 상금으로 남매가 시집 장가를 잘 갔다고 한
내용을 문제 삼았다.

> 이것은 흡사하게도 조혼(早婚) 선전문이다. 그러치 안하야도 봉건적
> 누습(陋習)에서 해방되지 못한 부로계급(父老階級)은 발육되지 못한 자
> 녀로 하야금 강제 결혼을 하고 잇지 안는가? 그러면 강제적 조혼은 생
> 리적 내지 사회적으로 막대한 해독(害毒)이 아닌가. 만일 그 돈으로 자
> 식의 교육비로 사용하얏다면 의의가 잇슬 것이다. 그 돈으로 시집을 가
> 고 장개를 갓다는 것은 차라리 김 동지가 술을 먹어 업새다는 것보다
> 더- 큰 죄악이다. (3회, 2.9)

소년운동의 내용 가운데에는 조혼의 문제점을 타파하기 위해 '조혼금
지'를 주된 슬로건으로 하고 있던 터였다. <천도교소년회>가 소년운동
을 시작하면서 제일성으로 "조혼의 악풍을 순치(馴致)[180]할 것을 주장하
였고, 『동아일보』는 사설에서 "지각과 체력이 발달치 못한 어린이에게

---

180) 사설, 「소년운동의 제일성 - <천도교소년회>의 조직과 <계명구락부>의 활동」,
　　　『매일신보』, 1921.6.2.

조혼이란 민족멸망의 악풍을 강요하야 장차의 국민을 열약(劣弱)하게 하고 장자(長者)에게 의뢰하는 의타사상을 조장"181)한다며 금지할 것을 호소하였다. 따라서 계급의식을 앞세우지 않더라도 조혼과 관련된 내용을 비판하는 것은 자연스럽다고 할 것이다. 비록 작가라고 하더라도 모두 각성된 의식의 소유자로 뚜렷한 방향성을 갖고 있었다고 보기 어렵다. 당대적 인습과 새로운 지향점 사이에서 인식의 과도기를 겪고 있었다고 보는 것이 더 맞을 것이다. 박일(朴一)의 「동생을 차즈려(전4회)」(『동아일보』, 1930.1.14~17)는 고소설적 우연성이나 도술적(道術的) 요소를 들어 "현실과는 배치된 동화"(4회, 2.10)로 「어머니를 위하야」만도 못하다고 평가 절하하였다. 전창식(田昌植)의 「새털 두루막이(전2회)」(『동아일보』, 1930.1.18~19)에 새털 두루마기를 입고 공중으로 몸을 솟구치는 장면과, 군주, 왕후, 공주, 결혼 따위가 "영웅주의적 허영심을 양성"(4회)시킨다고 보아 「동생을 차즈려」와 같은 작품으로 보았다.

> 왜 그러냐 하면 동화에 잇서서도 내용과 형식을 분리시킬 수 업슴으로서이다. 좀 구체적으로 말하면 무엇을 어쩌한 형식으로 써서 소년들쎄 읽힐가 하는 데 문제는 귀결된다. 제 아모리 기교에 들어서 묘하다 한들 건실한 내용을 갓지 못한 작품으로서 무슨 효과를 발휘할 수 잇겟는가?
> 예술이 인류생활의 반영이라면 소년문예의 일부분인 동화에 잇서서도 소년생활의 반영이라야 될 것이다. 이러한데 불구하고 사회적 생활을 쩌난(전부는 아니다.) 비과학적 비현실적 작품이 교행(橋行)함은 '프로' 동화작가가 업는 탓이다. (4회) (밑줄 필자)

장선명이 말하고자 하는 바가 분명하게 드러나 있다. 내용과 형식이 분리될 수 없다고 하면서도, 내용에 우선을 두고 있음을 알 수 있다. 그

---

181) 사설, 「어린이날」, 『동아일보』, 1929.5.5.

러면 그 내용은 어떠해야 하는가? 바로 소년들의 현실 생활에 바탕을 두고 과학적으로 문제를 파악해야 한다고 보고, 이러한 작업은 바로 '프로' 동화작가가 되어야 가능하다는 것이다. 「소년 용사 '돌쇠'(전6회)」(『동아일보』, 1930.1.21~26)도 「동생을 차즈려」와 같이 "한대 묵거서 쓰러기통에나 집어너흘 것"(5회, 2.11)이라고 비판한다. 그 논점은 앞에서 살펴본 바와 대동소이하다. 산신령의 도움을 받는 등 현실감이 떨어지는 에피소드들이 나열되어 있는 점에 초점을 두었다. 그리고 '굶어 죽더라도 도적질은 하지 말라'는 돌쇠 아버지의 유언을 문제 삼았다. 상습적인 도적질을 두둔하는 것이 아니라, 경제적 조건과 생활 유지의 필요상 도적질을 과도하게 죄악시하는 것은, 왼쪽 뺨을 때리면 오른쪽 뺨을 내밀라고 하는 가톨릭의 무저항주의와 다를 바 없다고 하면서 작가와 시각을 달리한다. "자본주(資本主)의 무리한 착취 고압적 수단에 굴복하고 경제적 필연에 종(從)하는 노동쟁의나 농촌 소작쟁의 가튼 것을 전연 망각"(5회)하라는 것과 같다고 보았다.

이덕성(李德成)의 「아버지의 원수(전4회)」(『조선일보』, 1930.1.7~10)를 비판한 시각도 유사하다. 고래에게 잡아먹힌 아버지의 원수를 어린 아들이 갚았다는 내용이 잘못되었다고 본 것이다.

> 그러나 원수의 대상을 고래에 두지 말고 삶을 위하야 해업(海業)에 종사하다가 부친이 희생되엇스면 빈부의 차를 둔 모순된 사회를 대상하고 모순의 사회를 해결함에 필사적 노력을 하얏드면 현실로 보아 사회적 의의가 잇섯슬 것이다. (5회) (밑줄 필자)

어업에 종사하면서 삶을 꾸려가야만 하는 어부가 물에 빠져 죽은 것을 두고 고래를 원수로 삼는 것은 잘못이라는 관점이다. 계급모순의 원인을 제대로 파악하고 그 원인을 제거하기 위해 노력하는 것이어야 사회적 의의가 있다는 것이다. 김완동의 「약자의 승리(전3회)」(『조선일보』, 1930.1.11~15)는 약한 짐승들이 단결하여 사자에게 대항하지 않고, 매일 한 마리씩 잡아먹히게 함으로써 하루라도 평안히 살 방책을 모색한다는 내용에 유감을 표했다. 장선명은 소년들에게 집단의식을 고취하도록 하지 못한 것을 이 작품의 가장 큰 문제점으로 보았다. 김재철(金在哲)의 「짜치의 숢(전2회)」(『조선일보』, 1930.1.18~19)은 "민족주의적 군주를 묘사한 것이라면 이야말로 그림자 가튼 묘사"(6회, 2.14)라고 작품적 성과에 의문을 표시한 반면, 김정한(金正漢)의 「욕심쟁이(전2회)」(『조선일보』, 1930.1.21~22)에 대해서는 "독자로 하야금 욕심쟁이를 증오하리만치 심리를 표현"(6회)시켰다며 기대를 드러냈다. 장선명의 세계관과 비평적 기준이 분명하게 드러난 것은 정상규(鄭祥奎)의 「나는 소병정입니다(전2회)」(『조선일보』, 1930.1.24~25)에 대한 평가에서다.

> 작자는 작품을 통하야 <u>자본주의 사회에 잇서서 착취와 억압을 당하는 근로민중의 비참한 처지와 무산계급의 사회적 지위를 잘 묘사하얏다.</u> 소 병정은 노동자이다. 소 병정은 대중을 훈련시켯스며 소 나라(우국(牛國) - 사회주의 사회)을 새로히 건설하기에 필연적 노력을 하얏다. 이 작품이야말로 경제적 토대에서 발표하든 현실에 잇서서 <u>무산계급 소년에 대한 과학적 지식의 표준으로서의 작품이다.</u> (7회, 2.15) (밑줄 필자)

노동자 곧 무산계급의 사회적 지위가 열악한 것이 자본주의 사회의 억압과 착취에서 비롯되었다고 파악하고 있다. 그래서 '소 나라' 곧 사회주의 사회를 건설하는 것이 목표다. 그러기 위해 무산계급 소년들에게 과학적 지식을 일깨워야 한다. 지배계층인 소 면장에게 저항하는 소 병정과 같은 노동자 계급이 "새 나라의 주인공이 될 것을 변증법적으로 잘 예언"(7회)한 것으로 보았다. 염근수의 「산의 아들」(전10회)(『조선일보』,

1930.1.26~2.11)은 표현이 너무 난삽하고 동작 묘사에 열중한 점을 지적하였다.

이상에서 보듯이 장선명의 동화 비평의 기준은 계급모순이란 현실인식을 기반으로 하여 새로운 사회 건설을 추구하는 내용을 담고 있는가 여부에 있다. 표현, 묘사 등 형식 측면에 대한 평가도 곁들여 있으나 주된 관심은 내용에 쏠려 있다.

> 그럴 것 가트면 사회 전체 해방운동의 일부문인 무산계급 소년운동이 조직적 규율 미테서 활동되지 못하는 현하에 잇서 조직을 통하야 투쟁적 욕구를 전제한 예술품이 제작되어야 사명을 다할 것이며 불합리한 현실사회에 예속되어 잇는 전민중으로 말미암아 경제적 내지 정치적 자유획득을 전제로 한 예술 각 부문활동이 아니면 안 될 것이다. (7회)

장선명의 실제비평에 반해 김완동(金完東)은 아동의 특성과 발달단계 그리고 이에 따른 동화의 교육적 상관성에 대한 이론적 비평을 시도하였다. 김완동은 대구고등보통학교 사범과를 졸업하고 군산(群山), 경성(京城) 등지에서 훈도로, 이후 충남 서천(舒川), 함경북도 보신(普信)심상소학교 교장 등으로 재직하였다. 1930년 『동아일보』 신춘문예 동화 부문에 「구원의 나팔소리!(전3회)」(1930.1.9~12)가 3등으로 입선되었고, 같은 해 『조선일보』 신춘현상문예 동화 부문에 「약자의 승리(전3회)」(1930.1.11~15)가 당선되어 등단하였다. 교직에 몸담고 있었을 뿐 아니라 동화 창작 등 아동문학에도 깊은 관심을 가졌던 터라, 「신동화운동을 위한 동화의 교육적 고찰 - 작가와 평가(評家) 제씨에게(전5회)」(『동아일보』, 1930.2.16~22)는 그의 경력과 무관하지 않다.

김완동은 아동의 발달단계를 3단계로 나누었다. 영아기는 출생에서 3세까지, 유년기는 4세부터 10세까지, 그리고 소년기는 11세부터 18세까

지로 구분하였다. 영아기에는 언어능력과 이해력이 부족하므로 '구전적
동화(口傳的童話)'가 필요하다고 하였다. 유년기의 전반기(4세부터 6~7세까지)
에는 환상과 공상적인 특징이 있으나 이를 청산하고 과학적으로 동화
의 신운동을 전개하자고 하였고, 후반기(7세부터 10세까지)는 선악에 대한
비판적 태도를 취하게 하는 것이 좋다고 보았다. 소년기는 모험심이 많
고 공동생활의 가치에 대한 인식이 생기고 개인주의를 떠나 사회정신
이 싹트게 되므로 이러한 발달과업에 맞는 작품을 제공해야 한다고 보
았다. 발달과업에 부합하는 작품 선택은 비평의 과제 중 하나다. 아동의
발달단계에 따라 그 특성을 파악하고 그에 부응하는 작품을 제공하는
것이 교육적으로 가장 바람직하기 때문이다. 그러나 인지적 발달 측면
에서의 개인차가 워낙 크고, 정의적(情誼的) 측면의 차이 또한 적지 않다.
따라서 이론적 기준을 치밀하게 연구하고 실제 적용에 있어서의 변인
을 폭넓게 고찰하는 노력이 지속적으로 진행되어야 할 것이다. 동화의
내용과 형식에 대한 문제도 함께 살폈다. 고대동화, 현대동화로 크게 나
누고, 현대동화는 부르동화와 프로동화, 그리고 종교동화로 구분하였다.
김완동의 생각은 프로동화의 과학적 현실인식에 초점이 맞춰져 있다.
그 이유는 "'프로'동화! 이것은 조선 육백만 아동 중 절대다수가 요구하
고 잇는 현실적 동화"(4회, 2.21)이기 때문이다. 아동문학은 아동 생활을
반영해야 하므로 아동의 정확한 현실을 파악하여야 하며 사회계급성에
대한 올바른 지식을 줄 만한 것이어야 한다고 보았다. 결코 환상에 그
쳐서는 안 된다는 것이 김완동의 기본 시각이었다. 김완동이 과학적 지
식을 강조하는 것과 '프로'동화의 출현을 기대하는 것, 그리고 현실적
목적의식에 부합하여야 한다고 보는 것은 같은 내용을 달리 표현하여
되풀이 강조한 것에 다름 아니다. 그가 동화의 요건으로 나열한 것 가
운데 동화에 대한 일반적인 내용과 달리 "예술의 계급성과 역사성을 의

식할 것, 계급의식을 철저히 고취시킬 것"(5회, 2.22) 등을 표나게 강조한
것과 연결되는 대목이다. 아동문학을 교육적 관점에서 살펴본 것으로
월곡동인(月谷洞人)의 「동요 동화와 아동교육(전3회)」(『조선일보』, 1930.3.19~
21)도 있다. 동요와 동화가 교육적 효과가 있다는 소략한 논의에 그쳤다.
이청사(李靑史)의 「동화의 교육적 고찰(전7회)」(『매일신보』, 1934.3.25~4.5)은 동
화와 교육을 연결하여 살펴본 꽤 깊이 있는 비평이다. 동화가 아동교육
적 측면에서 중요한 위치를 차지하고 있다는 전제에서 동화의 교육적
필요성을 다음과 같이 말하였다.

> 고로 동화는 야담이 아니고 확실히 아동의 정신생활의 양도(糧道)이
> 고 성장하야 가는 동성(童性)의 강장제이며 이것이 교육상 견지로 본다
> 면 사고 도야 급(及) 순진성 도야의 기초라고 말할 수 잇다. (1회, 3.25)

동화는 첫째, 야담이 아니고, 둘째, 정신생활의 양도(糧道)이며, 셋째,
동성의 강장제이며, 교육적 견지에서 보면 사고와 순진성을 도야한다는
것이 요지다. '야담(野談)'의 사전적인 의미는 "야사(野史)를 바탕으로 흥미
있게 꾸민 이야기"다. 당시 일본에서는 '野談'의 의미가 "野史の講談"이
다. 여기서 '講談'은 "寄席 연예의 하나인 야담(野談)"의 뜻이고, 'よせ(寄
席)'는 "사람을 모아 돈을 받고 재담, 만담, 야담 등을 들려주는 대중적
연예장"이란 의미이다. 따라서 동화는 돈을 모을 목적으로 재미를 위주
로 하는 이야기가 아니라는 말이다. '양도'는 "일정한 기간 동안 먹고 살
아갈 양식"[182]이란 뜻이므로 아동 정신생활을 지탱할 자산 정도로 풀이
할 수 있겠다. '동성'은 동심(童心)으로 환언할 수 있으니, '동성의 강장제'
는 동심의 성장을 도와주는 것이라 할 것이다. 이상과 같은 논의를 바

---

182) 사전의 뜻풀이는 『표준국어대사전』(국립국어원)과 『엣센스 일본어사전』(민중서
　　림)을 따랐다.

탕으로, 동화는 사고와 순진성을 도야하는 기초라 하였다.

이청사는 질서성, 순일성(純一性), 열주성(熱注性) 등의 독특한 용어를 사용하면서도 그 개념을 분명히 하지 않았다. 그의 논지를 최대한 수렴하여 정리해 보면, 합리적 지식의 범주를 질서성이라 하였고, 동심의 순수성을 순일성이라 하였으며, 생소한 단어인 열주성은 열정을 쏟아붓는다는 의미로 사용한 것 같다. 이청사의 논지가 다소 난삽하지만, 요지를 붙들어 정리해 보면 다음과 같다. '동화의 재료'에 관해서는 "1. 독본적(讀本的) 동화(과학적 동화), 2. 수신적(修身的) 동화(윤리학적 동화), 3. 과외적(課外的) 동화(취미적 동화)로 대체적 구별"(5회, 3.31)을 하였다. '동화와 민족 생활'은 동화에 반영된 민족 생활을 살펴야 동화의 참된 가치를 밝힐 수 있다는 요지이다. '아동의 본능과 동화'는 아동의 본능을 "1. 교화본능(交話本能), 2. 탐구본능(探究本能), 3. 구성본능(構成本能), 4. 예술본능(藝術本能)"(6회, 4.1)으로 나누고, 이들 본능이 모두 동화를 읽고 듣는 것에 필요하다 하였다. '동화의 흥미 태도' 항에서는 "1. 이약이의 재료(간접적 흥미), 2. 이약이를 읽고 듯는 것(직접적 흥미)"(6회)으로 나누고 지적 결핍 상태가 흥미를 환기(喚起)시키는 조건이라고 풀이하였다. '작품 창작의 사실적(寫實的) 태도'에서는 '사실(寫實)'은 '모방(模倣)'에서 비롯된다고 하여 금지할 것은 아니라 하였다. 그러나 '모방'의 개념이 단지 '본뜬다'는 의미에서 사용한 것이어서 리얼리즘에 대한 인식의 한계가 드러나기도 한다.

두류산인(頭流山人 = 金成容)의 「동화운동의 의의 – 소년문예운동의 신전개(전4회)」(『중외일보』, 1930.4.8~11)는 봉건적 혹은 부르주아적 아동문학운동을 양기 극복(揚棄克服)하고 계급의식적 관점을 바탕으로 한 신흥 소년문예운동이 전개되기를 기대하고 있다. 두류산인은 김완동의 「신 동화운동을 위한 동화의 교육적 고찰」과 월곡동인(月谷洞人)의 「동요 동화와 아동교육」[183]을 비판하면서 동화관을 문제 삼았다. 동화운동(소년문예운동)은 사회적 현실과 분리할 수 없다고 단정한다. 그러면서 김완동이 기술적 문제를 내용 문제보다 앞세워 부차적인 문제를 중시하였으므로 선후가 전도되었다고 비판하였다. 월곡동인에 대해서는 신흥 동화운동을 전개함에 있어 "반동적인 역할"(1회, 4.8)을 하고 있다고 근본부터 부정하였다. 서두에 김완동과 월곡동인의 논의부터 비판 혹은 부정하는 것은 그의 동화를 보는 관점을 분명히 하고자 하는 까닭이다. 월곡동인의 경우 아동문학에 현실적 경향을 가미하는 것은 아동문학을 오손하는 것이란 취지의 소년문예관을 드러내 보여 두류산인으로부터 비판의 표적이 되었다. 그러나 김완동은 동화운동의 계급적 입지가 필요함을 주장하였다. 그럼에도 그의 주장을 두고 선후가 전도되었다고 하는 것은 기술적 혹은 문학 내적 문제를 앞서 논의하고 뒤에 동화와 사회의 관계를 논의한 것이 주된 문제와 부차적 문제를 혼동한 것이라고 지적한 것이다. 두류산인이 주장하고자 하는 바가 내용 우선주의임은 이미 드러난 것이다.

> 아동을 사회적으로 교육 훈련하기 위하야 "푸르칼드"의 일부문으로 제기되야 강렬한 문화전선의 일우(一隅)에 등장하는 아동문예는 사회적 사실을 예술적 수단을 통하야 아동의 특수성을 참작하고 이용하야 우리의 이데올로기-를 주입하야 우리의 ×선에 인도하야 투쟁적으로 조직화하는 것이 그 최(最)히 중대한 임무일 것이다. (3회, 4.10) (밑줄 필자)

> 소년문예운동은 소년운동의 일 부문이며 한편으로 문예운동의 일 부문이다. 그 중요한 사명을 교화적 임무로 하는 소년운동과 "아지", "푸로"의 행위로서의 문학운동의 일부문으로서 "푸로칼드" 전선에 출마한 소년문예운동은 그 임무가 중대하며 그 수행을 위하여서는 객관적 조건은 물론이지만 운동 내부의 제조건상 용이한 일이 아니다. (4회, 4.11) (밑줄 필자)

---

183) 월곡동인 초역(抄譯), 「동요 동화와 아동교육(전3회)」, 『조선일보』, 1930.3.19~21.

여기서 문예운동이란 일반문학의 운동 곧 <카프(KAPF)>란 조직을 바탕으로 한 무산계급 문예운동을 말한다. 문예운동의 하위에 소년문예운동이 있다. 소년문예운동은 또한 소년운동의 일 부문 운동이다. 이 소년운동은 당대 조선의 전 사회운동의 일 부문 운동이 된다. 두류산인이 동화운동의 "전체적 통제의 확립"(1회, 4.8)이 필요하다고 한 것은 이러한 인식과 연결된다. '푸르칼드'184)를 언급하고 '아지 푸로'를 강조한 것도 일반 문예운동 및 사회운동과 분리되지 않는다는 뜻이다. 전체적 통제의 확립이란 말은 바로 전 사회운동의 부문 운동으로서 소년문예운동의 지위를 확인하고 상호 긴밀한 연결 관계를 가져야 한다는 말인 것이다.

자하생(紫霞生)은 「만근(輓近)의 소년소설 급 동화의 경향(전3회)」(『조선』통권153~157호, 1930년 7~11월호)을 통해 소년소설과 동화의 경향에 대해 살펴보았다. 조선총독부에서 발행한 잡지 『조선』185)의 한글판을 통해서였다.

　　그래서 그것은 여기에 피하고 월간잡지에 게재된 소년소설과 동화의 개요만 소개하야 볼가 한다. 월간잡지도 수년 전만 해도 10여 종이나 되더니 금년 1월 이후로 계속 발행되는 잡지는 <u>『어린이』</u>, <u>『신소년』</u>, <u>『별나라』</u>, <u>『소년세계』</u> 4지(誌)가 잇슬 쑨이다. 이 4지 외에도 멧 달에 한번식 발행하는 잡지도 업지 안이하나 이 4지에 기재된 소년소설 동화만 사독(査讀)하얏다. 1월호부터 4월호까지에 이 4지에 실인 것을 사독하

---

184) 김기진(金基鎭)의 「지배계급 교화, 피지배계급 교화」(『개벽』, 1924년 1월호)에서 '부르주아 컬트, 프롤레타리아 컬트'라는 말을 '지배계급 교화, 피지배계급 교화'라는 말로 번역하였는데, 여기서 '푸르칼드'는 '프롤레타리아 컬트'이며 '프롤레타리아 문화'란 뜻이다.

185) 조선총독부에서 발행한 잡지 『朝鮮』은 조선이 일제에 병탄된 이듬해 곧 1911년 6월에 『朝鮮總督府月報』로 창간되어, 1915년 3월에 『朝鮮彙報』, 1920년 7월에 『朝鮮』으로 개제된 것이다. 조선총독부 기관지이므로 일본어가 기본이었으나, 1923년 1월 통권 64호부터 한글판으로도 발간되었는데 '諺文 朝鮮'이란 제호였다. 이어서 '朝鮮文 朝鮮', '됴선문 朝鮮', '죠션 朝鮮' 등으로 개제되었다.

야 보니 대개 좌기와 갓튼 내용을 가진 종류의 것이 22편에 달한다——
——물론 차외(此外)에도 10여 편이 잇섯스나 문제 되지 안는 것이기로
약(約)함—— 이 22편의 소년소설, 동화를 분류하야 보면 빈궁의 비애
를 쓴 것이 8편, 유산계급을 저주한 것이 4편, 계급의식을 고취한 것이
2편, 배타사상을 발로케 한 것이 2편, 자기의식을 각성케 한 것이 2편,
자립의 정신을 찬양한 것이 3편, 관용의 미덕을 상찬한 것이 1편이엿
다. 이 4지도 물론 원고 검열을 바다 발행한 잡지인 고로 기(其) 작품의
내용이 불온하다는 것은 안이다. 그 작자의 의식이 나변(那邊)에 잇나
하는 것을 음미하고 지적하랴 함에 지나지 안이하니 그 개요를 극히
간단히 초(抄)하야 그 자극 작용을 말할가 한다. (1회, 1930년 7월호, 55
쪽) (밑줄 필자)

1930년 당시의 아동문학 잡지 4종 곧 『어린이』, 『신소년』, 『별나라』,
『소년세계』를 대상으로 22편의 소년소설과 동화를 내용에 따라 분류하
였다. 빈궁의 비애, 유산계급 저주, 계급의식 고취, 배타사상의 발로, 자
기의식 각성, 자립정신 찬양, 관용의 미덕 상찬 등이다. 자하생이 이 글
을 쓴 목적은 식민지 조선의 백성으로서 비분과 오뇌를 물리치기 위해
어린이들도 어려서부터 이를 알게 하자는 것이었다. 이 글이 집필된
1930년에도 발간되고 있던 『아이생활』을 대상에서 제외한 것은 아무런
설명이 없어 이해하기 어렵다. 글의 전개 방식은 모두 위의 분류와 같
은 제목 아래 작품명을 밝힌 후, 줄거리를 요약하고 간단한 논평을 하
는 식이다. 주제별로 분류한 것도 설득력이 있고 개별 작품에 대한 해
석 또한 명쾌하다. 개별 작품에 대한 해석이 끝나면 주제별로 모아 평
가를 정리한 부분도 논점이 분명하다.
'빈궁의 비애'라는 제목으로는 이주홍(李周洪)의 「아버지와 어머니」(『신
소년』, 1, 2, 3월호), 전우한(全佑漢)의 「무지개 나라로」(『신소년』, 2, 3월호), 이주
홍의 「북행열차」(『신소년』, 3월호), 「복남의 죽엄」(『신소년』, 3월호), 이주홍의

「청어 쌕다귀」(『신소년』, 4월호), 오경호(吳慶鎬)의 「어린 피눈물」(『신소년』, 4월호), 「흑구루마」(『별나라』, 4월호), 이명식(李明植)의 「봄!봄!봄!」(『어린이』, 4월호) 등을 대상으로 하였다.

> 「아버지와 어머니」에서 가난의 압혜는 모자(母子)의 애정도 업다. 어미와 아버지를 일흔 아히는 유랑의 길을 써난다는 것이라던지 「무지개 나라」에서 노동자의 자녀가 잘살 수 잇다는 무지개 나라를 동경하다가 죽는 것이라던지 「북행열차」에서 북행차(北行車)로 돈버리 써나는 소년의 방랑이라던지 「봄!봄!봄!」에서 소요통에 아버지와 형이 반죽임이 되야 일가가 비운에 싸지고서 그 이듬해에는 유랑의 길을 써나는 것이던지 어느 것이던지 향토와 생명을 바리기를 폐리(廢履)갓치 한다. 향토에 애착심이 업고 미지수의 국외를 이상향으로 아는 것이 과연 우리 소년들에게 반드시 읽혀야 할 독물(讀物)일가. 그리고 「복남(福男)의 죽엄」에서 가지고 십던 것을 가진 깁븜에 집으로 달여가다가 눈보라에 파뭇처 죽는 것이라던지 「청어 쌕다귀」에서 지주의 몰인정한 것과 소작인의 자녀의 기근상(饑饉相)이라던지 「어린 피눈물」에서 의사의 무자비한 것과 무산자의 비명횡사라던지 「흑구루마」에서 부자(父子)가 다 갓흔 운명에 싸저 노동자의 생활에는 서광(曙光)이 영々 업다는 것이라던지를 닑을 째에 <u>거저 가난을 저주하고 애소할 쑨이다. 그 가난에서 국면을 전개하라는 노력이 보이지 안이하니 우리 소년에게는 절망적 비관만 가르치는 외에 발발(潑々)한 진취적 기상까지 탐독(耽毒)되지 안이할가 염려된다.</u> (2회, 1930년 10월호, 88쪽) (밑줄 필자)

가난을 저주할 뿐 가난한 국면을 타개할 어떤 노력도 보이지 않는다는 점을 지적하였다. 그래서 소년들에게 진취적 기상마저 무너뜨리게 되지 않을까 염려된다는 것이다. 평자가 염려하는 까닭은 서두에서 말했듯이 소년들에게 비분과 오뇌를 해결할 방안을 모색하는 것에 그의 시각이 놓여 있기 때문이다.

'유산계급 저주'라는 제목으로는 송소민(宋素民 = 宋完淳)의 「무서운 돈」

(『신소년』, 1월호)과, 「돈!돈!돈!」(『소년세계』, 2월호), 「이상한 안경」(『소년세계』, 2월호), 「입학 못해」(『별나라』, 3월호) 등을 살폈다.

> 「무서운 돈」에서 부자(父子)가 돈 째문에 구몰하고 돈 째문에 일가가 멸망하얏다는 것이라던지 「돈!돈!」에서 돈만 모흐려던 욕심쟁이가 동리 사람의 미움을 밧다가 돈 귀신한테까지 벌(罰)바다 가난한 사람에게 분재(分財)하지 아니 한 탓스로 귀신한테 잡혀갓다는 돈 째문에 망신(亡身)하얏다 한 것이라던지, 「이상한 안경」에서 가난한 사람의 눈에는 돈 잇는 사람들의 하는 일이 모다 잔인하게 뵈이고 또 사치한 생활노 보인다. 그래서 가난한 사람끼리는 서로 악수하야도 돈 잇는 사람과는 싸울 준비를 하고 잇다 한 것이라든지 「입학 못해」에서 돈 잇는 놈은 재조(才操)가 잇던지 업던지 공부할 수가 잇지만 돈 업는 사람은 재조가 잇서도 공부할래야 가르처 주는 곳이 업다고 현제도의 불공평한 것을 말한 것이라던지 <u>어느 것을 물론하고 무산자가 유산자를 저주하야 은연(隱然)히 계급의식을 고취한 것</u>이다. (3회, 1930년 11월호, 78~79쪽) (밑줄 필자)

'계급의식'이란 제목으로는 「다 가튼 일쑨인 선생」(『소년세계』, 1월호), 「적은 쥐의 생명」(『소년세계』, 3월호) 등 2편의 작품을 다루었다.

> 빈궁의 비애를 말한 소설 급(及) 동화 유산계급을 저주한 소설 동화가 어느 것이 계급의식을 교양하기 위한 자료가 안인 것이 안이나 <u>이 두 편과 갓치 명료하게 표현한 이해불상용(利害不相容)을 말한 것이 업다.</u> 빈궁의 비애를 말할 째에도 나의 노력이 부족한 탓이라거나 나의 활동이 불급(不及)하얏다고 반성한 것은 전연(全然)히 볼 수가 업고 돈 가진 사람 째문에 내가 못살게 되얏다 하는 원우(怨尤)쑨이며 유산계급을 저주할 째에도 나의 성의 잇는 충고로 그를 반성케 한다거나 개전(改悛)케 한다거나 하야 우의를 뵈인 것보다 그가 돈 째문에 멸망하고 피화(被禍)하얏다 하야 인(人)의 불행을 행(幸)으로 아는 추악한 심리를 기탄업시 말하얏스며 이 계급의식 양편에서 너무나 노골적이며 너무나

대담하게 노력도 업시 적공(積功)도 업시 일약(一躍)에 양반, 부자, 강자
의 지위를 타도하려 하며 탈환하랴 하야 감수성이 풍부한 소년들의 적
개심만 도발하얏다. (3회, 80~81쪽) (밑줄 필자)

'빈궁의 비애'나 '유산계급 저주'가 다 계급의식을 고취하기 위한 것
이지만, 「다 가튼 일꾼인 선생」과 「적은 쥐의 생명」은 나의 노력이 부
족한 것에 대한 반성은 없고 노골적으로 계급을 구분하여 적개심만 도
발하였다고 비판하였다.

'배타사상'이란 제목으로는 이무영(李無影)의 「어린 영웅」(『별나라』, 2, 3,
4월호), 「사라오신 아버지들」(『소년세계』, 2월호) 등 2편을 살폈다.

이상 「어린 영웅」에서 불한당 대감을 방축하랴는 것이던지, 「살아오
신 아버지들」에서 석천(石川)이 째문에 못살게 되얏다고 석천을 원우(怨
尤)한 것이 모다 농촌, 어촌의 원시생활의 영역을 버서나지 못한 순박
한 원시민들이 사람이면 모다 자기들과 갓튼 줄 알고 외래자를 환영하
얏다가 외래자의 교활한 수단에 생활 토대를 그 외래자에게 쌕기고 그
사람의 노예 노릇 쏘는 고용사리를 하면서 생활의 불안을 직면하고서
야 비로소 자기들의 무지를 쌔닷고 외래자를 배척하랴 하는 농어촌의
고민상을 말한 것이다. (3회, 83쪽) (밑줄 필자)

'자기의식 각성'이란 제목으로는 「자미 업는 이야기」(『별나라』, 2월호),
「인혈주사(人血注射)」(『별나라』, 3월호) 등 2편을 살펴보았다.

이상 두 소설 「자미업는 이야기」에서 가난에 못 이기여 배불니 밥 먹
는 것이 소원이엿기 째문에 하로 셋기 밥버리하야 보앗스나 생활습성
이 싼 가정에서 감정에 맛지 안는 밥은 먹어도 맛업다. 그리고 밥만이
인생생활(人生々活)의 전부가 아니다. 정신위안이 잇서야지 이 위안 업
는 밥은 철창의 콩밥과 다를 것이 업다. 이 위안만 잇스면 멧칠에 한
씨식 먹어도 그것이 낫다 하야 굼는 어머니 품으로 도로 왓다는 것이

라 한 것이던지, 또 「인혈주사(人血注射)」에서 자기 생명을 살려 주시고
또 양육하야 주시는 부모만 못하지 아니한 은사를 야소(耶蘇)사상과 무
산자의 계급사상과 배치되는 점이 만타고 자기사상을 실현식키려고 자
기의식을 표현하야 보랴고 그의 슬하를 써나고 만 것이라 한 것이던지
확실히 무의식적으로 구복(口腹)문제에 헤매는 그런 속배(俗輩)를 초월
하야 정신적 의식적으로 신생(新生)를 개척하랴는 국면 전개로 볼 수가
잇다. 비근한 주위사정 즉 환경의 지배에 기근(饑饉)의 비애만 울며불며
하는 무산소년으로 하야금 얼마나 만흔 힘을 주는가 갓튼 빈궁의 비애
를 하소연하는 소설이라도 <u>이 두 소설만은 빈한(貧寒)의 비애를 말하면
서도 생기잇는 신생의 지도를 뵈이는 의미심장한 소설이다.</u> (3회, 84쪽)
(밑줄 필자)

  '자립정신'이란 제목으로는 이태준(李泰俊)의 「눈물의 입학」(『어린이』, 1
월호), 연성흠(延星欽)의 「희망의 꼿」(『어린이』, 2월호), 「희망의 소년」(『소년세
계』, 4월호) 등 3편의 작품을, '관용의 미덕'이란 제목으로는 최병화(崔秉和)
의 「참된 우정」(『어린이』, 4월호) 1편을 살펴보았다.

  이상 자립정신의 3편 소설과 관용의 미덕인 1편의 소설은 소년 과외
독물노 누구던지 필독할 만한 소설이다. 「눈물의 입학」에서 그 견인불
발한 과감성이라던지 「희망의 꼿」에서 소년 발명가의 이야기라던지 「희
망의 소년」에서 충근입신(忠勤立身)한 이야기는 우리 소년들의 감명하
여야 할 활교훈(活敎訓)인가 한다. 그것이 일신일가(一身一家)에 끚치는
일이지 무얼 전사회 전민족에 얼마만 한 영향을 줄 것이냐 하리라. 그
러나 우리 소년들이 저마다 이 3편의 주인공인 소년과 갓치 귀남(貴男),
수길(秀吉), 일남(一男)이 된다면 우리 조선은 광명이 잇는 사회가 될 것
이며 우리의 비관적 생활은 낙관적 생활이 되리라 밋는다. 그리고 「참
된 우정」에서 그 관용성은 너무나 수신(修身) 훈화(訓話) 갓트나 우리 사
회에서 호상(互相) 중상 비방 타도하는 오늘날 우리는 그러한 군자풍(君
子風)을 소년시대로부터 함양하야 전래한 쟁당적 폐습(爭黨的弊習)을 제
거할 공부가 필요하다 한다. (3회, 87쪽)

홍은성(洪銀星)의 「소년문예 월평」(『소년세계』, 1930년 8-9월 합호)도 소년소설과 동화를 대상으로 한 비평이다. 『별나라』, 『새벗』, 『어린이』, 『아희생활』, 『소년세계』 등 5종의 잡지를 대상으로, 1930년 5월호와 6월호에 수록된 21편의 동화와 소년소설에 대해 간략한 평가를 한 것이다. 태영선(太英善)의 「흙 구루마」, 이명식(李明植)의 「고아(孤兒)」, 연성흠(延星欽)의 「독갑이」를 우수한 작품으로 골랐고, 『아이생활』이 너무 종교적인 점을 지적하였으며, 『신소년』을 평가하지 못한 아쉬움으로 마무리했다.(3~11쪽)

소년소설에 관한 비평은 자하생과 홍은성에 이어 민봉호, 김우철, 현송, 노양근, 정철, 남철인, 한철염, 이서찬 등이 가담하였다.

민봉호(閔鳳鎬)의 「11월 소년지 창기 개평(전3회)」(『조선일보』, 1930.11.26~28)은 『백두산』,[186] 『어린이』, 『별나라』, 『아이생활』 등 4종의 잡지에 수록된 소년소설을 대상으로 하였다. 도합 8편에 대해 간략한 평가를 한 것인데 대체로 계급주의적 시각을 바탕으로 한 것이다. "충실한 푸로레타리아 리얼이�의 길로 나아가라"(2회, 11.27)와 같은 표현에서 확인이 된다. 「(자유평단: 신진으로서 기성에게, 선진으로서 후배에게)금춘 소년 창작(전4회)」(『조선일보』, 1931.3.31~4.3)도 소년소설에 대한 비평이다. 『신소년』, 『별나라』, 『어린이』, 『아이생활』 등 대표적인 아동문학 잡지 1~3월호(『아이생활』은 2월호만)에 수록된 13편을 대상으로 한 것이다. 이태준(李泰俊)의 「물나장이 엄마」를 두고 "소년문예의 효시"(3회, 4.2)라고 한 평가가 특이하다. 평자가 보기에 소년소설에 가장 부합하고 잘된 작품이라는 뜻인 듯한데, 분명한 근거를 밝히지 않아 설득력이 떨어진다. 민봉호는

---

186) 1930년 10월에 '아동 과학잡지 『백두산』'이란 이름으로 창간호를 발간하였다. 편집 겸 발행인은 한경석(韓慶錫), 편집주간 염근수(廉根守), 책임 집필자는 "이하윤(異河潤), 류성호(柳成浩), 김소운(金素雲), 윤성상(尹聖相), 서원출(徐元出), 신용우(申用雨), 렴근수(廉根守)" 등이었다.(「아동 과학잡지 『백두산』 창간」, 『동아일보』, 1930.9.5)

이 글에서도 뚜렷하게 계급주의적 평가 기준을 드러내었다. 노양근(盧良根)의 「억룡(億龍)의 부자(父子)」를 두고, "'아지·푸로'의 효과는 업다 한들 진정한 '푸로레타리아·리알이씀'에 입각한 것만으로도 간과치 못할 작품"(2회, 4.1)이라거나, 전식(田植)의 「처음 학교 가든 날」에 "푸로애 탈을 쓰려는 작자의 소쌕르조아적 잠재성과 기회주의적 반동적 의식이 폭로"(3회, 4.2)되었다고 한다든지, 최병화(崔秉和)의 「소년직공」에 대해서는 "쌕르조아의 주구적(走狗的) 임무의 충실하려는 반동적 작품을 배격"(3회)하라 하였고, 김영수(金永壽)의 「경희(慶喜)의 마즈막」은 "예술지상주의적 반동적 작품에서 흘리는 그 갑싼 눈물을 거두어라!"(완, 4.3)고 직격한 데서 잘 드러나 있다.

　김우철(金友哲)의 「11월 소년소설평 - 읽은 뒤의 인상을 중심 삼고」(『신소년』, 1932년 1월호)는 『어린이』, 『신소년』, 『별나라』 등 아동문학 잡지 11월호에 수록된 작품 6편을 대상으로 한 실제비평이다. "현실 우에 입각한 힘 잇고 열 잇는 일작(一作)"이 필요하고, "농촌을 주제로 한 소설에 비하야 볼 때 공장을 제재로 한 것이 퍽 손색"이 있다는 것이 요지다.(28~34쪽) 현송(玄松)의 「신년호 소설평」(『신소년』, 1932년 2월호)도 아동문학 잡지 수록 작품을 대상으로 하였는데 비평의 기준이나 평가가 김우철과 비슷하다. "반동작품", "우리에게 힘을 주지 못"한다거나, "붓작란을 하는 류들이 쓸 작품", "우리 크럽에 한 동무" 등의 용어에서 계급의식을 기준으로 평가하는 모습을 엿볼 수 있다.(23~28쪽) 정철(鄭哲=鄭青山)의 「『소년소설육인집』을 보고」(『별나라』, 1932년 7월호)도 마찬가지다. "너이들에 오래 뭉치엿든 그 분이 폭발되는 큰 힘이 될 것"(47쪽)이라는 아지·프로적 성격의 평문이다. 한철염(韓哲焰)의 「최근 프로 소년소설평 - 그의 창작방법에 대하야」(『신소년』, 1932년 10월호)도, 아동의 "관념을 프로레타리아가 가져야 할 쪽바른 관념에까지 교화식히는 것이 아동문학의 사명"

이라 한 마키모토 구스로(槇本楠郞)와 문학작품 비평의 기준을 "프로레타리아트의 ××를 도웁는 힘"(이상 27쪽)이라 한 고미야마 아키토시(小宮山明敏) 및 후루카와 쇼이치로(古川莊一郞＝藏原惟人)를 인용하여 비평의 기준으로 삼았다. 이서찬(李西贊＝李東燦)의 「벽소설에 대하야」(『조선일보』, 1933.6. 13)는 일종의 이론비평으로서 "노동자에게 직접적 '애지·푸로'적 요구에 응"하는 "벽에 붓치고 읽는 짧은 소설" 곧 '벽소설'의 개념과 구체적 방법을 살핀 글로 역시 계급의식을 바탕에 둔 소년소설의 한 방안을 모색한 것이라 할 수 있다.

노양근(盧良根)은 두 번에 걸쳐 『어린이』에 수록된 소년소설을 살폈다. 「『어린이』 신년호 소년소설평」(『어린이』, 1932년 2월호)은 한 호만을 대상으로 한 것이지만, 「『어린이』 잡지 반년간 소년소설 총평(전2회)」(『어린이』, 1932년 6월호~7월호)은 '반년간'의 작품을 대상으로 한 것이다. 전자나 후자 모두 앞의 김우철이나 현송과 비평의 방식이 유사하다. 다른 점이 있다면 진영이나 계급의식을 앞세우지 않고 내용과 형식을 따져보고 있다는 점이다.(2월호, 22~25쪽) 작가로서 다수의 작품을 창작했던 경험을 바탕으로 작품평을 하는 점에서 차이가 드러난다. 계급의식을 앞세우지 않았지만 민족의식은 그대로 노출시켰다. 작중 인물이 위인으로 이등박문(伊藤博文)을 꼽자 괄호 속에 "흥! 이등박문도 위인이든가? 평자"(7월호, 38쪽)라 하였다. 한자를 쓰지 않은 까닭인지 이 대목이 검열을 벗어났다. 일제강점기 검열은 계급의식과 민족의식에 일차적 초점을 맞추어 압수, 삭제, 불허가를 남발하였다. 검열의 주체는 조선총독부 경무국 도서과였지만, 이에 맞춰 잡지사와 필자도 자기검열로부터 자유롭지 않았다. 그런 마당에 이런 구절을 내뱉은 노양근이나 그대로 노출시킨 『어린이』 편집자들의 내재된 민족의식을 읽을 수 있는 것이다. 비평의 요지도 "무기력하고 절망의 구렁에서 신음하는 무리에게 힘을 너허 주"(6월호,

42쪽)라는 것이어서 민족의식을 직접 표출한 것으로 읽힌다.

전수창(全壽昌)의 「현 조선동화(전5회)」(『동아일보』, 1930.12.26~30)는 통계를 바탕으로 조선의 아동들이 어떤 동화를 좋아하는지, 왜 좋아하는지, 앞으로 어떤 동화가 어린이들에게 생명이 있을지 등의 문제를 살펴본 글이다. 통계 처리에 일부 미비한 부분이 보이지만, "일천여 명 남녀아동에게 조사하여 통계를 낸 것"(1회, 12.26)이라고 한 데서 보듯이 통계조사를 통해 객관적 현실을 파악하려고 노력한 것은 의미가 크다. 통계조사는 대표적인 양적 연구(量的硏究) 방법이다. 어떤 사안에 대해 정확한 현실을 파악하려면 통계조사는 매우 필요한 작업이다. 그러나 이전에도 이후에도 이와 같은 작업이 더 이어지지 않은 것은 아쉽다. 설문 작성과 조사의 어려움, 통계처리의 미숙 등이 양적 연구를 꺼리게 하지 않았나 싶다. 전수창은 동화를 종교동화, 과학동화, 정서동화, 그리고 소화(笑話) 등 크게 네 가지로 분류하였다. 종교동화를 신화와 종교가의 전기로, 과학동화는 자연계담, 역사담, 발명발견담으로, 정서동화는 슬픈 이야기, 사랑이야기로, 소화는 우스운이야기로 세분하였다. 분류의 기준이 엄격하지 못한 점은 문제가 있다. 하지만 당대 아동문학의 독자수용 실태를 기반으로 해 현상을 수렴한 것이라 보면 이해가 되겠다.

전수창은 먼저 아동들의 장래 희망을 먼저 조사하였다. 39가지의 직업군을 늘어놓고 남자와 여자 아동의 희망 비교표를 제시하였다. 남학생 726명과 여학생 403명을 대상으로 한 것이다. 남녀 학생들이 가장 선호하는 것은 상업으로 203명이다. 다음이 주권자(主權者)로 102명, 박사 69명, 대장(大將)과 문학가가 각 37명 등으로 이어졌다. 반면 여학생이 가장 선호하는 것은 선생(先生)으로 82명이었다. 이어서 음악가 69명, 주권자 48명, 정치가 44명, 문학가 37명, 박사 31명 순으로 나타났다.

이어서 남녀 아동들이 좋아하는 동화도 21가지로 구분하여 비교 조사하였다. 7세에서 19세까지 남녀를 구분하여 조사하였는데 모집단 수는 장래 희망 조사와 같이 남 726명 여 403명이었다. 남녀 학생 모두 대체로 용감한이야기, 무서운이야기, 슬픈이야기, 우스운이야기와 기쁜이야기에 쏠렸다. 슬픈이야기를 가장 선호하였고, 이어서 기쁜이야기, 용감한이야기, 무서운이야기, 우스운이야기 순이었다. 다만 12~3세의 여학생은 용감한이야기와 무서운이야기, 슬픈이야기, 기쁜이야기 등을 한 명도 선호하지 않은 것으로 나타나 통계의 신뢰도에 의문이 가기도 한다.

어린이들에게 적합한 동화와 불합당한 동화도 제시하였다. 구체적인 작품을 말한 것이 아니라 원칙만 제시하였다. 불합당한 동화로는 도깨비이야기, 무서운이야기, 슬픈이야기를 들었다. 도깨비이야기와 무서운이야기는 어린이들에게 공포감을 주므로 금해야 할 것이며, 특히 도깨비이야기는 "칼이나 총과 가튼 살물(殺物)"(2회, 12.27)이므로 절대 금하여야 한다고 강조하였다. 슬픈이야기는 남녀아동들이 모두 좋아하는 동화인데도 불합당하다고 한 까닭은 비참한 환경에 가만두어도 눈물을 흘리는 상황인데 또다시 슬픈이야기를 제공하는 것은 옳지 않다는 논리다. 적합한 동화로는 과학동화, 정서적 동화, 소화(笑話), 신화(神話)를 꼽았다. 과학동화는 다시 역사담(歷史談), 발명발견이야기, 대자연이야기로 세분하였다. '역사담이 과학동화로 분류되는 것은 언뜻 이해하기 어렵다. 정서적 동화는 슬픈이야기 하나만을 제시하였다. 정서적 동화로는 슬픈이야기 외에도 다양한 동화가 있을 수 있는데 왜 세분하지 않았는지 궁금하다. 앞에서 사랑이야기를 슬픈이야기와 더불어 예로 들었었는데 왜 뺐는지도 이해가 되지 않는다. 문제는 슬픈이야기를 불합당한 동화와 적합한 동화에 나란히 제시한 점이다. 슬픈이야기가 "특별히 정적(情的)으로 동정을 함양시키기에 가장 우세한 동화"(5회, 12.30)이므로 필요하나, 처음부터 끝까지 슬픔으로 시종하는 것은 불합당하다는 것이 논자의 입장이다.

전수창은 동화의 개념을 매우 공리적인 효용성을 바탕으로 정의하고 있다.

> 학교교육의 부족되는 점을 채워 놀 것이 동화이며 교육이 보급되지 못한 이 사회에 지식을 길러줄 것도 이 동화의 사명이다. 우리는 붉은 마음을 함께 모아 조선 가정의 미개와 악전고투하야 가면서 우리의 어린이들을 살게 하야 주자. 우리는 현 사회의 입장을 이해하야 생명 잇는 동화로써 우리의 사회를 찬란히 건설하여 보자. 동화의 개혁을 도모하자. 우리는 타인의 평만을 조케 하려고 하지 말고 동화 근본적에 도달하려고 노력하잔 말이다. 단 조선에 잇서서는 학교교육보다 동화교육이 더 보편적인 동시에 이상의 가치를 가지고 잇다. (5회) (밑줄 필자)

동화의 존재 가치가 학교교육의 보충적 역할 혹은 대체적 역할을 하는 데 있다고 보는 것이다. 나아가 학교교육보다 동화교육이 더 보편적인 가치를 가진다는 입장이다.

전수창의 비평문에 대해 현동염(玄東炎)이 반박하였다. 현동염의 반박 논점은 전수창의 입각점이 부르주아적 관점에서 비실제적 비현실적 개념을 바탕으로 함으로써 사회적 계급의식을 망각하였다는 데 있다.

> 오히려 썍르조아 입각지에서 출발하야 노예의 종교 노예의 교육을 장려하자고 의연(依然)히 암시하얏다!
> 즉 씨는 현 조선아동의 생활감정을 계급적 생활감정에 조직화하지 못하고 오히려 현실 썍르조와 사회의 계승자로써 우리 다수한 무산계급 아동을 그곳으로 수송하자고 논하얏슴에 나는 단연히 씨의 「현 조선동화」론을 사회적으로 매장하야 버린다.
> 끗흐로 나는 씨의 사유(思惟)에 너무나 어그러지는 논박을 하얏슴을 사과하는 동시에 나는 나의 이론이 어듸까지든지 사회적 계급적 견지에서 냉정히 비판하얏음을 밋는다.[187] (밑줄 필자)

현동엽은 전수창이 동화를 분류하고 그에 따라 논의한 내용을 조목
조목 반박하였다. 그 기준은 바로 '사회적 계급적 견지'의 유무에 있다.
전수창이 부르주아적 관점에서 노예의 종교, 노예의 교육을 장려하였다
면서, 현동엽은 엄연히 계급적 관점에서 전수창과 대립되는 견해를 피
력하고 논박한 것이다.

1930년 3월에 이르기까지 당대 조선의 동화에 대해 처음으로 통계조
사를 시도한 전수창의 노력은 평가받을 만하다. 그간에 있었던 여러 주
장과 상호비판도 아동문학 발전에 일정한 효과가 있었던 점은 부인할
수 없다. 하지만 논의가 겉돌고 깊이를 더할 수 없었던 것은 바로 현상
에 대한 진단이 객관적 사실에 기반을 두지 않았던 탓이 크다. 그런데
전수창은 오랜 기간 1,000여 명의 남녀 아동을 대상으로 통계조사를 하
여 객관적 사실을 확인하기 위한 노력을 기울였다. 이러한 시도는 일제
강점기 아동문학 비평사에서 전무후무하다. 다만 설문조사를 위한 설계
가 치밀하지 못했고, 조사 결과의 통계 처리에도 부주의함이 있었던 것
은 아쉬운 점이다.

정윤환(鄭閏煥)의 「1930년 소년문단 회고(전2회)」(『매일신보』, 1931.2.18~19)
는 2회에 걸쳐 동요계, 지도자, 기성작가, 신진작가, 소설계 등으로 나누
어 살핀 글이다. '소설계'가 동화와 관련된 부분인데 『어린이』, 『별나라』,
『소년세계』, 『조선일보』, 『매일신보』 등에 게재된 작품 중에서 13편을
골라 간략하게 평가하였다. 종합하면, 양은 늘었으나 질은 나아지지 않
았다는 것과, "일본잡지 『少年世界』에서 본 듯" 또는 "일본잡지에서 제
재를 득한 것"(이상 2회, 2.19) 등과 같이 표절 문제를 언급하였다. 최청곡
(崔靑谷)은 「동화에 대한 근감(近感)」(『시대상』 제2호, 1931년 11월호)에서 1931

---

187) 현동엽, 「동화교육 문제 - 전 씨의 '현 조선동화'론 비판(3)」, 『조선일보』, 1931.
3.1.

년도에 발표된 동화에 대해 간략한 소감을 밝혔다. 동화가 많이 줄었다는 것과 발표욕으로 인해 번역동화나 남의 동화를 창작인 양 발표하던 것이 줄었다는 점을 지적하고, "오즉 파는 잡지라느니보다 읽키는 잡지"(10쪽)를 잡지 편집자에게 당부하였다.

1925년에 신춘문예 제도를 도입했던 『동아일보』는 고선(考選)을 마친 후에 '선후언(選後言)'을 발표했다. '선후언'은 대체로 뭉뚱그려 제시하는 것이 일반적이었다. 그러나 1932년에는 「신춘문예 동화 선후언(전3회)」(『동아일보』, 1932.1.23~26)이라 하여 '동화' 부문만을 따로 발표하였다. 응모작 150편의 경향에 대해 대략 다음과 같이 요약하였다.

> 이번 응모한 동화(차라리 아동소설이라 함이 합당할 것이다.) 150편을 취재별로 나누면
> (1) 생활난 계급적 불평을 주로 한 사회주의적 경향을 가진 것이 약 4할이오
> (2) 씨족적(氏族的) 영웅심과 불평을 주로 한 것이 약 3할이오
> (3) 이번 만주(滿州) 조난동포(遭難同胞) 문제로 아동이 분기하야 민족애를 발로하는 것을 주로 한 것이 약 2할이오
> (4) 기타가 약 1할이다. (1회, 1.23)

1930년에 접어들면서 아동문학은 전반적으로 계급주의적 경향을 강하게 띠었다.[188] 응모작의 경향도 이에 부응하고 있다. 계급적 의식에 바탕을 둔 작품이 40%를 차지한다는 것이 이를 잘 증명한다. 만주의 조난동포는 식민지 조선에서의 삶이 불가능해 유이민이 되어 찾아간 만주에서 발생한 것이다. 일제강점기는 계급모순과 민족모순이 중첩되었

---

188) 류덕제, 「일제강점기 계급주의 아동문학의 방향전환론과 작품적 대응양상 연구-『별나라』와 『신소년』을 중심으로」, 『문학교육학』 제43호, 한국문학교육학회, 2014, 191~229쪽 참조.

다. 이를 합해 현실주의적 시각을 표방한 작품은 전체 90% 정도가 된
다. 이러한 현상은 아동의 실생활에서 취재해야 한다는 신문사의 신춘
문예 현상 모집요건이 반영된 결과였다. "우화류(寓話類)는 취(取)치 아니
합니다. 아동의 실생활에서 취재하야 쉽게 재미잇게 쓴 것"189)이라고
동화 부문의 요건을 명기해 두었던 터였다.

  응모작은 대부분 아동소설로 분류될 성질의 것인데, 동화가 더 많이
필요하다고 보았다. '아이들에게 들려줄 이야기'는 동화이고, '읽을 동
화'는 아동소설이란 개념으로 구분한 것이었다. 그리고 '정신문제'를 강
조했다. '정신'은 "작품에 최후의 생명을 주는 것", "감동이란 정신에서
오는 것", "작품에 깊이를 준다는 것" 등의 의미인데, "작품이 독자, 또
는 청자에게 주는 감동의 노피와 깊피와 및 그 영속성(永續性)"으로 측정
이 가능하다는 것이다. 재미나 지식은 "취재와 프롯과 수법"에서 얻을
수 있으나, "위대한 인격의 울림을 담은 것"(이상 2회, 1.24)은 정신에서 얻
을 수 있다고 하였다. 작품의 성패는 형식과 내용의 조화에 달렸다. 제
재와 플롯을 빼고 '감동'과 '인격의 울림'을 '정신'에서 찾는 것은 매우
모호하다.

  신춘문예의 '선후언'은 고선자(考選者)가 고선 과정에서 느꼈던 소감이
나 바람을 담은 글이다. 이는 응모자들에게는 필수적인 참조 사항이 되
고 향후 해당 갈래의 창작 경향을 지배하게 된다. 당선작에 대한 비평
은 여러 신문의 당선작들을 모아 평가하는 형식이다. '선후언'의 필자
는 "생활난, 계급적 불평, 민족적 불평"만을 대상으로 한 "푸로 문예라
든지 계급의식이라는 질곡"에만 얽매이지 말라고 조언하면서, "무릇 무
엇을 쓸 째에든지 검열관의 존재를 염두"(1회, 1.23)에 두라고 하였다. 고
선자의 문학관이 반영된 조언일 수도 있으나, 당대 신문, 잡지 등 매체

---

189) 「신춘문예 현상모집」, 『동아일보』, 1931.12.3.

에 엄존했던 검열을 염두에 둔 발언이었다. 당시 일반문학도 예외가 아
니었지만, 아동문학이 처한 엄혹한 현실을 읽을 수 있다.

1934년 『조선일보』 신춘현상(懸賞)의 선후평으로 이종수(李鍾洙)의 「(신
춘현상 동요동화)선후감(전3회)」(『조선일보 특간』, 1934.1.7~10)이 있다. 전년에
비해 응모작이 59편으로 많은 것에 대해 아동문학의 흥성을 알리는 징
표로 읽었다. 이종수는 먼저 1934년 동화의 경향을 "동화가 사실주의로
나가는 것은 새로운 한 현상"(1회, 1.7)이라 하였다. 이전에는 우화, 모험
동화가 많았는데 뚜렷이 어린이의 환경과 현실생활을 있는 그대로 그
리는 리얼리즘의 경향을 보인다는 진단이다. 경향에 대한 판단의 옳고
그름을 떠나 아동의 심리를 파악하고 상상력을 자극하여 재미있게 읽
을 수 있도록 하여야 하는데, 응모작 대부분이 그에 미치지 못한다는
총평이다. 특히 이종수는 도깨비나 미신 등을 소재로 한 것은 금기시해
야 할 것임을 강조하였다. 리얼리즘을 표방한 계급주의 아동문학이 과
학주의를 강조한 것과, 아동문학이 학교교육의 보충적인 측면에서 교육
적 소임을 담당하고 있다는 당대의 인식이 반영된 결과라 할 것이다.
1935년 『동아일보』의 동화 선후평에서는 동화 응모자가 양과 질 양 측
면 모두에서 떨어진다는 것과 "아동의 실생활에서 취재한 좀 더 현실에
즉(卽)한 작품"190)을 요구하였다. 1936년에는 1935년과 달리 응모 작품
이 150여 편이나 되어 동화에 대한 관심이 부쩍 강해졌음에도, "동심을
잃흔, 어린이의 실생활을 잊어버린 작품"191)이 많았다고 평가하였다.
1938년 『동아일보』의 선후평도 엇비슷했다. "현저한 진보도 퇴보도 보
이지 안코 수에 잇서서만 격증"을 보였고, "시국의 영향이라 할 만한 내
용을 가진 작품"이 많았다고 개략적인 평을 한 후, "동화는 대체로 수준

---

190) 선자, 「신춘문예 선후감(완)」, 『동아일보』, 1935.1.17.
191) 선자, 「신춘문예 선후감(6)」, 『동아일보』, 1936.1.10.

이 옅엇다."[192]라고 평가하였다.

『새벗』이 1930년 6월호,[193] 『신소년』이 1934년 5월호, 『어린이』가 1935년 3월호(제13권 제1호), 『별나라』는 통권80호(1935년 1~2월 합호, 1935년 2월 15일 발행)를 마지막으로 폐간이 되었다. 전반적으로 아동문학이 내외적 환경의 어려움으로 인해 쇠퇴의 길로 들어섰다. 1930년에 들어서면서 방향전환의 기치를 내걸고 자못 활발한 창작활동을 벌이던 아동문학 작가들도 발표 지면을 잃게 되는 지경에 이르렀다.

「1933년도 아동문학 총결산」(『신동아』, 1933년 12월호)은 이정호(李定鎬)가 신문과 잡지에 실린 동화 작품에 대해 평가한 것이다. '총결산'이라 하였지만 동화에 국한하였고 평가 대상 작품도 임의로 고른 7편이 전부다. 비평의 기준은 아동문학의 목적이 "어린 사람의 지순한 교화"에 있다고 한 것과, "사회 인식이 없는 어린 사람들에게 대하야 결정적 '이데오로기'를 뿌리박어 준다는 것이 얼마나 잔인하다는 것만 말하면 그만"(17쪽)이라고 한 것에서 잘 드러난다. 문학의 교훈적 기능을 분명히 하고, 당시 평단을 주도하다시피 한 계급문학과는 시각을 달리한 것임을 알 수 있다.

1930년에서 1934년경까지의 계급주의 아동문학의 창작동화에 관한 현황과 향후 방향을 진단한 비평문으로 김우철(金友哲)의 「아동문학의 문제 - 특히 창작동화에 대하야(전4회)」(『조선중앙일보』, 1934.5.15~18)가 있다. 내용이 분명하고 문장이 논리정연해 비평문으로서 상당한 수준에 도달하였다. 우수한 작가가 배출되고 작품이 창작되어 아동문학이 발전하고

---

192) 일선자(一選者), 「신춘작품 선평」, 『동아일보』, 1938.1.12.
193) 최덕교는 『새벗』이 1933년 3월에 종간되었다고 보았으나(『한국 잡지 백년(2)』, 현암사, 2005, 254쪽), 이는 사실이 아닌 것 같다. 현재까지 확인한 바로는 1930년 6월호(제6권 제6호)를 발간하고 종간된 것으로 보인다.(◇새벗(6월 특집호) 정가 10전 발행소 경성부 경운동 88 새벗사 진체 경성(振替京城) 14683, 『조선일보』, 1930.6.21)

있다고 현상을 진단하였다. 작가들의 지속적인 연구와 개척으로 아동문학의 양식도 소년보고문학(少年報告文學), 소년벽소설(少年壁小說), 합창시(合唱詩, Sprechchor), 동화시(童話詩) 등으로 늘었다. 제재 선택에 있어서도 시야가 넓어지고, 주제는 적극성이 강조되며, 내용 또한 풍부해졌다고 평가하면서도, 형상화(形象化)의 측면에서 보면 아직 미흡한 것이 많다고 지적하였다.

> 최근에 이르러 우리들의 현명한 작가는 자기 분묘(墳墓)를 파는 자신을 발견하얏다. 자기들이 과거에 잇서서 흥분되여 제작한 작품이 소설이 아니라 작문이고 진실을 그린 것이 아니라 <u>주제만을 나타낸 것</u>이며 사실적(事實的) 형상이 아니라 선전하얏다는 것을 기피기피 깨닷게 되엿다. 그들이 이것을 금일에 잇서서 새삼스럽게 깨달엇다고 곳 내일부터 쏘시앨리스틱·리알리즘의 준한 작품 —<u>'진실'을 형상화한 작품</u>을 제작할 수 잇슬까? — (1회, 5.15) (밑줄 필자)

김우철은 형상화가 되지 못한 작품을 '작문'이라 하였다. '주제만을 나타낸 것'과 '선전'이란 말로 표현된 것도 형상화 결여를 지적한 말과 다르지 않다. 아동문학도 방향전환을 주창하였지만 작품적 실천은 따르지 못하였다. 그러다 1929년경부터 1930년에 접어들면서 아동문학의 방향전환론에 대응하는 작품이 쏟아져 나오기 시작하였다. 그 작품들의 상당수가 계급모순에 대해 '흥분'하고 '주제'를 과도하게 강조하며 '선전'을 목적으로 한 것이었다. 김우철은 진실을 형상화한 작품을 지칭해 위에서 '소설'이라 하였다. "작자 자신의 주관과 사상을 주인공을 시켜서 웅변"하는 것이 아니라, "생생한 현실을 리알리스틱한 필치로 묘사하는 것"(1회) 곧 형상화한 '작문'을 가리키는 것으로 해석할 수 있다. "현상을 통하야 본질을 구명"(1회)하는 작품이 바로 김우철이 추구하는 작품이다. 그는 아동문학이 '쏘시앨리스틱 리알리즘'의 원칙을 따르는 작품이 되어야 한다고 본다. 그것이 바로 '진실을 형상화한 작품'이다.

진실로 문학의 특수성은 언어의 그 형상적인 성질에다 구해야 하는 것이며, 작가가 자기의 사상, 이념, 현실에 대한 자기의 태도를 표현함에 있어, 그것을 형상에 의하여 表現하는 점에 문학의 특수성은 있는 것이라 하겠다. 예술문학은 사회의식과, 현실에 대한 인식과의 특수한, <u>문자로 표현된 형상적인 형식</u>이다.[194] (밑줄 필자)

문학은 사상이나 이념, 현실에 대한 태도 곧 사회의식과 현실인식을 형상적인 형식에 담아내는 특수한 형태의 글쓰기다. 엥겔스(Engels, Friedrich)는 리얼리즘을 규정해 "디테일의 진실성만 아니라 전형적(典型的) 제 사정에 있어서의 전형적 제 성격의 정확한 표현"[195]에 있다고 하였다. 진부한 내용을 가지고 인공적인 디테일과 분식(粉飾)으로 은폐해도 안 되지만 내용을 우선함으로써 형식이 배제되는 것 또한 경계해야 할 일이다.[196]

과거에 잇서서 우리들의 아동문학 작가들은 <u>현실에서 출발하지 안코 생경한 세계관으로부터 출발</u>하엿기 때문에 작품에는 반드시 정의(正義)에 끝는 열혈소년이 나타낫스며 야학에서 주인공이 연설을 하고 하로 아츰에 소년부가 결성되고 아버지들의 일을 조력해 주어서 아저씨들이 익엿다―는 식의 <u>정곡(正曲)된 현실(?)</u>이 작품에 그대로 나타낫다. 물론 이와 가튼 작품은 어느만큼 효과적일는지 몰은다. 그러치만 결국 그와 가튼 햅피·엔드식 결말은 <u>현실의 추상화 안이화(安易化)</u>를 가저오며 현실이 얼마나 복잡다단하며 ××이 얼마나 곤란하다는 것은 말살함으로써 아동에게 몽환(夢幻)의 세계를 보여 주엇다. 물론 이와 가튼 작품을 읽고 난 아동은 일시적으로는 흥분되고 감격하야 날뛸지 몰은다만흔 그들이 현실에 부닥칠 때 소설에서 본 안이하고 평범한 세계와는 넘우나 거리가 멀다는 것을 늣기고 경탄할 것이다. (2회, 5.16) (밑줄 필자, '正曲'은 '歪曲'의 오식)

194) 콤아카데미문학부 편, 백효원(白孝元) 역, 『문학의 본질』, 신학사, 1947, 12쪽.
195) 박찬모 역, 『맑스 엥겔스 예술론』, 건설출판사, 1946, 63쪽.
196) 류덕제, 「아동문학가 박아지 연구」, 『국어교육연구』 제60호, 2016.2, 437~438쪽.

'현실에서 출발하지 않고 세계관에서 출발'했다는 말은 주제(이념)가 형상화되지 않고 전달식 설명에 머물렀다는 말이 된다. 이러한 현실은 왜곡일 뿐이고 결말을 해피엔드로 마감하게 된다. 그것은 현실을 추상화하고 안이하게 취급하게 만드는 것이다.

현실과 형상화를 강조한 김우철의 생각은 물을 것도 없이 바람직한 프롤레타리아 아동문학 작품의 창작이다. 그 예로 홍구의 「도야지밥 속의 편지」, 정청산의 「이동음악대」, 김우철 자신의 「동정 메달」, 성경린의 「악몽」, 이동규의 「반(班)」, 윤성주(尹晟宙)의 「벤또」 등을 들었다. 반면 당시 호평을 받았던 구직회의 「가마(叺) 장」[197]이나 김우철의 「방학날」, 「등피알 사건」, 「아편전쟁」, 안평원의 「물대기」, 이동규의 「고향」, 홍구의 「콩나물죽과 이밥」, 안평원의 「첫녀름」과 「머리를 어루만저도」 등은 농민 아동문학이라 불러야 정확하다고 평가하였다. 이러한 구분은 작품의 질적 차이나 수준을 두고 나눈 것이 아니다. 도회지의 소년노동자와 농민의 아들을 뭉뚱그려 구분 없이 묘사함으로써 '성격'의 창조에 등한했던 점을 지적한 연후에 이와 같이 가른 것이다. 따라서 전자는 주로 도시 소년 노동자의 삶을 다룬 것이고, 후자는 농민의 아들이 주인물인 경우이다. 부제에 나타나 있는 '창작동화'에 관한 내용은 글의 말미에 나타나 있다. 소년소설이 좀 더 현실을 포착하려는 노력을 했기 때문에 동화를 등한시하였는데 비현실적 가공적 동화를 비판적으로 계승한 '신동화(新童話)'를 창작할 것을 요청하였다.

---

197) 한철염(韓哲焰)은 「최근 프로 소년소설 – 그의 창작방법에 대하야」(『신소년』, 1932년 10월호)에서 "1932년도에 잇서 크다란 수확이라 할 동지 구직회의 「가마니장」"(29쪽)이라 하였다. 해방 후, 박세영(朴世永)도 「조선 아동문학의 현상과 금후 방향」(조선문학가동맹중앙집행위원회서기국 편, 『건설기의 조선문학』, 1946.6)에서 "일지기 구직회(具直會) 씨의 「가마 장」 같은 우수작품"(107쪽)이라 한 바 있다.

'진실'을 담은 동화 작품──<u>현실에 입각하야 '공상'하고 '동경'하는</u> ……창작동화야말로 백만의 귀여운 아동에게 사랑을 밧고 귀여움을 밧고 그들의 심신을 고양시길 수 잇슬 것이다.

동화는 아이들과 가티 공상도 하고 동경도 하고 몽상도 하고 상상적 세계를 이야기해 주기도 한다. 그러기에 동화는 공상과 상상이 풍부한 아동에게 제일 갓가운 양식이고 아동에게 사랑을 밧는다. 동화의 세계는 동심의 세계요 유희의 전당이다.

그런데 우리가 여긔서 반드시 기억해 둘 것은 <u>동심의 세계에도 시대의식이 엄연이 존재해 잇다</u>는 그것이다. 부잣집 애들의 동심과 가난한 집 아이들의 동심이 다르리라는 것은 누구나 수긍할 수 잇는 단순한 상상이다. 그러고 우리들의 <u>작가가 동화의 세계에서 아이들의 공상을 말할 때 반드시 현실에서 출발해야 된다</u>는 것을 망각해서는 안 된다. (4회, 5.18) (밑줄 필자)

김우철이 말하고자 하는 바 '창작동화' 또는 '신동화'는 알려진 대로 '공상'이 풍부하고 이상을 '동경'하는 동화에다 시대의식을 담는 것 곧 현실에서 출발하는 것으로 요약된다. 앞서 김우철은 프롤레타리아 아동문학이 부르주아 아동문학의 태내에서 발생된 탓에 비현실적이고 공상적 내용을 표현하는 신비스럽고 케케묵은 양식으로 변화하였다고 동화의 지위와 역할을 진단하였다. "창작문제에 잇서 유물변증법적 창작방법을 충분이 이해"하고 "현실적인 진정한 푸로동화의 전당"[198]을 세우자고 한 것도 '신동화'를 희망하는 것과 같은 맥락이다.

김우철은 일제강점기 아동문단에서 이론 정립과 작품 창작을 통해 프롤레타리아 아동문학을 주장하고 실천하였다. 그래서 계급모순을 극복하기 위해 문학이 '나사와 치륜(齒輪)'으로서의 역할을 해야 한다는 점을 인정하면서도, 세계관과 이념을 앞세워 현실을 추상화하거나 안이하

---

198) 김우철, 「동화와 아동문학 – 동화의 지위 밋 역할(하)」, 『조선중앙일보』, 1933.7.7.

게 취급하여 형상화하지 못한 아동문학을 경계하였다. 아동의 동심을
잘 반영하는 갈래가 '동화'이므로 공상과 동경을 담되 현실을 몰각하지
않을 것을 주문하였다. 전래동화의 수집과 외국동화의 번역과 개작을
통해 우리 아동문학의 토대를 굳건히 할 것도 강조하였다. 나아가 들려
주는 동화와 읽는 동화에만 그칠 것이 아니라, 동화와 아동극을 결합한
동화극(童話劇), 동화와 소년시를 결합한 동화시(童話詩) 등을 연구하고 발
전시킬 것도 주문하여 아동문학 갈래의 확장 필요성도 내다보았다.

조선의 민담을 일본 및 세계 다른 나라의 그것과 비교해서 살펴본 것
으로 육당학인(六堂學人 = 崔南善)의 「조선의 민담 동화(전15회)」(『매일신보』,
1938.7.1~21)가 있다. 최남선은 '이약이'를 메르헨(Märchen, folktale)에 해당한
다고 보았다. 한자로는 '민담(民譚)'이라 하는데 '아이들 이약이'라는 뜻으
로 동화(童話)라고 달리 부르기도 하며, 여러 나라에서 유사한 이야기가
있는 점을 들어 학문적으로는 유리설화(遊離說話) 곧 떠도는 이야기라 하
였다. 조선의 민담 가운데 "1. 오랜 넷날부터 잇서 온 것, 2. 시방도 널
리 행하는 것, 3. 이약이의 표면에 조선의 향토색이 진하게 물드러 잇는
것"199)을 기준으로 다른 나라의 이야기와 비교하였다. 『심청전(沈淸傳)』
과 유구(琉球 = 沖繩)의 무루치(ムルチ) 호수 이야기, 『흥부전(興夫傳)』과 일본
의 「雀報恩事」(『宇治拾遺物語』) 및 몽골(蒙古)의 고담(古談), 「범의 천벌」(조선총
독부의 『조선동화집』)과 몽골의 고담 및 그림 형제의 「승냥이와 염소의 색
기 일곱 마리」(『그림동화집』), 조선의 범 이야기와 「브레멘의 음악대」, 「코르
베스 씨」, 「난봉 녀석」(이상 『그림동화집』), 「콩쥐팥쥐이야기」와 「재두루마
리」(『그림동화집』)·「신데렐라」(프랑스)·당나라 단성식(段成式)의 「유양잡조
(酉陽雜俎)」의 이야기·일본의 「糠福米福」, 『삼국유사』 경문왕(景文王) 이야
기와 그리스의 고대 신화 '미다스(Midas)'왕 이야기(오비디우스의 『변신』)·

---

199) 육당학인, 「조선의 민담 동화(1) - 유리성(遊離性)의 설화」, 『매일신보』, 1938.7.1.

이집트 나일강변의 이야기·아일랜드 '라브라' 왕 사적·일본 역사이야
기 『오카가미(大鏡)』, 「천녀(天女)의 우의(羽衣)」(『조선동화집』)과 태평양 뉴헤
브리디스(New Hebrides)제도(諸島)의 사람 잡아먹는 이야기·인도네시아 자
바 지방 이야기·북쪽 동반구의 '축치'인 이야기·'야구트'인(아시아),
'라프'인(유럽), '에스키모'인(아메리카)의 이야기들(백조처녀 설화류), 조선의
후백제 시조 견훤(甄萱)의 탄생담(『삼국유사』)과 청(淸) 태조 누르하치[努爾哈
赤] 탄생담·일본의 삼륜산(三輪山) 신의 사적(『고지키(古事記)』) 등을 비교하
면서, "조선의 민담이 어쩌케 세계적 배경을 가지고 인류 공통의 호흡
중에 잇는 사실"²⁰⁰⁾을 예증하였다.

송창일(宋昌一)의 「동화문학과 작가(전5회)」(『동아일보』, 1939.10.17~26)는 한
마디로 말해 작가들에게 창작동화를 많이 지어달라는 요청이다. 먼저
'동화'의 개념을 정리하였다. 새로 생겨난 '동화(童話)'란 용어와 기존의
'옛말'(옛날이야기)을 구분하였다. '옛말' 곧 전래동화(재래동화, 구비동화)는
구연되는 것을 의미하고 문학적 기술은 아니다. 문학이 시대의 반영물
인 만큼 전래동화는 점차 가치가 저락되므로 현대 아동을 만족시킬 수
없다. 구비동화 가운데 아까운 것은 내용을 고쳐서라도 훌륭한 동화를
만들어야 한다. 일본의 「모모타로(桃太郎)」가 "국보적인 동화"(1회, 10.17)가
된 것을 사례로 들었다. 이처럼 구비동화를 취사선택하여 영원히 아동
세계에 남겨 놓을 의무도 작가에게 있다고 보았다. 재화(再話)의 필요성
을 인식한 것이다.

송창일은 당대 동화를, 하나는 "극단으로 예술적이요 상징적인 것"이
고, 다른 하나는 "현실적이요 사실적(事實的)"인 것 두 조류로 나누었다.(1
회) 전자를 '예술동화'라 하고 후자는 '현실동화'라 칭했다. 예술동화는

---

200) 육당학인, 「조선의 민담 동화(완) - 조선 민담의 세계적 배경(속)」, 『매일신보』, 1938.
7.21.

강소천(姜小泉)을, 현실동화는 노양근(盧良根)을 대표작가로 꼽았다. 노양근
의 작품은 소설적인 경향이 많다며 동화와 아동소설을 구분하면서, 공
상세계를 그린 것은 동화이고 인간세계를 그린 작품은 아동소설이라고
하였다.

> 동화의 요소를 진선미에다 둔다면 강(姜) 씨의 작품은 미(美)에 편중
> 하여 진선(眞善)을 결할 염려가 잇고 노(盧) 씨의 작품은 진선에 편중하
> 여 미를 실(失)할 우려가 엿보인다. (2회, 10.19) (밑줄 필자)

‘미’에 편중했다는 것은 현실인식이 미흡하다는 것이고, ‘진선’에 편
중했다는 말은 내용에 치중하여 형식적인 측면이 상대적으로 소홀하였
다는 말로 바꿀 수 있겠다. 송창일은 동화의 사명을 “아동에게 현실을
가르키며 동시에 현실 속에 꿈을 보여주는 데 잇는 것”(5회, 10.26)이라 하
였다. 그는 ‘현실’을 중시한다. 그러나 아동소설과 달리 동화는 ‘꿈’을
벗어날 수 없다고 생각하기 때문에 현실을 가르치는 일과 현실 속에서
꿈을 제시하는 것이 동화의 사명이라 본 것이다. 덧붙여 동화가 온통
공리적인 목적만을 가지는 것은 아니지만 교육적인 가치가 많다는 점
을 강조하였다.

송창일이 말하고자 하는 바는 한 마디로 작가들이 창작동화를 많이
써내는 것과 창작동화집이 발간되어야 한다는 것이다. 방정환의 『사랑
의 선물』과 이정호의 『사랑의 학교』가 독자들의 호응을 받았지만 번역
문학일 뿐이라며 평가절하하였다. “명작동화라고 하는 서양동화는 거개
가 공허한 꿈의 이야기에 불과하는 것이요, 현실적인 기분이 전무”(5회)
하다는 게 그의 진단이다. 그 시대를 반영하고 당대 독자들의 심리에
적합한 동화는 번역동화가 아니고 창작동화라며 그 필요성과 중요성을
강조하였다. 아동문학의 싹이 튼 지 20여 년이 되었지만, 기껏 노양근의

『날아다니는 사람』과 송창일 자신의 『참새학교』 정도를 제외하고는 창작동화집이 없다고 한 사실은 송창일이 아니라도 탄식할 만하다. 그저 안이하게 번역과 번안물로 대체하고, 창작동화를 생산할 적극적인 노력을 등한시한 결과인 것이다.

송남헌은 「창작동화의 경향과 그 작법에 대하야(전2회)」(『동아일보』, 1939. 6.30~7.6)를 통해 창작동화가 나아갈 방향과 그 작법에 대해 고민하였다. 당시 동화의 경향을 크게 두 가지로 보았다. 하나는 문학화의 경향이고 다른 하나는 구연화(口演化)의 경향이다. 이는 "동화의 표현형식상의 분화"(상, 6.30)일 뿐 어느 하나는 옳고 다른 것은 그르다는 의미는 아니다.

> 문학이 자연주의 이후에 잇어 낭만으로부터 사실(事實)로 변하엿다면 <u>동화문학도 천국의 묘사로부터 현실의 묘사로 변화의 길을 거러왓다. 그러나 이 사실적(寫實的)인 경향은 아이들 세계에서 꿈을 빼서 오고 신변생활에서 취재를 하여 그것이 소년소설인지 동화인지 분별키 어려운 작품</u>까지 나오게 되엇다. 종종 발표되는 동화 중에는 이러한 경향을 볼 수 잇다. (상, 6.30) (밑줄 필자)

동화문학의 변모 양상을 일컬어, 천국의 묘사에서 현실의 묘사로 변화의 길을 걸어왔다고 표현하였다. 천국의 묘사는 꿈과 환상이 주된 내용이었다면 오늘날의 동화는 신변생활에서 취재한 현실의 묘사가 중심이라는 해석이다. 방정환이 초현실적인 작품을 많이 짓고 번역했다면, 이정호는 상대적으로 사실적(寫實的)인 것으로 보았다. 나아가 박세영(朴世永)은 "사실적(寫實的)인 묘사와 경향적(傾向的) 일면을 표현"(상, 6.30)하였다고 한 것도 동화문학의 변모양상을 설명하는 사례이다. 그런데 이러한 변화에도 불구하고 현실의 묘사, 사실적(寫實的)인 경향이 어린이들로부터 꿈을 빼앗게 되고 그 결과 동화와 소년소설을 구분하기 어렵게 되었다고 하였다. 문맥을 더 뜯어보면 송남헌의 주장이 선명해진다. '동화'는 꿈이 있어야 하고 '소년소설'은 현실에 치중하는 것이 맞는데, '동화'도 '소년소설'과 같이 '현실', '사실(寫實)'을 강조하다 보니 두 가지의 분별이 불가능해졌다는 말이다.

송남헌은 옛날이야기도 "초현실적인 영원한 진실을 취급"(상, 6.30)한 것이 있으므로 많은 사람들에게 수용이 되었고 이것이 바로 진실한 동화의 본질이라고 평가하였다. "동화란 처음부터 어린이들에게 공상의 세계를 주고 정서의 교화를 목적한 것"(하, 7.6)이므로 공상적 작품을 만들어야 한다고 주장하였다. 그래서 옛날이야기식 형식을 취하는 것이 좋다고 본다. 문학적인 것과 과학적인 것을 구분하지 말고 "현실과 공상을 같이 취급"(하, 7.6)하는 것이 좋다는 것이다. "모든 것은 작자가 갖인 동심 여하에 달렸다."(하, 7.6)고 결론지었다. 송남헌의 주장을 요약하면, 동심을 바탕으로 옛날이야기식의 형식을 차용하여 현실과 공상을 같이 취급하는 작품을 만들자는 것으로 정리할 수 있다. 1930년대에 접어들면서 아동문학도 이른바 방향전환을 하면서 '현실'이 강조된 반면 '공상'이 배척되고 '과학'이 강요되다시피 한 것에 대한 일종의 반성이라고 할 것이다.

내처 송남헌은 「예술동화의 본질과 그 정신 – 동화작가에의 제언(전6회)」(『동아일보』, 1939.12.2~10)을 통해 예술동화를 창작할 것을 제언한다. 조선에 동화 운동이 일어난 지 20여 년이 지났지만 성과가 부진한 것은 "동화의 본질과 그 정신을 파악치 못한 데서 원인을 찾"(1회, 12.2)았다. 송남헌이 말하는 예술동화는 동화의 공상적(空想的) 측면, 서사시적 운율, 유머, 사상 또는 정신, 단순하고 선명한 표현, 그리고 도의감(道義感) 혹은 정의감이 있어야 한다. '현실'과 '과학'의 강조가 '꿈'과 '공상'을 말살시켰다고 보았기 때문에 '공상'을 강조하였다. 그러나 '공상'이 자칫 탈시대적 혹은 전근대적인 과거지향이 될 것을 우려해 '현실'과 '공상'의 조화를 주장하였다. 이는 앞서 살펴본 「창작동화의 경향과 그 작법에 대하여」에서 주장한 내용의 연장선상에 놓인 것이다. '운율'과 '유머'는 동화를 '서사시'라 한 그의 아동문학관 혹은 동화관에서 비롯되었다. 아동문학의 예술성과 사상성의 조화를 말하기 위해 '사상'과 '정신'을 끌어왔다. 자신이 주장하는 내용이 "동화는 다만 아동에게 흥미만 잇게 만들면 그만"(5회, 12.8)이라는 오해를 살까 걱정한 것이다.

앞에서도 말했다시피 1930년대에 들어 아동문학이 방향전환, 현실성, 과학을 강조하였는데 여기에 나타난 문제점을 지적하고 개선 방향을 찾아야 한다고 생각한 것이 바로 송남헌의 예술동화론이다. 개선은 문제점을 지적하고 고쳐야 할 방향을 제시해야 하는데 운율과 유머를 강조하면 사상과 정신이 불필요하다고 생각할까 염려가 된 것이다.

송남헌은 일제강점기 말에 "동화를 일 예술로써 높이 끌어올리지 안흐면 안 되겠다."[201]는 생각을 남달리 많이 했고 그 결과를 비평문으로 다수 발표하였다. 1930년대 중반을 지나면서, "조선에 신문학 발생 40년에 아동문학이 금일과 같이 형해(形骸)만 남엇다"[202]고 할 정도로 쇠퇴한 아동문학의 현황을 보면서 반성적인 제언을 한 것으로 볼 수 있겠다. 그것이 동화작가에게 요청하는 방식의 제언적 성격을 띠게 된 것이다.

송창일과 송남헌이 작가에게 요청한 비평문에서 몇 가지 공통점을 추출할 수 있다. 무엇보다도 먼저 당시 조선의 아동문학 문단의 발전을 교망(翹望)한 점이 비평문을 쓴 가장 우선적인 이유일 것이다. 다른 하나는 동화의 교훈성 혹은 계몽성에 집착한다기보다 정서교육이나 학교교

---

201) 송남헌, 「아동문학의 배후(하)」, 『동아일보』, 1940.5.9.
202) 「신춘현상문예 응모기한 10일!」, 『동아일보』, 1939.12.10.

육에서의 활용 가능성 등을 고려한 점이다. 그래서 당대의 아동심리를 충족하고 시대 현실을 반영한 작품이 창작되기를 바란 것이다. 이는 송창일과 송남헌이 다 보통학교의 교사였던 점과 무관하지 않다. 송창일은 1930년 평안북도 소학교 및 보통학교 교원시험(제2종)에 합격한 후, 평양 광성보통학교(光成普通學校) 등에서 교사로 재직하였다.[203] 송남헌도 교사였다. 1934년 대구사범학교(大邱師範學校)를 졸업하고 전라북도 군산 보통학교, 서울 재동보통학교(齋洞普通學校) 등에서 교사로 재직하면서 아동문학 활동을 하였다. 이런 사정이 더 절실하게 창작동화의 필요성을 강조하게 하였을 것이다. 그리고 창작동화가 갖추어야 할 내용과 형식을 모색하였다고 보인다.

1941년 12월 8일, 일본이 하와이의 진주만(眞珠灣)을 공격함으로써 태평양전쟁(太平洋戰爭)이 발발하였다. 전시(戰時)가 되자 정치, 경제, 문화 전반에 심대한 영향을 미치기 시작했다. 아동문학도 예외가 아니었다. 그 가운데 목해균(睦海均)은 「(전시아동문제)아동과 문화 - 전시 아동문화의 실천방향(전7회)」(『매일신보』, 1942.3.7~19)에서 '아동과 문화', '동화와 동화작가', '동요와 동요작가'로 나누어 '전시(戰時) 아동문제'를 살펴보았다. 부제가 '아동문화의 실천 방향'인 점으로 보아 '아동과 문화'는 아동문화에 관한 일반론을, '동화와 동화작가'와 '동요와 동요작가'는 주요 갈래인 동화와 동요의 실천 방향을 모색한 것이다. 여기서는 '동화와 동화작가'만 보도록 하겠다. 아동에게 영향을 미치는 것을 크게 두 가지로 나누어 살폈다.

---

203) 「교원 합격자」(『동아일보』, 1930.9.14.) "【신의주】 평안북도에서는 소화 오년도 소학교급 보통학교 교원시험 합격자는 다음과 갓다. ◇ 第一種合格者 尹京魯, 文履禎, 李鳳學, 羅桂憲, 金翼舜, 靑木巴 ◇ 第二種合格者 申竹龜, 石仁三, 安克炳, 韓箕疇, 李正學, 金泰潤, 朱東洛, 韓昌道, 車有藿, 鄭斗鳳 (중략 11명) 荒川リキ, 宋昌一, (하략 24명) ◇ 第三種合格者 李濟鉉, 金時正, 朴春江, 白熙源"

아동들에게 무엇이 필요하다 무엇이 귀하다 하지만 그들에게 직접적 관련하에 흡수적 영향을 주는 것은 무엇보다도 동화와 구연(화술)이 안 일 수 업다.

웨냐하면 전자 아동도서, 아동독물 등의 소위 아동서적물은 정신적 영향을 주는 간접적 아동문화이라면 후자 동화와 구연(화술)의 소위 화술적(話術的) 방면은 흡수적 영향을 주는 직접적 아동문화라 하겟다.[204]

영향을 두 가지로 나누어, 하나는 정신적 영향이고 다른 하나는 흡수적 영향이라 하였다. 정신적 영향은 간접적 영향, 흡수적 영향은 직접적 영향이라 한 것으로 보아 전자는 책을 읽고 이성적으로 영향을 받는 것이라면, 후자는 구연자의 음성과 동작의 직접적인 영향을 받는 측면에서 그렇게 명칭을 붙인 것으로 보인다. 여기에서 아동독물이라 한 것은 아동문학 작품 이외의 읽을거리로 보는 것이 맞을 것 같다. '동화'와 '동요'는 그대로 '동화' 또는 '동요'라 표기하였기 때문이다.

'동화'는 "조선일보사출판부 발행인 『세계걸작동화집(世界傑作童話集)』, 『아동문학집(兒童文學集)』의 일부분을 비롯하여, 박영만(朴英晚) 씨의 『조선전래동화집(朝鮮傳來童話集)』, 이구조(李龜祚) 씨의 『까치집』, 노양근(盧良根) 씨의 『물레방아』 등의 극히 소수의 단행 동화집"이 있고, 구연에 있어서는 이렇다 할 사람이 없으나 박인범(朴仁範)을 겨우 꼽을 정도라고 개관하였다.[205] 특히 "동화구회(童話口誦)의 기근 상태"를 극복할 것을 희망하였는데 그 이유는 다음과 같다.

이에 당국은 좀 더 아동문화의 적극적인 활동을 촉진하여 <u>장래 황국</u>

---

204) 목해균, 「(전시아동문제)동화와 동화작가 – 아동문화의 실천방향 ③」, 『매일신보』, 1942.3.11.
205) 목해균, 「(전시아동문제)동화와 동화작가 – 아동문화의 실천방향 ④」, 『매일신보』, 1942.3.12.

신민(皇國臣民)으로서의 연성체득(鍊成體得)하기에 족한 동화회 동화 순
회회(巡廻會) 등의 동화 개최 기관 가튼 것을 하로밧비 간과치 못할 현
상에 이르럿다.[206] (밑줄 필자)

동화회나 동화순회회에서는 구연자의 능력과 활동에 전적으로 의존
하게 되어 있다. 이들이 직접적 영향을 미치는데 그 모든 것이 '황국신
민으로서의 연성체득'을 목적으로 한다는 것이다. 일제강점기 말기라는
시대적 상황과 아동문학이 처한 현실, 그리고 당대 아동문학을 바라보
는 논자의 시각 등을 더듬어 볼 수 있는 말이다.

해방기의 동화와 소년소설에 대한 비평은 많지 않다.

유두응(劉斗應)의 「소년소설의 지도성 – 소년문학의 재건을 위하야(전4
회)」(『조선일보』, 1946.1.8~11)는 소년소설의 몰락 원인을 일본 제국주의에
서 찾는다. 해방이 되었으므로 성인문학과 소년문학을 구별하지 말고,
높은 수준으로 대중적이며, 사소설(私小說) 형식까지도 허용하여 소년소
설을 진작시켜야 한다고 보았다. 소년소설은 교육적이면서도 예술적이
어야 하므로 지도성을 가져야 하고 재건해야 할 새로운 문학이므로 성
인작가와 소년작가, 대가와 신인을 구분하지 말고 노력할 것을 요구하
였다. 해방공간의 시대적 화두인 '나라 만들기'에 발맞춘 내용이라 하겠
다. 송완순(宋完淳)은 박원수(朴元壽)의 소년소설집 『운동화』(동지사아동원,
1948.5)에 대한 서평으로, 「소년소설집 『운동화』를 읽음」(『어린이나라』, 1949
년 1월호)을 남겼다.(제2장 2절 나항 '6) 서평의 현황과 과제' 참조)

3) 아동극 비평의 이론과 실제

아동극 공연은 관객인 어린이들에게 끼치는 영향이 직접적일 뿐만

---

206) 위의 글.

아니라 호응이 좋아 일찌감치 학교, 교회, 그리고 소년회 등에서 널리 활용하였다. 연극 공연을 앞세우고 조직된 단체도 여럿 있었다. <가나 다회>, <달리아회>(짜리아회), <앵봉회(鶯峯會)>, <녹양회(綠羊會)> 등이다.

1921년 11월 19일, <천도교소년회>는 제1회 가극대회를 개최하였는데, "조선에서 소년회라는 일홈으로 이러한 것을 하기는 처음"[207]이었다. <소나무와 까마귀>라는 동화극과 <언니를 찾으려>라는 소녀가극 외에 합창과 풍금 독주 등으로 이루어졌는데, 관객이 2,000명이나 되었다.[208] 이후 다양한 형태의 아동극이 조선의 여러 지역에서 간단없이 공연되었다. 소년회나 『어린이』 등 아동잡지사가 주최하고 신문사가 후원하는 식이었다. <천도교소년회>는 1923년 1월 14~15일에도 동화극 대회를 개최하였는데, 이에 대해 감상문 형식으로 적은 글이 이일순(李一淳)의 「조선 초유의 동화극 대회」(『천도교회월보』 제149호, 1923년 2월호)다. <토끼의 간>, 하웁트만(Hauptmann, Gerhard)의 <한넬레의 죽음>, <불병(佛兵)의 위난(危難)>, <식객(食客)> 등을 공연하여 <천도교소년회>를 널리 선전하고자 한 목적을 사실대로 기록하였다. 미흡하지만 아동문학 초창기의 첫 번째 아동극 비평문이라 하겠다. 황유일(黃裕一)의 「우리 소년회의 순극(巡劇)을 마치고 - 우리 소년 동무들에게, 이원소년회(利原少年會) 순극단」(『동아일보』, 1924.9.29)도 마찬가지로 소년회의 공연 기록이다. 10일간 여러 지역을 순회공연한 전말을 적은 것이다. 10여 년 뒤 신의주(新義州)의 이동우(李東友 = 李園友)는 「우리 마을에 왔든 극단들은 이런 것이다」(『신소년』, 1934년 2월호)를 통해 순회극단을 비판하였다. 월성회, 희락좌, 삼천가극단 등을 싸잡아 "돈 모아 보자는 연극시장"으로 매도하였는데, 근로대중을 속이는 것으로 보았기 때문이다. 결론적으로 "우리는 일하

---

207) 「성황의 가극대회 - <텬도교소년회>의」, 『동아일보』, 1921.11.21.
208) 「<천도교소년회> 동화극 - 관직이 무려 이천 명」, 『조선일보』, 1921.11.21.
　　「성황의 가극대회 - <텬도교소년회>의」, 『동아일보』, 1921.11.21.

는 극과 우리의 힘을 북도두어 주는 우리의 극"(54~55쪽)을 보자고 하였다.

1926년 8월 25일, 당시 가장 영향력 있던 어린이사도『조선일보』후
원으로 천도교당(天道敎堂)에서 동화·동요·동극대회를 개최하였다. 방
정환, 진장섭(秦長燮)의 동화와 정순철(鄭淳哲)의 동요 및 정인섭(鄭寅燮)의
신작 동극 여러 가지를 공연하였다.[209] 여기에 직접 참여하였던 정인섭
이 쓴 비평문이「예술교육과 아동극의 효과 - 어린이사 주최 동화, 동
요, 동무(童舞), 동극대회에 제(際)하야(전8회)」(『조선일보』, 1926.8.24~31)인데,
본격적인 아동극 비평문으로 첫 번째라 할 수 있겠다. 예술교육과 아동
극(연극)을 연결하여 체계적으로 논지를 전개한 글이다. 정인섭은 아동
극이 "아동 심성의 교양발달에 불가결할 중대한 지위"(5회, 8.28)를 갖고
있다고 보았다. 구체적으로 그 효과를 다음과 같이 네 가지로 나누었다.

> 아동극의 효과는 결코 개개적(個個的)으로 분류해서 독립적으로 감화
> 를 주며 교양의 작용을 하는 것이 아니라 상호밀접한 관련에 잇서서
> 통일된 종합 인격을 향하야 개발된다. 그러나 설명의 편익을 위하야 수
> 개(數個)로 분(分)해서 간단히 기(記)하려 한다. 대체로 보아서 그 효과를
> 4분(四分)해서 <u>지적 교양과 덕육적 계발과 육체적 변화발달과 예술적
> 본능에 대한 반응적 창조</u>로 할 수 잇슬가 생각한다. (6회, 8.29) (밑줄
> 필자)

지적 교양은 학습과 밀접한 관련을 갖는 것이다. 극 자체가 "분업적
통일 창조"(6회)인 까닭에 제반 재료를 준비하는 과정에 여러 재능의 발
달을 도모할 수 있다는 뜻에서도 학습 효과가 있다. 덕육적 계발로는
협동정신의 배양이다. 육체적 효과로는 심령(心靈)과의 밀접한 상호관련
성에서 찾을 수 있다. 예술적 본능에 대한 효과는 다음과 같이 정리하

---

209)「어린이를 위로하기 위한 동화·동요·동극대회 - 어린이사 주최와 본사 후원으
로 25일 밤에 천도교당(天道敎堂)에서 개최」,『조선일보』, 1926.8.20.

였다.

그리고 더욱 예술적 본능에 대한 효과가 막대함을 생각하면 현대 아동교육은 아동극 만능으로 생각하여도 결코 경망(輕妄)한 논지다 할 수는 업슬 것이다. 그것은 다른 것이 아니라 <u>교육의 최후 목적은 이 아동의 예술본능에서 울어나오는 반응적 창조에 실현될 것이다.</u> 다시 말하면 "일 그 자신이 자미잇는 것"에 예술의 특질이 잇다 하면 아동의 예술적 표현의 본능이라 하는 것은 아동이 알고 십허 하는 것과 늣긴 바 정서를 예술적 형식에서 표현하려는 본능이다. 이것이 얼마나 그들을 지배하고 잇는가를 고찰해 보려면 잠간 동안이라도 아동의 자유로운 행동을 바라보면 알 것이다. 그이들은 전체를 움즉여서 회화(繪畵), 창가(唱歌), 무도(舞蹈), 극적 유희(劇的遊戲)를 부절(不絶)히 하고 잇다. 그것이 그친다는 째는 엇던 부자연한 억제를 밧고 잇슬 째이다. (7회, 8.30) (밑줄 필자)

정인섭이 주장한 바 아동극의 효과는 이정호에게도 거의 그대로 공유되었다. 이정호의 「아동극에 대하야 - 의의, 기원, 종류, 효과(전8회)」(『조선일보』, 1927.12.13~22)가 그것이다.[210]

아동극의 본지(本旨)가 어린 사람의 <u>창조적 본능과 예술적 충동을 잘 유도하야 그들의 심성을 자연스럽고 원만하게 발달시키고 그들의 생활을 충실케 함에 잇는 것이니</u> 우리는 비조직적이 아니나마 <u>극적 유희 — (모방성 유희) — 거긔서부터 아동극을 생각하고 이것을 계발시킬 필요가 잇습니다.</u> (2회, 12.14) (밑줄 필자)

아동극의 본질을 어린이들로 하여금 '창조적 본능'과 '예술적 충동'을 유발하여 심성을 발달시키고 생활을 충실하게 하는 것이라 하였다.

---

210) 이 글은 3회분(1927.12.15)이 유실되어 '종류'에 관한 내용은 확인이 되지 않는다. '효과'에 관한 일부분도 3회분에 포함되어 있는 것으로 보인다.

이를 위해서 '극적 본능'을 자유롭게 표현할 수 있도록 하는 데서 아동극을 생각해야 한다는 입장이다. 이정호는 아동극의 기원을 예수교가 들어온 뒤로 '크리스마스 극'을 한 것에서 찾았다. 일종의 종교 선전극이었는데, 이후 보통학교 학예회나 졸업식 날 아동극이 공연되기 시작하였고, 소년운동이 일어나면서 소년회가 주도하여 아동극 공연이 확산되었다고 보았다.

아동극의 효과는 교육적 효과, 행동을 순화시키는 효과, 분업(分業)의 필요성 인식과 독특한 재능을 인식 및 발휘하게 하는 효과, 협동정신 배양의 효과 등이 있는 것으로 정리하였다. 이 내용은 정인섭이 정리한 것과 거의 같다.

보육학교나 유치원 아동들의 훈련된 상태를 일반 어른에게 보여주기 위해 아동가극대회 혹은 아동연극회 등의 이름으로 공연되는 아동극 형태도 다수 있었다. 심지어 보육기관 증축 혹은 확장을 위한 모금 목적의 공연도 있었다. 이러한 아동극 형태에 대한 반성적인 글이 탑원생(塔園生)의 「유치원 아동의 가극 연극에 대하야(전2회)」(『조선일보』, 1926.12.10~19)이다.

> ◇ 더욱히 우리 조선과 가티 어린이를 인격상으로 대접함이 적은 사회에 잇서서는 어린이를 한 작란감이나 위안거리로 아는 관념을 이르키는 일은 아못조록 피하여야 할 것입니다. 적어도 돈을 주고 어린이의 작란을 보러 왓다는 것을 자긔네들이 밧갓트로 언명은 아니 한다 할지라도 그의 마음 한구석에는 일반 극장에서 흥행하는 물건을 관람하는 늣김이 업지 안흘 것이다. 그러한 <u>아동극에 잇서서도 아동이 주인이오 아동이 손이 되는 다만 하로밤의 모임 가튼 것은 크게 의의 잇는 일이나 흥행덕 색채를 씌운 모임은 도리혀 사회덕으로 조치 못한 경향이라 할 것</u>이다. (2회, 12.19) (밑줄 필자)

　<경성보육학교 아동극연구회>는 1927년 12월 14일과 15일 양일간 경성 인사동(仁寺洞) 조선극장에서 아동극을 공연하였다. "보육학교 교사(校舍) 건축비를 엇고자"[211] 하는 목적이었는데, 탑원생은 이를 걱정하였다. 재학생들이 배우로 참여하였는데 당시 상당한 호응을 얻었던 것으로 보인다. 연출은 유인탁(柳仁卓), 장치는 유형목(兪亨穆), 선곡(選曲)은 황온순(黃溫順)이 맡았고, 상연극은 '워카' 작 <콩이 삶아질 때까지>와 아우스렌델 원작(유인탁 번안) <날개 돋친 구두(전7막)>였다. <날개 돋친 구두>는 러시아에서 상연되었던 것으로 현대적 정신을 담은 희곡이었다. 종래 아동극은 옛이야기와 동화를 취급하는 것이 일반적이었던 것에 비해 큰 변화를 가져온 것이다. 이는 당시 일본의 쓰키지소극장(築地小劇場)에서도 여러 차례 상연하였던 것이다.

　　모든 연극이 극히 신기한 것이 안이고는 일반 민중의 의욕에 영합되지 못하고 헐가(歇價)의 관물(觀物)로서 간과되려는 경향이 농후하엿든 당시에 잇서 여사(如斯)한 아동극본이나마 상연케 되엿다는 것은 <u>조선에 잇서서 동화극의 최초 공개이엇스며 동시에 확실히 일보전진한 연극활동이엿섯다. 더욱히 연출 기타의 책임을 담당하엿든 유인탁(柳仁卓)씨는 조선에 잇서서는 누구보다도 우수한 연출자로서의 소질을 보혀주어 식자간에 그의 장래가 주목되엿스나</u> 그의 천품의 재능을 신장 발휘할 사이도 업시 그 후 얼마 안이하야 불행이 요사(夭死)케 되어 일반에게 애석함을 불금(不禁)케 하엿다.[212] (밑줄 필자)

　아동극으로서 <날개 돋친 구두>가 최초로 공연된 것과, 연출자 유인탁에 대한 평가는 한국연극사 혹은 아동극 연극사적 의미가 있음을 확

---

211) 「(연예와 영화)경성보육학교 아동극 공연 － ◇…14일부터 양일간 조선극장에서」, 『조선일보』, 1927.12.14.
212) 손위빈(孫煒斌), 「(조선신극25년약사, 10)허무주의를 고조(高調)한 종합예술협회 동화극의 출현」, 『조선일보』, 1933.8.13.

인할 수 있다. <날개 돋친 구두>에 대해 심훈(沈熏)과 파인 김동환(巴人金
東煥)이 비평문을 썼다. 심훈의 「경성보육학교의 아동극 공연을 보고(전
2회)」(『조선일보』, 1927.12.16~18)는 아동극 공연을 관람하고 쓴 비평문이다.
심훈이 연재하는 도중 김동환도 같은 공연을 보고 「(연예와 영화)희유의
명연극을 다수 민중아 보라! - 재공연을 요구함」(『조선일보』, 1927.12.17)을
발표하였다.

경성보육학교(京城保育學校)는 유인탁의 아버지 유일선(柳一宣)이 1927년
8월 조선총독부 학무국의 인가를 받아 2년제 유치원 교사 양성 기관으
로 설립하였다. 1924년 4월, 경성부 청진동(淸進洞)에 갑자유치원(甲子幼稚
園)을 설립하여 운영해 오던 중, 1926년 유치원 내에 1년제 사범과를 설
치하였다. 이를 2년제로 승격하여 개설한 것이 경성보육학교였다. 경성
보육학교의 아동극 공연은 1927년 12월 14일 조선극장에서 열렸다. 조
선극장은 1922년 경성 인사동(仁寺洞)에 건축된 극장이었다. 당시 원각사
(圓覺社), 광무대(光武臺), 단성사(團成社), 우미관(優美舘), 경성좌(京城座) 등의 극
장이 있었으나 주로 영화 상영을 주목적으로 하였기 때문에 무대가 좁
아 연극 공연은 불가능하였다. 반면 조선극장은 영화상연관으로 허가를
받았으나 연극 공연이 가능하도록 재설계하였다.

공연은 전문 배우가 출연한 것이 아님에도 불구하고 극본의 수법과
연출 등 대체로 극찬을 받았다.

> 또 작극(作劇)의 수법에 이르러도 각종 사회면을 '쓰라마'식으로 인상
> 적으로 보혀 주엇고 피압박군과 압박군을 대비적으로 보혀 주어 권력
> 과 부(富)의 정체까지 상징적으로 잘 표시하엿스며 대화의 급박 동작의
> 기지적(機智的)임과 유모어 급(及) 풍자에 부(富)한 점이 연극이 줄 수 잇
> 는 최대의 효능을 다 주엇다 할 것이다.
> 연출에 잇서서도 배역의 적합 쎄리푸의 유창 과장이나 허식이 업는

동작 광선(光線)과 음향의 적절한 이용 장치의 순박함 이 모든 것이 우리들 연극사상에 최고위를 점령하게 잘되엇다.

이에 우리늘은 "진취적 민중이 보아야 할 연극은 오날까시 이 <날개 도친 구두>가 잇섯슬 뿐"이라는 것을 공언한다.

실로 이것은 아동극이 아니라 가장 광의에서 민중극이라 할 것이다.213) (밑줄 필자)

보육학교의 공연은 그 뒤에도 이어졌다. 경성보육학교 <녹양회(綠羊會)>는 1931년 12월 8일 제1회 '동요 동극의 밤'을 개최하였다. 여기에 동요극 <허수아비>(정인섭 작)와 동화극 <파종(破鍾)>(정인섭 작)을 공연하였다.214) H생의 「경성보육 <녹양회>의 동요 동극의 밤을 보고」(『조선일보』, 1931.12.11)는 동요극과 동화극에 대한 비평이었다. <허수아비>에 대해 계모 역의 대사와 동작이 능란한 반면, 아버지 역은 연기나 대사가 잘되지 못했으나 전체적으로는 "상당한 호성적(好成績)"을 보여주었다고 평가하였다. <파종>은 희곡 구성의 맥락이 난해하다는 것과 왕후와 왕녀 역할의 극 전개가 의심스럽다고 보았다. 이어서 연기자들의 연기를 세세하게 평가한 후 향후 동극에 대한 꾸준한 연구를 희망하였다.

1932년 11월 22일 제2회 '동요 동극의 밤'에는 동극 <쳉기통>(정인섭 작), 동화극 <사람 늑대>(정인섭 작)를 공연하였다. 이에 대한 비평이 김광섭(金珖燮)의 「경성보육학교의 '동요 동극의 밤'을 보고(전3회)」(『조선일보』, 1932.11.25~30)이다. <쳉기통>은 은행가의 딸과 가난한 맹인 아버지를 둔 절름발이 수남을 대조시켜 조선 아동의 비참한 현실을 상징한 인

---

213) 김동환, 「(연예와 영화)희유(稀有)의 명연극을 다수 민중아 보라! – 재공연을 요구함」, 『조선일보』, 1927.12.17.

214) 「경성보육 <녹양회(綠羊會)>의 동요 동극의 밤 – 본사 학예부 후원으로」(『조선일보』, 1931.12.3), 「경성보육 <녹양회> 주최, 동요 동극의밤 – 어린이의 세계를 보라, 명(明)8일 장곡천정공회당에서」(『조선일보』, 1931.12.8)

형극으로 동심세계를 잘 포착한 것으로 평가하였다. 하지만 클라이맥스
에서 가난한 아이들이 은행가의 딸과 개와 하인을 타도하는 장면이 너
무 소란하여 예술적 방식으로 억제되었으면 하는 소망을 드러내 보였
다. <사람 늑대>는 "프롯트에 다소 무리"(3회, 11.30)가 있고 상징적 수법
을 사용하다 보니 "난해의 동화극"(2회, 11.29)이 되었다고 부정적인 평가
를 내렸다. 연기와 무대장치, 조명 등을 두루 살펴본 꼼꼼한 평론이었다.
　어린이의 예술교육이 어떠해야 할 것인가를 살펴본 것이 심훈(沈熏)의
「아동극과 소년영화 - 어린이의 예술교육은 엇던 방법으로 할가(전3회)」
(『조선일보』, 1928.5.6~9)이다. 심훈 자신 "연극이나 영화 구경치고는 쌔어
노치 안코 다니는 나"[215)라고 할 정도로, 영화와 연극을 알뜰하게 살펴
오던 터라 관심이 가는 분야였던 것이다. 이 글은 신문사의 사정으로
완결을 짓지 못하였다. 연극과 영화를 예술교육과 연결 지은 것은 다음
과 같은 인식에서 비롯된 것이다.

　　일본말 한마디라도 더 가르치기에 눈이 벌것코 순진스럽기가 천사와
가튼 아동을 병정 다르듯 하는 조선의 학교교육을 보면 참으로 한심합
니다.
　　그럼으로 우리는 자유를 어들 수 잇는 범위 안에서 동요, 동화, 자유
화(自由畵), 아동극 등 예술교육운동을 니르켜서 지금 우리네가 밧고 잇
는 병신교육(病身敎育)으로부터 감정교육, 예술교육, 자유교육으로 개선
치 안흐면 안 될 것입니다. 이것은 결단코 한째의 유행으로나 마음이
들쓴 예술가들의 작란이나 소일거리를 할 것이 아니라 참다운 교육가
들의 손으로 신중하게 연구하지 안으면 아니 될 중대문제입니다. (2회,
5.8) (밑줄 필자)

교과 지식 주입에 매달리는 학교교육을 병정 훈련에 빗대어 '한심'하

---

215) 심훈, 「경성보육학교의 아동극 공연을 보고(1)」, 『조선일보』, 1927.12.16.

게 생각하였다. 이와 같은 교육을 '병신교육'이라 규정하고 이를 극복하기 위해 '감정교육, 예술교육, 자유교육'이 필요하다고 보았다. 그 가운데 예술교육은 '동요, 동화, 자유화, 아동극'을 교육하는 것을 말한다. 아동극과 소년영화로 나누어 논의를 전개하려고 하였으나 아동극도 충분히 논의하지 못한 채 신문이 정간됨으로 인해 비평도 중단되고 말았다.216) 아동극을 둘로 구분하였는데, 하나는 '어린이에게 보여주는 연극'이고, 다른 하나는 '어린이에게 시키는 연극' 곧 어린이가 배우가 되어 출연하는 연극이다. 진정한 아동극은 후자 곧 어린이가 배우가 되어 공연하는 연극이라 하였다. 당시 우리나라의 경우 아동극을 공연할 극장 하나 갖추지 못했으므로, 실내극이나 야외극 같은 형식으로 시험을 해 볼 수 있다고 보았다. 재미있는 동화를 각본으로 만들어 마루 대청이나 방안을 무대로 삼고 분장 없이 동무끼리 모여 동네 사람들을 관객으로 모아 놓고 할 수 있다고 구체적인 방법을 제시하였다. 글이 중단되지 않고 계속되었다면, 연극과 영화의 관계, 예술교육의 구체적인 모습 등을 충분히 알 수 있겠으나 아쉽게도 신문이 정간되어 이어지는 내용을 확인할 수 없게 되었다.

정인섭(鄭寅燮)의 「(전람회 강화, 기4)인형극과 가면극 – 세계아동예술전람회에 제(際)하야」(『어린이』, 1928년 10월호)는 인형극과 가면극의 개념을 설명하고 공연 방법을 간략하게 소개한 것이다. 부제에서 보듯이 개벽사

---

216) 심훈의 글은 3회 연재를 하고 중단되었다. 이관구(李寬求)가 쓴 사설 「제남사건(濟南事件)의 벽상관(壁上觀) – 田中 내각의 대모험」(『조선일보』, 1928.5.9)이 신문지법 제21조를 위반하였다는 이유로, 『조선일보』가 4차 정간(1928년 5월 10일 자부터 1929년 9월 20일 자까지)을 당했기 때문이었다. 일본군의 산둥(山東) 출병을 비판한 것을 트집잡은 것이었다. 이로 인해『조선일보』는 우리나라 신문사상 최장 기간인 1년 4개월 동안 정간되었다.(조선일보 60년사사 편찬위원회 편,『조선일보 60년사』, 조선일보사, 1980, 137쪽) '田中 내각'은 당시 총리대신 다나카 기이치(田中義一) 내각(內閣)을 가리킨다. 1928년 9월 21일에 가서 신문이 속간된 탓으로 심훈의 글은 끝을 보지 못하고 중단된 것이었다.

어린이부가 1928년 10월 2일부터 7일까지 6일간 천도교당(天道敎堂)에서 개최한 세계아동예술전람회를 맞아 쓴 글이다. 정인섭 등 도쿄(東京)의 <외국문학연구회>는 아동화(兒童畵), 인형, 수공품, 아동극, 아동잡지, 도서 등 700여 점을 모아 1928년 7월 28～29일 마산(馬山), 8월 11～13일 진주(晉州) 등을 거쳐, 10월 2～7일까지 서울에서 전시회를 개최하였던 것이다. 그 뒤 이헌구(李軒求)와 김광섭(金珖燮)이 1929년 7월 18～19일 청진(淸津), 24～25일 간도(間島), 29～30일 회령(會寧), 8월 10일 성진(城津) 등 북선(北鮮) 지방에도 전람회를 이어갈 만큼 성황을 이루었다.[217] 정인섭이 간략하게 소개한 데 지나지 않는다면, 유치진(柳致眞)의 「간단한 인형극-그 이론과 실제(전13회)」(『매일신보』, 1933.6.13～26)는 '인형극'에 관한 완결된 이론비평이다. 인형극과 아동, 인형극의 종류, 인형 제조법(재료 선택, 머리 만드는 법, 손 만드는 법, 의상 제작), 인형 놀리는 법으로 나누어, "어대까지라도 소인적(素人的) 입장에서 우리의 가정에서나 학교에서 널리 채집되고 시험되기를 바라"(13회, 6.26)는 마음으로 매우 자세하게 기술하였다. 조풍연(趙豊衍)의 「인형극 운동(전3회)」(『매일신보』, 1945.6.5～7)은 <총력인형극협회(總力人形劇協會)>의 활동에 발맞춘 것이다. 1945년 전시 상황의 시국에 대한 인식을 투철하게 하기 위해 일본의 <익찬인형극협회(翼贊人形劇協會)>에서 경성(京城)에 파견원을 보내 결성한 단체가 <총력인형극협

---

217) 「총수 7백여 점의 세계아동예술전람회 - 28, 9 양일간 마산(馬山)에서」, 『동아일보』, 1928.7.28.
　　「본사 양산(梁山)지국 주최 세계아동예술전 - 성황으로 종료」, 『동아일보』, 1928.8.1.
　　「진주(晉州) 세계아동예술전람」, 『동아일보』, 1928.8.15.
　　「세계아동예술전람회(경성)」, 『동아일보』, 1928.9.26.
　　「세계아동예술전람 - 청진(淸津)에서」, 『조선일보』, 1929.7.21.
　　「세계아동예술전람회 - 대성황리 종료」, 『조선일보』, 1929.7.26.
　　「세계아동예술전람회 - 회령(會寧)에서 개최」, 『조선일보』, 1929.8.5.
　　「세계아동예술전람회 - 성진(城津)에서 개최」, 『조선일보』, 1929.8.15.

회>다.[218] 1940년 10월 조선총독부가 지원한 친일 단체인 <국민총력조
선연맹>에서 후원을 받는 단체였다. 조풍연은 인형극 운동에 기대하는
바를 "예술운동의 일 분야이기보다는 가열한 정국에 대처하야 국민 사
기앙양을 위한 선전 혹은 위안 오락의 수단"(상, 6.5)이라고 하였다. 여러
인형극 중 지인형(指人形 = 손가락인형) 곧 마리오네트(marionette)에 관한 내
용을 담고 있지만, 시대 상황에 따라 일제 당국의 요청에 호응한 글에
지나지 않는다.

1931년 3월호『별나라』는 '동극 특집호'란 이름을 달았다. 송영(宋影)이
아동극의 연출에 대해, 임화(林和)가 무대장치에 대한 설명을 하고, <앵
봉회(鶯峯會)>의 이분옥(李粉玉)과 <백조회(白鳥會)>의 최경숙(崔瓊淑)이 각각
<소(牛) 병정>과 <밤길>에 출연한 경험담을 실었다. 이어 스티븐슨
(Stevenson, Robert Louis Balfour)의 유년극 「욕심쟁이 할멈」, 양우정(梁雨庭)의 야
외 동요극 「이겼다」, 신고송(申孤松)의 아동극 「저녁밥 갖다주고」, 박세영
(朴世永)의 동극 「홍개미」, 그리고 예로센코(Eroshenko, Vasilli Yakovlevich)의 동
화극 「호랑이의 꿈」 등 5편의 아동극본을 수록하였다.

송영은 「아동극의 연출은 엇더케 하나?」(『별나라』, 1931년 3월호)에서 연
출의 구체적인 방법을 살펴보았다. 이 글을 싣는 이유를 간단히 밝혀
놓았는데 당시 아동문학을 하는 사람들과『별나라』라는 잡지의 관점
혹은 지향점이 무엇인지 잘 드러나 있다.

그리고 연극을 전문으로 하는 이에게 보라는 것보다도 여긔에는 소
학교의 선생님이나 쏘는 소년동맹들 갓튼 단톄의 지도자 되시는 분에
게 보시도록 쓴다.
이것이 이번 동극 특집호를 내여놋는 것이 학교, 강습소, 야학교 쏘
는 소년동맹 각 조합의 학예회나 그렴식의 한 가지 순서를 채우는 데

---

218) 「<총력인형극협회> ‒ 본부(本府) 지지하에 발족」, 『매일신보』, 1945.4.21.

<u>도움이 되엿스면—하는 '쯧'</u>에서 내여놋는 까닭이다. (28쪽) (밑줄 필자)

소학교 선생님이나 소년회의 지도자가 보기를 원하고 있다. 실제 연극 공연을 하는 곳이 바로 학교, 강습소, 야학교, 그리고 소년회의 학예회나 기념식을 통해서이기 때문이다. 이러한 종류의 공연은 전문적인 배우가 등장하는 것이 아니라 '소인(素人)' 곧 학생, 소년회원 등의 아마추어들이다. 따라서 송영의 글도 독자 대상이나 초점이 어디에 있는지가 분명하다. 항목을 각본, 출연자, 대사, 표정, 동작, 배열 등으로 구분하여 구체적인 설명을 하였다. 임화는 「무대는 이럿케 장치하자—(조명과 화장까지)」(『별나라』, 1931년 3월호)에서 무대장치와 분장에 관해 설명하였다. 임화도 송영과 같이 "학교, 강습소, 노동야학의 학예회나 혹은 소년동맹 조합소년부의 긔렴식 갓튼데 상연하려는 동무들에게 보히려는 것"(31쪽)이라고 해 독자대상이 전문가가 아님을 분명히 하였다. 이분옥과 최경숙은 학생 신분으로, 실제 연극에 참여한 경험을 이야기한 것이다. 잡지를 통해 연극 연출이나 배우로 참여하려는 선생님(지도자)이나 학생(소년회원 등) 등에게 동기를 유발하고 자신감을 심어주기 위해서다. 이어서 5편의 각종 아동극본을 수록한 것은 학교, 야학교, 소년회 등에서 실제 공연을 할 때 필요한 극본을 제공하자는 뜻이다.

『별나라』가 아동극에 기울인 노력은 일회성으로 그치지 않았다. 1년여 뒤인 1933년에는, 신고송(申鼓頌)이 「(강좌)조희 연극」(『별나라』 통권58호, 1932년 4월호)을 소개하였다. 종이 연극이 소년들의 연극으로 좋은 이유로는 "1. 돈이 들지 안는 것, 2. 누구나 만들 수 잇는 것, 3. 한 사람이 논닐 수 잇는 것, 4. 아모 곳에서라도 할 수 잇는 것"(28쪽) 등을 들었다. 종이 연극의 확산을 위해 종이 연극을 제작하는 방법과 공연 방법에 대해 그림을 덧붙여 자세한 설명을 하였다. 신고송이 이러한 새로운 형식

의 연극 양식을 소개하는 이유는 연극 그 자체로서의 의미에 있는 것이
아니다. 소년회 등 소년운동의 한 방편으로서의 연극의 역할에 초점이
있다. 종이 연극을 제작하고 공연하는 것이 편리하다고 한 것도, 소년들
을 모으는 데 도움이 되고 그 결과 소년운동의 활성화를 꾀할 수 있다
고 보았기 때문이다. 『별나라』는 다시 소학교극(小學校劇)을 소개하였다.
송영의 「소학교극의 새로운 연출」이 그것이다.[219] 송영은 아동극을 "감
정의 전달(感情의 傳達)"로 보고 '수신'이나 '판에 박은 산술'과 같이 하면
안 된다고 하였다. 교훈 전달에만 매달릴 것이 아니라 감동을 주고 감
정의 교류를 도모해야 하기 때문이다. 이를 위해 지금까지의 아동극 연
출에서 나타났던 문제점을 먼저 제시하였다. 이를 극복하기 위한 방안
으로 아동극(학교극)이 지향해야 할 점을 9가지로 예시하였다.

1932년 6월 별나라사에서는 창립 6주년 기념으로 '전조선연합학예회'
를 개최하기로 하였다. '연합'의 의미는 전 조선의 무산아동 교육기관
인 야학, 강습소, 사립학교를 망라한다는 것이다. 우여곡절 끝에 7월 2
일과 3일 양일간 경성일보사(京城日報社) 사옥인 내청각(來靑閣)에서 낮에는
아동작품전람회를 개최하고 밤에는 동요, 율동, 그리고 극 발표회를 가
졌다. 아동극과 관련된 것만을 정리해 보면, 제1일에는 <우리들의 기쁜
날>(앵봉회), <외로운 명옥(明玉)>(월성학원), <꽃파는 어린이>(가나다회), <토
끼나라>(수영학원), <지경(地境)을 닷는 날>(용흥학원) 등을, 제2일에는 <우
리들의 기쁜 날>(앵봉회), <꽃팔이>(홍인학원), <골목대장>(신설학원), <반
지>(창의학교), <아버지를 위하여>(보광학교) 등이 공연되었다.[220] 전체

---

219) 이 글은 『별나라』(통권73호, 1933년 12월호)에 실렸는데 연재 두 번째 글이다.
    아쉽게도 『별나라』(통권72호, 1933년 10-11월 합호)를 찾지 못해 앞서 연재된
    내용을 알 수 없다. 통권73호의 말미에 '다음은 동화극에 대하야'라 하였지만 통
    권74호(1934년 1월호), 통권75호(1934년 2월호), 통권76호(1934년 4월호)에도 송
    영의 예고된 글은 수록되지 않았다.
220) 신고송, 「연합대학예회의 아동극을 보고」, 『별나라』 통권60호, 1932년 7월호, 15

행사 중에 아동극이 차지하는 비중이 상대적으로 높다. 그리고 극과 동요에 관한 평은 신고송, 임화, 송영이 맡기로 하였다. 다른 분야도 마찬가지이지만 연극과 동요 분야의 평가자 명단을 보면 단순히 별나라사의 행사에 그치는 것이 아니라 전 조선의 무산계급의 행사로 보는 것이 옳다. 행사의 성공을 위해 별나라사의 대표인 안준식(安俊植)은 행사의 시작을 알리는 글과 마친 후 감사의 글을 남기기도 하였다.221) 박세영(朴世永)의 「전선 야학 강습소 사립학교 연합대학예회 총관」, 김완식(金完植)의 「전조선 야학 강습소 연합대학예회를 보고서」, 그리고 고화영(高火映)의 「조선 초유의 연합학예회의 감상」(이상 『별나라』, 1932년 7월호)도 그 소감이었는데, 연극에 대한 간략한 평을 담고 있다. 이들의 학예회 비평에는 <앵봉회(鶯峯會)>의 슈프레히코어(Sprechchor) <우리들의 기쁜 날>에 관한 감동이 들어 있다. 슈프레히코어는 시 낭송이나 무용 따위를 조화시킨 합창극으로 무대에서 많은 사람들이 하나의 대사를 낭송하는 무대의 표현 형식이다. 고대 그리스극(劇)의 합창을 본뜬 것으로 슬로건 따위를 호소하는 데 효과적이다. 제일차세계대전 후 독일에서 사회주의 운동과 결부되어서 발생했으나, 나중에는 나치스(Nazis)가 이를 선전 방식의 하나로 이용하였다. 1931년 일본에 소개되었고, 당시 일본 동지사(同志社)에서 활동하던 신고송은 「슈프렛히 콜 – 연극의 새로운 형식으로(전5회)」(『조선일보』, 1932.3.5~10)를 통해 우리나라에 처음 소개하였다. 아동극에서도 일정 부분 받아들여 활용한 것으로 보이나, 소개자 신고송이 "본대 어린 사람에게는 이러한 형식(形式)적인 것은 자미업슬 쑨 안이라

~17쪽과 49쪽.
221) 안준식, 「전선무산아동연합대학예회를 열면서 – 『별나라』 6주년 기념에 당하야(전2회)」, 『조선일보』, 1932.5.28~29.
    안준식, 「연합학예회를 맛치고 – 여러분께 감사한 말삼을 듸림」, 『별나라』 통권 60호, 1932년 7월호.

적당하게 못합니다."[222]라고 한 것으로 보아 널리 확산되지는 않은 것으로 보인다.

별나라사에서는 1927년 6월에 제1주년 기념사업으로 '전선아동작품전람회'를 개최하였고, 1931년 3월에는 '별나라 독자위안회'를 통해 동화, 동요, 음악, 동극 등의 행사를 열었다. 그리고 1932년 7월 1일에는 제7주년 기념 '동요·음악·동극의 밤'을 개최하기도 하였다.[223] 이러한 행사를 통해 아동극의 공연이 지속적으로 이루어졌고 어린이들의 호응도 높았다. 소년운동과 소년문예운동이 의도한 바가 무산소년들의 각성을 도모한 것이었으므로 그 목적이 일정 부분 이루어졌다고 하겠다.

<동극연구회(童劇研究會)>의 제1회 '동요·동극의 밤' 행사는 1934년 1월 21일 장곡천정(長谷川町: 현 중구 소공동)의 경성공회당(京城公會堂)에서 열렸다. <동극연구회>는 "아동예술에 흥미를 가진 각 보통학교 훈도가 중심이 되어 조직된 회"[224]였다. 뚜렷한 강령이나 주의 주장을 내세우지는 않았던 것으로 보인다. 김봉면(金鳳冕)이 중심적인 역할을 한 단체로[225] 아동극의 연출과 진행도 그가 담당하였다. 김봉면은 1925년 경기도 영평공립보통학교(永平公立普通學校) 훈도를 시작으로 경기도 일원에서 교원으로 재직하면서,[226] 아동극 관련 비평문을 발표하기도 하였다. 김봉면의 「동극(童劇)에 대한 편론(片論)」(『예술』, 1935년 1월호)이 그것인데, 동극의 개념, 종류, 연출 지도, 그리고 동극과 세평(世評) 등에 대해 기술하

---

222) 신고송, 「연합대학예회의 아동극을 보고」, 『별나라』 통권60호, 1932년 7월호, 15쪽.

223) 일기자, 「『별나라』 7주년 기념 '동요·음악·동극의 밤'은 이러케 열엿다 – 밧게선 비가 퍼붓는데도 장내엔 1천4백의 관중!」, 『별나라』, 1933년 8월호.

224) 「<동극연구회> 주최 동요 동극의 밤 – 21일 밤 공회당에서」, 『동아일보』, 1934. 1.17.

225) 박세영, 「작금의 동요와 아동극을 회고함」, 『별나라』 통권79호, 1934년 12월호, 5쪽.

226) 「직원록 자료」, 한국사데이터베이스(http://db.history.go.kr) 참조.

였다. 동극을 '아동에게 보이기 위한 극'과 '아동이 출연하는 극'으로 나누었는데, '아동이 출연하는 극'을 동극의 본 정신에 바탕을 둔 것으로 보았다. 동극의 종류로는 "동화극, 동요극, 창가극, 아동극, 대화극, 무용극"(31쪽) 등 다양한 이름을 연극의 주요소인 스토리, 가요, 무용과 연결시켜 동화극, 동요극, 동용극(童踊劇)으로 삼분하였다. 연출 지도에 관해서는 "동극의 연출자는 반듯이 아동"(32쪽)이어야 한다고 단언하였다. 다만 아동 '연출자'를 도와 연출의 효과를 다하도록 하는 성인을 가리켜 '연출 지도자'라 하였다. 세평에 대해서는 연극이 "천대와 모욕"(33쪽)을 받는 조선의 현실에 대해 불만을 토로한 후, 동화나 동요보다 "아동의 인격 완성"(34쪽)에 동극이 크게 영향을 미친다고 주장하였다. 학교에서 직접 연극 공연을 지도한 사람으로서 구체적이고 실질적인 내용을 담고 있어 현장 적용 가능성이 높은 비평문이었다.

아동극에 지속적인 관심을 보인 앵봉산인(鶯峯山人 = 宋影)은 「<동극연구회> 주최의 '동극·동요의 밤'을 보고」(『별나라』, 1934년 2월호)를 통해 공연 관람의 소감을 밝혔다. 제1회 동요 동극의 밤 행사 중 동극 부분의 레퍼토리는 <토끼>, <사랑>, <한넬레의 승천> 등 3편이었다. 3편 중 <한넬레의 승천>에 대해서는 '전연히 실패'라고 혹평하였는데 특히 연출자의 주의 부족을 질타한 것이었다. 연극에 집중했던 송영답게 레퍼토리, 연출, 연기와 무대 등으로 나누어 세세하게 지적하여 아동 연극 비평의 수준을 일정 부분 담보했다고 하겠다.(22쪽) 민화경(閔華景 = 閔丙徽)의 「아동극에 관한 단편적 소감 일절 – 넓니 농촌 강습소와 야학회를 위하야」(『우리들』, 1934년 3월호)는 계급주의 아동극을 표나게 주장하는 글이다.

<달과 해>, <톡기와 거북!>, <꼿과 천사> 이러한 아름다운 일홈을

가지고 무대 우에서 만흔 부형들을 경멸하는 태도로 나리다보면서 <u>노래하고 춤추든 시절</u>이 형에게나 나에게는 잇섯습니다. (32쪽) (밑줄 필자)

지금까지 아동극이라면 으레 아름다운 이름을 가지고 노래하고 춤추는 것으로 이해하고 있었다고 현실 진단을 먼저 하였다. 민화경은 현재 어린이들을 데리고 연출을 하고 있는 입장에서 이상과 같은 "'노블'한 연극을 가르치기에는 주저하여 마지안을 뿐 아니라 가르치려고도 하지 안"(33쪽)는다고 하였다. 대신 다음과 같은 연극을 도모했다고 밝혔다.

그리하야! 나는 이 땅 우에 사실을 이야기로 만들어 그들에게 주엇습니다! <u>농부, 학생, 직공, 지주 등을 작품의 주인공</u>으로 만들엇고 좀 더 잘 살리고 어른이나 아해들이나 <u>어두운 생활 가운데서 마음을 한 뜻으로 가지고 나아가는 것</u>을 이야기의 줄거리를 잡엇습니다! (33쪽) (밑줄 필자)

"<해와 달>, <토기와 거북>, <꼿과 천사> 갓흔 것은 엇던 다복한 사람을 위하야 행하여진 유성기(留聲器)의 대용"이었다는 반성이다. 농부, 학생, 직공, 지주 등을 주인공으로 하는 연극, 곧 아동극을 대중화시켜 "아동극의 부문적 역할"을 도모하고 아동극도 "중대한 문화행동"(이상 34쪽)으로 취급해야 한다는 것이다.

박세영(朴世永)은 「작금의 동요와 아동극을 회고함」(『별나라』, 1934년 12월 호)에서 <동극연구회>의 제1회 공연에 대해 "만점이라 할 만큼 아동예술의 틔 한아 없는 것"(5~6쪽)이라고 고평하였다. <동극연구회>는 아동극의 초점을 동심 표현에다 맞춘 점에서 일본의 쓰보우치 쇼요(坪內逍遙)의 영향을 많이 받았고, <앵봉회>는 극다운 극을 지향한 것으로 둘의 차이를 설명했다.

학예회이닛가 동극 공연과는 아조 성질이 달느지만 이런 놀나운 작
란을 하는가 하고 나 스사로 놀랏슴니다. 아모리 사회정세가 달느다 하
드레도 이런 것을 아동극이라고 내놋는가, 학부형을 상대로 한다 치드
래도 '학부형은 어린애인 줄 알고 그러나' 하는 생각이 남니다. 이것은
아동극이라고 할 수는 없고 한낫 작란이라고밧게 볼 수 없엇슴니다. 대
개 극본(劇本)이란 것도 없이 교과서(敎科書)의 내용을 가지고 쑤민 극
이 요사히는 만히 쓰이는 모양임니다. 그야 교과서를 근본 삼엇든지 외
국극본을 밧탕 삼앗든지 그것을 둘재 문제로 치드래도 '쎄리프'라든지,
배경, 의상, 장치, 지휘, 강독 어느 것 하나 극가치 보이지 안엇슴니다.
이것을 볼 쌔에 지난 쌔의 <앵봉회> 시절과, 쏘는 『별나라』 륙주년 긔
렴 동극 경연(童劇競演), 쏘는 올봄 <동극연구회>의 제일회 공연이 회
고됨니다. 아동예술이 급하게도 이가티 몰락(沒落)해 버렷다는 것은 한
심한 일임니다. 우리는 진심으로 아동예술의 부활(復活)에 심쓰지 안으
면 안 될 것임니다. (7쪽)

박세영은 그간에 있었던 아동극의 공연 양상을 일별한 뒤, 급격하게
몰락해 가는 아동극의 모습을 아쉬워하고 있다. 『별나라』를 발간한 목
적은 무산계급 아동의 교양과 정서발달을 위한 것이었다. 그래서 다른
잡지보다 싼 가격으로 배포하였다. 『별나라』가 아동극에 관심이 많았던
것도 이와 무관하지 않았다. 아동극을 통해 소년들을 계몽할 뿐만 아니
라 소년운동의 한 방편으로 삼고자 한 것이었다. 1930년대 전반 『별나
라』는 송영, 박세영, 임화 등 여러 사람을 통해 지속적으로 아동극에 관
한 글을 수록하였다. 박세영의 「작금의 동요와 아동극을 회고함」은 당
시의 아동극 공연을 가장 일목요연하게 살펴볼 수 있는 글이다.

아동극은 연구하는 단체도 많지 않았을 뿐만 아니라, 경비도 많이 들
어 겨우 학예회 등을 통해 공연한 것이 대부분일 정도였다. 그 가운데
<앵봉회(鶯峯會)>가 그나마 상대적으로 우수한 연극단체였다. 1928년 가
을, 천도교기념관에서 제1회 공연이 있었는데 레퍼토리는 송영의 <자

라 사신>, 박세영의 동시극 <소 병정>이었다. 여기에는 송영을 중심으로 강호(姜湖), 임화, 추적양(秋赤陽 = 秋完鎬) 등이 배경을 담당하고, 임화는 의상도 맡았다.227) 다들 <카프(KAPF)>의 맹원들임을 알 수 있다. 1928년 7월 7일에 별나라사는 아동극의 밤을 열었는데 아동극 경연인 셈이었다.

이헌구(李軒求)도 「아동문예의 문화적 의의(전3회)」(『조선일보』, 1931.12.6~9)를 살피면서 부제를 "<녹양회(綠羊會)> '동요 동극의 밤'을 열면서"라 하였다. <녹양회>는 경성보육학교에 있는 동요와 동극을 공연하는 모임이다. <녹양회>가 주최하고 『조선일보』 학예부가 후원하여 1931년 12월 8일, 장곡천정공회당(長谷川町公會堂)(京城公會堂)에서 '제1회 동요 동극의 밤' 행사를 개최하였다.228) 「아동문예의 문화적 의의」는 부제에 나타나 있는 <녹양회> 공연에 대한 실제비평과는 관련성이 크지 않다. 오히려 아동문학의 문화적 의의라는 데 초점을 맞추었다.

김항아(金恒兒)의 「(評記)<조선소녀예술연구협회> 제1회 동요·동극·무용의 밤을 보고……」(『사해공론』 제1권 제1호, 1935년 5월호)는 <조선소녀예술연구협회(朝鮮少女藝術研究協會)>의 제1회 동요·동극·무용의 밤을 본 소감문이다. 1935년 2월 9일, 내청각(來靑閣)에서 개최되었는데 찬조 출연한 단체는 "<신설(新設)어린이회>, 자광유치원(慈光幼稚園), <경성흥인동요회(京城興仁童謠會)>, <조선아동극연구회(朝鮮兒童劇研究會)>"229) 등이었다. 김

---

227) 「<앵봉회>의 동극 - 3월 6일 천도교기념관에서」(『동아일보』, 1929.3.5)에 따르면, 1928년 가을이 아니라, 1929년 3월 6일이 맞다. 지도자 중에는 <카프>의 서기장을 지낸 윤기정(尹基鼎)이 포함되어 있었고, 레퍼토리에도 송영의 <두 남매>가 더 있었던 것으로 확인된다.

228) 「경성보육 <녹양회(綠羊會)>의 동요동극의 밤 - 본사 학예부 후원으로」, 『조선일보』, 1931.12.3.

229) 「동요, 동극과 무용의 밤 - 명(明) 9일 밤 7시에」, 『동아일보』, 1935.2.9. 「<소녀예술연구회> 주최 동극과 동요의 밤 - 9일 밤 내청각(來靑閣)에서」, 『매일신보』, 1935.2.9.

항아(金恒兒)의 소감은 동요, 동극, 무용 등이 종합되어 있는데, 동극 부분에 대한 것만 추려 보면 한마디로 연출자의 역량 부족과 각본 선택의 문제가 크다는 비판이었다. 실제 공연에 있어 막간이 너무 길어 장내가 혼란스러웠고 극에 대한 긴장미를 잃었다고 하였다. "동극에 있어서는 좀 더 전문적으로 연구하는 분들이 많이 나와서 이에 대한 건실한 조직체를 갓인 동극연구소 같은 것이 속히 출현하야 그 발전을 도모"(58쪽)하는 것을 해결책으로 제시하였다.

송남헌(宋南憲)의 「명일의 아동연극 - <동극회> 1회 공연을 보고」(『매일신보』, 1941.5.12)도 아동극 공연을 본 소감을 적은 것이다. 일제강점기 아동극 공연에 대한 비평으로는 마지막이다. 부제의 '동극회'는 바로 <경성동극회>를 말한다. 1941년 2월 11일, '기원가절(紀元佳節)'230)에, "신체제하의 소국민문화운동으로서 아동예술의 순화(純化)와 그 진흥을 기하며 아울러 국어의 보급 내선일체의 구현을 힘쓰는 건전한 동극을 수립코저 이번 <경성동극회>를 결성"하였고, "발기인은 石川秀三郎, 양미림(楊美林), 함세덕(咸世德), 홍은표(洪銀杓), 大石運平, 김영수(金永壽), 박흥민(朴興珉) 제씨이며 창립고문은 夏山在浩, 寺田瑛, 牧山瑞求 제씨"였다.231) 레퍼토리는 노양근(盧良根)의 『열세동무』를 홍은표(洪銀杓)가 각색한 <어린이 애국반>이었다. "농촌소년의 일군(一群)을 통하여 특정한 총후농촌(銃後農村)의 소년사회가 나타낫고 총후농촌으로서의 특정한 시대와 사회의 본질 척택(剔擇)이 명확한 점에 대하여서는 비교적 성공"하였다는 송남헌의 평가로 보아 일제강점기 말 전반적인 조선의 분위기가 친일의 길

---

230) 1873년에 진무천황(神武天皇) 즉위일을 경축일로 한 것으로, 2월 11일이다.

231) 「<경성동극회> 창립 - 금일 부민관(府民館)에서」(『매일신보』, 1941.2.11). '夏山在浩'는 조재호(曺在浩), '牧山瑞求'는 이서구(李瑞求)의 창씨명이다. 이시카와 히데사부로(石川秀三郎), 오이시 운페이(大石運平), 데라다 아키라(寺田瑛) 등은 친일 문인단체에서 활동한 일본인이다.

로 접어들었음을 알 수 있다. 더구나 이 글을 쓸 당시 송남헌은 경성의 '재동(齋洞)보통학교 훈도'였다. "여러 가지 불리한 환경과 조건 아래서 이번 <동극회>의 공연이 성공이라고는 할 수 업스나 명일의 아동연극의 방향을 규정한다던지 구체적인 푸란을 제시한다는 적극성을 가지고 잇섯다는 대에 중대한 의의가 잇다."고 하여 시대적 상황을 추수한 것임을 알 수 있다. 친일의 내용과 아동극 형식의 발전 혹은 초석을 놓았다는 데서 '중대한 의의'를 찾은 것이기 때문이다. '銃後(じゅうご)'는 일본어로 '전장의 후방, 후방의 국민'을 뜻하며, '전선'이란 뜻의 일본어 '前線(ぜんせん)'의 반대말이다. 전선이 아닌 곳 곧 후방에서도 전선과 마찬가지로 국가(일본)에 보답하기 위해 노력할 것을 요구한 말로, 일제가 조선민족을 전시 동원하기 위해 내걸었던 구호였다.

구왕삼(具王三)의 「아동극에 대한 편견(片見) - <동극연구회> 조직을 계기하야」(『신동아』, 1933년 5월호)에 따르면, 1933년경 아동극 운동을 표방하고 있는 단체는 경성(京城)에 "<경성보육학교 녹양회(京城保育學校綠羊會)>, <녹성회(綠星會)>, <색동회>, <가나다>, <봄제비사> 등"(124쪽)이 있었다. 구왕삼(具王三)은 이들 단체만으로 아동극 수립을 할 수 있을 것으로 보지 않았다. 이와 같은 현실에 직면하여 아동극에 관한 개괄적 의견을 제시하였는데, 그 내용은 다음과 같다. 먼저 아동극의 교육적 가치를 앞세워 아동극연구회를 조직할 것을 주장하였다. 다른 예술 분야와 달리 아동극은 단체적 활동이므로 조직의 결성이 필요하다는 이유다. 그리고 연극 공연을 위해서는 각 분야마다 다 중요성을 인정할 수 있지만, 연극이 종합예술인 까닭을 들어 각 분야를 통할할 지도자가 배출되고 육성되어야 한다고 보았다. 마지막으로 "각본 없이는 극을 상연하지 못함"으로 각본을 제작하되 무성의하게 할 것이 아니라 "아동을 표준상대로 삼은 산 각본"(이상 126쪽)을 산출할 것을 제안하였다.

남석종(南夕鍾＝南應孫)은 「아동극 문제 이삼 - 동요극을 중심으로 하야 (전6회)」(『조선일보 특간』, 1934.1.19~25)에서 아동극의 종류로, "명칭에 따라서 학교극(學校劇), 학교용소가극(學校用小歌劇), 동요극(童謠劇), 동시극(童詩劇), 동화극(童話劇), 가정극(家庭劇), 아동대화극(兒童對話劇) 등"(2회, 1.20)으로 나누었다. 이 가운데 일반 연구가를 독자 대상으로 삼아 '동요극'에 대해 이론적 고찰을 시도하였는데, 구리하라 노보루(栗原登), 쓰보우치 쇼요(坪內逍遙) 등 일본의 이론가들을 참고하였다. 남석종은 연희전문(延禧專門)을 거쳐 1935년 3월 일본 메이지대학(明治大學)을 졸업하였다.232) 그가 일본의 이론가들을 두루 참고할 수 있는 바탕이라 하겠다.

　동요란 것이 아동의 자연현실 관조에 의해서 산출되는 것이라 하면 <u>동요극은 그 아동의 자연현실 관조의 노래에 의하야 의미한 일종의 노래 이약일 것</u>이다. 즉 그것은 종합곡이다. 노래란 리즘에는 그것에 부수(附隨)한 운동을 동반하는 그곳에 춤이란 것이 생기게 된다. (3회, 1.21) (밑줄 필자)

동요극의 개념을 '노래 이야기'라고 규정하였다. 동요를 바탕으로 춤과 같은 동작을 덧붙인 연극이다. "노래하지 안코는 못 백일 마음 춤추지 안코는 못 견딜 신체 그것의 표현"(3회)이 아동극이요 학교극이므로 또한 교육과 무관할 수 없다고 보았다. 남석종은 동요극 창작의 방법과

---

232) 「연희전문학교 입학시험 합격자」(『매일신보』, 1931.4.5) 제하의 문과 본과(28명) 명단에 남응손(南應孫), 장서언(張瑞彦), 원유각(元裕珏) 등의 이름이 있어 연희전문 수학 사실을 알 수 있다.
　「남석종(南夕鍾) 씨 모 상업 개업」(『아이생활』, 1935년 6월호, 41쪽)에 "금춘 <u>동경 메이지대학(明治大學)을 졸업</u>하신 남석종 씨는 지난 4월 20일에 동경서 돌아오시어 시내 황금정(黃金町) 3정목(丁目) 32번지에서 모 상업을 개업하시다 5월 2일에 본사 인사차 내방, 종차(從此) 아동문학 강좌에 계속 집필"이라 하여 메이지대학을 졸업한 사실을 알 수 있다.

태도에 관해 조목조목 예를 들고 유의할 점을 적어 아동극을 연구하고
자 하는 사람의 참고가 되게 하였다. 아동극의 언어, 화술(話術), 각본, 도
구, 배경 등에 대해서도 간략히 서술하였다.

> 요컨대 동화, 동화술, 동화극은 주로 아동 그를 위한 것이다. 대인을
> 위한 동화라든가 동화극이라 함은 대단히 성립하기 어려운 것이라고
> 생각하지만 필자로서는 그것은 제이의(第二義)의 것으로 보겠다. 제일
> 의적(第一義的)인 동화 동화극은 어듸까지고 아동 자신을 위하야 제작
> 되여 아니 차라리 아동 그 자신 혹은 아동 자신으로 동화할 수 잇는 사
> 람에 의하야 제작되여 혹은 이약이하고 연출하는 것이라야 하겟다. 아
> 동의 두뇌로부터 아동자신에 의하야 아동 자신을 위하야 아동에게 관
> 한 제재란 것을 늘 생각하야 둠이 좃켓다. (5회, 1.24)

어린이가 중심이 되어야 하고 어린이를 위한 것이어야 한다는 말로
요약할 수 있겠다. 설명이 용장(冗長)한 것은 번역투 혹은 남의 글을 압
축하느라 그렇게 된 것 같다. 대체로 쓰보우치 쇼요의 『가정용아동극(家
庭用兒童劇)(전3권)』(早稻田大學出版部, 1922~1924)에서 옮겨온 것이다. 남석종 자
신이 충분히 이해하지 못했거나 책을 요약해 몇 회분의 신문 연재로 마
치려고 한 데서 그렇게 된 것으로 보인다. 쓰보우치 쇼요가 말한 아동
극의 효용은 다음과 같은 10가지다. 자발적인 유희가 주는 심리적인 효
용, 인간의 야수적 본능이나 충동의 안전판으로서의 효능, 분업의 기회
를 통해 각자의 재능이 발휘되고, 윤리적 정조를 기르며, 협동 화합하는
예습, 인생의 초보적 지식을 주며, 역사, 지리, 과학상의 지식 제공, 오
락과 유희, 독서 등의 대용, 훌륭한 인물로 분장함을 통해 인간적인 성
숙을 도모함, 물질문명의 폐해를 구하는 한 방편이 된다는 것 등이다.
이상과 같은 내용은 일제강점기 아동극을 논한 사람들이 대개 같은 책
을 요약하거나 몇 군데를 참조한 것으로 보인다. 이정호의 「아동극에

대하야」에서 이미 확인한 바가 있다. 남석종은 쓰보우치 쇼요가 말한 아동극의 효용을 인용하고는 다음과 같이 논평하였다.

> 필자는 이상 열거한 개조(個條) 중에 느끼는 바 잇다. 즉 <u>아동의 사상 감정을 아동간에 전달시키는 동시에 사회에 전달한다는 것을 망각하고 잇는 것 갓다. 더군다나 10에 가서 물질문명의 폐(弊)를 구한다는 것은 무엇을 의미함인지 도모지 알 수 업다.</u> 쓰보우치(坪內) 박사를 나는 평 하고 십다. 예술지상주의자라고 모두가 예술지상주의적 편견뿐이기 때 문이다.
> 물질문명의 폐를 구하는 것이 아니라 아동극(아동극뿐만이 아니라 일반 예술품은 모-다) 사회의 새로운 창조로서의 역할이 아니어서는 안 될 것이다. 이 소위 논(論)은 일화견주의적(日和見主義的) 입장에서 편안(偏眼)으로 대한 것이 확실히 들어난다. (5~6회, 1.24~25)

남석종은 쓰보우치 쇼요를 '예술지상주의적 편견'을 가진 기회주의 자로 보고 비판한 것이다. 이로 미루어보면 남석종의 입장은 예술의 사 회적 의미에 기반을 두고 있음을 알 수 있다. 그러나 남석종이 현실주 의적 입론을 제시하였다거나 대안적 주장을 충분히 제시하지 않아 쓰 보우치 쇼요의 언급 중 무엇이 예술지상주의의 편견이며 기회주의적[日 和見主義的]233) 입장이라고 한 것인지는 뚜렷하지 않다. 하지만 남석종의 비판은 일정한 의미가 있다. 당시 일본 저명인사의 논의를 맹목적으로 옮겨 적는 풍토를 답습하지 않았기 때문이다.

남석종은 일본 유학 때인 1934년 9월부터 『아이생활』에 '아동문학강 좌'를 연재하였다. 이 연재는 귀국한 이후 1935년 11월호(전8회)까지 이

---

233) 히요리미슈기(日和見主義, ひよりみしゅぎ)로 읽는 일본어로, 본래 "日和見(ひよ りみ)"는 에도시대(江戶時代)에 날씨를 관찰하는 데에서 유래하였다. "일의 추이 만을 살피고 거취를 결정하지 않음", "형세를 관망함"이란 뜻으로 '기회주의'로 번역된다.

어졌다. 「문학이란 무엇인가」에서부터 갈래별로 동요, 동극, 작문 등에 대해 개론적으로 설명하였다. 연재 1주년이 되는 1935년 9월호 『아이생활』에는 「동극이란 무엇인가」를 주제로 삼았다. 내용은 앞의 「아동극 문제 이삼」에서 말한 것과 대동소이하다. 다만 「아동극 문제 이삼」이 아동극 연구자를 독자대상으로 삼았다면 「동극이란 무엇인가」는 어린 이를 독자대상으로 해 쉬운 말로 설명하였다.

> 동극을 동화극과 동요극으로 난호아 생각한다면 먼첨 동화극이란 무 엇일까를 생각해 보기로 합시다. 동화극이란 다른 것이 아닐 것입니다. 어떠한 내용을 가진 이야기를 이야기로 하는 것이 아니라 극화(劇化)시 킨 것일 것입니다. 그리고 동요극이란 그 내용에 있어서 7, 8퍼-센트 이상이 노래(동요)로 된 것이라 할 것입니다. (35쪽)

동화극과 동요극을 구분한 기준이 이야기를 극화시켰느냐와 동요를 포함하였느냐 여부다. 동요극은 '7, 8 퍼-센트 이상이 노래(동요)로 된 것'을 말하는데, 「아동극 문제 이삼」에서도 "내용이 7, 8, 9%가 노래로 된 것"[234]이라 하였다.

동요운동과 동화운동이 문단의 중심이었다가 서서히 아동극이 부상 하게 되었다. 심훈, 김동환, 이정호, 남석종의 뒤를 이어 송창일(宋昌一)도 「아동극 소고 - 특히 아동성을 주로(전6회)」(『조선중앙일보』, 1935.5.25~6.2)란 제목을 걸고 비교적 장문의 비평문을 발표하였다. 송창일은 1930년 평 안북도 보통학교 교원 시험에 합격하여 교원으로 재직한 것으로 보이 지만, 더 이상의 신원은 확인된 바가 없다.[235] 송창일도 주요한 개념에

---

234) 남석종, 「아동극문제 이삼(二三) - 동요극을 중심으로 하야(2)」, 『조선일보』, 1934. 1.20.

235) 「교원합격자」(『동아일보』, 1930.9.14)에 송창일의 이름이 있다. "【신의주】 평안북 도에서는 소화 오년도 소학교급 보통학교 교원시험 합격자는 다음과 갓다. ◇ 第

대한 정의(定義)나 설명에는 쓰보우치 쇼요(坪內逍遙)를 인용하였다. 아동극의 주요 목적을 다음과 같이 설명하였다.

> 그 주요 목적은 아동이 본능적으로 소유하고 잇는 유희심을 연극적으로 선도함에 따라 그들의 기능을 계발 증진케 하며 심성의 도야를 도모하야 극의 기능과 그 응용으로써 아동의 오락과 교육과를 융합시겨서 완전한 교육적 효과를 주랴는 것이다. (1회, 5.25)

남석종이 기댄 사람도 쓰보우치 쇼요인 만큼, 송창일이 유희본능을 선도하여 심성을 도야하고 이를 교육과 연결시켜 그 효과를 도모하고자 하는 내용은 서로 출처가 같은 것이다. 송창일은 아동극에서 아동은 관람자일 뿐만 아니라 극작가, 감상자, 비평가가 되어야 한다고 주장하였다. 남석종도 같은 주장을 폈다. 그러나 이는 과도한 주장이거나 실현 가능성을 내다보지 못한 그야말로 주장일 뿐이다. 현재도 아동문학의 비평가는 성인이다. 아동이 극작가로서 역할을 할 수 있다면 가장 동심을 잘 표현할 수 있을 것이라고 믿는 것도 지나친 기대다. 그가 아동이라 하여 아동의 성격과 삶을 가장 잘 표현할 수 있는 것은 아니기 때문이다. 아마도 '동심'의 표현을 강조하다 보니 이와 같이 주장하게 된 것 같다. 송창일은 아동극을 분류하고 간단한 설명을 덧붙였다. 가면극, 대화극, 아동극, 동화극, 가극(歌劇), 인형극으로 나누었다. 가면극은 "가면의 종류에 따라 각기 성격을 표현할 수 잇는 극"이고, 대화극은 "대화로

一種合格者 尹京魯, 文履禎, 李鳳學, 羅桂憲, 金翼舜, 靑木巴 ◇ 第二種合格者 申竹龜, 石仁三, 安克炳, 韓箕疇, 李正學, 金泰潤, 朱東洛, 韓昌道, 車有輩, 鄭斗鳳 (중략 11명) 荒川リキ, 宋昌一, (하략 24명) ◇ 第三種合格者 李濟鉉, 金時正, 朴春江, 白熙源"
김젬마의 석사학위논문 「송창일 아동문학 연구」(인하대학교 석사학위 논문, 2017. 2)는 비교적 성실하게 자료 조사를 하였음에도 송창일의 이력을 밝히지 못했다.

서 구성된 극", 아동극은 "대화극이 조곰 복잡하게 된 극"이며, 동화극
은 "재래동화나 창작동화를 재료로 하여 만든 극"이고, 가극은 "언어로
표현하는 대신에 가사를 노래함으로 의사를 발표하는 극", 인형극은
"인형을 음악 반주에 따러 여러 모양으로 동작케 하여 만든 인형을 산
인간과도 가티 감각케 하는 극"으로 설명하였다.(2~3회, 5.27~30) 부제인
'아동성'은 아동의 특성 정도로 풀이된다. 아동의 모방성, 극적 본능, 유
희본능을 살려 아동의 진취성, 창조성, 용감성을 길러야 한다는 것이 요
지다. 아동극의 가치는 앞의 남석종이 말한 바와 유사하다. 이것으로 보
더라도 그 출처가 쓰보우치 쇼요에서 비롯된 것임을 알 수 있다.

> 아동극이 아동 정신교양에 잇서서 효과적이냐 하는 문제를 잠론(暫
> 論)한다면 첫재로 아동이 아동극을 통하야 자발적으로 자기의 심리현
> 상을 충분히 표현할 수 잇스며 신체를 규율적으로 조리잇게 동작시킴
> 으로 생리적으로 또한 이익되는 바가 만타.
> 그리고 각본 여하에 따러서 아동의 불충분한 초보적 지식에다 자연
> 계의 모든 현상이라든지 물리 화학의 응용인 모든 과학적 지식을 주입
> 시기며 영웅 성자의 전기를 통하야 역사적 지식과 또는 지리적 내지
> 도덕적 지식을 부지불식간에 습득하도록 만드는 것이다. 따러서 사물
> 에 대한 심미심과 윤리적 정조(情操)를 함양시기는 효과까지도 나타나
> 게 되는 것이다.
> 그뿐 아니라 아동이 극에 나오는 배역에 따러 각자의 특수한 재능을
> 발견할 수 잇스며 발견할 뿐 아니라 점점 발전시기는 동시에 각각 마
> 튼 바 배역에 역할은 다를지언정 한 개 극을 잘하야 보겟다는 목적은
> 하나일 것임으로 협동적 정신이 또한 생길 것이 사실이다. (5회, 6.1)

1930년대 중반, 아동극을 방송과 결합하여 송출하게 되었다. 이에 대
해 남기훈(南基薰)이 「아동극과 방송단체(전2회)」(『조선중앙일보』, 1936.3.10~11)
란 비평을 남겼다. 남기훈은 1935년 8월 25일 <경성방송아동극연구회>

를 조직하여 동요극을 경성방송국 라디오에서 지휘하는 등 방송에 직접 참여한 사람이었으므로 이 방면 비평자로서 적격이었다.[236]

경성방송국은 1927년 2월 16일 설립되었다. 사단법인 경성방송국의 호출부호는 JODK이었다. 이는 도쿄(東京)가 JOAK, 오사카(大阪)가 JOBK, 나고야(名古屋)가 JOCK로 개국한 다음 경성방송국이 네 번째로 개국하였기 때문이었다. 당시 방송에 참여한 아동극 단체는 "<조선아동예술연구협회(朝鮮兒童藝術研究協會)>, <두루미회>, <신흥동인회(新興童人會)>, <경성동우회(京城童友會)>, <경성어린이방송회>, <백합어린이회(百合어린이會)>, <경성방송아동연구회(京城放送兒童研究會)> 기외에도 학원 주일학교 이 여러 단체"(1회, 3.10)가 있었다. 남기훈은 방송극을 쉽게 생각하는 경향을 경계하고 지도자는 아동에 대한 수양이 있어야 하며 작품 선택에도 각별한 용의와 비판력이 있어야 한다는 점을 강조하였다. 무엇보다 "무대에서 상연하는 그것보다도 오히려 사명이 중대함을 알아야 할 것"이고, "전 조선적으로 퍼진다는 의미로 보아 중대성을 발견"(2회, 3.11)해야 한다고 하였다. 이른바 '삼일치 법칙(三一致法則)'에서 시간과 장소, 그리고 행동의 통일이란 제약 조건이 있었던 극(劇)에서 일단 '장소'의 제한이란 고전적 제약을 벗어난다는 점은 그 전파성이나 효과의 측면에서 각별히 유념할 필요가 있다고 할 것이다.

김종명(金鍾明)의 「아동극 소론(전3회)」(『가톨릭청년』, 1936년 6, 7, 9월호)은 아동극을 "근대적, 조직적, 예술적 그리고 교육적 어린이의 노름"(42쪽)이라고 규정한다. 연출에 있어서는 아동극의 연출은 작가가 겸해서 맡는 경우가 많으므로, 연출상 지식, 인식, 또는 관념과 같은 것을 두루 잘 갖추어 둘 필요가 있다고 하였다. 아동극에서 가면을 쓰는 경우는

---

236) 「목소리만 듯고 얼골 모르는 이들!! 방송소년예술단체 순례 – (2) <경성방송동극연구회>」, 『매일신보』, 1936.7.5.

부정적으로 보았다. 김종명의 아동극은 이론적인 측면에서 살펴본 것으로 극작가나 연출가가 새겨들을 만한 내용이 많다.

김옥분(金玉粉 = 金英一)은 동요와 동화를 희곡화하는 방법을 모색하였다. 「(강좌)동요를 희곡화하는 방법(전4회)」(『가톨릭소년』, 1936년 9월호~1937년 1~2월 합호)과 「(강좌)동화를 희곡화하는 방법(전2회)」(『가톨릭소년』, 1937년 6월호~7월호)이 그것이다. 동요와 동화를 대화체로 바꾸어 아동극의 재료로 삼기 위한 것이다. 나가오 유타카(長尾豊)의 『노래와 이야기 희곡화 방법집(歌とお話戯曲化の仕方集)』(東京: 厚生閣書店, 1928) 등을 참고한 것으로 보인다.

'전시(戰時) 아동문제'의 일환으로 '아동문화의 실천방향'을 모색했던 목해균(睦海均)은 연재의 마지막을 「동극과 동극 작가」(『매일신보』, 1942.3.19)란 제목으로 아동극에 할애했다. <경성동극회> 제1회 공연을 보고 총후보국을 말했던 송남헌과 다를 바 없이 목해균도 국가 비상시국에 부응하는 아동극 문제를 살핀 것이어서 일제강점기 말기의 아동문학이 친일의 길로 나아간 모습을 확인할 수 있다.

> 그래서 참으로 황국신민(皇國臣民)으로서 국민적인 건전명랑한 연극과 각본을 극인(劇人) 급 극작가는 물론이어니와 일반 관객들도 건전활달한 국민극을 요구하게 되엿다. (중략) 이러한 상태로 소위 아동극은 부진의 형태로서 거의 정지하다시피 된 이째 국민연극 수립의 뒤를 이어 발연(勃然)히 처음으로 동극회가 탄생되엇스니 객년(客年) 2월 11일 날 기원절(紀元節)을 축하하여 창립한 <경성동극회(京城童劇會)>가 그것이다. 양미림(楊美林) 씨가 이 동극회 간사장으로 만흔 활약을 보여주는데 작년 5월에 노양근(盧良根) 씨 원작 홍은표(洪銀杓) 씨 각색인 <소년애국반>(열세동무)을 중앙공연 제1회 공연으로 만인 기대하에 부민관(府民舘)에서 개막되엇다. 실로 문화적인 아동문화운동이 아닐까부냐.[237] (밑줄 필자)

---

237) 목해균, 「(전시아동문제)동극과 동극작가 - 아동문화의 실천 방향 ⑦」, 『매일신보』,

기원절(紀元節)은 기겐세쓰(きげんせつ)로 읽으며 '일본의 건국기념일'로 '진무 덴노(神武天皇)가 즉위했다고 하는 날'을 말한다. 이를 축하하기 위한 <경성동극회>가 국민연극 수립의 뒤를 이었다고 규정하고, 문화적인 분야의 아동 문화운동이라 평가한 것이다.

> 그러나 객관적 정세의 이같이 극악한 조건 밑에서도 아동문학은 일시 정돈상태에 빠졌을지언정 저 국민문학에의 협력한 일이 없었다는 것은 여하간 그 경향의 여하를 불구하고 아동을 대상으로 한 것만치 그중에서도 양심적이었다는 것은 결코 과소평가해서는 않 될 일로 생각한다.[238] (밑줄 필자)

해방기에 <조선문학가동맹>의 전국문학자대회에서 아동문학 분야의 보고를 맡은 박세영(朴世永)의 평가다. 일반문학과 비교해 볼 때 이러한 평가는 대체로 옳고, 아동문학이 자긍심을 가질 만한 역사다. 국민문학이란 "일제강점기 말기에 친일파 문인들이 일본의 전쟁을 합리화하고 그들의 정신을 드러낼 목적으로 벌인 문학 운동"(표준국어대사전)을 뜻한다. 이에 비추어보면 극히 일부분이었지만 위에서 본 목해균이나 앞서 논의한 양미림 등의 주장에서 국민문학의 요소가 없지 않았다.

4) 아동문학 창작방법론

일제강점기 아동문학의 창작에 관한 논의는 크게 둘로 나눌 수 있다. 하나는 아동문학이 나아갈 방향과 같은 이론적 논의이고, 다른 하나는 갈래별로 구체적인 창작방법을 살핀 것이다. 이론적 논의는 구체적인

1942.3.19.
238) 박세영, 「조선 아동문학의 현상과 금후 방향」, 조선문학가동맹중앙집행위원회서기국 편, 『건설기의 조선문학』, 1946, 101쪽.

창작방법에 비해 상대적으로 많지 않았다. 창작방법론으로는 동요작법
에 관한 논의가 대부분을 차지했다. 그 이유는 일제강점기 아동문학이
동요 전성시대라 할 만했고, 기성작가뿐만 아니라 소년 문사들도 대부
분 동요를 통해 문단에 머리를 내밀었기 때문이다. 신문의 학예면이나
잡지에는 독자투고란이 마련되어 있었고 독자들의 투고는 대부분 동요
였다.

일제강점기에 체계적인 문학 창작교육이 이루어졌다고 보기 어렵다.
그러나 소년 문사들은 명예욕이나 발표욕이 앞섰기 때문에 창작에 대
한 열정이 대단했다. 학교에서 문학 창작교육이 이루어졌다 해도 소년
문사들에게 고루 혜택이 돌아갈 사정이 아니었다. 학교가 학령 아동들
을 모두 수용하지 못했기 때문이다. 그래서 신문과 잡지는 창작방법에
관한 글들을 수록하였고 더러 책으로 발간하기도 하였다.

1932년 김태오가 『아이생활』에 「현대동요연구」(『설강동요집(雪崗童謠集)』
의 부록인 「동요짓는 법 - 동요작법」은 이 글을 다듬은 것이다.)라는 제목으로 동
요 창작방법을 연재할 때 다음과 같은 글과 책을 참고하였다고 밝히고
있다.[239]

> 7. 동요 짓는 법(童謠 作法)
>
> | ◇ - 참고서적 |
> | --- |
> | 김태영 씨 - 「동요작법」 |
> | 정열모 씨 - 「동요작법」 |
> | 西條八十 - 「동요의 뜻과 짓는 법」 |
> | 野口雨情 - 「동요론」 |
> | 北原白秋 - 「동요론」 |

---

239) 설강학인, 「(동요강화) 현대동요연구(4)」, 『아이생활』, 1932년 10월호, 10쪽.

일본의 사이조 야소(西條八十), 노구치 우조(野口雨情), 기타하라 하쿠슈(北原白秋)의 저작들이 참고서적에 올라 있다. 당대 일반문학 이론은 '동경 문단의 한 사이클 뒤의 재현'이라고 했듯이 일본의 이론에 많은 영향을 받았었는데, 아동문학 또한 다를 바가 없었다.

몇 가지 예를 들어보면, 윤복진은 「동요 짓는 법(전4회)」(『동화』, 1936년 7-8월 합호~1937년 4월호)에서 기타하라 하쿠슈, 사이조 야소, 오가와 미메이(小川未明), 마쓰무라 다케오(松村武雄) 등을, 송완순의 「동요론 잡고 - 연구노트에서(전4회)」(『동아일보』, 1938.1.30~2.4)는 기타하라 하쿠슈, 사이조 야소 등을 인용하고 있다. 메이지대학(明治大學)에 유학 중이던 남석종(南夕鍾)은 「조선과 아동시 - 아동시의 인식과 그 보급을 위하야(2)」(『조선일보 특간』, 1934.5.22)에서 "일본 내지(內地)에 잇서서의 전문가를 열거하면 기타하라 하쿠슈(北原白秋), 사이조 야소(西條八十), 시로토리 세이고(白鳥省五), 노구치 우조(野口雨情), 미키 로후(三木露風), 아리가 도시(有賀年), 구보타 쇼지(久保田宵二), 시마키 아카히코(島木赤彦), 오치아이 이사무(落合勇) 씨 등인데 이 대개는 이삼권(二三卷)의 단행본을 저서하야 발행"하였다며, 일본의 아동문학가들을 여럿 거명하고 있다. 이상에서 언급된 일본의 작가들은 식민지 조선의 아동문학가들이 많이 참고한 사람들이다.

동요작법과 관련된 일본 서적 중 자주 인용된 것을 간단히 소개하면 다음과 같다. 시로토리 세이고(白鳥省吾)의 『동요작법(童謠の作り方)』(金星堂, 1925)과 『동요작법(童謠の作法)』(金星堂, 1933), 노구치 우조의 『동요작법 문답(童謠作法問答)』(尙文堂書店, 1922), 『우조 동요총서 제2편, 동요작법 강화(雨情童謠叢書第2編童謠作法講話)』(米本書店, 1924), 『민요와 동요의 창작방법(民謠と童謠の作りやう)』(黑潮社, 1924), 미키 로후(三木露風)의 『진주도(眞珠島)』(アルス, 1921), 구보타 쇼지(久保田宵二)의 『현대동요론(現代童謠論)』(都村有爲堂出版部, 1923), 시마키 아카히코(島木赤彦)의 『아카히코 동요집(赤彦童謠集, 전3권)』(古今書院, 1922

~26), 오치아이 이사무(落合勇)의 『나뭇잎 마을: 동요집(葉っぱの町: 童謠集)』 (江戶屋書店, 1929) 등이다. 이 외에도 이와야 사자나미(巖谷小波), 스즈키 미에키치(鈴木三重吉), 마키모토 구스로(槇本楠郞) 등이 자주 인용되었다.

홍은성(洪銀星＝洪淳俊)이 당시의 소년잡지를 두고, 1929년 벽두까지도 "일본의 직수입물을 미탈(未脫)한 경지에 잇는 편이 만타."고 한 바 있다. 그 당시 아동문학의 사정은 "직수입 혹은 모방"[240)이 일반적이었다고 할 정도였는데, 아동문학 이론이라 해서 예외는 아니었다. 김태오, 윤복진, 송완순, 남석종 등 동요작법에 대한 글을 남긴 이들은 대개 일본에서 유학한 사람들이다. 일본 유학을 통해 연구의 폭과 깊이가 상당한 새로운 이론을 접했고 이를 조선 문단에 소개한 것은 어쩌면 당연한 일이었다고 할 것이다. 일본의 영향이란 측면에서 보자면 『동요작법』의 저자인 정열모(鄭烈模)도 예외가 아닐 것이다. 1921년 3월 일본 와세다대학(早稻田大學) 고등사범학부 국어한문과에 입학하여 1925년 3월에 졸업하였다. 재학 중에 『조선일보』와 『신소년』 등에 동화와 동시(동요) 등을 투고하였다. 일본 유학생임에도 정열모는 『동요작법』에서 일본 이론가들의 이름이나 이렇다 할 이론을 내놓고 인용하지는 않았다. 스스로 말한 것처럼 창졸간에 저술하느라 일본 쪽 이론을 살필 여유가 없었던 것인지, 조선어 연구에 몰두했던 신명균(申明均)의 어문 민족주의 정신에 영향을 받아서 의식적으로 배제한 것인지는 분명하지 않다. 그러나 일본 작가의 작품을 인용하는 것 등으로 볼 때 직접적이든 간접적이든 일본의 이론이 밑바탕에 깔려 있는 것은 분명하다.

일제강점기와 해방기의 아동문학 창작 논의를 발표 순서에 따라 살펴보도록 하자. 창작론의 대부분은 동요(童謠)에 관한 것이었다.

「동요 지시려는 분께」(『어린이』, 1924년 2월호)와 「동요 짓는 법」(『어린이』,

---

240) 홍은성, 「소년문예 일가언(一家言)」, 『조선일보』, 1929.1.1.

1924년 4월호)은 '버들쇠'가 썼다. '버들쇠'는 유지영(柳志永)의 필명이다. 동요 「고드름」(『어린이』, 1924년 2월호)을 윤극영(尹克榮) 작곡으로 발표하여 널리 이름이 알려졌다.

『동아일보』는 1925년 처음으로 신춘문예 현상모집을 하였다. 당선작품을 발표하면서 김억(金億)이 쓴 「동요 선후감」(『동아일보』, 1925.3.9)도 함께 발표하였다. 이에 대해 유지영은 「동요 선후감(동아일보 소재)을 읽고」를 통해 반박하였다. 신춘문예에 응모하였으나 선외가작에 그친 유지영은 조목조목 문제점을 짚었다.

> 모든 점으로 보아 <u>동요에 대한 지식이라고는 일호반사(一毫半些)도 업는 선자로서</u> 오직 자존심 만흔 근성과 헛뱃심으로 너머나 당돌하게 수백여 명의 응모자와 밋 그의 작품을 농락한 것은 실로 우리 동요 부흥운동을 위하야 용서할 수 업는 일입니다.[241] (밑줄 필자)

선자(選者)였던 김억을 두고 '동요에 대한 지식이라고는 일호반사도 업'다고 하였다. 당시 유지영은 동요에 관해 나름대로 뚜렷한 갈래 인식과 창작 경험이 축적되어 있었던 것이다.

유지영은 「동요 지시려는 분께」에서 동요를 짓는 데에 있어서 지켜야 할 8가지 조목을 제시하였다. 어린이들의 입말로 지을 것, 노래로 부를 수 있게 격조를 맞출 것, 어른과 어린이가 모두 쉽게 이해할 수 있는 가사로 지을 것, 순수한 감정을 꾸밈없이 지을 것, 지식이나 과학으로 설명하는 것이 아니라 감정으로 저절로 알 수 있게 지을 것, 설명하지 말고 심기(心氣)를 노래할 것, 어린이들의 예술교육 자료가 되게 지을 것 등이다.(26~27쪽) 이어서 동요는 읽는 글이 아니라 입으로 부르는 노래이며, 동요는 억지로 짜 맞추는 것이 아니라 심기(心氣)가 저절로 우러나

---

241) 유지영, 「동요 선후감(『동아일보』 소재)을 읽고」, 『조선문단』, 1925년 5월호, 132쪽.

오는 것이라 하였다. 전래동요 「새야새야 파랑새야」를 예로 들어 앞에서 말한 바에 어그러지지 않는 것이라 하였다. 그리고 「비」가 동요답지 않은 점을 조목조목 지적하고 수정하여 새로운 작품으로 세시하기도 하였다. 이런 과정은 실제적이고 구체적이어서 동요 창작에 상당한 도움이 되었을 것으로 보인다. 리듬을 맞추고 시어를 선택하며 글자 배비(配備)에 신경을 써야 하는 점을 잘 설명하였다. 그리고 두 작품을 두고 수정하기 전과 후가 어떻게 달라지고, 어떤 것이 동요다운지를 알려주고 있어 창작방법으로 제격이다.

동화작법이랄 수 있는 것은 딱히 찾기 어렵다. 방정환(方定煥)의 「동화작법 - 동화 짓는 이에게」(『동아일보』, 1925.1.1)가 거의 유일하다고 할 수 있다. 그러나 그 내용은 매우 일반적이어서 구체적이지 못하다. 동화작가가 주의할 점 세 가지를 들었는데, 첫째, 아동이 알지 못하는 말을 쓰지 말 것, 둘째, 아동이 흥미를 느낄 수 있도록 쓸 것, 셋째, 교육적 의미를 가져야 할 것으로 요약된다.

1925년 『동아일보』의 첫 신춘문예 현상모집에 1등으로 당선된 동요 작품은 한정동(韓晶東)의 「소금쟁이」(『동아일보』, 1925.3.9)였다. 표절 여부로 한참 논란이 되었지만 한정동의 동요 창작 능력은 자타가 인정하던 터였다. 「본사에 집필하실 선생님」(『별나라』, 1927년 10월호)에는 『별나라』의 동인들을 따로 표시해 두었는데, 한정동도 여기에 포함되어 있다. 이런 연유로 한정동은 『별나라』에 「동요작법(3)」(『별나라』, 1927년 4월호)을 연재하였다. 1, 2회분은 잡지가 남아 있지 않아 3회분만 확인하였다. 3회분에는 동요의 시어, 율격, 동요를 잘 쓰는 법, 그리고 동요를 쓰는 어린이들에게 등의 내용이 포함되어 있다. 동요에 사용되는 시어는 어린이다운 말이어야 한다는 점을 강조하였다. "정직하고 순결하고 아름다운 젓냄새가 몰신〳 나는 어리고도 예술미가 가득한 말"(48쪽)이어야 할 것과, 역사적 가치와 향토적 예술미가 있는 지방 방언은 살려 쓰는 것이 좋다고 하였다. 동요는 읽는 것이 아니라 읊는 것이기 때문에 동요의 율격은 반드시 지켜야 한다고 보았다. 7·5조, 4·4조, 8·5조 등이 많이 알려진 것이라면서도 억지로 율격을 짜 맞추지 말라는 말도 덧붙였다. 동요를 잘 쓰는 방법으로는 잘 쓴 동요를 많이 읽고 모방하여 써 본 후 자기 힘으로 쓸 것을 제안하였다. 스스로 쓰되 많이 쓰고 고쳐 쓰며 뜻 맞는 친구들과 서로 바꾸어서 읽고 수정해 보라는 것이다. 『어린이』에 실린 한정동의 「동요 잘 짓는 방법」(『어린이』, 1929년 9월호)도 대동소이하다. 먼저 동요는 "감정(感情)을 고대로 단순(單純)하게 바로 나타내는 '노래'"라 규정하면서 자아가 꼭 드러나야 함을 강조하였다. 동요의 창작방법으로는 많이 읽고 지식을 쌓아 모방하여 써 보고 많이 지어 볼 것을 권했다. 그리고 친구들이나 선배들의 평가를 받아 고치는 단련을 쌓도록 하였다. 지방의 언어를 쓸 것 등을 강조한 점에서 앞에서 말한 내용과 대동소이하다.

정열모(鄭烈模＝醉夢)의 『동요작법』(신소년사, 1925.9)은 단독 저서라 여러 모로 의미가 남다르다. 출판사는 잡지 『신소년』을 발간했던 '신소년사'다. 정열모의 『동요작법』은 단행본 형태로 발간된 책자를 통틀어 첫 번째 동요작법이다. 동요작법을 수록하고 있는 김태오(金泰午)의 『설강동요집(雪崗童謠集)』보다 8년여 앞서고, 동화 창작법이라 할 수 있는 『동화연구법(童話研究法)』과 『신선동화법(新撰童話法)』보다도 2년에서 9년 앞선다.[242] 총 144쪽 분량이고, 크기가 가로 10.5cm, 세로 15cm의 수진본(袖珍本) 형태인데, 하드커버로 제본이 되었다. 저작 동기는 '마리'라고 한 머리말에서 확인할 수 있다.

---

242) 김태오, 『설강동요집』, 한성도서주식회사, 1933.
　　　피득(彼得) 역술(譯述), 『동화연구법』, 조선주일학교연합회, 1927.
　　　탐손 강술, 강병주 필기, 『신선동화법』, 조선야소교장로회총회종교교육부, 1934.

　　이 가련한 책을 우리 동모들게 드리는 영광을 가지게 된 것을 깃브게
안다. 그러나 창졸(倉猝)에 된 것이라 내용상 빈약한 한이 업지 못한 것
은 스스로 유감으로 안다. 다만 <u>우리 소년예술을 건설하고저 하는 타는
듯한 욕망을 가진 동모들의 한 길잡이 - 아니 조고만 초쌀이 된다면
엇지 다행이 아니랴.</u> (취몽, 「마리」, 1쪽) (밑줄 필자)

　　자발적인 저작일 수도 있지만, 신소년사 혹은 신명균의 요청이 있었
던 것일 수도 있다. '동모들게 드리는 영광을 가지게 된 것'이 기쁘고
'창졸에 된 것'이며 그래서 '내용상 빈약한 한'이 있다는 등의 표현에서
짐작할 수 있다. 아동 잡지를 발간하는 신소년사로서는 당시 '우리 동모
들'의 요구에 부응할 필요가 있었을 것이다. 그래서 일본 유학에서 막
돌아와 '경성 중동학교(中東學校)'에서 교편을 잡고 있는 데다가, 일본 유
학 기간 중에도 열정적으로 『조선일보』와 『신소년』을 통해 동요를 발
표하던 정열모가 동요작법을 저술하는 데 적격이라고 생각했을 것이다.
어쨌든 『동요작법』의 구체적이고 분명한 저작 동기는 '우리 소년예술을
건설하고저 하는 타는 듯한 욕망을 가진 동모들의 한 길잡이 - 아니 조
고만 초쌀'이 되고자 한 것이다. 신소년사로서는 당대 소년예술의 주도
적 갈래였던 동요 안내서를 제공할 필요가 있었던 것이다.
　　한편 보급에도 꽤 신경을 쓴 것 같다. 책값을 낮추는가 하면, 지속적
으로 광고를 하였다. 발간 당시 정가는 40전이었는데,[243] 1927년 6월경
재판(再版)을 발간하면서부터 널리 보급하는 것에 목적을 두고 값을 30
전으로 낮추었다.

---

243) 『동요작법』의 값은 광고를 통해 확인할 수 있는데, 첫 광고(『신소년』, 1925년 10
　　월호)에는 '정가 30전'이라고 되어 있으나, 이후 11월호부터 1927년 5월호까지는
　　'정가 40전'으로 되어 있다. 초판 판권지에도 '정가 40전'으로 명기되어 있다. 첫
　　광고에 적힌 '三十錢'은 '四十錢'의 오식이다.

정열모 선생 저 **동요작법** 개정 정가 30전 재판 발행

이 동요작법은 우리 어린 동요 작가들의 만흔 충찬과 귀염을 바다왓스며 더욱이 소년동요집의 우익(羽翼)이 될 것이다. 이 두 책만 가지면 동요가 엇던 것인지 알 수도 잇고 쏘 조흔 동요를 지을 수도 잇슬 것이다. 금번 재판을 기회삼아 정가 40전인 것을 30전으로 개정하엿스니 이 것은 보급의 목적이다.[244] (밑줄 필자)

『동요작법』의 광고는 주로『신소년』지를 통해 이루어졌다. 발간 직후인 1925년 10월호부터 시작하여『동요작법』3판을 발행한 1932년까지 이어진다. 초기에는 대체로 단독 광고였지만, 후기로 갈수록 '소년총서(少年叢書)'의 하나이거나 출판사(이문당, 신소년사, 중앙인서관)의 서적 광고 목록에 포함시키는 방식이었다.[245]

『동요작법』의 '내용' 곧 목차는 다음과 같다.

내 용

제1. 동요는 대체 무엇이냐
제2. 동요는 아무나 질 수 잇나?
제3. 동요를 질 쌔는 엇더한 맘을 가질가
제4. 창가와 동요의 구별
제5. 시와 동요의 구별
제6. 동요는 읽을 것이냐 부를 것이냐
제7. 동요는 긴 것이 조냐 짜른 것이 조냐

---

244) 『신소년』, 1927년 6월호.
245) 신소년사는 '소년총서'라는 이름으로『동요작법』, 『소년모범작문집』, 『소년독물 공든 탑』 등 3권을 모아 광고하기도 하고, 『(동서위인)공든 탑』, 『소년 작문집』, 『소년 편지틀』, 『로빈손 표류기』, 『천일야화(千─夜話)』, 『동키호테』, 『홍길동(洪吉童)』, 『애국자(일명 바이올린 천재)』, 『동요작법』, 『소년동요집(少年童謠集)』 등을 모아 광고하기도 하였다. 전자의 경우 출판사 혹은 발매소를 '신소년사(新少年社)'로 하였는데, 후자의 경우에는 출판사를 신명균이 경영하던 '중앙인서관(中央印書館)'으로 표시하고 있다.

제8. 동요는 엇더한 말을 쓸가
제9. 조흔 동요를 짓는 방법
제10. 엇더한 동요가 후세까지 남느냐

전체 10개의 장으로 구성되었다. 동요의 정의(定義), 창가(唱歌)와 동요의 구별, 시와 동요의 차이, 동요는 읽을 것인지 부를 것인지, 동요의 시어(詩語) 등 당대 주요 논점은 다 다루고 있다. 이들 논점은 이후 아동문단에도 지속적인 논의로 이어졌다. 특히 1930년대 들머리부터 시작한 동요－동시 논쟁은 신고송(申孤松), 이병기(李炳基), 양우정(梁雨庭), 송완순(宋完淳), 박세영(朴世永), 전식(田植), 남석종(南夕鍾) 등 당대의 유력한 아동문학 이론가이자 작가들이 대거 참여한 바 있다. 이 과정에서 자유율인지 정형률인지, 부를 것인지 읽을 것인지, 내용과 형식 등 이전의 논점이 되풀이되기도 하고 새로운 쟁점이 불거지기도 하였다.

이처럼 정열모는 동요 창작과 관련하여 당대의 주요 논점을 두루 거두어 설명하고자 하였다. 단순히 언어적인 설명에만 그치지 않고 이해를 높이고자 많은 예를 들고 있다. 그 가운데는 자신의 작품도 다수 있다. 첫 번째 책이다 보니 주목의 대상이 되었는데, 우이동인(牛耳洞人＝李學仁)은 『동요작법』에 대해 혹평하였다.(자세한 내용은 제2장 2절 나항 '6) 서평의 현황과 과제' 참조)

김태영(金台英)은 「동요를 쓰실려는 분들의게(전5회)」(『아희생활』, 1927년 10월호~1928년 3월호)란 제목으로 동요작법을 연재하였다. 5회분 말미에 '미완(未完)'이라 하였기 때문에 총 몇 회를 연재하였는지 정확히 알 수 없다. 김태영은 동요작법의 항목을 제시한 후 구체적인 작품을 예로 들어 설명을 하는 방식을 취했는데 이해의 편의를 위한 것으로 보인다. 먼저 '머리말'에서 '동요의 가치', '동요의 역사', '동요의 지위'를 설명한 후 '동요작법'으로 들어갔다. 동요작법의 첫 번째로 든 것은 '예술감'을 갖추

는 것이다. 둘째는 시상(詩想) 곧 인상의 시상과 상상의 시상을 잘 표현
할 계획 곧 구상(構想)을 하고, 셋째는 표현을 들었는데, '기교'가 있어야
함과 그 기교를 위해서는 '모방과 창작'을 하고, '음운과 격료(格調)'를 감
안해야 한다고 하였다. 전체 연재분을 다 보지 못해, 김태영의 동요 창
작방법의 전모를 알 수 없다. 그러나 미루어보건대 동요 창작에 있어
역사적 방향성이나 사상 등에 대한 언급은 전혀 없고, 제작비평이라 할
만한 창작 기법에 초점을 맞춘 것으로 보인다. 이 글이 실린 매체가 계
급주의 아동문학가들로부터 종교잡지라고 매도당하던 『아희생활』인 점
도 있을 것이고, 당시 창작방법류의 글들이 기법 수준에서 논의되는데
머물렀던 것으로도 볼 수 있다. 1927년 『별나라』에 실렸던 한정동의 동
요작법도 김태영과 크게 다르지 않았던 것으로 보아 이런 판단은 사실
과 부합하는 것으로 보인다. 매체의 성향이 비평문의 경향을 구속했던
것은 계급적 성향을 보였던 『별나라』나 『신소년』의 경우라 하더라도
1930년에 접어들어서 뚜렷해졌다. 『별나라』는 창간 당시부터 무산계급
아동들을 위한다는 것을 표방했고, 1927년경 <카프(KAPF)>와 보조를 맞
추어 방향전환을 선언했음에도 불구하고 작품적 경향은 『아희생활』이
나 『어린이』 등과 별반 다르지 않았다.

유운경(柳雲卿)의 「동요 동시 제작 전망(전22회)」(『매일신보』, 1930.11.2~29)
은 총 22회나 연재한 장문의 비평이다. 이 글은 '제작 전망'이라 하였지
만 엄격히 말해 동요(동시)작법은 아니다. 구체적인 작품을 대상으로 한
점에서 실제비평류에 속하는 글이지만 내용을 뜯어보면 작법에 해당하
는 내용을 많이 포함하고 있다. 한정동(韓晶東)의 「은하수」를 평가한 부
분을 예로 들어보자. 한정동이 항상 이미지[想]를 살리는 수법이 동일해
변화가 없고 단조롭다면서도 "동요작가로서 용인할 만한 사람"(3회, 11.6)
으로 친다. 칭찬 일변도인가 싶은데 바로 이어 동요를 가장 많이 발표

한 사람이지만 아동문단에서 중요한 존재로 여기지 않는다고 하였다. 그 까닭은 "아무 이론"이 없고 "아직도 일가견이 업"(3회)기 때문이다. 동요를 창작하나 이론이 없고 따라서 사상도 없다고 해 평가절하한다. 그런데 이것이 한정동만의 문제가 아니라 문단이 함께 해결할 문제이며, 동요 자체가 이론을 세우기 어렵다고 해 이 또한 일방적인 혹평이라 하기 어렵다. 그리고는 한때 떠들썩했던 동요 「소금쟁이」 문제를 들추어 내어 정직과 도덕과 예절을 언급한다. 그다음엔 「은하수」의 형식인 7·5조를 들어 시의 내용과 연결 짓는 솜씨가 능란한 비평가의 모습을 연상시킨다. 7·5조를 통해 항상 '단아', '온자(溫慈)'한 감정을 노래한다는 것이며 "실상 이런 동요가 조흔 것"이라 하였다. 그런데 이러한 작품은 한정동이 "우리의 현실을 무시한 태도를 취하여 온 것만은 사실"이라고 한다. 그러면서 슬쩍 "가비야운 경향(傾向) 전환"(이상 5회, 11.8)이 아니라, 자신에게 적합하다고 믿는 길을 걸어가라고 한다. 한 작품을 두고 쓴 평가치고는 자세하고도 치밀하다. 딱 부러지게 일도양단하는 평가가 아니라 장단점을 모두 언급함으로써 평자로서의 위험을 피해 간 듯한 흠이 없지 않다. 그러나 비평 언어의 수준이나 내용이 만만하지 않다. 내용과 형식을 연결지어 논의한 것도 이전에 보기 어려웠던 점이다.

이호접(李虎蝶 = 李璟魯)의 「동요 제작 소고(전5회)」(『매일신보』, 1931.1.16~21)도 제목에서 알 수 있듯이, 동요 창작에 관한 내용을 담고 있다. 먼저 당대 동요계를 일별한 후, 구체적인 동요 작품을 예로 들어서 착상(着想)의 건실, 표현의 정돈, 표현 형식, 용어의 선택 등으로 나누어 살폈다. 당대 동요 작품을 읽고 문제점을 추려 실제비평 형식으로 창작방법을 모색한 점에서는 유운경과 같은 방식을 취했다. 예시 작품에 대한 비평이 간명해 설득력이 있다. 내용(착상)과 형식(표현, 용어)을 두루 고려한 비평으로, 개별 작품에 대한 비평이자 창작방법론이라 할 수 있다.

『어린이』, 『아희생활』, 『별나라』에 이어 『신소년』도 동요작법에 관한 내용을 실었다. 일제강점기 4대 아동문학 잡지라 칭했던 이들 매체가 모두 동요작법을 수록한 것이다. 이로써 미루어보건대 당시 동요작법은 아동문학 잡지의 초미의 관심사였던 것으로 보인다. 『신소년』은 『별나라』와 같이 계급적 입장을 견지한 아동문학 잡지였다. 『별나라』가 그랬던 것처럼 『신소년』 또한 무산계급 아동을 위한 작품을 많이 수록하였다. 따라서 『별나라』와 『신소년』에 투고하는 소년 문사들은 두 잡지의 편집 방침에 부응하려고 노력하였다. 그러나 프롤레타리아 동요에 대한 인식이 뚜렷하지 못한 탓에 작품 창작에 있어 늘 상응한 결과를 낳은 것은 아니다.

이동규(李東珪)의 「동요를 쓰려는 동무들에게」(『신소년』, 1931년 11월호)를 통해 이러한 사정을 살펴볼 수 있다. 이동규는 동요를 쓰려면 크게 진실미가 있는 동요를 쓰고, 지나치게 모방하지 말 것을 요구하였다.

　　다시 말하고 십흔 것은 반듯이 '공장', '로동자', '뚱뚱보' 이런 말을 너야 그것이 푸로 동요라는 것이 아니며(그러타고 그런 문구를 사용치 말나는 것은 아니다.) 진실미(眞實味)가 잇고 좀 새로운 맛이 잇는 것을 쓰기 바라며 작고 새로운 경지를 개척하는 것도 동요 작가의 임무이닛가 개념에 흘은 똑갓흔 똑갓흔 따위에 글만을 짓지 말고 좀 새롭고 씩씩한 길을 열어 보자는 것이다. (18쪽)

『신소년』에는 프롤레타리아 동요를 투고해야 한다고 생각한 소년 문사들이 "동요 내용에다 덥허노코 공장이니 로동자이니 뚱뚱보이니 이런 말만을 집어너흐면 그것이 푸로레타리아 동요인 줄로 오해"(14쪽)한다는 것이다. 이동규는 "소년 작품에다 강렬(强熱)한 푸로레타리아 의식을 주입식한다는 것은 무리일 것이며 읽는 동무들에게 그것이 잘 소화되지 아니할 것"(15쪽)이라고 보았다.

프롤레타리아 아동문학은 '운동으로서의 문학'이란 성격을 갖고 있다. 무릇 '운동'은 그 속성상 주장의 선명성을 무엇보다 소중하게 생각하기 일쑤다. 따라서 대립적 내용, 선동적 구호가 난무하는 것이 다반사다. 그런데 이동규는 너무 개념에만 흐르지 말고, 공장, 노동자, 뚱뚱보 등 기계적인 관념어의 나열에 머물 것이 아니라 진실미가 있는 새로운 경지를 개척하도록 하자는 제안을 하고 있다. 덧붙여 "잡지의 주의(主義)에 따라 작품 행동을 하는 비열한 동무"(15쪽)와 같이 작품이 발표되기만을 바라는 것은 '진정한 푸로 작가'가 아니라고 하였다. 뚜렷한 계급적 세계관은 견지한 후에 동요를 창작하는 것이 아니라, 매체의 성격에 영합하는 "박쥐식 투고"[246]를 경계한 말이다. 한정동, 김태영과 달리 이동규는 시종 계급적 세계관을 견지한 비평가이자 작가다. 따라서 기법 중심의 창작방법이 아니라 세계관에 초점을 맞춘 것이다. 형식보다 내용을 우선한 것으로 바꿔 말해도 무방하다.

이동규(李東珪)의 글은 이론비평적 성격이 크다. 따라서 구체적인 동요 창작에 관한 기법을 말하고 있는 것이 아니다. 대신 자신이 볼 때 바람직하다고 생각하는 동요로 윤재순(尹在舜)의 「나무꾼」을 들었다.

> 수양버들 그늘이 그리웁건만
> 산에가서 나무벨 나인때문에
> 그들의 노는꼴을 그냥보면서
> 지게지고 산으로 올나갑니다.
>
> 산도산도 남의산 맘을조리며
> 빨리빨리 나무베다 손도베이고

---

246) 박병도(朴炳道), 「(수신국)맹인적 비평은 그만두라」, 『별나라』, 1932년 2~3월 합호, 28쪽.

임자몰래 나려오다 잡바도지며
하로하로 보내는 초동입니다.

(『신소년』, 1931년 8-9월 합호, 7쪽)

"억제로 푸로 동요로 만드러 노은 작품보다 얼마큼 실감적"(18쪽)이냐고 한 것이 추천의 이유다. 나무꾼의 생활을 무리 없이 잘 표현했다고 본 것이다. '실감적'이란 말과 앞에서 말한 '진실미'는 밀접하게 연결된다. 다른 아이들처럼 그늘에서 쉬고 싶지만 나는 나무를 해야만 하는 초동이다. 그 사정은 1연에 잘 표현되었다. 2연에는 나무꾼 아이의 나무하는 모습이 여실하게 그려져 있다. 남의 산에서 나무를 해야 하므로 마음을 졸일 수밖에 없다. 그래서 서두르다 보니 손도 베이고 도망치듯 내려오다가 자빠지게 된다. 어린 나이에도 나무를 해야만 생계를 이어갈 수 있는 무산계급 아동의 계급적 현실과 그 나무꾼 아이의 나무하는 현장을 잘 표현했다는 점에서 '실감적'이라 하였다. 그러나 대립적이고 선동적인 문구를 나열하지는 않았다. 계급적 현실을 잘 드러내되 형상화를 통해야 한다. 진정한 프롤레타리아 동요는 시의 문면에 구호를 나열할 것이 아니라 독자가 시를 읽고 구호를 외치도록 하여야 할 것이다.

박세영(朴世永)의 「고식화한 영역을 넘어서 - 동요·동시 창작가에게」(『별나라』, 1932년 2-3월 합호)는 고식화(固式化)한 동요 창작에 대해 반성할 필요가 있다는 점을 지적하였다. 박세영은 소년문학이 방향전환을 하게 되자 자연발생기에서 목적의식기로 다시 일보전진하여 프롤레타리아 문학의 길로 합류하게 되었다고 진단하였다. 그러나 제재가 달라도 결말은 항상 같은 경향으로 흐르는 고식화가 결코 효과를 낼 수 없다고 보았다.

최근에 잇서서 얼마나 만히 <u>공장수나, 공장 고동 또는 스트라익만을</u>

드러서 작품을 제작하엿나? 그러나 그러타고 잘못을 범한 것은 아니다. 하여간 <u>사회적 환경이 가튼 작품을 내지 안흐면 안 될 필연성을 씌고 잇는 쌔문에 창작적 태도로 자연이 그 틀을 비서너지 못하엿든 것이다.</u> 그러면 그 결과는 무엇을 낫나? 이는 <u>만흔 독자층을 자극 줄 만한 효력을 일허버리는 것</u>이다. 즉 소화제를 먹을수록 분량은 늘어 가야 효력을 발생하는 것처럼 유사한 작품의 내용으로선 왼만한 걸작이 아니면 그것도 그러쿤 이것도 그저 그러쿤 하는 늣김을 준다. 우리의 시야는 너무나 좁앗스며 사건을 억주로 쑤며 부췻다. 이리하야 부자연한 것이 만엇고 실감이 적엇다. 그러면 압흐로의 <u>우리들의 창작적 태도는 고식화한 이 영역을 버서나 버려야 하겟다.</u> 먼저 재료를 다방면에서 취해 낼 것과 그리하야 시야를 넓힐 것과 너무나 경렬한 제목에만 편중치 말며 또는 농촌에서 이러나는 조그만 일이라도 재래에는 동요의 내용으로의 재료로도 되지 안흘 것이라도 이를 각양각태로 계급의식을 느어 표현할 것이다. (11쪽) (밑줄 필자)

프롤레타리아 아동문학은 아동 곧 어린이들을 '아지프로'하여 운동으로 이끌어야 한다고 생각한다. 그런데 동요 작품이 독자인 어린이들에게 자극을 주지 못하고 실감을 느낄 수 없게 한다면 실패다. 그러나 계급주의 아동문학은 현실을 계급으로 인식함으로써 작품 창작에도 계급 간 대립과 증오로 단순화하는 경향이 많았다. 이것이 '고식화'인데, 유사한 내용의 반복과 뻔한 결말로 이어지기 일쑤였다. 이동규는 새롭고 씩씩한 길을 열어 고식화의 문제점을 타개하자고 제안하였다. 박세영은 다방면에서 재료를 취하고 제목을 지나치게 격렬하게 하지 말 것이며 시야를 넓힐 것을 그 방안으로 제시하였다.

『별나라』를 편집하였고, 계급주의 아동문학에서 주요한 역할을 맡고 있던 박세영(朴世永)은 동요작법에 관한 글을 지속적으로 발표하였다. 「동요・동시는 엇더케 쓰나(2~4)」(『별나라』, 1933년 12월호~1934년 2월호)[247]에서, "동요나 동시에 잇서서 제일 중요한 것은 즉 내용"이라 하였는데, 박세영의 아동문학에 대한 관점이 잘 드러나 있다. 일제강점기에 계급주의 아동문학은 일관되게 내용 우선주의를 표방하였다. 내용 우선주의는 내용만 옳고 내용만 중시하며 형식은 무시해도 좋다는 말과는 다르다. 계급주의 아동문학은 계급해방을 제일의 목표로 한다. 따라서 계급주의적 세계관을 바탕으로 현실을 진실하게 인식하는 것이 필요하다. 이것이 '내용'이다. 이 '내용'을 여하한 방법으로 표현하는 것이 좋은가? 여기에 '형식'에 대한 고민을 필요로 한다. '고식화'는 바로 지금까지의 계급주의 아동문학이 바람직한 성과를 이루지 못한 현상을 진단한 것이자 문제점을 집약적으로 표현한 말이다. 그래서 박세영은 일찍부터 프롤레타리아 동요의 '고식화'를 비판했던 것이다.

　　그리고 동요 동시의 부문에 잇서서 입째까지 우리들이 밟아 온 길은 엇더하엿드냐. 그것은 푸로동요에 잇서서의 너무나 <u>심한 틀(型)에 억매여 잇섯든 것</u>이니 푸로동요는 덥허노코 물불을 헤아리지 안코 날쮤 만큼의 정도를 범하엿다고 해도 과언이 아니다.
　　그리하야 <u>긔분적(氣分的)으로 자본가 지주를 욕하고 공장만을 으레히 노래할 일로 알엇다</u>. 그럼으로 해서 우리는 얼마 아니 가서 이것이 동요로서의 잘못 것는 길인 것을 차저내게 되엿다. 그것은 엇재서 그럴가. 그것은 아모리 조흔 내용이라도 아동에게 잘 리해되지 못하고 동요로서의 구성이 잘못되여 잇는 때문이다. (2회, 28쪽) (밑줄 필자)

'심한 틀(型)에 억매여 잇섯든 것'은 바로 '고식화'와 같은 말이다. 기분만으로 자본가 지주를 욕하고 공장만을 노래하면 좋은 프롤레타리아

---

247) 이 글은 총 4회 연재로 끝을 맺었다. 제1회분을 보지 못했는데 『별나라』(1933년 11월호)에 수록되어 있는 것으로 보인다. 글의 제목이 「동요 · 동시은 엇더케 쓸가(2)」, 「동요 · 동시는 엇더케 쓰나(3, 4)」로 서로 조금 다르다.

동요인 것으로 평가받았던 것은 '잘못 것는 길'이라 하였다. 그렇다면 박세영이 말하는 '동요로서의 새로운 길'이란 무엇인가? 내용을 중시하되 형식을 외면하지 말고, 계급적 입각점은 분명히 인식하되 도식적(고식적)이고 선동적인 계급대립만 부각시켜서는 안 된다는 것이다.

일제강점기 아동문학 비평에서 논쟁으로 발전한 논점 중의 하나가 동요와 동시를 구분하는 문제였다. 박세영은 일본의 기타하라 하쿠슈(北原白秋)의 의견을 좇아 '아동자유시(兒童自由詩)' 개념을 수용하였다. '아동자유시' 가운데 "글자를 마추어서(定型律) 쑤며 논 것이 동요(童謠)"(3회, 31쪽)라 하여, 자유율이 동시라면 정형률이 동요라고 구분하였다. 이는 분명히 노래 부르는 것을 염두에 둔 것이다. 언어 표현에 대해서는 리듬(音律)을 중시하여 "리즘은 동요나 동시의 생명"(3회, 34쪽)이라며 중요하게 생각하였다. 정형률과 자유율에 대해서는 "정형률이거나 자유율이거나 부자연스러운 일부터 쑤민 싸위의 작품을 쓰지 말"(4회, 14쪽)라고 하였다. 자유시형도 좋지만 정형률을 버릴 수도 없다고 하였는데, 중요한 것은 억지로 글자 수를 맞출 필요가 없다는 것이었다. 자유형으로도 좋은 동요가 있고 정형률이지만 좋은 동요라 하기 어려운 것도 있기 때문이다. 따라서 "동요를 쓸 쌔에 글자가 한 자 모자라거나 더하거나 한다고 억주로 쌔 버리거나 더 널 필요는 업다."(4회, 15쪽)는 것이다. 시어를 '반복(反覆)'하는 기법은 내용을 강조하고 사람들의 인상에 남도록 한다고 보았다. 동요 창작에 방언과 사투리를 살려 쓰는 것이 좋다고 하였는데, 앞서 한정동도 같은 의견이었고 이어서 살펴볼 환송(桓松)도 마찬가지여서 당대 논자들의 생각이 대체로 일치하였다.

「동요를 지으려면(전9회)」(『매일신보』, 1932.5.21~31)은 환송의 동요작법론이다. 동요가 무엇인지, 내용과 형식은 어떠한지, 동요의 음조(율격), 동요의 용어(시어), 동요의 재료(제재), 그리고 동요 짓는 법 등 6개 항목으

로 나누어 논의하였다. 각 항목마다 먼저 설명을 한 후 이어서 구체적
인 작품을 예시하여 독자들이 쉽게 이해할 수 있도록 하였다. 마지막의
'동요 짓는 법'에는, 첫째 남의 동요를 많이 읽을 것, 둘째 남의 동요를
모방할 것, 셋째 창작할 것 등 세 가지 방법을 제시하였다. 읽기에 모범
이 될 만한 동요로는 정상규(鄭祥奎)의 「밤ㅅ길」, 계윤집(桂潤集 = 桂樹)의
「우리 학교」와 「가을」, 이동규(李東珪)의 「학교가 그리워」 등을 예로 들
었다. '음조라든가 용어라든가를 빌어서 원작과 별종의 동요를 짓는 것'
을 '모방'이라 규정하고, 「강남 가네」란 작품을 「봄 시내」와 「제비」란
작품으로 '모방'한 실례를 보여주었다. 오늘날도 창작방법으로 개작(改作)
과 모작(模作) 등의 방법을 활용하고 있다. 창조는 모방으로부터 비롯되
기 때문이다. 일제강점기 여러 논자들의 의견을 종합해 보면, 동요는 노
래로 부를 수 있는 것을 뜻한다. 환송도 동요의 개념을 이와 같이 규정
하였다. 논란이 있었지만 동시와 동요를 구분할 때도 율격을 맞춘 것을
일컬어 동요라 한 것은 노래로 부를 수 있느냐 없느냐의 여부가 기준이
었기 때문이다. 내용과 형식에 관한 환송의 생각은 둘의 균형이다. "내
용으로서의 생각과 느낌이 나타나야 될 것이오, 형식으로서는 부르기
조케 음조가 맞고 말마듸를 잘 느러노아야 될 것"(2회, 5.22)이란 말에 잘
표현되어 있다. 내용과 형식에 관해서는 프롤레타리아 문학 진영 내부
에서 초기부터 논의되었다. 팔봉(김기진)과 회월(박영희)의 내용 – 형식 논
쟁으로 두루 아는 바다. 문학이 내용이나 형식 어느 한쪽에 치우치면
온전하지 못할 것은 불문가지다. 계급주의적 입장을 견지하였던 이동규
나 박세영도 앞에서 내용과 형식의 균형을 주장하였다. 계급문학의 입
장에서 보더라도 바람직한 의견이다. 환송의 본명이 누구인지 분명하지
않으나 글의 내용으로 보아 그가 계급문학을 주장하던 논자는 아닌 것
으로 보인다. 어느 쪽에 좌단했든지 간에 내용과 형식의 균형을 뚜렷이

밝힌 것은 옳은 견해다.

동요의 개념을 '부르는 노래'라고 할 경우 '음조(音調)'는 필수적인 요소가 된다. 음조로는 4·4조, 7·5조(6·5조, 8·5조는 7·5조의 변형) 등등이 있다. 음조가 맞는 동요와 그렇지 않은 동요를 예로 들어 설명하였는데, 홍난파(洪蘭坡)의 「노래만 불너주오」, 유천덕(劉天德)의 「가을」과 「눈」, 전찬조(田燦稠)의 「홋쏘루 쏘루」 등은 음조가 맞지 않은 동요라고 하였다. 환송이 강조하고자 한 것은 "너무 음조만 생각하지 말고 부르기 조케만 생각대로"(5회, 5.26) 지으라는 것이다. 운율을 고려하되 지나치게 구속되지 말라는 말이다. 엄격하게 음수율을 맞추기 위해 불필요한 음절을 추가하거나 빼기도 해 어색한 경우가 많았다. 이런 경우를 두고 볼 때 음조의 변형에 허용적이었던 환송의 설명은 설득력이 있다. 동요의 시어는 "어린이들이 알아듯기 쉬운 말을 쓸 것"(5회)과 "지방에 짜라서 잇는 방언과 사투리는 그 지방 어린이들은 그대로 쓰는 것이 조흘"(6회, 5.27) 것이라 하였다. 방언이나 사투리가 지역 정서와 특별한 맛을 더 잘 표현할 수 있기 때문이다. 어려운 말을 쓰지 말라고 해서, 아름다운 말만 골라서 지은 동요가 반드시 좋은 동요는 아니다. 내용이 텅 비어서는 좋은 동요가 될 수 없다. 그리고 같은 말이라도 한자를 쓰지 말 것을 요청하였다. 당시 동요에 한자를 섞어 쓰는 것이 다반사였다. 글을 쓴다는 것은 독자의 연령이나 교육 정도를 감안해야 한다. 문학작품도 예외가 될 수 없다. 동요에 한자를 많이 노출했다는 것은 이른바 내포독자(implied reader)[248]를 어떻게 상정한 것인지 궁금한 일이다. 환송은 시어에 관한 내용을 다음과 같이 요약하였다.

---

248) W. Iser, 『The Implied Reader』, The Johns Hopkins Univ. Press, 1974.(이유선 역, 『독서행위』, 신원문화사, 1993, 77쪽, 82~83쪽.

○ 동요에는 어린이들이 항상 하는 쉬운 말을 쓸 것
○ 그 시대에 하는 말을 쓸 것
○ 그 지방의 방언과 사투리를 써도 무방할 것
○ 말에 잡히지 말 것
○ 내용에 관계업는 한자(漢字)라도 한글로 쓸 것 (7회, 5.28)

동요의 재료(제재)는 무엇이든 될 수 있으나 "성실히 보고 늣긴 그대
로를 노래"(8회, 5.29)할 것을 강조하였다. 마지막으로 '동요 짓는 법'을
다음과 같이 요약하였다.

○ 남의 동요를 만히 읽을 것
○ 남의 동요를 모방해 지을 것
○ 자긔 힘으로 지을 것
○ 만히 지을 것 (9회, 5.31)

환송의 동요작법은 앞에서 보았던 유지영, 김태영, 한정동 등의 창작
방법과 크게 다르지 않다. 문학작품의 창작방법에 특출한 비법이 있을
수 없다. 삼다(三多) 곧 다독(多讀), 다상량(多商量), 다작(多作)은 널리 알려진
글쓰기 방법이다. 환송, 한정동, 유지영, 김태영의 창작방법은 '삼다'에
다 예를 들고 설명을 덧붙인 것이라 보아도 무방하다.

주요한(朱耀翰)은 「동요작법 평」(『아이생활』, 1932년 7월호)에서 『아이생활』
에 수록된 동요를 대상으로 "작법(作法)에 관하야 평"(8쪽)을 하였다. 이를
정리하면 동요작법의 일부분이 될 수 있다. "상(想)이 단련되지 못하고
희박한 것"과 "감정을 직접 나타내는 형용사가 넘우 많은 것"(8쪽)을 초
심자들의 결점이라 하였다. 남들이 여러 번 써먹어 독창적인 맛이 없는
것을 피하고, 개념어의 노출보다는 실감(實感) 나는 시어를 선택해야 된
다고 조언하였다. 주요한의 작법은 구체적인 기법에 초점을 맞추고 있

음을 알 수 있다.

김태오(金泰午 = 雪崗學人)는 『설강동요집(雪崗童謠集)』(한성도서주식회사, 1933)
의 저자다. 이 책의 뒷부분에는 42쪽 분량의 「동요 짓는 법(童謠作法)」이
실려 있다. 「동요 짓는 법」의 원문은 『아이생활』에 연재한 「현대동요연
구(전6회)」(1932년 7월호~12월호)이다. 「현대동요연구」를 고치고 다듬어 「동
요 짓는 법」으로 실었다. 『아이생활』에 수록된 부분을 전부 확인하지
못해, 이를 바탕으로 하되 미확인 부분은 『설강동요집』에 수록된 것을
참고해 논의해 보겠다. 김태오는 「현대동요연구」를 쓰게 된 동기를 다
음과 같이 말했다.

> 그런데 이 연구문을 쓰게 되는 동기는 필자에게 '동요는 무엇이냐?'
> '동요는 어떠케 짓느냐?' 하는 진실한 질문을 보낸 소년예술(少年藝術)
> 을 건설하고저 하는 동요 초보자의 열렬한 탐구(探究)에 대하야 조곰이
> 라도 길잡이가 되엇으면 하는 그윽한 마음에서 선배 제씨의 문헌을 참
> 조하야 이글을 초하게 된 것이다. (1회, 1932년 7월호, 26~27쪽) (밑줄
> 필자)

동요 초보자는 대개 소년 문사들을 지칭한다. 이들은 동요가 무엇인
지, 어떻게 짓는지에 대해 제대로 모른다. 학교교육을 받을 수 있는 기
회조차 제한적이었지만, 학교교육을 통해 제대로 된 동요작법을 배울
기회도 없었기 때문이다. 아동잡지는 학교교육의 보완 역할을 담당했
다. 일제강점기 아동잡지에 동요작법에 관한 글들이 다수 수록되었던
까닭이 여기에 있다. 동요 초보자들의 '열렬한 탐구'에 '길잡이'가 되고
자 한 것이 바로 「동요 짓는 법」의 집필 동기다.

김태오는 '동요의 가치'를 "아동 심령의 량식이요 새 생명의 싹"(1회,
27쪽)이라 하였다. 동요가 아동을 교양하고 정서순화에도 도움을 주기

때문이다. 노래를 부르며 유희를 하는 도중에 이 동요의 가치가 발휘된다고 하였다. '동요의 기원'은 인류 역사가 시작할 때부터 어린이의 입에서 불렸을 것이라 하였다. 조선에서도 언어가 발생한 시점으로 거슬러 올라가는 것으로 보았다. 학술적 탐구의 필요에서 나온 것이 아니라, 어린이들이 그들의 감정을 말로 표현하며 노래 부른 것이 바로 동요라고 규정함으로써 동요 창작의 거부감을 제거하려는 것이라 하겠다. '동요의 의의' 항목은 그 내용이 '가치' 항목과 겹칠 수 있다. 그런데 내용을 찬찬히 뜯어보면 '정의(定義)', '개념' 정도의 의미를 두고 '의의'라 하였다. "예술적 냄새가 풍부한 어린이들 노래"(1회, 29쪽)를 동요의 개념으로 규정하였다. '동요와 창가의 구별'은 '동요'보다 앞서 '창가'가 어린이들 노래로 유행하였으므로 반드시 그 차이를 알리고 구분할 필요가 있었다. 창가는 "교훈과 지식을 넣어 주겠다 목적한 공리적 가요(功利的 歌謠)"(1회, 31쪽)라 규정하였다. 따라서 어린이들이 읽어도 재미가 없을 뿐 아니라 부자연하고 뜻도 잘 알 수 없다는 것이다. 시와 동요는 동심을 어린이들의 말로 표현했는가 여부로 갈린다고 보았다.

'동요 짓는 법(동요작법)'에서는 예술감, 구상, 표현, 모방과 창작, 음운과 격조 등 5가지 항목으로 나누어 살폈다. 이론적 기반은 사이조 야소(西條八十), 미키 로후(三木露風) 등의 도움을 받았다. 이상의 내용은 김태영의 '동요작법'에 기댄 바가 크다. 김태오 나름의 설명과 강조점이 김태영과 다르므로 예시 동요가 다르긴 하지만, 내용의 기조는 거의 같은 맥락이다. 박기혁(朴璣爀)도 김태오와 같이 저서의 일부분으로 「동요 작법」을 남겼다. 동요의 정의, 제재, 창작의 마음가짐, 형식 등 4개 항목으로 나누어 실제 작품을 예로 들어 설명하였다.[249]

송창일(宋昌一)도 동요 창작에 대한 글을 여러 차례 발표하였다. 『아이

---

249) 박기혁, 「동요작법」, 『(창작감상)조선어작문학습서』, 이문당, 1931.3, 84~98쪽.

동무』에 연재한 「아동문예 창작 강좌 - 동요 편(3~4)」(『아이동무』, 1935년 3월호~4월호)과 『가톨릭소년』250)에 연재한 「아동문학 강좌 - 동요 편(전9회)」(『가톨릭소년』, 1937년 11월호~1938년 8월호)이 대표적이다.

「아동문예 창작 강좌」는 3, 4회만 확인하였을 뿐 전체 연재분을 확보하지 못해, 동요작법의 일부분만 살펴볼 수 있다. 동요의 취재에 대해서는 '추억시로써의 동요', '상징시로써의 동요'로 나누어 설명하였다. 추억시는 작자가 유년시대의 기억이나 경험을 추억하는 시다. 따라서 예술적 가치가 있는 훌륭한 시가 된다고 보았다. 송창일도 설명의 편의를 위해 구체적인 작품을 예로 들어 제시하였다. 동요의 표현 형식에 대해서는 기법이나 기교에 초점을 맞추었다. 아동의 말, 선율(旋律) 등으로 구분하여 설명하였다. 아동의 말은 아동이 쓰는 쉬운 말이어야 한다는 점을, 선율에서는 노래하기 쉽게 리듬을 가져야 한다는 점을 강조했다.

「아동문학 강좌 - 동요 편」은 총 9회에 걸쳐 연재되다가, 1938년 8월호를 마지막으로 『가톨릭소년』이 폐간되어 나머지 내용은 확인할 수 없다. 모두 5개의 장(章)으로 나누어 설명했다. 각 장의 제목은, 동요란 무엇인가, 동요가 그려내는 아동의 세계, 동요의 교육상 가치, 동요의 요소, 동요의 창작 등이다. 제4장과 제5장은 내용을 절(節)로 세분하여 설명하였다. 동요는 어린이들의 노래 또는 어린이들이 부를 수 있는 노래로 정의하였다. 과거의 유행가와 달리 예술적 가치가 있어야 하는 현대 동요는 다음과 같은 5가지의 특성을 가지는 것으로 보았다. 자연스

---

250) 『가톨릭소년』은 국내에 자료가 거의 남아 있지 않았다. 성베네딕도회에서 한국 진출 100주년 기념을 맞이하여 독일 오틸리엔 본원에 소장된 『가톨릭소년』의 원본을 빌려와 공개하게 되어 전모를 거의 다 확인할 수 있게 되었다. 1936년 4월호를 창간호로 하여 1938년 8월호(통권28호)를 마지막으로 폐간되었다. 현재 확인할 수 없는 것은 2개 호인데, 제23호(1938년 3월호)와 제25호(1928년 5월호)이다.(최기영, 「1930년대 『가톨릭소년』의 발간과 운영」, 『교회사연구』 제33집, 2009. 12, 325~326쪽 참조)

러워야 하고, 단순한 내용이 필요하며, 아동의 말을 사용해야 하고, 상상적 요소가 많아야 하며, 그리고 동요는 의문에서 시작된다고 하였다. 평범한 사실도 곰곰 생각하면 의문이 생기게 되고 여기서 동요가 시작된다고 본 것이다. 동요가 그려내는 아동의 세계는 '아동의 실지 생활에서 얻은 작품', '아동의 상상을 나타낸 작품', '의문 속에서 생겨난 작품', '그리워하는 마음속에서 나온 작품', '우스운 사실에서 얻은 노래', '동정심에서 나오는 작품', '활동적 힘을 주는 노래', '말을 거듭 넣어 지은 노래', '물건을 사람처럼 보아 지은 동요' 등으로 나누어 설명하였다. 각 항목마다 한두 편의 작품을 예로 들어 구체적으로 알기 쉽게 설명하고자 노력하였다. 그러나 이러한 분류는 바람직한 기준을 가졌다고 보기 어렵다. 작품에 따라 항목화한 것이기 때문에 또 다른 동요를 예로 들면 새로운 항목이 추가되어야 한다. 분류의 기준을 설정하지 못했기 때문이다. 다만 송창일이 성실한 태도로 아동잡지와 신문에서 발견한 동시를 현상 그대로 정리한 점에서 일정한 의미가 있다고 하겠다. 동요의 교육상 가치로는, 자신을 창조하며 발견하는 점, 정서의 표현, 지력의 발달, 관찰력의 예민, 동정심의 증진, 말의 교육 등으로 정리하였다. 동요의 요소로는 형식(形式)적 측면과 내용(內容)적 측면으로 나누어 설명하였다. 형식적 측면으로는 아동의 말로 쓸 것, 노래하는 기분을 쓸 것, 글자 수(數)에 구속되지 말 것 등을 들었다. 내용적 측면에 관한 것은 자료의 일실로 확인할 수 없었다.[251] 제5장 동요의 창작은 '동요 창작의 의의', '창작상 요건', '동요와 시', '동요의 취재' 등 4개의 절로 나누어 설명하였다. 동요 창작의 의의는 너무 교육적 효과만 노려 공리적 도구로 사용하는 것은 바람직하지 않고 정신작용과 육체적 활동에 직간접

---

251) 5회분이 수록된 『가톨릭소년』(제3권 제4호, 1938년 4월호)은 51쪽부터 자료가 일실되어 내용을 확인할 수 없다. 6회분이 수록된 『가톨릭소년』(제3권 제5호, 1938년 5월호)은 자료의 부재로 전체 내용을 알 수 없다.

으로 영향을 미친다고 보았다. 창작상 요건으로는 약동적 노래를 쓸 것, 야비한 말을 피할 것, 미신적 내용을 피할 것, 참혹한 내용을 피할 것, 음악적 리듬을 가질 것, 작품의 중심점을 잃지 않도록 할 것 등을 제시하였다. 제3절 '동요와 시'는 다음과 같이 구분하였다. 그러나 내용을 살펴보면 큰 차이가 없음을 알 수 있다.

> 동요는 일종의 시(詩)입니다. 그 표현에 잇서서 아동이 알기 쉽도록 된 것이면 어룬의 시와 구별될 수 잇는 동요가 될 것입니다.
> 그러나 시와 동요를 엄밀하게 감상하여 본다면 시는 취재(取材)에 잇서서나 형식(形式) 운률(韻律)에 잇서서 자유(自由)로운데 비하야 동요는 년령 제한을 받는 동시에 말의 구속을 받는 점이 다른 것입니다. (9회, 23쪽)

동요는 시다. 시 가운데 아동이 알기 쉽도록 하여 어른의 시와 구분되면 동요가 된다. 시는 취재나 운율이 자유로우나 동요는 연령 제한과 더불어 말의 구속을 받는 점이 다르다. '말의 구속'은 쉬운 말을 써야한다는 의미도 포함되지만, 그보다 운율상 정형률이어야 함을 가리킨 말이다. 앞서 정열모의 『동요작법』에도 '시와 동요의 구별'(41~74쪽)을 싣고 있는데 내용은 대동소이하다. 마지막이 '동요의 취재'다. 동요를 시로 보면 취재의 범위에 제한이 없다고 하였다. 그러면서도 어른이 아동을 위해 창작하는 동요와 아동 자신이 창작하는 동요로 구분하여 설명하려 한 것으로 보아 일정한 범위에서 제한점이 될 것들을 언급하려고 한 것으로 보인다. 이하 내용은 매체의 폐간으로 인해 확인할 수 없어 위와 같이 짐작해 본 것이다. 송창일의 동요론도 다른 사람의 동요작법에서 말해왔던 것과 특별히 다른 것은 없다. 개념에 대한 나름대로의 정의(定義)를 내리고 그에 맞춰 예시 작품을 제시하며 설명하는 방식도 다르지 않다.

일제강점기를 통틀어 윤복진(尹福鎭)의 「동요 짓는 법(전4회)」(『동화』, 1936년 7-8월 합호~1937년 4월호)이 마지막 동요작법이다. 윤복진은 윤석중(尹石重)에 버금갈 정도의 작품 수준과 창작량을 가진 동요 작가다. 윤석중과 마찬가지로 아동문학을 일반문학으로 나아가는 발판으로 삼지 않고 일관되게 동요 창작에 정진하였다. 음악에도 조예가 깊어 동요 창작에 한층 탄력을 받았던 것 같다. 동요란 근본적으로 어린이들이 노래로 불러야 할 것이기 때문이다. 윤복진의 작품은 박태준(朴泰俊), 홍난파(洪蘭坡) 등의 작곡을 얻어 널리 불린 노래가 많았다. 해방 후 그가 월북함으로 인해 금지곡이 되었고, 박태준의 요청에 따라 윤석중이 개작을 하였지만 사람들에게서 잊히고 말았다.

윤복진은 "훌륭한 작가는 작가인 동시에 리론가가 되어야 하겟"(1회, 22쪽)다고 주장하였다. 그러나 작가가 반드시 이론가가 될 필요는 없다. 좋은 작가가 좋은 이론가인 것도 아니다. 거꾸로 이론에 밝다고 해서 좋은 작품을 창작하는 것도 아니다. 둘을 겸비할 수도 있겠지만 긴밀한 상관관계가 있는 것은 아니다. 윤복진은 두 가지를 고루 갖추기를 원했고 일정 부분 겸비했다고 평가할 만하다. 작품보다 비평이 많은 것은 아니지만, 이론비평과 실제비평에 참여한 것도 사실이다. 「3 신문(三新聞)의 정월 동요단 만평(전9회)」(『조선일보』, 1930.2.2~12)은『중외일보』,『동아일보』,『조선일보』등 세 신문에 실린 작품을 대상으로 한 동요 비평이다. 구체적인 작가와 작품을 대상으로 한 점에서 실제비평이라 할 수 있지만, 동요와 동심의 개념, 운율, 동요와 작곡 등 이론적 측면에도 소홀하지 않았던 것으로 보면 이론비평의 성격도 갖고 있다. 그 뒤『아이생활』에서 독자 작품에 대한 '선후평(選後評)'을 써 소년문사들의 창작을 도왔다.

「동요 짓는 법」은 크게 동요의 개념과 동요의 의의로 나누어 설명하였다. 윤복진이 말하는 동요는 "어린이의 거짓 업는 마음에서 울어난 아름다운 노래(詩歌)"(2회, 24쪽)다. "'동요'는 어린이들의 노래(詩歌)이요 동요는 어린 그네들의 산 마음에서 울어난 향그러운 무-드(情緖)를 어린 그네들이 쓰는 쉬운 말로써 읊어 논 시가(詩歌)"(3회, 22쪽)이다. 어린이들의 삶과 정서를 어린이들의 말로 읊은 시가라는 뜻이다. 유지영이나 한정동, 김태영이 말한 동요의 개념과 대동소이하다. 윤복진은 사람들이 왜 노래를 부르며 어떻게 그 노래를 짓는가를 다음과 같이 두 가지로 말한다. 하나는 자기표현욕(自己表現欲)이고 다른 하나는 모방충동욕(模倣衝動欲)이다. 동요의 의의를 말하면서는 우리 문학의 일본 영향에 대해 다음과 같이 말했다. 동요의 과학적 의의를 찾아보자는 대목인데 일본 서적이나 이론가들을 참고하였다는 의미가 될 것이다.

> 이 땅의 새로운 문학이 새로운 예술운동이 일본 내지(日本內地)의 문학운동과 예술운동에 적지 않은 자극과 충동을 받어 이러난(再生)지라. 동요란 문학도 필연적으로 이 신세를 지지 앓을 수 없게 되고 또 직접 간접으로 않은 영향을 밧게 된 팔자도(事實) 부인할내야 부인할 수 없는 너무나 커다란 사실이겟습니다. 독자 여러분 가운데 아시는 분은 잘 알고 게시겟지만 명치문학(明治時代文學)과 특히 랑망주의문학(浪漫主義文學)과 자연주의문학(自然主義文學)이 한창 꽃을 피울 때 이 땅의 선학자(先學者) 최남선(崔南善) 선생, 리광수(李光洙) 선생들이 동경 류학 시절에 그 지혜스러운 눈을 돌리고 귀를 귀우러서 마츰내 이 땅에도 그러한 운동을 옮겨 놓앗습니다. (3회, 22쪽)

일반문학이 그랬던 것처럼 동요 곧 아동문학에 관한 운동도 일본의 문학운동에 자극을 받고 충동을 받아 일어난 것이라고 하는 것이 요지다. 언어의 성질이나 문법상 유사성이 일본의 영향을 받게 된 직접적인 이유이고, 7·5조나 8·5조 등의 율격도 일본과 같은 형태라고 하였다.

일본 영향설을 강조하는 것은 기타하라 하쿠슈(北原白秋), 사이조 야소(西
條八十), 오가와 미메이(小川未明), 야나기사와 겐(柳澤健) 등의 이론에 기대고
있는 데서도 확인된다. 그러나 윤복진은 일방적인 수용에 그친 것이 아
니다. 단순 인용이 아니라 취할 것은 취하되 자신의 주장도 제시하고
있어 비판적 수용이라고 평가하는 것이 바람직하다. 기타하라 하쿠슈가
동요는 어린이의 마음으로 돌아가야 한다고 한 데 반해, 사이조 야소는
어린이의 마음으로 돌아갈 것이 아니라 어린이와 어른의 마음 사이의
같은 점(類似點)을 찾는 것이라 하여 서로 의견을 달리 한 점을 주목하였
다. 물론 두 사람은 동요가 "어린이의 마음(童心)을 어린이의 말(言語)로
쓴다."(3회, 24쪽)는 것에는 동일한 견해를 보였다. 윤복진은 어린이의 마
음으로 돌아가는 것은 어려운 일이고, 어른의 마음과 어린이의 마음이
어느 찰나에 합치되는 경우가 있다고 상정하였다. 윤복진은 "왕왕(往往)
히 합치(合致)되는 마음을 읊은 노래 곧 '어른의 동요'"(3회, 25쪽)를 생각하
고 있다. 어린이의 감각으로 돌아가지 않고 어른의 마음 그대로 어린이
의 마음과 합치될 수 있다는 점에서 기타하라 하쿠슈의 동요관과 다르
다. 어른과 어린이 사이의 마음의 유사점을 떠나서도 어린이의 마음과
융합되는 경지로 들어갈 수 있다는 점에서 보면, 사이조 야소의 동요관
과도 일정한 차이가 있다. 다소 모호한 개념인데 윤복진은 야나기사와
겐(柳澤健)의 '제삼세계(第三世界)' 개념을 빌려와 설명하려 한다. '제삼세계'
는 바로 "동요 시인 또는 동요 작자의 심령은 어린이가 되는 것이 아니
라 어린이의 세계와 어른의 세계 사이에 가로놓여 있는 제삼세계를 창
조(創造) 또는 발견하여야 한다."(완, 24쪽)는 데서 나온 것이다. 이는 오가
와 미메이(小川未明)가 "내가 보는 아동예술은 어린이 마음의만 압필-(呼
訴) 되는 데 만족치 안코 더 나아가 인간의 마음속에 기피 간직해 둔 영
원의 아동성으로 향해 창작의 목표를 두지 안흐면 안 된다."(완, 24쪽)고

한 것과 연결된다. 아동문학은 어린이의 마음에만 호소하는 것이 아니라 어른의 동심을 찾는 데도 창작의 목표를 두어야 한다는 말이다.

이상과 같이 일본 아동문학계의 내로라하는 작가이자 이론가들의 주장을 살핀 다음 윤복진은 자신의 아동관(兒童觀)을 정리하였다. 아동을 굳이 연령만으로 말할 것이 아니라 어른이란 목표를 향해 나아가는 성인 이전의 인간, 나날이 향상 발전하는 인간의 초년병으로 규정하였다. 이렇게 규정하는 까닭은 우리나라 동요 작가들이 지나치게 협의의 동요관을 가진 탓에 동요의 영역이 "옹색하고 협착함에 적지 않은 불만"(완, 24~25쪽)이 있었기 때문이었다. 윤복진이 말하고자 한 동요의 의의는 다음과 같다.

1. 어린사람 그네들이 그들의 사상(思想), 감정(感情) 경험 등을 그들의 마음속에서 넘처나는 음률(音律)로써 읊은(表現) 것
2. 어룬이 어린이의 사상, 감정 경험 등에 마음에 융합(融合)을 느껴서 이렇게 융합되는 마음을 어린사람의 특유한 음률로써 읊은(表現) 것
3. 어린이의 심령이 장차 완전히 발전함으로써 그것이 도달하려고 바라는 세계를 어룬이 불러준 것 (완, 25쪽)

이 내용을 압축하여 윤복진은 다시 다음과 같이 도식화하였다.

동 ┌ (가) 어린이 자신이 부른 것
요 └ (나) 어룬이 불러준 것

1. 어린이의 현재의 심경을 읊은 것
2. 어린이가 장차 도달하여야 할 심경을 읊은 것(완, 25쪽)[252]

---

252) 이 도식은 兒童保護研究會 編의 『童話童謠及び音樂舞踊』(兒童保護研究會, 1923, 91쪽)에 있다. 이 책의 제2편 제1장 「동요의 의의와 종류(童謠の意義と種類)」(松

윤복진이 '동요의 의의'라 한 것은 '의의'가 "어떤 사실이나 행위 따위가 갖는 중요성이나 가치"란 의미보다는 "말이나 글의 속뜻"으로 들어야 하겠다. 그렇다면 동요의 개념이나 정의(定義)가 될 것이다. 다시 한 번 풀어서 정리하면 다음과 같이 요약될 것이다. 동요는 어린이가 동심을 율격에 맞추어 읊은 것과 어른이 동심에 융합되는 마음을 어린이의 음률로 읊은 것, 그리고 어른이 어린이가 도달하여야 할 심경을 읊은 것이다. 분명한 것은 어린이가 지은 것과 어른이 지은 것이 모두 동요라는 것이다. 논자에 따라서는 동요를 어린이가 지은 것이라 한 경우도 일부 있었다. 대개는 그렇지 않았고 그럴 수 없음에도 불구하고 그러한 주장이 있었던 것이 옳지 않았음을 잘 정리한 것이라 하겠다. 어린이의 현재 심경과 도달하여야 할 심경은 누가 짓느냐를 구분한 마당에서 나온 개념이기는 하나 다소 모호하다는 생각을 떨치기 어렵다. 도달하여야 할 심경은 어린이도 얼마든지 꿈꿀 수 있고, 어른이 제시할 수도 있다. 어른만이 제시한다면 자칫 교훈적 계몽성이 앞서 동심에서 멀어지게 할 수도 있을 것이다. 끝으로 동요의 중요 요소를 8가지로 정리하였는데 다음과 같다.

1. 내용(內容)인 사상, 감정, 경험 등이 어린이의 것 그대로이던지 또는 어린이로 하여금 반다시 가저야 할 그것으로
2. 그 음률(韻律)이 어린이의 심령에 융합하여야 할 것
3. 쓰는 말(用語)은 어린이의 말(言語) 그대로이던지 또는 긴 생명을 가지고 그 우에 쉽게 리해할 수 잇는 것

村武雄 집필)에 아래와 같은 도표가 있다. 윤복진의 인용은 조판 과정에서 잘못이 있었던 것 같다.

童
謠
{
(A) 兒童の歌ひ出すもの
(B) 大人の歌ひ出すもの
{
甲. 兒童の現在の心境を歌ふもの
乙. 兒童の到達すべき心境を歌ふもの

4. 말(言語)의 흐름(調子)이 음악적으로 뛰여나야 할 것
5. 예술의 갸록한 향내가 높아야 할 것
6. 어린이에게 즐거움과 흥미를 복도두어 주어야 할 것
7. 동요로써 전통적 합의성(傳統的合宜性)을 가저야 할 것
8. 정서(情緖)를 제일의(第一義)로 하고 공리적 또는 도학적(道學的) 내
   음새를 띄지 말어야 할 것 (완, 26쪽)

다른 항목들은 앞에서 설명한 내용을 정리한 것이거나 추가한 것이
어서 이해에 어려움이 없다. '전통적 합의성'의 의미가 분명하지 않지
만 문맥상 전통적 정서를 담아내야 한다는 정도로 풀이할 수 있을 것
같다. 여덟 번째 항목은 창가(唱歌)의 교훈성 혹은 공리적 목적과 구분하
는 의미로 이해하면 될 것이다.

윤복진은 이 글의 말미에 자신이 참고한 책을 밝혀두었다. 마쓰무라
다케오(松村武雄)의 『동요론(童謠論)』이다. 마쓰무라 다케오의 책을 통해 당
대 일본 아동문학계의 주요 이론가인 오가와 미메이, 사이조 야소, 야나
기사와 겐 등의 주장을 인용하였다.[253]

누구를 인용하는가에 따라 논조가 갈라지고, 같은 사람을 인용해도
강조점이 많이 다를 수 있다. 장선명(張善明)이나 안덕근(安德根)의 경우 마
키모토 구스로(槇本楠郎) 등 계급주의 이론가들을 인용한 반면, 윤복진은
그렇지 않다. 일제강점기라는 시대와 사회를 어떻게 보는가에 따라 동
요작법 또한 내용이나 방법이 큰 차이를 보일 것은 뻔하다. 박세영이나

---

253) 兒童保護硏究會 編, 『童話童謠及び音樂舞踊』, 兒童保護硏究會, 1923, 90~92쪽.
　　이 책은 松村武雄, 田邊尙雄, 田邊八重子가 공동으로 집필한 것인데, 윤복진이 인
　　용한 부분은 마쓰무라 다케오(松村武雄)가 쓴 「동화 및 동요(童話及び童謠)」의
　　제2편 「동요(童謠)」의 제1장 「동요의 의의와 종류(童謠の意義と種類)」이다. 松村
　　武雄은 이 글에서 北原白秋, 柳澤健, 西條八十 등을 인용해 자신의 논지를 펼쳐
　　나갔다. 윤복진이 동요의 의의, 동요의 본바탕에 생명과 같은 가장 중요한 요소
　　로 든 것은 모두 마쓰무라 다케오의 글을 그대로 옮긴 것이다.

이동규가 기타하라 하쿠슈를 인용해도 한정동이나 윤복진과는 다른 곳에 방점을 놓는다. 시대와 사회를 보는 눈 곧 세계관이 다르기 때문이다.

동요작법이라 하여 율격이나 기법에 한정할 것이 아니다. 똑같은 대상을 두고도 무엇을 보고 어떻게 형상화할 것인가 하는 것을 결정하는 것이 세계관이다. 동요작법이 제작 기법만을 말하면 안 되는 이유다. 동요의 개념과 의의, 동요의 중요 요소를 말하는 까닭을 두고 제작 기법이 중요하지 않다고 비약할 필요는 없다. 세계관만으로 작품이 되지도 않지만, 세계관이 정립되지 않은 상태에서 기교나 기법만을 다듬어 작품을 써도 안 된다. 현실인식이 결여된 상태에서는 독자들에게 교훈도 감동도 줄 수 없을 것이기 때문이다. 내용에 더 많은 관심을 기울인 계급주의 아동문학가들과 형식에 더 공을 들인 아동문학가들의 주장은 나름대로 다 일리가 있다. 박세영과 이동규가 내용 우선주의자인 것은 물어볼 것도 없지만, 앞에서 보았듯이 선동과 계급대립을 부추기는 것만으로는 올바른 아동문학이 되지 않는다고 하였다. 윤복진은 내용보다는 형식에 더 관심이 많았던 동요작가였다. 그런데 환상과 허식을 버리고 굶주리고 헐벗은 어린이들의 생활을 반영한 현실을 노래로 불러주자고 하거나[254] 민족의식을 고취하자고도[255] 하였다. 박세영과 이동규와 같이 내용을 우선하면서도 형식을 외면하지 않는 계급주의 아동문학가들이 있었던 것처럼, 윤복진과 같이 형식에 치중하면서도 내용을 고민했던 작가들이 공존했다. 때론 진영을 나누어 다투고 비판하였지만, 일제강점기 아동문학의 바람직한 싹이 자라고 있었다고 평가할 수 있다.

해방기에도 다수의 동요(동시) 창작론이 잇따랐다.

---

254) 윤복진, 「3신문의 정월 동요단 만평(3)」, 『조선일보』, 1930.2.5.
255) 윤복진, 「3신문의 정월 동요단 만평(6)」, 『조선일보』, 1930.2.8.

해방 후 첫 번째 창작방법론은 박영종(朴泳鍾)의 「동요 짓는 법(전11회)」 (『주간소학생』 제1호~제12호, 1946.2.11~4.29)이다. 『주간소학생』은 해방 후에 결성된 <조선아동문화협회>에서 어린이를 대상으로 발간한 주간지였다. 주간은 윤석중이었고 박영종은 동요 부문 심사위원으로 활동하였다. 통권 45호(1947.4.21)까지 발행한 후 통권 46호부터 제호를 『소학생』으로 바꾸고 월간으로 발행하여 통권 79호(1950년 6월호)까지 이어졌다. 박영종의 「동요 짓는 법」은 구체적인 동요(동시)를 예로 들어 내용과 형식 전반에 걸쳐 알기 쉽게 설명하였다.

김철수(金哲洙)의 「동요 짓는 법(전19회)」(『어린이신문』, 1947.3.29~8.2)은 『어린이신문』에 연재하였다. 『어린이신문』은 고려문화사에서 발행하였고, 편집동인은 임병철(林炳哲), 김영수(金永壽), 윤석중, 정현웅(鄭玄雄), 박계주(朴啓周), 채정근(蔡廷根) 등이다.[256] 김철수의 「동요 짓는 법」도 박영종과 같이 구체적인 동요를 예로 들어 동요(동시)의 내용과 형식에 대해 설명하고 있다. 19회에 걸쳐 연재한 것을 정리하여 책으로 발간한 것이 『동요 짓는 법』(고려서적주식회사, 1949.4)이다. 『아동구락부』에 연재한 김철수의 글은 동요(동시)에 국한하지 않고 작문도 포함한 글짓기에 관한 글이다. 보고 느낀 대로, 관찰을 하고, 감각을 연마해서 쓰자는 주제로 3회를 잇고는 끝을 맺었다.[257]

해방기의 동요작법과 글짓기 관련 창작론도 어린이들의 관심과 요구에 부응한 글이다. 창작을 하고 싶은 욕구와 그에 따르지 못하는 창작 능력 간의 간격을 메우고 싶은 독자들의 요구에 작가나 잡지사가 적극적으로 호응한 결과라 할 것이다.

---

256) 「『어린이신문』 - 고려문화사서 발행」, 『동아일보』, 1945.12.2.
257) 김철수, 「보고 느낀 대로 쓰자」, 『아동구락부』, 1950년 1월호.
　　　김철수, 「글은 어떻게 지을까? - 관찰과 글」, 『아동구락부』, 1950년 2월호.
　　　김철수, 「글은 어떻게 지을까? - 감각을 닦자」, 『아동구락부』, 1950년 3월호.

5) 아동문학의 매체 비평

홍은성(洪銀星)은 소년운동과 문예운동의 시작을 각각 방정환(方定煥)의 <천도교소년회>와 노영호(盧永鎬)의 『새소리』로부터 기산하였다.[258] 최남선(崔南善)의 『소년』은 "소년잡지가 아니오 혼합형적 그 무엇"[259]이라 하여 다소 모호한 말이지만 아동문학의 출발로 치지 않았다. 그러나 김태오(金泰午)는 『소년』, 『붉은저고리』, 『아이들보이』 등 일련의 잡지를 "막연하나마"[260] 아동문학의 발아(發芽)로 평가하였다.

최남선의 『소년』에 대해서는 다음과 같은 평가가 있었다. 「독(讀)『소년』 잡지」(『서북학회월보』 제10호, 1909년 3월호)는 『소년』을 두고 "일반 소년의 교과도 되고 수진(袖珍)도 되고 미진(迷津)을 도(渡)ᄒᆞᄂᆞᆫ 보벌(寶筏)도 되고 혼구(昏衢)에 도(導)ᄒᆞᄂᆞᆫ 명촉(明燭)"(21쪽)도 된다며 잡지 애독을 권유하였다. 「(논설)『소년』 잡지를 축흥」(『대한매일신보』, 1909.4.18)은 "소년의 정신을 고취ᄒᆞ며 소년의 지식을 계발ᄒᆞ며 소년의 지기(志氣)를 분려(奮勵)"함이 급무인데 『소년』이 그 임무를 감당할 수 있다는 내용이다. 최남선의 「(소년시언)『소년』의 기왕(旣往)과 밋 장래」(『소년』 제3년 제6권, 1910년 6월호)는 『소년』을 발행하게 된 동기와 지난날의 잡지 『소년』을 돌아보고 장래를 기약한 잡지 발간자의 자기비판이었다.

본격적인 아동문학 잡지는 1920년대에 들어서 발간되었다. 그러나 수는 늘어났지만 "내용이 빈약하고 형식이 추잡"하다는 평가가 있었고, "덥허노코 동화요 덥허노코 동요라 하는 그러한 착각적 아동독물관"[261]

---

258) 홍은성, 「소년잡지에 대하야 – 소년문예 정리운동(1)」, 『중외일보』, 1929.4.4.
　　『새소리』는 노영호가 주간(主幹)이 되어 1920년 근화사(槿花社)에서 창간한 어린이 잡지이다.
259) 홍은성, 「소년문예 일가언」, 『조선일보』, 1929.1.1.
260) 김태오, 「소년문예운동의 당면에 임무(2)」, 『조선일보』, 1931.1.30.
261) 사설, 「아동독물의 최근 경향 – 제공자의 반성을 촉(促)함–」, 『동아일보』, 1929.

이 있었던 것도 사실이었다. 아동문학 매체가 늘어나자 매체 비평이 시
작되었는데, 1920년대 들어서 활발하게 전개되었다. 알다시피 1920년대
에 들어 부쩍 늘어난 아동문학 잡지들은 출몰이 무상하다 할 정도로 창
간과 폐간을 이어갔다. 시작은 있지만 끝은 흐지부지해 '유두무미의 격'
이라 하기도 하고 '삼호 잡지라고까지 혹평'되기도 하였다. 여기에는 여
러 가지 어려움이 혼재되어 있었다.

> 대개 조선 안에서 발행 되는 잡지는 <u>유두무미(有頭無尾)의 격으로 그
> 창간호로부터 이삼호(二三號)까지는 활기가 잇고 쇠 발전되어 나아감즉
> 하다가도 이삼호(二三號)가 지나가 사오호(四五號)에 잡히면 한풀 썩기
> 고 마는 것이 예사다.</u> 엇던 외국에 유학 갓다 돌아온 문사는 조선의 잡
> 지를 갈으되 <u>삼호잡지(三號雜誌)라고까지 혹평</u>하엿다. 허나 이 혹평이
> 혹평 아닌 현실임에야 엇더하랴
> 잡지 경영 사업──그 이면에는 구각적(九角的) 허다한 난관과 고심
> 이 숨어 잇슬 것이다. <u>혹은 자본난 혹은 경영난 혹은 기소난(記小難) 혹
> 은 원고난 혹은 검열난 혹은 무슨 난 무슨 난 하야 이처럼 씀직스런 난
> (難)入자가 반복되는 사업은 별로 드물 것이다.</u> 쉬울 듯하면서도 곤란한
> 것은 이것이다. 더욱 현재 조선과 가튼 정세에 잇서서는 어려운 일이
> 다.[262] (밑줄 필자)

잡지사 자체적으로는 자본난, 경영난, 기소난,[263] 원고난이 중첩되었
다. 여기에 일제 당국의 혹독한 검열난이 앞의 여러 어려움을 유발 또
는 가중시키는 결과를 가져왔다. 이 두 가지가 겹쳐 총체적 어려움을
겪게 된 것이다. 이러한 생각은 윤석중의 회고에서도 발견된다.

5.31.
262) 유백로, 「소년문학과 리아리즘 - 푸로 소년문학운동(1)」, 『중외일보』, 1930.9.18.
263) '記小難'은 열악한 신문 보존 상태로 정확하게 확인할 수 없다. '기자가 적어 어려
    움이 있다.'는 뜻이 아닌가 싶다.

> 1925년을 전후하여 우리나라에는 <u>어린이 잡지 홍수 시대</u>가 왔다. 잡
> 지란 3호를 넘기기 어렵다 하여 세 번 내고 그만둔 잡지를 흔히 '<u>3호
> 잡지</u>'라고 불렀는데, 『어린이』, 『새벗』, 『새ㅅ별』 말고도 자꾸 새 잡지
> 가 나타났다.264) (밑줄 필자)

아동문학과 잡지는 밀접한 상관관계를 갖는다. 일제강점기 조선에는
전국에 소년회가 산재했다. 소년회의 주된 활동 영역 또는 활동 방식이
소년문예운동이었다. 1920년대에 들어 표면적이나마 일제의 통제가 다
소 느슨해지자 여러 신문과 잡지가 우후죽순처럼 발행되었다. 이들 신
문과 잡지들은 독자들의 투고를 받아야 지면을 메울 수 있을 정도였다.
사정이 이러하다 보니 발행과 폐간이 줄을 잇게 되어 '3호 잡지'란 말이
나올 만했다. '잡지 홍수 시대'와 '3호 잡지'란 동전의 양면과 같아 같은
현상을 두고 다른 시각에서 표현한 것이라 할 수 있다. 김동인(金東仁)이
"삼일사건 뒤에 한 쎄 생겨낫든 잡지 홍수 시대와 삼호(三號) 폐간 잡지
속출 시대"265)라고 한 진단도 이상과 같은 문단 현상을 지적한 것이다.
잡지 발간은 재정적 여건, 편집진의 능력, 우수한 작품의 확보, 지분사
(支分社) 설치, 적정한 독자의 확보 등이 조화롭게 이루어져야 지속적인
발행이 가능하다. 그러나 앞선 의욕에도 불구하고 제반 여건이 뒤따르
지 못해 내용이 충실하지 못했다. 그 결과 발행이 지속되지 못한 아동
문학 잡지가 한둘이 아니었던 것이다.

1920~30년대 아동 문단에서 신고송(申孤松 = 申鼓頌)은 평단의 우이(牛耳)
를 잡고 있었다. 여러 논쟁에 가담했고 주요 논점을 피하지 않았다. 아
동문학 잡지에 대해 비교적 종합적이면서 체계적인 매체 비평을 시도
한 첫 번째가 신고송의 「9월호 소년잡지 독후감(전5회)」(『조선일보』, 1927.

---

264) 윤석중, 『어린이와 한평생』, 범양사출판부, 1985, 59쪽.
265) 김동인, 「녀름날 만평 – 잡지계에 대한(1)」, 『매일신보』, 1932.7.12.

10.2~7)이다. 제목에서 보듯이 소년잡지를 읽고 느낀 바를 쓴 글이다. 언급된 소년잡지는 "『새벗』, 『소녀계(少女界)』, 『소년계(少年界)』, 『무궁화』, 『조선소년(朝鮮少年)』, 『아희생활』, 『신소년(新少年)』, 『별나라』, 『어린이』"(2회, 10.4) 등이다. 이 글을 쓸 시점인 1927년도에 아동문학의 주요 4대 잡지라 하는 『어린이』, 『신소년』, 『아희생활』, 『별나라』에다 당시에 발행되고 있던 5개의 잡지를 더해 총 9개의 아동 잡지가 대상이 되었다. 신고송이 이 글을 쓰는 목적은 "편집하는 분에게 쏘는 자녀의 읽히는 부형에게 참고"(1회, 10.2)가 되게 하고자 함이다. 잡지를 만드는 편집자와 잡지를 선택하는 부형이 읽을 것을 전제로 하여, 생산과 수요의 두 주체를 대상으로 하였다. 당시 소년잡지는 "내용이 빈약하며 연구가 업"(1회)다는 것이 일반적인 인식이었다. 이것이 신고송으로 하여금 잡지 비평을 하도록 하였다. '내용이 빈약'하다는 것은 부형에게 알릴 내용이고, '연구가 업'다는 것은 편집자의 노력을 촉구한 것이다. 잡지별로 특징적인 논점을 잡아 장단점을 짚어 논평하는 방식으로 글을 전개하였다.

신고송은 1928년 3월 대구사범학교를 졸업하였는데,[266] 이 글을 쓸 당시 대구사범학교 3학년에 재학 중이었다. 울산(蔚山) 언양보통학교를 마치고 가사에 종사하다가 대구사범학교에 입학한 해가 1925년이었는데, 이 시기 전후에 아동문학에 발을 들여놓았다.

신고송의 매체 비평은 크게 두 가지 관점을 갖고 있다. 하나는 잡지 자체로서의 관점이고, 다른 하나는 잡지에 수록된 작품을 보는 관점이다. 5회에 걸쳐 연재하는 동안 이 관점은 그대로 유지된다.

『새벗』(盧炳弼 발행, 1925년 11월 창간)에 대해서는, 잡지의 가격을 5전으로 인하한 것, 표지 사진이 아름다운 것을 장점으로 평가하였다. 그러나 '새벗'이란 제자(題字)는 글자 배열이나 미감에 있어 문제가 많다는 점을

---

266) 대구사범학교 학적부 참조.

지적하였다. 내용으로 탐정 모험소설이 잡지 전체의 절반가량을 차지한 것에 대해, 교육적 가치가 없는 탐정소설을 많이 수록한 것은 잡지 판매를 위해 독자의 흥미를 끌려는 방편이라고 비판하였다. 『소녀계』(崔演澤 주간, 1926년 7월 창간)에 대해서는 내용이 정돈된 점을 빼고는 모두 문제점으로 지적하였다. 아동들이 이해하기 어려운 노래, 유머가 부족한 점, 10여 편의 동화와 소설 중 2∼3편을 제외하고 대부분 "번역과 서양 것의 모방"이라는 점을 지적한 후 조선적 기분을 넣어주라고 하였다. 존경어를 쓸 것과, 소녀 잡지이므로 문예만이 아니라 가사(家事)와 희화(戲話) 등 소녀들에게 필요한 독물도 포함하라고 권유하였다.(2회, 10.4) 『소년계』267)(崔演澤 주간, 1926년 12월 창간)에 대해서는, 외형면으로 표지의 그림이 잘 되었다고 칭찬한 후, 내용면에 관해서는 부족한 부분에 관한 지적이 대부분이다. "엄청나게 어려운 한자와 문구(文句)와 말"이 많아 독자인 아동이 이해하기 어려운 점, 2대 각본의 문제점과 그 외 여러 가지 내용이 부족함을 지적하였다. 조잡한 취미에 영합하는 내용이 아니라 아동을 연구하고 접촉하여 그들에게 도움이 될 만한 읽을거리를 많이 실을 것과, 무산소년의 지도에 많은 노력이 있기를 바란다는 부탁을 남겼다.(2∼3회, 10.4∼5) 이러한 평가는 비단 『소년계』만이 아니라 일제강점기 아동문학 잡지라면 예외 없이 새겨야 할 대목이다. 무산소년의 지도에 노력해 달라는 것은 일제강점기 80%를 상회하는 조선 민중이 바로 무산계급이었다는 점을 감안하면 당연하고도 자연스러운 요청이라 하겠다. 『무궁화』(尹小星 주간, 1926년 11월 창간)에 대해서는, 제자(題字)

---

267) 『소년계』는 최호동(崔湖東)이 단독 경영으로 발행한다고 보도되기도 하였으나,(「『소년계』 창간 준비」, 『중외일보』, 1926.11.20) 형들(최연택, 최영택)의 출판 경험과 기획을 바탕으로 발행되었다.(최희정, 「1920년대 '소년계사'의 소년운동 - 『소년계』『소녀계』 잡지의 창간과 휴간을 중심으로」, 『국학연구』 제37호, 한국국학진흥원, 2018, 550쪽)

의 맵시가 좋다는 평가로부터 시작하였다. 신고송이 표나게 주목한 것
은 『무궁화』가 농촌소년을 위하여 모든 희생을 다한다고 한 사명과 목
표다. 그리고 내용의 충실과 지면 확장을 위해 많은 연구를 해 달라고
요청하였다.(3회, 10.5) 『조선소년』(1927년 9월 창간)은 여느 잡지와 달리 평
안북도 의주(義州)에서 발간해 "북선(北鮮) 유일한 소년잡지"라 하였다. 질
책이 많은데, 사투리와 오자(誤字)가 많은 점, 표기법 문제, 과학적 독물
과 오락 취미 독물이 없는 점, 그리고 편집의 실패 등에 관해서다. "북
선(北鮮)의 유일한 잡지로써 만족 말고 전선적(全鮮的)으로 나아갈 잡지가
되기를 바"란다며 기대를 담기도 하였다.(3회) 『아희생활』에 대해서는
이 잡지의 많은 부분을 차지하는 기독교 전도가 타당한 것인가를 주로
짚었다. 표지가 무미건조하다는 점, 인쇄 글자가 잘 보이지 않는다는
점, 내용은 정돈되어 있으나 질적 측면에서 미흡하다는 점을 지적하였
다. 『신소년』에 대해서는 책의 지형을 '사륙판(四六版)'으로 바꾼 것, 표지
사진 등 외적·형식적인 것에 대해 먼저 지적하였다. 내용이 빈약해진
것을 지적하면서도 독자란의 발전을 환영하였다. 한글란을 통해 우리글
에 대한 상식을 전해주는 것과 철자법을 주해한 것을 칭찬하고, 조선
역사에 관한 글, 그리고 유년란과 삽화 등에 대해 두루 긍정적인 평가
를 내렸다. "나는 안심하고 너를 닑으며 동모에게 아우에게 닑히겟"(6회,
10.7)다고 하는 데서 신고송이 『신소년』을 바라보는 종합적인 시각을 확
인할 수 있다. 반면 같은 계급주의적 입장에서 발간하고 있는 『별나라』
에 대해서는 전반적으로 비판이 앞선다. 표지의 문제점, 지질이 나빠 활
판(活版)이 잘 보이지 않는 점, 오식(誤植)과 낙자(落字)가 많은 점 등 편집
관련의 불만 사항을 먼저 나열하였다. 『별나라』의 경우 "손수 인쇄를
하고 제본하고 또 발송을 하고 배달"을 하는 까닭에 "책 모양이 정하지
못"하며 "어엽부게 맨드러 놋코는 십지만은 엇저는 수가 업"268)다는 사

정 때문으로 보인다. 내용에 대해서도 「수호지」와 「서유기」 등 중국의
통속소설을 소년들에게 읽히자면 번역에 공을 들여야 하는데 그렇지
못한 것에 대해 지적하였다. 대체로 내용과 형식 양 측면 모두에 대해
비판 일색이다. 신고송이라면 당시 계급주의 아동문학의 선봉에 있었는
데 계급주의 문학을 표방한 『별나라』를 다른 잡지보다 더 비판한 것이
의아할 수 있다. 그 까닭은 두어 가지로 생각해 볼 수 있다. 하나는 신
고송의 평가 기준이 엄정하다는 점이다. 계급적 입장을 달리 한 윤석중
에 대해 매번 높이 평가한 것이나, 『어린이』는 "안심하고 아동에게 읽
힐 수 잇는 잡지"(6회, 10.7)라면서도 "『별나라』 가튼 것은 독후의 감(感)이
업다"(6회)고까지 평가절하한 것을 보면 알 수 있다. 다른 하나는 아직
뚜렷한 계급적 인식을 체계적으로 갖지 못한 까닭이라 볼 수 있다. 김
성용(金成容)이 선명한 계급의식을 드러낸 「동심의 조직화 - 동요운동의
출발 도정(전3회)」(『중외일보』, 1930.2.24~26)을 발표하자 동조하는 모습 등에
서 확인할 수 있다. 글의 말미에 잡지 전반에 대해, 내용이 부실함에 안
타까움을 표하면서 집필자 자신의 이름과 욕망을 위해 집필할 것이 아
니라 "참으로 아동을 위하여 아동을 연구하고 접촉해서 그들의 참된 벗
맛 조흔 양식"(6회)이 되어 줄 것을 요청하였다.

　신고송의 매체 비평이 있은 후, 연이어 잡지에 대한 월평이 이어졌다.
10월호에 대해서는 과목동인(果木洞人 = 延星欽)의 「10월의 소년잡지(전5회)」
(『조선일보』, 1927.11.3~8)가 있다. 『조선소년』, 『학창』, 『새벗』, 『무궁화』, 『소
녀계』, 『아희생활』, 『별나라』, 『어린이』 등을 다루었다. 이들 잡지 외에
제1회분(1927.11.3)에서 다룬 잡지가 더 있는 것으로 보이나, 신문의 부재
로 확인할 수 없다. 과목동인도 신고송과 같이 잡지의 형식과 내용을
아울러 장단점을 짚고 개선점을 제시하는 방식을 취했다. 형식적 측면

---

268) 편집국, 「『별나라』 출세기」, 『별나라』 제5권 제5호, 1930년 6월호, 25쪽.

에는 집필자의 사진 게재, 잡지 편집상의 문제 등을 언급하고 있고, 내용적 측면에서는 편집과 관련하여 개괄적인 지적을 하고 있어 작가론이나 작품론과는 다르다.

『조선소년』은 잡지 제목만 언급하였을 뿐 잡지를 구하지 못한 탓으로 논평이 없다. 『학창(學窓)』(발행인 민대호, 1927년 10월 창간호)에 대해서는 문구가 난해한 점을 들어 창간사의 문제점을 지적하고, 표지 문제, 축사, 과학과 역사 등의 내용이 독자 대상인 "소년과는 몰교섭"한 점, 문장의 종결어미, 서한 문법, 동요나 동화가 소년소녀들에게 적합한 작품인지 여부 등에 나타난 문제점을 두루 짚었다. "독자에게 심각한 유익은 고사하고 흥미를 줄 만한 것이 이삼편에 지나지 않는 것은 유감"이라며 편집자는 "소양 잇고 경험 잇는 이"(2~3회, 11.4~5)에게 맡기라고 충고하였다. 창간호에 대한 평가이므로 잡지의 외적 형식과 안에 수록된 작품에 대해 독자를 고려한 적정한 선택인가 여부 등에 대해 두루 꼼꼼하게 지적하였다. 『새벗』에 대해서는 신고송이 제호를 바꾸라고 한 것에 동의하는 것으로부터 시작한다. 이후 권두언, 동화의 제목, '비절장절참절(悲絶壯絶慘絶)'이란 용어를 빈번하게 사용하는 것의 부적절함, 일본 잡지에서 가져온 작품들이 많은 것과 그 번역이 서투른 점, 독자 대상을 감안하지 않은 수록 작품의 선정, 특집란이나 독자란인 '새벗 문단'에 수록된 작품들의 적절성 여부, 탐정소설 「독호접단(毒胡蝶團)」 수록의 부적절함, 하대어를 쓰지 말고 경칭으로 해야 한다는 지적 등 구체적인 내용을 하나하나 짚어 장단점을 평가하였다. 『무궁화』에 대해서는, 쪽수가 적은 잡지에 연재 작품을 넣은 것이 잘못이란 점, "잡동산이(雜同散離)"(4회, 11.6) 같은 것을 넣은 것은 실패한 편집임을 지적하고, 귀한 지면을 유익하게 사용하라는 당부를 담아 놓았다. 『소녀계』는 외적 형식으로 표지가 잘되지 못한 점과 여러 편의 작품이 내용상 문제가 있다는 점을 짚었다. 「6월 창작의 산감(散感)」은 독후감이라 할 수 있는데, "서로서로 잘된 것은 배호고 잘못된 것을 고쳐가기 위하야 이런 글을 쓰는 것은 조흔 일"(4회, 11.6)이라 하여 비평의 순기능을 평가한 것이라 하겠다. 과학과 취미 기사가 없는 것에 유감을 표명하기도 하였다. 실제 비평이든 이론비평이든 잡지나 신문 학예면에 비평이 실리는 것은 그만큼 작품의 수준을 높이는 데 기여할 것이고 종국에는 매체의 수준 또한 향상시킬 것이다. 『아희생활』에 대한 평자들의 공통적인 견해는 기독교 편향에 대한 비판이다. 과목동인도 "야소교(耶蘇敎) 선전", "하나님 나라로 어린 사람들을 끌어들이랴는 점"(4회, 11.6) 등의 이유를 들어 비판하거나 불쾌해하였다. 반면 조선의 역사나 동요 창작에 관한 글들에는 긍정적인 평가를 하고 있다. 다수의 소년문사들은 1920년대 아동문학의 중심 갈래였던 동요작법을 요구하였고, 「동요를 쓰실려는 분에게」는 이에 부응하는 글이라는 점에서 호평하였다. 『별나라』는 어른들이 지은 동요가 많이 수록되는데 이는 다른 잡지에 비해 하나의 특징이라 하였다. 「수호지」와 「손오공」 등 장편 작품을 싣는 것은 삼갈 일이라고 충고한다. 가련한 소년의 삶을 실감나게 그린 「달도 운다」는 현실성이 있어 독자들의 환영을 받을 것이라고 보았다. "5전짜리 잡지 중에서 압흐로 진취성 만코 결점이 적기로는 첫손가락을 꼽을 만한 잡지"(5회, 11.8)라는 후한 평가를 내렸다. 다른 잡지가 10전인데 비해 무산소년들이 쉽게 사 볼 수 있게 한다는 취지에서 반값인 5전으로 하는 점을 강조하였다. 신고송이 앞서 9월호 잡지평에서 『별나라』를 혹평한 것과는 대조적이다. 한 달 만에 편집과 내용이 획기적으로 나아질 수는 없으므로, 평가자의 시각 차이로 보는 것이 옳겠다. 연성흠은 『별나라』 동인 19명[269] 중의 한 사람일 뿐만 아니라 집필자로 활동하였다. 『어린이』에

---

269) 『별나라』(1927년 10월호)에는 '별나라 동인' 명단이 있다. 김도인(金道仁), 김영희

대해서는 신고송이 「9월호 소년잡지 독후감」에서 마음 놓고 읽힐 수 있는 잡지라고 한 평가에 동의하면서 "소년잡지 중에서 제일 첫손가락"(5회, 11.8)을 꼽을 수 있다고 하였다. 표지, 목차 등 형식 측면이나 내용 모두 장점만 들어 칭찬하였다. 다만 「파선(破船)」이란 작품의 번역이 미진하다는 것만 부정적으로 평가하였을 뿐이다.

과목동인의 아동잡지 10월호에 대한 평가 역시 그 목적은 "편집하시는 여러분에게 참고나 된다면 행(幸)"(5회, 11.8)이라 한 데서 잘 드러난다. 내용 측면이나 외적 형식에 걸쳐 매체 비평에 충실할 뿐, 작가나 작품에 대한 비평 수준의 글은 아니었다. 잡지를 바라보는 관점에 따라 비평 또한 견해가 엇갈렸다. 동일한 잡지를 대상으로 하였지만, 신고송과 과목동인의 평가는 비슷한 것도 있지마는 사뭇 다른 견해가 드러나기도 하였다.

11월호 잡지에 대해서는 궁정동인(宮井洞人 = 洪淳俊: 필명 洪曉民, 洪銀星)이 맡았는데, 「11월 소년잡지(전5회)」(『조선일보』, 1927.11.27~12.2)가 그것이다. 서두에 신고송과 과목동인의 앞선 비평에 대한 언급으로 시작하였다. "신고송 군의 '독후감'은 다소 그의 충정을 볼 수 잇섯지마는 과목동인의 그것은 넘우 형식에 흐르고 독단에 치우첫다."(1회, 11.27)고 간단하게 논평하였다. 동일한 대상에 대해 신고송과 과목동인 그리고 홍은성이 어떻게 평가하는가를 보면 그들의 입장과 비평의 기준을 가늠할 수 있다.

『새벗』에 대해 "특출한 편집수단"(1회)이 있다고 한 반면, 수록된 작품들의 내용은 빈약한 점을 지적하였다. 그리고 야키마시(燒憎シ, 복사)를 하지 말라며 표절을 경계하였다. 그 외 상식에 반하는 내용과 외국어 표

(金永喜), 이정호(李定鎬), 이학인(李學仁), 이강흡(李康洽), 염근수(廉根守), 방정환(方定煥), 박누월(朴淚月), 박아지(朴芽枝), 송영(宋影), 유도순(劉道順), 양재응(梁在應), 안준식(安俊植), 연성흠(延星欽), 진종혁(秦宗爀), 한정동(韓晶東), 최규선(崔奎善), 최병화(崔秉和), 최희명(崔喜明) 등 19인이다. 김영희는 안준식의 부인이다.

기에 관한 것 등을 구체적인 예를 들어 지적하였다. 종합하여 "『새벗』은 넘우나 결점"(1회)이 많다는 평가를 내렸다. 『별나라』에 대해서도 인쇄가 선명치 못하고 표절이 많은 점과, 나아가 군국주의에 기반한 작품들을 미담이라 한 잘못을 지적하고, 「아동 수호지」 연재를 그만두라고 하였다. 「손오공」은 재미있기는 하나 알아듣기 쉽게 해석할 것을 요청하는 등, 종합하여 결점이 적다면서도 "한 가지도 특출한 작품은 업"(1회)다며 매서운 비판을 내렸다. 『조선소년뉴스』[270]에 대해서는 적은 쪽수, 한자 사용, 장편 연재의 문제점을 지적하고, 종합적으로 내용이 빈약하다는 총평을 내렸다. 주로 편집에 대한 논평인데 "정홍교 군의 편집도 아니오나 어린 사람 박홍제(朴弘濟) 군의 편집이어서 그런지는 몰으겟지만 넘우 빈약"(1회)하다고 평가하였다. 박홍제는 <근우회(槿友會)> 정종명(鄭鍾鳴)의 아들로 모친은 투사가 되기를 원했으나 "시나 동요나 소설을 쓰는 것에 열중"[271]하였다. 『아희생활』에 대해서는 "넘우나 종교취(宗教臭)가 나서 못쓰겟다."(3회, 11.29)고 해 신고송이나 과목동인과 같은 견해를 보였다. 『어린이』도 천도교(天道敎)를 배경으로 하였지만, 『아희생활』이 『어린이』와 달리 지나치게 포교 성격을 드러낸 것을 비판한 것이다. '조선사 개관'이 너무 간단한 점과 내용에 있어 '어유쇼, 남이(魚有沼, 南怡)'를 '연유소남이(演有沼南怡)'라 한 것과 같은 구체적인 오류를 지적하고, 작품 하나하나에 평필을 대어 장단점을 들고, 맞춤법에 대해서까지 논평하였다. 결론적으로 "이 잡지도 전체를 통하야 『새벗』만큼이나 흠이

---

270) 조선소년뉴스사(京城府 長谷川町 十七番地)에서 농촌소년과 무산소년을 위해 발간한 잡지이다. 1927년 신년호가 제6호인 것으로 보아 창간호는 1926년 8월경인 것으로 보인다. 1927년 10월에 '그동안 연긔하여 오든 창간 일주년 긔렴'(「『조선소년뉴쓰』 1주년 기념 축하」, 『동아일보』, 1927.10.22)을 한 것으로 보아도 그렇다. 1928년 3월에 발간한 『조선少年뉴스』(二三月 合稿號)까지 확인된다.

271) 정종명, 「아버지 인물평 아들의 인물평 – 박홍제 평, 내가 실현하는 문인 되자 노력」, 『삼천리』 제4호, 1930년 1월호, 20~21쪽.

만타."(3~4회, 11.29~12.1)며 부정적인 평가를 내렸다. 압수가 되어 발간되
지도 못한 『무궁화』에 대해서는 "무산아동에게 안심하고 읽킬 것은 이
것뿐"(4회, 12.1)이라며 긍정적인 평가를 내렸다. "조선의 수만흔 무산아동
과 특히 농촌소년을 위하야 만흔 힘과 애를 써오는 『무궁화』"272)에 대해 궁
정동인이 이데올로기적 공감을 드러내 보인 것이다. 자신이 『무궁화』와
관련을 맺고 있었던 점과,273) 1928년 7월 27일 중앙집행위원회에서 제
명될 때까지 <카프(KAPF)> 맹원이었던 점을 연결해서 보면 이해가 된
다.274) 과목동인이 "청년학생에게 읽히는 잡지가 아닌가 하고 의심"275)
했던 『학창』은 "이대로 계속해 나간다면 소년운동권 외로 구축(驅逐)"(4회,
12.1)되어야 한다며 편집자의 반성을 촉구하였다. 『조선소년』은 평안북도
의주(義州)에서 발행한 것이어서 과목동인과 마찬가지로 홍은성도 얻어
보지 못했다며 유감을 표명하였다. 지방에서 발행하다 보니 전국적인
배포망이 제대로 갖추어지지 못했던 것으로 보인다. 『소년계』에 대해서
는 『어린이』에 견줄 정도로 기대를 하였다. 수록된 작품을 일일이 거명
하면서 장단점을 지적한 후, 기대에 부응할 수 있도록 편집자의 노력을
촉구하였다. 『아희생활』보다 더 '하나님'을 자주 사용하는 것에 대해 그
까닭을 물었다. 『소녀계』에 대해서도 표지 등 외적 형식과 구체적 작품
들에 대한 논평을 마친 후, 종교 방면으로 흐르지 말기를 부탁하고 있
다. 일제강점기에 매체 비평을 하는 경우 평자들은 예외 없이 종교색에
대해서는 비판적인 입장을 내보였는데, 홍은성은 그 가운데 대표적인
경우였다. 『신소년』은 보지 못했다고 하면서, 체재를 적게 변경한 것이

---

272) 「『무궁화』 압수 - 다시 편집 중」, 『매일신보』, 1928.2.3.
273) 홍은성은 「소년운동의 이론과 실제(전5회)」(『중외일보』, 1928.1.15~19)의 끝에,
     "냉방(冷房) 무궁화사에서"라고 하여 직접 『무궁화』를 발간하는 데 관여하고 있
     었음을 알 수 있다.
274) 「<조선푸로예맹> 맹원 4씨 제명」, 『중외일보』, 1928.8.1.
275) 과목동인, 「10월의 소년잡지(2)」, 『조선일보』, 1927.11.4.

"점점 몰락해 가는 듯한 늣김이 나서 한심"(5회, 12.2)하다고 하였다. 『신소년』은 당시 아동문학 잡지로서 중요한 역할을 하고 있었음에도 불구하고, 이렇게 평가한 것은 무산 아동을 위한 역할이 홍은성의 기대에 부응하지 못한 탓이 큰 것으로 보인다. 『소년조선』(丁洪敎 주간: 1928년 1월 창간)에 대해서는 "당국의 기휘(忌諱)에 저촉되어 원고 몰수"를 당한 사실을 두고, "소년으로서는 넘우 좌익소아병(左翼小兒病)으로 나가지 안"(5회, 12.2)아야 한다는 입장을 표명하였다. 『소년조선』은 당초 11월에 창간 예정이었으나 원고를 압수당하여 불허가되었는데,[276) 이를 두고 한 말이다.

1920년 코민테른(Comintern, 제3차 인터내셔널) 제2차 대회의 소집에 맞추어 각국 대표자들에게 배포하기 위해 작성한 레닌(Lenin, Vladimir Ilich Ul·ya·nov)의 문건이 「공산주의에서의 좌익소아병(The Infantile Sickness of "Leftism" in Communism)」[277)이다. '좌익소아병'은 이 문건에서 따온 말이다. 이 글은 당시 유럽의 노동운동 및 공산주의운동에서 상당히 광범하게 나타나고 있던 현상, 곧 운동의 '혁명성'을 유지한다는 구실로 선거 거부나 의회 참여 거부, 또는 노동조합을 비롯한 제 합법단체에서의 활동 거부를 표방하면서 스스로 대중들로부터 고립되고자 골몰하고 있던 일단의 '좌익들'을 비판하고 있다.[278)

홍은성이 『소년조선』을 두고 말한 '좌익소아병'은 지나친 성격 규정으로 보인다. 말하고자 하는 뜻은 일제 당국의 검열이 엄연한 마당에 압수나 불허가가 될 만한 내용을 굳이 고집할 필요가 있느냐 하는 정도

---

276) 「『소년조선』 압수 - 원고 검렬 중에」, 『매일신보』, 1927.11.25.
　　『소년조선』은 1928년 1월호가 창간호이다. 창간호의 발간은 1927년 12월 24일에 발간되었다.(「『소년조선』 출래(出來)」, 『매일신보』, 1927.12.24)

277) V. I. Lenin, 『The Infantile Sickness of "Leftism" in Communism』, Executive Committee of the Communist International, 1920.

278) V. I. Lenin(김남섭 옮김), 『공산주의에서의 '좌익'소아병』, 돌베개, 1989 참조.

로 보인다. 당시 아동 잡지의 내용을 일별해 보면 '좌익소아병'이라 할
정도는 아니다. 그럼에도 불구하고 압수나 불허가가 된 끼닭을 왜 '좌익
소아병'에서 찾았을까? 민족의식의 표현이나 무산계급 등에 대해 일제
가 광범위하고 치밀하게 검열하고 있었던 상황에 대응하기 위해 직접
적인 표현을 자제하여야 한다는 의미로 읽어야 할 것이다.

검열(檢閱)에 대해 조금 더 생각해 보자. 일제강점기에 잡지를 발간하
자면 여러 단계를 거쳐야 했다. 좋은 원고를 모아 편집하여 출간하는
과정도 다단하겠지만, 특히 검열을 거쳐야 했다.

> 그리하야 원고를 일정한 매수를 모흐면 그것을 책을 매여 가지고 출
> 판허가원을 써 가지고 도 경찰부 고등과를 거처 총독부 경무국 도서과
> 에 드려보낸다. 그리하야 검열(檢閱)을 맛는 것이다. 잡지쟁이들은 원고
> 를 드려보내 노코는 그것이 어서 나오기를 눈이 빠지게 기다린다. 그리
> 고 무사통과되기를 빌며 바란다. 되-게 걸리면 전부 압수를 당하야 버
> 리고 잘되면 멧 개 삭제를 아니 당하고 나온다. 그러나 잡지마다 다 그
> 런 것이 아니다. 그런 잡지가 그러타. (중략)
> 그리하면 잡지사에서는 두 권을 검열 마튼 원고와 함께 도서과에 납
> 본(納本)을 한다. 그리하야 무사통과되면 잡지를 시장에 내놋는 것인데
> 모든 것이 말하는 것 가치 그리 쉽웁지 안타.[279] (밑줄 필자)

도(道) 경찰부와 조선총독부 경무국 도서과에 이중으로 검열을 맡아야
하였다. 이 과정에서 압수, 삭제를 당하면 처음부터 다시 같은 과정을
반복하여야 한다. 검열을 통과하더라도 제본을 하여 납본을 하도록 하
였다. 이와 같이 이중 삼중으로 검열을 통과하도록 신문과 잡지에 대한
통제가 이어졌다. 따라서 검열에 걸리지 않도록 하라는 말은 3단계의

---

[279] 일기자, 「(상식)잡지가 한번 나오자면 – 이러한 길을 밟어야 한다」, 『신소년』, 1933년
8월호, 40쪽.

검열을 전제한 요청이라 할 것이다. 첫째 작가의 자기검열이다. 매체와 당국의 검열을 감안하여 스스로 내용에 대해 검열하는 것이다. 둘째 매체의 검열이다. 정간(停刊) 혹은 폐간(廢刊)으로 이어질 수 있으므로 잡지와 신문은 '××'와 같은 복자(伏字)로 가리거나 해당 작품을 수록하지 않는 방법을 자주 써야 했다. 세 번째는 최종적으로 도 경찰부 혹은 총독부 경무국의 검열이다. 잡지가 합호(合號)를 자주 발간한 데는 당국의 검열로 원고가 전량 혹은 상당량 압수(押收)되거나 다량 삭제(削除)되어 어쩔 수 없이 다음 호와 합해서 발간하게 된 까닭이 있었던 것이다.

『어린이』에 대해서는 신고송이나 과목동인과 달리 "취미본위의 총본영 『어린이』"(5회, 12.2)라고 그 성격을 규정하였다. 취미 시대는 갔으므로 '목적의식'을 갖게 해야 한다고 자신의 이데올로기를 투영하였다. 계급주의 아동문학은 1927년에 제1차 방향전환을 주창하였는데 그와 관련된 것이다. 자연발생적 시대에서 목적의식적 시대로 방향전환을 해야 한다는 것이 '방향전환'인데 '목적의식'의 의미가 여기에서 비롯된 것이다. 홍은성은 비평의 끄트머리에 다음과 같이 자신의 소회를 밝혔다.

> 쯔트로 11월 전 소년계를 통틀어 조흔 것을 개괄해 말하야 두겟다.
> 아동도서관의 설립계획과 동요연구회의 소년문예강연 예고를 필두로
> 소년운동자의 열렬한 운동이다.
> 나는 만강(萬腔)의 희망을 가지고 금후의 소년운동을 기대하고 잇다.
> 여러분의 건투를 빌며 각필(擱筆)한다. (5회) (밑줄 필자)

매체 비평의 말미에 아동도서관을 설립하려는 계획과 동요연구회의 강연을 언급하면서 이를 소년운동자의 열렬한 운동이라 하였다. 그리고 앞으로의 소년운동을 기대한다고 거듭 반복하였다. 이 글이 발표될 시점인 1927년 7월에는 <조선소년문예연맹>이, 9월에는 <조선동요연구

협회>가 창립되었고 10월 하순에는 아동도서관 설립을 발기하게 되었
다.[280] 소년문예운동이 소년운동과 밀접한 관련을 맺고 있다는 점과 이
러한 운동을 지도하고 조정하는 역할은 <조선프롤레타리아예술동맹>
이 맡았다는 것을 확인할 수 있다.

1927년 11월호 소년잡지에 대한 비평은 궁정동인에 이어 적아(赤兒)도
시도하였다. 지금까지 9월호는 신고송, 10월호는 과목동인(果木洞人 = 延星
欽)이 분담하여 매체 비평을 이어 왔다. 그런데 11월호에 대해서는 궁정
동인(宮井洞人 = 洪銀星)과 적아가 함께 매체 비평에 가담하였다.

적아는 「11월호 소년잡지 총평(전8회)」(『중외일보』, 1927.12.3~11)의 첫 2
회에 걸쳐 비평의 개념과 방법을 자기 나름대로 진술하고 있다. 감상비
평(鑑賞批評)의 효용과 문제점을 언급하고는 자신의 비평기준을 밝혔다.

> 감상비평의 성(城)을 넘어서지 못한다면 그 결과는 작품을 쓰는 이가
> (현금 소년문학은 동요를 제한 외에는 창작이 드므니까 사실 감상비평
> 을 하기도 어려우나 이것은 특히 닥처올 압날 현상을 생각하고 쓰는
> 것이다.) 자기의 이름만을 내기 위하야 기교(技巧)한 소위 수완만을 발
> 휘하기에 열중할 것이오 <u>비평가는 그 기교와 수법의 섬섬(纖纖)한 미식
> (味識)만을 자랑하게 될 것이다. 그리고 보면 작품을 쓰는 이는 소재를
> 엄선할 만한 준비도 양심도 업시 그저 교치(巧緻)에만 부심할 것이다.</u>
> (1회, 12.3) (밑줄 필자)

적아가 말하는 감상비평은 기교와 수법에 치중하는 비평이다. 적아
가 생각하는 바람직한 아동문학은 무슨 내용을 쓸 것인지를 고민하는
것이다. 그런데 비평가가 감상비평에만 머물면, 작가 또한 감상비평의

---

280) 김태오, 「정묘 1년간 조선소년운동(2) – 기분운동에서 조직운동에」, 『조선일보』,
　　　1928.1.12.
　　「<조선아동연구협회>를 창립 – 동요에 유지한 청년문사가」, 『조선일보』, 1927.9.3.
　　「<조선소년문예연맹> 창립 – 긔관지도 발행」, 『중외일보』, 1927.7.26.

대상인 기교와 수법의 교치만을 위해 노력하게 된다. 따라서 적아는 잡지 비평의 방향을 달리하겠다는 것이다. 적아의 입장은 매체 비평의 대상이 되는 잡지를 선정하는 데서부터 드러난다. 대상 잡지는 『조선소년뉴스』, 『소녀계』, 『소년계』, 『새벗』, 『별나라』, 『조선소년』, 『학창』 등이다. "『아희생활』은 우리 뜻에 어글어진 잡지이니까 애저녁에 그만두겟다."(3회, 12.5)며 아예 비평 대상에서 제외하였다. 『조선소년뉴스』의 수록 작품을 하나하나 논평하는 것은 다소 의견의 차이가 있다 하더라도 표 나게 다른 것이 없어 앞의 평자들과 차이가 없다. 끄트머리에 "방향전환! 입으로만 부르짓지 말고 거긔에 갓가운 것"(3회, 12.5)을 수록하는 것이 중요하다고 하였다. 『소년계』에 대한 비평에서 눈여겨볼 것은 외국 동화 번역에 관한 것이다.

　특히 외국동화를 역(譯)하는 이로 주의해야 할 것은 <u>외국동화를 역 (譯)할 째에 그 동화ㅅ속에 억압, 유린, 고통, 곤란으로 들이찬 조선 현 상과 부합한 점이 잇다면</u> 절실히는 모사(模寫)할 수는 업겟스나 (주위 사정으로 보아) 될 수 잇는 대로는 표현시켜야 할 것이오 <u>넘우 몰교섭 (沒交涉) 배부른 자의 하폄 가튼 글은 애당초에 옴겨 놀 생각도 말아야 할 것</u>이다. (4회, 12.6) (밑줄 필자)

조선의 현실과 몰교섭한 작품은 번역할 생각도 하지 말라는 것과 굳이 옮긴다면 조선화시켜야 한다는 주장이다. 「사자(獅子)의 보은」은 좋은 동화지만, 작품의 배경인 로마에서만 주종관계가 있는 것이 아니라 반상(班常)의 구별이 있던 조선도 같은 상황이므로, 이를 조선화시켜서 "은연(隱然)한 가운대 철저한 계급의식을 독자에게 너허줄 필요가 잇"(3회, 12.5)다고 하였다. 번역자 모윤숙(毛允淑)을 호명하여 조선과 관련이 없고 배부른 자들이 생각한 세계를 번역하는 것은 잘못이라고 직격하였다.

적아는 글쓴이를 직접 거명하여 자신의 소신을 피력하는 방식을 취했다. 적아 역시 수록 내용과 구성 등에도 관심을 둔다. 동화와 애화(哀話)가 너무 많고 과학 독물이 없는 점을 비판하고, 자연과학과 사회과학적 독물도 수록할 필요가 있음을 지적하였다. 그러나 주로 수록 작품의 내용에 치중하고 있는 점이 앞서 매체 비평을 했던 평자들과 다른 점이다. 『소녀계』에 대해서도 작품마다 논평하는 방식을 이어가면서, 작품의 원작 찾기, 다른 잡지에 실렸던 작품의 재탕 문제, 독자 작문과 독자 동요란을 구분하지 않아 생긴 혼란 등 편집자의 자세 문제와 특정 갈래에 편중된 편집 문제를 꼬집었다. 작품 원작을 찾은 예로 고장환(高長煥)의 동화극 「파랑새」에 관한 비평을 들 수 있다. 마테를링크(Maeterlinck, Maurice Polydore Marie Bernard)의 「파랑새」 가운데 한 부분을 떼어 온 것임을 지적하고는, 6막 전부를 읽혀도 이해하기 어려운 것을 한 부분을 떼 내어 1막으로 제시하는 것의 무책임을 질타하였다. 『새벗』의 새로운 방향모색을 평가하면서도, 일본 잡지를 무분별하게 번역한 문제점과 재정적 이유로 실은 광고가 연애소설인 것에 대해 비판하였다. 『학창』도 작품마다 논평을 하는 방식은 같은데 주목할 만한 논의는 일본어를 문면에 노출시킨 「철(鐵) 갈퀴」라는 작품에 대해 비판한 점이다. 독자란의 작품 선정에 더 신경을 써 줄 것도 당부하였다. 주요 아동잡지인 『어린이』, 『신소년』, 『무궁화』가 발간되지 않아 보지 못했음에 유감을 표시하였다.

앞에서도 조금 언급하였듯이 적아의 잡지비평은 형식적 측면을 외면하지는 않았지만, 내용 곧 무엇을 소재로 한 것인가, 그것이 아동의 입장에서 적절한 것인가에 초점을 둔 것이었다. 작품마다 논평을 하고 논평의 양도 상대적으로 길었지만 궁극적으로는 해당 매체에 대한 비평인 것은 다른 평자와 크게 다르지 않았다.

적아의 매체 비평에 대해 박홍제(朴弘濟)가 「운동을 교란하는 망평망론을 배격함 - 적아(赤兒)의 소론을 읽고」(『조선일보』, 1927.12.12)로 반론하였다. 앞서 발표한 신고송(申孤松), 과목동인(果木洞人), 궁정동인(宮井洞人)은 "소년운동을 기준"하였다거나 "엄정히 비판" 하였다면서도 적아의 비평에 대해서는 "당돌히 망필(妄筆)을 우롱(愚弄)하였다고 한 까닭은 무엇일까? 방향전환을 주장하던 계급주의 아동문학의 관점에서 볼 때 적아가 '예술비평'을 운위하였다는 것을 공격 포인트로 삼은 것이다. 운동의 교란을 걱정한 것은 이해할 수 있으나, 적아도 계급의식의 주입을 강조하는 등 내용에 있어 다른 사람들의 비평과 큰 차이가 없는 것을 보면, 진영 간의 비판이란 느낌을 지우기 어렵다. 매체 비평에 있어 적극적인 반론은 이것이 처음이자 마지막이었다.

12월호 잡지 비평은 「'소년잡지 송년호' 총평(전5회)」(『조선일보』, 1927.12.16~23)이란 제목으로 『조선일보』 지상에서 이루어졌는데, 11월호 소년잡지에 대해 비평을 한 바 있던 홍은성(洪銀星)이 시도하였다. 홍은성이 잡지 비평을 하는 이유는 "소년운동의 표현기관으로 되어야 할 소년잡지가 기개(幾個) 경영자의 사리(私利) 또는 대세의 몽매(蒙昧)한 집필의 글"(1회, 12.16)을 싣는 것을 경계하기 위해서다. 홍은성이 본 조선의 소년운동은 자연생장기에서 목적의식기로 들어서고 있는 중이다. 여기서 목적의식이란 "<조선소년연합회>의 창립과 아울러 그의 강령을 관철하는 조직적 운동"(1회)이다. <조선소년연합회>의 '선언'과 '강령'은 다음과 같다.

◇ 선언
이산(離散)으로부터 통일집력(統一集力)에 기분적 운동에서 조직적 운동으로 우리 소년운동은 방향을 전환할 절대필연에 당면하엿다.
이 중대한 시기에 입(立)한 우리는 오늘까지의 왼갓 사정과 장격(障隔)을 초월하야 일치상응 전 운동의 통일을 기(期)하고 이에 <조선소년

연합회>를 창립한다.
　◇ 강령
　1. 본회는 조선소년운동의 통일적 조직과 충실한 발달을 도(圖)함
　1. 본회는 조선소년운동에 관한 연구와 그 실현을 도(圖)함[281]

　홍은성의 주장과 <조선소년연합회>의 강령을 결합해 보면, 조선의 소년운동을 조직적으로 통일시켜 충실하게 발전하게 하고, 소년운동에 관해 연구하고 그 결과를 실현하도록 하는 것으로 요약된다. 이 말을 뒤집으면, 지금까지 소년운동은 통일되지 못해 충실한 발전이 이루어지지 못했고, 소년운동에 관한 연구도 없었다는 것이 된다. 자연생장기에는 기분적으로 무산계급임을 인식하던 차원에서 이제 조직적 운동으로 방향을 전환해야 하는데 그것이 바로 목적의식기에 해당한다. 소년운동을 연구하고 실현하도록 하기 위해서는 문학이 유력한 수단이자 방법이 되어야 하고 소년잡지는 바로 그 소년운동의 표현기관 역할을 하여야 한다는 것이다. 따라서 소년잡지가 그 역할을 제대로 하고 있는지에 대해 비판적 시각으로 살펴보는 것이 매체(잡지)비평이 할 일이라고 요약할 수 있다.
　『무궁화』 2주년에 즈음하여 윤소성(尹小星)의 「두 고개를 넘으면서」를 실었다. 그 내용을 두고 홍은성은 "『무궁화』라는 잡지의 험한 세상을 거러왓고 또 한 해를 넘게 되엇다는 비통한 애소(哀訴)"라며 이를 "조합주의"로 단정하고 비판하였다. 『무궁화』만이 험한 길을 걸어온 것이 아니고, "오날 조선소년운동이 집중적 쏘는 총체적으로 일"해야 하고 "<조선소년연합회>의 표현기관이 되"(1회)어야 하는 터에 마땅치 않은 말이라고 보았기 때문이다. 최청곡(崔靑谷), 남천석(南千石) 등에 대해서도 마찬가지로 조합주의적 입장을 비판하였다. 사회운동에 있어 '조합주의

---

281) 「<소년연합회> 창립 준비 진행 – 십월 십륙일에 창립대회를 개최할 터」, 『동아일보』, 1927.9.3.

(組合主義)'란 무엇인가?

> 조합주의라는 것은 무산계급의 해방투쟁을 대중의 자연생산성의 한
> 계 내에 국한시키어 가지고 투쟁원리를 세우는 것을 말함이다. 그러므
> 로 조합주의는 혁명적 정치투쟁을 거부하고 경제투쟁에만 치중하여 경
> 제투쟁의 보조적 연장으로서 의회적 정치투쟁 등의 합법주의적 투쟁원
> 리로 하는 이데올로기이다.[282]

원래 무산계급 해방은 제1의적 원리가 경제투쟁이 아니라 정치투쟁
이다. 정치투쟁의 종국적 목표는 부르주아가 갖고 있는 정치권력을 쟁
취하는 것이다. 그런데 '조합주의'는 경제투쟁에 국한한다. 이 말은 자
본주의 제도를 인정하고 노동자의 경제적 지위를 향상하는 것에 노동
운동의 목표를 제한한다는 뜻이다.

홍은성이 「'소년잡지 송년호' 총평」을 쓴 1927년 말경에는 조선의 소
년운동이 방향전환을 선언하여 정치투쟁을 지향하고 있었다. 그런데 윤
소성이 무산소년을 위한다는 명분으로 창간한 잡지 『무궁화』의 2주년
을 맞아 창간 정신을 잊고 지난 시기의 어려움이나 토로하는 것이 마땅
치 않았던 것이다.

홍은성의 비평에는 어김없이 일본 작품의 표절이나 번역에 관한 지
적이 따른다. 홍은성은 1924년 도쿄세이소쿠영어학교(東京正則英語學校)를
졸업하고 1927년에는 도쿄(東京)에서 조중곤(趙重滾), 김두용(金斗鎔) 등과 함
께 <제삼전선사(第三戰線社)>를 결성하여 기관지 『제삼전선(第三戰線)』(창간
호, 1927.5)을 발간하였다. 그만큼 일본 문단의 사정에 밝았다. 아울러 일
제강점기 내내 일반문학과 아동문학을 망라하여 가장 왕성한 평필 활
동을 한 문인 중의 한 사람이다. 이렇듯 일본과 조선의 문단 사정을 꿰

---

282) 「조합주의」, 이석태 편, 『사회과학대사전(재판)』, 문우인서관, 1949, 622쪽.

뚫고 있는 그로서는 번역과 표절 여부를 밝힐 수 있는 남다른 정보를 갖게 된 것으로 보인다.

『아희생활』의 작품 논평에 덧붙여 종교적 색채를 띠지 말 것을 요청한다. 논평의 대상에서도 제외하던 적아(赤兒)와 달리 "모든 힘을 집단적 단일적으로 합하기를 위하야는 노동소년, 농촌소년, 종교소년 모든 소년대중으로 하야 <조선소년연합회>로 결성 집중"(4회, 12.22)해야 한다고 보기 때문이다. <조선소년연합회>의 강령을 관철하기 위해 조직적 운동을 전개함에 있어 잡지는 표현기관으로서의 역할을 수행해야 한다고 보는 홍은성의 시각이 잘 드러나 있다.

월평(月評) 형식으로 매체 비평에 참여하던 홍은성이 '소년문예 정리운동'이란 이름으로 소년잡지에 대한 비평을 시도하였다. 「소년잡지에 대하야 - 소년문예 정리운동」(『중외일보』, 1929.4.4~8)으로 2회, 「동화, 동요, 기타 독물 - 소년문예 정리운동」(1929.4.15)으로 1회 연재하였다. 부제가 바로 '소년문예 정리운동'이다. 소년잡지의 형식과 내용, 표절 문제, 동요와 동화가 지니고 있는 문제들을 홍은성 나름의 관점과 기준으로 개선하고 그것을 널리 확산시킨다는 뜻에서 '운동'이란 이름을 붙인 것이다. 이 글의 1회분에서는 소년잡지의 사적(史的) 발전과정과 향후 발전 목표를 정리하였고, 2회분에서는 잡지나 출판사의 '독본(讀本)'에 대해, 그리고 3회분은 소년잡지에 수록된 동화와 동요에 관한 개괄적인 논평을 하였다.

홍은성은 조선의 소년운동과 소년문예운동의 시작을 <천도교소년회>와 『새소리』의 창간으로부터 시작된 것으로 본다. 『새소리』는 1920년에 노영호(盧永鎬)가 주간이 되어 발간한 아동잡지이다.

『새소리』

나는 아이들 잡지가 슌젼이 우리 죠선말로 학교 단니는 아히들이 읽을 만 정도에서 우리 죠션력사와만 자미잇고 유력흔 여러 가지 긔사를 만이 실려 뎨일호는 시방 인쇄즁에 잇다는듸 믹월 흔번식 나오겟스며 흔권의 갑슨 십오젼(十五錢)의 싼 갑이며 발힝소는 경셩부 화동 빅일번지(京城 花洞 一〇一) 근화샤(槿花社)라는듸 우리 잡지게에 큰 빗치 되겟더라.[283]

▲ 『시소리』(창간호) 순(純)아히들보기의 잡지로 근화사(槿花社)에셔 발힝흔 바이니 우리 소년에 대흔 큰 복음이라. 그 내용은 조선 어린동 모들아 우리도 살아보자(주간 노영호)로 비롯흐야 조선역사, 금쏭 누는 소, 슐 쎼게 흐는 노릭, 아버지 잡수시는 술을 씉어 들일야면, 상 주고 아이들 그모 등 참으로 취미가 진진(津々)흔 기사가, 가득흐더라. 발매소 경성부 화동 101 근화사 진체경성(振替京城) 8275 정가 1부 15전[284] (밑줄 필자)

『새소리』를 소년문예운동의 첫머리에 두게 되면, 최남선이 이보다 앞서 발행한 『소년(少年)』, 『붉은저고리』, 『아이들보이』를 어떻게 보아야 할 것인가? 홍은성은 최남선의 세 잡지를 소년운동보다는 "청년들의 갓 가운 물건"(1회, 4.4)이라고 보았다. 『새소리』를 소년운동과 그 문예운동의 첫머리에 내세운 이유다. 홍은성은 조선소년운동과 문예운동을 3기로 나누었다. 제1기는 최남선의 『소년』과 『붉은저고리』, 『아이들보이』 시대이고, 제2기는 <천도교소년회>와 『새소리』, 『어린이』 창간시대이며, 제3기는 최근의 시기 곧 1929년 전후의 시기이다. "순수 소년운동과 그의 문예운동은 『새소리』 창간 이후"(1회)이고, 조선소년운동은 『새소리』가 창간된 1920년에 시작되었다고 보았다. 그 후 9년여가 흐르는 동안 놀라울 정도의 양적 증가와 다소의 질적 변환을 일으켰다고 진단하였

---

283) 「새소리」, 『매일신보』, 1920.9.29.
284) 「(신간소개)『새소리』 창간」, 『매일신보』, 1920.11.10.

다. 이러한 판단은 다음과 같은 잡지 발간 양상을 근거로 한 것이다.

> 『새소리』 이후에 나온 소년잡지를 본다면 대개 나의 아는 범위 내에
> 서 보드라도 『어린이』, 『어린벗』, 『반도소년』, 『조선소년』, 『새별』, 『소
> 년신보(少年新報)』, 『신진소년』 등등 것이 나왔다가 근(僅)히 『어린이』
> 가 존재해 잇고 그 후 『새벗』, 『아희생활』, 『별나라』, 『무궁화』, 『조선
> 소년』, 『소년계』, 『소녀계』, 『소년조선』, 『소년순보(少年旬報)』 등등이
> 나온 중에 『무궁화』, 『소년·소녀 양계(兩界)』[285]가 다 휴간 혹 폐간케
> 되고 오늘날까지 구준히 나온다고 할 것은 『신소년』, 『새벗』, 『어린이』,
> 『별나라』, 『소년조선』, 『조선소년』, 『아희생활』, 『소년순보』 등등이 존
> 재해 잇다. (1회)

1920년 『새소리』의 발간부터 1929년경까지 발간되었던 소년잡지를
나열하고, 휴간 혹은 폐간된 상황을 적시한 후, 꾸준히 발간되는 잡지를
제시하였다. 당시 아동 문단을 세밀하게 관찰하지 않으면 이상과 같은
잡지의 출몰 상황을 이만큼 정확히 알기 어렵다. 그런데 이들 잡지가
소년들에게 긍정적인 영향을 미친 게 없고, "일본 소년잡지의 것을 직
수입으로 통재게로 번역해 논 것이 반수 이상"이라 한다. 이런 현상을
"늘 비평가의 붓으로 그것을 분석하고 비판해 내는 것"이 비평가의 존
재 이유이고, "소년잡지의 양적 증가보다도 질적 전환"(1회)을 부르짖어
야 한다고 주장하였다. 아동 잡지에 대한 개괄적인 논평에 이어, 소년잡
지마다 과외독본의 의도로 게재한 '어린이 독본(讀本)'이 그 목적에 적합
한가 여부를 점검하였다. 새벗사의 『어린이 독본』(회동서관, 1928.7), 『어린
이』에 실리는 「어린이 독본」, 『별나라』에 실린 「별나라 독본」이 대상이
다. 새벗사 판은 단행본인데 내용이 빈약하고 글의 장단을 구분하지 않
은 형식상의 문제에다, 여러 잡지에 수록된 무질서한 것들을 모두 끌어

---

285) '『少年·少女兩界』'는 '『소년계』'와 '『소녀계』'를 싸잡아 말한 것이다.

모아 놓은 것으로 "영리 본위"라 "완전한 실패"(2회, 4.8)라 하였다. 방정환의 「어린이 독본」이나 「별나라 독본」에 대해서도 모진 비판을 내린다.

그다음 『어린이』에 실리는 방정환 군의 『어린이』라든지 『별나라』에 실린 「별나라 독본」에 잇서서는 다들 힘을 쓰는 것은 현저하다. 짤하서 그들의 소년운동과 문예운동에 대하야 애쓰는 것을 잘 알 수 잇스나 <u>방(方) 군의 「어린이 독본」에 잇서서는 번역 풍의 일본취(日本臭)가 나</u> <u>고 「별나라 독본」에 잇서서는 문장의 저열과 조잡함을 늣기게 된 독자</u> <u>에 잇서서는 다소 조직적 사상적 지도적임에 대하야 후자에 잇서서는</u> <u>비조직적 무주의적(無主義的)이라고 볼 수 잇다.</u> (2회, 4.8) (밑줄 필자)

방정환의 「어린이 독본」은 일본 번역 풍이라고 하면서도 가장 우수하다며 학교의 보충교재로 쓸 수 있다는 긍정적인 평가를 하였다. 이 외에 『조선소년』, 『소년조선』, 『신소년』 등에 수록된 '어린이 독본' 성격의 것들은 평가의 대상이 되지도 못한다는 혹평을 내리면서, 소년잡지 편집자들에게 '독본'이란 이름을 남용하지 말라는 충고도 곁들였다. '독본'은 말 그대로 모범적인 글을 가려 뽑아 읽기 자료로 제시한 것들을 일컫는 말이다. 대체로 잡지 편집자(주간)의 몫인데 편집자의 의도와 교훈적인 내용을 담기에 용이하다. 따라서 편집자의 공력이 가장 많이 반영되었을 것이다. 그럼에도 불구하고 홍은성의 말을 그대로 따른다면 '독본'류가 의도한 당초 목표를 달성하지도 못했을 뿐만 아니라 '저열'하고 '조잡'하며 '비조직적 무주의적'이라는 것이다. 소년잡지에 실린 동화와 동요에 대해서는 3회분에서 다루었다. "동화와 동요를 쓰는 이들의 뇌(腦)부터 소제할 필요"(3회, 4.15)가 있다는 자극적인 표현으로 시작하였다. 지적한 내용을 보면 수긍할 측면이 많다. 방정환(方定煥)이 조선의 소년운동과 소년문예운동을 진흥시켜 온 점은 누구나 인정한다. 그러나 동화와 동요의 창작 측면에서 방정환이 끼친 부정적 영향에는 날카로운 비판을 가한다.

> 그것은 방(方) 군이 1에서 10까지 그의 동화가 비창작이라는 것이다. <u>거의 岩谷小波의 그것을 그대로 옮겨 온 것이 만타.</u> 이 유풍(流風)은 일본의 소년잡지를 역(譯)하는 버릇을 가르첫다고 볼 수 잇다. 조선에 소년운동이라든지 소년문예운동이 투철한 존재가 업슬 째에 일본의 그것이라도 가저다가 진흥식힌 것은 고마운 일이다. 이것을 정리하고 쏘한 조선의 것을 완성하도록 <u>창조적 뇌와 공정한 논평이 업섯든 까닭</u>이라고 말하고 십다. (3회) (밑줄 필자)

방정환은 창작적 능력이 없어 일본의 이와야 사자나미(岩谷小波)를 그대로 옮겨 온 것이 많고, 그것이 다른 사람과 소년 문사들에게 일본의 소년잡지를 번역하는 버릇을 가르쳤다고 보았다. 여기에는 매체 비평의 비평가들이 공정한 논평을 하지 않았기 때문이라는 것이다. 동요는 이제 모작(模作) 단계를 벗어나고 있으나, 동화는 아직 번역기를 벗어나지 못해 조선의 동화는 죄다 번역이어서 조선 동화 부정론자까지 있게 되었다고 보았다. 몇 달 전 혹은 몇 해 전의 것을 번역해 소년들을 만착(瞞着)하는 일은 소년문예 진흥에 부정적인 영향을 미치게 된다. 동시에 독자대중으로부터 외면받게 되고 그 결과 잡지 판매가 부진하게 되며 경영 곤란으로 이어지게 된다. 아동 문단의 이러한 분위기와 환경은 발표병에 걸린 미숙한 문학청년들을 소년잡지로 몰리게 해 악순환이 될 것이다. 홍은성이 말하고자 하는 바는 "좀 더 연습하고 토구(討究)하야써 집필"(3회)하자는 당부다.

1930년대에 들어 아동문학 잡지에 대한 비평은 김태오(金泰午)의 「소년문예운동의 당면에 임무(전8회)」(『조선일보』, 1931.1.30~2.10)가 처음이다. '1. 두어(頭語)', '2. 동요운동', '3. 동화운동', '4. 소년잡지 단평', '5. 당면 임무와 금후 전망', '6. 결미(結尾)' 등으로 나누어 소년문예운동이 당면한 임무

를 총체적으로 살폈다. '두어'에서 최남선의 『소년』과 『아이들보이』에
이어 육당(六堂)과 춘원(春園) 등의 『붉은저고리』와, 『청춘』이 발간된 것을
짚었다. 이 4개의 잡지가 발간되던 시기를 "조선 신문학운동의 여명기
요 소년문학운동의 발아기"(2회, 1.30)[286]로 자리매김하였다. 그 후 한석
원(韓錫源)의 『새동무』[287]와 방정환의 『어린이』, 신명균의 『신소년』, 정
인과(鄭仁果), 한석원(韓錫源), 김태오(金泰午) 등의 『아이생활』이 발간되어 오
늘에 이르게 되었음을 개관하였다.(2회)

　주된 매체 비평은 '소년잡지 단평' 항목에서 이루어졌는데, 5회분과 6
회분에 걸쳐 살폈다. 1920년대 아동문학 잡지에 관한 매체 비평과 마찬
가지로 이 글도 잡지별로 논평하였다. 먼저 『어린이』는 "실로 소년운동
과 그의 문예운동에 있어서 역사의 한 페이지를 점령할 것"이라고 높이
평가하였다. 그러나 "소년의 취미증장, 학교교양의 보충교재며 정서함
양"이란 발간 당시의 목적과 달라진 것이 없음을 지적하였다. 조선의
정세가 변하였고 계급적 인식이 필요할 때인데 『어린이』(주간 방정환)는
여전히 정서운동에만 머물러 있다고 보기 때문이었다. "신방향으로 사
회의식을 고조하며 사회적 진출을 요구"하면서도 정치 또는 사상 잡지
가 되라는 뜻은 아니라고 선을 그었다. 체재가 청신하고 활자의 오식이
드문 점 등을 장점으로 평가하고, 종합하여 "소년잡지 중 『어린이』는
추장(推獎)할 만한 잡지"(이상 5회, 2.3)로 평가하였다. 『아이생활』(주간 정인
과, 주요섭)이 종교적 냄새가 나는 것은 발행 주체가 종교단체인 만큼 수
긍해야 하나 지나치면 도리어 해가 되니 적정선을 지킬 것을 요구하였

---

286) 「소년문예운동의 당면에 임무」는 2회부터 시작하고 있다. 착오를 방지하기 위해
　　원문의 횟수와 일자를 기록한다.
287) 『새동무』(창간호, 1920년 12월호)는 1920년 11월 23일에 발간되었다.(「(신간소
　　개)새동무」, 『조선일보』, 1920.12.9) 김태오가 "1921년에 큰샘 한석원(韓錫源) 씨
　　주간으로 소년잡지 『새동무』가 좀 더 새로운 면목을 띄고 나온 것"(2회)이라 한
　　것은 착오로 보인다.

다. 주요섭(朱耀燮)이 편집을 맡으면서 종교적 색채가 많이 희석되었다는 것, 한글 운동을 시행하는 점에 있어 선봉에 있으나 내용은 빈약한 점(5회) 등을 짚었다. 『신소년』(주간 신명균)에 대해서는 한글에 조예가 많은 신명균(申明均)이 발행함에도 "'한글' 본위로 실행치 못함이 유감"이라는 의견을 밝혔다. 중요한 것은 "근년에 와서 푸로 작가들이 주로 소년소설을 써서 신방향으로 잡지의 정책을 전환"(6회, 2.4)한 점을 지적하였는데, 1930년대에 접어들면서 『신소년』이 표나게 계급주의를 전면에 드러낸 것과 맞물리는 것이다. 이에 대해 김태오는 너무 편중하지 말 것을 요구하였다. 당시 김태오는 사회주의로 경도되지 않았고 <카프(KAPF)>에 가맹한 적도 없다. 조선의 현실이 새로운 방향을 요구하고 있음을 수용하면서도 결코 아동문학이 지켜야 할 천진성을 포기하려 하지 않았던 그의 모습이 잘 반영되어 있다. 『별나라』(주간 안준식)에 대해서는 『신소년』과 "거리가 한 사촌쯤 되는 모양"(6회)이라고 하여 둘 다 계급주의를 전면에 드러낸 점을 알렸다. 오자가 많고 과학적 독물이 적은 점을 지적하면서도, 발행인 안준식(安俊植)이 단독으로 희생적인 노력을 하는 점을 높이 평가하였다. 『소년세계』(주간 이원규)의 성격은 "혼합형적으로 되어 있"다고 본 데서 잘 드러난다. 독자를 확보하기 위해 매호마다 새로운 기사를 싣고 과학적 독물을 포함하는 것은 장점이라면서도, "선전 삐-라식 광고는 절대금물"(6회)이라며 과장된 안내와 과시가 어린이들에게 허위의 관념을 부추기지 않을까 염려하였다. 『백두산』(주간 염근수)은 1930년 10월에 창간호를 낸 소년과학 잡지다.[288] 창간호 발간에 발맞춰 현상문제를 걸고 1등 당선자에게는 천체망원경을 상품으로 주기 위해 도쿄(東京)에다 주문하는 등으로 관심을 끌었다.[289] 과학잡지로는 유일

---

288) 「아동과학 잡지 『백두산』 창간 - 천체망원경 상품은 처음」, 『동아일보』, 1930. 10. 24.
289) 「현상(懸賞) 일등 당선자에게 천체망원경 증정 - 아동과학지 『백두산』이」, 『매일

하므로 추천하여 권장할 만하다면서도, 편집도 서투르고 내용도 부족한 점을 지적하였다.(6회)

김동인(金東仁)도 잡지에 대한 비평 대열에 동참하였다. 일반 잡지를 주 대상으로 하면서 아동문학 잡지도 포함하였다. 「녀름날 만평」이란 제하에 10회를 연재하였는데 8회분이 바로 아동문학 잡지에 관한 것이었다. 김동인은 아동문학 잡지를 싸잡아 "편집인과 그 외 종업원의 구복(口腹) 문제를 위하여 존재하는 잡지"라며 비난하였다. 비난의 내용은 판형이 모두 사륙판(四六版)인 점, 수준이 보통학교 사오년 이하의 정도인 점, 활자가 모두 "9포인트나 5호 활자"라 소년들의 눈 건강을 고려하지 않은 점, "지질(紙質)이 낫브고 인쇄가 조치 못한" 점, "내용 역시 그다지 시언하지 못"한 점을 들어 "만해(萬害)가 잇고 일리(一利)가 업는 것" 등을 꼽았다.[290]

김동인의 소년잡지 비평에 대해서는 상위비평이 있었다. 김약봉(金若鋒)이 쓴 「김동인 선생의 잡지 만평을 두들김 - 특히 소년잡지 평에 대하야」(『어린이』, 1932년 8월호)가 그것이다. 김약봉은 김동인이 지적한 내용에 대해 일일이 반론을 제기하였다. 논점이 되는 부분들을 옮겨 보면 다음과 같다.

> 가) 방금 소년잡지 중에는 내용은 별문제로 하고 체재만으로는 사륙판보다 국판(菊版)이 만습니다. 『어린이』도 국판이고요 『아이생활』도 국판이고요 『소년세계』도 국판이고 단지 『별나라』와 『신소년』만이 사륙판이랍니다. 혹 선생님이 사륙판과 국판을 혼동하야서 가치 보섯다면 모르겟습니다마는……
>
> 나) 사실은 오늘의 소년잡지 수준이 적어도 보통학교 오륙(五六)년 정도 또는 그 졸업생 정도나 되고 나이 만은 무산소년들을 표준한

신보』, 1930.10.5.
290) 김동인, 「녀름날 만평 - 잡지계에 대한(8)」, 『매일신보』, 1932.7.20.

것이 대부분이랍니다.(선생의 말슴한 것과 가튼 소년잡지도 잇기
는 하지만)

다) 그러케 선생님이 알고 계신 바와 가치 <u>잔 글자를 보고 근시안(近
視眼)될 염려가 잇는 어린 소학생들이 오늘의 소년잡지 독자에는
별로 그 수효가 업는 줄을 알어주십시요.</u>

라) <u>편즙인과 그 외 종업원의 구복문제(口腹問題)</u> 즉 배 채우기 위하
야 잇는 잡지지 천하 소년은 아불관언(我不關焉)이라는 것이 그
잡지의 발행하는 유일의 이유라 하면 이상의 고언(苦言)은 모도
취소한다고 결사를 지은 것은 이 얼마나 모욕적 폭언입니까. (중
략) 선생님은 큰 체재 큰 활자 조흔 조히 선명한 인쇄의 소년잡
<u>지를 요구하고 게시지만 불행이 선생님과 가튼 복을 누리지 못하
는 조선 다수의 근로 소년들은 그런 호강스러운 소리를 찻고 안
젓슬 여유가 업스며 선생님의 업서도 조타는, 다 망해도 조타는
그 변변치 못한 잡지들이나마 더할 수 업는 환영을 받고 그나마
도 얻어 볼 자유가 업서서 목말러하는 어린 동무가 얼마인지를
알 수가 업스며</u> 그러케 선생님의 아시는 바와 가치 몃 개인의 배
를 채워 주는 잡지라 하야 아불관언의 태도를 취하지는 안는답니
다. (2~5쪽) (이상 밑줄 필자)

"만문 만평이나 써 가지고 원고료를 바더서 소설 재료를 작만"하려
고 하는지를 의심한 후, "오늘의 조선 소년잡지 평을 쓰시기에는 너무
도 자격이 부족"(이상 5쪽)하다고 직격탄을 날렸다. 그리곤 할 말이 있으
면 지상을 통해 얼마든지 해 달라고 하였지만 김동인은 이후 아무런 대
응이 없었다. 아동문학 잡지에 대해 사실관계를 따져보면 김약봉의 말
이 다 맞다. 의견을 밝힌 부분은 보는 관점에 따라 차이가 있을 수 있으
나, 객관적인 사실관계조차 제대로 확인하지 않고 그야말로 '만평'을 쓴
탓에 '문단의 거장' 김동인은 다시 할 말이 없게 되었다. 김동인 스스로
소년잡지를 제대로 살펴보지 못했음을 자인하였기 때문이다.

그 내용의 취재에 관해서는 필자 불행히 검토하여 보지를 못하엿다.
그러나 쌔쌔로 성큼성큼 제목을 보고 역시 성큼성큼 건느면서 닑어 본
것으로라도 말하라면 내용 역시 그다지 시언하지 못하엿다.291)

「녀름날 만평」은 총10회에 걸쳐 당시 발간되던 잡지 전반에 대해 검
토를 한 글이다. 8회분만이 소년잡지에 관한 것이어서 자세히 살필 지
면 배분도 안 되었지만, 인용한 바와 같이 김동인은 제대로 살펴보지도
않았던 것이다. '때때로 성큼성큼 제목을 보고 성큼성큼 건너뛰면서 읽
어 본 것'으로 쓴 글이어서 김동인 자신도 제목을 '만평'이라 붙인 것이
아닌가 한다. 그러나 '만평'이라 하였다 해서 사실 확인도 없이 논평을
한 것이 용인될 수는 없다. 김약봉의 상위비평(meta-criticism)은 꼼꼼하게
사실에 바탕을 두고 반론을 제기한 것이어서 비평의 기본을 갖추었고
비평에 대한 비평 곧 상위비평으로서의 목적을 달성할 수 있는 글이었
다고 하겠다.

이 외 소년잡지에 대한 글들은 대개가 잡지 편집자의 일원으로서 자
신이 관여하고 있는 잡지의 기념호에 실린 회고 조의 것들이다. 이는
엄격한 의미에서 잡지비평이라 하기 어려우나 소년잡지의 실상을 가늠
해 볼 수 있는 글들이 있어 참고가 된다.

이정호(李定鎬)는 개벽사에서 잡지 『어린이』의 편집에 오랫동안 관여
하였다. 그렇다 보니 잡지 발간과 관련하여 당시 사정에 밝았고 몇몇
글을 통해 『어린이』 창간 당시의 내용을 밝히기도 하였다. 「100호를 내
이면서 창간 당시의 추억」(『어린이』 제10권 제9호, 1932년 9월호)도 그중 하나
다. 최남선의 『소년』(1908)과 『붉은저고리』(1913), 오천석(吳天錫)이 주간한
『새동무』292)가 발간되던 시기는 소년운동과 문예운동이 막막하던 시기

---

291) 김동인, 앞의 글.
292) 앞서 한석원(韓錫源)의 『새동무』라 한 것과 같은 잡지다. 한석원이 발행인이고 오

였다고 보았다. 그 후 어린이 해방 운동을 위한 <천도교소년회>의 출현에 발맞추어 어린이 예술운동을 담당한 것이 『어린이』의 발간이었다고 평가하였다.

당시 『어린이』 편즙에 잇서서는 순전히 동경(東京)에 가 게신 방(方) 씨의 손으로 원고와 체재까지 짜여 나왓고 이에 대한 선전 또는 일체 집무에 잇서서는 그때 소년회원의 한 사람으로 잇든 필자가 개벽사의 한 귀퉁이를 빌어 이를 담당하고 잇섯습니다. 그러나 우리들의 이 고심이 노력은 아모런 효과를 나타내이지 못하엿스니 이는 당시의 사회적 환경은 물론 부형의 무지 어린사람 자체의 무자각으로 긔인하야 낙망만 주엇슬 뿐이엿습니다. (19쪽) (밑줄 필자)

『어린이』의 편집은 전적으로 방정환(方定煥)의 손으로 하였고, 선전과 일체의 집무는 이정호가 맡았으며, 발간을 위한 업무는 개벽사(開闢社)에서 하였다는 사실을 알려준다. 『어린이』를 발간할 당시는 어린이를 홀대하는 사회적 환경에다 부형들의 무지, 그리고 어린이들 자신의 무자각으로 잡지를 거저 보내주어도 17~8명밖에 없던 독자가, 1932년 9월 100호(제10권 제9호)를 맞는 지금 10만이 넘는 지지자를 갖게 되었다고 회

천석이 주간을 맡았다.
◀『시동무』(창간호) 순아동잡지이니 내(內)를 견(見)흐며 ◀이상한 두루마기 ◀구챠흔 집 아희의 츌셰담 ◀클멘틴의 노러 ◀반도의 시동무들의게 ◀집 성각이 나셔 ◀에솝의 니야기 ◀소공자 등 취미 진진흔 기사가 만재흐니 1부 정가 20전(郵稅並) 발행소 경성 수송동 83 활문사서점 (「(신간소개)시동무」, 『매일신보』, 1920.12.8.)
거 11 23일(去 十一 二十三日)에 창간호를 발행흔 우리글 잡지 『새동무』 제1권 제1호는 특히 아동을 보이기 위흐야 신간된 것인디 그 내용은 순조선문으로 체제가 미려흐고 언사가 충실흐여 소년소녀를 둔 사룸들은 불가불구(不可不求)흐여 그 자녀로 흐여금 독서의 취미와 지식의 함양에 결(缺)치 못홀 호반려(好伴侶)라 흐며 기 발행소는 경성부 수송면 83번지 활문사서점이오 정가는 일부에 이십전이라더라. (「(신간소개)새동무」, 『조선일보』, 1920.12.9)

고하였다. 일제강점기에 소년잡지를 발간한 목적은 발행인이나 주간(主幹)의 생각에 따라 다양할 것이다. 그러나 공통되는 목적 또한 분명하다. 그건 계몽 의지의 발현인데, 어른이 어린아이를 교육하겠다는 생각이다. 동시에 학교교육의 보충교재로서의 역할이다. '강좌(講座)' 등의 이름으로 지식과 정보를 전달하고, 부록에 상급학교 시험 문제가 수록되는 것 등이 좋은 예다. 소년잡지의 문을 연 최남선(崔南善)이 1927년 10월 창간한 '소년소녀학술잡지' 『학창』에 "어린이 늙힐 잡지들이 매우 힘써 주엇스면 하는 점 두어 가지"라며 말한 것을 보자.

> 첫재는 재료 선택에 잇서々 조선의 사물에 관한 것을 할 수 잇는 대로 만히 집허너흘 일입니다. 조선 역사의 기술로써 조선감(朝鮮感)을 깁게 할 것이며 조선 풍토의 소개로써 조선애(朝鮮愛)를 도탑게 할 것이며 조선 사물의 설명으로써 조선 지식을 가멸하게 할 것입니다. (중략)
> 둘재는 기술방법에 잇서々 조선어의 본상(本相)과 진미(眞味)와 특조(特調)를 보지(保持)하기도 하고 발휘하기도 하고 쏘 조장하기도 할 일입니다. 조선 사람이 가지고 십흔 것은 순정한 조선문학이니 순정한 조선 사상을 순정한 조선어로 적은 것이 그것입니다.[293] (밑줄 필자)

내용은 조선의 역사, 풍토, 사물에 대한 것을 많이 수록하여 조선에 대한 사랑과 지식을 많이 습득할 수 있도록 하고, 순정한 조선의 사상을 순정한 조선어로 기술할 수 있도록 해 주어야 한다는 것이다. "잡지는 학교 이상의 학교요 교과서 이상의 교과서로 일반적으로 그 세력과 영향이 어쩌한 서책(書冊)과 문학보담 큰 것이 잇기 째문이며 더욱 어린이 잡지는 사상과 언론의 파종(播種)"[294]으로서의 역할을 해야 한다고 보

---

293) 최남선, 「『학창』 발간을 축(祝)하고 아울러 조선 아동잡지에 대한 기망(期望)을 말함」, 『학창』 창간호, 1927년 10월호, 2~3쪽.
294) 위의 글, 3쪽.

앉기 때문이다.

양주(楊州) 농소년(農少年)의 「소년지『어린이』의 경신의 퇴보」(『신소년』, 1933년 3월호)는 잡지 『어린이』만을 대상으로 한 매체 비평이다. 『어린이』가 "돈 잇는 부자ㅅ집 자식의 소일ㅅ거리 작난감"(34~35쪽)에 지나지 않으며 "부자ㅅ집 아희들의 과자갑 뺏기에는 알맛지만 무산 농공소년(農工少年)의 손때 무든 돈 10전 뺏기에는 너무나 힘들 것"(35쪽)이라 하여 『어린이』의 탈계급성을 비판하였다. 앞에서 말했던 김약봉(金若鋒)의 「김동인(金東仁) 선생의 잡지만평을 두들김 – 특히 소년잡지평에 대하야」(『어린이』, 1932년 8월호)를 게재할 때에 비해 "너무나 얼골이 뜨뜻하지 안읍닛가"(35쪽)라고 묻고 있다. 『어린이』는 방정환이 사망한 뒤 1931년 10월부터 1932년 9월까지 신영철(申瑩澈)이 '편집담임자'가 되었는데 이 기간 동안 대체로 계급주의적 색채를 띤 것을 두고 한 말이다. 고문수(高文洙)도 「(독자평단)『어린이』는 과연 가면지일까? –『어린이』에게 오해를 삼는 자에게 일언함」(『어린이』, 1932년 5월호)을 통해, 『어린이』가 신영철이 "작년 가을 시월(十月)부터 혁신호"로 "방향을 전환"하여 "과거에 이데오로기를 쌔끗이 청산"하였으나, "다시 뒷거름질을 하야 반동적으로 나갈 것인가"(36쪽)를 독자들이 주시하고 보조를 맞춰나가자고 요청하였다.

페미니즘(feminism) 시각의 매체 비평이라고 할 만한 것이 있다. 김순애(金順愛)의 「소녀 독자를 무시 – 소년잡지 편집자에게」(『별나라』, 1930년 2–3월 합호)는 소년소녀 잡지임에도 "소년만을 상대로 한 잡지"(41쪽)가 되어 소녀들의 읽을거리가 없다는 점을 짚었다. "소녀 자신이 생각할 째 천대 밧고 차별을 당하는 것 갓"다며 "소녀도 소년과 갓치 쪽가튼 견지에서 작품"(42쪽)을 많이 실어 달라고 요청하였다. 일제강점기 아동문학의 담당층은 소녀가 없지는 않았지만 소년 중심이었다. 그러나 점차 증가하는 소녀 독자들이 자신의 권리를 주장하는 시대 변화를 읽을 수 있는 귀중한 글이지만, 김순애가 유일하다시피 하여 아쉬움이 크다.

매체 비평이라기보다 잡지의 성격을 구분함으로써 소년 독자들의 잡지 선택에 도움을 주고자 한 글도 있다. 이적권(李赤拳)의 「(논단)잡지 보는 데 대하야」(『소년세계』 제3권 제12호, 1932년 12월호)가 그것이다.

대략 나에 아는 대로 적자면 『신소년』, 『별나라』, 『소년세계』, 『어린이』, 『아이생활』, 『농촌소년』 등이 잇습니다. 그러나 이상 지적한 잡지가 모다 자긔에 취하는 정취가 즉 말하자면 행하는 이데오로기가 다 다릅니다. 즉 말하자면 푸로레타리아 소년소녀를 위하야 만드는 잡지도 잇고 또는 민족쥬의덕 이데오로기를 소년에게! 소화식힐냐고 하는 잡지도 잇고 또는 예수교 사상을 소년에게 부러널냐고 하는 잡지도 잇습니다. 정말노 천인천색입니다. (19쪽) (밑줄 필자)

자기의 희망과 생활 상태 및 형편을 돌아본 다음 실천적 이데올로기를 취해 적당한 잡지를 구독해야 한다는 안내이면서 요청을 담고 있다.

해방기의 매체 비평은 박철(朴哲)의 「아동잡지에 대한 우견(愚見)」(『아동문화』 제1집, 동지사아동원, 1948년 11월호)이 처음이자 마지막이다. 해방을 맞아 일제 잔재를 청산해야 할 과업과 새 나라 어린이의 글동무로서 요청할 내용을 담아 아동 잡지를 살펴본 것이다. <조선아동문화협회>의 『소학생』, 고려문화사의 『어린이신문』, 새동무사의 『새동무』, 문화당의 『소년』, 그리고 개벽사의 복간 『어린이』 등이 대상이다. 일본 잡지를 닮았다거나 과학을 보급하자는 내용, 복간되는 『어린이』에 대한 기대 등을 담은 소박한 내용의 비평이다.

일제강점기와 해방기의 아동 매체가 나름의 역할을 하였지만 아쉬운 점도 많다. 다음과 같은 비판은 정평(定評)은 아니라 하더라도 아동문학 매체가 반성할 점을 지적한 것이다.

소위 아동잡지라는 것이 이것을 어떻게 아동에게 보여줄 수 있나 하
고 주저할 만큼 <u>내용이 빈약</u>하고 첫재는 잡지 자체가 <u>아동을 표준함인
지 어른을 표준함인지 분리할 수 없을 만큼 추잡한 것이 많으니 동심
세계와는 하등의 관련성이 없이 다만 아동의 환심을 사랴는 경향</u>이 확
실이 보이니 이 얼마나 <u>아동교육상 우려할 점</u>이랴.295) (밑줄 필자)

6) 서평의 현황과 과제

일제강점기 아동문학가들은 식민지 치하라는 당대적 현실과 열악한
사회경제적 형편에도 불구하고 활발하게 작품을 발표하고 꾸준히 단행
본을 간행하였다. 비중이 크다고 생각되는 단행본에는 어김없이 서평(書
評, book review)이 따랐다. 서평은 크게 나누면 기술적 서평(記述的 書評, descrip-
tive review)과 비평적 서평(批評的 書評, critical review)으로 구분해 볼 수 있다.
기술적 서평은 대상 도서의 내용과 형태 등에 대해 사실대로 기술하는
것을 이르는 것이고, 비평적 서평은 대상 도서의 내용적·물리적 측면
을 포괄하여 학문적이고 전문적으로 설명하고 평가하는 것이다. 기술적
서평은 당대 신문이나 잡지에서 '신간소개'의 형식으로 제시되었고, '신
간평', '북리뷰', '학예', '독후감' 등의 이름으로 된 비평적 서평은 대개
기명으로 신간 서적에 대해 해설과 평가를 포함하여 비평한 것을 가리
킨다. 그러나 서평은 대체로 이 두 요소를 아울러 포함하고 있는 것이
통례였다.

서평에 대해서는 편의상 동화집에 대한 서평, 동요집(동시집)에 대한
서평, 아동극집에 대한 서평으로 나누어 살펴보겠다. 먼저 일제강점기
부터 해방기까지에 걸쳐 발표된 동화책(동화집)에 대한 서평은 다음과
같다.

---

295) 남기훈, 「(日評)아동 독품(讀品) 문제(상)」, 『조선중앙일보』, 1936.3.19.

필자	제목	발표지	발표 일자
김인득	『사랑의 선물』을 닑고……	어린이	1925년 3월호
육당학인	(학예)처음 보는 순조선동화집	동아일보	1927.2.11
이학인	조선동화집『새로 핀 무궁화』를 읽고서 – 작자 김여순 씨에게	동아일보	1927.2.25
염근수	(문단시비)김여순 양과『새로 핀 무궁화』– 이학인 형께 올님	동아일보	1927.3.9
팔봉학인	(학예)동화의 세계 –『우리동무』독후감(전4회)	중외일보	1927.3.10~13
천마산인	동화연구의 일단면 – 동화집『금쌀애기』를 읽고	조선일보	1927.12.6
은성학인	(쑉레뷰)청춘과 그 결정(結晶) –『세계소년문학집』을 읽고	조선일보	1928.1.11
홍종인	(독서계·출판계)아동문학의 황금편 –『사랑의 학교』(전3회)	중외일보	1930.1.29~2.1
정철	『소년소설육인집』을 보고	별나라	1932년 7월호
정철	출판물에 대한 몇 가지 이야기	신소년	1933년 5월호
	(신간평)이정호 씨의『사랑의 학교』	매일신보	1933.10.10
장혁주	(신간평)『해송동화집』독후감	동아일보	1934.5.26
리원조	애기들에게 읽힐 만한 책 –『세계걸작동화집』을 읽고 나서(전2회)	조선일보	1936.11.27~28
장사건	(독서후감)효심에 불타는 소년 '마르코'	조선일보	1937.1.17
모윤숙	『세계걸작동화집』을 읽고 – 가정에 비치할 보서	여성	1937년 1월호
이헌구	(신간평)찬란한 동심의 세계 –『아동문학집』평	조선일보	1938.12.4.
김태오	노양근 씨의 동화집을 읽고	동아일보	1938.12.27
이헌구	소파의 인상 –『소파전집』간행에 앞서서	박문	1939년 10월호
양미림	노양근 저『열세동무』독후감	동아일보	1940.3.11
박흥민	(쑥레뷰)노양근 저『열세동무』	동아일보	1940.3.13
백철	(신간평)『소파전집』	매일신보	1940.6.14
이하윤	(쑥레뷰)방정환 유저『소파전집』독후감	동아일보	1940.6.28
이헌구	(북레뷰)어린이에게 주는 불후의 선물, 『소파전집』	조선일보	1940.6.8

이헌구	어린이에게 주는 불후의 선물(『소파전집』 신간평)	박문	1940년 7월호
정인섭	(신간평)이구조 저 『까치집』을 읽고	매일신보	1941.1.11
임영빈	송창일 씨의 『소국민훈화집』을 읽고	아이생활	1943년 4-5월 합호
임인수	아동의 명심보감 - 『소국민훈화집』 독후감	아이생활	1943년 7-8월 합호
김창훈	송창일 저 『소국민훈화집』 독후감	아이생활	1943년 7-8월 합호
박산운	(서평)현덕 저 동화집 『포도와 구슬』	현대일보	1946.6.20
박영화	(신간평)변영태 저 영문 『조선동화집』	경향신문	1946.12.19
조풍연	(신간평)『집을 나간 소년』	경향신문	1947.1.22
김홍수	(신간평)『소년 기수(旗手)』	경향신문	1947.6.26
김철수	(새로 나온 좋은 책들)『사랑의 선물』을 읽고	소학생 제48호	1947년 7월호
이해문	신영돈 역 동화집 『목마』	경향신문	1948.7.18
김홍수	(신간평)동화 『박달 방망이』	동아일보	1948.11.10
이하윤	정홍교 동화집 『박달 방망이』	경향신문	1948.11.18
송완순	소년소설집 『운동화』를 읽음	어린이 나라	1949년 1월호
홍구범	(신간평)방기환 저 『손목 잡고』	동아일보	1949.7.6
연현	(신서평)방기환 저 『손목 잡고』	경향신문	1949.7.9
김원룡	(신서평)『희망의 꽃다발』	경향신문	1949.12.8
임서하	(신간평)최병화 저 『희망의 꽃다발』	국도신문	1950.1.13
이원훈	(신간평)『노래하는 나무』 - 세계명작동화선집	연합신문	1950.4.13
김훈	(신간평)『노래하는 나무』(세계명작동화선집)	조선일보	1950.4.14
박인범	(신간평)『노래하는 나무』 - 윤복진 편	자유신문	1950.4.15
권해희	(신서독후기)윤복진 엮음 『노래하는 나무』 - 세계명작동화선집	경향신문	1950.4.23

『사랑의 선물』(개벽사, 1922.7)에는 편자 방정환(方定煥)과 김기전(金起瀍)의 서문이 실려 있다.

　학대 밧고, 짓밟히고, 차고, 어두운 속에서, 우리처럼, 쏘, 자라는, 불
상한 어린 령들을 위하야, 그윽히, 동정하고 아끼는, 사랑의 첫 선물로,
나는, 이 책을 짜엇습니다.
　신유년 말에, 일본 동경 백산 밋에서 소파

　당시 조선의 어린이들을, '학대 밧고 짓밟히고 차고 어두운 속'에서
자라는 '불상한 어린 령들'이라 하였다. 방정환이 조선의 어린이들을
대하는 마음이 잘 드러나 있다. 김기전도 "소년들의 신상(身上)이 한업시
가여윗스며 동시에 우리 근역(槿域)의 명일이 말할 수 업시 걱정"(1~2쪽)
스러운 상황이었는데 방정환이 『사랑의 선물』을 펴냄으로써 "소년의
심정을 풍성케 하여 주는 글"(2쪽)이 생겼다고 기뻐하였다.
　1922년 7월에 초판이 간행된 『사랑의 선물』은 도합 11판이 발간된
것으로 확인된다. 그만큼 소년 독자대중의 호응이 컸다. 따라서 이에 대
한 서평이 있을 법한데 광고에 붙은 글을 제외하고는 없다. 1925년 발
간된 지 3년이 지나 소년독자의 독후감이 『어린이』에 소개되었다. 독후
감을 앞에 넣고 7판이 다 팔리게 되었으니 빨리 주문하라는 광고문구가
이어지고 있어 일종의 광고로도 볼 수 있다. 책의 겉모습과 체재, 순 한
글이라 읽기 쉽다는 점, 「난파선」과 「한넬레의 죽음」 등을 소개하고, 수
신책보다 유익하고 소설책보다 재미있다는 부모의 의견을 덧붙였다.[296]
서울서 공부하는 형이 보내 준 『사랑의 선물』을 받아 읽고 느낀 감동과
교훈을 담고 있어 비평이라기보다 독후감에 지나지 않지만, 『사랑의 선
물』에 관한 첫 번째 공식적인 평가라 하겠다.
　일제강점기에 조선의 동화를 수집한 것으로 우리 말로 된 책은 김여
순(金麗順)의 『새로 핀 무궁화』(청조사, 1926), 심의린(沈宜麟)의 『조선동화대
집(朝鮮童話大集)』(한성도서주식회사, 1926.10), 매헌 한충(梅軒韓沖)의 『조선동화

---

296) 김인득, 「『사랑의 선물』을 낡고……」, 『어린이』 제26호, 1925년 3월호.

우리동무』(예향서옥, 1927.1) 그리고 박영만(朴英晚)의『조선전래동화집(朝鮮傳來童話集)』(학예사, 1940.6) 등이 있다. 일본어로 간행된 것으로는, 다카하시 도루(高橋亨)의『조선의 이야기집(朝鮮の物語集, 附 俚言)』(京城 日韓書房, 1910), 다카기 도시오(高木敏雄)의『조선교육옛이야기(新日本教育昔噺)』(東京: 敬文館, 1917), 미와 다마키(三輪環)의『전설의 조선(傳説の朝鮮)』(東京: 博文館, 1919), 야마사키 겐타로(山崎源太郞)의『조선의 기담과 전설(朝鮮の奇談と傳説)』(京城 ウツボヤ書籍店, 1920), 조선총독부(朝鮮總督府)의『조선동화집(朝鮮童話集)』(京城: 大阪屋號書店, 1924), 나카무라 료헤이(中村亮平)가 편찬한『조선동화집(朝鮮童話集)』(東京: 富山房, 1926), 긴다이치 교스케(金田一京助)가 편찬한『일본옛이야기집(日本昔話集)(下)』(東京: アルス, 1929)에 다나카 우메키치(田中梅吉)가 집필한 '조선편(朝鮮篇)', 마쓰무라 다케오(松村武雄)와 니시오카 히데오(西岡英雄) 공저의『조선・대만・아이누동화집(朝鮮台湾アイヌ童話集)』(東京: 近代社, 1929), 마쓰무라 다케오가 편찬한『중국・조선・대만 신화와 전설(支那・朝鮮・台湾 神話と伝説)』(東京: 趣味の教育普及會, 1935), 신내현(申來賢)의『조선의 신화와 전설(朝鮮の神話と伝説)』(東京: 一杉書店, 1943) 등이 있다. 이는 당시 일본의 민속학 연구 분위기와 무관하지 않다.『도노 이야기(遠野物語)』(1910.6)를 필두로, 야나기타 구니오(柳田國男)는 다카기 도시오와 함께 잡지『향토연구(鄉土研究)』(1913)를 발간하는 등 민간전승 연구에 집중하였다. 이후 민속학 연구가 널리 확산되었던 것이다.

우리말로 된 네 권의 동화집이 있었지만 기명 서평은『조선동화 우리동무』에 대한 것 외엔 없고,『새로 핀 무궁화』에 대해서는 표절 논란이 있었다. 육당학인(六堂學人 = 최남선)은 「처음 보는 순 조선동화집」이란 제목으로 매헌 한충(梅軒韓沖)의 저작인『조선동화 우리동무』에 대해 서평을 남겼다. 육당은 이미『조선동화 우리동무』의 서문을 쓴 바 있다. "동화 문화의 건설은 조선에서도 급무"(1쪽)라며, 동화의 세계를 넓히기

위해서는 재래동화 수집(蒐集)과 외국 동화 수입, 그리고 이를 바탕으로
하여 조선 동화의 대궐을 이루는 것 등 세 가지를 들었다. 이 가운데 수
집이 중요하다며 "'쎼른손'이나 '그림'297) 가튼 불후의 공(功)을 우리 동
화의 우에 세옵시사고 권려(勸勵)"(2쪽)하였다. 「처음 보는 순 조선동화집」
(『동아일보』, 1927.2.11)에서도 육당(六堂)은 조선동화를 수집하고 정리하는
일이 중요하다고 하였다. 그러나 이 일을 담당할 사람이 마땅치 않다고
보았다. 그 이유는 "선축(先蹴)의 도습(蹈襲)할 것이 업고 성전(成典)의 의거
(依據)할 것이 업"다고 한 데 나타나 있다. 본받아서 좇을 것도 없고 책으
로 만들어져 있는 것도 없으니 근거로 삼을 것도 없다는 것이다. 이러
한 사정을 이겨내고 책을 발간한 저작자 한충(韓冲)의 노고를 치하하는
데 많은 지면을 바쳤다. 하지만 주례사(主禮辭)처럼 칭찬만 하는 데 그친
것은 아니다.

> 한(韓) 군의 신저(新著)는 무론 <u>조선동화의 대성(大成)도 아니오 또 그
> 표준적 작품이 아닐는지 모른다.</u> 그러나 그것이 순(純)한 조선어, 조선
> 심, 조선전승에 충실하려 한 초유의 노력임에는 아모나 상당한 경의를
> 주지 아니치 못할 것이다. 그 <u>취재의 범위와 선택의 표준과 행문(行文)
> 과 용어 등에 여러 가지 가의(可議)할 것이 잇슴</u>은 무론이지마는 이것
> 이 문단적 국외인의 처녀작이거니 하고 보면 그만만 해도 큰 성공이라
> 하기를 주저할 것 업스며 다만 순연한 조선동화집 작성상에서 시방까
> 지 업든 성적을 나타내엇슴만을 칭도(稱道)해 줌이 맛당할 줄 안다. 이
> 점 하나만으로도 <u>차서(此書)의 가치와 신용을 지지하기에 족하리라</u> 한
> 다.298) (밑줄 필자)

조선동화의 대집성도 아니오 수집된 작품이 표준적인 작품이 아닐

---

297) '쎼른손'은 비에른손(Bjørnson, Bjørnstjerne)을, '그림'은 그림 형제(Brüder Grimm)
를 가리킨다.
298) 육당학인, 「처음 보는 순 조선동화집」, 『동아일보』, 1927.2.11.

수도 있음을 지적한다. 그리고 취재의 범위와 작품 선택의 기준, 용어와 글에 논의할 점이 있는 것도 인정하며 엄정한 태도를 취한다. 문제점을 지적한 것에 이어 지금까지 없던 성적을 낸 것만으로 칭찬해 주는 것이 마땅하고 따라서 이 책의 가치와 신용을 보장할 수 있다는 평가를 내린다. 서평의 말미에는 "(韓沖 著 『朝鮮童話 우리동무』 全一冊 定價 六十錢 發行所 京城 長橋町 四六 藝香書屋 振替 京城 一三四二番)"과 같이 지은이와 서명, 정가와 발행소를 알린 후, 대체(對替 = 振替) 계정을 알려 서적 판매와 관련된 안내 사항을 겸하고 있다. 기술적 서평에 해당하는 이러한 내용은 이후의 다른 서평에서도 항상 볼 수 있는 방식이다.

최남선에 이어 팔봉학인(八峰學人 = 金基鎭)도 『우리 동무』에 대한 서평을 남겼다. 「동화의 세계 -『우리동무』 독후감(전4회)」(『중외일보』, 1927.3.10~13)이 그것이다. "『우리동무』에 수록된 각 동화 그것은 저자 한충(韓沖)씨의 창작이 아니오 거의 그 전부가 구전되어 오든 것을 문장으로 표현한 것"(1회, 3.10)임을 먼저 확인하였다. 그리고 「참새와 파리」를 예로 들어, 참새와 파리가 다 나쁜 짓을 하였지만 참새의 나쁜 짓이 더 크다고 한 이야기의 결론에 대해 날카로운 비판을 가한다. 이야기가 "어린이들의 가치표준의 근저를 지배"(3회, 3.12)하게 될 것이 분명한데도 피상적이고 비과학적인 관찰을 통해 사람을 죽일 수도 있는 파리보다도 참새가 더 나쁘다고 한 것은 비난받을 일이라는 것이다. 동화의 구성요소는 사물의 외양이나 습성에 관한 설명이 하나이고 교화작용이 그 두 번째라며, 후자는 어른들의 사상과 취미에서 비롯되는 것이라고 보았다. 따라서 「참새와 파리」는 어른들이 어린이들의 생활 현실 가운데 어떤 것을 토대로 할 것인가를 말하고자 예를 든 것이다. 오늘날의 어린이들이 처한 현실이란 바로 계급대립의 현실인데 동화의 구성요소로 보면 이것이 바로 첫 번째 모습이어야 하며, 이렇게 할 때 교화적 작용은 스스로 결정된다고 하였다.

> 요약하야 말하면 오늘날 우리들의 동화는 계급적 색채로 깁히 물들
> 은 어린이들의 환경 그것에 어린이 자신이 눈을 쓰는 세계에서 탄생되
> 어야 할 것이며 쏘는 어린이들로 하야금 이에 눈쓰게 하도록 하는 작
> 용을 갓는 이러한 어린이들의 현실 세계에 입각한 것이 아니어서는 안
> 된다는 것이다. (4회, 3.13) (밑줄 필자)

계급문학의 선두 이론가였던 김기진답게 동화도 계급적 현실인식이
필요하다는 점을 강조하였다.

김여순(金麗順)이 편찬한 전래동화집 『새로 핀 무궁화』(청조사, 1926)에
대해서는 논란이 많았다. 먼저 이학인(李學□)의 서평부터 보자.

> 일본인 中村亮平이란 사람이 『조선동화집』을 일본어로 출판한 것을
> 보고 나는 설은 마음을 참지 못한 일이 잇슴니다. (중략) 소위 동화작가
> 라고 자칭하는 그네들은 신문사나 잡지사에서 월급푼이나 어더먹는 데
> 에 마음을 일코 제 나라 동화를 거두워 모으지 안는 이째에 넉넉한 집
> 안에서 호화롭게 지내가는 어린 처녀의 몸으로 조선동화집을 모으노라
> 고 노력한 데 대하야 조선문학운동에 쯧을 두고 잇는 나로써는 려순
> 씨의 마음에다가 다스한 입을 맛추지 안을 수가 업슴니다. (중략) 中村
> 亮平이란 사람은 "조선 사람들이 금일 저들이 조선 동포인 것을 알고
> 잇지만 그 국민동화가 곳 아름다운 일본동화를 나아 노은 어머니인 것
> 을 아는 이가 적다."고 하엿슴니다. 이와 갓치 일본동화의 어머니까지
> 되는 우리 동화를 우리의 손으로 모와 노키도 전에 일본 사람이 몬저
> 압발치기로 모와다가 일본말노 세상에 내노을 째에 부즈런하지 못한
> 우리의 자신을 생각하면 부끄럽기도 하지만 분하기도 함니다.[299] (밑줄
> 필자)

---

299) 이학인, 「조선동화집 『새로 핀 무궁화』를 읽고서 – 작자 김여순 씨에게」, 『동아
일보』, 1927.2.25.

나카무라 료헤이(中村亮平)가 1926년 조선의 민화와 전설 62편을 모아 『조선동화집(朝鮮童話集)』(東京: 富山房, 1926)을 발간한 바 있음은 앞에서도 말했다. 『새로 핀 무궁화』는 김여순이 청조사(靑鳥社)에서 간행한 동화집이다. 편자 김여순을 두고 '넉넉한 집안에서 호화롭게 지내가는 어린 처녀의 몸'이라 하였다. 김여순은 평양(平壤) 출신으로 이화여자전문학교를 다녔으니300) 넉넉한 집안에서 호화롭게 지낸 것이 분명하다. 아래의 광고 문안을 두고 볼 때 전래동화(전설)를 수집하여 편찬한 책인 것을 알 수 있다.

> 무궁화꽃이 피는 삼천리강산에서 반만년 동안이나 조선 사람이 나
> 노흔 금 갓고 옥갓치 고흔 전설과 동화를 모흔 것이니 삼천여 가지 조
> 선 동화 중에서 가장 아름답고 자미잇고 가장 아름답고 가장 슯흔 것
> 만 추리고 추려서 이 책을 만든 것이다. 천재의 작자는 5개년이란 장구
> 한 세월을 허비하야 이 책을 완성하얏나니 이 책이 한번 책이 한번 책
> 사(冊肆)에 나가자 열광적 환영을 밧음도 그리 괴이한 일이 아니라 하
> 겟다.301) (밑줄 필자)

이학인의 서평에 대해 염근수(廉根守)가 반론을 제기하였다. 염근수는 이 책이 "남의 작품을 살작 집어다가" "청조사에서 천진한 김 양의 일홈을 살작 너허 살작 출판하여 살작 팔아 삼백만 어린이를 살작 속여 먹"었다며, "김 양도 양심이 잇스면 가슴에 손을 대고 생각"302)해 보라

---

300) 관상자(觀相者), 「사랑이 잡아간 여인군(女人群)」, 『별건곤』 제57호, 1932년 11월
    호, 41쪽.
301) 「(광고)금성옥화(金星玉花) 조선동화 『새로 핀 무궁화』」, 『조선일보』, 1926.3.26.
    (4.13; 5.28)
    「(광고)정금미옥(精金美玉) 조선동화 『새로 핀 무궁화』」, 『동아일보』, 1929.12.31.
302) 염근수, 「(문단시비)김여순 양과 『새로 핀 무궁화』 - 이학인 형께 올님」, 『동아일
    보』, 1927.3.9.

하였다. 그러나 『소년계』를 발간하던 최호동(崔湖東)은 김여순의 작품이 맞다며 염근수를 비판하고 나섰다.303) 속였다는 데서 나아가 서양동화를 번역한 것이라는 오해까지 있자 출판자 대표인 박승택(朴承澤)이 염근수와 우이동인(이학인)에게, "오랜 세월을 두고 재료를 수집(蒐集)한 것이오 쏘는 그가 그 동화를 쓸 째에 이해 업는 부모들은 말성"304)까지 있게 된 것이라며, 김여순이 직접 수집하고 집필하였음을 보증하였다. 현재 『새로 핀 무궁화』의 소재가 확인되지 않아 내용에 대한 논란을 평가하기는 어렵다.

1927년 정홍교(丁洪敎)가 동화집 『금쌀애기』를 편찬하였다. 『금쌀애기』도 현재 소재가 불분명하다. 다만 다음과 같은 신문 기사와 '서평' 자료를 통해 그 발간 사실을 확인할 수 있다.

『금쌀애기』 발간 – 교육적 동화

아동문학(兒童文學)을 연구하는 수삼 인의 청년이 시내 광화문통 삼십팔 번지(光化門通 三八)에 문학연구사(文學硏究社)를 설치하고 자성당(自省堂)서점 주무 리태호(李泰浩) 씨의 알선으로 어린이를 위하야 만흔 공헌을 하야 오든 중 이번에는 특별히 어린이의 순진한 싱명을 북도다 쥬고자 <u>세계적 명편 동화 중에서 몃 가지를 골느고 추려서 『금쌀애기』 동화집을 발힝하얏다더라.</u>305) (밑줄 필자)

위의 인용을 통해 확인해 보면, 세계적인 명편 동화 중에서 선별하여 문학연구사에서 동화집으로 발간한 것이 『금쌀애기』다. 천마산인(天摩山人＝權九玹)이 서평을 남겼다.

---

303) 최호동, 「(문단시비)염근수 형에게」, 『동아일보』, 1927.3.16.
304) 청조사 박승택, 「염근수 급 우이동인에게」, 『동아일보』, 1927.4.2.
305) 「『금쌀애기』 발간 – 교육적 동화」, 『매일신보』, 1927.5.4.

이제 필자는『교육동화 금쌀애기』집을 독(讀)하고 다소의 느낀 바가
잇어서 본론을 초(草)하거니와『금쌀애기』동화집은 첫째로 <u>동서 18개
국의 우수한 동화를 선발하여서 편성된 것</u>이니만치 동화 연구상 일독
할 가치가 잇스리라고 믿으며 둘째로는 질적으로 보아서 그 내용이 각
각 국별(國別)을 싸라서 청신한 맛이 있는 동시에 재래의 동화집보다
어느 정도까지 현실에 가까운 점으로 보아 쏘한 우리는 새로운 흥미를
느끼는 만치 이것을 우리 동화계에 소개코저 하는 바이다.

엇잿던 우리는 "미래는 청년의 것"이라는 말을 한거름 더 연장하여
써 "미래는 소년의 것"이라는 표어하에 아동 교화운동으로서의 동화운
동에 적극적 노력이 잇기를 빌어 마지안는 바이다.306)

동서양 18개국의 우수한 동화를 선별하였기 때문에 읽어 볼 만한 가
치가 있다는 점과, 나라별로 청신한 맛이 있는 동시에 기존 동화집보다
현실에 가까운 점이 있어 질적으로 새로운 흥미를 느낄 수 있는 점을
평가하고 있다. 그러나 궁극적으로는 동화의 목적은 '아동 교화운동으
로서의 동화운동'에 있고, 동화에 계급의식이 필요하다는 생각으로 이
어졌다.

그러나 우리가 이보다도 먼저 고조하지 안으면 아니 될 것은 당초에
도 말한 바와 가티 동화가 아동의 오락본능 만족에만 긋칠 것이 아니
라 한거름 더 나아가 아동의 심령적 전일적(全一的) 발달을 기하는 광의
의 직능을 가진 것인 이상 먼저 모든 사상(事象)을 통하여 그의 생존의
식을 적극적으로 배양함에 잇는 것이니 즉 <u>모순된 현대생활 제도로부
터 감염되기 쉬운 쌕르조아 의식의 지배를 경계</u>하는 타면(他面)으로 인
간의 본연성(本然性)인 상호부조적 정신을 발휘토록 지도하지 안으면
아니 될 것이다. 다시 말하면 <u>당면한 사실과 사실 뒤에다 계급의식을
암시하며 아동들의 천재적 각성을 기(企)</u>함으로써 우리는 아동교양상

---

306) 천마산인, 「동화연구의 일 단면 - 동화집『금쌀애기』를 읽고」,『조선일보』, 1927.
12.6.

막대한 역할을 가진 동화운동에 출각(出脚)하지 안으면 아니 될 것이
다.307) (밑줄 필자)

모순된 현대생활과 제도가 부르주아 의식의 감염을 촉발하는 점을
경계하여 계급의식의 각성을 통해 동화가 아동을 교양하는 역할을 할
것을 요구하였다. 동화의 재미(오락본능)를 배제한 것은 아니나, 계급문학
일반의 '내용'을 우선하는 시각이 은연중 노출되어 있다.

고장환(高長煥)은 1927년 12월 15일 자로『세계소년문학집(世界少年文學集)』
(박문서관)을 발간하였다. 1927년 이후 고장환은 다수의 아동문학 도서를
편찬하였다.『파랑새』(박문서관, 1927)와, 〈조선동요연구협회(朝鮮童謠研究協會)〉
의 대표자로서 편집한『조선동요선집(朝鮮童謠選集) - 1928년판』(박문서관, 1929.
1), 그리고 고장환이 번역한『쏭·키호-테와 껄리봐여행기』(박문서관, 1929.
5) 등이 그것이다. 먼저『세계아동문학집』과『파랑새』에 관한 기술적
서평 수준의 소개를 보자.

◇『세계소년문학집』 만흔 우리 조선에 어린이들의 운동을 위하야
만흔 노력을 하고 잇는 고장환 씨의 모흔 것으로 세계에 일홈 잇다는
동화, 동요, 동시 등을 가득 실허 그 내용이 충실할 뿐만 아니라 것트로
보더라도 쏘한 아름답게 되어 것과 속이 모다 우리의 마음을 흡족하게
하며 어린이들은 반듯이 벗 삼을 만한 책이다.
◀ 정가 70전 ◀ 발행소 경성 종로 2정목 82 박문서관
◇『파랑새』 이 역시 고장환 씨의 모흔 것으로 세계에 가장 유명하
다는 동화극, 동화가극 등 어린이의 극물(劇物)을 쏩아 노흔 것이다. 얼
마나 자미잇는가는 책을 읽어보고야 능히 알 것이다. ◀ 정가 50전 ◀
발행소 경성 종노 2정목 82 박문서관(이상에 소개한 바『세계소년문학
집』과『파랑새』에 대하야는 나종 기회가 잇는 대로 더욱 자세히 소개
하야 볼가 한다.)308)

---

307) 위의 글.

『(세계 가극과 동극 걸작집)파랑새』(박문서관, 1927)는 「한넬레의 승천」, 「남매」, 「파랑새」, 「쑴에 본 선녀」, 「참 동무」, 「크리쓰마쓰의 쑴」, 「공주와 쏫팔이」, 「짠쌜짠」 등 8편의 가극 또는 동극을 모은 각본집이다. "전조선 각 교회 주일학교에서 성탄 축하 여흥하실 쌔나 소년단체에서 가극 가튼 것을 열으실 쌔 이 각본을 선택"309)하라고 하는 것처럼 교회 주일학교나 소년단체의 동극회 등에서 사용할 수 있기를 바라며 편찬한 것이다.

『세계소년문학집』에 대한 본격적인 서평은 은성학인(銀星學人 = 洪銀星)에 의해 이루어졌다. 앞서 발간된 방정환의 『사랑의 선물』(개벽사, 1922.7)과 이정호의 『세계일주동화집』(이문당, 1926.2)과 비교하면서 그 가치를 평가한 대목이 눈에 띈다.

> 일즉이 동지 방정환(方定煥) 군의 『사랑의 선물』이라는 것을 맨 첫 고등으로 출간시켯섯스나 그것은 다만 동화만으로 자미와 실익이 업는 바는 아니나 금번 고(高) 군의 『세계소년문학집』만은 못한 듯한 늣김이 난다.
>
> 쏘 동지 이정호(李定鎬) 군의 『세계일주동화집』도 잘되엇섯다. 그러나 방(方) 형의 『사랑의 선물』과 비등하엿고 이래 동화집, 동요집이 만히 나왓섯스나 방(方), 이(李) 양 형의 것의 손색이 잇섯는 바 아직 이번 고(高) 형의 『세계소년문학집』만은 방(方), 이(李) 양 형의 그것보다도 나흔 줄로 안다. 혹시 과도한 평이라고 할는지는 몰으나 나는 나흔 줄로 인정한다.310) (밑줄 필자)

---

308) 「(신간소개)세계소년문학집」, 『조선일보』, 1927.12.21.
309) 「세계가극과 동극 걸작집 『파랑새』」(『동아일보』, 1927.12.8). 이는 서적 광고이고, 위 인용은 이 광고 문안 가운데서 따온 것이다.
310) 은성학인, 「(쑥·레뷰)청춘과 그 결정(結晶) - 『세계소년문학집』을 읽고」, 『조선일보』, 1928.1.11.

홍은성은 『사랑의 선물』이나 『세계일주동화집』보다 『세계소년문학집』이 더 낫다고 평가하였다. 그 까닭을 문면에서 찾아보면 앞의 두 책이 동화만으로 편찬되었다는 이유 때문이다. 『사랑의 선물』은 10편의 동화만으로 되어 있고, 『세계일주동화집』도 34편의 동화만으로 편찬되었다. 반면 『세계소년문학집』은 "노국(露國) 문호 톨스토이를 비롯하야 중국, 영국, 이태리, 불란서, 독일, 정말(丁抹), 백이의(白耳義), 희랍, 나마(羅馬), 인도, 토이기(土耳其), 아라비아(亞剌比亞) 등 세계 문호 급 시인의 대표적 동화, 동극, 우화, 동요, 자수가(子守歌) 등이 실인 무상(無上)의 호독물(好讀物)"311)이라 한 출판사의 광고 문구처럼, 세계 각국의 대표적인 동화, 동요, 동극과 자장가 등 총 94편을 두루 모아 편찬한 것이다. 홍은성은 이러한 점을 들어 『사랑의 선물』이나 『세계일주동화집』보다 『세계소년문학집』이 더 낫다고 평가한 것이다.

이정호가 번역한 『사랑의 학교』(이문당, 1929.12)는 총 545쪽의 방대한 분량이다. 이탈리아의 작가 데아미치스(De Amicis, Edmondo)가 1886년에 지은 동화 작품 『쿠오레(Cuore)』가 원작이다. 이 작품은 크게 성공하여 전 세계에 번역·보급되었다.

홍종인(洪鍾仁)이 쓴 「아동문학의 황금편-『사랑의 학교』(전3회)」(『중외일보』, 1930.1.29~2.1)는 『사랑의 학교』에 관한 서평이다. 젊은 날 초학 훈장(初學訓長) 시절에 『사랑의 학교』와 맺은 인연을 먼저 소개한 후 다음과 같이 평가하였다.

> 잠간 내용을 말하면 소학교 4학년 '엔리코'란 소년이 개학 날부터 위시하여 1년간의 일기를 정성스러히 모은 것이다. 가정과 학교, 동무, 사회, 국가, 예의, 모든 재료가 업는 것이 업다. 그리고 일기 그것은 그날

---

311) 고장환이 번역한 『쏜·키호-테와 껄리봐여행기』(박문서관, 1929.5)의 말미에 있는 출판사의 도서 광고란에 실린 문구다.

그날을 기록하되 전편(全編)이 연락되여 한 소설과 가티 되엿고 또 일
기 외에 소설, 강화(講話) 등이 잇서 어느 것이나 읽으면 읽을스록 자미
잇는 것쑨이다. 자미잇게 읽는 가운데 동무를 사랑하고 웃사람을 공경
하고 공덕심을 갓게 하고 내 나래國를 내 몸가티 사랑하는 쓰거운 정
을 일으키게 한다. 구든 신념을 준다. 기중(其中)에도 이태리(伊太利) 반
도 제2국민에게 애국심을 철저히 고취식힌 곳에 이르러서는 저자의 노
력과 이태리 국민성에 다시금 경의를 표하게 한다. (중, 1.31)

이어서 일본에서의 번역 상황과 영화 「어머님을 차저서 삼천리」에
관한 내용, 그리고 조선에서도 구한말에 『이태리 소년(伊太利少年)』으로
번역된 사정까지 알려준다. 이보상(李輔相)이 역술(譯述)하고 강문환(姜文煥)
이 교열(校閱)하여 융희(隆熙) 2년(1908)에 중앙서관(中央書舘)에서 『교육소설
이태리 소년(敎育小說伊太利少年)』(총 64쪽)이란 이름으로 간행한 바 있다. 이
외에도 신문 연재와 단행본으로 여러 사람에 의해 다양한 제목으로 번
역되었다.312) 글의 말미에 가서 이정호가 번역한 『사랑의 학교』에 관해
간략하게 논평하였다.

이 책을 점두(店頭)에서 발견하고 가장 반가워한 사람의 하나이다. 나
도 6년 전에 잡지 『어린이』에 두어 번 역술(譯述)하여도 보앗고 기후 유
년분(幼年分)을 번역하고 목적을 달(達)치 못하엿든이만큼 반가웟다. 첫
재의 체재와 표장(表裝), 지질(紙質), 삽화, 인쇄 등의 미려하고 견실함이

---

312) 김젬마의 「한국 근대 아동소설의 '소영웅' 변주와 『쿠오레』 번역」(『한국학연구』
제55호, 인하대학교 한국학연구소, 2019.11, 45~50쪽)에 그간의 번역 양상을 정
리하였다. 이 외에도 『쿠오레』의 한국 수용사를 밝힌 것으로, 김종엽의 「동화와
민족주의―19세기 후반 이탈리아 민족국가 형성기의 학교 동화 『쿠오레』의 경
우」(『사회와역사』 제52집, 한국사회사학회, 1997), 장노현의 「『이태리 소년』에서
『엄마 찾아 삼만리』까지―아동문학 『쿠오레』의 한국 수용사」(『한국언어문화』
제52집, 한국언어문화학회, 2013), 송하춘의 「『어머니를 차저 三千里』의 원작과
번안 문제 연구」(『우리어문연구』 제48집, 우리어문학회, 2014), 김해련의 「아동
소설 『쿠오레(Cuore)』의 한국 수용사 연구」(춘천교대 석사논문, 2019) 등이 있다.

보통 출판물과 비할 바가 아니다. 겸하여 500여 혈(頁)에 1원 30전이란 가격은 파기록적(破記錄的)이다. 일본서 된 역본(譯本)이 三浦³¹³⁾ 씨 역이 2원 80전, 前田³¹⁴⁾ 씨 역이 2원 50전, 아동문고잇 것이 두 책에 3원 등인데 비하여 희생적 염가이라 하겟다. 그리고 역문은 기자가 임이 우리 아동문학에 다년 공헌 잇는이만큼 성의잇는 역(譯)과 평이하고 순조로운 문장인 것은 말할 것 업다.

◇

그리고 끗흐로 이 『사랑의 학교』는 어린이들만이 읽을 책이 안이고 자녀를 가진 가정의 부모형매(父母兄妹)와 교편(敎鞭)을 드는 선생들은 읽어서 반듯이 어들 바 만을 것을 거듭 말하여 둔다.

(경성부 관훈동 이문당 발행 정가 1원 20전 송료 서류(書留)³¹⁵⁾ 송료 22전) (하, 2.1) (밑줄 필자)

홍종인은 자신이 번역을 시도하였으나 성공하지 못한 것을 먼저 말함으로써 이정호의 노력을 치하하였다. 책의 체제, 표장, 지질, 삽화, 인쇄 등 외형적 상태와 값이 싼 점을 일본의 번역본과 견주어 강조하였다. 독자 대상은 어린이들만이 아니라 부모형제와 교사들이 더 읽을 만하다 하여 안내 겸 도서 구매를 유도하였다. 책에 대한 비평적 내용은 밑줄 친 부분인 '역문(譯文)은 기자가 임이 우리 아동문학에 다년 공헌 잇는이만큼 성의잇는 역(譯)과 평이하고 순조로운 문장'이라 한 것이 전부다. 이정호가 이탈리아어를 직접 번역한 것이 아니므로 성의 있는 번

---

313) 만테가짜(Mantegazza, Paolo: 1831~1910)는 이탈리아 출신의 신경학자, 생리학자, 인류학자이자 소설가이다. 그의 작품 『머리(Testa)』(1877)는 그의 친구 데아미치스(De Amicis, Edmondo)의 유명한 책 『쿠오레(Cuore)』의 후속작으로 주인공 엔리코(Enrico)의 청소년기 이야기이다. 『속 사랑의 학교(續愛の學校)』(誠文堂, 1927)는 바로 이 『머리(Testa)』를 미우라 간조(三浦關造)가 번역한 것이다. 『속 사랑의 학교』에 있는 '서문(序)'에도 이러한 내용이 밝혀져 있다.

314) 마에다 아키라(前田晃)의 『쿠오레: 사랑의 학교(クオレ:愛の學校)(上, 下)』(東京: 岩波書店, 1929)를 가리킨다.

315) '書留'는 일본어 '가키토메유빈(書留郵便)'의 준말로 '등기우편'이란 뜻이다.

역이란 말은 일본어 중역(重譯)이지만 원문에 충실했다는 것을 이르는 것이다. 그렇다고 홍종인의 서평이 도서 안내 수준의 건조한 기술적 서평에 머문 것은 아니다. 개인적 감상을 적은 데서 『사랑의 학교』에 대한 작품으로서의 가치평가를 담아내고 있기 때문이다.

> 수백 년간 사대사상 쩟쩟미지근한 유교사상과 그 도덕에 혼탁되여 독특한 민족적 지개(志愧)의 표현이 해(害)된 바 만엇고 현대 조선의 신문화운동이 급격한 변천을 보고는 잇스나 아직 민족적 경앙(敬仰)을 바들 지도목표가 될 만한 문헌이 업는 금일에 이러한 명저의 연생(年生)을 곳 바랄 수는 업스나 역술만이라도 큰 업적이 될 것을 깁히 늣겟섯다. (하)

이전에 "곱다라코 다정한 동화와 동요만으로 몽롱한 춘몽에 저저 잇는 듯한 어린이들"이 『사랑의 학교』를 읽고 '엔리코'의 "어린이의 생활을 속임 업는 진실한 태도로 내성(內省)하고 비판하야 새 지식을 만들어 넛는 태도가 생도들을 각성"(이상 하)케 하였다고 자기의 경험을 말한 뒤 다음과 같이 아이들의 변모된 자세와 태도를 평가하였다.

> 특히 내용의 간주(幹柱)가 되엿는 애국적 희생정신과 사회봉사의 정신을 고조한 점에 생도들은 어썬 큰 것을 멀리 바라보며 무거운 의무와 책임을 늣기는 것을 보앗다. 의협심을 일으키게 하엿다. 그러고 어데까지던지 정열적이고 최후의 노력을 앳기지 안는 의기는 '결심'의 소중과 보수를 쌔닷게 한다. 그러고 아름다운 자연을 노래한 곳은 어린이들의 휴식소 쏘한 만들엇다. 이가티 하여 자미잇는 작란(作亂)과 피할 수 업는 공과(工課)에 정신 둘 곳을 몰으든 어린이들의 마음이 자기에 돌아가 사물을 정관(靜觀)하려는 태도를 가지는 경향을 보앗다. 쏘한 자발적 근실성(勤實性)을 함양케 한다. (하) (밑줄 필자)

『사랑의 학교』가 독자들인 어린이들에게 미칠 긍정적 영향을 정리한

부분이다. 의무와 책임, 의협심, 의기를 갖게 됨으로써 결심의 소중함과
그에 따른 보답, 어린이들의 정신적 휴게소 역할, 사물을 조용히 관찰할
수 있는 태도, 그리고 자발적인 근실함을 함양하는 데 도움이 된다고
본 것이다.

『사랑의 학교』에 대해 무기명(無記名)의 '신간평' 형식으로 된 서평도
있다.

> 여기 <u>교과서보다도 더 유익하고 더 재미잇는 책</u>이 잇습니다. 여러분
> 이 잘 아시는 리정호(李定鎬) 선생님이 맨드신 『사랑의 학교』라는 이야
> 기책입니다.
> 이 책은 원래 이태리 사람 '아미치쓰'라는 선생이 쓰신 것인데 그 책
> 이 어쩌케 자미잇는지 <u>대번에 세계 각국 말로 번역되어 세계 각국의</u>
> <u>어린이에게 대환영을 바드면서 읽커스고 잇습니다.</u>
> 이야기는 '엔리코'라는 열두 살 된 소년이 1년 동안 학교 단기면서
> 써 노흔 일기인데 그 일기 속에 나오는 이야기에는 동정, 애국사상, 희
> 생적 정신 등 여러 가지 유익한 이애기가 재미잇게 씨어 잇습니다.
> 더구나 이것을 조선말로 번역하신 리 선생의 글은 퍽 순하고 <u>아름다</u>
> <u>워서 조선 사람이 지은 것 갓습니다.</u> 쉽고도 싹싹하지 안흔 말을 골
> 나 쓰시느라고 퍽 애쓰셋습니다.[316] (밑줄 필자)

일제강점기 아동문학의 성격을 한마디로 규정하는 것은 어렵다. 그
러나 당대의 대체적인 시각은 학교교육의 보완적 역할을 강조하였다.
이 글의 서두에도 '학교에서 배우는 교과서'를 착실히 공부할 것을 권
한 다음, '재미잇고 유익하게 읽으실 책'으로 『사랑의 학교』를 소개하
였다. '교과서보다도 더 유익하고 더 재미잇는 책'이란 평가는 이러한
배경에서 나온 것이다. 이어서 이 책이 세계 각국으로 번역되어 대환영

---

316) 「(신간평)이정호 씨의 『사랑의 학교』」, 『매일신보』, 1933.10.10.

을 받는다는 사실과 내용을 소개하였다. 끝으로 번역자 이정호의 문장이 순하고 아름다워 번역이 아니라 조선 사람의 창작 같다는 찬사를 보탰다.

1929년 말에 발간된 『사랑의 학교』를 그 직후 홍종인이 서평을 썼고, 3년 반 정도가 경과한 후 다시 '신간평'이 나왔다는 데서 당시 이 책이 가진 독서장(讀書場)의 폭과 독자 반응을 짐작할 수 있다. 이를 증명할 다른 예로, 책이 발간된 지 7년 뒤인 1937년에 '경성제일고보 장사건(京城第一高普張師健)'이 독후감을 발표한 것을 들 수 있을 것이다. 장사건이 읽은 책은 「어머니를 차지려 삼천리」다. '효심소설(孝心小說)'이라고 작품의 성격을 밝히고, 이 작품은 "이태리가 나흔 작가 '에드몬드 · 데 아미-듸스'의 명저 『구오래』라는 책 속에 잇는 유명한 이야기"[317]라고 그 출처를 밝혔다. 이정호의 『사랑의 학교』에서 찾아보면 「어머니를 차저서 삼천리」(421~471쪽)가 이에 해당한다. 원작에는 이 부분의 제목이 「압뺀니니 산맥에서 안데스 산맥까지」인데, 원작과 무관하게 「어머니를 차저서 삼천리」와 같은 제목이 된 것은 "동양적 관념에 따라 일본에서 탄생한 순정소설의 성격에 따른 것"[318]이다. 장사건은 어떤 판본을 읽었는지 밝히지 않았다. 우리나라 최초의 번역인 이보상(李輔相)의 『이태리 소년』은 중국의 포천소(包天笑: 1876~1973)가 번역한 『아동수신지감정(兒童修身之感情)』(上海 文明書局, 1905)과 소제목, 등장인물 그리고 지명이 일치하는 것으로 보아 이를 대본으로 번역한 것으로 보인다.[319] 장사건의 독후감에는 인명과 지명이 『이태리 소년』과 달라 이를 읽은 것은 아닌 것 같다. 그렇다면 이정호의 『사랑의 학교』를 읽었거나, 일본의 여러 번역본 가운데

---

317) 장사건, 「(독서후감)효심에 불타는 소년 '마르코'」, 『조선일보』, 1937.1.17.
318) 송하춘, 「『어머니를 차저 삼천리』의 원작과 번안 문제 연구」, 『우리어문연구』 제 48집, 우리어문학회, 2014, 355쪽.
319) 위의 글, 362쪽.

하나를 읽은 것으로 짐작된다.

　세 번 네 번 절망에 절망은 싸혀 폭우와 폭풍을 맛난 몸은 쇠약하고
발에서는 피가 흐르면서도 어듸까지던지 어머니를 차지려고 애쓴 결과
재회의 환희를 어든 소년 마루코의 행위는 <u>단순함과 애(愛)와 강철 가</u>
<u>튼 의지가 잇스면 어떤 곤란한 일이라도 성공할 수 잇다</u>는 것을 우리
들에게 아르켜 준다.[320] (밑줄 필자)

이 작품의 교훈적인 주제를 잘 드러내 보여주고 있다. 의지가 강하면
어떤 곤란도 극복하고 성공할 수 있다는 교훈이다.

『소년소설육인집』(신소년사, 1932.6)에 대한 서평은 정철(鄭哲 = 鄭靑山)이
처음 썼다. 동요집 『불별』이 발행되자 곧바로 「『불별』은 우리들의 것」
이란 서평(독후감)을 발표한 것처럼, 『소년소설육인집』도 발간되자마자 「『소
년소설육인집』을 보고」(『별나라』 통권60호, 1932년 7월호)란 서평을 발표한
것이다. 『소년소설육인집』의 발간 일자가 1932년 6월 20일인데 『별나라』
1932년 7월호(발행일자 1932년 7월 25일)에 곧바로 서평을 실었다.

　자! 동무들아. 나는 너이들에게 깃븐 소식을 전할야 한다. 다 갓치 깃
버하자! 그것은 다른 것이 아니라 <u>우리들 동무 중 '여섯' 동무가 새로운</u>
<u>힘 잇는 소설집(小說集)을 내논 것</u>이다. 그 소설은 벌서 오래동안 『별나
라』 『신소년(新少年)』을 통하야 다 읽고 드른 것일 것이다. (중략)
　그럿타고 해서 너이들에게 큰 힘을 주지 안는 것도 아니다. 반다시
너이들에 오래 뭉치엿든 그 분이 폭발되는 큰 힘이 될 것이다. 우리들
사정은 씀작할 수 업는 그런 사정에 잇다. 그러나 여섯 동무가 용감이
노력한 결과 이마마한 것을 내논 것이다. 우리는 작구ᕽ 우리들의 힘
으로 미약한 것이라도 내노와야 한다.
　그러는 중 우리들은 힘 잇는 우리들의 출판물(出版物)은 나올 것이다.

---

320) 장사건, 앞의 글.

지금은 엇지할 수 업는 째다. 힘 잇는 우리들의 출판물을 내놀 수 잇는
그째를 바라보고 나가는 그째다——321) (밑줄 필자)

'새로운 힘 있는 소설집'은 『소년소설육인집』을 가리킨다. 여섯 동무
는 구직회(具直會), 이동규(李東珪), 승응순(昇應順), 안평원(安平原), 오경호(吳京
昊), 그리고 홍구(洪九)를 가리킨다. 지은이 중 한 사람인 이동규가 대표로
「이 적은 책을 조선의 수백만 근로소년 대중에게 보내면서」라는 서문
을 싣고 있다. 이어서 권환과 임화(林和)가 서문을 썼다. 임화의 서문에
대해 '전문(全文)은 부득이한 사정으로 게재치 못함'이라 밝히고 있다. 임
화는 1932년 5월 16일에 개최된 <카프(KAPF)> 중앙위원회에서 신임 중
앙위원으로 선임되었고, 동시에 신고송, 백철과 더불어 서기국의 위원
이 되었다. 이때부터 임화를 포함한 소장파가 조직의 주도권을 장악하
였고,322) 이러한 <카프>의 사정이 『소년소설육인집』에 임화가 서문을
쓴 것과 관련이 있는 것이다.
　이어서 정철은 1933년에 출판된 『소년소설집』323)이 근로소년들에게
"허명무실한 내용"을 담은 작품이 실려 있다는 것을 비판하였다. 앞서
발간된 『불별』, 『소년소설육인집』, 『왜』(별나라사, 1929.3), 『어린 페-터』(유
성사서점, 1930.10)조차도 우리들의 요구와 배워야 할 것을 제대로 충족시
켜 주지 못한 터에 허명무실한 내용을 담은 책을 펴낸 편집자의 개인적

---

321) 정철, 「『소년소설육인집』을 보고」, 『별나라』 통권60호, 1932년 7월호, 47~48쪽.
322) 권영민, 『한국계급문학 운동 연구』, 서울대학교출판문화원, 2014, 294쪽.
323) 『소년소설집(少年小說集)』은 김소엽(金沼葉), 승응순(昇應順) 외 10인의 소년소설
　　집으로 '의주통 서부동(義州通 西部洞) 133 조선소년사(朝鮮少年社)'에서 발간한
　　것이다. 작품은 「여명(黎明)」, 「형과 아우」, 「첫녀름」, 「방학생(放學生)」, 「이동 음
　　악대」, 「도련님과 미자(米字)」 등이 수록되어 있고, 총판매소는 경성(京城)의 중
　　앙인서관(中央印書館)이다.(「(신간소개)소년소설집」, 『조선일보』, 1933.1.2; 「(신간
　　소개)소년소설집」, 『동아일보』, 1933.1.11; 「(신간소개)소년소설집(1933년판)」, 『조
　　선중앙일보』, 1933.4.20 참조).

행동을 못마땅해 한 것이다.[324]

정청산은 윤기정(尹基鼎)의 권유로 1932년 8월 23일 <카프(KAPF)>에 가입하였다.[325] 치안유지법(治安維持法) 위반, 별나라사 사건, 신건설사 사건 등으로 여러 차례 기소되기도 하였다. 이런 이력으로 보더라도 계급주의 아동문학에서 가장 뚜렷한 현실인식을 가지고 실천한 작가 중의 한 사람이라 할 수 있을 것이다.

장혁주(張赫宙)가 『해송동화집(海松童話集)』(東京: 同聲社, 1934.5)에 대한 신간평을 남겼다.

마해송 씨의 『해송동화집』은 최근 조선문으로 출판된 다수한 출판물 가온대 가장 의의 깊은 것에 하나다. 그리 많지 못한 조선의 신간서적 가온대 정말 우리의 문화를 빗나게 할 만한 것은 더욱이나 적엇섯다. 대개는 소위 적본(赤本) 정도에 지나지 않엇고 조금 고급한 것이라도 통속소설류 등이엇으며 더욱이 우리의 어린이들에게 읽히고 싶은 출판물은 전혀 없엇든 것이다.

어린이들은 학교 교과서에만 만족하지 못하고 그들의 풍성한 독서욕은 날로 넓어저 읽을 것을 구해 마지아니한다.

그러나 그들의 독서욕을 만족시킬 만한 책자가 조선문 서적 가온대 몃 권이나 될 것인가?[326]

당시 조선의 아동 독물들에 대한 사정을 개괄하고, 많지 않은 신간 서적도 '적본(赤本)'[327] 정도라 보았다. 그래서 어린이들의 독서욕을 만족

---

324) 정철, 「출판물에 대한 몃 가지 이야기」, 『신소년』, 1933년 5월호, 25쪽.
325) 「'신건설' 사건 예심종결서 전문(2)」, 『동아일보』, 1935.7.3.
326) 장혁주, 「(신간평)『해송동화집』독후감」, 『동아일보』, 1934.5.26.
327) '赤本'은 일본어로 아카혼(あかほん)으로 읽는다. 대체로 어린이용으로 간주되는 소책자를 가리킨다. 명칭은 붉은색을 사용한 표지의 주홍색에서 유래되었고 구사조시(草双紙)로 총칭되는 그림책 문학의 초기 모습으로, 같은 종류의 소형 책자는 아카고혼(赤小本)으로 구별한다. 구사조시는 광의로 아카혼(赤本), 구로혼(黒本),

시킬 조선문 서적이 몇 권이나 되겠는가 하고 물음표를 던졌다. 『해송동화집』이 바로 어린이들의 독서욕을 만족시킬 책 가운데 하나라는 것이다. 장혁주는 동화집에 수록된 작품을 하나하나 간략하게 논평하고 있다. 언급된 작품은 「소년특사」, 「호랑이」, 「두껍이의 배」와 「어머님의 선물」을 옛날이야기로, 「바위나리와 애기별」, 「토끼와 원숭이」, 「호랑이 고깔」을 '우수한 동화'로, 그리고 「복남(福男)이와 네 동무」, 「다시 건 저서」, 「장님과 코끼리」, 「독갑이」 등은 아동극으로 묶어 대체로 긍정적으로 평가하였다. 『해송동화집』은 약간의 설명이 필요하다. 흔히 '개벽사(開闢社)'에서 발간한 것으로 알려져 있으나, 사실은 1934년 4월에 일본 도쿄(東京)의 동성사(同聲社)에서 간행하였다. 따라서 장혁주의 '신간 평'은 약 한 달 뒤 다시 말하면 책 발간 직후 곧바로 발표된 것이다. 말미에 '(發行所, 東京市 淀橋區 泊木一, 一一九. 定價 一圓)'과 같이 발행소와 정가를 밝혀 놓았다. 이로 보아 '同聲社' 판본을 읽은 것이 분명하다. 『동아일보』에 발표된 『해송동화집』의 '신간 소개'를 보자.

◀『해송동화집』 마해송 저 동화 어머님의 선물, 바위나리와 애기별, 소년특사, 홍길동, 호랑이, 토끼와 원숭이, 호랑이 고깔 등 7편, 아동극 복남이와 네 동무, 다시 건저서, 장님과 코길이, 두껍이의 배, 독갑이 등 5편 전 200여혈(頁) 정가 1원 <u>總發賣所 京城府 慶雲洞 八八 開闢社</u> 振替 京城 八一〇六番328) (밑줄 필자)

장혁주의 '신간 평'에서 언급한 11편의 작품과 달리, 동화 「홍길동」 1편이 더 언급되어 도합 12편의 작품이 수록된 것으로 소개되었다. 『동

아오혼(靑本), 기뵤시(黃表紙), 고칸(合巻)을 총칭하고, 협의로는 고칸(合巻)을 가리킨다.(大阪國際兒童文學館 編, 『日本兒童文學大事典(3)』, 大日本図書株式會社, 1994, 320쪽과 『ブリタニカ國際大百科事典 小項目事典』 참조)
328) 「(신간소개)해송동화집」, 『동아일보』, 1934.5.12.

아일보』에 게재된 『해송동화집』 광고에도 "주옥같은 12편"329)이라며
작품명을 언급하고 있는데, 장혁주의 '신간평'에는 없지만, 『동아일보』
의 '신간 소개'에서 언급하였던 12편과는 정확히 일치한다. 그렇다면 『해
송동화집』에는 몇 편의 작품이 수록되어 있는 것이 정확한 사실인가?
현재 『해송동화집』의 소재는 국립중앙도서관 소장본, 이재철(李在徹) 소
장본(경희대학교 한국아동문학연구센터 소장), 미국 워싱턴대학교(Univ. of Washington)
도서관 소장본, 그리고 일본국립국회도서관 소장본 등이 알려져 있다.
이 가운데 일본국립국회도서관 소장본만이 유일하게 「홍길동」을 포함
하여 전체 12편의 작품이 수록된 판본이다. 다른 것은 일부 작품 또는
판권지 등이 유실된 것인데 목차와 본문에는 「홍길동」이 빠져 있고 전
체 작품이 11편인 판본이다. 조금 더 설명을 덧붙이면 일본국립국회도
서관 소장본의 목차는 국립중앙도서관 소장본과 목차가 동일한데, 「소년
특사」와 「호랑이」 사이에 「홍길동」이 수록되어 있다. 「홍길동」이 수록
된 곳은 115~160쪽이다. 국립중앙도서관 소장본에는 「홍길동」이 빠진
목차를 다시 만들어 붙인 것으로 보이는데, 이후 작품이 수록된 쪽은
수정하지 않고 그냥 비워두었다. 즉 일본국립국회도서관 소장본과 국립
중앙도서관 소장본 모두 「호랑이」가 수록된 곳은 161쪽부터 164쪽인
것이다. 이처럼 수록 작품 수가 서로 다른 『해송동화집』이 존재하게 된
연유는 무엇일까? 도쿄의 동성사(同聲社)에서 일본국립국회도서관 소장
본과 같은 판본을 만든 뒤에, 목차와 본문에서 「홍길동」을 빼고, 각 작
품마다 말미에 붙여 놓은 당초 수록 관련 서지사항을 일본 연호로 바꾼
뒤 재발행한 것으로 추정해 볼 수밖에 없다.330)
　　장혁주의 '신간평'으로 돌아가 보자. 장혁주의 안목으로 골라낸 '우수

---

329) (광고)마해송 저, 「창작동화집 『해송동화집』」, 『동아일보』, 1934.5.24.
330) 염희경, 「『해송동화집』의 이본과 누락된 '홍길동'의 의미」, 『동북아문화연구』 제
　　38집, 동북아시아문화학회, 2014, 182~183쪽.

한 동화'인 「바위나리와 애기별」, 「토끼와 원숭이」, 「호랑이 고깝」에 대
한 평가는 다음과 같다.

> 「바위나리와 애기별」은 <u>내가 여태껏 읽든 동화 가온대 가장 아름다
> 운 것</u>이며, 조선의 아름다운 혼을 충분히 표현하엿다고 생각한다. '애
> 기별'의 자애심, 우정, 그리고 평화를 나는 깊이 사랑한다. <u>이 동화는
> '안델젠'에도 『크림동화』에도 결코 뒤지지 아니하는 것</u>이다. 다른 동화
> 들도 다- 그러커니와 이 한 편에 한해서는 '글'이 더욱이 아름다웁고
> 이야기하는 솜씨도 자연스럽고 완벽한 것이다. 『해송동화집』은 이 한
> 편만 해도 읽을 가치가 충분히 잇다.
> 「토끼와 원숭이」는 중단이기에 나 역시 더 말치 못하겟으나 「<u>호랑이
> 고깝」은 특히 조선의 어린이뿐 아니라, 어른들에게도 읽히고 싶은 훌
> 륭한 동화</u>다. 가작임이 틀림없다. 호랑이들이 그 정체조차 모르고 잇던
> '고깝'을 호랑이의 젊은이들이 찾어내어 깨트리어, 없애 바리엇다. 이
> 한 편에는 <u>과학과 사회의 발전이 잇다.</u>[331] (밑줄 필자)

안데르센과 '그림동화'[332]에 비견될 만하다고 평가하였다. 표현이 다
소 과장되었다 하더라도 오늘날의 관점에서 볼 때도 이들 작품이 빼어
난 것은 인정할 수 있어 수긍되는 측면이 많다. 길지 않은 글에 치밀한
논증이 빠져 있어 평가의 근거를 찾기는 어려우나, '어른들에게도 읽히
고 싶은 훌륭한 동화'라거나 '과학과 사회의 발전' 운운한 것은 작가로
서의 직관적인 가치평가에 해당하지만 일정한 의미가 있다 할 것이다.

1936년 10월에 조광사(朝光社)에서는 『세계걸작동화집(世界傑作童話集)』을
발간하였다. 이 책에 대해서는 여러 사람의 서평과 신간 소개가 있다.

---

331) 장혁주, 「(신간평) 『해송동화집』 독후감」, 『동아일보』, 1934.5.26.
332) 『그림동화(Grimm's Fairy Tales)』로 알려진 그림 형제의 동화집 원래 명칭은 『어
  린이와 가정의 동화(Kinder-und Hausmärchen: 영 Children's and Household Tales)』
  (1812)이다.

◀『세계걸작동화집』 문단 15씨 집필 (목차) 일본편 - 장혁주, 중국편
- 주요섭, 미국편 - 서은숙, 불국편(佛國篇) - 이헌구, 서반아편 - 유치진,
영국편 - 백석(白石), 애란편(愛蘭篇) - 김광섭, 토이기편(土耳其篇) - 채만
식, 화란편(和蘭篇) - 김진섭, 정말편(丁抹篇) - 이갑섭, 조선편 - 전영택,
인도편 - 이은상 등 발행소 경성부 태평통 1정목 61 조선일보사출판부
진체 경성 5878번 정가 1원 (書留 송료 16전)333)

'신간소개'에 소개된 것처럼 '문단 15씨 집필'이다. 위의 인용문에는
장혁주(張赫宙), 주요섭(朱耀燮), 서은숙(徐恩淑), 이헌구(李軒求), 유치진(柳致眞),
백석(白石), 김광섭(金珖燮), 채만식(蔡萬植), 김진섭(金晉燮), 이갑섭(李甲燮), 전영
택(田榮澤), 이은상(李殷相) 등 12명만 밝혀 놓았는데, 실제로는 박용철(朴龍
喆), 함대훈(咸大勳), 조희순(曹喜淳)이 더 있다. '신간 소개'의 내용에 약간의
착오가 있는데, 토이기(土耳其 = 터키) 편은 박용철, 노서아(露西亞 = 러시아)
편은 함대훈, 아불리가(亞弗利加 = 아프리카) 편은 채만식, 독일 편은 조희
순으로 바로잡아야 한다.

이원조(李源朝)의 『세계걸작동화집』 서평 「애기들에게 읽힐 만한 책 -
『세계걸작동화집』을 읽고 나서(전2회)」(『조선일보』, 1936.11.27~28)는 집필자
중 한 사람인 이은상(李殷相)의 부탁으로 쓴 것이었다. 우선 책 내용의 객
관적인 사실을 밝힌 부분은 다음과 같다.

> 목녹(目錄)은 세계 열다섯 나라를 골라서 한 나라마다 두 편식을 추
> 려 만드럿스니 도합 삼십 편이 실린 것입니다. 그중에 번역은 멧 분만
> 빼여노코는 모다 그 나라 말에 정통하신 분을 골라 맥긴 모양이니 첫
> 재 이 책을 만드는데 잇서서 얼마나 주밀한 용의로써 완전한 체재를
> 만드려고 애썻는가를 짐작할 수가 잇습니다. (1회, 11.27) (밑줄 필자)

---

333) 「(신간소개)세계걸작동화집」, 『조선일보』, 1936.10.20.

『세계걸작동화집』은 15개국의 동화를 각 나라마다 2편씩 골라 도합 30편을 담고 있는데 그 사실을 먼저 밝히고 있다. 몇몇 예외가 있지만 각 나라마다 작품의 선정과 번역은 그 나라 말에 정통한 사람들이 맡아 주도면밀하게 편찬된 책임을 강조하였다. 책 내용에 대해서는 학교 교과를 더 잘 이해할 수 있도록 "산 역사와 산 지리"를 배울 수 있도록 하고 다른 한편으로는 "동심의 세계를 훨씬 아람답고 깨끗하게"(2회, 11.28) 할 수 있겠다는 평가에 이어 다음과 같은 '발견의 기쁨'을 드러내고 있다.

> 우에서 나는 열다섯 나라의 동화가 자세히 읽어보면 다 각각 다른 점이 잇다고 하엿스니 말이지 그중에서 가장 뚜렷한 례의 하나로는 영국편이나 불란서 편을 읽고 나서 한번 로서야 편을 읽어보시요. <u>전자는 한업시 화려하고 애틋한 몽상적인데 비해서 후자는 그대로 소박하고 순진한 현실적입니다.</u> 이러한 다른 점으로서도 우리는 <u>긔후와 풍토가 다르고 인정과 습속이 다르면 거긔에서 비저 나오는 이야기도 서로 다르다는 것</u>을 깨다를 수가 잇습니다. (2회) (밑줄 필자)

기후나 풍토와 같은 자연환경이나 인정과 습속과 같은 문화적 측면이 다르면 창작된 이야기도 서로 다르다는 발견이다. 화려하고 애틋하며 몽상적인 영국 및 프랑스와 달리 소박하고 순진하며 현실적인 러시아의 차이가 바로 그 뚜렷한 예시가 된다고 하였다.

모윤숙(毛允淑)도『세계걸작동화집』에 대한 서평을 남겼다. "한 나라의 습관이나 전통"에 국한된 것이 아니고 "세계 각국 가장 진긔한 습관과 풍토"를 무대로 "그 나라 어학에 능한 이들이 번역 소개"[334]한 것이란 평가는 이원조가 살핀 것과 대동소이하다. 모윤숙의 서평이 장점만을 추어주는 것이 아니라, 완곡하지만 단점도 정확히 짚어냈다는 데에서

---

334) 모윤숙, 「『세계걸작동화집』을 읽고 – 가정에 비치할 보서(寶書)」, 『여성』, 1937년 1월호, 53쪽.

의의를 찾을 수 있다.

　특히 이 동화집은 그 내용에 있어 재래엣 것보다 문화적 신선미를 가
(加)해 있고 교양을 갖춘 귀고(貴高)한 맛을 알게 한다. 이야기들이 속된
데 끝치지 않고 한번 읽으매 어린이들에게, 잠시의 깃븜이거나 슬픔을
제공하기보다 무엇이나 한참 생각할 여유와 힘을 주고 있다. 그럼으로
아조 적은 어린아이들은 리해키 곤란한 줄거리도 있을 듯하나 13세 이
상엣 어린이는 누구나 보아 그 진품에 하로밤을 새울 만한 이야기책이
라 보아진다. 궁궐 이야기가 너머 많이 포함된 것은 아희들이 지루하게
생각할지 모르나 그는 여러분이 각각 맡은 동화 내용을 서로 통하지
못하게 된 관계상 피치 못할 일이라고 생각한다.335) (밑줄 필자)

　문화적 신선미와 교양을 갖추었다는 것과 생각할 여유와 힘을 준다
는 점은 장점으로 제시한 것이다. 그러나 어린이들이 이해키 어려운 부
분이 있다는 것과 서로 다른 이야기에 궁궐 이야기가 많아 지루하다는
것은 단점으로 지적한 것이다. 그 원인이 서로 다른 사람들이 각각의
작품을 독립적으로 번역한 데서 찾고 있다. 편집을 총괄한 사람이 이를
다듬고 통일성을 확보해야 함을 아쉬워한 대목이라 하겠다. 종합적인
평가로 "우리들의 귀와 눈을 찬연케 할 것"(53쪽)이라 한 데서 독자 대중
의 독서 의욕을 북돋우는 것임은 분명하다.

　1939년 정인섭(鄭寅燮)은 '소년 소녀에게 읽히고 싶은 책'으로 방정환의
『사랑의 선물』, 조선일보사출판부의 『조선아동문학걸작집』, 그리고 최
인화(崔仁化)의 『세계동화집』을 들었다.336) '조선아동문학걸작집'이란 제
목의 책은 없다. 정인섭이 "조선서 유명하신 여러 선생님들이 지으신
동요, 동화, 동극을 모으신 것"이라 한 것으로 미루어볼 때 『조선아동문

335) 위의 글.
336) 정인섭, 「소년소녀에게 읽히고 싶은 책」, 『소년』, 1939년 9월호, 62쪽.

학집(朝鮮兒童文學集)』을 가리키는 것임을 알 수 있다.

이즈음 송남헌(宋南憲)은 조선 아동문학계의 현황을 살핀 글을 발표했다. 1930년대 후반에 일본에서는 "기성 작가의 가진 원고란 원고는 거의 전부가 단행본"으로 출판되고 있지만, 조선의 경우 "일말의 적막감"을 느낀다며 다음과 같이 현황을 알렸다.

> 조선에 잇어서 사변(事變) 이후 인푸레 경기(景氣) 틈에 끼인 왕성한 출판물 속에 아동을 위한 독물이 얼마나 되는가. 단행본으로는 노양근 씨의 동화집 『날아다니는 사람』과 소년소설 『열세동무』, 송창일 씨의 동화집 『참새학교』, 조선일보사출판부 발행인 『세계걸작동화집』, 『아동문학집』이 잇을 뿐이다. 이것만 보더라도 이 땅에 문화인이 이 방면에 대하야 얼마나 등한하다고 할가. 그러치 안흐면 아동문학 작가의 힘이 미약함을 탄(歎)할가.337) (밑줄 필자)

'사변'은 '지나사변' 곧 1937년 7월 7일에 발발한 중일전쟁(中日戰爭)을 가리킨다. 『조선아동문학집』(조선일보사출판부, 1938.12)은 조선일보사가 문학전집의 일환으로 출판한 것이었다. 제1회는 『조선문학독본』이었고, 제2회는 『신인 단편집』이었으며, 제3회가 『조선아동문학집』이었다.

> ◀『아동문학집』 신선문학전집 제3회 배본 (내용) 동요 = 꼿밧 외 55편, 동화 = 엄마 마중 외 27편, 동극 = 장님과 코키리 외 2편, 소년소설 = 까까머리 생도 외 5편 등 발행소 경성부 태평통 1정목 61 조선일보사 출판부 진체 경성 5878번 정가 1원 20전 송료 22전338)

'신간 소개'에 담을 통상적인 내용이 다 담겼다. 작품 편수는 동요가 1편 적게 계산되었을 뿐 동화나 동극 및 소년소설은 정확하다. 동요는

---

337) 송남헌, 「아동문학의 배후(상)」, 『동아일보』, 1940.5.7.
338) 「(신간소개)아동문학집」, 『조선일보』, 1938.12.2.

작가 32인의 작품 57편, 동화는 작가 20인의 작품 28편, 동극은 작가 3
인의 작품 3편, 소년소설은 작가 6인의 작품 6편으로 도합 94편을 모아
놓았다.

> 1938년 12월에 나온 『아동문학집』(신선문학전집 제4권)은 아동문학
> 이 문학으로 다루어진 최초의 전집인데, (중략) 1923년 이후 18년 동안
> 의 작품 중에서 고른 것들이었다. <u>김소월 시집 『진달래꽃』을 뒤져 「엄
> 마야 누나야」를 내 나름대로 동요로 쳐서 이 책에 담았다.</u>339) (밑줄 필자)

윤석중(尹石重)의 회고다. 이로써 『조선아동문학집』의 편찬에 실질적인
역할을 한 사람은 윤석중인 것을 알 수 있다. 『어린이』에 이어 『소년중
앙』을 편집하던 그는 1936년 12월에 조선일보사출판부로 자리를 옮겨,
『조광』, 『여성』과 아동 잡지 『소년』을 편집하게 된 터였다.340)

이헌구(李軒求)는 『조선아동문학집』에 대해 다음과 같은 '신간평'을 남
겼다.

> 조선아동문학을 위하야 일생을 바친 고(故) 소파 방정환 씨를 비롯하
> 야 50여 씨의 동요, 동화, 동극, 소년소설 등 <u>한가지로 어린이의 마음의
> 양식으로서뿐 아니라 거츠른 현실에서 동심을 상실당한 어른들에게 잇
> 서서도 몹시 정다웁고 친근스러워</u> 마치 따뜻한 봄날 잔디바테 드러누
> 어 종달새 우는 봄 하늘의 구름을 바라보는 담담하고도 미소에 넘치는
> <u>동경의 마음을</u> 느껴진다.
> '푸른 하늘 은하물 하얀 쪽배에……'의 이 노래가 전 조선 방방곡곡
> 아름다운 멜로듸를 타고 도라다니든 때와 서덕출 군의 「봄편지」의 눈
> 물겨운 기억도 또한 이 문학집을 통하야 새로워진다. 더욱 소파의 「난
> 파선」은 『사랑의 선물』의 첫머리에 노혀서 오늘은 30이 된 어른들의

---

339) 윤석중, 『어린이와 한평생』, 범양사출판부, 1985, 169쪽.
340) 위의 책, 166쪽.

감격을 짜내든 아동문학사상(兒童文學史上)의 명작의 훌늉한 번역의 하
나이다. 그리고 고한승 씨의 「백일홍 이야기」도 또한 가장 애독되엿든
전설이다.[341]

어린이들의 마음의 양식일 뿐만 아니라 어른들에게도 정답고 친근스
러워 '동경의 마음'을 느낄 정도라며 긍정적인 감회를 표시하였다. "'동
요'의 세계를 거치지 아니한 오늘의 시인이나 소설가가 업슬 만큼 한때
는 굉장히도 동요열이 왕성"하였다는 인식에서 아동문학 앤솔러지의
발간이 반가웠던 것이다. 이헌구 자신이 동요를 창작하고 비평에 참여
해 왔었기 때문이다. 감격과 동경만 있는 것은 아니다. "이 책의 활자가
더 굵고 사이사이에 더 만흔 이쁜 그림이 함게 끼여저 잇엇다면 이 한
책은 한글로 된 아동서적이 적은 조선에 잇어 더한층 빗낫슬 것"이라
하여 아쉬운 점을 함께 지적하였다.

김태오(金泰午)의 「노양근(盧良根) 씨의 동화집을 읽고」는 노양근의 동화
집 『날아다니는 사람』(조선기념도서출판관, 1938.11)에 대한 서평이다. '조선
기념도서출판관'은 1935년 3월 15일 "길사(吉事) 흉사(凶事)에 함부로 돈을
써버리지 말고 그것을 영구히 긔념되고 유익한 도서출판을 하게 하자
는 취지"[342]로 창립된 기관이다. 관장(舘長)은 김성수(金性洙)이고 이사(理事)
에는 이극로(李克魯), 이윤재(李允宰), 정세권(鄭世權), 김병제(金炳濟), 감사(監事)
에는 조만식(曹晩植), 이인(李仁), 평의원(評議員)에는 안재홍(安在鴻), 정인과(鄭
仁果), 이종린(李鍾麟), 유억겸(兪億兼), 방응모(方應謨), 송진우(宋鎭禹), 여운형(呂
運亨), 이용설(李容卨), 이만규(李萬珪), 오천석(吳天錫), 이여성(李如星), 주요한(朱
耀翰), 이은상(李殷相), 김활란(金活蘭), 권상노(權相老) 등 당대의 유지들이 망

341) 이헌구, 「(신간평)찬란한 동심의 세계 - 『아동문학집』평」, 『조선일보』, 1938.12.4.
342) 「번례용비(繁禮冗費)를 절약 기념도서를 출판 - 작야(昨夜) 명월관(明月舘)에 유지
들이 회합 기념도서출판관 창립」, 『조선일보』, 1935.3.16.

라되다시피 참여하였다. 『날아다니는 사람』은 바로 이 '조선기념도서출판관'의 기념 도서로 출판한 것이다. "오세억(吳世億) 씨, 부인 이숙모(李淑謨) 씨가 일세에 가장 기념될 결혼에 당하여, 동화 대가 노양근 씨의 다년 고심의 저술인 동화집을 본관의 제2회 기념 출판"343) 도서로 선정한 것이다. 제1회 기념도서는 1938년 1월에 발간된 김윤경(金允經)의 『조선문자 급 어학사(朝鮮文字及語學史)』였다.

김태오는 우리나라 동화의 발전 과정을, 전래동화와 구전동화의 활자화나 개작을 거쳐 외국동화를 번역하던 시기를 지나 "사오 년 이래 창작동화의 길"을 밟게 되었다고 간략하게 정리하였다. '사오 년 이래'라면 1933~4년경부터 창작동화가 발표·간행되었다고 본 것이다. 이후 창작열이 왕성해지고 있다고 말했다. 이러한 진단을 한 까닭은 무엇인가? 바로 노양근의 동화 창작과 동화집 『날아다니는 사람』을 창작동화의 결실로 평가하기 위해서였다. 『날아다니는 사람』은 22편의 작품을 모아 놓은 동화집인데, 김태오는 20편의 수록 작품에 대해 개괄적으로 언급하고 있다. 주제별, 갈래별로 몇 작품을 묶어 간략한 설명을 붙인 후, 「웃음꽃」, 「눈먼 소년」, 「피리 잘 부는 억쇠」를 "우수한 작품으로 추천"한다. 그 까닭은 "고답적 초현실적 경향보다도 민중적이오 현실적인 경향에의 관심을 가지고 애써 조선 아동의 생활상을 그리려 하는 자취가 보인다는 것"344)이기 때문이다. 그러나 자칫 동화인지 소년소설인지 구별하기 어려울 수 있는 점은 주의할 것을 요구하였다.

이상에서 예거(例擧)한 바와 같이 이 동화집의 내용은 실로 여러 가지 사상과 교훈이 내포되어 잇서서 읽는 사람으로 하여금 '재미'라는 매력으로 끄을어 간다는 것이다. 이 '재미'라는 것도 그리 쉽사리 이루

---

343) 이인(李仁), 「출판기」, 『날아다니는 사람』, 조선기념도서출판관, 1938.
344) 이상 김태오, 「노양근(盧良根) 씨의 동화집을 읽고」, 『동아일보』, 1938.12.27.

어지는 것이 아니오 저자가 다년간 아동교육 방면에 실제 체험 하에 얻은 모든 재료를 새기고 깎아 하나의 적공(積功)을 이룬 것으로 볼 수 잇으니 전체를 통하야 느껴지는 것은 그가 아동을 위하는 정성이 일관 하여 잇다는 것이다. 그리고 이 책에는 <u>동화의 본질적 사명인 문학적 가치와 종속적 사명인 교육적 가치가 상반(相伴)되어 잇어 아동은 물론, 어른이라 하더라도 일독할 만한 가치가 잇다</u>고 생각한다.[345] (밑줄 필자)

종합적인 평가라 할 것으로는, 아동과 어른이 모두 읽어 볼 만한 가치가 있다는 것이다. 그 이유는 동화의 사명을 문학적 가치라는 본질적 사명과 교육적 가치라는 종속적 사명으로 가른 다음 이 둘을 함께 갖고 있기 때문이라는 것이다. 이러한 평가에 이르기 위해 동화가 '사상과 교훈'을 담아야 할 뿐만 아니라 '재미'가 있어야 한다는 것을 전제한다. 무릇 작품에 '사상과 교훈'이 없다면 그 작품은 읽어야 할 이유가 없다. 아동문학은 흔히 이 '사상과 교훈'을 앞세운 계몽의지가 충만된 나머지 문학이 갖추어야 할 '재미'를 간과하는 경우가 없지 않다. '사상과 교훈'만으로는 윤리 교과서를 넘어서기 어렵고, '재미'로만 치면 만담(漫談)을 이기기 어렵다. 어렵지만 '사상과 교훈'을 담되 '재미'와 조화를 이루어야 좋은 작품이 되고 독자들의 호응을 얻을 수 있다. 김태오는 이 점에 착목하였다. '재미'를 담보하게 된 요인으로 다년간 교사 생활을 한 노양근의 아동교육 방면의 실제 체험을 들었다. 이 체험을 바탕으로 동화의 재료를 선택하였고 이를 조탁하여 적공(積功)을 보였으며 일관되게 아동을 위한 정성이 바탕을 이루고 있기 때문이라는 평가다. 어린이들을 계몽할 '사상과 교훈'을 포착하여 '재미'있게 형상화하기 위해서는 문학적 문법에 정통해야 한다. 김태오가 볼 때, 노양근은 이런 내용과 형식의 적절한 조화에 성공했다고 본 것이다.

---

345) 위의 글.

1930년대 중후반에 노양근은 다량의 작품을 발표하고 동화집을 발간하였으며, 비평문도 발표하는 등의 역량을 보였다. 노양근의 다른 동화책도 서평의 대상이 되었다. 『열세동무』(한성도서주식회사, 1940.2)가 그것이다.

◀『열세동무』(소년소녀 장편소설) 노양근 저 발행소 경성부 견지정
(堅志町) 32 한성도서주식회사 진체 경성 7660번 정가 80전 송료 12전[346)

책의 성격 혹은 갈래를 규정하는 내용은 '소년소녀 장편소설'이라는 것이다. 「열세동무」는 이 책이 발간되기에 앞서 『동아일보』(1936.7.2~8.28)에 46회[347) 연재되다가 중단된 적이 있었다. 『동아일보』는 1936년 8월 29일부터 1937년 6월 2일까지 정간(停刊)을 당한 바가 있는데, 베를린 올림픽 마라톤 경기에서 우승한 손기정(孫基禎)의 유니폼에서 일장기(日章旗)를 삭제한 사진을 게재한 것이 빌미가 되었기 때문이었다. 작품 중단을 아쉬워하던 노양근은 독자들의 요청에 부응하여 "이미 발표된 것도 다소 수정하고 또 남은 이야기를 마자 마치어"[348) 단행본으로 발간한 것이 『열세동무』다.

저자의 경력과 역량은 지금 새삼스러히 노노(呶呶)할 여지가 업슬 만큼 주지되어 잇스며 작가생활의 연조(年條)로 보아서나 우리 아동문학 작가의 제일인자로 밧들기에 주저치 안는다.

---

346) 「(신간소개)열세동무」, 『조선일보』, 1940.3.6.
347) 『한국민족문화대백과사전』과 『한국현대장편소설사전』에는 47회 연재되었다고 하나, 1936년 8월 21일 자가 41회이고 22일 자에는 작품이 실리지 않았음에도 한 회 건너뛰어 8월 23일 자엔 43회로 매겨져 마지막인 8월 28일 자가 47회로 되어 있다.
348) 노양근, 「지은이의 말 – 서(序)를 대(代)하여」, 『열세동무』, 한성도서주식회사, 1940, 6쪽.

이 저자가 오랫동안의 <u>교단생활에서 어든 귀한 체험을 토대로 그 숙련한 붓을 가지고 그려낸 것</u>이 이『열세동무』다. <u>작품의 '스케일'이 크며 그 속에 흐르는 선이 굵고 무게가 잇는 것</u>만으로도 종래 소시민적 아동생활의 한두 가지 단편(斷片)을 그리기에 부심하던 기교(?) 아동문학을 일소하는 데 경성(警醒)이 될 것이다.[349] (밑줄 필자)

양미림은 경력과 역량을 기준으로 노양근을 우리 아동문학 작가의 제1인자로 추어올렸다. 『열세동무』는 작가 노양근이 오랜 교단생활에서 얻은 체험을 작품의 소재로 하여 숙련된 붓으로 그려내었다고 평가하였다. 『열세동무』를 『동아일보』에 연재할 때 제1회분의 앞머리에는 '작자의 말'이 실려 있다.

해마다 봄이면 각 학교에서 쏟아저 나오는 수만흔 졸업생들 중에 더욱이 농촌에서 보통학교나 마치고 <u>상급학교에도 갈 수 없는 소년들이 울며불며 갈팡질팡하는 것</u>을 나는 늘 보게 됩니다. (중략)
그러나 여기에 울지도 안코 낙망도 하지 안코 오직 꽃피는 앞날을 위하야 할 수 잇는 범위(範圍)에서 씩씩하게 일하는 소년, 소녀들이 잇음을 보고 나는 참을 수 없어서 그들의 얘기를 적어 <u>수만흔 소년들(특히 보통학교 졸업 정도로 고보 일이학년 될 만한)과 함께 웃고 울며 생각하여 보려는 것</u>이 감히 이『열세동무』의 붓을 든 목적입니다.[350] (밑줄 필자)

상급학교에 진학하지 못해 갈팡질팡하는 소년들이 많은 현실에, 그러한 어려움을 극복하고 씩씩하게 일하는 소년 소녀들의 모습을 실감나게 표현하고자 한 것이 『열세동무』의 창작 목적이라 하였다. 양미림은 당대 아동문학이 소시민적 아동 생활을 단편적으로 그리는 데 머문

---

349) 양미림, 「노양근 저『열세동무』독후감」, 『조선일보』, 1940.3.11.
350) 노양근, 「작가의 말」, 「열세동모(제1회 연재분)」, 『동아일보』, 1936.7.2.

것으로 보았다. 이런 평가는 『열세동무』가 당대 아동 문단의 부정적인
모습을 일소할 수 있을 정도로 작품의 스케일이 크고 흐르는 선이 굵고
무게가 있다는 점을 강조하기 위해 비교 대상으로 삼은 것이었다.

박흥민(朴興珉)도 『열세동무』에 대한 서평을 남겼다. 『사랑의 선물』,
윤석중의 동요집 등 모두 일정한 한계가 있어 아동들에게 안심하고 읽
힐 만한 책이 없던 터에 『열세동무』가 그 부족함을 극복할 수 있게 해
주었다고 평가하였다. "『열세동무』는 소설이며 동시에 인생의 산 교육
을 지시하는 인생 교과서"351)라는 극찬은 박흥민이 갖고 있던 다음과
같은 시각에서 비롯된 것이다.

> 현실이 요구하는 가장 충실한 지도적(농촌) 인물로서 우리는 춘원(春
> 園)의 『흙』 속에서 허숭을 발견햇고 이제 다시 『열세동무』의 주인공 시
> 환(時煥)을 얻엇다.
> 노 씨는 10여 년 가까히 이 땅 어린이의 정서교육을 위하야 아동문학
> 운동에 꾸준한 열성과 노력을 기우린 분이다.
> 그 결과로 <u>우리가 갈망하는 인물, 허숭의 동생 장시환 군을 창조하야</u>
> 우리에게 주엇다.352) (밑줄 필자)

박흥민이 갈망하는 인물형은 이광수(李光洙)의 소설 『흙』의 주인공 '허
숭'이었던 모양이다. 일제강점기 이광수가 조선인 사회에서 갖는 비중
이나 그의 작품에 대한 독자 반응은 여간한 것이 아니었다. 따라서 『열
세동무』의 주인공 '장시환'을 '허숭'에다 견주어 '우리가 갈망하는 인물'
로 표현한 것은 필자 박흥민의 비평 기준이 놓인 지점을 읽어내는 데
모자람이 없다. 박흥민의 이광수에 대한 평가와 작중 인물 '허숭'에 대
한 인식은 당대적 시각에 기반을 둔 것이다.

---

351) 박흥민, 「(뿍레뷰)노양근 저 『열세동무』」, 『동아일보』, 1940.3.13.
352) 위의 글.

박홍민의 시각은 이광수라는 작가의 삶이나 작가가 창출한 인물형에 대한 문학사적 평가와는 일정한 거리가 있다.『흙』은 "농촌에서 어렵게 자란 주인공이 도시로 나가 출세를 했으면서도 자기의 안일을 버리고 그런 성격의 농촌 계몽운동에 헌신하러 귀향한 결단을 칭송한 작품"[353] 이다. 그러나 농민의 항쟁에 반대하고 일제가 허용하는 범위 안에서 무지를 깨우친다는 명목으로 문자 해득 교육에 힘쓰고, 소작제의 문제점은 그대로 두고 생활 향상을 꾀한다며 위생과 청결 등을 역설한 작가의 현실인식은 비판받아 마땅하다. '허숭'이란 인물 또한 이광수의 인식과 다르지 않다. 농촌으로 간 '허숭'은 농민 생활이 비참한 것은 참고 견디라 하고, 농촌사업을 좋지 않게 보는 일제의 오해를 극구 피하려 할 뿐이었다.

일제강점기 아동문학은 일반문학으로 건너가기 위한 징검다리 역할을 하는 것으로 인식되기 일쑤였다. 그래서 아동교육에 관심을 두고 있는 부모와 교육자들마저 "아동문학을 등한시"[354]하였다. "문단서 보이고트당하고 사회에서 푸대접 밧는 아동문학"[355]이라 한 윤석중도 같은 인식이었다. 노양근은 아동문학가로서 "천대와 멸시밖에 받을 줄 모르는 '의붓자식'"[356] 취급을 받았다고 회고하였다. 그러나『열세동무』를 출간한 후 있었던 출판기념회를 마치고 지금까지 갖고 있던 아동문학가로서의 자격지심을 버릴 수 있었다고 한다. 쏟아진 "격려와 찬사(讚辭)"[357]에 고무된 것이다. 덧붙여 다음과 같이 아동문학의 중요성과 작

---

353) 조동일,『한국문학통사 5』, 지식산업사, 1988, 324쪽.
354) 노양근,「아동문학에의 길 -『열세동무』출판기념회 소감」,『신세기』제2권 제4호, 1940년 4월호, 84쪽.
355) 윤석중,「(출판기념 회상)동요집의 회상」,『삼천리』제5권 제10호, 1933년 10월호, 101쪽.
356) 노양근, 앞의 글, 84쪽.
357) 노양근, 앞의 글, 85쪽.

가들의 책무를 언급하였다.

> 오늘의 아동이란 것이 즉 명일의 성인이고 명일의 성인이 즉 오늘의
> 아동이란 것을 생각할 때 아동문학의 중대성을 느끼게 되고 아동문학
> 운동에 종사하는 작가들의 어깨가 무거운 것을 느끼게 될 것이다.[358]

오늘의 아동문학 독자인 어린이들이 일반문학의 작가나 독자가 된다.
아동문학 작품이 주는 교육적·정서적 효과를 감안하면 부모나 작가
또한 무거운 책임감을 느껴야 할 것은 당연하다.

소파 방정환이 죽은 지 9년 가까이 되어, 아들 방운용(方云容)을 저작
자로 하여 『소파전집(小波全集)』(박문서관, 1940.5)이 간행되었다. 마해송(馬海
松)과 최진순(崔瓖淳)이 발론하고 청오 차상찬(靑吾車相瓚)이 원고를 제공하
여 유고를 엮은 것이다.[359] '신간 소개'는 다음과 같다.

> ◀『소파전집』 방정환 유저(遺著) (500부 한정판) = 어린이찬(讚), 동
> 요, 동화 그 야화, 미담, 실화, 소년소설, 동화극, 수필, 잡문 등, 발행소
> 경성부 종로 2정목 86 박문서관 진체 경성 2023번 정가 3원 50전[360]

소파가 아동문학에 끼친 공로가 큰지라 뒤늦게 그의 전집을 간행함
에 있어 소감과 서평이 잇따랐다. 이헌구(李軒求)는 책이 발간되기도 전
에 「소파(小波)의 인상 – 『소파전집』 간행에 앞서서」(『박문』 제12호, 1939년
10월호)를 통해 소파와의 만남과 활동을 추억하였다. "아직도 그 독특한
몸집과 그 속에 무한히 숨어 있는 애정과 열(熱)과 눈물에 넘친 얘기가
들리는 듯 마음이 황홀하다."(39쪽)고 회상하였다. 『소파전집』이 발간된

---

358) 노양근, 앞의 글, 85쪽.
359) 편집동인, 「유고를 엮고서」, 『소파전집』, 박문서관, 1940, 461쪽.
360) 「(신간소개)소파전집」, 『조선일보』, 1940.6.5.

다니 연동해서 소파에 대한 인상이 떠오르고 당부도 환기되며 그의 이
야기가 들리는 듯하다는 것이다. 이헌구는『소파전집』이 발간되자 다시
서평을 썼다.「(북·레뷰)어린이에게 주는 불후의 선물,『소파전집』」(『조선
일보』, 1940.6.8)과「어린이에게 주는 불후의 선물(『소파전집』신간평)」(『박문』,
1940년 7월호)(이 두 개의 서평은 같은 내용이다.)이 그것이다. 소파의 삶과 아동
문학에 대해 살핀 후, 정작『소파전집』에 대해서는 두루뭉술하게 "맑은
생명의 샘"으로 가득 찼다거나, "정성스러운 글"이 많으니, "참된 어머
니와 아버지와 또 어린이에게 권장"(『조선일보』, 1940.6.8;『박문』, 1940년 7월
호, 21쪽)한다고 하고 말았다. 엄밀한 의미에서 서평이라기에는 아쉬운
측면이 많다.

백철(白鐵)도 '신간평'을 남겼다.『소파전집』에 대한 백철의 서평은 내
용에 대한 엄정한 비평에까지 이르지는 못했고, 앞에서 말했듯 천도교
와의 관계 등을 고려한 소감문 수준이라 해야 하겠다. 방정환이 죽은
지 10년이 지난 지금까지 "그를 위한 아무 기념적인 것이 업슴을 유감
으로 생각해 오든 차에 이번 박문서관에서『소파전집』을 발간한 것은
쯧이 깁흔 출판"[361]이라 한 정도다. 따라서『소파전집』출간에 대한 평
가일 수는 있어도『소파전집』에 담긴 작품을 비평한 것은 아니라고 해
야 할 것이다.

이헌구와 백철에 비해 이하윤(異河潤)의 서평은 비평의 수준이나 깊이
를 별론으로 하더라도『소파전집』의 내용에 초점을 맞춘 서평인 것은
분명하다. 먼저 소파의 대표적인 동요「형제별」을 제시해 당시의 분위
기를 환기하였다. 이어 동요, 동화, 동화극, 소년소설 등 전집에 수록된
갈래별 편수를 소개하고 개략적인 감상을 적었다.

---

361) 백철,「(신간평)소파전집」,『매일신보』, 1940.6.14.

나는 교과서 이외에 맘 노코 아이들 앞에 내줄 수 잇는 책 중에서도
가장 웃듬되는 것이 무엇이냐 하면 서슴지 안코 이 『소파전집』을 내노
코 싶다. 감히 자녀를 길으시는 만천하 인사에게 진심으로 일독을 권하
는 소이(所以)가 여기 잇다.362) (밑줄 필자)

아동문학 작품을 과외 독물로 인식하던 당시의 시각에서 볼 때 교과
서 이외에 맘 놓고 아이들에게 제공할 수 있는 으뜸가는 책이라 한 것
은 최고의 찬사다. 이 책이 나올 당시만 하더라도 일제강점기 막바지에
이르러 "지(紙) 기근에 물자난이 우심(尤甚)한"363) 시점임에도 호화 장정
으로 출간한 터인데다 아동문학과 소년운동에 대표적인 공적을 쌓은
소파의 책인지라 고평한 것이겠다.

이구조(李龜祚)의 동화집 『까치집』(예문사, 1940.12)이 출판되자 정인섭(鄭
寅燮)이 신간평을 썼다.

이 책에는 유년동화가 8편, 보통동화가 9편, 구전동화가 1편 합해서
18편이 들어 잇다. 내용에 잇서서 이구조 씨의 특질은 그 예술적 고아
성(高雅性)과 실화적(實話的) 건전성에 잘 조화되어 잇는 점이라고 하겠
다.364)

18편이 수록되어 있다고 했으나 실제 『까치집』에는 21편이 실려 있
다. '예술적 고아성과 실화적 건전성'이 조화되어 있다는 것은 동화의
예술성과 교육적 측면을 어느 한쪽에 치우치지 않고 잘 살렸다는 말이
다. 표현 형식에 있어서는, 심미적 표현과 간결명랑한 문체미를 보이는
점, 동요체 동화의 시험 등을 주목하였다.

362) 이하윤, 「(뿍·레뷰)방정환 유저(遺著) 『소파전집』 독후감」, 『동아일보』, 1940.6.
28.
363) 위의 글.
364) 정인섭, 「(신간평)이구조 저 『까치집』을 읽고」, 『매일신보』, 1941.1.11.

일제강점기 마지막 아동문학 서평은 송창일이 편찬한『소국민훈화집
(少國民訓話集)』(아이생활사, 1943.2)에 대한 것이다. 임영빈(任英彬), 임인수(林仁
洙), 김창훈(金昌勳)의 서평이 있다.『소국민훈화집』은 아이생활사가 "대동
아전쟁"이 터지자 "대동아공영권의 맹주로써 또는 지도자로써의 교육
이 요구"365)됨에 부응하여 간행하였다. 1941년 12월 8일 일본의 진주만
(眞珠灣) 폭격으로 시작된 태평양전쟁은 직접 전쟁에 참여하지 않은 국민
과 어린이들에게도 총후보국(銃後保國)을 강요하였다. 식민지 조선의 아
동문학가들 가운데 일부도 맹목적으로 일제의 전시체제에 동조하였는
데『소국민훈화집』간행도 그러한 행위의 일환이었다. 책의 내용은 대
체로 '황군(皇軍)의 은혜', '위문대(慰問袋)' 등 전쟁과 관련된 것이었음에도
서평은 "아이들의 명심보감이요 양심의 지침서"366)로 호도하고, "대동
아(大東亞)를 질머지고 나아갈 내일의 일꾼들에게 산 교훈"367)이 된다고
억지 찬사를 늘어놓았다.

해방 후 첫 아동문학 서평은 박산운(朴山雲)의「현덕(玄德) 저 동화집『포
도와 구슬』」이다. 제목처럼 현덕의『포도와 구슬』(정음사, 1946)에 대한
서평이다. 박산운은 아동문학에 전문적인 작가와 시인이 많지 않다는
진단으로 시작한다. 그 까닭을 다음과 같이 말했다.

　　일제지배하에 우리의 모든 문화부문은 거의 예외 없이 기형적인 형
　태에서만 부득불 생장할 수밖에 없었다 하드래도 흔히 하는 말이지만
　아동을 대상으로 하는 동화나 동요 등을 일종의 여기로서 또는 가장
　손대기 헐한 문학수업에 시험 코-스로 취한 일이 있었다면 우리는 그

365)「소국민훈화집」,『아이생활』, 제18권 제3호, 1943년 3월호.
366) 임인수,「아동의 명심보감 - 송창일의『소국민훈화집』독후감」,『아이생활』, 1943년
　　7-8월 합호, 46쪽.
367) 김창훈,「송창일 저『소국민훈화집』독후감」,『아이생활』, 제18권 제6호, 1943년
　　7-8월 합호, 47쪽.

안이한 태도를 준엄히 비정(批正)하지 않으면 안 될 것이다.[368]

그러나 현덕을 두고, "이와 같은 작가를 가진 소년들은 행복한 소년들이다. 그리고 그것은 우리의 행복"이라 하였다. 이 말은 현덕이 '기형적인 형태'나 '안이한 태도를 준엄히 비정'해야 할 작가와는 다르다는 점을 강조한 것이다. 동화는 "재미나고 교훈 되는 것"이라 한 것과 "현실을 기반"으로 하여 "봉건적 충군애국식(忠君愛國式)을 강조하는 따위의 글"[369]은 용인할 수 없다고 한 관점은 소중한 발견에 해당한다고 할 것이다. 현덕의 소년소설집 『집을 나간 소년』(아문각, 1946.10)도 『포도와 구슬』과 같은 해에 발간되었다. 9편의 소년소설과 방송극 2편을 담고 있다. 조풍연(趙豊衍)의 신간평은 "이 책은 먼저 어른들이 읽어 볼 책"이라는 평가로 시작한다. 동심을 잘못 파악한 사람들과 달리 "아무런 허식도 없고 과장도 없는 당당한 문학작품이 듬뿍 담겨 있"기 때문에 자녀교육을 걱정하는 어른들이 먼저 읽고 "새 나라의 주인공"들에게 읽힐 만하다고 보았다. 일제강점기에 조선어로 아동문학을 지탱해 온 작가에게 다음과 같이 경의를 표한 것도 아동문학사의 관점에서 의미가 있다.

그리고 이 양심적인 소설가가 일제시대에 지극히 매력 없던 조선말 동화나 소년소설을 꾸준히 써 왔기에 우리는 오늘날 이만한 소설집 한 권이나마 얻게 되었다는 데 마땅히 경의를 표하여야 한다.[370]

변영태(卞榮泰)가 1946년 말에 우리의 전래동화를 영문으로 번역하여 『조선동화집(Tales from Korea)』(국제문화협회, 1946.10)을 간행한 바 있다. 해방 후

---

368) 박산운, 「(서평)현덕(玄德) 저 동화집 『포도와 구슬』」, 『현대일보』, 1946.6.20.
369) 위의 글.
370) 조풍연, 「(신간평)집을 나간 소년」, 『경향신문』, 1947.1.22.

에 전설과 동화를 외국어로 번역한 것으로는 효시가 될 것이다. 박영화 (朴榮華)는 이를 문화교류의 필요에 부응하는 것으로, 외국인들에게 조선 에 대한 인상을 깊고도 빠르게 심어 주는 첩경이라고 평가하였다.[371]

김홍수(金泓洙)는 언론인이지만 아동문학 작품에 대한 신간평을 두 편 남겼다. 하나는 『소년 기수』(동화출판사, 1947.5)에 관한 것이고, 다른 하나 는 『박달 방망이』(남산소년교호상담소, 1948.10)에 관한 것이다. 「소년 기수」 는 연성흠(延星欽), 최청곡(崔靑谷), 이정호(李定鎬), 정홍교(丁洪敎)의 연작 소년 소설로 『조선일보』(1930.10.10~12.4)에 총38회에 걸쳐 연재되었던 것이다. 연성흠(10회까지, 10.10~22), 최청곡(17회까지, 10.23~31), 이정호(30회까지, 11.1~ 23), 정홍교(31회부터 38회까지, 11.25~12.4)가 나누어 맡았다. 김홍수는 『소년 기수』를 "조선 소년운동의 산 기록이요 고난과 박해에 생명으로 항쟁한 조선소년운동의 족적(足跡)[372]으로 평가하였다. 정홍교(丁洪敎)의 『박달 방 망이』에 대해서는 『소년 기수』와 비교하여 다음과 같이 평가하였다.

> 『소년 기수』가 해방 전 소년운동의 발자최를 엮어서 새 나라를 건설 하는 오늘의 조선 어린이들에게 크나큰 용기를 고무하여 주는 데 뜻이 많앗다 하면 이번 나온 『박달 방망이』는 꿈에 주린 조선 어린이들에게 아무 티 없고 맑고도 그윽한 큰 꿈을 그리게 하는 좋은 선물이 될 줄 믿는다.[373]

정홍교(丁洪敎)는 그간 동화집으로 『금쌀애기』와 『은쌀애기』, 소년소설 집으로 『의협소년』 등을 일제강점기에 발간하였고, 해방 후에는 동화집 『금닭』, 소년소설 『소년 기수』를 발간하였다.[374] 『박달 방망이』는 10편

---

371) 박영화, 「변영태(卞榮泰) 저 영문 『조선동화집』」, 『경향신문』, 1946.12.19.
372) 김홍수, 「(신간평)소년 기수」, 『경향신문』, 1947.6.26.
373) 김홍수, 「(신간평)동화 『박달 방망이』」, 『동아일보』, 1948.11.10.
374) 정홍교, 「『박달 방망이』를 내면서」, 『박달 방망이』, 남산소년교호상담소, 1948, 3쪽.

의 소년소설로 이루어진 그의 첫 창작동화집이다. 각 편마다 말미에 '훈화'를 덧붙였다. 이 '훈화'를 붙인 것을 두고 이하윤(異河潤)은 "그의 본질이 동화작가에 있느니보다는 오히려 소년의 지도자에 있다는 것"[375]이라 하였다.

방정환의 『사랑의 선물(상, 하)』(박문서관, 1947)은 해방 후에 두 권으로 분책되어 출판되었다. 김철수(金哲洙)의 「『사랑의 선물』을 읽고」(『소학생』 제48호, 1947년 7월호)는 이 책에 대한 소개글이다.

세계동화집 제1집으로 신영돈(辛永敦)이 번역한 『목마』(만화사, 1948)에 대해서는, 이해문(李海文)의 서평 「신영돈(辛永敦) 역 동화집 『목마』」(『경향신문』, 1948.7.18)가 있다. 중국동화집인데 학생들에게 읽어 주어 갈채를 받았고 집에 두니 아이들이 재미있다고 스스로 읽더라며 독서욕을 부추겼다.

해방 후에 발간된 아동도서들은 대개 조악하고 불량물이 많았던 모양이다. 송완순(宋完淳)은 박원수(朴元壽)의 동화집 『운동화』(동지사, 1948.5)에 대한 서평을 붙였다. 송완순은 해방 후의 아동서적 가운데 현덕의 『집을 나간 소년』과 더불어 바로 『운동화』를 첫손가락에 꼽았다. "『운동화』 속의 제 작품에는 8·15 이전에 취재한 것도 있으나 그 속에 맥박치는 정신은 8·15 이후의 새로운 분위기에서 울어난 그것도 옳은 민주주의에 충실하려는 왕성한 진취성에 관철"[376]되어 있다고 보았기 때문이다.

해방 후 발간된 아동극집으로는 처음으로 방기환(方基煥)의 『손목 잡고』(문화사, 1949)가 간행되었다. 서평으로 홍구범(洪九範)의 「(신간평)방기환 저 『손목 잡고』」(『동아일보』, 1949.7.6)와 조연현(趙演鉉)의 「(신서평)방기환 저 『손목 잡고』」(『경향신문』, 1949.7.9)가 있다.

---

375) 이하윤, 「정홍교 동화집 『박달 방망이』」, 『경향신문』, 1948.11.18.
376) 송완순, 「소년소설집 『운동화』를 읽음」, 『어린이나라』, 1949년 1월호, 41쪽.

빈약한 아동작가 문단에 이런 이채로운 것이 나오리라고는 생각도 못한 일이다. 아마 아동극집으로는 이것이 처음인 것 같은데 첫째로 우리가 상상할 수 있는 아동세계의 포근한 맛을 그려낸 데 우선 작자에게 경의를 표하며 장면장면 야무지게 서둘러 이야기를 깎고 저미고 군소리 한마디 없이 넘긴 데는 방 씨의 아동작가로서의 기술이 능숙하다는 것을 증명하고도 남음이 있을 것이다.[377]

결점으로는 어린이의 언어 사용과 동떨어진 점을 지적하였다. 조연현은 『손목 잡고』가 "저자의 최초의 창작집인 동시에 해방 이후의 최초의 아동극집"으로 10편이 수록되었다는 사실을 확인하였다. 어린이들이 쉽게 상연해 볼 수 있고, "작자의 건강하고 명랑한 인생관과 윤리의식"을 느낄 수 있으며, 어린이들의 관심과 흥미를 잘 포착하여 어떻게 성장해야 할 것인가를 잘 가르쳐주고 있다고 호평하였다.[378]

일제강점기와 해방기를 통틀어 동화와 소년소설 분야에 가장 왕성한 필력을 보여준 작가 중의 한 사람은 최병화(崔秉和)다. 최병화의 장편 소년소설집 『희망의 꽃다발』(민교사, 1949)은 같은 아동문학을 하는 김원룡(金元龍)과 월북 소설가 임서하(任西河)가 간략한 신간평을 붙였다. 김원룡은 최병화를 두고 "작가 생활 20 수년에 시종 아동문학을 전공하였다는 것은 자랑"이라며 『희망의 꽃다발』에 대해서도 "내용이 재미나고 유익하고 웃기고 울리면서도 교육적으로 집필"[379]되었다고 평가하였다. 임서하도 "이 책을 읽고 처음으로 내 자식에게 읽히고 싶은 감동"[380]을 느꼈다며 앞으로도 더 좋은 결실을 거둘 것을 기대하였다.

해방기 마지막 아동문학 서평은 윤복진이 엮은 『노래하는 나무 - 세

---

377) 홍구범, 「(신간평)방기환 저 『손목 잡고』」, 『동아일보』, 1949.7.6.
378) 연현, 「(신서평)방기환 저 『손목 잡고』」, 『경향신문』, 1949.7.9.
379) 김원룡, 「(신서평)희망의 꽃다발」, 『경향신문』, 1949.12.8.
380) 임서하, 「(신간평)최병화 저 『희망의 꽃다발』」, 『국도신문』, 1950.1.13.

계명작동화선집』(아동예술원, 1950.4)에 관한 것이었다. 『노래하는 나무』는
서양의 동화를 추려 번역한 것으로, 「노래하는 나무」, 「우리집 꽃밭」, 「향
기 나는 이름」, 「초록 당나귀」, 「황금어」, 「이상한 촛불」, 「무지개」, 「춤
추는 피리」, 「딸기와 친구」, 「넝마장수의 불장난」, 「아료샤와 미쿠라」,
「사람은 얼마만 한 땅이 소용되나」, 「어느 성주의 이야기」, 「바보 이반」
등 14편의 동화를 담고 있다. 이원훈(李元薰)은 "덮어놓고 흥미만을 위주
하지 않고 케케묵은 교훈에 사로잡히지 않고 예술적이요 재미있는 가
운데 진실로 커다란 인생의 가르침을 얻을 수 있는 명작동화"[381)를 번
역한 것으로 마음에 꼭 드는 책이라 하였다. 김훈(金勳)은 동화의 문화적
가치를 먼저 짚은 다음 『노래하는 나무』가 그 가치에 부합한다고 평가
하였다.

　동화란 현실적인 생활 호흡이 적은 대신 동경의 세계를 통해서 한 인
　간 한 인격으로의 감정 육성에는 보다 더 큰 태도와 방법과 앙양이 있
　음으로 문화적 가치평가도 받는 것이다.[382)

　박인범(朴仁範)도 "세계적인 명작만을 추리고 추려서 가장 정확히 그리
고 수정(水晶)같은 문장으로 역거 놓"[383)았다며 교육자와 현명한 부모들
에게 제공했으면 좋겠다고 고평하였다. 권해희도 『노래하는 나무』에 대
한 서평을 남겼다. 그는 어린이책의 조건으로 "첫째, 그 뜻이 높고 맑아
야 할 것이오, 둘째, 재미나게 읽을 수 있도록 꾸며야 할 것이오, 셋째,
아름다운 우리말을 잘 살리어 특히 어린이들이 이해하고 평소에 쓰고
있는 그들의 귀여운 말로 써 되어져야 할 것" 등 세 가지를 들었다. 『노

381) 이원훈, 「(신서평)『노래하는 나무』 - 세계명작동화선집」, 『연합신문』, 1950.4.13.
382) 김훈, 「(신간평)『노래하는 나무』 - 윤복진 편」, 『조선일보』, 1950.4.14.
383) 박인범, 「(신간평)『노래하는 나무』(세계명작동화선집)」, 『자유신문』, 1950.4.15.

래하는 나무』가 이 세 가지 조건을 갖추었다며 "어린이들은 물론 어머니와 아버지 그리고 국민학교나 중학교 선생님들"384)도 가질 만한 책으로 높게 평가하였다.

일제강점기의 아동문학은 동요(童謠)가 주류였던 터라 동요집(동시집)에 대한 서평 또한 적지 않다.

필자	제목	발표지	발표 일자
우이동인	동요연구(5~9)	중외일보	1928.11.19~28
	동요곡집『봄제비』- 데일집이 발간되엿다	조선일보	1930.6.3
정철	(읽은 뒤의 감상)『불별』은 우리들의 것	별나라	1931년 4월호
	(독서실)윤복진 군의 동요『중중떼떼중』	동광	1931년 5월호
홍(洪)	(독서실)『양양 범벅궁』 윤복진, 박태준 동요민요집곡집(제2집)	동광	1932년 4월호
주요한	(독서실)『조선신동요선집 제1집』, 김기주 편	동광	1932년 6월호
	윤석중 동요작곡집	매일신보	1932.7.21
김병호	『조선신동요선집』을 읽고	신소년	1932년 7월호
홍종인	근간의 가요집(2~3)	동아일보	1932.8.11~12
	(독서실)『윤석중동요집』	동광	1932년 9월호
K	『윤석중동요집』	신동아	1932년 9월호
	(신간소개)『조선구전민요집』	중앙일보	1933.2.14
김소운	윤석중 군의 근업(近業) - 동시집『일허버린 댕기』	조선일보	1933.5.10
용만	(신간평)윤석중 씨의 동시집『일허버린 댕기』와 김태오 씨의『설강동요집(雪崗童謠集)』	매일신보	1933.7.5
함대훈	(독서란)김소운 씨 편저『조선구전민요집』- (조선문)제일서방판	조선일보	1933.2.17

---

384) 권해희, 「(신서독후기)윤복진 엮음『노래하는 나무』- 세계명작동화선집」, 『경향신문』, 1950.4.23.

박태원	(학예)『언문조선구전민요집』- 편자의 고심과 간행자의 의기	동아일보	1933.2.28
여수학인	(학예)신간 독후 유감(有感)(3~4)	조선중앙일보	1933.7.6~7
윤석중	(출판기념 회상)동요집의 회상	삼천리	1933년 10월호
홍종인	신가요집『도라오는 배』출판	조선일보	1934.2.28
박영종	(뿍레뷰)재현된 동심 -『윤석중동요선』을 읽고	동아일보	1939.6.9
계정식	가요곡집『물새발자욱』을 보고	동아일보	1939.7.26
양미림	(북레뷰)김태오 요…김성태 곡, 유치원동요곡집	조선일보	1940.4.25
정현웅	(뿍·레뷰)윤석중 동요집『어깨동무』	조선일보	1940.7.30
윤복진	(신간평)윤석중 씨 동요집『억게동무』를 읽고	매일신보	1940.7.30
함대훈	(신간평)윤석중 씨 저『어깨동무』	여성	1940년 9월호
임동혁	(뿍·레뷰)윤석중 저 동요집『어께동무』	동아일보	1940.8.4
박계주	(뿍·레뷰)윤석중 저『어깨동무』를 읽고	삼천리	1940년 9월호
신고송	(신간평)동심의 형상	독립신보	1946.6.2
김동리	(신간평)『초생달』읽고 - 윤석중 동요집	동아일보	1946.8.13
지용	(서평)윤석중 동요집『초생달』	현대일보	1946.8.26
김용호	(신간평)종달새	경향신문	1947.6.29
윤영춘	(신간평)윤석중 저『굴렁쇠』	국제신문	1948.12.5
이원수	윤석중 동요집『굴렁쇠』	자유신문	1948.12.9
이영철	(신간평)윤석중 동요집『굴렁쇠』	조선일보	1948.12.16
서정주	(서평)윤석중 동요집『굴렁쇠』를 읽고	동아일보	1948.12.26
박영종	(신간평)단순의 향기 -『굴렁쇠』의 독후감	연합신문	1949.2.5
김원룡	(신간평)권태응(權泰應) 동요집『감자꽃』	경향신문	1949.3.24
조성녀	(신간평)박영종 편『현대동요선』	경향신문	1949.4.8
박화암	(신간평)꽃초롱 별초롱	조선일보	1949.11.12
임원호	(신간평)『다람쥐』- 김영일 동시집	조선일보	1950.3.22
이원수	(신서평)김영일(金英一) 동시집『다람쥐』	연합신문	1950.3.23
최계락	(문화)감동의 위치 - 김영일(金英一) 동시집『다람쥐』를 읽고	자유민보	1950.3.28
김영수	(신간평)윤석중 제7동요집『아침까치』	경향신문	1950.6.9

단행본 형태로 출간된 '동요작법'으로 최초의 것은 정열모(鄭烈模)의 『동요작법(童謠作法)』(신소년사, 1925.9)이다.[385] 『동요작법』은 신소년사의 도서광고 목록에 오랫동안 지속적으로 올랐다. 당대에 비교할 수 있는 이렇다 할 만한 저서가 따로 없었다.

1920년대 초중반부터 『어린이』, 『신소년』, 『아이생활』 등 여러 잡지가 족출(簇出)하다시피 하여 지면을 메울 작가가 필요하였고, 『조선일보』, 『동아일보』, 『시대일보』(이후 『중외일보』, 『중앙일보』, 『조선중앙일보』), 『매일신보』 등 신문의 학예면 또한 독자들의 작품을 요구하였다. 하지만 역량을 갖춘 작가의 저변이 갖추어지지 못한 상태에서 작품의 질적 수준을 담보할 수 없었다. 이러한 사정에서 볼 때 당시 주류적인 갈래였던 동요(동시) 작법에 관한 안내서의 필요성은 긴요하였다 할 것이다. 정열모의 『동요작법』은 이러한 배경에서 출간되었다. 더구나 출판사도 『신소년』을 발행하던 '신소년사'였고, 정열모는 당시 『신소년』을 발간하던 신명균(申明均)의 요청으로 그 잡지를 편집하던 차였기 때문에 이러한 추정은 더욱 설득력을 얻게 된다. 『동요작법』이 발간될 때까지 동요작법과 관련된 글들은 대개 다음과 같은 것을 추려 볼 수 있다.

> 버들쇠, 「동요 지시려는 분께」, 『어린이』 제2권 제2호, 1924년 2월호.
> 버들쇠, 「동요 짓는 법」, 『어린이』 제2권 제4호, 1924년 4월호.
> 한정동, 「동요작법(3)」, 『별나라』, 1927년 4월호.
> 김태영, 「(동요연구, 동요작법)동요를 쓰실려는 분들의게(전5회)」, 『아희생활』, 1927년 10월호~1928년 3월호.
> 한정동, 「(어린이 강좌, 제4강)동요 잘 짓는 방법」, 「어린이세상」 기31, 『어린이』 제7권 제7호 부록, 1929년 9월호.

---

385) 류덕제, 「최초의 동요 창작 지침서, 정열모의 『동요작법』」, 『근대서지』 제13호, 2016, 271~288쪽 참조.

버들쇠(본명 柳志永), 한정동(韓晶東), 김태영(金台英) 등의 글인데 해당 잡지를 모두 확인하지 못해 연재의 범위를 분명하게 알 수는 없지만 동요작법과 관련하여 그 내용과 작성된 시기 등 대체적인 것은 가늠할 수 있다. 정열모의『동요작법』은 바로 이즈음에 발간된 것이어서, 그 필요성과 독자의 호응을 짐작할 수 있는 것이다.

일제강점기에 우이동인(牛耳洞人 = 李學仁)은 동요와 민요에 대해 제법 체계적으로 연구한 글들을 발표하였다. 「동요연구(전8회)」(『중외일보』, 1927. 3.21.~28)와 이를 개정한 「동요연구(전15회)」(『중외일보』, 1928.11.13~12.6),[386] 그리고 「민요연구(전47회)」(『중외일보』, 1928.8.5~10.24) 등이 그것이다. 이 가운데 정열모의『동요작법』과 우리나라 최초의 동요 앤솔러지인 엄필진의『조선동요집』, 그리고 문병찬의『세계일주동요집』에 대한 서평이 포함되어 있다. 먼저『동요작법』에 대한 평가부터 보자.

> 『동요작법』을 읽고
> 일전 필자는 엇쓴 친구의 집에 갓다가 그의 책상에서 정열모 저『동요작법』을 잠간 보왓다. 나는 만흔 기대를 가지고 일독하여 보왓스나 너머나 문자 나열에 불과하엿지 동요작법이라고 할 수가 업섯다. 일언으로 평하면 금전이나 얼마 모화 볼려는 야비한 생각으로『동요작법』이라 제명(題名)하야 어린이들에게 넑키는 것이라고 할 수 잇다. 필자는 이『동요작법』이 조금이라도 가치가 잇스면 묵과하겟스나 너머나 무용한 무가치한 것을 일키여서 동요를 짓는 어린이들에게 동요를 잘못 알게 하는 폐단이 잇기에 여긔에 몃 마디 하려 한다.
> 저자는 아직 동요라는 것부터 모르고『동요작법』을 저작하엿스니 너머나 우숩지 안은가 한다. (7회, 1928.11.21) (밑줄 필자)

동요작법이 아니라 문자 나열에 불과하다거나 돈이나 얼마 벌려는

---

386) 이 글은 정확히 언제 끝을 맺었는지 알 수 없다. 1928년 12월 7일 자부터 1929년 2월 9일 자까지 신문을 확인할 수 없었다.

야비한 생각으로 어린이들을 속이는 것이라고 평가하였다. 나아가 저자
는 아직 동요라는 것도 모르면서 『동요작법』을 지었다고 하고, "자신의
습작동요를 되엿던지 안 되엿던지 버리기가 아까워서 모조리 주서 모
와 놋치 안엇는가 의심"(8회, 1928.11.25)하는 데까지 이르면 거의 인신공
격에 가까울 정도다. 그렇다고 온통 비난만 일삼은 것은 아니다.

> 정 씨의 『동요작법』에서 <u>이론은 한 가지도 거리ㅅ김 업시 되엿다고
> 본다</u>. 하나 저자는 아직 <u>시, 민요, 동요를 구분할 줄도 모르고 쏘는 조
> 흔 동요와 나쌘 동요를 자세이 모르기 쌔문에 『동요작법』을 버리여 노
> 왓다.</u> (8회) (밑줄 필자)

동요작법의 이론은 모두 잘되었다고 평가하면서도 『동요작법』을 평
가절하한 근거로 첫째, 갈래 인식이 부족하다는 것과, 둘째, 좋은 동요
와 나쁜 동요를 구분하는 비평가로서의 안목이 부족하다는 것을 들었
다. 「동요연구」와 「민요연구」를 자세히 연재할 정도로 나름대로 동요와
민요에 대해 연구한 바 있던 우이동인으로서는 동요와 민요에 대한 분
명한 갈래 인식을 바탕으로 하여 동요에 대한 질적 평가에도 자신있게
임했던 것이다. 평가가 이렇듯 사나운 데는 정열모가 『동요작법』에서 우
이동인의 작품 「귀곡새」에 대해 평가절하한 것이 한 원인으로 작용한
측면도 있다. 「귀곡새」를 두고 "만일 의미도 모르는 어른들 말을 그대
로 본보아 맵시 잇게 진 동요가 잇다 하면 그것은 마치 혼 업는 흙부쳐
가 되고 말 것"[387]이라 한 것이다. 비평은 엄정한 객관적 논리에 의거해
서 이루어져야 한다. 그러나 일반문학에서도 사적 감정이 개입된 비평
이 흔했던 것처럼 아동문학 비평에서도 크게 다르지 않았다. 그러나 우

---

387) 정열모, 「제8. 동요에는 엇더한 말을 쓸가」, 『동요작법』, 신소년사, 1925, 120~
121쪽.

이동인의 지적이 터무니없는 비난에만 시종한 것이 아니므로 서평으로서의 가치는 일정 정도 확보하였다고 하겠다. 우이동인이 감정적으로 반응한 측면이 없지 않지만, 여타 정열모가 인용한 동요들이 과연 모범이 될 만한 동요인가에 대해 의문이 드는 것은 사실이다. 따라서 우인동인의 비판이 반감 때문이라고만 할 수는 없다. 그래서 "장래의 동요작가를 위하여 하로밧비 그 작법을 개작"(8회)하라는 충고는 일정 부분 설득력이 있다.

  일제강점기의 수많은 동요 작품 가운데는 여러 가지 형태의 표절 작품이 있었다. 외국 작품일 경우 다수가 일본 작품을 번역하거나 모방한 것이었다. 정열모가 인용한 「보름달 왼달」(『동요작법』, 21~22쪽)도 그렇다. 그는 이 동요를 "독자로 하여금 작자가 늦긴 바와 갓흔 재미스러움과 안타까움을 그 노래 속에서 늦기게 한" "예술적 가치 잇는 동요"(17~18쪽)의 예로 들었다. 그런데 이 동요는 일본 동요계의 3대 작가 중 한 사람으로 손꼽히는 노구치 우조(野口雨情)의 「보름밤 달님(十五夜お月さん)」을 베껴 옮긴 것이다. 김사엽(金思燁)은 이러한 사실을 지적하고, "일어(日語)로 읽을 째는 예술의 가치가 잇지만 조선말로 곳친 것을 읽을 째는 조금도 동요답지 안습니다. 이것을 읽는 제삼자로는 참으로 동요계를 돌아볼 째 한심"[388]하다며 비판하였다. 모두가 주목하는 신문의 현상 공모에도 남의 작품을 그대로 응모해 당선되는 경우가 있을 정도로 당시 표절이 많았다. 당시의 여러 사정을 감안하면 표절 작품을 가려내는 것이 말처럼 쉽지 않은 것도 사실이다. 그러나 "예술적 가치 잇는 동요"로 예시한 작품이 일본 작품의 번역인 점은 문제가 있다. 시(동요)의 특성상 원작을 읽을 때에 예술적 가치를 느낄 수 있다 하더라도 우리말로 번역하였을 때는 그렇지 못하다는 지적은 설득력이 있기 때문이다.[389] 더구

---

388) 김사엽, 「동요작가에게 보내는 말」, 『조선일보』, 1929.10.8.

나 동요 창작의 첫걸음을 시작하는 어린이들에게 안내하는 책이라면 작품 인례(引例)에 더욱 신중을 기했어야 할 것이다.

엄필진의 『조선동요집(朝鮮童謠集)』(창문사, 1924.12)에 대한 평가도 『동요 작법』과 크게 다르지 않다. 우이동인은 먼저 "『조선동요집』을 엄필진(嚴 弼鎭) 씨의 손을 거처서 발행된 것은 조선 아동교화 운동에 획기적으로 조장할 일"(8회)이라고 높이 평가하였다. 조선 사람들은 문학과 예술을 운운하면서도 조선동화집이나 민요집 하나 발간하지 못하고 있는 것을 반성하고 유감을 표명하던 우이동인으로서는 "엄필진 씨의 노력에 감 사를 표"(9회, 1928.11.28)하는 것이 자연스럽다. 왜냐하면 일본 사람들이 이미 조선의 동요, 민요, 동화 등을 연구 비평하여 이에 대한 서책을 일 본말로 번역하여 발간하고 있었기 때문이다.

> 그러나 『조선동요집』을 전부 훌터보면 오착(誤錯)된 것과 결함된 부 분이 적지 안타. 무엇이냐 하면 동요와 민요를 확실하게 구별하야 노치 못한 실수이다. 즉 <u>『조선동요집』이면은 동요만 모엿서야 될 터인데 조 선 민요가 간간이 석기여 잇다는 것이나 「영화롭게」, 「일 아이들」, 「쌀 나커든」, 「편지 오네」, 「쏭」, 「주머니」, 「꼿할애」, 「밤」, 「싀집살이」 등 은 전부 순전한 민요다.</u> (9회) (밑줄 필자)

정열모의 『동요작법』에서와 같이 갈래 인식에 대한 지적을 빼놓지 않았다. 민요와 동요는 구분해야 마땅하나 민간에서 전승되어 오는 노 래를 민요라고 지칭하는 것이 일반적인데 그러한 민요 중에 동요라 부 를 만한 것이 많이 있으므로 엄격하게 구분하는 것이 말처럼 그리 쉬운 것은 아닐 수 있음을 감안하여야 할 것이다. 김소운의 『언문조선구전민 요집(諺文朝鮮口傳民謠集)』(東京: 第一書房, 1933.1)에는 책의 제목과 달리 '아동

---

389) 이상의 내용은 류덕제의 「최초의 동요 창작 지침서, 정열모의 『동요작법』」(『근대 서지』 제13호, 2016.6, 280～283쪽)을 발췌·인용한 것이다.

요', '동녀요' 등의 이름으로 다수의 동요 작품을 포함하고 있기도 하기 때문이다. 사정이 이렇다 해도, 우이동인의 지적이 틀렸다거나 불필요 하다고 할 수 없는 내용이어서, 서평으로서의 가치는 일정 부분 확보하 였다고 할 것이다.390) 『언문조선구전민요집』에 대한 서평은 『중앙일보』 의 신간소개와 함께 함대훈과 박태원이 남겼다. 함대훈(咸大勳)은 곡조까 지 붙였으면 하는 희망사항을 덧붙였고, 박태원(朴泰遠)은 책이 출판되기 까지의 숨은 이야기를 보탰다.391)

문병찬(文秉讚)의 『세계일주동요집(世界一週童謠集)』(영창서관, 1927.6)은 전 세계의 동요와 자장가를 포함해 도합 138편을 모아 편찬한 책이다. '춘 (春), 하(夏), 추(秋), 동(冬), 자장가(子長歌)'로 분류했는데, '춘(春)'에 37편, '하 (夏)'에 33편, '추(秋)'에 35편, '동(冬)'에 16편, '자장가(子長歌)'에 17편을 담았 다. '신간 소개'와 '광고'에는 『세계일주동요집』을 다음과 같이 소개하고 있다.

> 춘하추동 사절(四節)로 나누어 각국 동요와 각국 자장가(子長歌)가 만 재(滿載). 정가 금 60전. 진체(振替) 경성 6231번. 경성부 종로 2정목 84 번지 영창서관392)

일제강점기 '신간 소개'는 위와 같은 방식이 한 전형처럼 되어 있다.

---

390) 류덕제는 「엄필진의 『조선동요집』과 아동문학사적 의미」(『어문학』 제149호, 2020. 9)에서, "우이동인뿐만 아니라, 고정옥은 서명과 달리 '민요집'이라 하였고, 임동 권도 '구비 민요집'이라 한 것은 적절한 판단"(320쪽)이라 하였다. 이는 『조선동 요집』이 성격상 민요집이라 해야 옳다는 것을 밝힌 것이다.
391) 함대훈(咸大勳), 「(독서란)김소운 씨 편저 『조선구전민요집』-(조선문)제일서방판」, 『조선일보』, 1933.2.17.
박태원, 「『언문조선구전민요집』 - 편자의 고심과 간행자의 의기(意氣)」, 『동아일보』, 1933.2.28.
392) 「(신간소개)세계일주동요집(문병찬 편, 영창서관 발행)」, 『동아일보』, 1927.5.30.

간단한 소개와 책의 정가, 발행소, 그리고 구입의 편의를 위해 제공하는 것으로 보이는 진체(振替 = 對替)계정이다. '광고'는 책을 팔겠다는 의도가 직접 드러나는 것이어서, "백열적(白熱的) 대환영!! 폭풍우갓치 초판은 거이 매진?"393)처럼 좀 더 독자들을 자극하고 책 구입을 유도하는 문구들이 나타나 있다. '주요한(朱耀翰) 선생 서문, 홍은성(洪銀星) 선생 서문, 권구현(權九鉉) 화백 표장, 김문환(金文煥) 화백 삽화' 등을 밝혀 당대 아동 문단과 화단의 권위에 기댄 것도 도서 판매를 기대한 것이다.

> 세계를 통틀어 출판계에 신기록을 돌파한 본서는 세계적 문호 200여 선생의 쓸는 피의 결정(結晶)이요 더구나 황막(荒漠)한 우리 어린이 사회에는 업지 못할 보서(寶書)이며 짜라서 동요연구가 쏘는 아동교육가, 가정주부 되시는 분은 쏙 넑어야 할 양서이다.394) (밑줄 필자)

세계를 통틀어 신기록을 돌파하였다든지, 어린이들, 동요연구가, 아동교육가, 가정주부 등 이 책의 독자 범위에 들어올 사람들을 호명하고 '보서(寶書)'니 '양서(良書)'니 하는 것으로 보아 광고의 과장과 유혹이 잘 드러나 있다.

우이동인은 문병찬을 "동요 작가로 인정"395)하고 있다. 따라서 『세계일주동요집』을 편찬했을 때 상당한 기대를 가지고 보았던 것 같다. 그러나 우이동인의 평가는 날카롭다. 제목과 편찬방식, 번역, 지은이 시비, 그리고 용어 등 여러 측면에서 '불쾌한 감정'을 표출하고 있다.

> 먼저 나는 제목부터 자미업게 생각한다. 일즉이 나의 친우 이정호(李定鎬) 군이 『세계일주동화집』396)을 내인 일이 잇다. 그런데 그 동화집

---

393) 「(광고)세계일주동요집」, 『동아일보』, 1927.12.1.
394) 위의 글.
395) 우이동인, 「동요연구(5)」, 『중외일보』, 1928.11.19.

첫머리에 두 '어린이'가 세계일주 여행을 하는 형식을 꿈이여 노코 한 나라에서 한 가지 동화를 골나서 니야기하는 것으로 꿈이엿다. 그러나 문(文) 군의 동요집엔 그러한 형식도 업시 『세계일주동요집』이라 햇스니 차라리 『세계동요집』이라 햇스면 얼마나 조화슬가 한다. 동요집과 동화집과는 구별이 잇지만 문 군은 넘우나 전(前) 제목 가튼 것을 모방하기에 애쓴 점이 보인다. 쪼는 문 군의 세계 동요를 모와 노은 노력 감사한 일이나 역문(譯文)이 너머나 부자연하게 되엿다는 것이다. (5회, 1928.11.19) (밑줄 필자)

이 외에도 '자장가(子長歌)'란 용어에 대해서도 문제를 제기하였다. '자장가'는 한자로 '子長歌'가 아니라 '子守歌'가 맞다는 것이다.[397] '子守歌 にもりうた'는 한자 표기가 아니라 일본어 표기다.

지은이를 밝혀 놓지 않은 「설날」(『세계일주동요집』, 156~159쪽)에 대해서는, "고래로부터 유행하는 동요란 말인지 문 군(文君) 자신이 지엿다는 의미인지"(6회, 1928.11.20) 양심을 의심한다고까지 질책한다. 그도 그럴 것이 「설날」은 윤극영(尹克榮)이 짓고 곡을 붙여 널리 불리던 명작 동요 가운데 하나였기 때문이다. 『어린이』(1922년 1월호, 22쪽)에 '윤극영 씨 작요 작곡'이라 되어 있고 전체 4절이 수록되어 있으며, 1922년 2월호에는 곡보까지 발표가 되었던 터였다.

더군다나 방정환(方定煥) 씨 창작동요 「허잽이」를 서삼득(徐三得)이란 일홈을 부처서 기재(記載)하엿스니 그런 양심 업는 짓이 어대 잇는가. 문 군은 언제인가 방정환 씨가 서덕출(徐德出)이란 어린이 동요를 도적

---

396) 이정호의 『세계일주동화집(世界一周童話集)』(海英舍, 1926; 以文堂, 1926)을 가리킨다.

397) '자장가'는 우리말이어서 한자가 없다. 그러나 일제강점기에는 대부분 본문을 한자로 하고 토씨만 한글로 하는 경향이 있어 우리말도 억지로 한자로 바꾼 경우가 많아 이런 일이 벌어진 것으로 보인다. 엄필진의 『조선동요집』에는 '滋長歌'(1쪽)란 표기가 보이기도 한다.

햇다고 거짓말을 신문에 내엿슬 째에 방정환 씨가 자기의 창작동요라
고 명백하게 말한 일이 잇지 안은가. 더욱히 서덕출이란 어린이가 『어
린이』 잡지에다 "문병찬(文秉讚)이란 사람이 내가 짓지도 안한 동요를
내 것이라고 방 선생님을 욕을 햇스니 퍽 이상한 일이다"고 쓴 것을 보
지 못하엿는가. 그런데도 불구하고 "徐三得"이란 일홈을 부처 노앗스니
문 군은 정신에 이상이 생겻는지 모르나 좀 실제 잇게 나아가기를 바
라는 바이다. (6회) (밑줄 필자)

「허잽이」(100~101쪽)의 지은이가 '徐三得'이라 한 것에 대한 비판이다.
전말은 이렇다.

　이런 사실을 들을 것 갓흐면 아마 홍파(虹波) 군은 놀라 잡바질 것이
다. 전 <싸리아회> 윤극영(尹克榮) 군이 작곡하야 발행한 『반달』 동요
곡보집에 실닌 소파 방정환 군의 작요(作謠)라는 「허잽이」라는 명작동
요를 읽엇는가? (중략)
　이것은 소파(小波) 작요라고 자랑하엿지만은 기실(其實)을 알고 보면
울산(蔚山)에 잇는 서덕요(徐德謠)라는 어린 소년의 작품이다 개벽사
어린이부에서 발행하는 『어린이』 잡지의 서(徐) 군이 출품한 것을 소파
군이 막 쌔아슨 것 아니 도적질한 것이다. 1924년도 『어린이』 잡지를
전부 들처보면 알 것이다. 이런 꽃다운 어린이 작품을 쌔앗는 작품 도
적자도 잇지 아는가. 이것은 번역도 아니고 서 군의 작품을 고대로 쌔
앗은 것이다. 참으로 불상한 소파이다.[398] (밑줄 필자)

한정동(韓晶東)의 「소금쟁이」 표절 논란이 『동아일보』 지상에서 한창
벌어지고 있을 때다. 문병찬이 뜬금없이 방정환의 「허잽이」가 '서덕요'
의 작품을 도적질한 것이라고 한 것이다. 이에 대해 방정환은 다음과
같이 답변하였다. 윤극영의 동요곡집 『반달』에는 「허잽이」가 없다는 것
과, '徐德謠'는 울산의 '徐德出'을 가리키는 것으로 보이는데 그가 「허잽

---

398) 문병찬, 「소금쟁이를 논함 - 홍파(虹波) 군에게」, 『동아일보』, 1926.10.2.

이」를 투고한 적이 없으며, 잡지의 여백을 메우기 위해 자신의 구작(舊作) 가운데 하나를 '徐三得'이라는 익명으로 수록하였다는 것이다.

> 그러나 편집하다가 말고 별것을 구할 사이도 업서서 급한 대로 내 상(床)에 잇는 잡지장(雜誌帳)에서 <u>구작(舊作) 중의 1편 「허잽이」를 내여서 압뒤 아모 생각업시 편자의 항용하는 상투로 익명하기 위하여 徐三得이라는 가명으로 실엇든 일이 잇섯습니다.</u>399) (밑줄 필자)

이상을 종합해 보면, 「허잽이」는 방정환의 작품이 맞으나 1924년 10월호 『어린이』에 방정환이 '徐三得'이란 익명으로 발표하였고, 따라서 서덕출의 작품은 아니며, 윤극영의 동요곡집 『반달』에도 이 작품이 수록되어 있지 않았다는 것으로 요약된다. 문병찬이 「허잽이」는 방정환이 도적질한 것이라는 터무니없는 주장을 한 것은 잘못이었지만, 『세계일주동요집』에 「허잽이」의 지은이를 '徐三得'이라 밝힌 것은 전혀 잘못이 없다. 방정환 자신이 '徐三得'이란 익명으로 그 작품을 수록하였다고 한 것이 사실이기 때문이다. 그런데 우이동인은 「허잽이」의 지은이를 '徐三得'이라 한 문병찬을 두고, '양심 업는 짓'이라거나 '정신에 이상이 생'겼다고까지 한 것은 사실관계를 오인한 데서 비롯된 과도한 비난이었다.

오중묵(吳中默)의 『조선동요곡집 봄제비』(조선봄제비사, 1930)에 대해서는 신간소개에 해당하는 서평400)이 있으나, 현재 이 책의 소재가 불분명하다.

1931년 3월에 발간된 『불별』(중앙인서관, 1931.3)은 '프롤레타리아 동요집'임을 내세웠다. 『신소년』의 편집인이자 발행인이며 출판사 '중앙인서관(中央印書館)'을 운영하던 신명균(申明均)이 '저작 겸 발행인'이다. 당시 저작자 표시는 대체로 출판사 경영자의 이름을 기재하는 것이 통례였

---

399) 방정환, 「'허잽이'에 관하야(상)」, 『동아일보』, 1926.10.5.
400) 「동요곡집 『봄제비』 – 데일집이 발간되엿다」, 『조선일보』, 1930.6.3.

다. 『불별』은 8명의 동요 시인의 작품 43편을 수록하고 있다. 김병호(彈
金炳昊) 5편, 양창준(雨庭 梁昌俊) 6편, 이석봉(久月 李錫鳳) 7편, 이주홍(向破 李周
洪) 6편, 박세영(血海 朴世永) 5편, 손재봉(楓山 孫在奉) 5편, 신말찬(孤松 申末贊) 5
편, 끝으로 엄흥섭(響 嚴興燮) 4편이다. 주로 『신소년』과 『별나라』를 중심
으로 활동하던 계급주의 아동문학가들이다.

이 책의 앞머리에는 '이 책을 꾸며낸 여들 사람' 명의로 「동생들아!
누이들아!」라는 머리말이 있다. 이보다 더 앞머리에 '서문'이 두 개가
실려 있다. '서문⑴'은 권환(權煥)의 것이다. 권환은 1930년 4월 26일에 개
최된 <조선프롤레타리아예술동맹(KAPF)> 중앙집행위원회에서 기술부 상
임위원, 문학부 상임위원, 그리고 신임 중앙위원으로 선출되었다.[401]
1931년 3월 27일 예정된 <카프(KAPF)> 확대위원회(전국대회 대행)와 4월 6
일 중앙집행위원회는 금지되었다. 1932년 5월 16일에 중앙집행위원회
를 개최하였는데, 이때 권환은 안막(安漠), 김기진(金基鎭), 박영희(朴英熙),
한설야(韓雪野) 등과 함께 중앙위원을 사임하고, 윤기정(尹基鼎), 이기영(李箕
永), 신고송(申鼓頌), 송영(宋影), 임화(林和), 백철(白鐵) 등이 신임 중앙위원으
로 선임되었다.[402] 따라서 『불별』이 발간되던 시기에 권환은 <카프>
중앙위원이었다. '서문⑵'는 윤기정(尹基鼎)의 것이다. 1930년 4월 26일
<카프> 중앙위원회 결의에 의하면, 윤기정은 중앙위원회 위원이자 조
직부 상임위원이었다. 그리고 앞에서 보았듯이 1932년 5월 16일 중앙위
원회에서도 중앙위원을 유지하고 있었다.

정철(鄭哲)의 「『불별』은 우리들의 것」은 바로 이 『불별』을 읽은 감상
이다.

---

401) 「프로예맹본부 중앙위원회 결의」, 『중외일보』, 1930.4.29.
402) 「프로예맹 신진용(新陣容) - 위원 오 씨는 사임하고 개선, 작일(昨日) 위원회에서
　　　결정」, 『조선일보』, 1932.5.19.

　그 책은 우리들의 여러 아저씨의 손으로 나온 <u>조선서 처음인 푸로레</u>
<u>타리아 동요집 『불별』</u>이다.

　우리들의 아저씨들은 우리들을 위하야 이 책을 꾸며 내섯다.

　조금도 거짓 업는 우리들의 노래다. 공장에서 쉬는 시간, 농장에서
쉬는 시간 아니 쌈하는 그째 우리는 이 노래를 부르자. <u>조선의 노동소</u>
<u>년소녀 동무들!!</u> 우리들은 아저씨들의 피 쓸는 서문과 불타는 노래들를
벌서 읽엇슬 줄 안다. 나는 동경에서도 멀리 써러저 잇는 철공장이 만
흔 공장촌에 사는 직공소년이다.

　우리는 공장 직공회를 조직하고 한 달에 네 번식 모이여 『별나라』를
읽엇다. 그리고 『신소년』도 읽엇 봣다.

　그러다가 요새 와서는 『불별』이 나왓기 째문에 『불별』을 읽기에 야
단들이다.[403] (밑줄 필자)

　『불별』의 위상을 '조선서 처음인 푸로레타리아 동요집'이라 규정하
고, 이 책을 읽을 독자 대상으로 '조선의 노동 소년 소녀 동무들'로 보
고 있다. 이들이 주로 읽던 책들이 『별나라』와 『신소년』이었고, 지금은
『불별』을 읽는다고 하였다.

　정철(鄭哲)은 정노풍(鄭蘆風)의 본명이기도 하지만, 아동문학 활동을 하
던 정청산(鄭青山)의 다른 이름이기도 하다. 이 서평을 쓴 정철은 당연히
정청산을 가리킨다. 정청산은 1932년 8월 23일 윤기정의 권유로 <카
프>에 가입하였다.[404] 노농소년회, 별나라사 사건, 신건설사 사건 등으
로 여러 차례 검거되어 기소된 바 있다. <용을소년회(龍乙少年會)> 집행
위원이기도 하였고, 소년문예운동에 적극 참가했다. 이러한 자신의 체
험에 기반을 두고 당대 아동 문단 사정을 짐작할 수 있도록 솔직하게
기술한 서평임을 알 수 있다. "아저씨들의 피 쓸는 서문"이란 표현을 통

403) 정철, 「(읽은 뒤의 감상)『불별』은 우리들의 것」, 『별나라』 통권49호, 1931년 4월
　　　호, 25~26쪽.
404) 「'신건설' 사건 예심종결서 전문(2)」, 『동아일보』, 1935.7.3.

해서 당시 『별나라』, 『신소년』 등 계급주의 아동문학을 대표하는 잡지
들이 <카프>의 일정한 영향권 아래 있었다는 사정도 확인할 수 있다.

　일제강점기 아동 문단은 동요의 시대였다. 동요 창작은 기성 작가와
소년 문사들이 함께 담당했다. 소년 문사들 중에는 창작 능력을 갖춘
이들도 있었지만 그렇지 못한 경우도 많았다. 그러나 명예욕이나 발표
욕 때문에 동요 투고는 왕성했다. 동요에 곡을 붙여 노래로도 불리게
되면 그 전파성은 매우 높았다. 특정한 이념을 담은 작품이 어린이들에
게 널리 불리게 된다면 그 효과는 가히 컸을 것이다. 동요 창작이 왕성
한 이유와 수다한 작곡이 있었던 까닭이 이러한 데 있었다. 그래서 동
요를 모아 편찬한 동요집이 다수 출간된 사정도 같은 맥락에서 이해할
수 있다.

　『불별』이 작품 선정의 기준을 특정한 이데올로기에 두고 묶은 동요
집이었다면, 앞에서 말한 엄필진의 『조선동요집』은 "조선 고유의 동요
만 수집하야 편저"405)한 것이다. 이 외에도 일제강점기 동요 앤솔러지
라 할 수 있는 것으로는, 신소년사에서 발간한 『소년동요집(少年童謠集)』(신
소년사, 1927), 조선총독부 편수 서기 이원규(李源圭)의 『아동낙원(兒童樂園)』(조
선동요연구회, 1927), 경상남도 남해(南海)에서 정창원이 편찬한 『동요집』(남
해: 삼지사, 1928.9), 고장환(高長煥)이 대표로 있던 <조선동요연구협회>가
편찬한 『조선동요선집 - 1928년판』(박문서관, 1929.1), 그리고 평안남도 평
원(平原)의 김기주가 편찬한 『조선신동요선집』(평양: 동광서점, 1932.3), 박기
혁(朴璣爀)의 『색진주(色眞珠)』(활문사, 1933.4), 임홍은(林鴻恩)의 『아기네동산』
(아이생활사, 1938.3), 조선일보사의 『조선아동문학집』(조선일보사출판부, 1938.12)
등이 있다.406)

---

405) 엄필진, 「서언(序言)」, 『조선동요집』, 창문사, 1924, 1쪽.
406) 류덕제, 「김기주의 『조선신동요선집』 연구」, 『아동청소년문학연구』 제23호, 2018,
　　　157쪽.

동요집을 발간하자면 동요를 두루 수집(蒐集)하는 일이 관건이다. 그래서 편찬을 주관하는 경우 신문이나 잡지의 독자란을 통해 공지를 하여 작품을 수집하였다. 그러다 소기의 성과를 거두지 못하면 중동무이되는 경우도 허다했다.

정창원(鄭昌元)이 편찬한 『동요집(童謠集)』에 대한 서평은 발표된 것이 없다. 대신 발간하기 위해 작품 수집을 하는 공지와 책이 발간된다는 예고 기사는 있다.

경남 남해(南海)는 사면 도서(四面島嶼)로서 만반 사업이 타지에 비하야 손색이 업스리만큼 축일(逐日) 발전되는 금일에 오즉 차(此)를 널니 소개할 만한 기관이 업슴을 유감으로 아는 당지(當地) 신진문사 멧멧의 발기로 '삼지사(三志社)'를 남해군 이동(二東)에서 창립하고 사업은 교육 중심과 지방 중심의 2부에 분(分)하야 제일착으로 <u>『동요집』을 발간하랴고 방금 원고 수집에 분망 중이라는데 경향(京郷) 일반 문사의 가튼 투고를 환영한다</u> 하며 발행은 느저도 6월 중순 전으로 할 예정인 바 유지 제씨의 백열적 동정을 바란다 하며 사무는 당분간 동사(同社) 내 정창원(鄭昌元) 군이 취급한다더라. 【南海】[407] (밑줄 필자)

작품 수집을 위한 공지 기사다. 아래는 책이 발간된다는 예고 기사다.

경남 남해군 이동면(二東面) 무림리(茂林里)에 잇는 삼지사(三志社)에서 『동요집』을 발행한다 함은 누보(累報)한 바어니와 거(去) 7월 14일 부(付)로 당국의 허가를 수(受)하야 <u>방금 통영(統營) 경남인쇄소에서 인쇄 제본에 분망 중이라는데 8월 초순에는 출판되리라 하며 판매방법은 비매품이기에 실비 50전으로써 반포한다는데</u> 희망하는 분은 소위체(小爲替) 혹은 절수(切手)(1할 중) 우(又)는 기사(其社) 대표자인 진체(振替) 저금구좌 부산(釜山) 3307번 정창원 씨에게로 불입(拂入)함이 가하다더

---

407) 「삼지사 창립 - 『동요집』 발행」, 『중외일보』, 1928.4.23.

라.408) (밑줄 필자)

공지와 예고 기사에서 밝힌 책 발간 예정이 각 '6월 중순 전'과 '8월 초순'이었으나 실제 발행일자는 1928년 9월 5일이다. 『동요집』에는 작품명은 있으나 지은이는 밝혀 놓지 않았다. "사도(斯途) 선진 작가들의 작품과 본사 동인들의 작품으로써 편찬"409)하였다는 것에서 알 수 있듯이, 전국적인 지명도가 있는 작가들과 남해(南海) 지역 소년 문사들의 작품으로 편찬하였다. 대부분의 작품이 『동아일보』와 『중외일보』에 수록된 것으로, 1927년 10월부터 1928년 4월까지 6개월 동안 발표된 작품을 모은 것이라, 시기와 발표 매체에 편향이 있다.410)

<조선동요연구협회(朝鮮童謠硏究協會)>를 창립하여 당대의 내로라하는 동요 작가들인 "고장환, 신재항, 정지용, 유도순, 윤극영, 한정동, 김태오"411)들이 간부로 활동하면서 발간한 첫 번째 결실이 바로 『조선동요선집(朝鮮童謠選集) - 1928년판』(박문서관, 1929.1)이다. 당초에는 연간집(年刊集) 형태로 매년 발간하고자 하였으나 경비 문제 등으로 중단되었다. 편집에 있어 앞의 편집위원 7명의 작품은 기명(記名) 아래 모아 놓았다. 그러나 이 외의 작가들은 일괄 무기명으로 작품을 벌려 놓은 것은 아쉽다. 『조선동요선집』은 "기미년(己未年) 이후 조선에도 신진 동요운동이 이러나서 오늘까지 지내온 동요 중 가장 우수한 작품을 수집하야 이에 제1판이 완성"412)된 것이라고 편집위원들이 밝혔다. 편집위원의 지명도나

408) 「삼지사 『동요집』 발행」, 『중외일보』, 1928.8.4.
409) 정창원, 「머리말」, 『동요집』, 삼지사, 1928, 5쪽.
410) 류덕제, 「김기주의 『조선신동요선집』 연구」, 『아동청소년문학연구』 제23호, 2018, 166쪽.
411) 김태오, 「소년문예운동의 당면에 임무(3)」, 『조선일보』, 1931.1.31.
412) 편집위원, 「서(序)」, 조선동요연구협회 편, 『조선동요선집 - 1928년판』, 박문서관, 1929.

망라된 작가 및 작품의 규모로 볼 때 이 책에 대한 다수의 서평이 있을
것으로 예상할 수 있다. 그러나 서평은 없고, 기사와 광고는 많다.[413]

> 전선 각디에 잇는 동요에 뜻을 둔 청소년 남녀로써 조직된 <조선동
> 요연구협회(朝鮮童謠硏究協會)>에서는 동요의 신전개(新展開)와 그 운동
> 을 적극덕으로 보급하기 위하야 해마다 『조선동요선즙(朝鮮童謠選集)』
> 을 발행하기로 되어 그 제일즙(一九二八年版)을 한정동(韓晶東), 정지용
> (鄭芝鎔), 윤극영(尹克榮), 류도순(劉道順), 신재항, 김태오(金泰午), 고장환
> (高長煥) 씨 등의 칠인이 편즙간사(編輯幹事)가 되어 이믜 검열 허가를
> 밧고 팔월 초순(八月初旬)에는 세상에 나오도록 박문서관(博文書舘)과 교
> 섭하야 인쇄에 착수되어 잇는 바 동 협회에서는 그 동요즙을 더욱 충
> 실(充實)히 맨들고자 일반의 원고를 더 어더 약간의 추가(追加)를 가하
> 려 하는대 이에 뜻잇는 분은 새로 창작한 것이나 발표한 것 중에서 금
> 월 말일(今月 末日)까지 시내 루상동 십륙 번디(樓上洞 十六)로 보내 주
> 기를 바란다더라.[414] (밑줄 필자)

편집위원과 출판사 등 객관적인 사실에다, 일반의 원고까지 추가하
고자 한다는 내용이 확인된다. 광고를 살펴보면 더 많은 정보를 확인할
수 있다.

> 동요는 어린 사람의 유일한 종교입니다. 어린 사람의 전 교육은 동요
> 로써 주장할 바입니다. 동요가 민족과 가티 생겨 온 이래 오늘에 잇서
> 서는 세계의 어느 나라를 물론하고 성(盛)히 발달되어 가는 중입니다.

---

413) 「<조선동요연구협회>의 연간동요선집 – 제1집 인쇄에 착수」, 『중외일보』, 1928.
6.26.
「<동요연구협회> 『동요선집』 발행 졔일집 인쇄 중」, 『매일신보』, 1928.6.26.
「독서소개」, 『동아일보』, 1928.7.3.
「<동요연구협회>에서 동요선집 간행」, 『동아일보』, 1929.2.21.
414) 「<조선동요연구협회>의 연간동요선집 – 제1집 인쇄에 착수」, 『중외일보』, 1928.
6.26.

조선에도 <u>기미년 이후 신흥동요운동이 이러나 오늘까지 지내온 동요 중 가장 조선혼이 들고 대표적 작품 200여 편을 수록</u>하야 이에 제일집 이 완전히 출간되엇습니다.

위선 그 중요한 집필자 일부분만 열거해도, 곽노엽(郭蘆葉), 김기진(金基鎭), 김병호(金炳昊), 김영일(金永一), 김영희(金英熹), 김옥순(金玉順), 동중선(董重善), 염근수(廉根守), 유지영(劉智榮), 이경손(李慶孫), 이동찬(李東贊), 이명식(李明植), 이구월(李久月), 이원규(李源圭), 이정구(李貞求), 마춘서(馬春曙), 문병찬(文秉讚), 박세영(朴世永), 박팔양(朴八陽), 방정환(方定煥), 서덕출(徐德出), 선우만년(鮮于萬年), 엄흥섭(嚴興燮), 송완순(宋完淳), 안병서(安秉瑞), 우태형(禹泰亨), 유지영(柳志永), 윤복진(尹福鎭), 윤석중(尹石重), 장효섭(張孝燮), 정열모(鄭烈模), 주요한(朱耀翰), 홍난파(洪蘭坡), 이학인(李學仁), 진장섭(秦長燮) 등 얼마나 훌륭합니까. 곳 주문하야 보십쇼.[415]

당대 동요의 성격이랄까 아동 문단에서 차지하는 지위를 '어린 사람의 유일한 종교'라고 하였는데 결코 과장이 아니다. 전체 작가가 100여 명이고 작품이 200편을 넘는다고 한 것은 과장이다.[416] 당대 아동 문단에서 동요를 짓던 인물들 가운데 어느 정도 이름이 알려진 이들은 대체로 망라되었다.

『조선동요선집』의 서문(序)에는 "기미년 이후 조선에도 신진동요운동이 이러나서 오늘까지 지내온 동요 중 가장 우수한 작품을 수집하야 이에 제1판이 완성"되었다고 하였고, '부록'으로 우이동인의 「동요연구의

---

415) 광고, 「조선동요선집」, 『동아일보』, 1929.2.20(3월 3일과 3월 16일 자도 동일한 내용의 광고가 게재되었다.)

416) 93명의 작가, 총 181편의 작품이 수록되어 있다. 홍난파의 「할미꽃」은 윤극영의 작품이라는 사실과, 유지영(劉智榮)의 「농촌의 사시(四時)」를 4편으로, 이정구(李貞求)의 「동요 일기」를 2편으로 산정하면, 작가 92명의 작품 185편이 된다. 그러나 안병선(安柄璇)의 「파랑새」와 주요한(朱耀翰)의 「종소리」가 전문 삭제된 것을 빼면 183편이 수록되어 있다.(류덕제, 「일제강점기 동요 앤솔러지 『조선신동요선집』」, 류덕제 편, 『김기주의 '조선신동요선집'』, 역락, 2020, 25~26쪽 참조)

단편(斷片)」, 진장섭(秦長燮)의 「동요 잡고 단상(短想)」, 한정동(韓晶東)의 「동
요에 대한 사고(私考)」, 고장환(高長煥)의 「편집 후 잡화(雜話)」 등을 실었다.
우이동인, 진장섭, 한정동의 글은 동요에 대한 이해를 높이고자 한 것이
지만, <조선동요연구협회>의 대표 고장환의 「편집 후 잡화」는 '발문(跋
文)' 성격의 글로 볼 수 있다. 『조선동요선집』 발간의 경과와 방정환의 「가
을밤」이 역요(譯謠)인 점, 「별이 삼형제」는 일본 유학 후 지은 첫 창작인
데 원제목이 「형제별」이라는 사실 등을 밝혀 놓았다.417) 『조선동요선집』
에 대한 간단한 논평은 주로 편집위원으로 참여하였던 김태오(金泰午)가
계속 발간의 아쉬움을 토로하는 수준에서 이루어졌다.418)

　『조선신동요선집(朝鮮新童謠選集)』(평양: 동광서점, 1932.3)은 평안남도 평원
(平原)의 김기주(金基柱)가 편찬하였다. 서울의 저명한 작가가 아니라 평안
남도의 소년 문사 중의 한 사람이므로 작품을 수집하기가 용이하지 않
았을 것이다. 그래서 신문과 잡지에 널리 공지를 했다.

　　가) ◀시유엄한(時維嚴寒)에 귀사의 축일(逐日)발전하심을 앙축하오며
금반 여러 동지들의 열렬(熱々)하신 후원으로 하야금 『신진동요집』을
발행코저 하오나 밧부신데 미안하오나 이 사업을 살피시는 넓으신 마
음으로서 귀사의 집필하시는 선생님과 밋 여러 투고자의 좌기(左記) 씨
명(氏名)의 현주소를 별지(別紙)에 기입하야 속히 혜송(惠送)하와 주심을
간절히 바라옵고 압흐로 더욱 만흔 원조를 비옵니다.
　　　기(記)
　　유석운(柳夕雲) 한춘혜(韓春惠) 김상묵(金尙默)
　　허용심(許龍心) 소월(小月)　 정동식(鄭東植)
　　엄창섭(嚴昌燮) 김병순(金炳淳) 김준홍(金俊洪)
　　박호연(朴鎬淵) 유희각(柳熙恪) 김춘강(金春岡)

417) 조선동요연구협회 편, 『조선동요선집』, 박문서관, 1929, 210～232쪽.
418) 김태오, 「소년문예운동의 당면에 임무(3)」, 『조선일보』, 1931.1.31.
　　김태오, 「동요예술의 이론과 실제(5)」, 『조선중앙일보』, 1934.7.6.

1930년 12월 일 신진동요집준비회 김기주 백(金基柱白)[419]

나) ◀몬저 예고하엿든『신진동요선집』을 여러 선생님들의 요구에 의하야 다시『조선동요선집』으로 개제(改題)하고 싸라서 내용도 일층 충실하게 발행케 되엿싸오니 일반 여러 동지들은 더욱이 기회를 일치 말고 옥고를 닷투어 보내주기를 바라나이다.(平原郡 靑山面 舊院里 金基柱)[420]

다) (전략) 그리하야 위선 여러 동무들을 본위로 순진한 심정에서 울너나온 참된 노래를 널니 모아서『전조선동요집』을 새로 싸내고저 하며 더 한 거름 나아가 여러 동무들의 힘을 합하야 우리의 유일한 기관지를 발행하고저 미리 여러분 압헤 이 신년을 당하야 굿게 약속하여 둡니다.[421]

라) ◀오랫동안 준비 중이든『조선동요선집』은 일반 사계 여러 동지들의 만흔 후원으로서 전선(全鮮) 문사의 작품을 수집하야 원고를 2월 15일부로 당국에 제출하엿습니다. 기한 후에 보내주신 분들의 작품을 못 실니여 죄송하오며 아울너 옥고를 보내주신 제씨에게 일일히 수사(修謝)치 못하와 심히 미안합니다. 그리고 해(該)동요집 발행을 위하야 만히 힘써 주신 여러 형제께 특히 감사함을 마지안습니다. 【조선동요선집준비회 김기주】[422]

마) ◀동무들이여— 깃버하시요 그리고 닷투어 투고하시요 이번 새로운 방책으로 발행코저 하는『신진동요집』은 가장 여러 동무들의 신망이 놉흘 터이오니 일반 동무들은 서로서로 주옥(珠玉)을 앗기지 말고 좌기(左記) 당소(當所)로 쌜니 투고하야 당선의 영광을 갓티 밧으십시요

---

419) 일기자, 「동무소식」, 『매일신보』, 1930.12.12.
420) 「동무소식」, 『매일신보』. 1930.12.25.
421) 김기주, 「친밀: 지상 '어린이' 간친회 – 주최 매일신보사 학예부, 제2일」, 『매일신보』, 1931.1.3.
422) 김기주, 「동무소식」, 『매일신보』, 1931.2.27.

(平原郡 靑山面 舊院里 金基柱)[423]

바) ◀『조선신동요선집』제1집 참새, 이른봄, 봄노래 등 기타 20여
혈(頁) 平壤府 景昌里 八五 東光書店 發行 定價 四十錢 振替 京城四二九五
番[424] (이상 밑줄 필자)

작품 수집이 생각보다 쉽지 않았는지, 가)~마)를 보면 1930년 12월경
부터 책이 발간된 1932년 3월까지 투고를 요청하는 공지가 이어지고 있
다. 서명(書名)이 여러 차례 달라지는 것도 책 발행과정의 어려움을 짐작
케 한다. 라)에 보면 1931년 2월 15일 자로 당국에 제출한 것으로 되어
있다. 1931년 3월 19일 자로 내용의 일부가 삭제된 것으로 보이는데 그
작품은 주요한(朱耀翰)의 「鍾ノ音」(종소리)인 것으로 확인된다.[425] 바)는 발
간된 책에 대한 '신간 소개'이다. 바)를 통해『조선신동요선집』에 대한
소략한 정보를 확인할 수 있다. 주요한(朱耀翰)의 서평을 보면 조금 더 많
은 정보를 얻을 수 있다.

최근 조선에서 창작 발표된 동요 200여 편을 모아 놓은 것이 이 책이
다. 작자로는 유명무명을 물론하고 근 100편을 망라햇으니 선집이라기
보다도 전집이라고 할 만하다.
제1집이라 하엿으니 물론 제2집, 제3집이 잇을 줄 안다. 그러면 이것
은 일종의 동요연감(童謠年鑑)이라고 할 것이다. 조선에서 신동요운동이
생긴 이래로 모든 경향(傾向)을 대표할 만한 것을 다 모아 놓앗다 해도
과언이 아닐 것이다. 도리어 비평을 하자고 하면 너무 많이 모은 것이
탈이 아닐까 한다. 조금 더 선택의 표준이 좁앗더라면 하는 감이 없지

423) 김기주, 「독자구락부」, 『아희생활』 제6권 제2호, 1931년 2월호.
424) 「(신간소개)『조선신동요선집』 제1집」, 『동아일보』, 1932.5.3.
425) 「出版警察槪況 － 不許可 差押 及 削除 出版物 目錄(三月分)」과 「出版警察槪況 － 不
許可 差押 及 削除 出版物 記事要旨 －『朝鮮新童謠選集』第一輯(全)」, 『朝鮮出版警
察月報』, 제31호.

아니하다. <u>유명무명을 막론하고 작품 본위로 하야 엄선주의를 썼드라</u>
<u>면 하는 느낌</u>이 잇다.

작품들은 대개 춘하추동별로 갈라 놓앗으니 이것을 교육용으로 쓰려
하는 이에게는 좋은 참고서가 될 것이요 또 동요계의 추세를 알려는
연구가에게 큰 참고거리다. 제2집 이하로 순차 동요연감적 입장에서
계속 간행이 잇기를 바라는 바다.

아동독물로서는 전기(前記)와 같이 엄선이 아니기 때문에 유감이 잇
으나 그러나 거기 숨긴 많은 보옥(寶玉)을 찾아 읽는 것은 무한한 흥미
가 될 것을 의심치 안는다. (정가 40전 평양 경창리(景昌里) 85 동광서점
발행 진체경성 4295) (朱)426) (이상 93쪽) (밑줄 필자)

100여 명의 작가의 작품 200여 편을 수집한 것이라 하였는데, 확인해
보니 수록 작가는 123명이고 작품은 203편이다.427) 동요의 제명(題名)과
내용을 춘하추동으로 나누어 모든 경향을 망라해 모은 것임도 알려준
다. 책에 대한 평가는 '선택의 표준'을 너무 넓게 잡아 '작품 본위로 하
야 엄선주의'를 몰각한 것이 아쉽다는 것을 지적한 부분이다. 다시 말
해 망라하다시피 많이 모으기는 했으나 작품적 수준이 떨어지는 것이
많아 탈이라고 한 평가다. 김병호(金炳昊)도 『조선신동요선집』에 대한 서
평을 남겼다. "평평범범(平平凡凡)한 제목과 내용의 것을 만히 주어 모은
것"428)이라 하여 주요한의 의견과 같다. 그러나 김병호가 말하고자 하
는 방점은 다른 데 있다.

더구나 그것의 무의식적 불조아 아동들의 잠고대 소리, 공상적 불조
아 동심적의 것밧게는 아무것도 없다. 캐캐묵은 다 매장하고 말어질 것

---

426) 주요한, 「(독서실)『조선신동요선집 제1집』, 김기주 편」, 『동광』 제34호, 1932년
6월호, 93쪽.
427) 춘재 김기주 편, 『조선신동요선집 – 제1집』(평양: 동광서점, 1932)의 작가 및 작
품을 헤아려 본 수치다.
428) 김병호, 「『조선신동요선집』을 읽고」, 『신소년』, 1932년 7월호, 18쪽.

들을 들추어내여서 신선집(新選集)이란 미명을 부친 것이다. 더구나 우
서운 것은 우리의 몇몇 동무(비교적 의식적 작품 행동을 다하엿고 작품
이 있는데도 불구하고)의 것을 뽑아 너흐되 가장 불조아적, 비계급적으
로 편집한 것이다. 적어도 선집이라면 좀 더 작가적 가치를 공인할 수
있는 이의 것과 있는 작품을 정선(精選)하야 어느 정도의 수준과 목적
을 달(達)해 주지도 않고 그저 나열, 줍어 모은 것밧게는 아모 볼 것이
없을 출판한 춘재 김기주(春齋金基柱) 씨의 의도가 나변(那邊)에 있는가
를 찾어낼 수가 없서 의심을 거듭하는 것이다.

×

유무명(有無名)을 불기하고 조선의 동요계는 지금 한 개의 방면을 정
하고 푸로레타리아 리아리즘을 꾀하고 있는 과도기에 있어서 이와 같
은 무의미한 선집이 출판됨을 우리는 비난 안이할 수 없는 것이다.
노동대중소년을 위한 작품행동 작품을 바래며 선집이 있기를 바래
마지안는 바이다.[429] (밑줄 필자)

주요한이 작품 수준을 평가의 기준으로 삼았다면, 김병호는 작품 선
정의 기준을 프롤레타리아 리얼리즘이란 계급적 이데올로기의 유무에
두었다. 계급주의를 표방했던 작가들의 작품마저도 '가장 불조아적, 비
계급적'(가장 부르주아적 비계급적)인 것을 선정하였다고 질타한 데서 김병
호의 평가 기준이 어디에 있는지 잘 알 수 있다.

일제강점기 아동 문단에서 동요 및 동요집으로 가장 주목받은 작가
는 단연 윤석중(尹石重)이었다. "조선 동요계에 천재적 동요시인",[430] "윤
군의 동요는 조선의 창작동요계에서 가장 독창력을 가진 것 중의 하나
로 정평(定評)",[431] "현 동요작계에 한 개의 금성(金星)",[432] "아동문학의
천재아"[433] 등과 같은 평가에 잘 드러나 있다. 훗날의 평가도 이와 별반

429) 위의 글, 19쪽.
430) 「윤석중 동요작곡집」, 『매일신보』, 1932.7.21.
431) 「(독서실)『윤석중동요집』」, 『동광』 제37호, 1932년 9월호, 127쪽.
432) K, 「윤석중 동요집」, 『신동아』 제2권 제9호, 1932년 9월호, 89쪽.

다르지 않다. 임인수(林仁洙)는 윤석중을 "동요계의 장로 격(長老格)"[434]이라 하여 그의 시재(詩才)와 시적 권위를 인정하였다. 이념적인 방향이 달랐던 신고송(申孤松)도 "씨를 <기쁨사> 이래 외경(畏敬)"한다고 할 만큼 인간적 신뢰를 보내고 있고, 다음과 같이 그의 동요를 인정하고 있다.

> 그러나 씨의 동요가 양적으로 많고 연조로써 오래된 것만이 씨의 자랑이 아니다. 씨의 동요를 대할 때 <u>아동의 생활을 가장 바로 호흡하고 동심을 동요라는 '장르'에다 가장 잘 형상할 줄 아는 시인</u>이라는 것을 느낄 수 있는 것도 씨의 자랑일 것이다. 씨의 동요는 일언으로 말하면 <u>몹시 '테크니칼'하면서 형식은 형식대로 참신미와 균제미(均齊美)가 있고 높은 절주(節奏)가 흐르고 있으며 내용은 내용대로 아동의 세계가 성인의 흐린 감정으로 조곰도 오손(汚損)됨이 없이 구상(具象)되고 재현(再現)</u>되어 있다.[435] (밑줄 필자)

윤석중이 좋은 작품을 많이 발표한 만큼 동요집도 많이 발간하였다. 그리고 그 작품과 책들이 여러 사람의 주목을 받았다. 일제강점기에 발간된 윤석중의 동요집으로는 『윤석중동요집』, 『잃어버린 댕기』, 『윤석중동요선』, 『어깨동무』 등이 있다.

가장 먼저 발간된 『윤석중동요집(尹石重童謠集)』(신구서림, 1932.7)에는 여러 사람이 서평을 붙였다. 『매일신보』는 무기명으로 "한산한 조선 문단에 금번 윤 군의 동요즙 발행은 경하할 만한 큰 수확일 것"[436]이라며 고평하였다. 그러나 이는 엄밀한 의미에서 발간된 책을 보고 쓴 서평이 아니다. 발매 예정 도서에 대한 정보를 구해 가정법을 써 찬사 위주의 평가를 하였기 때문이다. 다음은 기자이자 음악평론에 조예가 깊었던

---

433) 이광수, 「(신간평)윤석중 군의 『잃어버린 댕기』」, 『동아일보』, 1933.5.11.
434) 임인수, 「아동문학 여담」, 『아동문화』 제1집, 동지사아동원, 1948년 11월호.
435) 신고송, 「(신간평)동심의 형상」, 『독립신보』, 1946.6.2.
436) 「윤석중 동요작곡집」, 『매일신보』, 1932.7.21.

홍종인(洪鍾仁)437)의 서평이 있다. 주로 노래에 초점을 맞추고 있어 시(詩)로서의 동요에 대한 내용은 거의 없다. "말에 좀 더 재조(才操) 잇는 음악적 음조(音調)"가 있다거나 "말로 외이기에도 사분사분하려니와 곡조 단다면 더욱 묘하리라는 것" 등과 같이 평가하여,438) 음악에 우선적인 관심이 있음을 알 수 있다.

잡지 『동광(東光)』은 주목할 만한 책을 놓치지 않고 서평을 붙여 왔는데, 『윤석중동요집』도 그 대상에 들었다. 무기명이지만 당시 『동광』을 편집했던 주요한(朱耀翰)의 글이 분명하다. 1932년 6월호에 김기주의 『조선신동요선집』에 대한 서평도 같은 난에 쓴 바 있다.

윤 군의 동요 중에 가장 특색 잇는 것은 소위 생활시(生活詩)의 요소를 동어(童語)로 표현한 것이라고 하겠다. 보통 '천진난만' 형(型)의 동요가 자칫하면 천편일률의 자연송에 빠지기 쉬운데 윤 군은 특히 <u>아동의 생활, 심리, 갈등 등을 읊었고 일보 나아가서는 아동의 생활을 통하야 사회생활의 비판을 시(試)</u>하엿다. (중략)
자연의 변천, 일상생활의 조고만 에피쏘드 등을 잡아 가지고 <u>틀림없는 용어와 신선한 멜로디의 솜씨를 보여 준 것은 동요계의 큰 수확이다.</u>439) (밑줄 필자)

주요한은 본인이 동요 창작을 하기도 한 시인이라 덕담식 찬사만 늘어놓는 서평과는 달랐다. 아동의 생활, 심리, 갈등 등을 읊었고 아동 생활을 통해 사회생활을 비판하였다고 하였다. 동요집의 내용을 꼼꼼히 살핀 후 내린 평가다. 이 말을 입증하기 위해 예거한 작품도 평가에 어

---

437) 한양화랑은(漢陽花郎)은, 「악단(樂壇) 메리-그라운드」(『삼천리』 제6권 제9호, 1934년 9월호, 155쪽)에서 조선의 음악 평단(評壇)엔 홍종인, 구왕삼(具王三), 김관(金管) 세 사람이 있다고 하였다.
438) 홍종인, 「근간의 가요집(3)」, 『동아일보』, 1932.8.12.
439) 「(독서실)『윤석중동요집』」, 『동광』 제37호, 1932년 9월호, 127쪽.

김이 없다. 내용만이 아니라, 정확한 용어와 신선한 멜로디의 솜씨를 보여주었다고 하는 데에서 형식적인 측면에도 평가의 기준을 두고 있다. 그 결과 덕담으로 보일 수 있는 '동요계의 큰 수확'이란 평가도 수긍할 만하다.

> 일즉이 홍난파 동요작곡집에서 윤 군의 아름다운 노래들을 만히 보앗고 각 유치원 보통학교에서 노래해 왓다. 가장 만히 불녀지고 널니 알려진 것은 「휘바람」, 「꿀돼지」, 「우산 셋이 나란이」, 「고향길」 등이다. 「꿀돼지」 갓흔 것은 보육학교 합창대가 공회당에서 음악회 때 노래해서 그 아름다운 그러나 아기네들만이 가질 수 잇는 무사기(無邪氣)한 품자를 수만흔 사람들이 감상하엿든 것이다.
> 동요에서 흔히 볼 수 잇는 추억시나 전설동요(傳說童謠)는 한 편도 업다. 그리고 모두가 작자 자신이 아기가 되어 동심 그대로를 그린 동요들이다. 남의 우서운 꼴을 보고 솔직하게 비웃고 남의 안타가운 꼴을 보고 속이 답ㅅ해서 소리치는 그런 동요이다.[440] (밑줄 필자)

필자 'K'가 누구인지 분명하지 않지만, 주요한과 마찬가지로 『윤석중 동요집』의 내용을 꼼꼼히 읽고 쓴 글이 분명하다. 홍난파의 동요작곡집[441]에서 윤석중의 노래를 많이 보았다는 것, 널리 노래로 불린 것들의 구체적 작품명 거명, 내용이 무사기한 풍자인 점, 추억시나 전설동요가 한 편도 없다는 자신 있는 단정 등은 책을 면밀하게 읽고 분석하지 않으면 할 수 없는 평가이기 때문이다. 일제강점기에 있었던 수다한 신간소개나 신간평을 보면, 책의 외피만 보고 지은이와 작품에 대한 세평에 기대어 덕담식 평가를 하는 경우가 많았다. 이는 서평의 진정한 이유를 모르는 경우이거나 무책임한 글쓰기에 해당한다.

---

440) K. 「윤석중 동요집」, 『신동아』 제2권 제9호, 1932년 9월호, 89쪽.
441) 홍난파의 『조선동요백곡집(상편, 하편)』(연악회, 1929~1930)을 가리킨다.

『잃어버린 댕기』(계수나무회, 1933.4)도 여러 사람의 서평이 있었다.

　『일허버린댕기』는 『동요집』 이후의 작품 20편에다 역요(譯謠) 10편, 동화시 5편을 보탠 것이다. 4호 활자로 단려(端麗)하게 인쇄된 이 한 권 은 위선 체재에 잇서 읽는 자의 마음을 깨끗하게 한다. 윤 군은 말을 앗기는 시인이다. 한마듸 한마듸를 조심스럽게 씌워 구두점(句讀點) 하 나일 망정 조홀(粗忽)히 하는 법이 업다. 윤 군의 이 정성은 그러나 외 관보다도 표현의 수법에 잇서서 더한칭 세심하니 北原白秋의 「달밤」이 라는 동요를 번역할 쌔 문쇠리 흔들니는 '쌀깍쌀깍' 소리 한마듸를 두 고 닷세 동안을 궁리하든 윤 군을 나는 안다. <u>윤 군의 작품에서 내가 부러워하는 것은 무엇보다도 맑고 부드러운 그 말솜씨이다.</u> (중략)
　그러나 여기서 말하고 십흔 것은 <u>『동요집』에서 보지 못한 윤 군의 '상(想)'이다. 만만치 못하리 만큼 성장된 '상(想)'이다.</u> 다만 곱고 천진 하다는 경지에서 버서 나와 윤 군은 대담하게 동심 우에다 새 갑옷을 입혀서 내노앗다.[442] (밑줄 필자)

『윤석중동요집』 이후에 지어진 20편의 동요, 번역동요 10편, 동화시 5편이 『잃어버린 댕기』에 담긴 작품들이라는 정보를 제공하였다. 그리 고는 바로 책의 내용으로 들어갔다. '언어의 조탁'에 있어서 평자인 김 소운(金素雲)도 누구에게 처지지 않는 사람이니, 윤석중의 동요에서 '말솜 씨'에 착목하는 것은 자연스럽다. 여기에만 멈추지 않았다. 『윤석중동요 집』에서 『잃어버린 댕기』로 오는 동안 '상(想)' 곧 내용적 측면에서 볼 때 생각하는 깊이가 달라졌다는 변모 양상을 포착해 낸 것이다. 곱고 천진하다는 동심주의적 시각에서 벗어나 세상을 보는 안목의 성장을 이루었다는 것이다.

이광수(李光洙)는 여러 차례 윤석중에 대한 애정을 드러내 보였다. 『윤 석중동요집』에는 「아기네 노래」라는 머리말을 얹어 주었고, 뒷날 윤석

---

442) 김소운, 「윤석중 군의 근업 – 동시집 『일허버린 댕기』」, 『조선일보』, 1933.5.10.

중의 집을 방문하기도 하였다.[443] 『잃어버린 댕기』에 대한 이광수의 '신간평'은 윤석중에 대한 이광수의 애정과 무관하지 않다.

> 윤 군의 동심을 들여다보는 눈은 더욱 깊어지고 인생의 경험도 점점 풍부함을 보인다. 그의 재주요 동시에 결점이든 기교주의는 『잃어버린 댕기』에서 훨신 자유롭고 둥글어진 근경(近境)을 보엿다.
> 이『잃어버린댕기』는 그 시형(詩形)에 잇서서 조선에서의 첫 시험인 동시에 그 가치에 잇서서 단연 최고봉이다. (정가 50전 발행소 경성부 숭이동(崇二洞) 101의 6 <계수나무회>)[444] (밑줄 필자)

세 편의 동요를 예로 들어 품평한 후 윤석중 동시의 내용과 형식을 나누어 살핀 평가다. 동심을 들여다보는 깊이가 더해 가고 인생 경험도 더 풍부해졌다는 것이다. 어린이들의 "헷투정 철부지 소리를 그냥 그대로 노래하신 것"[445]이란 조용만(趙容萬)의 평가도 같은 목소리다. 일찍이 "윤석중식(尹石重式) 형식"[446]으로 칭찬과 비난이 혼재했던 것이 사실이다. 이러한 윤석중의 '기교주의'를 '재주요 동시에 결점'이라 평가한 것은 이광수의 안목이자 엄정한 비평 자세라 하겠다. 윤석중의 기교주의에 관해서는 여수학인(麗水學人 = 金麗水, 朴八陽)도 다음과 같이 지적하였다.

> 또 작자는 그 사용하는 바 문자에 대하야 몹시 민감하다. 그 한 자 한 자를 결단코 소홀히 놋치 안는다. 그 수법에 잇서서도 작자의 시적 천분은 충분하다.

443) 이광수, 「아기네 노래」, 윤석중, 『윤석중동요집』(신구서림, 1932)과 이광수, 「윤석중 군의 집을 찾아」(『아이생활』, 1936년 11월호)를 들 수 있다.
444) 이광수, 「(신간평)윤석중 군의 『잃어버린 댕기』」, 『동아일보』, 1933.5.11.
445) 용만, 「(신간평)윤석중 씨의 동시집 『일허버린 댕기』와 김태오 씨의 『설강동요집』」, 『매일신보』, 1933.7.5.
446) 구봉산인, 「비판자를 비판 ─ 자기 변해(辯解)와 신(申) 군 동요관 평(9)」, 『조선일보』, 1930.3.1.

그러나 한 가지 작자의 큰 위험은 만약 작자가 "표현의 정교"——즉 그 넘우나 '데리께잇트한' 기교 방면으로만 불균형한 발전을 한달 것 가트면 마츰내는 널븐 동심의 세계를 저바리고 좁은 기교의 골목으로 들어가지나 안흘 것인가 하는 것이다.[447] (밑줄 필자)

『잃어버린 댕기』가 발간되자 "성대한 잔치와 과대한 찬사"가 이어지는 거창한 출판기념회까지 열렸다. 윤석중의 입장에서는 '선생님'이라 호칭하는 '이광수, 주요한, 윤백남(尹白南)' 등이 발기하고, "이광수, 김동환(金東煥), 박팔양, 이태준(李泰俊), 이하윤(異河潤), 심의린(沈宜麟), 차사백(車士百), 홍난파(洪蘭坡), 정인섭(鄭寅燮)" 등과, 동무뻘인 "정진석(鄭鎭石), 승응순(昇應順), 임동혁(任東爀), 유의탁(柳義卓)" 등이 참석하였다.[448] 문단에서 아동문학의 위상을 제대로 인정하지 않던 당시 환경을 감안하면, 내로라 하는 문인들의 참석이 의외로 보일 수도 있다. 이는 오로지 아동 문단에서 윤석중이 차지하는 위치와 작품 수준 때문이라 할 것이다.

『윤석중동요선(尹石重童謠選)』(박문서관, 1939.1)은 창작집이 아니라 제목에서 알 수 있듯이 "그동안 지은 동요 가운데서, 쉰여섯 편을 추려 모"[449]은 것이다. 박영종(朴泳鍾＝朴木月)이 서평을 남겼는데, 같은 동요 작가로서 "동요에서 가장 중요한 요소는 동심의 정확한 포착"이라는 것에 초점을 맞추었다. 정확한 포착은 의당 "아기들 생활에 투철"해야 가능하다. 「키 대보기」와 같은 작품을 찾아내 동심의 포착을 짚어내는 것은 동요 평자로서 박영종이 지닌 안목을 자연스럽게 드러내 보이는 것이다. 그래서『윤석중동요선』에서 "조선 현대 동요의 모든 발육을 일목요연하게 보게 될 것"[450]이란 과도한 평가도 상당 부분 수긍하게 하는 측

---

447) 여수학인, 「신간 독후 유감(有感)(3)」, 『조선중앙일보』, 1933.7.6.
448) 윤석중, 「(출판기념 회상)동요집의 회상」, 『삼천리』 제5권 제10호, 1933년 10월호, 100～101쪽.
449) 윤석중, 「추리고 나서」, 『윤석중동요선』, 박문서관, 1939, 115쪽.

면이 있다.

윤석중의 동요집 『어깨동무』(박문서관, 1940.7)는 1933년에 발간된 『잃어버린 댕기』 이후 7년 만에 나온 창작 동요집이다. 윤석중은 1935년 『어린이』가 폐간되자 조선중앙일보사에 입사하여 『소년중앙』의 편집을 맡아보다가, 1936년 『조선중앙일보』가 폐간되자 조선일보사로 자리를 옮겨 『소년』과 『소년조선일보』를 편집하였다. 1939년 백석(白石), 방종현(方鍾鉉) 등의 주선으로 『조선일보』 사주 방응모(方應謨)의 계초장학금(啓礎獎學金)을 받아 조치대학(上智大學)으로 유학을 갔다. 『어깨동무』에 수록된 대부분의 작품은 "동경(東京) 생활 이후의 것이오 더구나 금년(1940년: 필자) 들어서부터 쓴 것"451)이다. '꼬리말'이란 이름의 발문(跋文)은 당시 도쿄(東京)에 있던 박영종(朴泳鍾)이 썼다. 『어깨동무』의 특징을 "리즘이 부드럽고 자연스러운 것"(90쪽)에서 찾았다. 『어깨동무』엔 다른 어느 것보다 많은 서평이 따랐는데, 정현웅, 윤복진, 함대훈, 임동혁, 박계주 등이 참여하였다.

정현웅(鄭玄雄)은 "방향이 다른 나로서 무어니무어니 한다는 것은 어쭙지안흔 일"이라면서도 "동요집으로서는 물론 조선에 나온 어느 책보다도 체재로서 제본으로서 인쇄로서 우수하다"고 평가하였다. 뛰어난 화가이자 수많은 책의 장정(裝幀)에 이름을 넣은 정현웅다운 평가다. 그러나 이런 외적 품평만 있는 것은 아니다.

발문(跋文)에 박영종 씨는 윤 씨의 동요를 가리처 "동화화(童話化)된 아기 세계"라고 하엿다. 타당한 말이다. 동요 작가들에게 흔히 잇는 것 가치 윤 씨는 결코 대상을 억지로 서정화(抒情化)하지 안는다. 자연을 대상으로 할 경우에 잇서서도 시적 감흥에 압서 그에 명석한 기지와

---

450) 박영종, 「(뿍레뷰)재현된 동심 - 『윤석중동요선』을 읽고」, 『동아일보』, 1939.6.9.
451) 정현웅, 「(뿍·레뷰)윤석중동요집 『어깨동무』」, 『조선일보』, 1940.7.30.

'유모어'는 이것을 교묘하게 사건화하고 '리즘'화 한다. 이것은 윤 씨의
독자세계요 『어깨동무』에 잇서서는 이 경향으로 한 발 더 내드딘 것이
라고 본다.452) (밑줄 필자)

대상을 억지로 서정화하지 않는다거나, 자연을 대상으로 할 때에도
교묘하게 사건화하고 리듬화 한다고 한 것은 윤석중 동요의 새 경향을
날카롭게 포착한 평가인 것이다. 정현웅이 '발문'이라 한 박영종의 '꼬
리말'(90~93쪽)에는 "동화된 아기 세계"(91쪽)라 하였는데 이는 그 앞에
"아기들의 생명과 감정에의 완전한 동화"(91쪽)라는 구절에서 보듯이 윤
석중이 아기와 동화(同化)되었다는 말이다. '동화화(童話化)'라 한 것은 정현
웅의 오독이다.

윤복진(尹福鎭) 역시 『어깨동무』에 대한 서평을 남겼는데, "내용과 장
정(裝幀)이 반도에서는 그 유(類)를 찻저볼 수 업는 샛듯하고도 아름다운
책자"453)라고 평가하였다. 이어 자신이 좋아하는 노래 두 편을 소개한
다며 「아기 잠」과 「산에 사는 나」를 옮겨놓았다. 일제강점기 아동 문단
에서 윤복진은 작품의 양이나 질에 있어서 윤석중에 버금갈 정도다. 그
런데 서평은 매우 주변적인 내용에다 간략해 무성의해 보이기까지 하
였다.

임동혁(任東爀)은 『어깨동무』에 대해 찬사 일변도의 서평을 남겼다.
"호화스러운 장정(裝幀)", "칠색판(七色版)의 표지의 그림", "저자의 그라비
아 판의 사진" 등 외적 형식을 열거한 후, "자미잇는 주옥의 동요가 30
편"이나 되는 "조선에서 처음 보는 동요집"이라고 극찬하였다. 임동혁
의 서평에서 주목할 점은 다음과 같은 내용에 있다.

---

452) 위의 글.
453) 윤복진, 「(신간평)윤석중 씨 동요집 『억게동무』를 읽고」, 『매일신보』, 1940.7.30.

시내ㅅ물의 흐름은 섬이나 바위나 또한 뚝(제방)과 같이 <u>조선의 동요</u>
<u>의 흐름은 씨에 의하야 결정</u>이 되어 왓다.
즉 흔히 <u>재래에는 사사조(四四調)로</u>

달아달아 밝은달아/이태백이 노든달아…

와 같이 불리워 오든 <u>조선의 동요가 칠오조(七五調)</u>로

보슬비 보슬보슬 나리는밤에/줄타고 따르르르 굴러온방//말없이 소
근소근 귀소를하며/어대서왓을가요 왜왓슬가요…

와 같이 개량되기는 지금으로부터 한 20년 전의 일이다. 이것을 씨는
다시 <u>극히 자유스러운 입장에서 글ㅅ자의 수효에 고정하지 안코 자유</u>
<u>스러운 조율(調律)로 개량하엿다.</u>

어깨동무 하고 오다가/구루마 뒤를 밀어 주고//어깨동무 하고 오다가
/길을 한사람 가르처 주고//어깨동무 하고 오다가/쌈을 뜯어 말리고//어
깨동무 하고 오다가/동무를 새로 또 사귀고

이러케 <u>자유스러운 조율이라 하여도 일정한 조율을 가지고 잇어 읽</u>
<u>이에도 청산유수ㅅ 격으로 내려갈 뿐 아니라 곡조를 붙여 부르기에도</u>
<u>적당</u>하다.454) (밑줄 필자)

동요의 형식이 4·4조에서 7·5조로 개량된 것이 20년 전이라 하였
다. 20년 전이라면 1920년대 초반에 해당한다. 이때라면 일본의 동요 양
식을 모방하여 우리 동요의 형식이 변모된 것을 이른다. 윤석중은 자수
(字數)에 구애받지 않는 자유율을 시도하였는데, 자유롭지만 일정한 형식
적 운율이 있어 곡조를 붙여 부르기에 적당하다는 것이다.

---

454) 임동혁, 「(쁙·레뷰)윤석중 저 동요집 『어깨동무』」, 『동아일보』, 1940.8.4.

일제강점기에 자유로운 운율을 시도해 본 동요 작가가 윤석중만은 아니었다. 그러나 임동혁은 윤석중의 노력과 결과에 방점을 놓았다. '동요'와 '동시'의 구분은 일제강점기에서 시작된 논란이었으나 1960년대까지 결론 없이 이어졌다. 그 가운데 중심되는 논점은 자수에 기반을 둔 정형률일 경우 '동요'로 부르고, '동요' 형식에서 일탈 혹은 변형을 꾀할 경우 '동시'라 한 것이 일반적인 인식이었다. 임동혁은 '동요 – 동시 논쟁'의 초점이 운율에 있음을 알고 윤석중 동요의 가치를 바로 이 운율의 변형을 시도한 데에서 찾은 것이다.

박계주(朴啓周)의 서평은 "편편(篇篇)마다 구슬을 다루는 듯, 읽을쑤록 어른까지도 동심 세계에 빠져서 늙지 않게 하는 불로초"[455] 식으로, 엄밀한 분석이나 구체적 예시조차 없이 일방적 찬사만 나열하고 있다. 이에 비해 함대훈(咸大勳)은 "편편(篇篇)을 다 여기다 적어 평을 할 수 없"다면서도, 「어깨동무」, 「이슬」, 「아기 옷」, 그리고 「체신부와 나뭇잎」 등 구체적 작품을 예시하여 평가의 초점을 '동심(童心)'에다 맞추었다. 함대훈이 말하는 '동심'의 내용은, "어린이 세계를 연상"하고 "동심 세계에 아득한 회상"을 할 수 있게 하는 것으로 본다. 그래서 그 자신 "소년의 세계"로 빠질 수 있었다고 하였다. "동심의 발로를 역연(歷然)"하게 느낄 수 있었고 "동심에 어린 그 정서생활을 회상"할 수 있었다고 하는 것도 동어반복이다. 함대훈이 윤석중의 동요를 평가하면서 기준을 '동심'에 둔 것까지는 이해가 된다. 그러나 '동심'이 무엇인지 어떻게 '동심'을 잘 형상화하였는지가 초점이 아니라, 자신과 같은 어른을 동심의 세계로 되돌아갈 수 있도록 한 것에 방점을 두었다. 그리고는 "어린이들을 위해 이런 좋은 선물을 준 씨의 노력"[456]을 치하하고 있다. 동요의 독자

---

455) 박계주, 「(뻑 · 레뷰)윤석중 저 『어깨동무』를 읽고」, 『삼천리』 제12권 제8호, 1940년 9월호, 127쪽.
456) 함대훈, 「(신간평)윤석중 씨 저 『어깨동무』」, 『여성』, 1940년 9월호, 40~41쪽.

대상을 분명히 하지 못한 채 감상비평을 하다 보니 시각의 혼란을 드러내 경우다.

일제강점기를 통틀어 윤석중에 버금갈 동요 작가를 꼽으라면 윤복진(尹福鎭)이 첫손에 오를 것이다. 작품량이나 수준뿐만 아니라, 작곡가들이 작곡을 붙인 작품의 수와 독자들의 호응에서 보더라도 그렇다. 해방 전까지의 동요집도 『중중때때중』(중중쩨쩨중), 『양양범버궁』, 『돌아오는 배』(도라오는 배), 그리고 『물새발자옥』 등으로 4권에 이른다. 모두 박태준(朴泰俊)이 곡을 붙인 곡보집(曲譜集) 형태다. 동요가 '부르는 노래'라는 당대적 인식을 따른다면, 윤복진의 동요에다 박태준의 곡이 어우러져 독자들의 호응이 컸을 것으로 짐작된다. 그러나 그는 대구(大邱)에 있었고, 『물새발자옥』을 제외하고는 모든 동요집이 등사본 형태로 간행되었다. 이러한 이유로 윤석중만큼 주목을 받지 못했는데, 서평에서도 마찬가지다.

윤석중의 동요집 서평에서도 보았듯이, 잡지 『동광』의 '독서실'은 주목할 만한 서적의 서평에 열심이었다. 윤복진의 『중중때때중』과 『양양범버궁』에 대한 서평도 '독서실'란에 실렸다. 먼저 『중중때때중』(무영당서점, 1931.2)에 대한 '서평'과 '신간소개' 등을 확인해 보자.

> 윤복진 박태준 저 　대구무영당(大邱茂英堂) 발매 32전. 윤복진 군의 동요는 널리 알리워 잇다. 『중중떼떼중』이란 이 동요집의 이름만 보아도 알 수 잇게 그의 <u>조선적 동요의 포촉(捕促)은 매우 날카로운 점이 잇다. 이 점에서 조선의 동요에 일격(一格)을 시작햇다고 할 것이다.</u>
> 이 소책(小冊)은 윤복진 박태준 작곡집 제1집으로 발행된 것으로 반주곡 부(附)로 16곡을 모아 동경 <해바라기회> 편으로 발행되엇다. 그 <u>곡보는 일본 악단의 권위 잇는 이들의 호평을 산 것을 택한 것이라 한</u>다. 악곡이 어떤지는 평자 무식하야 알 수 없으나 놀날 만한 것 한 가지가 잇으니 그것은 그 악보의 등사판 인쇄가 어찌 그리 선명하게 되엇는가 하는 것이다.[457] (밑줄 필자)

위의 내용으로 확인할 수 있는 사실은, 윤복진이 동요를 짓고 박태준이 작곡을 한 16곡이 수록되어 있으며, 편찬자는 '동경 해바라기회'라는 것이다. 『중중때때중』에 수록된 실제 작품은 「중중쎼쎼중」, 「눈오신 아츰」, 「씨 하나 뭇고」, 「말탄 놈도 썻쩍 소탄 놈도 썻쩍」, 「종달새 종종종 우지지더니」, 「돌아오는 배」, 「영감영감 야보소 에라 이놈 침줄가」, 「가을바람이지」, 「고향한울」, 「새 보는 아가의 노래」, 「잠자는 미럭님」, 「오줌싸기 똥싸기」, 「기럭이」, 「왜붓 한 자루」, 「스므하로밤」, 「기차가 달어오네」 등 16곡이다.[458]

『양양범버궁』(무영당서점, 1932)에 대한 서평은 다음과 같다.

▶『양양범버궁』 윤복진, 박태준 동요민요 작곡집 제2집 동요 「양양범버궁」, 「겨울밤」, 「송아지」, 「갈째」 외 6편, 민요 「아리랑」, 「우리야 마실」 외 3편, 정가 32전(送料並) 대구부 본정통 무영서점(大丘府本町通 茂英書店) 발행 진체경성 10824번 [459]

『양양범버궁』은 『중중때때중』에 이어 발간된 윤복진과 박태준의 작곡집 제2집이다. 수록된 작품은 「양양범버궁」, 「겨울밤」, 「송아지」, 「갈대」 외 6편의 동요와, 「아리랑」, 「우리야 마실」 외 3편의 민요, 도합 15편이 실린 것으로 추정된다. 『중중때때중』과 마찬가지로 대구 무영당서점에서 발간되었다. 『양양범버궁』에 대한 서평은 『동광』의 '독서실'에 실린 것이 처음이다. 필자를 '洪'으로 밝혀 놓았는데 홍종인(洪鍾仁)이 쓴 것이다.

윤복진 씨는 일즉부터 동요시인으로 알리워젓고 박태준 씨는 동요

457) 「(독서실)윤복진 군의 동요 『중중떼떼중』」, 『동광』 제21호, 1931년 5월호, 89쪽.
458) 『중중쎼쎼중』(무영당서점, 1931.2)의 '목차' 참조.
459) 「(신간소개)양양범버궁」, 『동아일보』, 1932.3.3.

등 작곡에 비범한 질(質)을 발휘하야 이미 그의 존재는 악단에서 많은
존경을 받고 잇는 터이다.

이 두 분이 어울리워 이같이 작곡에 힘쓰고 잇다는 것은 일층 더 효
과적일 것이다. 내용은 시로 보더래도 윤 씨의 독특한 고운 말로 조선
적 정조(情調)와 조선어적(朝鮮語的) 리듬을 찾기에 힘쓴 것을 볼 수 잇
고, 작곡에 잇어 또한 아담하고 청초하야 그 비범한 서정적(敍情的) 묘
사에 재삼 감탄치 않을 수 없는 것이 많다. 종래 동요작곡에 일본동요
의 모방을 지나지 못하는 것이 많이 잇든 점으로 보면 박 씨는 작곡가
로 일단 우에 세우지 않을 수 없다. 비록 등사판에 된 것이나 소학교나
유치원에까지라도 귀중한 선물이 될 수 잇을 것이다.

내용은 「양양범벅궁」, 「겨울밤」, 「송아지」, 「갈때」, 「빩앙조이착착파
랑조이착착」, 「누나야」, 「슬픈 밤」, 「풍경」, 「송아지 팔러 가는 집」, 「아
리랑」, 「하늘 꺼질 흥」, 「옥수수가 운다」, 「우리야 아실」, 「어이 어이」
등이다.(인쇄는 등쇄이나 퍽 미술적이다.) (洪). 발행소 대구부 본정통
무영당서점 진체 경성 10824번 정가 송료병(並) 32전[460] (밑줄 필자)

윤복진이 독특한 고운 말로 조선적 정조와 조선어의 리듬을 살렸다
는 것과 박태준의 작곡에 대한 칭찬이 있다. 작곡이 아담하고 청초하여
비범한 서정적 묘사에 재삼 감탄하면서 일본 동요의 모방을 벗어난 것
도 높이 평가하였다. 『양양범벅궁』의 원본이 확인되지 않았으나, 위 서
평으로 수록 작품의 전모를 짐작할 수 있다. 현재 모두 그 원작을 확인
할 수 있는 윤복진의 작품이다. 다만 14편만이 제시되어 있어, 앞의 '신
간소개'가 15편이라 한 것과 다르다. 『양양범벅궁』 역시 등사본이라는
것도 확인된다. 홍종인은 음악에 초점을 맞춰 『양양범벅궁』에 대한 서
평을 남기기도 했다. 음악에 우선적인 관심이 있다 보니 주로 박태준에
초점을 맞추었다. 윤복진의 동요가 "말에 무리가 업"[461]다고 한 것은 작

---

460) 홍종인, 「(독서실)『양양범벅궁』 윤복진, 박태준 동요 민요 집곡집(集曲集)(제2집)」,
　　　『동광』, 1932년 4월호, 133쪽. 「우리야 아실」은 「우리야 마실」의 오식이다.

곡을 붙였을 때 얼마나 노래로 성공할 수 있을 것인가를 가늠해 본 것
으로 생각된다.

홍종인은 『돌아오는 배』(무영당서점, 1934)에 대해서도 간략한 서평을
남겼다. 이 동요곡집 역시 전해지지 않아 서평을 전부 옮긴다.

> 박태준 씨라면 작곡가로서 탁월한 재능을 가진 분으로 우리 악단에
> 서 잘 알려진 분이다. 그의 작곡의 대부분인 동요곡, 민요곡은 벌서 우
> 리 유치원이나 소학교에서는 교재로 만히 씨우고 잇다. 그의 작곡의 특
> 징은 물론 가사의 본의에 딸은 바이겟지만 모다가 소곡(小曲)이나 보드
> 랍고 순정적인 점에서 가장 거즛이 업는 아름다운 멜로듸다. 그동안 작
> 곡집으로 발표된 것은 윤복진 씨의 동요와 민요시를 주로 작곡한 것을
> 등사판으로 두 차례 출판하야 동호자에게 분배하엿섯는데 이번에 다시
> 전자에 양차(兩次) 간행햇든 중에서 「도라오는 배」 등 13곡을 발편(拔編)
> 하야 『도라오는 배』라는 제명(題名)으로 역시 등사판으로(한정판) 간행
> 햇다. 대단히 보암즉한 것으로 추천한다.(홍종인 기)
> ◀ 발행소 대구부 본정통 무영당서점 진체 경성 10824번 정가 35전
> (郵料 並)462)

『중중때때중』과 『양양범버궁』에서 13곡을 뽑아 책의 이름을 『돌아오
는 배』라 하였고, 역시 무영당서점(茂英堂書店)에서 등사판으로 발간한 것
임을 알 수 있다.

무영당서점은 일제강점기에 대구에 있던 조선인 경영의 유일한 백화
점인 무영당백화점 안에 있던 서적부 이름이다. 대표 이근무(李根茂)의
‘茂’ 자를 따서 지었다고 한다. 이근무는 수완이 있어, 일제의 감시가 따
르는 도서라 할지라도 구입 요청에 성실히 응했다고 한다. 따라서 무영
당서점은 당시 대구지역 지식인들의 사랑방 역할을 했던 것으로 보인

---

461) 홍종인, 「근간의 가요집(2)」, 『동아일보』, 1932.8.11.
462) 홍종인, 「신가요집 『도라오는 배』 출판」, 『조선일보』, 1934.2.28

다.463)

유복진의 동요곡집 가운데 일제강점기를 통틀어 서울[京城]에서 활자본으로 발간한 것은 『물새발자욱』(교문사, 1939.6)이 처음이자 마지막이다. 상대적으로 내용이 소상한 '신간소개'는 『매일신보』의 것이다.

> 박태준 씨 미국 유학(미국 푸린스톤 시 웨스타민스트 콰이어-스쿨) 이후의 신작가요곡집으로 내용은 시, 소곡, 민요, 동요 13곡 작시(作詩)는 전부 동요 작가 윤복진 씨의 작품입니다. 표장(表裝)은 이인성 씨의 목판화 경성 교문사(敎文社) 발행464)

윤복진의 시, 소곡, 민요, 동요 등 13편의 작품에다 박태준이 작곡을 붙였다. 표지는 대구에서 친구로 지냈고 윤복진의 몇몇 작품에 그림을 그려 주었던465) 화가 이인성(李仁星: 1912~1950)의 목판화 작품이다. 인쇄를 한 것이 아니라 목판화를 덧붙여 앞표지를 만들었다. 『물새발자욱』에 대한 서평은 스위스에서 음악학박사 학위를 받고 귀국한 계정식(桂貞植)이 썼다. 당연히 음악 곧 작곡 쪽에 관심이 많은 서평이었다. 그러나 단순히 음악 이야기만이 아니라, 시적 정서와 음악적 수법이 조화롭다는 평가가 요지다. 그 가운데 윤복진에 관한 것을 옮겨 보자.

> 그러나 이 『물새발자욱』에 잇어서 작곡가 박 씨는 조선의 슈우만의 평을 물리차기에 족할 만큼 시에 함축된 정서에 푹 젖엇다는 것보다 자기자신이 시인이 되어 잇고 일방에 작시한 윤 씨 역시 시만을 읊조리는 시인이 아니요 이미 리듬에서 한 걸음 나아가 멜로디를 예상하고

---

463) 정영진, 「(정영진의 대구 이야기 14)대구 문화공간 '무영당'」, 『매일신문』, 2006. 4.3.

464) 「신간 『물새발자욱』」, 『매일신보』, 1939.6.15.

465) 「벽에 그린 그 얼굴」(『동아일보』, 1930.2.26), 「넷이야기 열두발」(『동아일보』, 1930. 3.2), 「자장노래」(『조선일보』, 1933.9.13)

그 멜로디의 여운을 다시 상상할 수 잇는 자기자신 이미 작곡가의 경
지에서 언외의 시를 듣는 여유를 가지고 시와 곡의 완전한 융합을 도
모하엿다는 점을 곳곳이 발견할 수 잇다.[466] (밑줄 필자)

윤복진이 작곡가의 경지에서 시를 썼다고 하였다. 작곡을 전제로 리
듬과 멜로디를 예상하고 멜로디의 여운을 다시 상상할 수 있는 작곡가
의 수준이었다는 것이다. 그래서 『물새발자옥』에 수록된 작품들이 "시
와 곡의 완전한 융합"이 가능하였다고 평가한다. 계정식의 평가는 단순
한 찬사가 아니다. 윤복진은 음악에도 상당한 조예를 보여 윤복진 또는
김수향(金水鄕)이란 필명으로 다수의 음악평론을 발표하였다.[467] 1936년
3월에 일본 호세이대학(法政大學)을 졸업하고 귀국하여 음악가 김관(金管)
과 함께 4월에 『음악평론(音樂評論)』이란 잡지를 발간할 정도였다.[468] 따
라서 동요가 노래로 불리는 것을 전제한 것임으로 작곡을 붙였을 때를
감안한 시어 선택과 조탁이 있었을 것은 분명하다. 계정식은 이를 짚은
것이다.

『물새발자옥』이 윤복진과 박태준 조합이었다면, 『유치원동요곡집』(주
교출판사, 1940)은 김태오(金泰午)와 김성태(金聖泰) 조합으로 발간한 동요곡
집이다. 양미림(楊美林)은 동요 시인의 중진 김태오와 열성의 신진 작곡
가 김성태의 "명 콤비"라는 점과 둘 다 현직 보육학교 교편을 잡고 있
는 점을 들어 동요곡집으로는 적격이란 찬사를 보냈다. 대개 이러한 소

---

466) 계정식, 「가요곡집 『물새발자욱』을 보고」, 『동아일보』, 1939.7.26.
467) 한양화랑은(漢陽花郎)은, 「악단 메리-그라운드」(『삼천리』 제6권 제9호, 1934년 9
월호, 156쪽)에서 "일반신문이나 잡지는 악단에 대한 기사나 연구논문이나 비평"
이 많았다며 필자로 홍종인, 구왕삼, 김관을 들고, "음악문필가로 세경(勢京)에 윤
복진 잇슬 따름"이라 하여 당시 윤복진이 음악 분야에서 차지하는 비중이 크다
는 것을 알렸다.
468) 김수향, 「음악교우록 – 김관 군의 부음을 듯고(완)」, 『중앙신문』, 1946.1.17.

개와 칭찬으로 마감하고 말기 일쑤인데 부족하고 불만인 점을 짚었다는 데서 드물게나마 평가의 객관성을 엿볼 수 있다.

> 그러나 "옥에도 티가 잇다."는 격으로 다못 다소의 부족불만을 지적한다면 참을 수 업는 새 포부와 신개지(新開地)를 개척하기 위해서 만들어 낸 것이라기보다는 지난 작품생활을 회수 수집(回收蒐集)하여 한 권을 만든 감이 농후하며 또 유치원 원아에게는 부르기 어려울 것이 수곡 잇다.[469]

두 가지를 지적했는데, 새로운 창작이 아니라 기존 작품을 모은 것이라는 점과 유치원 원아들이 부르기 어려운 곡이 여러 편 포함되어 있다는 것이다. 더 이상 자세한 근거를 밝히지 않았다.

해방기에도 동요집 서평은 이어졌다. 첫 번째는 윤석중(尹石重)의 『초생달』(박문출판사, 1946)에 대한 것으로 신고송(申鼓頌)의 「동심의 형상」이다.

> 그러나 씨의 동요가 양적으로 많고 연조로써 오래된 것만이 씨의 자랑이 아니다. 씨의 동요를 대할 때 아동의 생활을 가장 바로 호흡하고 동심을 동요라는 '장르'에다 가장 잘 형상할 줄 아는 시인이라는 것을 느낄 수 있는 것도 씨의 자랑일 것이다. 씨의 동요는 일언으로 말하면 몹시 '테크니칼'하면서 형식은 형식대로 참신미와 균제미가 있고 높은 절주(節奏)가 흐르고 있으며 내용은 내용대로 아동의 세계가 성인의 흐린 감정으로 조곰도 오손됨이 없이 구상(具象)되고 재현되여 있다.[470]

내용과 형식 모두 극찬하고 있다. 윤석중과 신고송은 이념을 달리함에도 불구하고 신고송은 늘 윤석중의 동요(동시)를 높이 평가하였다. 같

---

469) 양미림, 「(북·레뷰)김태오 요⋯ 김성태 곡, 『유치원동요곡집』」, 『조선일보』, 1940. 4.25.

470) 신고송, 「(신간평)동심의 형상」, 『독립신보』, 1946.6.2.

은 계급주의 문학관을 견지하였던 송완순(宋完淳)과는 날카롭게 대립한
적이 있고, 대구(大邱)에서 함께 활동하기도 하였던 윤복진(尹福鎭)의 작품
에 대해서도 비판 일색이었던 것에 비추어보면, 신고송의 윤석중에 대
한 평가는 이례적이라 할 수 있다. 다만 "주옥같이 아름답기 때문에 귀
족적이 되며 부유한 가정의 아동의 세계만이 노래해지는 위험"[471]을 경
계하면서 자신의 이념적 입장을 비치는 데 그쳤다. 김동리(金東里)도 "앙
징스러울 정도로 파악된 동심세계의 표현", "시가 예술이 도달해야 할
최고의 단계인 자연의 세계"[472]와 같은 찬사를 써서『초생달』을 읽을
것을 권했다. 정지용(鄭芝溶)은「먼길」,「독립」,「해방의 날」,「앞으로 앞
으로」 등 4편의 동시를 대상으로 윤석중의 탁월한 동심 포착을 찬탄하
고, 해방공간의 시대적 현실 속에서 아동문학자도 건국 사상의 영도자
가 되어야 한다거나 삼팔선 철폐에 대한 자신의 생각을 풀어내고 있
다.[473]『초생달』은 윤석중의 다섯 번째 동요집이자 해방 후에 나온 첫
번째 동요집이다. 애초에 동요집 이름을 '새벽달'이라 하려다가 '초생달'
로 바꿨다. 발문 성격의 '꼬릿말'은 박영종(朴泳鍾)이 썼는데 제목이 '새벽
달'인 데서 확인할 수 있다. 박영종의 발문은 1943년 3월에 건천(乾川)에
서 써서 도쿄(東京)로 보낸 것으로 나와 있다.『초생달』은 1943년에 발간
하려던 것을, 해방이 된 후에 지은「앞으로 앞으로」,「우리 동무」,「우
리 집 들창」,「쌍무지개」,「새나라의 어린이」,「잠 깨기 내기」,「사라진
일본기」,「해방의 날」,「독립」 등 9편을 더 보태 1946년에 발간하게 된
것이다. '머릿말'은 김동석(金東錫)이 썼고, 책 발간과 관련된 내용을 윤석
중 자신이 쓴 다음, '꼬릿말'로는 박영종의 '새벽달'과 윤석중 자신이 쓴
'금강산 속에 있는 어린 아들딸에게'를 덧붙였다. 해방을 맞아 그 감회

471) 위의 글.
472) 김동리,「(신간평)『초생달』읽고 - 윤석중 동요집」,『동아일보』, 1946.8.13.
473) 지용,「(서평)윤석중 동요집『초생달』」,『현대일보』, 1946.8.26.

를 담느라 다른 동요집과 달리 서문과 발문이 많았던 것으로 보인다.
박영종은 해방 전 윤석중의 동요집 『어깨동무』(박문서관, 1940.7)에도 '꼬
리말'이란 이름으로 발문을 쓴 바 있다. 박영종의 동요집 『초록별』(조선아
동문화협회, 1946.10)에는 윤석중이 '머릿말'이란 서문을 써 서로 갚음을 하
였다. 서문이나 발문은 자신의 작품을 가장 잘 이해하는 사람에게 부탁
한다는 관점에서 보면 윤석중과 박영종의 시적 관점은 서로 다르지 않
은 것을 알 수 있다. 『초록별』에는 「어린이 노래」와 「새나라의 어린이」
두 편의 노래가 '윤석중 씨께 드리는 노래'로 헌정되었다. 1934년 5월경
박영종은 첫 동요 「이슬비」(『아이생활』, 1934년 5월호)와 「선물」(『어린이』, 1934
년 5월호)을 발표한 후, 동요 「통·딱딱·통·짝짝」(『어린이』, 1934년 6월호)
이 『어린이』에 '특선동요'로 뽑혀 수록되었다. 이때 윤석중이 편집을 맡
고 있었던 것이 인연이 되어 '그와의 사귐'474)으로 이어진 것이다.

　『굴렁쇠』(수선사, 1948.11)와 『아침까치』(산아방, 1950.5)에 대한 서평도 이
어졌다. 『굴렁쇠』는 동요선집이다. 『윤석중동요집』에서 10편, 『잃어버
린 댕기』에서 8편, 『윤석중동요선』에서 10편, 『어깨동무』에서 12편, 『초
생달』에서 8편, 그리고 해방 후의 작품 12편을 고르고, 정순철(鄭淳哲)이
곡을 붙인 「어린이 노래」와 「졸업식 노래」를 실었다. 『굴렁쇠』에 대해
윤영춘(尹永春)은 "아동문학의 백미(白眉)"이며 영국과 같은 제도가 있다면
윤석중이 "아동문학으로서의 계관상(桂冠賞)"475)을 받아야 한다고 추어올
렸고, 이원수(李元壽)는 "천재적 동요시인의 노래는 읽을수록 즐겁고 사
랑이 넘치는 부드러움이 느껴지는 것"으로 "볼수록 반가운 출판물"476)
이라 하였으며, 이영철(李永哲)은 "자라나는 우리나라 어린이들에게 젖이
되고 꿀이 되고 피가 되고 살이 되며 마음의 양식 거울"477)이 될 것으

474) 윤석중, 「그와의 사귐」, 『심상』, 1978년 5월호, 12쪽.
475) 윤영춘, 「(신간평)윤석중 저 『굴렁쇠』」, 『국제신문』, 1948.12.5.
476) 이원수, 「윤석중 동요집 『굴렁쇠』」, 『자유신문』, 1948.12.9.

로 믿었고, 서정주(徐廷柱)는 "해방 후 이 나라 아동문학계의 일대 장관"[478]이라고 하였다. 박영종(朴泳鍾)은 "아동의 본성에 대한 깊은 이해에서 오는 황홀한 시의 세계", "말의 맑고 아름다움" 두 가지를 들고 종합하여 그의 동시의 본질을 "향기 있는 단순"[479]으로 압축하여 평가하였다. 해방기 윤석중의 마지막 동요집은 『아침까치』이다. 해방 이후에 지은 100여 편의 동요 가운데 60편을 추린 것이다. 김영수(金永壽)가 서평을 붙였는데, "세밀한 관찰"과 "간결한 표현"을 들어 해방 후 많았던 "사이비 동요"[480]와는 다른 점을 높이 평가하였다.

『종달새』(새동무사, 1947)는 이원수(李元壽)의 첫 동요동시집이다. 서평은 고향이 같고 소학교와 중학교도 함께 다녔던 시인 김용호(金容浩)가 썼다. 요지는 "자유 없고 굶주리는 세상에서 불러온 이 노래들은 해방된 지금에도 가진 어려움에 시달리고 있는 어린 동무들의 마음속 깊이 나누어 주는 값나고 높은 선물"[481]이라는 평가였다.

권태응(權泰應)의 유일한 동요집 『감자꽃』(글벗집, 1948.12)은 30편의 작품을 수록하였다. 김원룡(金元龍)의 서평에는 "아동 자신은 물론 동요와 관련이 없는 타방면의 인사들에게도 『감자꽃』은 읽어서 결코 헛되지 않을 양서(良書)"[482]라는 찬사가 있다.

김영일(金英一)의 동시집 『다람쥐』(고려서적주식회사, 1950.2)는 77편의 동시를 수록하고 있다. 말미에는 김영일의 '아동자유시'에 관한 시론인 「사시광론(私詩狂論)」도 실려 있다. 이원수(李元壽)는 서평에서 "가장 시와 거리가 멀다고 생각되는 환경에 있을 때에도 늘 동시를 쓰고 생각하고 해

477) 이영철, 「(신간평)윤석중 동요집 『굴렁쇠』」, 『조선일보』, 1948.12.16.
478) 서정주, 「(서평)윤석중 동요집 『굴렁쇠』를 읽고」, 『동아일보』, 1948.12.26.
479) 박영종, 「(신간평)단순의 향기 - 『굴렁쇠』의 독후감」, 『연합신문』, 1949.2.5.
480) 김영수, 「(신간평)윤석중 제7동요집 『아침까치』」, 『경향신문』, 1950.6.9.
481) 김용호, 「(신간평)종달새」, 『경향신문』, 1947.6.29.
482) 김원룡, 「(신간평)권태응 동요집 『감자꽃』」, 『경향신문』, 1949.3.24.

온 것"이라 하였다. 일제강점기 말에 서대문경찰서 고등계 형사로 친일 행각을 하였고, 해방 후에 경기도 경찰 간부로 재직한 것을 두고 한 말인 듯하다.[483] 이원수는 김영일의 동시를 두고 "오로지 맑고 날카로운 시 그것"이고 "그의 시는 짧은 것이 특색"이며 "간결한 시를, 어린이들은 이런 걸 읽고 곰곰히 생각"한 다음 "아름다운 시의 분위기에 싸일 것"이라 전망하였다.[484] 임원호(任元鎬)는 "동심 본연의 감동적 리듬 자유율의 표현은 실로 경이적"[485]이라 하였고, 최계락(崔啓洛)도 "씨의 동시가 모두 짧은 것"이란 형식적인 요소에 착목하여 "용어의 압축이란 보다 크고 넓은 정서의 표현을 의미"한다고 평가하였다.[486]

> 정서를 잃은 휘황한 형용사의 나열에 동심의 상실과 위곡에서 오는
> 오늘날의 저조된 이 땅의 아동문학계에 동시집 『다람쥐』는 실로 하나
> 의 경이적인 존재로서 나타낫다.[487]

종전의 동요가 더 잘 표현하려는 욕심에서 장황해진 것과 대조되면서도 압축된 시어로 명징한 표현을 얻은 것에 대한 찬사로 읽힌다.

박영종(朴泳鍾)이 펴낸 앤솔러지 『현대동요선』(한길사, 1949.3)은 해방 전까지의 동요 중에서 "우리나라 새 동요의 전 역사를 얼추 전부 걸어오면서, 내게 감동을 준 작품을 뽑아 모아, 나로서는 한 개의 총결산"[488]을 한 것이었다. 작가 20여 명의 작품 72수를 모았는데, 박영종 자신의 작품 14수, 윤복진 16수, 윤석중 15수가 가장 많고, 강소천이 4수 그 외

---

483) 이재철, 「일제 식민잔재 아동문학의 청산을 위하여 - 윤극영, 정인섭, 김영일 씨의 경우를 중심으로」, 『아동문학평론』 제17권 제1호, 1992년 3월호, 14~17쪽.
484) 이원수, 「(신서평)김영일(金英一) 동시집 『다람쥐』」, 『연합신문』, 1950.3.23.
485) 임원호, 「(신간평)다람쥐 - 김영일 동시집」, 『조선일보』, 1950.3.22.
486) 최계락, 「감동의 위치 - 김영일 동시집 『다람쥐』를 읽고」, 『자유민보』, 1950.3.28.
487) 위의 글.
488) 박영종, 「발문 - 지도하시는 분에게」, 『현대동요선』, 한길사, 1949, 96쪽.

는 1~2수씩 실었다. 조성녀(趙成女)가 서평을 썼는데, 조성녀는 1938년 중앙보육학교를 졸업하였고, 1946년 고려문화사 어린이신문부에서 <조선아동예술연구회>를 조직할 때 '동화부' 위원으로 활동하였다. 유치원에 관계하고 있던 조성녀는 손가락 유희로 음악 반주를 붙여 가르쳤더니 동심의 순화에 적격이더란 점에 주목하였다.[489]

윤복진(尹福鎭)의 동요집 『꽃초롱 별초롱』(아동예술원, 1949.8)에 대해 박화암이 신간평을 남겼다. 해방을 맞아 "가냘픈 '감상'과 어두운 '센티멘탈리즘'을 탈각하고 밝고 씩씩하고 '희망'과 '생장'을 노래"하였다며 반겼다. 윤복진을 두고 "30년 가까이 이 땅의 어린이들 마음속에 살아온 우리의 동요시인"이며, "흐르는 세월과 움직이는 역사에 대해서 돌아앉지는 않았었다."고 하였다. 「고향 하늘」과 동요곡 「진달래」와 「고욤」을 특히 높이 평가하였다.[490] 윤복진은 『꽃초롱 별초롱』의 '발문' 「나의 아동문학관」(118~122쪽)을 통해 일제강점기에 "현실의 아동을 선녀나 천사로 숭상"(120쪽)한 "동심지상주의 내지 천사주의의 아동관은 더욱 불법하고, 부당한 것"(121쪽)이라며 자신의 과오를 반성하였다. 이후 「석중(石重)과 목월(木月)과 나 - 동요문학사의 하나의 위치」(『시문학』 제2호, 1950.6.5)에서 "새로운 시대의 또 하나의 '이대옴'과 '포름'을 만들어 보자!"(39쪽)고 하였는데 그 결과는 월북(越北)이었다. 그 단초는 「나의 아동문학관」에 이미 드러나 있었던 것이다.

일제강점기와 해방기의 서평은 대개 신간 소개 수준에 그친 것이다. 서평의 대상이 된 책들은 평가할 만한 가치가 있는 경우가 대부분이겠지만, 더러 서평자와 저자의 친분 관계로 서평이 붙었던 것도 적지 않았다. 사정이 이렇다 보니 서평의 내용은 칭찬 일변도이기 일쑤였으나,

---

489) 조성녀, 「(신간평)박영종 편 『현대동요선』」, 『경향신문』, 1949.4.8.
490) 박화암, 「(신간평)꽃초롱 별초롱」, 『조선일보』, 1949.11.12.

간혹 부족한 점이나 잘못된 점을 지적한 경우도 있었다. 서평도 비평의 일종이므로 무엇이 좋고 어떤 것이 나쁘다는 등의 가치평가가 요긴한데 대부분 소개와 찬사에 머물렀다는 점은 아쉬운 대목이다.

7) 아동문학 작가 작품론

아동문학 작가에 대한 소개 수준의 글도 많지만, 본격적인 의미의 작가론에 해당하는 글도 다수가 있다. 조선의 아동문학가와 외국의 아동문학가들을 구분하여 살펴보겠다. 먼저 조선의 아동문학에 대한 작가론을 살펴보자.

필자	제목	발표지	발표 일자
편즙실 급사	『어린이』 기자 이 모양 저 모양	어린이	1926년 1월호
숭응순	신소년사 기자 선생님 상상기	신소년	1927년 4월호
송완순	신소년사 기자 선생 상상기	신소년	1927년 6월호
박영명	신소년사 기자 선생 상상기	신소년	1927년 6월호
안평원	신소년사 기자 선생 상상기	신소년	1927년 6월호
남응손	조선의 글 쓰는 선생님들(전5회)	매일신보	1930.10.17~23
진장섭	소파 방 형 생각 – 고인과 지내든 이야기의 일편	어린이	1932년 7월호
홍구	아동문학 작가의 프로필	신소년	1932년 8월호
본사 B 기자	아동문학작가(1) 정청산(鄭靑山) 씨 방문기	신소년	1934년 4–5월 합호
본사 A 기자	아동문학작가(2) 이동규(李東珪) 씨 방문기	신소년	1934년 4–5월 합호
K. S 생	1934년 작가 조명대(照明台)	신소년	1934년 4–5월 합호
남석종	(아동문학강좌, 완)조선의 문사와 문학잡지 이야기	아이생활	1935년 11월호
×××	이해를 보내는 집필 선생의 전모	별나라	1934년 12월호
XYZ	집필 선생의 전모	별나라	1935년 1–2월 합호

유광렬	소파의 영전에 - 그의 5주기에 임하야	매일신보	1936.7.23
리은상	어린이의 스승 방정환 선생 가신 날 - 여러 어린이들에게	조선일보	1936.7.23
차상찬	오호 고 방정환 군 - 어린이운동의 선구자! 그 단갈(短碣)을 세우며	조선중앙일보	1936.7.25
최영주	미소(微笑) 갔는가 - 도(悼) 이정호 군	문장	1939년 7월호
정인섭	동화의 아버지 소파 선생 생각	동화	1936년 7-8월 합호
이헌구	소파의 인상 - 『소파전집』 간행에 앞서서	박문	1939년 10월호
최영주	소파 방정환 선생의 약력	소파전집	1940.5
홍구	주산(珠汕) 선생	신건설	1945년 12-1월 합호
이정호	영원한 어린이의 동무 소파 방정환 선생 특집호 - 파란 많던 선생 일생	주간소학생	1946.5.6
최병화	작고한 아동작가 군상	아동문화	1948년 11월호
채호준	현역 아동작가 군상	아동문화	1948년 11월호
늘봄	어린이날의 유래 - 소파 방정환 선생을 추모함	동광신문	1949.5.5
최은경	고 소파(小波)를 추도함	연합신문	1949.5.5
최병화	소파 방정환 선생	소년	1949년 5월호
한뫼	어린이의 참된 동무 - 방정환 선생 유족을 찾아	어린이	1949년 5월호

「『어린이』 기자 이 모양 저 모양」은 잡지 『어린이』 기자들에 대한 글이다. 김기전(金起田), 고한승(高漢承), 이성환(李晟煥), 이정호(李定鎬), 마해송(馬海松), 박달성(朴達成), 방정환(方定煥), 윤극영(尹克榮), 신영철(申瑩澈), 차상찬(車相瓚) 등을 간략하게 소개하였다. 「신소년사 기자 선생님 상상기」는 승응순(昇應順), 송완순(宋完淳), 박영명(朴永明), 안평원(安平原)이 잡지 『신소년』의 기자들에 대해 소개를 한 글들이다. 정열모(鄭烈模), 이상대(李相大), 이호성(李浩盛), 이병화(李炳華), 맹주천(孟柱天), 신명균(申明均), 김남주(金南柱), 정

지용(鄭芝溶), 신영철(申瑩澈) 등이 대상이다. 글쓴이들이 독자들이라 직접
기자들을 만나보고 쓴 것이 아니나 내용은 대체로 사실에 부합한다. 「조
선의 글 쓰는 선생님들(전5회)」(『매일신보』, 1930.10.17~23)은 조선의 문사들
을 두루 다루었는데, 아동문학가들로는 최병화(崔秉和), 엄흥섭(嚴興燮), 풍
산 손재봉(楓山孫在奉), 향파 이주홍(向破李周洪), 김병호(金炳昊), 여수 박팔양
(麗水朴八陽), 유도순(劉道順), 한정동(韓晶東), 이학인(李學仁), 김영팔(金永八), 송영
(宋影), 소파 방정환(小波方定煥), 박아지(朴芽枝), 고긴빗 고장환(高長煥), 운파
안준식(雲波安俊植), 박인범(朴仁範), 고봉 양재응(孤峰梁在應), 박세영(朴世永), 유
지영(劉智榮), 백악 이원규(白岳李元珪), 낙랑 염근수(樂浪廉根守), 연성흠(延星
欽), 이정호(李定鎬), 김태오(金泰午), 구월이석봉(久月李錫鳳) 등이 들어 있다.
남응손(南應孫)이 썼는데 강원도 신고산(新高山) 출신으로 글을 쓸 때쯤 연
희전문학교에 재학 중이었다. 아동문학과 문단에 관심이 많아 작가들에
대한 정보가 많았던 것으로 보인다. 「아동문학 작가의 프로필」은 『신소
년』과 『별나라』에서 활동하는 계급주의 아동문학가들을 소개한 것이
다. 글쓴이 홍구(洪九) 자신이 계급주의 아동문학을 실천한 사람이라 적
임자 중의 하나였다. 송영(宋影), 박세영(朴世永), 오경호(吳慶鎬), 구직회(具直
會), 정청산(鄭靑山), 안평원(安平原), 승응순(昇應順), 이동규(李東珪), 현동염(玄東
炎), 엄흥섭(嚴興燮), 홍은표(洪銀杓), 김우철(金友哲), 한철염(韓哲焰) 등을 대상
으로 하였다. 특징과 간단한 이력, 주요 작품 등을 소개하였다. 박일(朴一
＝朴芽枝), 강노향(姜鷺鄕), 송완순(宋完淳) 등에 대해서는 차후 소개하기로
하였고, 이명식(李明植), 신고송(申孤松), 이구월(李久月), 이주홍(李周洪), 김병
호(金炳昊) 등의 활동을 기대하였다. 이들 면면은 당대 계급주의 아동문
학자 전반을 확인할 수 있게 하는 것이었다. 1934년 『신소년』(4-5월 합호)
은 「1934년 작가 조명대」와 「아동문학작가(1) 정청산(鄭靑山) 씨 방문기」
그리고 「아동문학작가(2) 이동규(李東珪) 씨 방문기」를 동시에 실었다. 작

가 조명대에서는 윤철(尹鐵), 강노향(姜鷺鄉), 최옥희(崔玉嬉), 김욱(金旭), 홍구
(洪九), 이동찬(李東燦), 구직회(具直會), 이동규(李東珪), 성경린(成慶麟), 안우삼(安
友三), 김우철(金友哲), 안용민(安龍民), 현동염(玄東炎), 안평원(安平原), 김소엽(金
沼葉), 조철(趙鐵), 박아지(朴芽枝), 송호인(宋虎人 = 宋完淳), 이주홍(李周洪) 등을
대상으로 하였는데, 모두 계급주의 아동문학 쪽 사람들이다. 정청산 방
문기는 신소년사 기자가 별나라사 기자인 정청산을 인터뷰한 내용으로,
간단한 신원과 작가로서 주력 활동 분야, 그리고 『신소년』편집에 조언
할 내용 등을 물었다. 이동규 방문기도 신원, 주력 활동 분야, 용모, 신
소년사를 그만두게 된 사정 등을 담았다. 「조선의 문사와 문학잡지 이
야기」는 남석종(南夕鍾 = 南應孫)이 썼는데 「조선의 글 쓰는 선생님들」과
비슷하나 아동문학가들만을 따로 다룬 부분이 있다. 그 내용은 아래와
같다.

> 다음은 조선에 아동문학 연구가에는 어떠한 선생님들이 계신가 알어
> 보기로 합니다.
> 1. 동요시인(童謠詩人)
>   한정동(韓晶東), 윤석중(尹石重), 윤복진(尹福鎭), 김태오(金泰午), 목일
>   신(睦一信)
> 2. 동화작가(童話作家)
>   최병화(崔秉和), 이정호(李定鎬), 모기윤(毛麒允)
> 3. 아동문학 연구가
>   송창일(宋昌一), 원유각(元裕珏), 고장환(高長煥), 연성흠(延星欽), 이원
>   규(李元珪), 안준식(安俊植), 박인범(朴仁範), 최봉측(崔鳳則) (41쪽)

당시 활동한 작가들을 확인하는 데 도움이 되나, 주로 『아이생활』쪽
작가들을 중심으로 예시한 것이어서 많은 작가들이 빠져 있다.

『별나라』에서는 「이해를 보내는 집필 선생의 전모」와 「집필 선생의

전모」를 연이어 게재하였다. 글쓴이를 '×××'와 'XYZ'로 달리 표기했지만 동일인이고 별나라사 내부 사정을 잘 아는 이로 보인다.[491] 민촌 이기영(民村李箕永), 운파 안준식(雲波安俊植), 성하 박세영(星河朴世永), 석파 송영(石坡宋影), 박아지 박일(朴芽枝朴一), 해강 김대준(海剛金大駿), 향 엄흥섭(響嚴興燮), 풍산 손재봉(楓山孫在奉), 향파 이주홍(向破李周洪), 접몽 최병화(蝶夢崔秉和) 등에 대해 신상과 이력, 활동 분야, 주요 작품 등을 소개하였다. 필명(호)을 밝혀 놓아 아동문학자들의 신원과 작품의 필자를 확인하는 데 많은 도움이 된다. 일제강점기에 대부분의 작가들은 필명을 여럿 사용하였고,[492] 필명으로 작품을 발표한 관계로 이를 알지 못하면 작가론은 물론이고 아동문학에 대한 연구 자체가 불가능한 정도다. 「미소(微笑) 갔는가」는 함께 『어린이』 편집을 맡았던 동갑내기 최영주(崔泳柱)가 1939년 이정호(李定鎬)의 죽음을 맞아 쓴 추도사이다. 개벽사에서 10년을 보내면서 여러 잡지를 편집하고 저서로 『세계일주동화집』과 『사랑의 학교』를 남긴 공을 두루 살폈다.

「주산(珠汕) 선생」은 "중앙인서관이란 인쇄소 겸 서점은 우리들이 자라나든 온상"(47쪽)이라며 『신소년』 발행인 신명균(申明均)을 추모한 글이다. 「작고한 아동작가 군상」과 「현역 아동작가 군상」은 해방 후 1948년 11월 동지사아동원(同志社兒童園)이 발행한 『아동문화』에 수록되어 있다. 작고한 작가로는 소파 방정환(小波方定煥), 미소 이정호(微笑李定鎬), 호당 연

---

491) ×××의 「이해를 보내는 집필 선생의 전모」(『별나라』, 1934년 12월호)에는 "이 ×생은 선생님의 비밀이라 할 만한 그 춘추를 알고 잇슴으로 연령순으로 적으려 합니다."(20쪽)라고 하였고, XYZ가 쓴 「집필 선생의 전모」(『별나라』, 1935년 1-2월 합호)에는 "저번에 제일회로 멋 분 선생님의 흠담을 하엿지만 이번에는 쏘다시 멋 선생님의 이약이를 써 보려는 데"(46쪽)라고 하였다. 이로써 '×××'와 'XYZ'는 동일인이자, 별나라사 내부 사정을 잘 아는 필자임을 알 수 있다.

492) 기사 형태이지만 「제선생(諸先生)의 아호(雅號)」(『동화』, 1936년 12월호, 26쪽)와 「아동문예가 최근 동향」(『동화』, 1936년 9월호, 24~25쪽) 등도 아동문학가의 필명과 동향을 살필 수 있는 글이다.

성흠(皓堂延星欽), 최인화(崔仁化), 이구조(李龜祚) 등이, 현역 작가로는 박인범(朴仁範), 이원수(李元壽), 윤석중(尹石重), 이종성(李鍾星) 등이 소개되었다. 현역 작가가 단출한 것은 잡지가 1호로 종간된 탓이다. 둘 다 내용이 많고 자세해 간략한 작가론이라 해도 무방하다.

작가론으로는 방정환에 관한 글이 가장 많은데 소년운동과 아동문학에 끼친 그의 업적과 이른 사망에 따른 애도 때문이다. 「소파 방 형 생각」, 「소파의 영전에」, 「어린이의 스승 방정환 선생 가신 날」, 「오호 고 방정환 군」, 「동화의 아버지 소파 선생 생각」, 「고 소파를 추도함」, 「어린이날의 유래 - 소파 방정환 선생을 추모함」 등은 대체로 추도의 내용이다. 「소파의 인상」과 「소파 방정환 선생 약력」은 『소파전집』을 간행하면서 붙인 글이다. 「영원한 어린이의 동무 소파 방정환 선생 특집호」는 방정환의 일생을 연대기적으로 살핀 것이고, 「소파 방정환 선생」도 유사한 글인데, 유년시대의 결단성, <소년입지회> 조직, 맹렬한 독서와 잡지사 투고, 대학에서 아동문제 연구, 13도 순회강연과 동화회, 소년운동에 헌신적 노력, 33세의 짧은 일생, 소파 선생 일화 두 가지 등 8항목으로 구분하여 생애, 활동, 작품, 일화 등을 두루 다루어 온전한 작가론의 꼴을 갖추었다. 「어린이의 참된 동무」는 소파의 일생을 간략하게 살핀 후 부인과 아들의 근황을 적은 글이다.

외국 아동문학가에 대한 논의는 안데르센과 이솝, 페로, 하우프, 웰스, 톨스토이, 데라메어, 위고 등 서양 작가들과 일본의 아키타 우자쿠(秋田雨雀)에 관한 것이 있다. 비평문 속에 언급된 외국 아동문학가는 매우 많으나 이를 작가론이라 하기는 어려워 특정 작가에 초점을 맞춘 것만을 대상으로 살펴보겠다.

외국 아동문학가에 대해 논의한 첫 번째 비평문은 밴댈리스트의 「에취·지·웰스」(『동아일보』, 1924.12.29)이다. '과학소설의 창시자'로 알려진 웰스(Wells, Herbert George)에 관한 것인데, 국내에 '과학소설(science fiction)'을 첫 번째로 소개한 것이다. 『타임머신(The Time Machine)』(1895), 『모로 바사의 섬(The Island of Doctor Moreau)』(1896), 『투명인간(The Invisible Man)』(1897), 『우주 전쟁(The War in the Air)』(1907) 등으로 잘 알려진 웰스를 소개한 글이다. "과학적 탐구적 예언과 암시"를 준 사람이란 말에 그의 작가적 특성이 잘 드러나 있다. 웰스를 소개하면서 프랑스의 베른(Verne, Jules)을 떠올린 것도 밴댈리스트가 '과학소설'을 소개하고자 한 의도를 갖고 쓴 글이라는 것을 알 수 있게 한다. 베른의 작품도 다수 번역되었는데 대표적인 것으로 『기구를 타고 5주간(Cinq semaines en ballon)』(1863), 『지구에서 달까지(De la terre à la Lune)』(1865), 『달나라 탐험(Autour de la Lune)』(1869), 『해저 2만 리(Vingt mille lieues sous les mers)』(1870), 『80일간의 세계일주(Le Tour du monde en quatre - vingts jours)』(1873), 『2년간의 휴가(Deux ans de vacances)』(1888)[493] 등이 있다. 벽오동(碧梧桐)도 「현대의 과학소설 - 예언적 작가 웰스(전2회)」(『매일신보』, 1925.11.29~12.13)에서 과학소설 전반을 언급하면서 "양으로든지 질로든지 확실히 발군적 위대한 가치"(1회)가 있는 작가로 웰스를 들고 그의 작품은 "과학적 근거" 곧 "예언적 근거"(2회)가 있어 독자를 끈다고 하였다.

1925년 백의소년(白衣少年)이 안데르센 사후 50주기를 맞아 삶과 작품을 소개한 이후 외국 아동문학 작가로 가장 많이 호명된 사람은 단연 안데르센(Andersen, Hans Christian)이다.

필자	제목	발표지	발표 일자
백의소년	세계 어린이의 동무 '안더-쎈' 소개 - 그의 50년제를 당하야	조선일보	1925.8.6
정병기	동화의 원조 - 안델센 선생(50년제를 □□□)	시대일보	1925.8.10

---

493) 『2년간의 휴가』는 1896년 일본에서 모리타 시켄(森田思軒)이 『15소년표류기(十五少年漂流記)』란 제명으로 번역한 이후 우리나라에서도 이 제명으로 알려졌다.

사설	동화와 문화 - '안더쎈'을 회(懷)함	동아일보	1925.8.12
진장섭	(동화의 아버지)가난한 집 아들로 세계학자가 된 '안더-센' 선생	어린이 제31호	1925년 8월호
김태오	어린이의 동무 '안더-쎈' 선생 - 51년제를 맞고(전2회)	동아일보	1926.8.1~4
김태오	동화의 원조 안더쎈 씨 - 52년제를 마지하며	조선일보	1927.8.1
연성흠	안더-슨 선생의 동화 창작상 태도(전6회)	조선일보	1927.8.11~17
전영택	이야기 할아버지 안델쎈(전2회)	아희생활	1928년 1월호 ~2월호
연호당	영원의 어린이 안더-슨전(전40회)	중외일보	1930.4.3~5.31
연성흠	영원의 어린이 안더-슨 선생 - 그의 소년시대	어린이	1930년 4-5월 합호
에취 스텐 홀베크	세계적 동화작가 안데르쎈 기념제 - 금년이 탄생 125주년('에취 씨 안데르쎈'의 세계문학상의 지위)	조선일보	1930.5.25
고장환	동화 한아버지 안더-쎈 선생(전4회)	조선일보	1933.7.29~8.4
일기자	아기들의 영원한 동무 안델쎈 60주기 - 동화집 처녀 간행 백주년	조선중앙 일보	1935.7.28
이정호	허고만흔 동화 가운데 안데르쎈의 작품이 특히 우월한 점 - 작품발표 백년 기념을 당해서	조선일보	1935.8.6
함대훈	감명 속에 읽은 『그림 업는 그림책』의 기억	조선일보	1935.8.6
	'안더쎈'의 아버지는 불란서 사람이다	조선일보	1935.12.6
김태오	안데르쎈의 생애와 예술 - 그의 사후 65년을 당하야(전3회)	동아일보	1940.8.2~6

　　사후 50년부터 65년까지 추모 성격의 글과 생애와 작품을 소개하는
글이 대부분이었지만, 유명한 작품으로 "『즉흥시인』, 『그림 업는 화첩
(畵帖)』이외에 창작 수십 편 이외에 동화로는 『설(雪)의 여왕』, 『추(醜)한
가압(家鴨)』, 『인어』, 『추국(雛菊)』, 『야원(野原)의 백조』"494) 등을 소개하여
소년 독자들의 관심을 유발하였다.

494) 정병기, 「동화의 원조 - 안델쎈 선생(50년제를 □□□)」, 『시대일보』, 1925.8.10.

『동아일보』는 사설을 통해 안데르센을 회고하면서 '동화와 문화'에 대해 살폈다.

　　그런데 아동의 최대사(最大事)가 무엇인가 갈온 교육이오 교육의 최 요점(最要點)이 무엇인가 갈온 그 천품(天稟)의 자유로운 발전이오 천품 발전의 최비기(最秘機)가 무엇인가 지정의(智情意)의 원만한 조화를 조성하야 줌이어늘 <u>동화는 실로 지식증장, 정조함양, 의지고려(智識增長 情操涵養 意志鼓勵)의 모든 효능을 가지는 동시에 우(又) 일면에 잇서서는 삼자의 통합적 훈련에 대하야 유일 최고한 사명(司命)이 되는 것이니 동화의 교육적 효과, 사회적 사명, 문화적 가치가 또한 상료(常料) 이상으로 중차대하지 아니하냐. 어느 의미로 말하면 동화는 아동교육의 핵심 내지 전부라 할 것이오 문화종육(文化鍾毓)의 기본 내지 추유(樞紐)</u> 라 할 것이니 사회의 장래를 중대히 아는 만콤 아동을 중대히 아는 것처럼 아동의 교육을 중대히 아는 만콤 동화를 중대히 알아야 할 것이다. 이러하야 동화의 선불선(善不善) 동화작가의 득부득(得不得)은 그 영향 관계가 실로 심상치 아니한 것이 잇다.[495] (밑줄 필자)

동화가 지식 증장, 정서 함양, 의지 고취의 효과가 있는데 이는 교육적, 사회적, 문화적 가치로 보아 보통 이상으로 중차대하다는 인식이다. 따라서 동화는 아동교육의 핵심이며, 문화 육성의 기본이자 중심이라 보았다. 글의 말미에 프랑스의 페로(Perrault, Charles), 독일의 하우프(Hauff, Wilhelm), 러시아의 크릴로프(Krylov, Ivan Andreevich), 영국의 와일드(Wilde, Oscar Fingal O'Flahertie Wills), 그리고 덴마크의 안데르센을 들어 조선에서도 아동의 사상을 심화 발전시키고 감정을 아름답게 길러 줄 작가가 나오기를 바란다고 하였다. 1920년대 초반부터 본격적인 아동문학의 꽃이 피기 시작하였다고 볼 때, 문인들만의 인식을 넘어 신문의 사설로 문학(동화)의 중요성과 필요성을 짚고 문화와의 관련성을 살폈다는 점에서 일정

---

495) 사설, 「동화와 문화 - '안더쎈'을 회(懷)함」, 『동아일보』, 1925.8.12.

한 의의가 있다.

연성흠(延星欽)의 「안더-슨 선생의 동화 창작상의 태도」는 다나카 우메키치(田中梅吉)의 「アンデルセンの童話創作上の態度」(『文教の朝鮮』, 1926년 2월호)를 전문 번역한 것이다.[496] 다나카 우메키치는 1909년 도쿄제국대학 독문과를 졸업하고 1916년 10월 조선으로 와 구비문학을 수집하는 등의 활동을 하다가 조선총독부의 알선으로 독일 유학 후 1924년 6월부터 경성제국대학 독문과 교수로 부임하였다. 『어린이』에 실린 「영원의 어린이 안더-슨 선생 - 그의 소년시대」는 「영원의 어린이 안더-슨전」과 같은 내용인데 축약한 것이다. 이는 아시야 로손(蘆谷蘆村)의 『永遠の子どもアンダアゼン』(コスモス書院, 1925)을 초역(抄譯)한 것이다.[497] 다른 필자들은 번역임을 밝히지 않았으나 대개 일본 학자들의 글을 참고한 것으로 보인다. 「'에춰 씨 안데르센'의 세계문학상의 지위」는 같은 글이 다른 매체에 거듭 실렸다.[498] 함대훈(咸大勳)의 글은 안데르센의 작품 중에 『그림 없는 그림책(Billedbog uden billeder)』(1840)을 읽은 소감을 적은 것인데 하야시 후사오(林房雄)가 번역한 『繪のない繪本』(春陽堂, 1926)을 읽은 것으로 보인다.[499]

이솝(Aesop)은 여러 비평문에서 자주 언급되었고 많은 작품이 여러 사

---

496) 연성흠의 「안더-슨 선생의 동화 창작상 태도(6)」(『조선일보』, 1927.8.17)에서, "경대(京大) 교수 田中 씨의 논(論) 전문을 역(譯)한 것"임을 밝혔다.

497) 연호당의 「영원의 어린이 안더-슨전(1)」(『중외일보』, 1930.4.3)에서, "필자는 蘆谷 씨의 저서에 거(據)하야 이것을 초(抄)한 것"임을 밝혔다.

498) 안데르센협회장 에춰 시텐 홀베크, 「'에춰·씨·안데르센'의 세계문학상의 지위 - 탄생 125주년을 당하야」, 『매일신보』, 1930.6.1.
에춰·스틘·홀베크, 「안데르센의 기념제를 마즈며……그의 세계문학상 지위」, 『별건곤』 제29호, 1930년 6월호, 149~150쪽.
안데르센협회장 에춰, 스틘, 홀베크, 「안데르센의 세계문학상 지위」, 『신소설』 제2권 제3호, 1930년 6월호, 52~53쪽.

499) 함대훈, 「아동예술과 잡감 편편(片片)」, 『조선일보』, 1935.7.15.

람에 의해 번역된 것에 비해 개별 작가론은 많지 않았다. 이솝의 작품
은 배위량(裵緯良＝Baird, William Martyn)의 『이솝우언』(조선야소교서회, 1921.5),500)
황기식(黃基式)의 『동화집』(초등교육연구회, 1925.10),501) 신길구(申佶求)의 『세
계명작교육동화집』(영창서관, 1926.11)502) 등으로 이미 번역되었다. 『이솝
우언』에는 「우언자(寓言者)의 조상 이솝의 스젹이라」고 한 이솝의 전기가
비교적 자세하게 소개되어 있다. 「우화로 유명한 '이소푸' – 신분은 미천
하엿스나 지혜는 실로 놀라웟다(전2회)」(『매일신보』, 1930.12.18~19)와 박자영
(朴越影)이 「이솝의 생애(전15회)」(『매일신보』, 1932.9.9~28)503)를 번역하여 자
세히 소개하였다.

독일의 메르헨(Märchen) 작가 하우프(Hauff, Wilhelm)에 대한 소개는 백근
(白槿)의 「'하우프' 동화가(童話家) – 백년제를 마지하며」(『동아일보』, 1927.11.22)
와 연성흠(延星欽)의 「독일 동화작가 '하우쯔'를 추억하야(상, 하)」(『중외일보』,
1929.11.19~20)가 있다.

『페로의 동화집』(원제 『옛날이야기(Histoires ou Contes du Temps Passé)』(1697)으
로 널리 알려진 페로(Perrault, Charles)에 대한 소개는, 이구(李求), 한가람 등
의 필명으로 다수의 동요 작품을 발표한 바 있는, 와세다대학(早稻田大學)
에서 불문학을 공부한 이헌구(李軒求)가 맡았다. 「오늘은 불란서 동화 하
라버지 페로오가 난 날 – 그는 엇더한 사람인가, 어려서부터 문학 천재
이다」(『조선일보』, 1933.1.12)에서 그의 삶과 작품을 간략히 소개하였다.

---

500) "여러 칙 중에 데일 됴흔 본을 퇵ᄒ야 번역"하였다고만 하여 원본이 무엇인지 불
분명하다. 149편을 수록하였다.
501) イソップ 作, 嚴谷小波 譯述, 『イソップお伽噺』, 三立社, 1911.9. 황기식은 이 책
에서 160편의 이솝우화 중 120편을 발췌하여 『동화집』을 엮었다.
502) '一名 伊蘇普物語'라 한 것으로 보아 일본 책의 번역으로 보이나 어느 것을 번역
한 것인지 불분명하다. '서'에 "본서는 이솝의 명작인 교훈동화를 역츌하야 편찬
한 것"이라 하여 『이솝우화』를 번역한 것임을 밝히고 있다. 176편을 수록하였다.
503) '박자영 역'이라 하여 번역임을 밝혔으나 누구의 어느 책을 번역하였는지 밝히지
않아 불분명하다.

일제강점기에 톨스토이(Tolstoy, Lev Nikolayevich)의 작품은 여러 사람에 의해 번역된 바 있다. 아동문학과 관련된 것만 추려 보면 다음과 같다.

최남선(崔南善)의 「한 사람이 얼마나 쌍이 잇서야 하나」, 「너의 니웃」, 「다관(茶舘)」(이상 『소년』 제21호, 1910년 12월호), 주요한(朱耀翰)의 「하느님은 진리를 보신다마는 기다리신다」(『기독청년』 제10호~제12호, 1918년 10월호~12월호), 연호당(延星欽)의 「닭의 알만 한 쌀알 – 톨스토이 동화집에서」(『동아일보』, 1924.10.13), 김남주(金南柱)의 「바보 이반(전8회)」(『동아일보』, 1926.4.21~28), 방정환(方定煥)의 「욕심장이 쌍차지」(『어린이』 제4권 제9호, 1926년 10월호), 장정의(張貞義)의 「니길 수 잇다 – 일만 하면(전6회)」(『중외일보』, 1927.11.5~11), 김창신(金昌臣)의 「닭알만 한 곡셕알(전3회)」(『중외일보』, 1928.9.15~17), 「신은 진실을 알지만 때를 기다린다」를 번역한 「톨스토이 동화 악쇼-노프(전8회)」(『중외일보』, 1928.9.21~29), 박태원(朴泰遠)의 「바보 이완(전18회)」(『동아일보』, 1930.12.6~24), 「바보 이반」(『어린이』, 1933년 10~1934년 4월호), 오재동(吳在東)의 「멍텅구리 이반」(『아이생활』 1928년 1월호~1929년 ?월호),[504] 주요한(朱耀翰)의 「(우화)참나무와 대추나무」(『아이생활』, 1931년 1월호), 함대훈(咸大勳)의 「어린이의 지혜」(『아이생활』, 1934년 4월호)와, 「사람은 무엇으로 사나」(『아이생활』, 1935년 5월호), 「교육에 대하야」(『아이생활』, 1937년 10월호), 주요한(朱耀翰)의 「두 사람」(『소년중앙』, 1935년 1월호), 함대훈(咸大勳)의 「금발 왕녀(金髮王女)」(『아이생활』, 1935년 9월호), 모기윤(毛麒允)의 「도적 세 사람」(『동화』 제8호, 1936년 10월호) 등을 찾을 수 있다.[505] 일반문학을 포함하면 훨씬 더 많은 작품이 번역되었다. 톨스토이에 관한 글로는 허봉락(許奉洛)의 「(위인전기)소년

---

504) 「멍텅구리 왕국 9(속 멍텅구리 '이반')」(『아희생활』 제4권 제1호, 1929년 1월호)이 연재되고 있으나, 『아희생활』을 모두 확인하지 못해 정확하게 언제 끝을 맺었는지 불분명하다.

505) 톨스토이 작품 번역에 대한 더 자세한 내용은 박진영의 「한국에 온 톨스토이」(『한국근대문학연구』 제23호, 한국근대문학회, 2011.4)를 참조할 수 있다.

톨쓰토이」(『아희생활』, 1929년 2월호)와 정재면(鄭載冕)의 「톨스토이 션생을 소개합니다」(『아희생활』, 1929년 3월호)가 있고, 톨스토이의 아동문학을 소개한 것으로는 이헌구(李軒求)의 「톨스토-이와 동화의 세계」(『조광』 제1호, 1935년 11월호)가 있다. 이헌구는 「사랑이 있는 곳에 신이 있다」, 「바보 이반」, 「사람은 무엇으로 사는가」, 「사람은 얼마만큼의 땅이 필요한가」, 「어린이는 어른보다 현명한 일이 있다」, 「어린이를 위한 이야기」 등을 예로 들어 톨스토이의 동화세계를 살폈다.

데라메어(De la Mare, Walter John)의 동요에 대해서는 이하윤(異河潤)이 2회에 걸쳐 「시인 더·라·메-어 연구(1)」(『문학』 창간호, 1934년 1월호)와, 「더·라·메-어의 시경(詩境) - 시인 더·라·메-어 연구(2)」(『문학』 제3호, 1934년 4월호)를 발표하였다. '동요 작가로서의 그'를 살피면서, 스티븐슨, '워즈워스, 로세티의 동요보다 "동심의 오묘한 경지에 도달함이 훨씬 심대"(1회, 27쪽)하다고 평가하였으며, 『어린 시절의 노래(Songs of Childhood)』, 『귀를 기울이는 사람들(The Listeners)』 등 데라메어의 여러 작품을 소개하였다.

위고(Hugo, Victor Marie)에 대해서는 이휘영(李彙榮)의 「불문학과 어린이 - 빅토오르 유고오(전3회)」(『경향신문』, 1949.5.9~11)가 있다. 위고를 "어린이라는 존재에서 본 문학적 사회적 변환을 구현한 문학자"이자 "어린이를 가장 사랑하고 가장 많이 노래한 시인의 한 사람"(중, 5.10)으로 꼽았다. 어린 시절의 추억에서 우러난 시로 「나의 유년 시절」, 「어린 시절의 추억」을 들고, 「어린이가 나타나면」과 같은 시는 할아버지로서 어린이를 사랑한 작품으로 인용하였다. 시집 『할아버지 구실하는 법(L'Art d'être grand-père)』을 "어린이문학의 금자탑"(하, 5.11)이라 하였고, 『레미제라블(Les Misérables)』에서 장발장(Jean Valjean)의 재생에 영향을 미친 것도 프티 제르베(Petit Gervais)와 코제트(Cosette) 같은 어린이였고, "인민과 가난한 자의 양심을 대표하는 것"도 어린이 가브로슈(Gavroche)인 점을 강조하였다.

일본 작가는 허다하게 인용하였으나 따로 소개한 경우는 없었다. 김우철(金友哲)이 아키타 우자쿠(秋田雨雀)의 '탄생 50년 기념회' 소식에 맞추어 소개한 것이 유일하다. 김우철의 문학관과 궤를 같이하는 일본의 프롤레타리아 문인 중 한 사람인 아키타 우자쿠를 '동화의 할아버지'로 추켜세우고, 소련의 '고리키'에 비유하였다. 마르크스 레닌주의의 "절대의 지지자"인 아키타 우자쿠를 "조선의 ××적 인테리겐챠는 씨의 태도에 머리를 숙이고 배울 것"506)이라고 한 데서 김우철이 그를 소개한 이유를 찾을 수 있다.

일제강점기의 번역은 대체로 일역(日譯)의 중역(重譯)이지만 다수의 외국 아동문학 작품이 번역되자 작가에 대한 소개의 필요성이 대두되었다. 비평문 속에 단편적으로 소개된 경우는 허다하지만, 독립적으로 발표된 작가론만 하더라도 이처럼 적지 않은 분량이 있었다. 독자들의 궁금증을 해소시켰을 뿐만 아니라 작품을 이해하는 데도 일정한 도움이 되었을 것으로 생각된다.

해방기에는 최병화(崔秉和)의 「세계동화 연구(전7회)」(『조선교육』, 1948년 10월호~1949년 10월호)가 대표적인 외국 아동문학 작가 작품론이다. 제1편은 구비동화(口碑童話)를 소개하였다. 제1장은 '아라비아 야화(夜話)'에 관한 것이다. 『자타카(jātaka)이야기』, 『판차탄트라(Pancatantra)』와 『히토파데사(Hito-padesha)』, 『칼릴라와딤나(Kalīlah wa Dimnah)』, 『비드파이이야기(The Fables of Bidpai, 또는 The Fables of Pilpay)』, 『하자르 아프사나(Hazār afsāna)』 등이 『아라비안나이트(Alf laylah wa laylah)』로 수렴되는 계보를 알려준다. 『아라비안나이트』를 영역(英譯)한 페인(Payne, John)과 버턴(Burton, Sir Richard) 판본도 소개하였다. 제2장 '그림의 구비동화'에서는 『그림동화집』507)의 계보를 밝

---

506) 김우철, 「秋田雨雀 씨와 문단생활 25(廿五)년 - 그의 50탄생 축하보(祝賀報)를 듯고」, 『조선중앙일보』, 1933.4.23.
507) 『그림동화집(Grimm's Fairy Tales)』은 처음 『어린이와 가정의 동화(Kinder-und

힌다. 바실레(Basile, Giambattista)로부터 페로(Perrault, Charles)를 거쳐 그림 형제 (Brüder Grimm)의 『어린이와 가정의 동화(Kinder-und Hausmärchen)』(그림동화집) 로 이어진다. 영역된 것이 펜저(Penzer, N. B.)의 『펜타메로네(The Pentamerone)』 다. 제3장은 이솝(Aesop) 우화다. 이솝 우화가 수집 정착된 과정은 데메트 리우스(Demetrius Of Phaleron), 파이드루스(Phaedrus), 플라누데스(Planudes, Maximus) 와 바브리우스(Babrius)를 거쳐 캑스턴(Caxton, William)에 의해 영역되어 1484 년 목판으로 인쇄된 것이 『이솝우화(Aesop's Fables)』다.[508) 제4장은 아스비 에른센(Asbjørnsen, Peter Christen)과 모에(Moe, Jørgen Engebretsen)의 『노르웨이 민 담집(Norske Folkeeventyr)』, 세비요(Sébillo, Paul)의 프랑스 동화 수집, 이탈리아 동화 부분은 이탈리아 민담 수집가 스트라파롤라(Straparola, Gianfrancesco)의 『피 아체볼리 노티(Piacevoli notti)』와 워터스(Waters, William George)의 영역 『스트 라파롤라의 밤(The Nights of Straparola)』과 바실레(Basile, Giambattista)의 『이야기 중의 이야기(Lo cunto de li cunti)』와 펜저(Penzer, N. B.)의 영역 『펜타메로네(The Pentamerone)』를 소개하였다.

제2편은 예술동화(藝術童話) 부분인데, 제1장은 페로(Perrault, Charles)와 돌 느와(Madame d'Aulnoy)를 제2장은 안데르센 동화를 소개하고는 잡지의 폐 간으로 더 이상 이어지지 못하고 말았다.[509)

「세계동화 연구」는 『아라비안나이트』와 『그림동화집』의 근원이 인 도의 우화 작품에서 비롯되어 페르시아와 아라비아를 거쳐 유럽으로

Hausmärchen)』(2권: 1812~15)란 이름으로 출판되었다. 이후 1819년부터 1857 년 사이에 일곱 번의 개정과 증보를 하였다. 1823년부터 1826년까지 『German Popular Tales』(2권)란 이름으로 영어 번역이 이루어졌다.

508) Seth Lerer, 『Children's Literature: a reader's history, from Aesop to Harry Potter』, Chicago: The Univ. of Chicago Press, 2008. 『이솝우화』의 역사는 Seth Lerer(강경 이 역), 『어린이문학의 역사: 이솝우화부터 해리 포터까지』, 이론과실천, 2011, 59~62쪽 참조.

509) 이상의 작가와 작품에 대해서는, 류덕제 편 『(한국아동문학비평사 자료집 8)한국 아동문학비평사를 위하여』(보고사, 2021)의 '서양 아동문학가'를 참고하기 바란다.

유입된 것을 잘 설명하고 있다. 이솝우화가 오늘날에 전해진 경로 또한 요령 있게 밝히고 있다. 그뿐만 아니라 이탈리아와 노르웨이의 민담 등 구비동화의 세계를 일목요연하게 정리하였다. 예술동화 작가로 페로와 돌느와 부인, 그리고 안데르센에 그치고 만 것이 아쉽다.

일제강점기와 해방기를 통틀어 외국 아동문학가와 작품이 더러 소개되기는 했으나 산발적이어서 체계적이지 못했다. 더구나 인도와 유럽의 구비동화는 아예 소개조차 되지 않았다. 필자 최병화는 연희전문학교를 졸업하고 1926『별나라』동인으로 참가하여 일제강점기와 해방기를 통틀어 가장 왕성한 작품활동을 한 동화작가였다. 「세계동화연구」를 쓸 즈음엔 고려대학교 교무과 직원으로 근무할 때이다.510) 「세계동화 연구」의 서두에 "필자는 이에 「세계동화연구」라는 일문(一文)을 연구 소개하여, 세계 동화의 윤곽이나마 알게 하고 따라서 동화 문학의 관심을 가진 분에게 다소라도 참고"511)가 되게 하겠다고 집필 동기를 밝혔다. 그러나 확인해 본 즉 내용의 대부분이 아시야 로손(蘆谷蘆村 = 蘆谷重常)의 『세계동화 연구(世界童話研究)』(東京: 早稻田大學出版部, 1924)의 제1편 고전동화 중 인도설화, 아라비아 야화, 이솝우화, 제2편 구비동화 중 그림동화, 아스비에른센 동화, 프랑스 동화, 이탈리아 동화, 제3편 예술동화 중 페로와 돌느와 동화, 안데르센 동화 부분을 발췌·번역한 것이었다. '발췌'란 원문에서 뺀 곳이 있다는 뜻인데, 이로 인해 사실관계가 어그러진 곳도 더러 있었다.

> 『아라비안나이트』 이야기가 가장 완전한 번역으로 된 것은 불인(佛
> 人) 존 뻬인(John Paine)과 리챠드·뻐어톤(Richard Burton) 양씨로 1882년

---

510) 최병화의 「아동문학의 당면 임무」(『고대신문』, 1947.11.22) 말미에 "필자 본교 교무과 직원, 아동문학가"라 밝혀 놓았다.
511) 최병화, 「세계동화연구」, 『조선교육』제2권 제6호, 1948년 10월호, 34쪽.

서부터 1884년으로 이것은 동양문학의 최량의 역서라고 한다.[512]

페인과 버턴은 프랑스 사람이 아닌데도 '불인'이라 한 것은, '불인'과 '존 뻬인' 사이에 최초로 『아라비안나이트』를 유럽에 번역한 프랑스인 갈랑(Galland, Antoine)과 관련된 내용을 임의로 삭제한 탓에 생긴 오류다. 이런 것은 여러 군데서 목격된다.

예화(例話)를 바꾸거나, 임병철(林炳哲)과 최영해(崔暎海)가 이솝우화를 번역하였다는 것과 같은 정보[513]를 덧붙이기도 했는데, 이는 최병화가 번역자로서 독자를 고려한 것으로 보인다. 비록 발췌·번역이었지만 서구 아동문학가와 아동문학에 대한 이해를 위해 최병화가 노력한 부분은 평가받을 만한 것이었다.

3. 아동문학 비평과 논쟁

가. 아동문학 비평 논쟁의 전개 양상

아동문학비평 논쟁은 표절 논쟁, 소년문예운동 방지 논쟁, 동요 - 동시 논쟁 등이 대표적이지만 이 외에도 많았다. 크게 나누면 첫째, 주장이나 작품 평가에 대한 반론 차원의 논쟁, 둘째 계급의식 유무에 대한 논쟁, 그리고 셋째 논의 지평을 확대하기 위한 질문 형식의 논쟁으로 구분할 수 있다. 둘 이상의 항목에 포함되는 경우 내용상 연관성이 큰 항목에서 논의하고, 다른 절(節)이나 항(項)에서 논의한 것과 중복을 피하기 위해 논쟁의 내용은 가급적 줄이고 논쟁의 전개 양상을 확인하는 데 초점을 맞춰 서술하도록 하겠다. 논쟁의 목록은 다음과 같다.

필자	제목	발표지	발표 일자
선자	동요 선후감	동아일보	1925.3.9
유지영	동요 선후감(『동아일보』 소재)을 읽고	조선문단	1925년 5월호
이학인	조선동화집『새로 핀 무궁화』를 읽고서 - 작자 김여순 씨에게	동아일보	1927.2.25
염근수	(문단시비)김여순 양과 『새로 핀 무궁화』 - 이학인 형께 올님	동아일보	1927.3.9
최호동	(문단시비)염근수 형에게	동아일보	1927.3.16
이학인	(문단시비)염근수 형에게 답함	동아일보	1927.3.18
담임기자	(문단시비)	동아일보	1927.3.27
청조사 박승택	(문단시비)염근수 급(及) 우이동인에게	동아일보	1927.4.2
신고송	동심에서부터 - 기성동요의 착오점, 동요시인에게 주는 몇 말(전8회)	조선일보	1929.10.20~30
송완순	조선 동요의 사적(史的) 고찰(1)	새벗	1929년 8, 9, 10월 합호
신고송	새해의 동요운동 - 동심순화와 작가 유도(전3회)	조선일보	1930.1.1~3
이병기	동요 동시의 분리는 착오 - 고송(孤松)의 동요운동을 읽고(전2회)	조선일보	1930.1.23~24
윤복진	3 신문(三新聞)의 정월 동요단 만평(전9회)	조선일보	1930.2.2~12
양우정	작자로서 평가에게 - 부적확한 입론의 위험성: 동요 평가에게 주는 말(전2회)	중외일보	1930.2.5~6
신고송	동요와 동시 - 이 군에게 답함	조선일보	1930.2.7
신고송	현실도피를 배격함 - 양 군의 인식오류를 적발(전2회)	조선일보	1930.2.13~14
구봉산인	비판자를 비판 - 자기변해와 신 군 동요관 평(전21회)	조선일보	1930.2.19~3.19
김성용	'동심'의 조직화 - 동요운동의 출발 도정(전3회)	중외일보	1930.2.24~26
고송	동심의 계급성 - 조직화와 제휴함(전3회)	중외일보	1930.3.7~9

신고송	공정한 비판을 바란다 - 「비판자를 비판」을 보고 (전3회)	조선일보	1930.3.30~ 4.2
양우정	동요와 동시의 구별(전3회)	조선일보	1930.4.4~6
송완순	개인으로 개인에게 - 군이야말로 '공정한 비판' 을(전8회)	중외일보	1930.4.12~ 20
구봉학인	동시말살론(전6회)	중외일보	1930.4.26~ 5.3
고송	동요운동의 당면문제는?(전2회)	중외일보	1930.5.14~ 18
구봉학인	'푸로레' 동요론(전15회)	조선일보	1930.7.5~22
김완동	신동화운동을 위한 동화의 교육적 고찰 작가와 평가 제씨에게(전5회)	동아일보	1930.2.16~ 22
월곡동인	(초역)동요 동화와 아동교육(전3회)	조선일보	1930.3.19~ 21
두류산인	동화운동의 의의 - 소년문예운동의 신전개 (전4회)	중외일보	1930.4.8~11
김병호	4월의 소년지 동요(전3회)	조선일보	1930.4.23~ 26
한정동	'4월의 소년지 동요'를 닑고(전2회)	조선일보	1930.5.6~11
김병호	최근 동요평	음악과시	1930년 9월호
송구봉	동요의 자연생장성 급 목적의식성(전5회)	중외일보	1930.6.14~?
구봉학인	동요의 자연생장성 급 목적의식성 재론(전4회)	중외일보	1930.6.29~ 7.2
안덕근	푸로레타리아 소년문학론(전12회)	조선일보	1930.10.18~ 11.7
유재형	『조선』, 『동아』 10월 동요(전3회)	조선일보	1930.11.6~8
남궁랑	동요 평자 태도 문제 - 유 씨의 월평을 보고 (전4회)	조선일보	1930.12.24~ 27
남석종	『매신(每申)』 동요 10월 평(전9회)	매일신보	1930.11.11~ 21
전춘파	평가(評家)와 자격과 준비 - 남석종 군에게 주는 박문(駁文)(전5회)	매일신보	1930.12.5~ 11
전수창	현 조선동화(전5회)	동아일보	1930.12.26~ 30
현동염	동화교육 문제 - 전 씨의 '현 조선동화'론 비판 (전4회)	조선일보	1931.2.25~ 3.1
김태오	소년문예운동의 당면에 임무(전8회)	조선일보	1931.1.30~ 2.10

소민학인	(신진으로서 기성에게, 선진으로서 후배에게)공개반박 - 김태오 군에게(전2회)	조선일보	1931.3.1~6
정윤환	1930년 소년문단 회고(전2회)	매일신보	1931.2.18~19
김기주	1930년에 대한 '소년문단 회고'를 보고 - 정윤환 군에게 주는 박문(駁文)(전2회)	매일신보	1931.3.1~3
이고월	(수신국)반동적 작품을 청산하자!!	별나라	1931년 5월호
김월봉	(수신국)이고월 군에게	별나라	1931년 7-8월 합호
전식	7월의 『매신(每申)』 - 동요를 읽고(전9회)	매일신보	1931.7.17~8.11
성촌	전식 군의 동요평을 읽고 - 그 불철저한 태도에 반박함(전4회)	매일신보	1931.9.6~10
전식	반박이냐? 평이냐? - 성촌 군의 반박에 회박(回駁)함(전5회)	매일신보	1931.9.18~23
이헌구	아동문예의 문화적 의의 - <녹양회> '동요 동극의 밤'을 열면서(전3회)	조선일보	1931.12.6~9
김우철	아동문학에 관하야 - 이헌구 씨의 소론을 읽고(전3회)	중앙일보	1931.12.20~23
이동규	소년문단의 회고와 전망	중앙일보	1932.1.11
이동규	소년문단 시감	별나라	1932년 1월호
일농졸	소년문단 시감을 읽고	소년세계	1932년 4월호
이적아	현 소년문단	소년세계	1932년 4월호
철아	일농졸·이적아 두상에 일봉 - 아울러 이원규 두상에도	신소년	1932년 6월호
호인	아동예술 시평	신소년	1932년 8월호
철염	'붓작난'배(輩)의 나타남에 대하야	신소년	1932년 8월호
노양근	『어린이』잡지 반년간 소년소설 총평(전2회)	어린이	1932년 6월호 ~7월호
남철인	최근 소년소설평	어린이	1932년 9월호
박현순	동요의 대한 단편적 고찰 - 우리들의 견해	신소년	1933년 1월호
이연호	(자유논단)박 군의 글을 읽고	신소년	1933년 3월호
로인	(자유논단)좀 더 쉬웁게 써다고 - 신년호 박현순 동무에 글을 읽고	신소년	1933년 3월호
윤석중	동심 잡기(童心雜記)	신여성	1933년 11월호

유현숙	'동심잡기'를 읽고 - 윤석중 씨에게 답함(전3회)	동아일보	1933.12.26~28
윤석중	'동심잡기'에 대한 나의 변해(辯解) - 유현숙 씨의 질의와 충고에 답함(전3회)	동아일보	1934.1.19~23
원유각	조선 신흥동요운동의 전망(전5회)	조선중앙일보	1934.1.19~24
풍류산인	조선 신흥동요운동의 전망을 읽고(전2회)	조선중앙일보	1934.1.26~27

첫째, 주장이나 작품 평가에 대한 반론 차원의 논쟁은 대체로 자신의 작품을 부정적으로 평가한 데 대한 반감에서 촉발된 경우가 대부분이다.

첫 번째 논쟁은 김억(金億)과 유지영(柳志永) 사이에서 벌어졌다. 김억이 쓴 1925년 『동아일보』 신춘현상의 「동요 선후감」(1925.3.9)에 대해 유지영이 「동요 선후감(『동아일보』 소재)을 읽고」(『조선문단』, 1925년 5월호)를 통해 반론을 제기한 것이다.(제2장 2절 나항 '1) 동요 비평의 이론과 실제' 참조)

이어서 김여순(金麗順)의 책 『새로 핀 무궁화』를 둘러싸고 논쟁이 벌어졌다. 이학인이 「조선동화집 『새로 핀 무궁화』를 읽고서 - 작자 김여순 씨에게」(『동아일보』, 1927.2.25)에서 어렵사리 조선의 전래동화를 모아 편찬한 것을 칭찬하자, 염근수가 「(문단시비)김여순 양과 『새로 핀 무궁화』 - 이학인 형께 올님」(『동아일보』, 1927.3.9)을 통해 춘성 노자영(春城盧子泳)이 김여순의 이름으로 속여서 출판한 것이라고 폭로하였다. 그러자 최호동은 「(문단시비)염근수 형에게」(『동아일보』, 1927.3.16)에서 "원고는 김여순 씨의 필적으로 쏘박쏘박 써 있든 것"을 보았다며 김여순이 지은 것이 맞다고 주장하였고, 이어 이학인은 「(문단시비)염근수 형에게 답함」(『동아일보』, 1927.3.18)을 통해 김여순이 직접 쓴 것을 보지 못했으므로 『새로 핀 무궁화』에 대한 사실을 자세히 적어 알려 달라고 하였다. 이 일은 의외로 크게 번져 이학인, 청조사 대표 박승택, 최윤수(崔允秀), 김이균(金履均), 영수생(穎水生), 김지롱(金志瀧) 외 여러 사람의 논박문이 신문사에 들어왔

으나 지면 관계로 게재하지 않는다고 밝힐 정도였다.[514] 게재하지 않는
다고 하였으나, 박승택은 「(문단시비)염근수 급(及) 우이동인에게」(『동아일
보』, 1927.4.2)를 통해 출판사 측의 해명을 실었다. "춘성 군이 번역하고
'김여순' 양의 일홈으로 출판하엿단 말은 그 무삼 수작이냐?"고 염근수
에게 묻고, "『새로 핀 무궁화』는 김 양이 오랜 세월을 두고 재료를 수집
한 것"이며 "총독부 도서과에 드러가 잇는 원고를 보아도 알 것"이라
한 후, "군은 사법(司法)의 엄한 맛을 보고 거짓말이 무서운 것인 줄을 조
곰 알어보랴는가?"라고까지 으름장을 놓아 김여순이 지은 것임을 강변
하였다. 당사자인 김여순이 아니라 주변 사람들이 논쟁을 벌인 것인데,
그 배경에는 "남의 글 도적질 잘한다는 소문 놉흔 춘성(春城) 씨"[515] 때
문이었던 것으로 보인다.

신고송의 「동심에서부터(전8회)」(『조선일보』, 1929.10.20~30)는 여러 작가
의 작품을 비판한 것이고, 「새해의 동요운동 – 동심순화와 작가유도(전3
회)」(『조선일보』, 1930.1.1~3)는 1929년의 동요 이론과 작품을 되돌아보고
새해의 동요운동을 전망하는 글이다. 「새해의 동요운동」 첫머리에서는,
"송완순이 「동요운동의 사적 고찰」을 시험해 보앗다만은 이것도 쓸대
업는 과거의 되푸리엇고 압길에 대한 아모 방도와 암시를 주지도 안
햇"(1회, 1.1)[516]다고 하였고, 김태오(金泰午)의 "「동요 단상」[517]은 벌서 케
케묵은 18세기의 혁명에 지나지 안 햇"다며 싸잡아 평가절하한 후, 이
둘을 제외하면 "이론이라고는 업섯다."(1회)고 단정지었다. 그리고 유년
작가를 유도하기 위해 형식의 제약이 많은 '동요'가 아니라 '동시'를 제

창하고 그 구별을 지어놓았다. 이에 대해 이병기(李炳基)는 「동요 동시의 분리는 착오 – 고송(孤松)의 동요운동을 읽고(전2회)」(『조선일보』, 1930.1.23~24)를 통해 "동요가 곧 동시"(2회, 1.24)라며 반론을 제기하였다. 윤복진(尹福鎭)도 신고송이 "파격 문제를 제창"하였으나 "파격한 조흔 작품"[518]을 보여 달라고 해 그의 주장에 동의하지 않았다.

양우정(梁雨庭)은 자신의 작품 「풀배」를 비판한 신고송의 「동심에서부터」를 "쌕루주아 이론"이라 통박하고, 이병기(李炳基)가 「동요 동시의 분리는 착오」에서 "양우정 군에 잇서서는 허식이 만헛"[519]다고 한 것에 대해 신고송의 「새해의 동요운동」을 흉내 낸 것이 아니냐고 불만을 표시하였다. 나아가, "병기(炳基)는 아모것도 아니다."라고까지 숫제 무시하였다.[520] 신고송은 이병기의 반론에 대해 「동요와 동시 – 이 군에게 답함」(『조선일보』, 1930.2.7)으로, 양우정에 대해서는 「현실도피를 배격함 – 양 군의 인식오류를 적발(전2회)」(『조선일보』, 1930.2.13~14)로 재반론하였다.

신고송이 아동문학 평단에서 좌충우돌하고 있을 때 송완순(宋完淳)이 구봉산인(九峰山人)이란 필명으로 「비판자를 비판 – 자기 변해와 신 군 동요관 평(전21회)」(『조선일보』, 1930.2.19~3.19)을 들고나왔다. 송완순이 먼저 문제 삼은 것은 신고송의 「동심에서부터」와 「새해의 동요운동」이었다. 신고송이 자신을 두고 "송완순은 『신소년』을 들고 나섯스나 그 시적 취재와 표현수법이 단적인 아동의 심리를 써나 지리하고 우원(迂遠)"[521]하다고 한 것에서 촉발된 것이었다. 송완순은 자신의 반론을 정당화하기 위해 신고송의 논의 전부를 조목조목 비판하였다. 신고송의 동요, 동시

---

518) 「3 신문(三新聞)의 정월 동요단 만평(5)」, 『조선일보』, 1930.2.7.

519) 이병기, 「동요 동시의 분리는 착오 – 고송(孤松)의 동요운동을 읽고(2)」, 『조선일보』, 1930.1.24.

520) 양우정, 「작자로서 평가에게 – 부적확한 입론의 위험성: 동요 평가에게 주는 말(전2회)」, 『중외일보』, 1930.2.5~6.

521) 신고송, 「새해의 동요운동 – 동심순화와 작가유도(1)」, 『조선일보』, 1930.1.1.

구분에 대해서는 "인식 착각"(14회, 3.7)으로 몰아붙였다. 「조선 동요의 사적 고찰」을 평가절하한 것에 대해서도 당연히 반론을 제기하였다.

김성용(金成容)은 '동심'에 대해 "소쌀으조아적 정의(定義)"[522]를 내린 신고송을 비판하면서, '동심의 조직화'를 요구하였다. 신고송은 「동심의 계급성 - 조직화와 제휴함(전3회)」(『중외일보』, 1930.3.7~9)에서 김성용의 주장을 순순히 받아들인다. "김 군의 제론(提論)이 필자의 과거의 제론(諸論)과 첨예 대립한다는 것도 필자는 거역치 않는다."(1회, 3.7)고 몸을 낮춘 것이다. 신고송이 계급성을 분명히 한 것은 「시단 만평」[523]과 「동심의 계급성」부터라고 할 수 있다. 「동심에서부터」나 「새해의 동요운동」은 계급성과는 거리가 멀었다. 그러나 "1930년부터는 명확한 계급적 동요를 쓸 것"[524]이라는 송완순에 대해서는 곁을 주지 않았다. 송완순의 「비판자를 비판」을 두고 "실로 비열하고 구역(口逆)나고 무조리한 자기 변해"(1회, 3.7)라며 반감을 드러냈다. 신고송의 「공정한 비판을 바란다 - '비판자를 비판'을 보고(전3회)」(『조선일보』, 1930.3.30~4.2) 또한 부제처럼 송완순의 「비판자를 비판 - 자기변해와 신 군 동요관 평」을 겨냥한 것이다. 송완순이 「동심에서부터」와 「새해의 동요운동」을 비판한 것을 언급하고, 윤석중(尹石重)의 작품에 대해 신고송과 송완순이 서로 상반된 평가를 했던 공방을 이어갔다. 이때부터 신고송은 '계급성'이란 기준으로 송완순을 공격하기 시작하였는데, 이는 김성용의 영향이 컸다. 송완순이 "목적의식성을 주입식히고자 한다면 이는 동요 그것을 죽이자는 것"이라 한 것을 두고 "소부르적 견해"라며, "예술지상주의자로 자멸할

---

522) 김성용, 「'동심'의 조직화 - 동요운동의 출발 도정(2)」, 『중외일보』, 1930.2.25.

523) 신고송의 「시단 만평 - 기성 시인, 신흥 시인(전4회)」(『조선일보』, 1930.1.5~12)을 가리킨다.

524) 구봉산인, 「비판자를 비판 - 자기변해와 신 군 동요관 평(21)」, 『조선일보』, 1930. 3.19.

자"(완, 4.2)라고 몰아붙였다. 송완순의 반론은 「개인으로 개인에게 – 군이야말로 '공정한 비판'을(전8회)」(『중외일보』, 1930.4.12~20)로 이어졌다. "군도 '프로' 예술에 쓴 잇는 분이며 나도 역시 그러한 사람"으로 "가튼 동지로써 대하여야 한다.", "이론으로 싸워야지 욕으로만 '들바수어'댄다는 것은 이론적 투쟁을 할 줄 몰른다는 것"(3회, 4.14)이라 하였다. 이 말은 신고송만 그런 것이 아니라 송완순 자신에게도 그대로 적용된다. 점점 말꼬리 잡기식 논전으로 비화되었기 때문이다. 그러나 다음과 같은 고민은 솔직하고 의미 있는 것이다.

> 그러나 나는 기후(其後)에 아모런 실지 작품상에 잇서서 '프로레타리아' 동요를 안 썻—다는이보다도 못 썻다—섯다. 그것은 전(全) 예술운동의 '프로레타리아'적이어야 함은 인정하면서도— 더구나 아동예술(소년예술까지 합처서) '프로레타리아'적이어야 할 것을 인정하고 달흔 작품에는 실지 행동까지 하면서도 (사정이 사정인 만큼 노골적으로 진정한 '프로'적 행동은 하고 시퍼도 못하고 가능한 범위 내에서만 하얏스나) 단지 동요에서쑨만은 어림업는 망상을 가지고 (그러나 신비 짜위의 냄새 나는 생각은 하지 안핫섯다.) 실지 행동을 주저하얏섯든 것임은 이미 「비판자를 비판」에서 말한 바이다. 그리고 더러 '프로'적으로 지은 것도 동요가 되지 못하는 것 가타서 발표치 안핫든 것이다— 몃 가지 발표한 것이 잇기는 잇섯지만 그것은 불과 5종 내외(?)임으로 전체적 의미에서는 된 것도 업는 것이다.) (5회, 4.16)

동요에 목적의식성을 주입시키는 것을 반대한 자신의 주장을 두고 신고송이 '소부르적 견해', '예술지상주의자'라 한 것에 대한 송완순의 솔직한 고백이다. 계급문학의 내용 – 형식 논쟁을 연상시킨다. 계급성을 강하게 표현하여 선명성을 드러내면 항용 논쟁에서 우위를 점할 수 있다. 그러나 결국 예술 곧 동요가 죽게 될 뿐이다. 송완순의 위와 같은 고백은 이에 대한 고민이어서 의미가 크다. 신고송의 「동요운동의 당면

문제는?(전2회)」(『중외일보』, 1930.5.14~18)은 「개인으로 개인에게」에 대한 반론이었다. 그간의 사정을 일일이 살핀 후, "개인과 개인의 사적(私的)에 갓가운 논쟁"을 지양하고 "'푸로 동요운동'의 기반을 정재(整栽)하고 진전을 도모"(1회, 5.14)하면 동지로 손을 잡겠다고 하여 사적·감정적 논쟁을 종식하고 싶어 하는 눈치였다.

「개인으로 개인에게」를 통해 신고송의 「공정한 비판을 바란다」에 대해 반론했던 구봉학인(九峰學人 = 宋完淳)은 「동시말살론(전6회)」(『중외일보』, 1930.4.26~5.3)으로 양우정(梁雨庭)의 「동요와 동시의 구별(전3회)」(『조선일보』, 1930.4.4~6)을 향해 논전의 화살을 돌렸다. 양우정은 신고송의 「새해의 동요운동」, 송완순의 「비판자를 비판」, 신고송의 「동요와 동시」로 이어지는 논쟁의 경과를 살핀 후, 비평문의 제목과 같이 동요와 동시를 구분하고자 한 것이었다. 이 글에서 양우정은 송완순이 「비판자를 비판」 중 '동요와 동시의 형식율에 대하야'(13~16회)에서 '동요 = 동시'라고 한 것을 비판한 바 있다. 「동시말살론」은 이에 대한 반론이었다. 동요와 동시에 관한 논의는 이후 "'푸로레' 동요론(전15회)」(『조선일보』, 1930.7.5~22)에까지 이어졌다. (이상 자세한 내용은 제2장 3절 '다. 동요-동시 논쟁' 참조)

김병호(金炳昊)의 「4월의 소년지 동요(전3회)」(『조선일보』, 1930.4.23~26)는 『별나라』, 『신소년』, 『소년세계』에 게재된 동요에 대해 '신흥동요' 곧 '계급의식'의 관점에서 간단간단하게 평가한 것이다. 이 글에서 한정동의 작품 「신소년」과 「봄노래」를 두고 "과거의 몽롱한 관념" 또는 "무기력한 고답파적 비현실의 예술지상품"(2회, 4.25)이라고 혹평하자, 이에 대한 반론으로 쓴 것이 한정동의 "'4월의 소년지 동요'를 닑고(전2회)」(『조선일보』, 1930.5.6~11)이다. 한정동이 "무식", "망언"(1회, 5.6) 등으로 반박하자, 다시 김병호는 「최근 동요평」(『음악과 시』 창간호, 1930년 9월호)으로 재반박하였다. 「최근 동요평」의 앞머리에는, 한정동의 반론에 대해 「예술지상주의

자의 정체」라는 글과 신고송과 함께 「6월 동요 합평」을 써서 한정동을 재반박하고자 하였으나 반동 신문이 보이콧하였다는 그간의 사정을 밝혔다. 아예 한정동을 "예술의 극치품(極致品) 제작자(즉 예술지상주의자)"라며 "예술지상주의적 동요 박멸"(36쪽)로 나가겠다고 공언하였다.

송구봉(宋九峰 = 宋完淳)의 「동요의 자연생장성 급 목적의식성(전5회)」에서는 동요를 자연생장 동요와 목적의식 동요로 구분하였다. 이에 대해 안덕근(安德根)은 「푸로레타리아 소년문학론(전12회)」(『조선일보』, 1930.10.18~11.7)에서 "송 군의 구분을 부정하고 십다."(7회, 11.2)고 하였다. 그 까닭은 어느 것이든 "우리들 푸로레타리아―트의 승리를 위하야 '아지・푸로'의 역할을 연(演)하면 그만"이라며 "제1에 내용 문제며 제2에 예술성(문학적 기술) 문제"(8회, 11.4)라 하여 내용 우선적 입장이었기 때문이었다.

남궁랑(南宮浪)의 「동요 평자 태도 문제 - 유 씨의 월평을 보고(전4회)」(『조선일보』, 1930.12.24~27)는 유재형(柳在衡)의 「『조선』, 『동아』 10월 동요(전3회)」(『조선일보』, 1930.11.6~8)에 대한 반론이다. 제1기(자연생장기)를 벗어나 제2기(목적의식기)로 비약하려는 때에 계급적 이데올로기를 파악하여야 한다고 전제하고, 유재형은 "푸틔・쌀르의 영역 안에 잇는 자로서 '푸롤레'를 논할 수 업"(완, 12.27)다고 하였다. 곧 유재형에게는 계급적 이데올로기가 부재하다고 비판한 것이다. '이론투쟁'이란 명분을 내걸었지만, 자신의 작품 「우슴소리 터저나올 그째가 오네」, 「추석날 밤에」, 「재미나면 그데 혼자 춤을 추소서」 등에 대한 유재형의 평가를 받아들이지 못하겠다는 것이 반론의 속내다.

전춘파(全春坡)의 「평가(評家)와 자격과 준비 - 남석종 군에게 주는 박문(駁文)(전5회)」(『매일신보』, 1930.12.5~11)은 남석종(南夕鍾)의 「『매신(每申)』 동요 10월평(전9회)」(『매일신보』, 1930.11.11~21)에 대한 반론이다. '반론'이라기보다 짐짓 '훈계'에 가깝다. 비평가는 "작가와 민중 사이에 선 중매역(中媒

役"(2회, 12.9)인데, "유치한 비평의 횡행은 유치한 작품보다도 이상(以上)의 해독을 끼치는 것"(3회, 12.10)이므로 "쓸데업시 붓대를 휘두루지 말고 신중한 태도로 학과나 열심히 공부"(4회, 12.11)하라고 하였다. 전춘파의 비판이 지나치다 싶었는지 남해(南海) 정윤환(鄭潤煥)이 "우리 소년문단이란 보잘것업슬 것"인데 "이후라도 그런 평론을 써서는 습작시대에 잇는 여러 동무들의게 만은 공격을 바들 것"[525]이라며 남석종을 두둔하였다. 이고산(李孤山 = 李海文)은 전춘파의 「네 마음의 새 곡조를」(『조선일보』, 1933. 5.24)이 1933년 『매일신보』 신춘문예 당선작인 이정숙(李貞淑)의 「독탄자(獨彈者)」(『매일신보』, 1933.1.3)를 표절한 사실을 적발하였다. 이고산은 전춘파가 "지금 동경(東京) 잇는 남석종 군에게 대하야 박문(駁文) 쓴 일"(「평가와 자격과 준비」를 가리킴: 필자)을 거론하면서, "남 군에 대한 박문 속에는 몃 해 전에 그대는 엇더한 소년잡지의 편집을 마터 본 일"[526]이 있다고까지 해 놓고 남의 작품을 표절한 것에 대해 통박하였다. 양전정(梁田楨)도 연창학(延昌學)이 김태오의 「해변의 소녀」를 표절한 것을 적발한 글에서, 전춘파가 이정숙의 작품을 표절한 사실을 다시 언급하였다.[527]

『조선신동요선집』의 편자 김기주(金基柱)는 정윤환(鄭潤煥)의 「1930년 소년문단 회고(전2회)」(『매일신보』, 1931.2.18~19)에 대해 「1930년에 대한 '소년문단 회고' - 정윤환 군에게 주는 박문(駁文)(전2회)」(『매일신보』, 1931.3.1~3)이란 반론을 제기하였다. 표면상 "우리 문단의 몰락을 표징(表徵)"(1회, 3.1)

---

525) 정윤환, 「동무소식」, 『매일신보』, 1931.2.13.
526) 이고산, 「신문 잡지의 문예선자 제씨에게」, 『조선일보』, 1933.6.3.
    전춘파(全春坡)는 "내가 얼마 동안 『신소년』의 편집을 도웁고 잇슬 째"(「평가와 자격과 준비 - 남석종 군에게 주는 박문(4)」, 『매일신보』, 1930.12.11) 남석종의 동요(동시) 투고를 받아본 적이 있다며, 남석종을 보통학교 5-6학년 정도의 생도로 생각하였다.
527) 양전정, 「불쾌하기 짝이 업는 문예작품의 표절 - 연창학 군에게」, 『조선중앙일보』, 1933.8.20.

하였을 뿐만 아니라 "인식불명의 혼란한 일문(一文)"(2회, 3.3)이므로, "권위 잇는 이론의 수립을 옹호"(2회)하기 위해 반론한다고 밝혔다. 그러나 속 내는 유재형이 '신진작가'란 항목에서 "전식, 김기주, 이화룡 군들의 난 필적(亂筆的) 동요"(2회, 2.19)가 간혹 보인다고 한 평가가 거슬린 것이 분명 하다.

전식(田植)의 「7월의 『매신』 - 동요를 읽고(전9회)」(『매일신보』, 1931.7.17~ 8.11)가 발표되자 성촌(星村)이 「전식 군의 동요평을 읽고 - 그 불철저한 태도에 반박함(전4회)」(『매일신보』, 1931.9.6~10)으로 반박하였고, 다시 전식 이 「반박이냐? 평이냐? - 성촌 군의 반박에 회박(回駁)함(전5회)」(『매일신보』, 1931.9.18~23)으로 재반박하였다. 「7월의『매신』」은 제목 그대로 『매일신 보』 학예란에 실린 동요를 읽고 감상문을 적은 것이다. 성촌이 평가(評 家)로서의 태도가 잘못되었다고 비판하자, 전식은 비평이 아니라 독후감 이라며 "군의 이번 반박문이 감정에서 나오지 안엇다면 명예심에서 나 온 것이고 그러치도 안타면 우자(愚者)의 작난일 것"(5회, 9.23)이라며 그 역시 감정적으로 반박하였다.

유현숙(劉賢淑)의 「'동심잡기'를 읽고 - 윤석중 씨에게 답함(전3회)」(『동아 일보』, 1933.12.26~28)은 윤석중(尹石重)의 「동심잡기」528)에 대한 반론이었 다. 유현숙이 반론하자 윤석중은 「'동심잡기'에 대한 나의 변해(辯解) - 유 현숙 씨의 질의와 충고에 답함(전3회)」(『동아일보』, 1934.1.19~23)으로 재반론 을 이어갔다. 유현숙의 반론은 윤석중이 유치원의 현상을 비판한 것에 대한 것이었다. 보모가 아이들을 때린다거나 아이들을 곡마단의 곡예사 처럼 만든다는 것 외에 보육학교에서 음악회를 할 것이 아니라 동요회 를 개최하라는 것 등이 「동심잡기」의 내용이었는데, 이에 대해 "동심이

---

528) 윤석중은 「동심잡기」란 이름으로 세 차례(『신여성』, 1933년 7월호, 11월호, 1934 년 1월호) 글을 썼다. 유현숙은 "얼마 전에 발간된 『신여성』 11월호에서 우연히 「동심 잡기」"(1회, 12.26)를 보고 반론을 쓴다고 했다.

무엇인지 유아운동이 무엇인지를 분간 못"한 "동요 몇 편으로 일약 문사 평론가인 체하는 아직 철모르는 윤 씨"(3회, 12.28)라고 반론한 것이다. 윤석중이 논점마다 재반론을 했는데, 갑자유치원의 보모였던 유현숙과 동요 작가 윤석중 사이의 시각차에서 비롯된 것임을 확인할 수 있다. 아마도 윤석중에게는 박래품(舶來品) 노래보다 우리 동요를 부르도록 하고 음악회보다는 동요회를 개최하라는 것이 본심이었지 싶다. 심의린(沈宜麟)이 "음악회 열 번보다 동요회 한 번이 필요"529)하다고 한 것도 윤석중과 같은 시각이었다.

둘째, 계급의식의 유무에 대한 논쟁이 있다. 아동문학 비평에 있어 계급주의 이데올로기를 기준으로 하였는가 여부에 따라 논쟁이 벌어진 경우다. 일제강점기 아동문학 비평은 계급주의 이데올로기를 기반으로 한 비평가(작가)들이 문단의 주도권을 잡다시피 하였다. 식민지 민족모순과 계급모순에 대한 지식인들의 인식과도 연결되는 것이어서 단순히 어느 한 이데올로기를 표출한 것으로만 볼 것은 아니다. 하지만 노골적이고 직접적인 이데올로기의 표출과 문학적 성취의 조화라는 과제를 아동문학 비평은 어떻게 해결하려고 하였는지 주목할 필요가 있다.

김완동(金完東)의 「신동화운동을 위한 동화의 교육적 고찰(전5회)」(『동아일보』, 1930.2.16~22)과 월곡동인(月谷洞人) 초역(抄譯)의 「동요 동화와 아동교육(전3회)」(『조선일보』, 1930.3.19~21)에 대해 반론을 제기한 것이 두류산인(頭流山人 = 金成容)의 「동화운동의 의의 – 소년문예운동의 신전개(전4회)」(『중외일보』, 1930.4.8~11)다. 반론의 이유는 "기술적 문제를 중시하고 가장 중시하여야 할 내용 문제를 경시"(1회, 4.8)한 김완동과, "신흥동화운동에 잇서 반동적인 역할"(1회)을 한 월곡동인이 신흥 동화운동(무산계급을 위한 동화)

---

529) 심의린, 「(보육학교 당국자에게 보내는 말 3)유치원 개혁은 보육학교서부터 – 음악회 열 번보다 동요회 한 번이 필요」, 『조선중앙일보』, 1934.11.15.

을 오인한 것에 있었다.

전수창(全壽昌)의 「현 조선동화(전5회)」(『동아일보』, 1930.12.26~30)에 대해 현동염(玄東炎)은 「동화교육 문제 - 전 씨의 '현 조선동화'론 비판(전4회)」(『조선일보』, 1931.2.25~3.1)으로 반론하였다. 「현 조선동화론」을 두고, "샢르조아 입각지에서 출발한 비실제적 비현실적 개념설(槪念說)"(1회, 2.25)이라며 비판한 것이다. 전 인구의 80% 이상이 농민인 점, 프롤레타리아 아동에 대한 고려가 부재한 점이 비판의 기준으로 작동하였다.(제2장 2절 나항 '2) 동화 비평의 이론과 실제' 참조)

소민학인(素民學人 = 宋完淳)의 「공개반박 - 김태오 군에게(전2회)」(『조선일보』, 1931.3.1~6)는 김태오(金泰午)의 「소년문예운동의 당면에 임무(전8회)」(『조선일보』, 1931.1.30~2.10)에 대한 비판이다. 1927년에 소년운동자로서 김태오가 우왕좌왕했다면서 "아츰에는 복본화부(福本和夫)의 문하에 참배하고 저녁에는 홍양명(洪陽明) 군의 산하(傘下)에서 비를 피한 것이 우리 김 군"(1회, 3.1)530)이라며 그의 기회주의적 태도를 비난하였다. 그리고 김태오가 자신의 논문 일부를 몰래 차용하였다는 점도 지적하였다. 「소년문예운동의 당면에 임무」에 있는 "이론을 과중평가한다던지 실천을 과중평가하는 것은 운동 자체를 몰이해하고 운동의 방법과 방식을 전연 몰각한 착각된 인식"531)이란 문장은 송완순의 「공상적 이론의 극복」532)에 그대로 있는 것이다.

이연호(李連鎬)의 「박 군의 글을 읽고」(『신소년』, 1933년 3월호)는 박현순(朴賢順)의 「동요의 대한 단편적 고찰 - 우리들의 견해」(『신소년』, 1933년 1월호)

---

530) 홍양명은 일제강점기 사회주의 운동을 하다가 1930년 5월 치안유지법 위반으로 구금된 후, 1931년경부터 전향한 것을 두고 기회주의자임을 지적한 말이다.
531) 김태오, 「이론투쟁과 실천적 행위 - 소년운동의 신전개를 위하야(1)」, 『조선일보』, 1928.3.25.
532) 송완순, 「공상적 이론의 극복 - 홍은성 씨에게 여(與)함(1)」, 『중외일보』, 1928. 1.29.

에 대한 비판이었다. 프롤레타리아 소년문학을 주장하였으나 어려운 문구, 한자어 등으로 인해 조선의 프롤레타리아 소년들이 이해할 수 없도록 한 것을 반성하라는 주문이었다. 로인의 「좀 더 쉽게 써다고 - 신년호 박현순(朴賢順) 동무에 글을 읽고」(『신소년』, 1933년 3월호)도 박현순의 글이 너무 어려워 이해가 어렵다고 하였다. "『신소년』은 소년잡지인 이상 요다음 쓸 때는 근로소년을 위하야서 쓰는 글이라면 좀 더 쉽게 긔게 소리가 요란한 공장 속에서 읽어도 뢰 속으로 드러가도록 쉽게"(34쪽) 써 줄 것을 요구하였다. 박현순의 글은 『별탑』 제2호에 실렸던 유백로(柳白鷺)의 글을 그대로 베꼈다는 김우철(金友哲)의 폭로가 있었다.[533] 이연호는 한 걸음 더 나아가 『신소년』지의 과오를 지적하는 데까지 나아갔다.[534] 목적의식기임에도 여전히 자연생장기의 작품을 수록해 잡지의 책임을 다하지 못한다고 비판한 것이다.

이고월(李孤月)이 계급주의 아동문학의 대표 잡지인 『별나라』에 「반동적 작품을 청산하자!!」(『별나라』, 1931년 5월호)며 "반동적 동요 작가를 우리의 진영 내에서 모조리 축출"(45쪽)시키자고 주장하였다. 이에 대해 김월봉(金月峰)은 「이고월 군에게」(『별나라』, 1931년 7-8월 합호)에서 이고월의 주장에 찬성을 하면서도, 그의 "이데오로기-에 잇서 부정확한 점" 곧 "초계급, 민족적 - 의식"(23쪽)에 대해 반론을 제기하였다.

김우철(金友哲)의 「아동문학에 관하야 - 이헌구 씨의 소론을 읽고(전3회)」(『중앙일보』, 1931.12.20~23)는 이헌구(李軒求)의 「아동문예의 문화적 의의 - <녹양회> '동요 동극의 밤'을 열면서(전3회)」(『조선일보』, 1931.12.6~9)에 대한 반론이다. 요지는 이헌구가 부르주아 아동문학의 입장에 서 있는 것에 대한 비판이고, 근로 소년대중을 위한 참된 아동문학은 "프로레타

---

533) 「신소년 돌격대」, 『신소년』, 1933년 3월호, 11쪽.
534) 이연호, 「(자유논단)평문 - 『신소년』 신년호에 대한 비판 그의 과오를 지적함」, 『신소년』, 1933년 3월호.

리아 레아리씀의 궤도 우에 수립"(3회, 12.23)해야 한다는 내용이다. 이동규(李東珪)는 이헌구의 "관념유희의 모듬 <녹양회>의 '동요 동극의 밤'을 광고"하기 위한 글에 대해 "김우철 군의 통봉(痛棒)에 아조 녹아버린 일"535)이 있다며 계급문학의 입장에서 김우철을 두둔하였다.

철아 이동규(鐵兒李東珪)가 「일농졸·이적아 두상에 일봉 – 아울러 이원규 두상에도」(『신소년』, 1932년 6월호)를 쓴 것은 자신이 쓴 「소년문단 시감」(『별나라』, 1932년 1월호)에 대해 일농졸(一農卒)과 이적아(李赤兒)가 반론536)을 제기한 데 대응한 것이었다. 「소년문단 시감」에서 이동규는 새로운 작가로 김우철(金友哲), 한철염(韓哲焰), 강노향(姜鷺鄕), 김명겸(金明謙)을 소개하고 『소년세계』가 복간된 것에 대한 감상을 적었다. 이를 두고 일농졸 등이 "이동규 일파", "회색적 작가", "반동분자"라고 한 것에 대한 반론이 「일농졸·이적아 두상에 일봉」이었던 것이다. 일농졸 등이 계급문학을 기준으로 비판하였으나 이동규는 우리들의 문학운동은 "막연한 무산소년의 문학운동이 아니"(28쪽)라고 못 박았다. 이런 글을 쓰는 "잡부스러운이들과 합류되어 날뛰는 이원규"(24쪽)라고 한 것은 『소년세계』의 편집 겸 발행인이 이원규(李元珪)였기 때문이다. 한철염(韓哲焰)도 「'붓작난' 배의 나타남에 대하야」(『신소년』, 1932년 8월호)에서 이동규의 주장에 가세하였다. 일농졸과 이적아를 "붓작난배(輩)"(34쪽)로 규정하고 "변증법적유물론"의 "바른 세계관"(37쪽)을 견지할 것을 요구하였다. 호인(虎人 = 宋完淳)도 「아동예술 시평」(『신소년』, 1932년 8월호)에서, 일농졸 등을 싸잡아 "쥐뿔도 모르는 소부르적 아동문학군이 원숭이처럼 흉내"(13쪽)를 낸다든가 "박쥐식 프로 아동예술운동자"(14쪽)로 매도하였고, 『소년세계』 편집자 이원규를 두고 "푸로레타리아 아동예술 급 그 운동자를 악선전하

---

535) 이동규, 「소년문단의 회고와 전망」, 『중앙일보』, 1932.1.11.
536) 『소년세계』 1932년 4월호(일농졸), 5월호(이적아)를 확인하지 못해 그 내용을 자세히 알 수 없어 '철아'의 반론으로 미루어 짐작하였다.

는 편집자"(15쪽)로 적대시하였다.

남철인(南鐵人)의 「최근 소년소설평」(『어린이』, 1932년 9월호)도 철저하게 계급적 입장을 견지하였기 때문에, 노양근의 「『어린이』 잡지 반년간 소년소설 총평(전2회)」(『어린이』, 1932년 6월호~7월호)을 두고 "일간 신문의 삼면 긔사식으로 종시 일관"(45쪽)하였다고 한 것이다.

셋째, 논의 지평을 확대하기 위한 질문 형식의 논쟁이다.

풍류산인(風流山人 = 南應孫)의 「조선 신흥동요운동의 전망을 읽고(전2회)」(『조선중앙일보』, 1934.1.26~27)는 원유각(元裕珏)의 「조선 신흥동요운동의 전망(전5회)」(『조선중앙일보』, 1934.1.19~24)에 대한 비판이다. 원유각은 '서론'에서 신흥동요운동의 개념을 다루고, 2장 '신흥 동요운동과 연구 문제', 3장 '신흥 동요운동과 제창'을 살핀 후, '결론'을 지었다. 2장에서는 '동요 연구가들의 태도'와 '동요 연구와 그의 지식'을, 3장에서는 '유치원의 동요운동'과 '<조선동요연구협회>의 부흥운동'을 살폈다. '결론'으로 신흥 동요 연구단체의 동요 연구 문제와 언론기관의 동요운동에 대해 논의하였다. 이와 같은 원유각의 논의에 대해 풍류산인은 4가지의 질문을 던졌다. 첫째, '신흥동요'의 개념을 제대로 구명하지 못한 점, 둘째, 동요 이름을 외고 저서 발간을 이야기하는 것으로 동요 연구가(研究家) 혹은 동요 지도자인 체하는 것은 신흥동요 연구에서 취할 태도가 아니라는 원유각의 시각이 잘못되었다는 것, 셋째, 작품 평가에 대한 부정적인 시각이 옳지 못하다는 것, 넷째, '동요연구와 그의 지식'의 내용을 좀 더 구체적으로 제시해 달라는 것 등이었다. 1931년 연희전문학교 문과 본과 동급생[537])이어서인지, "감정적 입장에서 이것을 해석하지 말고 이지

---

537) 1931년 연희전문학교 문과 본과(28명) 입학생에는 지헌영(池憲英), 장서언(張瑞彦), 남응손(南應孫), 원유각(元裕珏), 정진석(鄭鎭石) 등의 이름이 있고, 문과 별과(3명)에는 승응순(昇應順)의 이름이 보인다.(「연희전문학교 각과 입학시험 합격 발표」, 『조선일보』, 1931.4.5)

적 상호연구적 정신하에서 다시 답이 잇기를 바"(하, 1.27)란다고 했지만, 원유각이 더 이상 응하지 않아 논의는 진전되지 못했다.

편의상 세 가지로 나누었지만 내용이 혼효된 것이 많다. 작품 평가에 대한 반론이면서 계급주의 아동문학에 관한 것이 섞여 있기도 하고, 글의 전개 과정에 질문과 대답이 이어져 자연스럽게 논의 지평이 확대된 경우도 있기 때문이다. 논쟁은 주장이 제기되고 이에 대한 반론이 있는 경우에 성립한다. 논쟁이 비화될 경우 반론에 대한 재반론과 또 다른 반론이 이어지게 된다. '「소금쟁이」 표절 논쟁'과 '동요 - 동시 논쟁'을 빼면, 일제강점기 아동문학 비평 논쟁은 대체로 주장과 반론 선에서 종결되었다. 그 결과 비평의 내용이 심화되지 못한 것은 아쉬운 점이다.

나. 소년 문예운동 방지 논쟁

소년들이 문예운동을 하지 못하도록 해야 한다는 주장이 바로 '소년 문예운동 방지론'이다. 논쟁의 발단은 최영택(崔永澤)으로부터 비롯되었다. 최영택이 「소년문예운동 방지론 - 특히 지도자에게 일고를 촉(促)함(전5회)」(『중외일보』, 1927.4.17~23)을 통해 소년문예운동을 방지해야 한다고 주장하자, 바로 유봉조(劉鳳朝)가 「소년문예운동 방지론을 닑고(전4회)」(『중외일보』, 1927.5.29~6.2)를 통해 반격을 가했다. 이에 대해 최영택이 「내가 쓴 소년문예운동 방지론(전3회)」(『중외일보』, 1927.6.20~22)으로 재반론하였고, 이어 「소년문예운동 방지론을 배격(전2회)」(『중외일보』, 1927.7.1~2)을 통해 민병휘(閔丙徽)가 최영택의 주장에 대해 반격을 가했다. 표면적으로는 이상과 같이 소년문예운동을 반대한 최영택의 주장에 대해 유봉조와 민병휘가 소년문예운동을 찬성하는 입장에서 논박한 것이 소년문예운동 방지 논쟁의 전부다.

그러나 일제강점기 아동문학 비평의 흐름을 훑어보면 이 논쟁의 뿌리가 좀 더 깊고 범위가 넓은 것임을 알 수 있다.

　　본문은 최영택 씨로부터의 기고입니다. 다소 지리(支離)하고 쏘한 독단에 썰어진 듯한 혐의가 업지 아니하나 당면의 문제가 문제인 만큼 여러 가지 견지에서 충분히 토의되지 아니하면 아니 될 성질의 것임으로 이를 이에 게재 발표하는 바입니다. 다행히 독자 제씨의 열렬한 토의가 잇기를 바라는 바입니다. 담임기자[538] (밑줄 필자)

『중외일보』의 담임 기자는 최영택의 글이 지리하고 독단이 많지만 당면한 문제에 대해 토의할 필요가 있어 게재한다고 밝혔다. 형식상 소년문예운동 방지론은 최영택의 '기고(寄稿)'로부터 비롯되었지만, 사실은 이전부터 배태된 그 당시 '당면의 문제'였다는 말이다. 그래서 독자들의 열렬한 토의를 바란다고 한 것이다.

먼저 최영택은 왜 소년문예운동을 방지해야 한다고 하였을까? 최영택은 1920년대 소년문예운동의 전개 양상을 두고 "아름다운 문예의 나라를 건설"(1회, 4.17)하고자 하는 것으로 간주한다. 1919년 이래 문예운동이 발흥하자 "'에', '의'와 '을', '를'의 분별만 할 줄 아는 이면 전부 문예운동자로 자처"(2회, 4.19)한다고 당시의 상황을 진단하였다. 그 결과 이 문예운동자들이 낙망하여 자살하거나, 변태인물(變態人物), 낭인(浪人), 고등유민(高等遊民) 또는 부랑자(浮浪者)가 된다고 보았다. 전도가 양양하던 청년들이 "문예의 술을 탐취(耽醉)"(2회)한 결과라는 것이다. 이러한 바람이 소년에게도 그대로 전달되었다고 보았다. 그 까닭은 "소년운동이 이 문예를 중심으로 닐어나는 중에 잇슴으로 이 문예운동은 소년에게로

---

538) 최영택, 「소년문예운동 방지론 – 특히 지도자에게 일고(一考)를 촉(促)함(1)」, 『중외일보』, 1927.4.17.

옮기어서 공전의 성황을 정(呈)하는 운동"(2회)이라는 것이다.

주지하다시피 일제강점기 소년운동은 전 조선에 걸쳐 들불처럼 불타올랐다. 600만 소년소녀들은 각 지역마다 꾸려진 소년회(少年會)를 통해 소년운동에 동참하였다. 소년회는 전국에 산재한 소년 문예단체와 연결되어 활동하였다. 최영택은 소년운동이 문예를 중심으로 하여 일어나게 되었다고 보고 있는데, 그것이 바로 소년문예운동이었다. 당시의 사정을 담은 문건을 통해 확인해 보자.

> 1925년 10월 말 현재의 국세(國勢) 조사에 의하면 우리 전 조선 내의 유소년은 7세로 11세까지의 유년이 229만여 인이오 12세로 19세까지의 소년이 312만여 인으로서 합계 541만여 인이다. 그런대 최근까지의 조선 소년단체를 보면 단체 수 약 700여 개소에 관계 소년이 약 8만 인인 바 조선소년운동은 오히려 천리일보(千里一步)의 감이 잇스며 쏘 우(右)에 말한 단체와 회원이라 할지라도 아직까지 분명한 이론과 방식을 가지지 못한 것이 만코 심함에는 조설모폐(朝設暮廢)의 단체도 잇다.[539]

조선의 소년이 약 600만 명이고, 소년단체의 수가 약 700여 개이며, 이 단체에 관여하는 소년의 숫자가 약 8만 명이다. 이들 단체와 회원도 '분명한 이론과 방식'이 정립되어 있지 못하고, 이와 같은 단체의 출몰이 '조설모폐' 곧 아침에 만들어졌다가 저녁에 없어질 정도라는 것이다.

최영택은 소년문예운동을 담당하는 소년들의 수준과 그들의 행태를 다음과 같이 말하고 있다. "한자 숙어 몇 개 모르는 소년이 며츨 닉히면 될 수 잇는 반성언문기록(半成諺文記錄)을 가지고 이제는 문사(文士)가 되엇다고 하는 이째에 모든 소년은 나도 문사요 나도 문사요 해서 문사 천지가 된 것은 숨기지 못할 사실"(3회, 4.21)이라 하였다. 동생 최호동(崔湖

---

539) 북악산인(北岳山人), 「조선소년운동의 의의 – 5월 1일을 당하야 소년운동의 소사(小史)로」, 『중외일보』, 1927.5.1.

東)이 주재한 『소년계(少年界)』가 발행 5개월 만에 독자가 3,000명에 달할 정도로 소년들의 호응이 굉장한 것 또한 같은 맥락으로 보았다. 그 잡지의 독자가 대개 9세에서 14~5세의 소년들이고 그들이 보내오는 글들은 전부가 '문예'라는 것이다. "무정견 무주견한 잡지"(5회, 4.23)라는 말에서 보듯이 소년문예의 구심점 역할을 하는 잡지에 대한 인식도 매우 부정적이다.

> 문예를 알 만한 지식도 업고 문예를 바다들일 만한 지식도 업스니까 <u>문예로 해서 망한다는 말이 나는 것이며 동시에 문예로 해서 망햇다는 말이 나는 것이다.</u> 과거 조선이 망해 내려오는 자최를 살펴보면 알 수 잇는 것입니다. 이것을 차저내기 위해서 세계 역사를 뒤저보면 적지 안케 차저낼 수 잇는 것입니다. '<u>문(文)'에는 '약(弱)'이 붓습니다. '弱'이라면 넘우 막연합니다마는 여긔에는 심장한 의미가 잇는 것입니다. '弱'은 곳 '퇴(退)'를 의미한 것이지만 곳 '일고(逸高)'를 의미한 것입니다.</u> (4회, 4.22) (밑줄 필자)

과거 조선이 망한 것은 '문약(文弱)' 때문이므로, "전부 괭이를 들어야 하고 노동복을 납어야만 될 이 시기"(4회)를 놓치게 된다면 큰 걱정이고, "소년문예운동이라는 것이 실제 방면으로 나아가는 청년을 이끌어다가 무위도일(無爲度日)하는 무직업적 유민(遊民)을 맨든"(4.23) 경우가 너무 많으므로, 소년문예운동을 방지해야 한다는 것이 요지이다.

이에 대해 유봉조(劉鳳朝)가 먼저 반론에 나섰다. "아즉은 한낫 서생(書生)"(1회, 5.29)이라고 자신을 밝히면서, 소년에게도 문예가 반드시 있어야 한다고 단언하였다. 유봉조는 다음과 같은 근거를 들어 최영택의 주장을 조목조목 반박하면서 소년문예의 필요성을 주장하였다.

> 어린이의 문예는 어쩌하여야 하겟는가. 더 말할 필요도 업시 <u>조선 대</u>

중의 헤맴을 가르켜 줄 만한 문예는 어린이에게 잇서서는 그 초보를 밝게 하여야 할 것이다. 문예로서 그네들이 배울 수 업는 사상을 알게 하여야 할 것이고 역사를 배워 주어야 할 것이고 처지에 철저히 눈쓰게 하여야 할 것이고 더욱이 "말"을 가르켜 주어야 할 것이다. 일주일에 몇 시간 못 되는 것으로 배우는 조선말로는 도저히 완전하다고 할 수 업슬 것이다. 그리고 어대든지 그래야 할 것이지만 더욱이 조선의 문예는 눈감은 감상(感傷)에 흐르는 것을 피하여서 <u>좀 더 움즉이는 힘 잇는 것이 아니면 안 된</u>다고 몇 번이나 말하고 십다. (4회, 6.2) (밑줄 필자)

최영택은 '문예의 술을 탐취'한다고 표현한 데서 보듯이 청소년들이 문예로 쏠리는 전 조선적 현상이 잘못이고 그 결과 문약으로 이어지고 결국 나라의 미래가 없다고 하였다. 반면 유봉조는 문예를 통해서 사상과 역사와 우리말을 가르쳐야 한다고 주장하였다. 그래서 조선 대중을 깨우쳐야 한다고 본 것이다. 최영택과 유봉조는 같은 것을 놓고 정반대의 시각을 드러내 보이고 있다.

이러한 유봉조의 반박에 대해 다시 최영택이 「내가 쓴 소년문예운동 방지론」으로 재반론을 폈다. 자신이 주장한 바 진의는 "부모가 쌍을 팔아서 시키는 공부요 쌈을 흘려서 어든 수입으로 굶줄여 가며 시키는 공부임을 불구하고 문예의 생활을 한다고 붓작난만 일을 삼는다는 것"(1회, 6.20)에 있음을 재삼 강조하였다. 나아가 문예가 불필요하다기보다 "황당한 이약이, 골치 압흔 연애동화, 연애시"(1회)밖에 없는 것이 문제임에도 오히려 소년운동의 중심을 이루기 때문에 소년문예운동 방지론을 썼다며 앞선 주장을 다시 강조하였다. 최영택이 문예를 전적으로 부정하는 것이 아니라, 너나 할 것 없이 '붓작난'에 지나지 않는 수준의 문예 광풍에 휩쓸리는 것을 막아야 한다는 것이다. 최영택은 문예를 어떻게 보고 있는가? 최영택이 바라는 문예는, "소년을 웃기고 울리는 쌔가 울고 살이 쮜는 기관장사(奇觀壯事)를 기록해 논 것"(1회)이거나 "문예를 고쳐하되 실질 잇슬 농민문예를 고쳐해서 문예를 쓰고 안젓다가도 괭이를 잡게 되는 아름다운 사실"(2회, 6.21)을 담고 있는 것이어야 한다. 한마디로 말하자면 문예를 허용한다고 하더라도 공리적 효용성이 있는 문예라야 한다는 것이다. 여기에 최영택과 유봉조의 차이가 놓여 있다.

최영택의 재반론에 대해 민병휘(閔丙徽)가 「소년문예운동 방지론을 배격」을 통해 논박하였다. 부모가 굶주려 가며 얻은 수입으로 공부를 시키는데 소년들이 붓장난만 일삼는다고 한 최영택의 주장을 초점으로 삼았다. 민병휘는 타락한 일부 소년을 들어 일반 소년 모두의 문제인 것처럼 하는 것은 "유치한 증거"(2회, 7.2)라고 공박하였다. 소년문예운동을 배격하려 하거든 "철저한 이론을 세운 뒤"(2회)에나 하라고 충고하였다. 나아가 다음과 같이 소년운동과 소년문예운동의 방향전환을 촉구하였다.

> 소년문예운동 아니 그보다 전 조선 소년운동의 방향전환 그것이다. 사회운동이 방향이 전환되어 감을 짤하 소년운동도 그 방향을 전환치 안흐면 아니 될가 한다. 무엇보다 이전에는 사실상 동화는 긔운이 업섯다. 그보다 소년운동이란 일개 소년 그들을 위하는 민족적 의식으로 하야 왓섯다. 충신이 되고 굿세인 국민이 되고 참된 소년이 되자고── 그러나 나는 좀 더 나아가 '푸로레타리아'의 투사를 수량(修良)하고 그들에게 해방적 사상을 너허 주어야 할가 한다. 최 씨는 문예를 방지하자고 하얏스나 나는 미래의 신 '유토피아'를 건설하기 위하야 소년문예 그것도 계급의식을 담아 갓고 투쟁적 '힌트'를 주어야 할 것이라고 본다. 그것은 사회운동선의 가튼 보조로 나아가 ×××××를 세우기 위하는 까닭이다. 나는 여긔서 바라는 바 잇다. 소년운동자──그들도 '푸로레타리아' 운동과 함께 소년들에게 ××사조(思潮)를 너허 주라고──
> ── (2회) (밑줄 필자)

1927년경 당시 계급문학 측에서는 방향전환을 주장하였는데 민병휘가 바로 이 점을 표나게 강조한 것이다. 민병휘의 주장은 문예운동과 소년운동이 밀접한 연관성을 가져야 함을 일깨우고 있다. 나아가 소년운동은 '사회운동선(社會運動線)의 가튼 보조'로 나아가야 한다고 해 당시 일반적인 인식에 기대고 있다.

'소년문예운동 방지론'이란 이름으로 전개된 논쟁은 최영택의 두 번에 걸친 글과 이에 대해 유봉조와 민병휘의 반론이 있은 다음 끝을 맺었다. 최영택이 주장하는 것도 일정한 일리가 있었다. 당시 소년들이 자신의 삶이나 사회를 돌아보며 글을 쓰지 않고 소년문예운동가입네 하고 뻐기고 다니고 황당한 이야기나 쓰고 몰려다니는 현실을 되돌아보게 한 계기가 되었기 때문이다. 그러나 시대적 분위기는 유봉조와 민병휘의 비판과 같이 이후 계급의식을 강조하는 소년문예운동으로 전환하는 계기가 되었다.[540]

최영택, 유봉조, 민병휘 3인에 의해 벌어진 '소년문예운동 방지론'이 끝을 맺었으나 관련 논의마저 종지부를 찍은 것은 아니다. 앞에서도 말했듯이 소년문예운동은 사회운동과 소년운동의 한 방편이었던 것이므로 일회적으로 끝날 논의가 결코 아니었다. 더구나 소년문예운동이 소년운동의 대부분을 차지할 정도였으므로 매우 국한된 측면에서만 전개된 '소년문예운동 방지론'은 언제든지 논의가 확대될 소지를 내포하고 있었던 것이다.

다. 동요 – 동시 논쟁

동요 – 동시 논쟁은 정형율(定型律)이면 동요, 자유율(自由律)이면 동시로 구분한 신고송의 평문에서 비롯되었다. 신고송은 여러 사람의 논의에

---

540) 심명숙, 「한국 근대 아동문학론 연구 – 1920년대에서 해방까지」, 인하대학교 대학원 국어국문학과 석사학위논문, 2002.8, 33쪽.

대해 정리한 후 다음과 같이 말한 바 있다.

> 다음 정의(定義)를 가장 정당한 견해임을 말한다.
> 먼저 동요(童謠)의 정의를
>   1. 동심의 노래
>   2. 동어(童語)로 부를 것
>   3. 정형률
>   4. 시적 독창성
> 이라고 하면 동시(童詩)도
>   1. 동심의 노래
>   2. 동어(童語)로 부를 것
>   3. 자유율
>   4. 독창성
> 들이 정의라는 것이다.[541]

이와 같이 동요와 동시의 개념을 정의한 후, 자신이 '동시'를 제창하는 이유로 "동요는 정형률이란 것이 아동의 자유를 제한하엿슴으로 심리적 불합리라는 데도 잇겟고 정형률로 표현하는 데 필요한 기교와 숙련 등을 가지지 못햇다는 데도 잇다."[542]고 하였다.

이에 대해 이병기(李炳基)는 "'정형률', '자유율'의 사용은 작가 취미 여하에서 표현을 달리하는 것이지 결코 정형률이라고 동요이며 자유율이라고 동시란 것은 아니."[543]라며 '정형률'과 '자유율'을 기준으로 '동요'와 '동시'를 구분하는 것은 착오라고 단언하였다. 다시 신고송(申孤松)은 "요(謠)는 비교적(본질적?) 운율적인 것임으로 정형적으로 표현된 것을 소

541) 신고송, 「새해의 동요운동 – 동심순화와 작가유도(3)」, 『조선일보』, 1930.1.3.
542) 위의 글.
543) 이병기, 「동요 동시의 분리는 착오 – 고송(孤松)의 동요운동을 읽고(1)」, 『조선일보』, 1930.1.23.

위 동요(과거에 잇서서 우리는 그러케 해석하야 오지 아니하엿는가)이고 — 이러 케 약속해 놋코 — 시(詩)는 요(謠)보다 비교적 풍부한 내포를 가젓스니 소 위 자유시니 산문시 하는 의미에서 자유율로 표현된 것을 동시라고 하 자는 것"544)이라고 반론하엿다.

일제강점기 동요 작가 가운데 가장 많은 작품을 남긴 사람 중의 하나 인 윤복진(尹福鎭)은 신고송의 주장에 대해 다음과 같이 말한 바 있다.

> 신고송이 파격(破格) 문제를 제창하엿다. 초보인 유년작가에 한하야 서는 엇절 수 업는 사실이다. 파격 — 산문은 미성품(未成品)이다. 불완 전한 것이다. 상당한 수양과 계단을 밟은 작가도 파격할 것인가 결코 그러치 못한 것이다. <u>시에는 리듬이 생명이다. 원소이다. 표현이 자유 스럽지 못하다고 난삽하다고 파격을 제창할 것인가.</u> 인간의 자유도 어 쩐 국한(局限)이 잇다. 그 경계를 버서낫다고 결코 자유가 안일 것이다. 어쩌케 꼭 파격해서야만 조흔 작품을 산출할 수가 잇슬가 좀 더 고심 만 한다면 조흔 작품을 맨들지 안켓는가. <u>시로써 파격은 금물일 것 갓 다.</u> 입으로만 파격! 파격을 부르짓지 말고 파격한 조흔 작품을 뵈여 주 는 게 어쩌할가. 과도기에 잇는 자라면 넘우 이론만으로 써들지 말고 작품행동을 취하자. 조흔 작품 하나는 너절한 이론 백(百)보다 낫지 안 흘가. 역사적 과정을 보아서도545) (밑줄 필자)

"시(詩)는 미(美)의 운율적 창조"546)라고 한 포(Poe, Edgar Allan)의 말을 믿 고 있는 윤복진에게 신고송이 동요가 아닌 동시를 제안하면서 정형률 을 벗어나야 한다는 이른바 '파격'을 주장한 것에 동조하기가 어려웠을 것이다.

신고송을 "사감정(私感情)에 구니(拘泥)된 사람"547)이라며 1930년대 초반

---

544) 신고송, 「동요와 동시 - 이 군에게 답함」, 『조선일보』, 1930.2.7.
545) 윤복진, 「3 신문의 정월 동요단 만평(5)」, 『조선일보』, 1930.2.7.
546) 윤복진, 「3 신문의 정월 동요단 만평(1)」, 『조선일보』, 1930.2.2.

아동문학계에서 그와 가장 많은 논쟁을 벌인 송완순(宋完淳: 필명 九峰學人, 九峰山人)은 "신고송 군은 동요는 반듯이 정형률인 것처럼 생각"한다며 이는 "인식착오"라고 비판하였다. 이어 그는 "동요가 동시이요 동시가 동요인 것"이라며 "정형률에서 탈출"하여 "동요와 동시를 동일시하는 일방 '소년시'"를 주장하였다.[548] 송완순은 한 걸음 더 나아가 '동시말살론(童詩抹殺論)'을 제안하였다. '동시말살론'의 발단은 양우정(梁雨庭)의 평문 「동요와 동시의 구별(전3회)」(『조선일보』, 1930.4.4~6)이지만, 신고송, 윤복진 등 동요의 정형률을 주장한 이들을 겨냥한 것이다. 양우정은 "동요 즉 동시이요 본래부터 구별이 업다는 등의 불가사의의 문구만 진열하여 노코 대담한 판결을 언도하여서는 못 쓴다."(3회, 4.6)며 송완순을 비판한 바 있다. 그의 주장은 다음과 같이 요약되었다.

◇ 동요의 정의(定義)
 1. 동심의 노래
 2. 동어(童語)로 불을 것
 3. 곡조가 부수(附隨)하는 정형률
 4. 요적(謠的)(唱的) 요소를 가진 것

◇ 동시의 정의
 1. 동심의 노래
 2. 동어(童語)로 불을 것
 3. 부정형 음률 즉 자유율 혹은 곡조 불수(不隨)하는 정형음률
 4. 시적 요소를 가질 것 (3회)

송완순은 「동시말살론(전6회)」(『중외일보』, 1930.4.26~5.3)으로 양우정의 주

---

547) 구봉산인, 「비판자를 비판 ─ 자기변해와 신 군 동요관평(20)」, 『조선일보』, 1930. 3.18.
548) 위의 글(13~14회), 『조선일보』, 1930.3.6~7.

장을 반박하였다. 아동에게는 시가 있을 수 없고 다만 동요만 있을 뿐
이므로, 제2기의 아동을 '소년'이라 하고 그들에게는 '소년시'가 필요하
다고 역설하였다. 내용이 아니라 정형 형식율(定形式律)로 동요와 동시
를 구별하려 한다면 "소 '부르조아'적 형식 만능주의자"(6회, 5.3)가 된다
며 동시를 없애야 한다는 것이 '동시말살론'이다. 형식에 지나치게 얽매
이지 않아야 한다는 송완순의 생각은 형식 불필요를 말하는 것이 아니
다. "내용의 완(完)과 형식의 미(美)가 가장 잘 조화한 동요야말로 훌용한
예술적 동요일 수가 잇고 생명도 길을 것"[549]이라는 말에 그의 생각이
잘 드러나 있다 하겠다. 형식에 지나치게 얽매이지 말아야 한다는 그의
걱정은 기교 중심과 형식의 고정화가 동요 발전을 가로막았다고 보기
때문이다.

> 우리는 기교 만능주의와 함께 형식의 고정화를 극히 경계하지 안흐
> 면 안 된다. 이른바 정형률의 행(行) 마침과 자(字) 마침 때문에 조선의
> 동요는 기계주의에 타(墮)하고 말지 안헛는가. 변화 없는 무리한 일률적
> 양식 — 주로 칠오조식(七五調式) 정형률 — 때문에 조선의 동요는 얼마
> 나 발전을 방애(妨碍) 당하엿든가?[550]

전식(田植)은 「동요 동시론 소고(전3회)」(『조선일보』, 1934.1.25~27)에서 동
요와 동시를 구분하였다. 동요는 "곡조 잇게 부른 것" 또는 "어린이의
부르는 노래"(1회, 1.25)로, 동시는 "어린이의 시" 또는 "부르는 것보다 읽
어서 그 참뜻을 맛보는 것"(3회, 1.27)으로 양자의 차이를 설명하였다. 동
요와 동시는 다시 유년요(유년시)와 소년요(소년시)로 나누었는데, "사오(四
五) 세로부터 십일이(十一二) 세"의 어린이를 유년으로 하고 "십이삼(十二三)

---

549) 송완순, 「동요론 잡고 – 연구노-트에서(2)」, 『동아일보』, 1938.2.2.
550) 위의 글.

세로부터 십칠팔(十七八) 세"(1회)의 어린이를 소년으로 구분한 것과 관련
된다. 딱히 정형률과 자유율이란 용어를 사용하지는 않았지만 동요와
동시를 구분하는 기준으로 삼은 것은 분명하다.

　정형률 여부로 동요와 동시를 구별하려는 논의는 별 결론 없이 이어
졌는데, 결국은 박세영(朴世永)의 의견에 수렴되는 것으로 보인다. 박세영
은 제작비평(製作批評)이라 할 동요와 동시 창작에 관한 글에서, 내용에
우선을 두되 형식을 외면하면 안 된다는 점을 다음과 같이 강조하였다.

> 　우리가 입때까지 <u>너무나 내용에만 온 정신을 다 - 드리고 리즘, 기교
> 에는 내버려두엇든 오류</u>를 말장이 업새지 안으면 안 될 것이다. 사실
> 나부터 억세인 내용에 억세인 말을 억주로 부치려 햇든 것은 사실이다.
> 그리고 기분적으로만 외오치고 부르짓고 아동의 심리를 생각지 안엇든
> 것도 쏘한 그 잘못의 한아인 것이다.[551] (밑줄 필자)

정형률과 자유형
> 　우리들이 대개 부르는 노래는 정형률에 속한 노래가 만타. 그러닛가
> <u>동요는 꼭 정형률이라야 한다는 정의(定義)도 업다.</u> 일본 동요작가의 신
> 제창과 가티 정형률을 비난하기도 하나 하여간 <u>그럿타고 정형률을 버
> 릴 수도 업는 것이다.</u> 나는 여기에 대하야 오직 속임 업는 그대로의 작
> 품을 반가워할 쑨이다. 정형률이거나 자유율이거나 부자연스러운 일부
> 러 쑤민 짜위의 작품을 쓰지 말난 말이다.[552] (밑줄 필자)

　박세영은 일본의 기타하라 하쿠슈(北原白秋)의 의견을 좇아 '아동자유
시' 개념을 받아들였다. '아동자유시' 가운데 "글자를 마추어서(定型律) 쑤
며 논 것이 동요(童謠)"[553]라 하였다. 아동들이 짓는 시를 통틀어 '아동자

---

551) 박세영, 「(소년문학강좌)동요·동시는 엇더케 쓰나(3)」, 『별나라』 통권74호, 1934
　　년 1월호, 34쪽.
552) 박세영, 「(소년문학강좌)동요·동시는 엇더케 쓰나(4)」, 『별나라』 통권75호, 1934
　　년 2월호, 13~14쪽.

유시'라고 부르면서, 그 가운데 정형률을 갖추면 동요라고 구분한 것이다. 남석종(南夕鍾)도 기타하라 하쿠슈의 '아동자유시' 개념을 수용했는데, 박세영의 생각과 대동소이하나 풀이가 조금 다르다.

> 동시와 동요의 구분을 어디서 찾겠느냐 하면 결국 <u>동요는 아동생활을 아동어(兒童語)로 음률 조자(調子)를 마쳐 쓴 율조시(律調詩)요 아동자유시는 아동생활을 아동어로 표현한 무율조시(無律調詩)라 보는 것이 보통이다.</u> 이러고 보면 그 양자의 구별은 그 창작형식과 아니면 그 율조 형식에 의하여서 우리가 아러야 할 것이다. 그럼으로 <u>동요라 하면 그 전부가 노래가 되어야 할 것이다.</u> 노래를 부를 성질을 구유(具有)하지 안어서는 안 될 것이다.[554] (밑줄 필자)

동요가 율조를 맞추어서 쓴 것이라면, 아동자유시는 무율조시 곧 동시라는 것이다. 1960년대에 들어 박목월(朴木月)이 「동요와 동시의 구분」이란 제목으로 발제하고, 강소천(姜小泉), 조지훈(趙芝薰), 김동리(金東里), 최태호(崔台鎬) 등이 의견을 제시한 특집 심포지움이 마련되었다.[555] 여기에서도 동요와 동시의 구분에 뚜렷한 기준이 없이 이상의 논의와 유사한 내용이 반복되었다.

이상이 동요와 동시의 형식에 관한 논의였다면, 동요(혹은 동시)의 계급성, 목적의식성 등 내용에 관한 논의도 당연히 있었다.

---

553) 박세영, 「(소년문학강좌)동요·동시는 엇더케 쓰나(3)」, 『별나라』 통권74호, 1934년 1월호, 31쪽.
554) 남석종, 「조선과 아동시 – 아동시의 인식과 그 보급을 위하야(5)」, 『조선일보 특간』, 1934.5.25.
555) 박목월 외, 「(특집 심포지움)동요와 동시의 구분」, 『아동문학』 제3집, 배영사, 1963. 박목월이 「동요와 동시의 구분」이란 발제를 하고, 강소천이 「같은 나무에 달리는 과일」, 조지훈이 「노래와 시의 관계 – 동요와 동시의 구별을 위하여」, 김동리가 「동요와 동시는 형식적인 면에서밖에 구별되지 않는다」, 최태호가 「동시와 동요의 바탕」으로 토론을 하였다.

구봉학인(九峰學人＝宋完淳)은 「'푸로레' 동요론(전15회)」(『조선일보』, 1930.7.5
~22)에서 동요의 '내용(內容)'에 관해 꼼꼼히 논의한 바 있다. 송완순은 동
요가 목적의식성을 강요하면 아이들이 동요를 생산할 수 없다고 보았
다. 그 이유는 아동의 생활과 심리는 자연발생적이고 무의식적이어서
의식적이고 이지상(理智上)의 문제이자 조직 이론상의 문제인 목적의식
성의 강요는 부당하다고 보기 때문이다. 그래서 아동예술을 "목적의식
적 작품과 자연발생적 작품의 2종으로 난호아 (1)목적의식적 작품은 대
인(大人) 아동 예술가가 제작하고 (2)자연발생적 작품은 아동 자신이 제
작할 것"이며 "아동예술에 잇서서는 넘우 정치광이 되어서는 아니 된
다."(9회, 7.16)고 하였다. 이와 같은 송완순의 주장은 면밀하게 고찰할 필
요가 있다. 그는 결코 소위 '소부르적 견해'를 말하고 있는 것이 아니다.

> 동요(모든 아동예술도)의 지도자, 비평가는 동요의 모든 개성의 자연
> 발생적 감정의 표현 속에서 전체에의 호상관련성(互相關聯性)을 추출하
> 야 그것을 <u>변증법적으로 목적의식성에 통일식히어 일반적 전체성적(全
> 體性的) 정치투쟁의 일익(一翼)에까지 진전</u>식히어야 한다. ―
> 동요를 정치투쟁의 일익(一翼)을 맨드는 것은 순전히 의식 잇는 지도
> 자, 비평가만에 부여된 임무이다.
> 이러하는 데에서만 우리 '프로레타리아' 아동 예술과 함께 <u>동요는 전
> '프로레타리아' 운동의 일환</u>으로 될 수 잇스며 싸라서 발달 향상될 것
> 이다. (14회, 7.22) (밑줄 필자)

아동문학의 지도자 비평가는 동요가 자연발생적인 표현 단계이지만
이를 변증법적으로 목적의식성에 통일시켜야 하고 결국 정치투쟁으로
나아가게 해야 한다는 것이다. 이래야 동요가 프롤레타리아 사회운동의
일환이 된다고 본 것이다. 따라서 아동예술이 정치광이 되어서는 안 된
다는 말을 정치의식의 탈색이라고 보면 안 된다. "'정치적'이라는 것은

의식의 정강화(政綱化)를 의미하는 것이 아니라 예술적 투쟁으로서 정치적 임무를 수행"(8회, 7.15)하는 것이란 말에 잘 설명이 되어 있다. 동요는 아동의 자연발생적인 작품이므로 현실에서 느낀 대로 본 대로 공상적 생각이 일어나는 대로 하되, "'프로레타리아'적 통찰하에서 사회상의 모든 것을 '어린이'적으로 노래"(14회, 7.22)해야 한다는 입장인 것이다.

앞서 신고송(申孤松)은 "우리 운동의 공리적(功利的) 목적을 달(達)할 수 잇는 것"을 전제로 계급적 견지에서 "현실에 입각한 비현실"556)은 좋지만 그렇지 않을 경우 현실도피의 패배이자 예술지상주의자로 자멸한다고 하였다. 동심의 현실성은 "현실적 사회 정세의 반영"이고 계급성은 "정치적, 경제적 특수 정세의 반영"557)이라 한 그로서는 선명한 계급 대립을 드러내어야 한다고 주장하는 것이 당연하다. 하나 신고송이 윤석중의 작품을 높이 평가하는 것이나, 송완순이 동요에 공상적 요소를 요청하는 것을 보면 그 차이는 크지 않아 보인다.

동요 – 동시 논쟁의 바탕에는 논자들에 따라 인식의 정도에 있어서 차이가 있겠지만 분명히 문학의 형식론이 자리 잡고 있다. 동시(동요)에 계급문학의 속성상 내용이 강조되고 있는 점도 놓쳐서는 안 된다. 이는 <카프(KAPF)>의 '내용 – 형식 논쟁'과 연결된다. <카프>가 실질적으로 계급주의 아동문학을 지도한다는 점에서도 그렇고, 아동문학이 당시 전 사회운동의 일환이라는 점에서도 그렇다. 그리고 오늘날 리얼리즘과 모더니즘의 '회통(會通)'558)이 논의되고 있는데 이 역시 내용과 형식의 조화를 모색한다는 관점에서 보면 동요와 동시의 내용과 형식 논의가 그 뿌

---

556) 신고송, 「공정한 비판을 바란다 – '비판자를 비판'을 보고」, 『조선일보』, 1930. 4.2.
557) 신고송, 「동심의 계급성 – 조직화와 제휴함」, 『조선일보』, 1930.3.8.
558) 최원식, 「'리얼리즘'과 '모더니즘'의 회통」, 『문학의 귀환』, 창작과비평사, 2001, 42~59쪽.

리라고 봐도 될 것이다.

라. 표절 논쟁의 양상[559]

1926년 『동아일보』 어린이 작품란에는 여러 편의 동요를 싣고는 다음과 같은 '투고 주의'를 공지하였다.

> 남의 글을 배어써다가 또 보내는 사람이 잇습니다. 그것은 안 됩니다. 꼭 새로 지은 것을 보내주시요. 그리고 락선된 사람은 자긔 해 나기만 기다리지 투고를 하려 들지 안습니다. 부지런이 써 보내서야 쑵힐 수 잇습니다.[560] (밑줄 필자)

신문마다 어린이난을 마련하여 독자 투고 작품을 수록하였는데, 그 중에 표절 작품이 많아 이와 같은 공지를 한 것이다. 1930년 2월에 들어 『동아일보』에서는 '문단탐조등(文壇探照燈)'이란 난을 마련한다고 공지하였다. 그 내용은 "원고 수요의 격증을 기화(奇貨)로 문명(文名)을 엇기에 급급하야 타인의 작(作)을 표절 혹은 초역(抄譯)하야 가지고 염연(恬然)히 자기의 창작인 체 발표하는 후안무치한 도배(徒輩)가 도량(跳梁)"[561]하는 것을 적발하자는 것이었다. 1930년 5월에 들어 『매일신보』에서도 6월 1일부터 '동무소식' 난을 마련한다는 공지가 있었다. '동무소식'은 말 그대로 소년 문사들이 서로 소식을 전하는 통로였다. 아울러 표절을 적발하는 공간으로서의 기능도 담당했다. 『어린이』, 『신소년』, 『별나라』 등

---

559) 이 부분은 류덕제의 「일제강점기 아동문학의 표절 양상과 원인」(『한국현실주의 아동문학연구』, 청동거울, 2017)을 바탕으로, 실제 작품의 표절 양상은 제외하고 표절 논의만을 따로 정리한 것이다.

560) 「투고 주의」, 『동아일보』, 1926.10.21.

561) 동아일보사, 「문단탐조등」, 『동아일보』, 1930.2.21.

여러 아동 잡지들에서도 '독자통신, 담화실' 등의 난을 통해 표절을 적발하였다. 1930년대 초반에 '문단탐조등'과 '동무소식' 및 여러 형태의 '독자란'이 만들어지고 표절을 적발한 것은, 1920년대부터 표절과 초역이 많았다는 사실을 반증한다고 볼 수 있겠다.

'표절론'은 남의 작품을 가져와 자기의 작품으로 몰래 발표한 사실을 적발, 지적, 비판하는 논의를 가리킨다. 표절론은 완결된 한 편의 비평문인 경우도 있고, 비평문의 일부 혹은 월평에서 표절을 밝힌 경우도 있으며, 독자란을 통해 표절을 적발한 경우를 모두 포함한다. 표절을 적발하였는데 당사자가 반론을 제기하여 논쟁으로 이어진 경우도 있다. 표절 논쟁의 양상은, 첫째, 국내 작가의 작품 표절, 둘째, 일본 작가의 작품 표절, 셋째, 자기 작품의 중복게재, 마지막으로 표절 논쟁에 관한 논의의 순서로 살펴보겠다.

1) 국내 작가의 작품 표절

후속 작품이 앞서 발표된 작품을 표절한 것을 적발해 문제를 삼은 것을 논의의 대상으로 하고자 한다. 완결된 형태의 비평문이 아닌 경우라 하더라도 당시의 사정을 감안해 논의의 장에 올린다. 당시의 논자가 적발하지 못한 표절 작품이 더 있는 것은 물론이다.

한백곤(韓百坤)은 이청룡(李青龍)이 『신소년』에 발표한 「풀각시」가 다른 잡지에 발표된 작품을 표절한 것이라고 적발하였다.

> 『신소년』 7, 8월 합호에 실린 <u>이청룡 씨의 동요 「풀각씨」는 다른 잡지의 것을 문제만 고쳐 가지고 투고한 것</u>이다. 엇지하야 우리 귀중한 『신소년』 어엿븐 『신소년』의 지상에 또 이런 께끗지 못한 일이 생기는가! 이 형이여! 일후부터는 그리지 말고 아름다운 글을 창작하야 투고합시다. 그리고 서로 악수하고 충고하야 사랑하고 깃붜합시다. 충주 한백곤

(忠州韓百坤)562) (밑줄 필자)

이청룡이 어느 잡지의 무슨 작품을 표절한 것인지는 확인하지 못했다. 이청룡은 다음과 같이 반론하였다.

> 한백곤 씨! 7-8월호에 실닌 동요 「풀각시」는 정말로 저의 작품인데 그런 말슴을 하심닛가. 다른 데 잇는 거와 비슷하게 되엿는지는 모르지만 저는 어느 것이라도 다른 사람의 것을 그대로 벗것거나 모작(模作)한 것은 아닙니다. 그러케 비루한 생각은 안 가젓슴니다. 삼장 이청룡(三長李靑龍)563)

그러나 한백곤은 당대 아동 잡지와 신문 학예면에서 두루 활동하던 소년 문사였던 터라 위 적발 내용이 사실로 보인다. 그런데 표절했다는 이청룡의 작품을 이화룡(李華龍)이 다시 발표하였다. 삼장공보 이청룡의 「풀각시」(『신소년』, 1929년 7-8월 합호, 47쪽)는 이화룡의 「풀각시」(『중외일보』, 1929.10.14; 『동아일보』, 1930.9.5)와 똑같다.564) 이화룡은 필명 이고월(李孤月)로도 활발하게 활동한 소년 문사로, 이청룡과 같이 함경북도 무산군(茂山郡) 삼장면(三長面) 사람이다. 여러모로 보아 이화룡과 이청룡은 같은 사람으로 보여, 이화룡의 「풀각시」는 새로운 표절이라기보다 그냥 중복게재한 것이 아닌가 싶다.

이원수(李元壽)의 「고향의 봄」을 표절한 것은 『동아일보』의 '문단탐조등'에서 밝혀졌다. 경기도 고양(高陽) 동막(東幕)의 해초(海草)가 밝혔다.

---

562) 충주 한백곤, 「담화실」, 『신소년』, 1929년 12월호, 46쪽.
563) 삼장 이청룡, 「독자 담화실」, 『신소년』, 1930년 1월호, 46쪽.
564) 「풀각시」 1연 4행이 '참말이지 얌전하신'(『신소년』), '정말이지 얌전하신'(『중외일보』), '참말이지 어엽분'(『동아일보』)으로 다를 뿐이다.

나는 지난 3월 19일부(제3445호)『동아일보』 지상 5면 5단 아동란에서 제일 첫 자리로 한(韓) 동무의 「고향의 봄」은 잘 읽엇습니다.

그러나 씃까지 다- 읽고 나니까 전일에 어대서 읽은 노래 가탓습니다. 그래서 여러 번 읽어 보고 읽어 보고 하다가 긔어코 『어린이』 잡지 대정(大正) 15년 4월호 62혈(頁)에 발표된 입선 동요난에서 마산 이원수 씨의 창작임을 알앗습니다. 그런데

'나의살든고향은 곳피는산골 복송아곳살구곳 아기진달래 울긋붉긋곳 대궐 차리인동리 그속에서 놀든째가 그립습니다.'

한 것까지는 고대로 벗기어 노코 다음으로 원작에는

'곳동리새동리 나의넷고향 파-란들남쪽에서 바람이불면 냇가에수양버들 춤추는동리 그속에서놀든째가 그립습니다'

한 것을 두어 줄 고치어서

'곳동리는 새동리 나의 넷고향 곳피는 동산에서 바람이 불면 내가 수양버들 춤추는 동리 그 속에서 놀든 째가 그립습니다'

라 하야 노핫습니다.[565]

'한 동무'가 발표한 「고향의 봄」(『동아일보』, 1930.3.19)은 널리 알려진 이원수의 「고향의 봄」(『어린이』, 1926년 4월호, 62쪽)을 표절한 것이다. '한 동무'는 한우현(韓佑鉉)인데, 『어린이』와 『새벗』에 잠깐 작품을 발표하다 자취를 감추었다.

이고월(李孤月)은 정상규(鄭祥奎)가 김광윤(金光允)의 「나무장사」를 표절하였다고 적발하였다.

동요 「나무장사」

가랑닙 보슬보슬나리는밤/조고만 나무장사 나무사라고/외치고 다니는게 가련합니다/싼아희동무들은 다잠자는데/불상한 이동무는 나무사라고/외치는 그소리에 눈물납니다//

---

565) 고양 동막 해초, 「(문단탐조등)한우현 동무의 '고향의 봄'은 이원수 씨의 원작」,
『동아일보』, 1930.4.11.

이 동요는 『별나라』 작년(1929년) 10월호에 발표된 정상규 군의 창작 동요이다. 정상규 군은 우리 동요계에 잇서서 장래가 촉망되는 이 가운데 한 사람인 것만큼 군의 작품행동은 동요를 애호하는 이들의 주시(注視)거리가 되는 동시에 그 창작적 가치는 항상 동요계의 문제가 되는 것이다. 그리하야 필자도 동요를 애호하는 한 사람으로 정상규 군의 동요 창작에 항상 기대와 주의를 하고 잇섯다. 그런데 필자가 처음 『별나라』에 실닌 군의 작품을 닑고서 적지 아니한 의심이 생것다. 그것은 꼭 어듸선가 한번 닑은 듯한 감이 잇섯기 째문이엿다. (중략) 정 군의 문제의 작품 「나무장사」는 일즉이 『신소년』 재작년 1928년 3월호에 역시 정 군의 요제(謠題)와 갓흔 것으로 안변(安邊) 김광윤 씨 작품으로 발표된 것이다. 이것은 틀임업시 정 군이 김 군 작품을 모작한 것이라 하겟다. 안이 모작이라는 것보담 절절(竊竊)이라 하야도 과언이 안닐 만치 그 작품이 동일하게 되엿다.

여기는 한 큰 증거가 잇는 것이다. 그것은 발표시일 선후를 보아도 확연한 것이 안인가? 정 군의 작품은 김 군의 것보담 근 1년이나 뒤저서 발표되엿스니 이것만으로 그 증거가 충분하고도 남을 것이다. (중략)

『신소년』에 실인 김광윤의 것

(원문) 나무장사

싸락눈 부슬〜나리는날에/조고만나부장사 하나가와서/구슬픈목소래로 나무사라고/외치고다니는게 가련합니다/짠동무 아희들은 즐거쉬 것만/불상한 이동무는 이치운째에/구슬피 벌벌떨며 나무사라고/외치는 소소리에 눈물을짐니다//

(중략)

지금 정 군 자신이 동요계에 여하한 지위를 점령하고 잇다는 것을 생각하야 보고 이후는 그런 일이 업도록 우정으로 충고하는 바니 필자에게 반감이나 사지 말엇스면 행(幸)으로 알겟노라.(쯧)[566] (밑줄 필자)

정상규는 「나의 답변 - 이고월 씨의 적발에 대하야」(『소년세계』 제2권 제

---

566) 이고월, 「창작에 힘쓰자 - <새빗사> 정상규 군에게」, 『소년세계』, 1930년 6월호, 50~51쪽. 인용된 동요는 줄 바꿈이 제대로 되어 있지 않아 맞춤법은 원문대로 하되 율격에 맞게 줄 바꿈 표시를 하였다. '새빗사'는 '새힘사'의 오식이다.

7호, 1930년 8-9월 합호)에서 표절을 부인했다.

> 그러나 이 씨여!! 안심하라. 우리들의 일터는 씨가 생각하는 경솔한
> 일터가 안이다. 씨가 생각하는 야비한 상규(祥奎)란 일군이 안이다.
> <u>1927년 12월 18일『조선일보』지상에 씨가 말하는 광윤(光允) 씨의 작</u>
> <u>품보다도 더 먼저 압서 발표되엿슴에야 어이하랴.</u> 만약 씨가 의심하는
> 바이라면 내가 간직해 둔 신문을 보여주기로 약속한다. 이것만으로서
> 필자가 의식적 표절 행위가 안임을 씨는 충분히 알 것이다. (48쪽)

정상규는 『별나라』에 「나무장사」(1929년 10월호)를 발표하기 전에 1927
년 12월 18일 자 『조선일보』에 「나무장사」를 발표한 바 있다고 하였다.
따라서 김광윤이 1928년 3월 발표한 것보다 앞선 것이므로 표절한 것이
아니라는 해명이다. 그러나 정상규의 「나무장사」는 1927년 12월 18일이
아니라 한 해 뒤인 1928년 12월 18일 자로 발표되었으므로 작품 발표
선후관계로 볼 때 표절을 부인할 근거가 되지 못한다. 이고월의 문제제
기도 정확하지 못해 분명하게 확인하기 어려운 점이 있다. 『신소년』은
1928년 3월호가 발간되지 않았다. 1928년 4월호에 "부득이한 사정으로
몃 달 동안 쉬게 된 것은 여러분께 대하야 미안"(「『신소년』을 이어 내면서」,
1쪽)하다고 한 데서 확인된다. 이고월의 부정확한 기억 때문에 제기된
표절 여부도 불명확하기는 하나 사실 자체가 부재한 것은 아닌 듯하다.
남의 작품을 표절하여 두 번이나 자신의 이름으로 발표할 수 있었던 것
은 대담하다고도 할 수 있겠으나, 그만큼 당시 검증체제가 허술했으므
로 가능한 일이었다.

함경북도 무산(茂山) 삼장(三長)의 이화룡(李華龍 = 李孤月)은 소년문사들 사
이에 표절로 이름이 나 있었다.[567] 강원도 홍천(洪川)의 김춘강(金春岡)이

---

567) 류덕제, 『한국 현실주의 아동문학 연구』, 청동거울, 2017, 111쪽.

이화룡의 「봄」(『신소년』, 1930년 1월호, 45쪽)을 표절이라 하였다. 이화룡의 반론은 다음과 같다.

> 군이 문제 삼은 『신소년』지 1930년 신년호에 발표되엿든 동요 「봄」은 진실한 필자의 작품이다. 그런데 군은 엇던 소년지에 발표되엿든 것을 필자가 절절(竊窃)한 것이라고 수만 독자가 보는 지상에서 써들어대니 필자는 참으로 억울하고 의분이 극도에 달함을 금할 수 업다. 자가변(自家辯)이 아니라 군의 말과 가티 엇던 소년지에 발표되엿든 것과 비슷하게 되엿는지 모르나 필자는 절대로 고대로 등사하야다가 썻거나 절절(竊窃)한 것은 안이다. 쌀아서 필자는 그런 비루한 생각은 가지지 안엇다는 것을 알어 다구. 군 갓튼 훌륭한 동요 작가는 동요 한아를 지여도 물론 창작만 하갯지만 배움이 적고 알미 적은 우리는 아직 작품 모작 시대를 써나지 못햇다. 군이여 소위 평론가로 자인자고(自忍自高)하는 군으로서 웨 현실에 대한 견해가 그리 적은가 말이다. <u>지금 조선 소년 동요작가 처 놋코 신문 잡지에 발표하는 동요에 모작이 안이고는 순전한 창작적인 것이 과연 그 몃 편이나 되는고?</u> 그 모작된 작품을 가지고 필자에게 쓴 평과 가티 작품 절절(竊窃)이라고 지절대 보아라. 군은 맛당히 습작시대에 잇는 다수한 모작자로부터 만흔 항의와 반박을 바들 것이다.[568] (밑줄 필자)

1930년 5월호 『소년세계』를 보지 못해 김춘강의 적발 내용을 분명하게 확인하기 어렵다. 다만 모작(模作)에 대한 견해나, 그간 이화룡이 표절 시비에 자주 오르내린 것으로 보아 김춘강의 말에 더 신빙성이 있는 것으로 보인다.

박덕순(朴德順)의 「가을」(『매일신보』, 1930.10.23)은 김사엽(金思燁)이 먼저 발표한 「가을」을 표절한 것이었다. 원주 유희각(原州柳熙恪)이 다음과 같이

---

568) 이화룡, 「나의 답변 – 춘강생(春岡生)에게」, 『소년세계』 제2권 제7호, 1930년 8-9월 합호, 50~51쪽.

적발하였다.

> ● 성진(城津) 박덕순 씨. 10월 23일 소년문단에 기재된 동요 「가을」
> 은 당신의 지은 것이 아니라 <u>대구(大邱) 김사엽 씨가 지은 것으로 『어린
> 이』 소화(昭和) 4년 10월호 부록 제4혈(頁)의 실닌 것입니다.</u> 왜 그런 낫
> 분 짓을 해서 소년문단까지 수치가 되게 함닛가? 이 다음의는 아여 그
> 런 짓 마시요. (원주 유희각)569) (밑줄 필자)

유희각은 박덕순의 작품이 발표되자 일주일여 뒤에 바로 표절 사실
을 적발한 것이다. 원작의 소재도 정확히 지적하였고, 표절이 '수치'라
는 것까지 분명히 하였다. 유희각이 박덕순의 표절 작품이 게재되었던
『매일신보』를 통해 그 사실을 알렸는데도 불구하고 「가을」은 일주일여
뒤인 1930년 11월 6일 자 『매일신보』에 또다시 발표되었다. 이를 보고
엄창섭(嚴昌燮)이 『동아일보』의 '문단탐조등' 난에다 표절 사실을 또다시
알렸다. 「가을」(『매일신보』, 1930.11.6)과 「가을」(『어린이』, 1929년 10월호, 4쪽)을
전문 인용한 뒤 "일구(一句)도 틀리지 안"570)는다며, 이를 밝힌 까닭은 박
덕순을 '반성'시키고 조선 소년문단에 '경계'를 불러일으키기 위한 의도
라 하였다. 박덕순의 「가을」(『매일신보』, 1930.10.23; 1930.11.6)은 김사엽의
「가을」(『어린이』, 1929년 10월호)을 거의 그대로 베낀 것이었다. 한두 군데
표기만 다를 뿐 완전히 동일한 작품이다. 표절 작품인데도 '학예부의 고
선'(10.23)을 통과한 것과, 표절이 적발된 뒤에도 버젓이 "재필(才筆)이다.
단아한 작풍(作風)을 겸(兼)한"이란 '평(評)'까지 달고 다시 같은 매체에 수
록된 것(11.6)은 이해하기 어렵다. 이에 대해 성진(城津)의 김광(金曠)이 "귀
지(貴紙) 문예란은 어느듯 세간에서 조소"하게 되었다고 힐난한 뒤, "작

---

569) 원주 유희각, 「동무소식」, 『매일신보』, 1930.10.29.
570) 엄창섭, 「(문단탐조등)'가을'을 표절한 박덕순 군의 반성을 촉(促)한다」, 『동아일
　　　보』, 1930.11.4.

품 취급을 영낙업시 하여 달나"[571)]고 부탁하였다. 남석종(南夕鍾)도 월평에서 이 「가을」을 두고 "소년 문단에서는 쌥낼 만한 작(作)"이고 "솜씨만은 좃타."고 했으나, "한 가지 섭섭한 일은 남의 글을 옴겨 썻다는 것이 지상(紙上)에까지 공개"[572)]되었다며 표절임을 확인하였다. 이어 '죽우회 경계부(竹友會警戒部)'에서는 박덕순의 행위를 질타하며 애독자들에게 사과를 하라고 공개 요청하게 되었다.

◀ 만약 순결한 우리 조선 소년문단에 청년이 발을 드려놋커나 타인 작(作)을 슬먼이 훔쳐다가 자기 것철음 쓰는 도적의 머리에는 인정업는 철봉이 나려갈 터이니 주의하시요 그리고 성진 박덕순이여. 웨 그 싸위 비루하고 얄미운 행위를 하십닛가. 박덕순 한 분으로 말미암아 쌔긋한 우리 소년문단이 얼마나 드러워젓습닛가. 박덕순이여. <u>잘못 쌔달앗거든 만천하 애독자에게 속히 사과를 들이시요</u> 그리고 이후에는 절대로 그런 못된 짓은 하지 안토록 주의하시요.(죽우회 경계부)[573)] (밑줄 필자)

'죽우회'의 요청에 덧붙여 『매일신보』의 '일기자(一記者)'도 사과를 촉구했고, 급기야 박덕순은 『매일신보』 지면에 사과문을 올리게 되었다.

◀ 천하 독자 동지여. <u>제가 남의 작(作)을 표절하엿다는 쑤지람은 달게 바덧습니다.</u> 문예 동주(同儔)여. 단심(丹心)을 피력하면 하처하시에서 보앗는지 들엇는지 상금(尙今) 기억은 몽롱하나 그 착상 용어가 하도 좃키로 심장적구(尋章摘句)의 격(格)으로 암송하야 늘 파적(破寂)거리로 불러왓소. 그래서 그 동요를 투고하여 신성한 지면을 더럽히게 되엿스니 천하 독자 동주(同儔)여. <u>변명갓지만 악의(惡意)에서 나오지 안엇다는 것만 말슴하오며</u> 이 후로는 절대 이런 경솔한 행동을 안 하겟스니 이

571) 성진 김광, 「동무생각」, 『매일신보』, 1930.11.16.
572) 남석종, 「『매신』 동요 10월평(6)」, 『매일신보』, 1930.11.18.
573) 죽우회 경계부, 「동무소식」, 『매일신보』, 1930.11.19.

후 ㅁ배의 애고(愛顧)로 유액(誘掖)하시고 반비(瘢疵)를 유서(宥恕)하시옵
소서. 이상 사과합니다. 그리고 기자 선생님. 이 몸이 더럽게 됨은 고사
하고 『매신(每申)』에 누를 미친 것을 선생님 해서(海恕)하시고 이후엘낭
심심주의(深々注意)한 후 투고하겟스니 이후 더 애호하여 주오 (성진
박덕순)574) (밑줄 필자)

이러한 사과가 있자 『매일신보』는 '일기자' 명의로 "박 군(朴君)의 사
과는 충심으로 고맙"다며 "인수무과(人誰無過)리오마는 개지무귀(改之無貴)
라고 박 군! 이제는 청천백일하에 붓그럽지 안은 사람"이라며, 독자들
에게도 "만히 사랑하시고 사괴"575)라 하였다.

해주(海州) 고고회(高古懷)는 유천덕(劉天德)의 동요 「수양버들」이 윤복진
의 동명 작품을 표절한 것이라고 적발하였다. 윤복진이 "7,5,7,5로 써노
흔 것"을 유천덕이 "다시 3,3,5"로 "잇다금 조곰씩 곳첫"576)다고 보았다.
고고회가 제보하면서 제시한 두 편의 「수양버들」은 다음과 같다.

　냇가에 버들님 당신머리는/어쩨서 그렇게 풀고잇나요/아버지 어머니
죽엇슴니까// ◇ 아버지 어머니 죽엇으면은/머리를 풀고서 울터인데요/
어쩨서 그렇게 춤만춤니까// (유천덕)
　압냇가에버들님 당신머리는/어찌해서그럿케 풀고섯나요/아버지어머
니가 죽엇슴닛까// × 아버지어머니가 죽어스면은/머리를풀고서는 울터
인데요/어찌해서그럿케 춤만춤닛가// (윤복진)

위의 두 동요만 두고 볼 때 조금 고친 정도가 아니라 표절이 확연하
다고 아니 할 수 없다. 그런데 윤복진의 「수양버들」은 고고회가 위에
인용한 것과 많이 다르다.

---

574) 성진 박덕순, 「동무소식」, 『매일신보』, 1930.12.2.
575) 일기자, 「동무소식」, 『매일신보』, 1930.12.2.
576) 고고회, 「(문단탐조등)유천덕 군의 '수양버들'」, 『동아일보』, 1930.11.1.

압내가에 수양버들/아버지가 죽엇는가/어머니가 죽엇든가/긴머리를
풀고섯네//압바엄마 죽엇스면/머리풀고 울터인데/철이업서 그리한지/머
리풀고 춤을 추네// (윤복진, 「수양버들」, 『신소년』, 1926년 4월호, 64쪽)

고고회는 윤복진의 「수양버들」이 발표된 서지사항은 정확하게 밝혔
으면서도 동요의 내용은 상당히 자의적으로 왜곡시켰다. 그래서인지 유
천덕은 창작이라고 반박을 하였다.

좌기(左記) 작(作)이 남의 작과 가티 되여서 미지의 동무로부터 간절
한 충고를 밧앗습니다.
그러나 사실 <u>나의 참된 예술적 양심에서 유로(流露)된 창작임에야</u> 엇
지 하겟습니가? 그래서 본 지상(紙上)을 통하야 비록 졸작이나마 다시 소
개하오니 현명하신 『매신(每申)』 동무 제씨는 오해 마르시고 나의 참된
창작인 줄로만 알아주십시요? 재삼 바라나이다. (유천덕)[577] (밑줄 필자)

고고회가 작품을 정확하게 제시하지 못한 것은 잘못이다. 그러나 유
천덕이 윤복진의 「수양버들」을 표절하였다고 한 사실 자체가 잘못이라
하기는 어렵다. 모티프나 표현의 유사성으로 볼 때 표절 혐의를 벗기
어렵기 때문이다.
최순애(崔順愛)의 「옵바생각」을 표절한 경우도 있다. 김봉옥(金奉玉)이
"소년문단에 실린 통천(通川) 김경윤(金景允) 씨의 「옵바생각」은 오래전 최
순애 씨의 지은 것"[578]이라고 적발하였다. 이순상(李淳相)은 "「옵바생각」
은 『어린이』 제8권 제6호 부록의 특선 조선동요곡집 중에 최순애 씨의
그것과 조금도 다름이 업"[579]다고 근거까지 제시하였다. 최순애의 「옵바

---

577) 유천덕, 「동무소식」, 『매일신보』, 1931.5.17.
578) 장연(長淵) 김봉옥, 「동무생각」, 『매일신보』, 1930.11.16.
579) 이순상, 「동무생각」, 『매일신보』, 1930.11.16.

생각」은 1925년 『어린이』(11월호, 58쪽)에 발표되었고, 이순상이 밝힌 것처럼 『어린이』(1930년 8월호) 부록 '특선동요15곡집'에 다시 실렸다. 그 후, 엄창섭(嚴昌燮)이 『동아일보』의 '문단탐조등' 난에 자세하게 표절 사실을 찾아내 밝혔다.

> 필자는 지난 11월 9일부 『매일신보』 소년난 6단에서 통천(通川) 김경윤 군이 발표한
>
> **옵바생각**
>
> 뜸북뜸북 뜸북이 논에서울고/쌕국쌕국쌕국이 숩헤서울제/우리옵바말타고 서울가시며/비단구두사가지고 오신다드니/기럭기럭기럭이 북에서 오고/귀쑬귀쑬귀쑬이 숩히울건만/서울가신옵바는 소식도업고/나무닙만 우수수 썰어집니다//
>
> 를 보앗다. 그리고 어찌 기가 막히는지 선웃음치고 말앗다.
>
> 이 글을 보는 여러분은 지금 옷으리라고 생각한다.
>
> 그러나 필자가 선웃음 치는 것도 싸닭이 잇다.
>
> 무엇이냐? 하면 이 동요는 수원(水原)에 잇는 <u>최순애 양이 『어린이』 1926년('1925년'의 오식: 필자) 11월호 58혈(頁) 입선 동요란에 발표한</u>
>
> **옵바생각**
>
> 뜸북 뜸북 뜸북이 논에서울고/쌕국 쌕국 쌕국새 숩에서울제/우리업바 말타고 서울가시며/비단구두 사가지고 오신다드니/기럭 기럭 기럭이 북에서오고/귓돌 귓돌 귓드람이 숩히울건만/서울가신 옵바는 소식도업고/나무닙만 우수수 써러집니다//
>
> 으로 일즉이 <u>박태준 씨와 홍난파 씨의 작곡까지 잇서 세상에 일시 유행되엇든 것임으로이다.</u>
>
> 지금 김경윤에게 한마듸 말하여 둘 것은 이다음에는 아여 이런 일이 업기를 바라나 만일 또 하랴거든 남이 잘 모르는 깁흔대 숨은 동요를 쌉아 써야지 곡조 부처 세상에 유행되는 것을 쌉아 쓰면 소용 잇나……. (슟)580) (밑줄 필자)

---

580) 엄창섭, 「(문단탐조등)정신업는 표절자 김경윤에게」, 『동아일보』, 1930.11.30.

'곡조 부처 세상에 유행'되었다는 것은, 최순애의 「옵바생각」에 홍난파(洪蘭坡)가 곡을 붙여 『조선동요백곡집(상편)』(연악회, 1930.4, 18쪽)에 수록한 것을 가리킨다. 표절을 적발한 엄창섭도 어이가 없었던지 '정신업는 표절자'라고 지칭하였다. 김경윤의 표절 작품 「옵바생각」은 엄창섭이 밝힌 것처럼 『매일신보』(1930.11.9)의 '소년문단'란에 실렸다. 이 난에는 '학예부 고선'임을 밝히고 있고 작품마다 간단한 '평(評)'을 붙이고 있다. 「옵바생각」에는 "좀 단조로웁되 명사(名詞)를 겹노아 그것을 조화식엿다."라고 평하였다. '평(評)'의 내용도 중요하겠지만 학예부에서 고선(考選)을 하였다는 사실에 주목할 필요가 있다. 고선자가 당대 주요 작가와 작품을 알고 아동문학의 흐름을 어느 정도 꿰뚫고 있는 사람이어야 할 것인데 실상은 그렇지 못했음을 보여주는 사례라 하겠다.

남석종(南夕鍾)은 월평(月評)을 하면서 조귀조(趙貴祚)의 「물드린 가을」(『매일신보』, 1930.10.26)이 목일신(睦一信)의 「물드린 가을」(『조선일보』, 1930.10.9)을 절취한 것이라고 밝혔다. 서투른 것이라도 자기 손을 거쳐야 한다며 '창작'할 것을 주문하였다.[581] 남석종은 같은 월평에서 지금까지 살펴본 것과 같은 수준의 표절은 아니지만, 모방이 지나쳐 표절과 다름없는 예도 찾아내었다. 윤복영(尹福榮)의 「달」은, "달아달아 밝은 달아 이태백이 노든 달아. 이 노래를 모방하야 진 것"[582]이라고 밝혔다. 아래에서 보듯이 표절이 아니라 하기 어렵다.

달
부여(扶餘) 윤복영

달아〳 발근달아/서쪽으로 가는달아/나는너를 사랑한다/나는너를 귀여한다//달아〳 발근달아/어둔밤에 오는달아/동네애들 너를보고/쒸

---

581) 남석종, 「『매신』 동요 10월평(6)」, 『매일신보』, 1930.11.18.
582) 남석종, 「『매신』 동요 10월평(9)」, 『매일신보』, 1930.11.21.

노르며 노래한다//달아へ 발근달아/리태백이 노든달아/저긔へ 저달 속에/계수나무 백혓다네//달아へ 발근달아/푸른하날 노는달아/너고나 고 놀아보자/너고나고 살어보자// (『매일신보』, 1930.10.11)

'문단탐조등'은 이성주(李盛珠)가 박고경(朴古京)의 「밤엿장수 여보소」를 표절한 것도 적발하였다. 이성주의 「밤엿장수 여보소」(『아이생활』, 1930년 11월호, 16쪽)는 박고경(朴古京)의 것(『소년세계』 제2권 제4호, 1930년 4월호, 2쪽)에 서 "다만 구절만 다르게 쎗스며 1, 2, 3의 번호만 쎄슬 쑨"이라는 조탄 향(趙灘鄕 = 趙宗泫)의 지적 그대로다.[583) 조탄향은 이계화(李季嬅)가 『아이생 활』(제5권 제11호)에 발표한 「갈맥이의 서름」이 이강흡(李康洽)이 『어린이 독본』(高丙敦 編輯; 회동서관, 1928.7)에 실은 「갈맥이 서름」을 표절한 것이라 는 사실도 고발하였다. "『갈맥이의 서름』이라고 제(題)하야 '의'ㅅ 자만 더 너코 약간의 한글 문법과 구절만을 쎄어서 썻슬 쑨이지 전편 그대로 가 '강흡' 씨의 작(作)"[584)이라는 지적과 일치한다.

윤지월(尹池月)은 평양(平壤)의 오광호(吳光鎬)와 한은진(韓殷鎭)의 표절 사 실을 적발하였다. 한은진의 「저녁 하늘」(『매일신보』, 1930.10.10)은 1929년 3 월호 『소년조선』에 수록된 김기주(金基柱)의 작품과 같다는 것이다.

◀『매신(每申)』애독자 한은진 군이여? 당신이 지여 소년문단에 내 인 「저녁 하늘」은 10월 10일부 본지에서 감사히 넑었습니다. 그러나 이 작품인즉 잡지 『소년조선』 소화(昭和) 4년 3월호 66혈(頁)에 잇는 평원 (平原)에 김기주 동무의 작품이엿든 것이 내 머리속에 기억남을 엇지 하리오 문제의 한 군이여. 나의 지적이 틀리엿다면 다시금 그 잡지를 들치여보고 일자일구나 틀린다면 이 난을 통하야 다시금 철저한 이ㅁ

583) 조탄향, 「(문단탐조등)이성주 씨 동요 '밤엿장수 여보소'는 박고경 씨의 작품(2)」, 『동아일보』, 1930.11.23.
584) 조탄향, 「(문단탐조등)'갈맥이의 서름'을 창작연(然) 발표한 이계화 씨에게(2)」, 『동 아일보』, 1930.11.29.

을 바랍니다. (함남 이원군 서면 한당리 윤지월)585)

오광호의 「가을밤」은 이원(利原) 양황섭의 「가을밤」을 표절한 것이었다.

◁ 오광호 군에게　나는 이 글을 써서 전도가 요원한 군의 문예도(文藝道)를 장해하려는 것은 아니다? 뭇노니 저번 12월 10일부 본지 소년문단에 기재된 「가을밤」이 군의 창작품인지를 알고 십다. 물론 세상에는 가튼 의미의 글월을 쓰는 사람이 업슬 것도 아니겟지만 너무나 그 구절〜이 한 자도 틀님업스니 군은 연(然)히 양심상의 가책을 밧지 안을 수 업슬 것이다. 이 작품인즉 나의 관찰력이 부족한 탓으로 상세히는 기억치 못하나 작년 가을 『동아일보』 어느 날치에 실닌 이원(利原)에 양황섭 군의 작품이엿슴에 틀님업섯다. 오광호 군. 나의 지적이 틀닌다면 이 작자는 우리 동리에 지금 멀정스럽게 잇스니 할 대로 하라는 말이다. 나는 이 글을 쓰지 안키로 몃 번이나 앙탈을 썻스나 우리 소년 신진문단의 절대한 장래를 위하야 공정한 입장에서 말하는 것이다. 바라노니 이후로는 절대로 그런 짓은 말고 일수일절(一首一節)이나마 순전한 자작품을 써 달나는 말이다. 거즛 노래는 내 마음에 사랑된 보배가 못 된다는 것이다. (이원 윤지월)586)

양황섭(楊黃燮)의 「가을밤」(『동아일보』, 1929.10.8)과 오광호의 「가을밤」(『매일신보』, 1930.12.19)은, 오광호가 한 행을 두 줄로 벌려 놓은 것이 다르고 마지막 행 '가을밤엔 버레가 슯히 울어요'를 덧붙인 것이 다를 뿐이다. 그런데 행의 수가 짝이 맞게 짓는 것이 일반적인데 그대로 베끼기가 뭣했던지 한 행을 덧붙인 게 오히려 율격을 망치게 되었다. 오광호가 김청파(金淸波)의 「금강산」(『조선일보』, 1930.10.26)을 표절한 것은 장한몽(張寒夢)이 적발하였다. 「금강산」을 「모란봉」(『매일신보』, 1931.2.26)으로 제목을 바꾸

---

585) 윤지월, 「동무소식」, 『매일신보』, 1930.12.16.
586) 이원 윤지월, 「(동무소식)오광호 군에게」, 『매일신보』, 1931.2.1.

고, 군데군데 자구를 조금 손보았을 뿐이다.

> ◀ 평양의 오광호 동무! 그대와 나와의 일면식은 업스나마 마츰 조그
> 마한 충고를 가지고 우리의 압날을 위하야 가티 싸와 나갈 교우의 전
> 제를 삼고 십다. 저번 2월 26일인가보다. 본보에 게재된 군의 동요「모
> 란봉」은 과연 군의 창작이엇든가? 양심에 물어보라.
> 　그 얼마 전이다. 이원 윤지월 동무로부터 역시 이원 이문학(李文學)
> 군의 동요를 모지(某紙)에서 표절하엿다고 그러케 친절한 충고를 밧고
> 도 일향(一向) 자각이 업시 불과 수일에 쏘다시 남의 작품을 쌔서 가고
> 도 창작연하게 내여놋는다는 것은 넘우나 우리 소년소녀의 문단을 무
> 시하엿고 쏘한 군 자신을 위하여서도 좃치 못한 거동인 줄 안다.
> 　군의「모란봉」은 작년 가을(시일은 미상하나)『조선일보』에 게재되엇
> 든 김청파(金靑波)의 동요「금강산」의 제목만 곳친 표절이 안인가. 군도
> 모름즉이 우리 소년소녀의 문단을 위하야 반분(半分)의 힘이라도 가(加)
> 하려거든 좀 더 수양과 창작에 힘써 종전의 오류을 청산하고 쑤준한
> 정진을 바라는 것이다. (성천 장한몽)587) (밑줄 필자)

　서덕출(徐德出)의「봄편지」(『어린이』, 1925년 4월호, 34쪽)는『어린이』에 발
표되어 널리 알려진 노래다. 윤극영(尹克榮)이 작곡한 곡보가 이듬해『어
린이』(제4권 제4호, 1926년 4월호, 1쪽)에 게재되었고, <조선동요연구협회>
가 편찬한『조선동요선집 - 1928년판』(박문서관, 1929.1)에도 실렸다. 1930
년대에 활발한 동요 창작을 하던 철산(鐵山)의 김형식(金亨軾)이 이 작품을
표절한 것을, 평양(平壤)의 남재성(南在晟)이 적발하였다.

> 　『매일신보』3월 24일(제8445호) 5면 8단에 철산(鐵山) 김형식 군의「버
> 들편지」라는 제하의 동요 1편은 서덕출 씨의「봄편지」라는 동요이다.
> 　<조선동요연구협회> 편인『조선동요선집』제135혈(頁)에 기재된 서
> 덕출 씨의「봄편지」와 비교하야 보기로 하자. (중략)

---

587) 장한몽(張寒夢),「동무소식」,『매일신보』, 1931.3.31.

비록 어구는 잇다금 틀렷다 할지라도 착상이라든가 필치 급 조(調)가 이러케까지야 비슷할 수 잇겟는가?고.588) (밑줄 필자)

남재성은 원작인 서덕출의 「봄편지」와 표절작인 김형식의 「버들편지」를 나란히 제시해 놓고 비교해 보였다. 남재성의 말처럼 두 동요는 완전 동일한 작품은 아니다. 착상, 어구의 유사, 필치, 율조 등이 동일해 서덕출의 작품을 보고 모작(模作)한 것이라 하겠다. 한영수(韓靈洙)도 서덕출의 「봄편지」를 표절하였는데, 신창항(新昌港)의 강창옥(康昌玉)이 이를 적발하였다.

> 『아이생활』 5월호 동요란에 송정리(松汀里) 한영수 군이 발표한 동요 「봄편지」는 『어린이』 제26호에 실엿든 서덕출 작 정순철(鄭淳哲) 곡이 다. 다만 련못가를 시내ㅅ가로 하고 작년에 갓든 제비를 작년에 간 제비라 하고 조선의 봄을 무궁화 삼천리 동산의 봄이라 하고 다시 차저 옵니다를 제비는 춤추며 다시 차저 옵니다 하엿스니 서 군이 한 군의 것을 모작햇슬가. 이것은 발표 시일만 보드래도 문제가 업는 것이 다.589) (밑줄 필자)

서덕출의 「봄편지」를 조금 고쳐 한영수가 『아이생활』(1931년 5월호)에 발표한 사실을 적발한 것이다. 정순철이 곡을 붙였다는 것과 『어린이』 제26호에 실렸다는 것은 각각 '윤극영'과 '제39호'의 잘못이다. 강창옥은 「남의 동요와 제 동요」(35쪽)에서 중화(中和) 한익삼(韓益三)이 고긴빗(본명 고장환)의 「봄! 봄! 봄!」(고장환 편, 『세계소년문학집』, 박문서관, 1927, 159~160쪽) 을 표절한 사실도 밝혔다.

---

588) 평양 남재성, 「(문단탐조등)김형식 군의 '버들편지'는 표절」, 『동아일보』, 1931. 3.31.
589) 신창항 강창옥, 「남의 동요와 제 동요」, 『별나라』 통권55호, 1931년 12월호, 35쪽.

1930년대에 여러 잡지와 신문에 동요와 동화 등 많은 양의 아동문학 작품을 발표해 이름이 알려졌던 이리(裡里) 한상진(韓相震)도 표절 혐의로부터 자유롭지 못했다. 송창일(宋昌一)은 자신의 작품 「낮별」(『동아일보』, 1931.2.1)의 '부기(附記)'에 다음과 같이 한상진이 표절한 사실을 밝히고 있다.

> 부기(附記)
> 『동아일보』 1월 27일부(附) 한상진 씨 동요 『낮에 보이는 달』은 <u>작년 3월 17일 부(附) 『조선일보』에 발표되엇든 본인의 창작품임에 일점일획도 틀림없음</u>을 말해 둡니다. (1월 27일) (밑줄 필자)

송창일의 「낮에 보이는 달」(『조선일보』, 1930.3.18)과 한상진의 「낮에 보이는 달」(『동아일보』, 1931.1.27)은 똑같다. 이것뿐만이 아니다. 한상진은 김유안(金柳岸)의 「눈물지는 밤」을 표절하여 제목은 그대로 두고 내용을 살짝 바꾸어 발표하였다. 해주(海州)의 이익동(李益東)이 적발한 내용은 다음과 같다.

> ◀ 나는 본보 지상에 발표되는 소년 작품을 자미잇게 보든 중 금일('今月'의 오식: 필자) 21일 본보 제4면에 실린 이리보교(裡里普校) 한상진 군의 작품 「눈물지는 밤」을 읽고 문뜩 언젠가 한번 본 듯한 감상이 머리에 써올낫다. <u>이 작품은 작년 언젠가 한번 『조선일보』에 기재된 김유안 군의 작품을 가져다가 약간의 글자를 갈고 자기의 명의(名義)로 기재한 것</u>으로 생각한다. 그러나 나는 이 작품에 대하야 무어라고 말은 아니 하고 양인(兩人)의 작품을 대조한 터이니 평은 기자 선생님들하고 『매신(每申)』 동모 여러분에게 맛깁니다. 먼저 『조선일보』 지상에 발표되엿든 김유안 군의 작품을 쓰겟습니다.
>
> **눈물지는밤**　김유안
> 보슬보슬가는비/내리는비는/후원못맹꽁이/슬피울지요/맹꽁맹꽁맹꽁이/우는밤은요/나는나는잠못자/눈물집니다/우리동무김무산/세상쩌난일/

생각생각눈감고/눈물집니다// (고 김무산 영전에)

눈물지는밤　이리보교 한상진

　보슬보슬 가는비 내리는밤은/뒷산에서 맹꽁이 슬피울지요/맹꽁맹꽁
맹꽁이 우는밤은요/나는나는 잠못자 눈물집니다/나의동무 조우경세상
써난일/생각생각 눈감고 눈물집니다// (고 조우경 영전에 올임)

　○ 뒷산에서 맹꽁이 슬피울지요 하얏스니 산에서는 맹꽁이 아니웁니
다. (해주 이익동)590) (밑줄 필자)

　김유안의 「눈물지는밤」(『조선일보』, 1930.5.11)을 표절한 이리보교 한상진
의 「눈물지는 밤」(『매일신보』, 1931.3.21)은 자구를 살짝 고쳤다. 이익동은
'뒷산에서 맹꽁이 슬피 울지요 하얏스니 산에서는 맹꽁이 아니 웁니다.'
라며 비웃었다. 학예면 편집자도 "남의 것을 도적질함은 일생의 수치도
되려니와 자기의 정신을 돌오혀 남에게 쌔앗기는 것"이라고 지적하였
다. 이어 "한 군(韓君)은 양심을 속이지 안는 사과와 다시는 그런 짓을 하
지 안켓다는 맹서"를 하고, "허물을 가르쳐주는 벗에게는 언제든지 감
사"591)하라고 충고하였다. 이 충고를 받아 한상진은 다음과 같이 사과
문을 게재하였다.

　　▶ 해주 이동익 씨여? 저는 이 군에게 대단히 큰 죄를 저서 미안합니다.
　　저는 이제부터 잘 지으나 못 지으나 남의 글을 훔처서 짓지 안켓다고
　　결심을 하엿슴니다. 여러 『매신(每申)』동무여! 저는 잘못햇다고 업드려
　　서 맹세를 함니다. 이 군이여! 용서하야 주시오
　　(이리 신정 461번지 한상진)
　　◁ 인수불과(人雖不過)리오마는 개지즉위귀(改之則爲貴)　(C기자)592)

590) 해주 이익동, 「동무소식」, 『매일신보』, 1931.3.26.
591) 「동무소식」, 『매일신보』, 1931.3.26.
592) 「동무소식」, 『매일신보』, 1931.4.1. '海州 李東益'은 '海州 李益東'의 오식이다.

표절을 한 사람이 표절을 인정하고 사과를 한 경우는 많지 않다. 표절을 제보 혹은 제기하는 이유가 표절을 하지 말고 작품 창작에 힘을 써야 한다는 것이다. 이런 관점에서 볼 때 한상진의 사과는 신선했다. 'C기자'가 사람들은 과오를 저지르지만 고치면 곧 귀한 것이라고 한 것도 앞으로 표절하지 않고 '창작'할 것을 기대한 것임이 분명하다. 그러나 사과하고 맹세까지 했으나 한상진은 곧바로 또 표절하였고, 그 사실 역시 적발되었다.

◀ 한상진 군 ─ 군의 명의로 발표되는 동요를 하나도 아니요 여러 개를 보앗다. 그런데 그 동요가 하나도 쌔지 안코 남의 것을 표절한 것이라고 나는 인정한다. 군은 남에 것을 훔처다가 『매신(每申)』에 혹은 『동아(東亞)』에 함부로 자기 창작연하고 발표하는 표절한(剽窃漢)이다. 이런 괘씸한 즛이 어데 잇단 말이냐? <u>이미 『동아(東亞)』에서도 군의 표절을 지적하고 『매신(每申)』에서도 여러 번 지적하엿다. 그러면 이번이 몇 번재이냐? 군아 손을 곱아 세여보아라.</u> 군은 명예에 팔녀 남의 것을 표절하는 자이다. 군은 이 글을 보고도 오히려 깃버하리라 웨? 한상진이라는 자기 일흠이 한 번 더 발표되기 쌔문에─<u>나는 몃츨 전에 군의 사과도 보앗다. 그것도 군의 명예를 위한 사과지 진심의 사과는 아닌 줄 안다. 사과한 지가 몃츨이나 되느냐?</u> 4월 2일부 본지 4면에 「빗방울」이라는 이미 작곡까지 한 윤석중 군의 동요를 훔치다 발표하엿다. 동무의 충고를 여러 번 밧고도 반성치 안는 군은 하로밧비 물너가거라. 군아! 가만히 안저 생각해 보아라. 그리고 반성하여라. 마즈막으로 편집자의 정밀한 고선(考選)을 빌고 지면관계로 대강 쓴다.[593] (밑줄 필자)

『동아일보』는 윤석중(尹石重)의 동요에다 윤극영과 홍난파가 곡을 붙여 '조선동요곡집'을 4회 연재하였다. 그 가운데 「비ㅅ방울」(『동아일보』, 1930.3.11)을 한상진이 「비ㅅ방울」(『매일신보』, 1931.4.2)로 표절한 것이다. 하

---

593) 백촌인(白村人), 「동무소식」, 『매일신보』, 1931.4.14.

루 전에 사과문을 게재하고 바로 다음 날 표절한 작품이 발표된 것을 보니, 사과와 맹세를 뒤집은 것이라기보다 표절한 작품을 여러 곳에 투고한 것이 뒤늦게 발표된 것으로 보인다. 이에 대해 백촌인(白村人 = 田植)은 한상진의 작품을 두고 '하나도 쌔지 안코 남의 것을 표절한 것이라고 나는 인정'한다고 할 정도다. 한상진은 이후 1930년대 후반에 이르기까지 『별나라』, 『신소년』 등 아동잡지뿐만 아니라 『동아일보』, 『조선일보』, 『매일신보』, 『조선중앙일보』 등 신문에 60편이 훌쩍 넘는 동요, 동화, 소년소설, 아동극 등의 작품을 발표하였다. 이뿐만 아니라 <조선소년총연맹>과 <경기도소년연맹>, <경성소년연맹>을 해체하고 <조선아동애호연맹>을 발기할 때 발기인으로 참여하였고,[594] 유년을 위한 잡지인 『유년동무』를 발간하기로 하는 등 소년문예운동에 중진으로서의 역할을 하였다.[595]

스스로 표절 사실을 털어놓은 경우도 있다. 황순원의 숙부 황찬명(黃贊明)이다.

> 편집 선생님! 기간 안녕하십닛가? 그리고 여러 동무께서도 강건(剛健)한지요? 그런데 한마디 말삼드릴 것은 본월(5월) 1일 동요난에 「봄바람」이라는 동요가 나의 호(號) 곡천(谷泉)으로 발표되엿습니다. 그리고 본월 6일에는 본명으로 「누나생각」과 「할미꼿」이라는 동요가 쏘 발표되엿습니다. 이것은 나의 작품이 아니라 나의 질(姪)인 황순원(黃順元) 군의 작품인데 내가 군에게 물어보지도 안코 내 일홈으로 본보에 투고하엿든 것이 발표되엿싸오니 편집 선생님과 여러 동무께서는 이놈을 용서하서서 순원(順元) 군의 작품으로 알어주시기를 바랍니다. 더욱이 「할

---

594) 「3연맹을 일제 해체 새 단체 결성 준비 – 소년운동에 새 기운」, 『조선일보』, 1936. 12.27.
「소년운동 혁신 기필코 신단체 결성 획책 – 종전 3단체의 해체를 결의, 창립준비회 활동 중」, 『매일신보』, 1936.12.27.
595) 「『유년동무』 – 신년부터 창간」, 『매일신보』, 1936.12.13.

미꽃」이라는 것은 전일 순원(順元) 군의 일홈으로 발표되엿든 것이올시
다. 서량(恕諒)을 바랍니다. (황찬명)596) (밑줄 필자)

「할미꽃」만 황순원의 이름으로 발표된 것이 아니라 「누나생각」도 마
찬가지다. 다만 「할미꽃」은 자구 수정 정도에 그쳤기 때문에 완전한 표
절이었지만, 「누나생각」은 2연으로 된 황순원의 작품에서 1연만 베끼고
전체 작품도 4연으로 늘여 창작품인 것처럼 포장하였다. 황찬명의 「할
미꽃」(『매일신보』, 1931.5.6)은 황순원의 「할미꽃」(『매일신보』, 1931.3.29)을, 황
찬명의 「누나생각」(『매일신보』, 1931.5.6)은 황순원의 「누나생각」(『매일신보』,
1931.3.19)을 표절한 것이다.

평양(平壤) 이문해(李文海)는 원보성(元寶成)의 「님 그리는 봄」(『동아일보』,
1931.4.28)이 유도순(劉道順)의 「진달내꽃」(『별건곤』 제4권 제3호, 1929년 4월호, 5
쪽)을 표절한 사실을 적발하였다. 이문해는 두 작품을 제시하고 다음과
같이 말했다.

> 그것과 추호도 틀림이업는 까닭이다. 다못 제목만 「진달내꽃」을 「님
> 그리는 봄」이라고 곳치여 내엿슬 싸름이다. 나는 그 당시에 함께 안젓
> 든 여러 벗들과 한가지로 그것을 엇썬 어린 동모의 한 장난 그대로 돌
> 니고 말앗다. (중략)
> 원 군이여. 그런 것을 장난질 칠 쌈이 잇거든 차라리 그 방면에 대한
> 책들이나 만히 닑기를 바란다. 그러고서 원 군 자신이 손소 좀 써 보는
> 것이 엇썬가. 나는 조곰도 원 군을 미워해서 이러는 것은 아니다. 이 점
> 을 잘 쌔다러 주기를 바란다. 이런 즛을 하는 동모는 비단 원 군쌘만이
> 아니다. 요즈음 그런 유(類)의 작품(장난)이 퍽이나 성히 유행되다십히
> 만히 기재되는 모양이다. 그들에게도 만히 반성이 잇기를 바래는 바다.
> 쯧흐로 나는 특히 각 신문 잡지사의 문예부에 게신 여러 선생들의 만흔
> 주의가 필요타고 밋는다. (평안남도 평양부 창전리 이문해)597) (밑줄 필자)

596) 황찬명, 「동무소식」, 『매일신보』, 1931.5.13.

소설가로 일가를 이룬 황순원은 1930년대 초반에 다수의 동요(시) 작품을 남겼다. 본명뿐만 아니라 상당수의 작품은 '광파(狂波)'라는 필명으로 발표하였다. 작품 양을 기준으로 한다면 당시 소년 문사 가운데 문단적 지위가 상당했다고 할 것이다. 그런데 표절 논란이 몇 차례 있었다. 황순원의 「버들개지」가 정명걸(鄭明杰)의 작품과 비슷하다며, 백학서(白鶴瑞)가 적발하였다.

여긔에 이 작품도 『소년조선』 지(소화 4년 3월호)에 정명걸 군이 쓴 「운암 햇날의 버들」과 비슷하다는 것이다. 『소년조선』에 쓴 정 군의 작품은 이러하다.

시냇집에 큰처녀 버들의처녀/한자두자 존머리 갈갈이푸러/어름거울 노코서 단장하다가/그만이도 아차차 잠이들엇네// × × 사르르 눈써보니 온머리백발/누가볼까 북그러 잠잠잇다가/뒷집에 솔총각도 백발이니라/자긔신센 다닛고 방긋우섯네//

황 군의 이 작품은 평을 그만두고 제군의 생각에 막기여 버린다. 황 군도 다시금 반성하여 보라. 창작에 힘쓰기를 진심으로 권고한다.[598]

『매일신보』에 발표된 황순원의 「버들개지」(『매일신보』, 1931.4.26)는 위 작품과 자구상 차이가 있기는 하지만, 모티프와 아이디어가 동일하다.

신문에 현상 당선되었던 작품은 널리 알려지게 된다. 그런데 이러한 작품도 표절 대상이 되었다. 윤복진(尹福鎭)의 동요 「스무하로밤」을 이리(裡里) 한금봉(韓金鳳)이 자신의 이름으로 발표한 것이다.

한금봉 군! 군과 면식도 업시 어려운 말이지만 군의 동요 「스무하로

---

597) 이문해, 「동무소식」, 『매일신보』, 1931.6.2.
598) 백학서, 「『매신』 동요평 – 9월에 발표한 것(2)」, 『매일신보』, 1931.10.16.

밤」은『별나라』금년 6월호에서 본 듯하다. 그 동요는 윤복진 군의 「스
무하루밤」과 틀림이 업다. 군이여. 압길을 위하여 자중을 바란다. (평양
사설문예탐정국 악성)599)

한금봉의 표절 작품이 발표된 4개월여 뒤에 위와 같이 표절 사실이
적발되었다. 그로부터 약 2년 뒤에 이고월이『소년세계』에서 다시 표절
사실을 공개하였다.

이 동요는『별나라』작년(1931) 6월 5주년 기념호에 실인 이리 한금
봉 군의 소위 창작동요?이다. 이 동요는 공장 엄마를 기다리고 잇는 우
리들로서 한번 부를 만한 것이나 진정한 한 군의 창작적 작품이냐 하
는 점 지(至)하야는 십분의 의혹을 불금하는 바이다. 왜? 그러냐 하면
그 증거될 만한 사실이 충분하고도 남음이 잇는 것이다. 필자는 이 작
품 출처를 적발코자 한 지 임이 오래엇스나 필자의 여러 가지 신변 사
정으로 말미암아 엿째까지 나려오다가 이번에 귀중한『소년세계』지면
을 빌어 다만 적발하는 데만 끈치고 인신공격과 갓흔 공정한 평자의
태도를 초월하야 과오를 범하는 일은 전혀 업슬 것을 먼저 말해 두는
바이다. 필자는 이제 그 작품 출처와 밋 원작자를 명확히 지적하려 한
다. 문제의 한 군의 작품이란 소위 「스무하로밤」은 일즉이 1928『조선
일보』신년호에 현상 당선 되엇든 대구 윤복진 군의 창작 작품임메 틀
님이 업는 것이다. 그러함에도 불구하고 이제 한 군이 일자일행의 곳침
이 업시 자기 창작인 것처럼『별나라』에 발표하는 것 갓흔 행동은 발
표욕이 그 첨단에 달(達)한 가증한 행위이라 하겟다.600) (밑줄 필자)

윤복진의 「스무하로밤」(『조선일보』, 1930.1.4)은 1930년『조선일보』'신년
현상문예 당선동요'로 발표된 작품이다. 이보다 앞서 1929년에『중외일

---

599) 「동무소식」,『매일신보』, 1931.10.20.
600) 이고월, 「'스무하로밤'을 표절한 한금봉 군에게」,『소년세계』제3권 제3호, 1932
년 3월호, 26쪽.

보』(1929.5.22)에 이미 발표되었던 작품이다. 오늘날의 개념으로 말하면 중복게재인데도 다시 신춘문예에 응모하였고 심사를 거쳐 당선작이 되었다. 그런데 한금봉이 이 작품을 표절하여 『별나라』(1931년 6월호, 48~49쪽)에다 그대로 발표하였다. 이를 '평양 사설 문예 탐정국 악성(樂星)'과 이고월이 각각 적발한 것이다.

양전정(梁田楨)은 연창학(延昌學)의 표절을 적발하였다.

> 「해변 소녀」의 작품의 원작자 김태오 씨는
> 필자와도 친한 지면(知面)이다. 동 작품(동시 2절)은 일즉 『매일신보』에 발표되엿고 그 후 금년 6월 『조선일보』(6월 25일부) 학예면에 재차 동명으로 기재되엿든 것이다.
> 그것을 일자일획도 틀림이 업시 그대로 나열하여 놋코 연창학이라 성명을 부틴 동 군의 심리는 타기(唾棄)할 일이다. 필자는 연 군을 사실이지 감미한 동시 등을 탐독할 시대에 잇는 즉 소학생이 아닌가 상상한다. 그러타면 더욱이 동 군의 전도(前途)를 위해 애석함을 마지안는다. 맹목적인 발표욕을 만족시기기 위하야 타인의 작품을 그대로 등사하야 발표하고 지인들에게 자만하는 꼴을 상상할 때 필자는 구토를 참을 수 업다.[601]

김태오(金泰午)의 「해변의 소녀」(『매일신보』, 1933.4.19; 『조선일보』, 1933.6.25)와 연창학의 「해변의 소녀」(『조선중앙일보』, 1933.8.16)는 양전정의 지적처럼 표기상 차이를 제외하면 완전 '등사(謄寫)'한 작품이 맞다. 연창학은 1926년경 고양 동막(高陽東幕)의 <동우청년회> 소년부(東友靑年會少年部)에서 활동하였고, 소년소녀 월간문예지 '『조광(朝光)』'을 창간하려 한 사실이 확인된다.[602] 이로 보면 '소학생'은 지난 듯한데 발표욕을 이기지 못한 것

---

601) 양전정, 「불쾌하기 짝이 업는 문예작품의 표절 – 연창학 군에게」, 『조선중앙일보』, 1933.8.20.
602) 「<동우청년회> 토론」(『시대일보』, 1926.5.18), 「동우청년소년부 임총(臨總)」(『시

으로 보인다.

하동(河東)의 남대우(南大祐)는 1930년대에 들면서 왕성한 작품 활동을 하였다. 이고산(李孤山 = 李海文)에 따르면 남대우의 동요 「눈」(『조선중앙일보』, 1934.1.18)은 김천(金泉) 정희철(鄭熙喆)의 「보스랑눈」(『동아일보』, 1934.1.6)을 모작하였다는 것이다.

　　1월 18일부 본지 학예란에 게재된 하동(河東) 남대우 군의 동요 「눈」은 잘 - 읽엇섯다. 그러나 그것이 창작이 아니오 표절 - 또는 연구적 모작이엿기 때문에 그 작품을 읽고 처음에 별로 조흔 감상이 들지 안헛섯다. 그러나 어데까지 다심(多心)한 필자는 이것을 나의 의심하는 바 그 원작인 본춘(本春) 『동아(東亞)』지의 당선동요(1월 6일부 해지(該紙) 소재)인 정희철 군의 「보스랑눈」과 대조하야 보앗섯다.

　　먼저 발표된 정 군의 동요는 3절인 바 1절에 2연식(聯式)이요 후에 발표된 남 군의 작(作)은 역시 3절이나 1절에 3연식(聯式)으로 되엿다. 그리고 상(想)과 문구는 전혀 정 군의 것을 갓다 썻다 할 수 잇스나 단지 1절 급 2절의 종연(終聯)에 잇서 '은세계를 일웟네'와 '하얀꼿치 피엿네' 하는 2행이 원작과 전연 달은 것이다.

　　허나 이로써 남 군의 창작이라 하기는 가능치 안엇섯다. 그리고 또 한 가지 양작(兩作)의 중요한 상이점을 발견할 수 잇는 것은 그 제목이 말하는 바와 가티 정 군은 「보스랑눈」만을 노래하엿고 남 군은 「보슬, 싸락, 함박」 3종의 눈을 노래한 것이다.[603]

이고산이 지적한 그대로다. 시상(詩想)과 시적 형식이 거의 동일한데, 내용상 덧붙인 구절이 있을 뿐이다. 이고산은 표절이라 해도 무방하나 추가한 구절이 있고, "동요 「보스랑눈」을 「눈」으로 개작함에 잇서 그 수법이 졸(拙)하지 안흠과 또한 기타의 어느 점으로 생각하건대 이것이

대일보』, 1926.5.31), 「(어린이소식)『조광』 창간」(『동아일보』, 1927.6.4)
603) 이고산, 「문예작품의 모작(模作)에 대한 일고(一考) - 남대우 군에게」, 『조선중앙일보』, 1934.2.15.

연구적 모작"이라 하였다. 이고산은 이 글 말미에 "표절 문제로 「조선 잡지의 문예선자 제씨에게」라는 간단한 글을 초(草)한 바"604)가 있다고 하였다. 정확한 제목은 「신문 잡지의 문예선자 제씨에게 – 김춘파(金春波) 씨의 시 '새 곡조'를 읽고」(『조선일보』, 1933.6.2)이다. 김춘파가 아니라 전춘 파(全春波)의 시 「네 마음의 새 곡조」는 이정숙(李貞淑)의 「독탄자(獨彈 者)」605)를 표절한 것이라는 내용이 대부분이지만, 말미에 이경로(李璟魯 = 李虎蝶)의 당선동요 「눈글씨」,606)를 누군가 표절하여 『시대상』에 발표한 것을 보았다며, 문예선자들의 주의가 필요함을 상기시켰다.

1934년 『동아일보』 신춘현상문예에 남대우는 동화 「쥐와 고양이」로 당선되었는데, 동요 부문에는 정희철의 「보스랑눈」이 당선되었다.607) 남대우 자신의 투고 작품 당선 여부를 확인하기 위해 신문을 눈여겨보 았을 것은 뻔하다. 이때 정희철의 「보스랑눈」을 감명 깊게 읽었다가 약 간 변형하여 발표한 것이 분명하다. 그런데 이 「보스랑눈」조차 정희철 의 창작이 아니라 『조선소년동요집』에서 가져온 것이라고 하니 표절이 얼마나 무분별하게 자행되고 있었는지 짐작할 수 있다.

> 『조선중앙일보(朝鮮中央日報)』에 당당히 일등 당선된 강성구(康成九) 의 동요 「물오리」는 나에게 그 원고가 있는 박영종의 「개고리」(『고향 집』 창간호)를 꼭 닮은 노래이니 한심한 일이다. 문제에 탈선된 감이 없는 배 아니지만 한 가지 간절히 말하는 것은 유식한 고선자(考選者)를 택하는 것이다. 하구 많이 발표되고 매달 뒤니어 쏟아지는 노래를 모조 리 읽으랴면 너무나 동요계와 떨어저 있는 이들이 선한 감이 있으니 마땅히 생각할 것이다. 재작년인가 전에 『동아일보』에 일등 당선된 정

---

604) 위의 글.
605) 정숙(貞淑)의 『매일신보』 신년현상 당선 신시 「독탄자」(1933.1.3)을 가리킨다.
606) 이경로의 신년현상 당선 동요 「눈글씨」(『매일신보』, 1933.1.3)를 가리킨다.
607) 「신춘 현상문예 당선자 발표(기 2)」, 『동아일보』, 1934.1.2.

철희(鄭喆熙) 이렇게 기억된다 — 의 「보스랑눈」은 『조선소년동요집(朝鮮少年童謠集)』엔가에서 도적하여 온 것이 아니었든가.[608]

『조선소년동요집(朝鮮少年童謠集)』을 보지 못해 정확히 확인할 수는 없으나, '강성구(康成九)의 동요 「물오리」는 나에게 그 원고가 있는 박영종의 「개고리」(『고향집』 창간호)[609]를 꼭 닮은 노래이니 한심한 일'이라거나 '도적하여 온 것'이란 언급으로 보아 지금까지 살펴본 표절과 별반 다름이 없는 것으로 보인다. 강성구의 「물오리」(『조선중앙일보』, 1936.1.1)는 박영종의 「개고리」를 베낀 것으로 확인되어 결국 당선취소가 되었다.

> 이번 동요 1등 당선 강성구(康成九) 군의 동요 「물오리」는 동경(東京)서 발행하는 소년잡지 『고향집』 창간호(29혈)에 실린 박영종(朴泳鍾) 씨의 동요 「개고리」를 제목만 고치어 「개고리」를 「물오리」라고 한 것이기 자(玆)에 당선은 취소합니다. 본사 학예부 백(白)[610]

「보스랑눈」도 그렇지만, 신문사의 현상 당선 작품이 표절이라는 것은 다른 표절과는 차원이 다르다. 엄정한 심사가 전제되어 있는 것이 현상 공모다. 그런데 현상 공모에서조차 표절작이 있을 정도라면 표절에 대한 당시 동요 작가·투고자들의 인식이 어느 정도였을지 가늠하기 어렵지 않다. 동시에 고선자(考選者)라고 했던 심사자들의 심사과정도 면밀하지 못했음을 알 수 있다. 앞에서 말한 한우현의 「고향의 봄」은 '아동란'에 투고한 것이지만 신문사의 편집자가 표절작임을 전혀 밝혀내지 못한 결과이기는 마찬가지이다. 더구나 「보스랑눈」은 같은 해 1월

---

608) SS생, 「조선동요계의 작금과 전망 – 작년 작품의 총평을 대신하여」, 『아이동무』, 1936년 2월호, 21쪽. '정철희'는 '정희철'을 잘못 기억한 것이다.

609) 잡지 『고향집』은 1935년 9월 도쿄(東京)에서 김영일(金英一)이 주재하여 발간하였다.

610) 「당선취소」, 『조선중앙일보』, 1936.1.7.

6일 당선작 발표가 있고, 이것을 구왕삼(具王三)이 곡을 붙여 다시 발표(『동아일보』, 1934.1.13; 1935.2.10)하기도 한 작품이었다. 이듬해에는 박중강(朴重剛)이 동요유희로 꾸미기까지 하였다.(『동아일보』, 1935.2.10)

신춘문예란 공개적인 심사가 전제되어 있음에도 버젓이 남의 작품을 투고하고 있다는 것과, 선발 작품이 사회에 미치는 영향이 매우 큰데도 심사가 허술했다는 것이 당대의 현실이었음을 다시 한번 확인할 수 있다.

이 외에도 표절의 예로 거론된 것은 많다. 간단간단하게 매거하면 다음과 같다. 김효정(金曉汀)의 동요 「첫봄」이 김벽파(金碧波)의 「첫봄」을 "말을 몇 마듸 박구어 노앗슬 쑨이요 본의는 소호(小毫)도 틀리지 안는 것",[611] "『소년세계』 소오(昭五) 제2권 제4호 독자 작문란에 선두로 굉장히 발표되엿든 「류랑의 나그네」는 진실한 이 군의 창작인가? (중략) 소삼(昭三)『별나라』 제3권 제6호에 동제로 서간문으로 발표되엿든 유운경(柳雲卿) 씨 작품이 틀님업섯다",[612] 1930년 전후 가장 논란이 많은 "우리 소년문단에 나타난 작품 절도 상습범 이고월(화룡)[李孤月(華龍)] 군"이 1930년 6월호 『소년세계』에 발표한 「봄! 봄!」은 1926년 『어린이』 편집인이 발표한 「봄! 봄! 봄!」이고, 1931년 10월호에 발표한 「기조원생활(奇鳥園生活)」은 1929년 『새벗』(9-10월 합호)에 손풍산(孫楓山)이 발표한 일기문이었다는 지적,[613] "『별나라』 8월호에 1932년 8월 7일 『매신(每申)』에 발표되엿든 동요 일천(一泉) 군의 작품을 제목 그대로 발표한 ×××군아 반성하라.(元山 盧夕村)",[614] "「단풍닙」 이러한 형식의 작품을 한해룡(韓海龍＝春惠) 군쎄서 보왓다. 문구만 달니햇슬 쑨이지 조곰도 틀니지 안는다.",[615] "독자작품호 동요부

611) 윤고종, 「표절에 대하야-효정(曉汀) 군에게 드림」, 『매일신보』, 1931.4.8.
612) 채몽소, 「이고월 군에게」, 『별나라』 통권56호, 1932년 1월호, 41쪽.
613) 김현봉(金玄峰), 「(소년평단)철면피 작가 이고월 군을 주(誅)함」, 『어린이』, 1932년 6월호, 54~56쪽.
614) 「별님의 모임」, 『별나라』 통권73호, 1933년 12월호, 38쪽.
615) 남석종, 「『매신(每申)』 동요 10월 평(2)」, 『매일신보』, 1930.11.12.

에서 김배흠(金倍欽) 군의 「하늘에 빙빙 짱에 빙빙」이 (중략) 『동아일보』
소화(昭和) 6년 9월 29일 외노래 씨의 작품",616) "『별나라』 1월호에 발표
된 홍구(洪九) 작 동요 「억개동무 칭칭」과 동(소) 2월호의 철염(哲焰) 작 「해
님업는 직공들」은 『신소년』에 발표되엿든 것(후략)(安東縣 西贊)",617) "『소년
세계』 작년 송년호에 발표된 두 가지 글이 군의 머릿속에서 울려 나온
글인지! 재삼 반성을 촉(促)한다. 통천 이춘식(通川李春植)"618) 등 표절과 관
련된 논란은 쉼 없이 제기되었다.

딱히 표절이 아니라고 하더라도 기성 문인들의 작품을 모방한 작품
이 많았던 것도 일제강점기 아동 문단의 한 풍속도였다고 할 것이다.
"대부분은 조선동요계의 선봉인 윤석중(尹石重), 윤복진(尹福鎭), 김태오(金泰
午) 등 제씨의 작품을 고대로 모방한 데 지나지 안는 것이 만헛"619)다는
지적을 보면 알 수 있다. 습작기의 어린이들이 기성문인의 작품을 모방
하고 싶은 욕구는 자연스러운 것일 수 있다. 하지만 모방을 통한 창작
이어야지 발표욕이나 명예욕만 앞세우다 보면 바로 표절로 이어질 것
이 뻔하다.

표절 논란의 대부분은 동요에서 일어났다. 동요만큼은 아니지만 아
동문학의 다른 갈래에서도 표절 논란이 없었던 것은 아니다. 소년소설

---

616) 안동현(安東縣) 이동찬(李東燦), 「독자담화실」, 『어린이』, 1932년 2월호, 59쪽. '독
자작품호'는 『어린이』(1931년 11월호)를 가리키고, '金倍欽'은 '金信欽'의 오식이
다. 두 작품은 "하늘에빙빙 솔개돈다/짱에빙빙 그림자돈다/솔개돌아 그림자도나/
그림자돌아 솔개도나/하늘에빙빙 짱에빙빙/솔개와그림자 함께돌지//"(외노래),
"하늘에빙빙 솔개돈다/짱에빙빙 그림자돈다/솔개돌아 하눌에빙빙/그림자돌아 짱
에빙빙/하늘에빙빙 짱에빙빙/솔개와그림자 가티돈다//"(金信欽) 밑줄 친 부분만
살짝 고쳤다.

617) 「독자통신」, 『신소년』, 1933년 5월호, 55쪽.

618) 「별님의 모임」, 『별나라』 통권74호, 1934년 1월호. 52쪽.

619) 송창일, 「동요운동 발전성 – 기성 문인, 악인(樂人)을 향한 제창(상)」, 『조선중앙일
보』, 1934.2.13.

(少年小說) 갈래에서 있었던 표절 논란은 다음의 예가 대표적이다.

그것은 『동아일보』 금년 2월 3일부터 학예란에 연재된 소년 연작소설 「마지막의 웃음」이다.

제1회에 김용준(金龍俊) 군 작 최종한(崔鍾漢) 군 화(畵)로 몇 회가 나오고 제2회는 제1회 삽화에 걸작(?)을 보여주든 최종한 군이 쓰고 김영린(金英㦿) 군이 역시 걸작(?)인 삽화를 그리엇다. 제3회에는 정체 몰을 고회(古懷)라고 하는 호(號)로서 누구인가 썻고 삽화는 김마리아라는 이름으로 그리어 연재되엇다.

그것이 10회가량 연재되고 슷낫다. 슷난 것이 2월 18일이다. 연재되어서 휴재(休載)되는 날도 여러 번이어서 3일에 시작된 것이 18일로 겨우 10회 내외의 것이 슷난 것이다. 웬 마지막 완결될 쌔 조심스러웁게도 '주(註)'라고 쓰고 '이 소설에 주연 인물 윤갑두(尹甲斗)는 삼년 전 겨을 하루의 일기를 가하야 개작한 것을 기 쓰고 말해 둡니다.'고 하야 노앗다.

처음 보는 이들은 그 경개(梗槪)의 훌륭함에 누구든지 놀라지 안을 수가 업슬 것이다. 더욱히 3인의 연작 소년소설로서 근래에 업는 걸작이라고 생각하얏슬 것이다. 나 역시 그처럼 생각하고 읽엇든 것이다. 그러나 그러나 놀라지 말라. 독자는 감쪽가티 속임을 당하얏든 것이다. 3인의 표절 행위의 산품(產品)이엿든 것이다.

×

1926년(大正 15년) 『신소년』 2월호(제4권 제2호)를 보면은 독자가 그들의 교묘한 수단에 농락된 것을 알 것이다. 동호(同號) 제50혈(頁)로부터 제53혈까지 「마지막의 웃음」이란 소년소설이 잇다. 작자는 권경완(權景完)이라는 이이다. 「마지막의 웃음」은 동호(同號)뿐 아니라 다음 3월호, 4월호, 5월호까지 연재되엇다.

×

주인공인 윤갑두 이름부터 권경완 씨의 윤갑두와 동일하다. 그리고 비웃 팔러 다니는 것, 비웃을 중심으로 닐어나는 일(주인집 자식의 일본말 어머니의 동정 등) 돈 일전으로 호쩍을 입에 너엇다 내는 것 등 일촌일리(一寸一厘)도 권경완 씨의 작품의 경개와 틀리지 안타. 필치라

> 든가 기교 방면에는 족음씩 틀리는 데 잇지마는 그것도 대동소이이다. 권경완 씨의 것은 마지막에 와서 갑두의 누의동생이 호떡을 보고 빙글에 마지막 웃음을 웃고 죽는 것인데 연작에는 갑누가 액사(縊死)하는 데에 씃을 맷첫다. <u>다만 마지막 1회쌘 틀릴 쌘 그 외에는 틀리지 안는다.</u>[620] (밑줄 필자)

위의 내용을 확인해 보니, 『동아일보』(1931.2.3~18)에 총 10회 연재된 '소년연작소설'의 작품 제목은 「마지막의 웃음」이 아니라 '의'가 빠진 「마지막 웃음」이다. 1~3회는 김용준(金龍俊) 작 최종한(崔鍾漢) 화(畵)로, 4~6회는 최종한 작 김영인(金英潾) 화(畵)로, 7~10회까지는 고회(古懷) 작 김말레리아 화(畵)로 된 작품이다. 1회에서 4회까지를 '제1회', 5회부터 8회까지는 '제2회', 9회 10회를 '제3회'로 하였다. 『신소년』에는 권경완의 작품으로 「마지막의 우슴」(1926년 2월호, 3월호), 「마지막 우슴」(1926년 4월호, 목차에는 「마지막의 웃음」)이 수록되어 있다. 윤고종(尹鼓鐘)이 지적한 것과 같이 주인공 이름이며 작품의 줄거리가 '일촌일리'도 다르지 않고 '필치라든가 기교 방면'에 약간의 수정을 하고 '마지막 1회쌘 틀릴 쌘 그 외에는 틀리지 안는'다고 할 때 그야말로 대담한 표절이라 하지 않을 수 없다. 권경완(權景完 = 權煥)은 <카프(KAPF)>에 가담하여 당시 문단의 주도권을 잡고 있던 터라 많은 사람이 그의 작품을 주목하고 있었을 것이기 때문이다. 더구나 "표절 행위에 3인의 공범자가 잇는 것은 표절 행위가 존재한 역사상으로 조선쌘만 아니라 세계적으로 초유사(初有事)라고 할 수 잇슬 것"[621]이다.

> 고회(古懷) 군! 군이 작년에 나다려 나의 참된 예술적 양심에서 유로

620) 고종생(鼓鍾生), 「(문단탐조등)소년 연작소설 '마지막의 웃음'은 권경완 씨의 원작」, 『동아일보』, 1931.4.22.

621) 위의 글.

(流露)된 나의 창작품임에도 불구하고 『동아일보』 문단탐조등란을 통하
야 웨? 남의 작(作)을 표절하여다가 썻느냐고 무리하게도 나를 무한히
공박하엿다. 동시에 나타려 표절자라고까지 착명(着名)하엿다. 기시(其
時)에 나는 의외의 일을 당하고 보니 하도 억울하야 무증거한 답변문이
나마 즉석에서 써서 동사(同社), 동란(同欄)에 투고를 하엿다. 일주일간
을 기다려도 발표가 되지 안엇다. 나는 후생이니만큼 나의 작(作)도 그
사람 작(作)보다 후에 발표가 되엿슴으로 싀원히 답변될 만한 무슨 적
확한 물적 증거가 무(無)함이라 그만 무가치하게도 영영매몰을 당하고
말엇다. (중략) 나는 표절자라 하면 군은 여럿이 공모하야(연작소설이니
까) 타인의 원작을 훔처다 쓰는 표절단의 일분자(一分子)이다.[622] (밑줄
필자)

유천덕은 고고회가 '문단탐조등'에서 자신이 윤복진의 「수양버들」을
표절하였다고 제보한 것[623]을 거론하면서, 그를 '표절단의 일 분자'라고
통박한 것이다. 고고회의 반론이 없어 논쟁으로 발전하지는 않았다. 다
만 고고회의 적발에 대해 유천덕은 감정적인 앙금을 고스란히 이 글에
담아 반박하였다.

황순원도 소년소설을 표절하였다. 소년소설 「추억(전3회)」(『동아일보』, 1931.
4.7~9)은 황순원이 아동문학에 참여한 초기에 발표한 작품이다. 그런데
이 작품이 김해림(金海林)에 의해 표절로 적발된 것이다.

◀ 미지의 동우(同友) 순원(順元) 군! 군이 『매신(每申)』 지상을 통하야
쉳임업시 동요를 써 줌에는 이국산하의 청의족(靑衣族)으로 벗 삼어가
는 모ー든 동무들은 날로 진전되여 가는 현하 조선소년문단의 동요계를
축하하는 동시에 군의 장래를 촉망할 짜름이다. 친애하는 미지의 벗 순
원 군! 군이 몟 달 전 『동아일보』 지상을 통하야 「추억」이란 제목하에
소년소설을 쓰지 안엇나? 그 소설을 씃까지 본 나는 몟 해 전에 『새벗

622) 철산(鐵山) 유천덕, 「동무소식」, 『매일신보』, 1931.6.18.
623) 해주읍 고고회, 「(문단탐조등)유천덕 군의 '수양버들'」, 『동아일보』, 1930.11.1.

인가? 『소년조선』인가? 하여튼 소년잡지에서 「희생」이란 소설을 본 것
과 죽음도 틀님업는 것을 쌔달을 쌔 「희생」의 원작자가 군이 아니엿음
은 명백함에도 불구하고 군이 웨? 전자의 작 그대로 제목을 곳처 전재
하엿을가 하는 것이 의문이엿다.

그러면 군의 작(作) 「추억」 그 소설의 주인공인 영일(英一)이란 소년
이 자기 삼촌과 가티 평양 모 중학교 2학년에 입학하야엿다는 것과 꼿
다운 처녀의 사진을 몰내 간직하엿든 것이 담님 선생의 손에 들어가게
되여 사무실에 볼녀가서 부정학생이란 책망을 듯고 집에 돌아가서 쓴
것이 사실을 고백한 자서전이엿다. 영일은 그다음 날 학교 교장 선생한
태 그 글을 보내엿다. 교장 선생은 여러 학생 압헤서 그 글을 낭독하엿
다. 그 글에 씨운 것을 대강 말하면 영일이 세 살 쌔에 자기집(상점)의
큰 화재가 일어나서 2층 침실에 자고 잇는 영일이와 영일의 누이(5세)
와 그리고 식모로 잇는 전경숙(全敬淑)이란 여자가 어미 업는 아해를 재
우고 잇다가 불의지변(不意之變)을 당하야 경숙 그는 자기 한 몸을 불
가운데 희생하여 영일을 구원하고 영일의 누이까지 구원하려다가 불행
이도 불 가운데서 죽고 만 영일의 잇지 못할 은인의 사진을 자기 삼촌
에게서 엇게 되여 날마나 시(時)마다 쓰내어 보앗다는 그러한 것을 쓴
것이 죽음도 틀님업슴에야 엇지 하랴?

미지 순원 군! 사람은 정당한 양심의 보지자(保持者)이다. 그리하야
그 양심을 더럽히지 안흐려는 것이 사람으로서의 찬양할 아름다운 점
이다. 창작연한 군의 표절 작품에 대하야 군을 미워할려는 것도 아니
다. 다만 압흐로 현하 조선 소년문예에 입각한 군의 전로(前路)에 도음
이 될가 하야 아니 참다운 동우(同友)가 되여 주기를 빌며 군에게 일언
으로써 충고를 여(與)하노니 절실한 반성이 잇기를 기대한다.

(간도 남양성에서 김해림)624) (밑줄 필자)

이어 백학서(白鶴瑞)는 황순원의 「버들개지」(『매일신보』, 1931.4.26)도 정명
걸(鄭明杰)의 「운암 햇날의 버들」을 표절했음을 밝히면서, 「추억」도 박홍

---

624) 김해림, 「(동무소식)미지의 동우 순원 군!」, 『매일신보』, 1931.9.9. 제목이 없는
글인데 편의상 글의 서두 부분을 제목으로 삼았다.

제(朴弘濟)의 「여엽쌘 희생」을 개제하여 창작처럼 발표하였다는 사실과 함께 김해림이 이러한 사실을 앞서 밝혔다는 것도 언급하였다.[625]

황순원의 「추억」은 1928년 박홍제가 발표한 「여엽쌘 희생」(『소년조선』 통권4호, 1928년 6-7월 합호, 15~24쪽)을 표절한 것이 분명하다. 모티프는 그대로 두었으나 인물들의 명명(命名)을 달리하고 서사의 내용은 좀 더 살을 붙여 제목을 「추억」으로 개제하였다.[626] 「추억」이 명백한 표절이라는 사실을 모르고, "황순원 선생의 첫 번째 소설은 이번에 발굴한 단편소설 「추억(追憶)」이라고 할 수 있을 것"[627]이라거나, "황순원의 첫 작품 「추억」"[628]이라고 하는 등 최근의 연구에서 과도한 문학사적 평가를 하기도 하였다.

"『동아일보』 신춘 아동작품 모집(東亞日報新春兒童作品募集)의 '작문' 일등인 광주(光州) 김도산(金道山) 군의 「첫겨울」"은 "『어린이』 일천구백이십구년 십이월호 부록인 '어린이세상'에 발표되엿든 박로춘 작의 「첫겨울」"이며 "비교해 보면 한 줄도 틀니지 안는"[629]다고 할 정도로 작문(作文)까지도 동일 작품 수준의 표절이 있었다.

동요, 소년소설, 작문뿐만 아니라 비평문도 표절한 경우가 있었다. 계급주의 아동문학의 효장(驍將) 김우철(金友哲)은 "신년호(『신소년』 1933년 1월호: 필자)에 실닌 박현순(朴賢順) 동무의 「동요의 대한 단편적 고찰」이란

---

625) 백학서, 「『매신(每申)』 동요평 - 9월에 발표한 것(2)」, 『매일신보』, 1931.10.16.

626) 류덕제, 「황순원의 아동문학 연구」, 『국어교육연구』 제65집, 국어교육학회, 2017. 10, 282~283쪽.
　　「추억」의 표절에 대해서는 류덕제의 「황순원 소년소설 '추억' 연구」(『국어교육연구』 제74호, 2020.10)에서 자세히 다루었다.

627) 권영민, 「새로 찾은 황순원 선생의 초기 작품들」, 『문학사상』 제453호, 2010, 51 ~85쪽.

628) 최배은, 「황순원의 첫 작품 추억 연구」, 『한국어와 문화』 제12집, 숙명여자대학교 한국어문화연구소, 2012, 105~127쪽.

629) 박노홍(朴魯洪), 「김도산 군의 '첫겨울'을 보고」, 『어린이』, 1932년 5월호, 37쪽.

글은 1930년 12월 발행인『별탑』제2집에 실녓든 유백로(柳白鷺) 군의 글
을 그대로 벗겨 논 것"630)이라고 적발하였다.『신소년』과『별탑』의 해
당호를 찾지 못해 표절의 양상을 구체적으로 확인할 수는 없지만, '그대
로 벗겨 논 것'이란 김우철의 말에서 표절의 정도를 충분히 가늠할 수
있겠다.

2) 일본 작가의 작품 표절

표절 행위가 드러날 것을 알고 표절하는 사람은 없을 것이다. 그래서
시차를 두거나 다른 매체를 통해 표절 작품을 발표하는 것이 상례다.
표절을 하더라도 다른 나라의 작품을 베끼는 경우 사실이 밝혀질 가능
성은 더 낮다. 일제강점기 문화의 주요 유입 통로가 일본이었고 표절의
적발 가능성도 상대적으로 낮아 표절 행위의 상당 부분은 일본 작가의
작품을 베끼는 것이었다. 일본 작품을 표절한 것이 적발된 사례를 살펴
보자.

일본 작품을 표절하여 일어난 대표적 논란은『동아일보』신춘 현상
에 당선된 한정동(韓晶東)의「소금쟁이」(1925.3.9)이다. 홍파(虹波)가 15세 집
안 아이의 제보로 한정동의「소금쟁이」는 표절이라는 사실을 폭로하였
다.631) 6학년 하기휴가 학습장에 일문(日文)으로 실린 작품을 한정동이
번역한 후 신춘문예에 투고하여 수상하였다는 것이다. 이후 문병찬(文秉
讚), 김억(金億), 한정동(韓晶東), 한병도(韓秉道), 최호동(崔湖東), 김원섭(金元燮)
등이 참가해 비판과 두둔이 이어졌다. 작품의 원작자가 누구인지는 밝
혀지지 않았지만,「소금쟁이」는 결국『동아일보』의 편집자에 의해 표절

---

630) 김우철,「『신소년』돌격대」,『신소년』, 1933년 3월호, 11쪽.
631) 홍파(虹波),「당선동화 '소금장이'는 번역인가」,『동아일보』, 1926.9.23. '當選童
話'는 '當選童謠'의 오식이다.

로 낙인이 되고 긴 논란은 끝막음을 한다.632)(자세한 내용은 제2장 3절 라항 '4)「소금쟁이」표절 논쟁' 참조)

당시 어린이 잡지에 투고되는 작품들도 일본 작품을 표절한 것이 많았던 모양이다. 잡지 편집자들도 이러한 사정을 잘 알고 있었던 것 같다. 수많은 투고 작품들을 일차적으로 고선(考選)해야 하는 위치에 있었기 때문이다. 동요도 표절이 잦았지만, 동화의 경우 일정한 필력이 뒷받침되어야만 가능한 글쓰기이다. 필력이 달리는 소년 독자들에게 표절은 빈번했고 다수가 일본 잡지를 몰래 베끼거나 번역하였다.

> 동화는 거의 칠십 편이나 들어와 싸혓습니다. 그러나 모집한 것이 후회가 나도록 조금도 마음이 내키지 안이한 니야기들뿐임니다. (중략) 쳐음부터 동화는 나희 어린 독쟈들이 혼자 생각하야서 지어오기를 바라지는 못하얏습니다. 그러나 <u>일본책 구통에서 말 한마듸 쪽々하게 번역되지 못한 것을 써 보낼 줄은 몰낫습니다.</u>633)

『별나라』가 독자 작품 공모를 한 결과 '작문'은 412편, '동화'가 '거의 칠십 편'이 투고되었다고 한다. '동요'는 편 수를 밝히지 않았으나 "우리 소년들이 처음으로 글을(예술적 작품) 지어 보는데 동요가 데일 첩경으로 짓기 쉽웁고 자미잇"634)다고 한 데서 짐작할 수 있듯이 '작문'이나 '동화'보다 많았을 것은 분명하다. '작문'과 '동요' 부문은 특별히 언급하지 않았는데, '동화' 부문에서 일본 책을 번역하였다고 나무랐다. 많은 투고작이 있었다는 것은 그만큼 독자(소년 문사)들의 발표욕 또는 명예욕이 컸다는 사실이고, '동화' 부문에 일본 책을 번역하였다고 나무란 것은 '동화'가 그만큼 창작하기 어려웠다는 뜻이다.

---

632) 편집자, 「'소금장이' 논전을 보고」, 『동아일보』, 1926.11.8.
633) 편집인, 「독자 작품 총평」, 『별나라』, 1926년 12월호, 49쪽.
634) 위의 글, 49쪽.

당대 평자들의 비평문에는 일본 작품을 표절한 사실이 여럿 적시되어 있다. 홍은성(洪銀星 = 洪淳俊)이 많이 지적했는데, 1927년 도쿄(東京)에서 조중곤(趙重滾), 김두용(金斗鎔) 등과 함께 『제삼전선(第三戰線)』을 발간하고, 1929년 도쿄 세이소쿠영어학교(東京正則英語學校)를 졸업해, 일본 사정을 잘 알았기 때문이다.

『새벗』
(전략) 그리고 넘우 '燒增シ'을 하지 말엇스면 조켓다. (중략)
『별나라』
『새벗』보다 인쇄가 선명치 못하고 혈수(頁數)가 적으니만치 결점은 적다. 그러나 한 가지도 특출한 작품은 업다. 통틀어 소년잡지들이 '燒增シ病'에 걸렷다. '燒增シ'도 조흔 것을 하엿스면 조치마는 「소년 북삼이」, 「침착한 소년」, 「소년 전령사」 이러한 것들을 미담이라고 썻다. (후략)[635]

유지영(劉智榮) 씨 = 씨의 작품은 『새벗』, 『소년조선』 등에서 만히 볼 수 잇는데 이분도 어느 누구들 모양으로 번역이 심하다. 필치는 숙련되고 아름다운 곳이 만흐나 작품이 거의 일본 소년 묵은 잡지에서 역(譯)한 것이 만타. 심한 예로는 『새벗』 9월호에 실린 「어머니」라는 것은 『어린이』 잡지에도 벌서 번역된 것을 씨는 또 번역하야 독자들을 웃기게 한 일도 잇다. 그리고 모작도 만허서 어느 호(號)인가 잘 기억되지 안흐나 『새벗』에 실린 듯한데 「코레라이의 처녀」를 '燒增シ'한 것을 볼 수 잇다. 창작에 힘썻스면 조켓다.[636]

고한승(高漢承) 씨 = 씨의 작품은 『어린이』 신년호, 2월호에서 잠간 볼 수 잇고 그 후로는 일절 소식이 돈절하다. 그러나 내가 본 씨의 「원한의 화살」이라는 것은 씨의 작품이 안이오 다른 나라

---

635) 궁정동인, 「11월 소년잡지(1)」, 『조선일보』, 1927.11.27. '宮井洞人'은 홍은성(洪銀星)의 필명이다. '燒增シ'는 일본어 '야키마시(燒(き)増し)'로 '복사'란 뜻이다.
636) 홍은성, 「금년 소년문예개평(3)」, 『조선일보』, 1928.11.3.

동화를 역(譯)한 것이다. 씨 역(亦) 뒤진 직역적 동화 수입을 쫴 질 기는 것을 볼 수 잇는 것이다.[637]

이적성(李赤星) 씨 = 씨의 작품은 주로 『새벗』에서만 볼 수 잇는 분이다. 그러나 덜 된 탐정소설로 정신업시 운전해 나가는 듯한 것을 볼 째에는 매우 불쾌한 째가 적지 안타. 더욱 실리는 것마다 일본 소년잡지의 것을 번안 혹은 모작을 하는 데는 넘우나 소년을 무시하야 쓰는 것 갓튼 감도 업지 안타. 다소 창작적으로 하얏스면 조켓다.[638]

그것이 물론 조선 소년을 근저로 하야 편집한 것이 잇지만은 그것은 일본의 그것을 그대로 모방하야 온 그것이엇다. 그째의 소년잡지 — 『새동무』, 『새소리』, 『어린이』 등 — 은 거개 일본의 동화를 번역하고 일본의 정조(情操), 감정을 그대로 그린 것이 만헛섯다. 이에 잇서서 이것은 모방이라는 철조망을 넘지 못한 것이엇섯다. 그러나 누구 하나 대담한 비약을 시(試)하야 본 사람이 업섯다. 그리하야 오늘날에 소년들이 낡고 잇는 소년잡지가 아즉도 일본의 직수입물을 미탈(未脫)한 경지에 잇는 편이 만타.[639]

그런데 이들 존재해 잇는 소년잡지의 질적 전환을 요구하야 마지안는 바는 엇던 소년잡지를 내어노코 보든지 소년의게 대한 이러타 무엇을 너허준 것이 업다고 하야도 과언이 안일만치 일본 소년잡지의 것을 직수입으로 통재게로 번역해 논 것이 반수(半數) 이상이다.[640]

방정환(方定煥) 군이 소년운동과 그의 문예운동을 진흥식혀 온 것은 이곳에서 특기할 사실이다. 그러나 그의 뇌는 창작적 기능이 부족하든 감을 이 글을 쓰면서 더욱더욱 늣기게 된다.

---

637) 홍은성, 「금년 소년문예개평(4)」, 『조선일보』, 1928.11.4. 「원한의 화살」(『어린이』, 1927년 11-12월 합호, 12~16쪽)을 가리킨다.
638) 위의 글.
639) 홍은성, 「소년문예 일가언(一家言)」, 『조선일보』, 1929.1.1.
640) 홍은성, 「소년잡지에 대하야 - 소년문예 정리운동(1)」, 『중외일보』, 1929.4.4.

그것은 방 군이 1에서 10까지 그의 동화가 비창작이라는 것이다. 거의 巖谷小波의 그것을 그대로 옴겨온 것이 만타. 이 유풍(流風)은 일본의 소년잡지를 역(譯)하는 버릇을 가르첫다고 볼 수 잇다. 조선에 소년운동이라든지 소년문예운동이 투철한 존재가 업슬 째에 일본의 그것이라도 가저다가 진흥식힌 것은 고마운 일이다. 이것을 정리하고 쏘한 조선의 것을 완성하도록 창조적 뇌와 공정한 논평이 업섯든 까닭이라고 말하고 십다.

보라! 현금(現今)에 움지기고 잇는 소위 소년잡지에 실이고 잇는 동화 동요가 일본의 그것을 번역하고 모작하야 된 것이 얼마나 만흔가. 동요에 잇서서는 다소 모작을 지나 창작 기분이 잇스나 동화에 잇서서는 아즉도 번역기를 버서나지 못하고 허덕이는 분이 잇다. 심한 이는 조선에 무슨 동화가 잇느냐고 한다. 죄다 번역이라고까지 하게 된다. 그리하야 내지(乃至) 조선 동화 부정론자까지 잇게 된 기현상이다. (중략)

조선의 소년은 나날히 진보하고 잇서서 보통학교 삼사년 정도만 되면 일본 소년잡지는 넉넉히 닑을 수 잇는 것이다. 그런데 몃 달이나 몃 해 전 것을 번역하야 가지고 소년을 만착(瞞着)하는 것도 첫재 안된 일이고 우리 소년문예진흥에 잇서서도 자미 업는 일이다. 동시에 소년 독자대중에서 격리되고 판매 부진 경영 곤란에까지 이르게 될 것이다.[641] (이상 밑줄 필자)

이상의 인용에서 보면 당대 아동 문단의 주요 작가들을 포함하여 많은 작가들이 일본 작가의 작품을 표절하고 있는 것을 알 수 있다. 방정환, 유지영, 고한승, 이적성의 작품에 보이는 구체적인 표절 사실을 적시함과 동시에, 표절의 여러 양상을 다음과 같은 단어로 표현하고 있다. '번역(飜譯)', '야키마시(燒增シ)', '직역적 동화 수입(直譯的童話輸入)', '번안(飜案) 혹은 모작(模作)', '일본의 직수입물을 미탈한 경지', '일본 소년잡지의 것을 직수입으로 통재게로 번역해 논 것이 반수 이상', '죄다 번역' 등이다. 방정환을 두고도 '거의 이와야 사자나미(巖谷小波)의 그것을 그대로 옴겨

---

641) 홍은성, 「동화, 동요, 기타 독물 – 소년문예정리운동(3)」, 『중외일보』, 1929.4.15.

온 것이 만타.'고 하는 정도다.

신고송(申孤松)은 아동문학 이론 또한 일본 이론의 번역이거나 의지한 것이라 말하고 있어 홍은성의 지적과 크게 다르지 않다. 신고송도 <코프(KOPF)조선협의회>642)의 기관지『우리동무』를 편집하는 등 일본 사정에 밝고, 일제강점기 동요와 아동극 분야에서 활발한 활동을 벌였었기 때문에 표절 관련 사정도 잘 알고 있었던 것이 분명하다.

> 우리의 이론은 사실로 애매한 것이엇다. 과다의 이론도 나오지 안헛지만은 수삼(數三) 발표되엇다 할지라도 그것이 절대로 깁흔 연구에서 나온 적확한 이론이라고는 못할 것이다. <u>대개가 일본의 그것을 역안(譯案)한 것에 지나지 못하고 의지한 것에 지나지 못하엿다.</u> 일본의 이론이 오착(誤錯)된 것이 아니로대 특수성이 잇는 조선 아동이 불늘 동요이니 거기에 특수한 무엇도 잇서야 할 것이다. 압헤도 말헷지만은 가장 급한 것이 이론 확립일 것이다. 더욱이는 타락되여 가고 사도(邪道)로 질주하는 우리의 동요단에 잇서서 말이다.643) (밑줄 필자)

소년운동과 소년문예운동에 있어 가장 활발한 비평 활동을 했던 사람 중의 하나인 김태오(金泰午)와 프롤레타리아 아동문학 이론을 정치하게 전개한 안덕근(安德根) 그리고『조선동요선집』등 다수의 저작과 소년문예운동을 선도적으로 이끌었던 고장환(高長煥)도 일본 이론가들의 글을 '초역(抄譯)'하거나 '만히 참조(參照)'한 것이어서 '대개가 일본의 그것을

---

642) <コップ(KOPF)>는 <일본프롤레타리아문화연맹(日本プロレタリア文化連盟)>(Federacio de Proletaj Kultur‑Organizoj Japanaj)의 에스페란토어 약칭이다. 1931년 11월에 <NAPF(ナップ)>의 뒤를 이어, 구라하라 고레히토(藏原惟人)의 제창으로 프롤레타리아 문화운동의 전 영역을 통일하여 합법적인 활동을 목적으로 조직한 문화단체이다. 1934년에 당국의 탄압으로 해산되었다. <코프조선협의회>는 <KOPF> 산하에 조직된 단체이다.
643) 신고송,「동심에서부터‑기성동요의 착오점, 동요시인에게 주는 몃 말(1)」,『조선일보』, 1929.10.20.

역안(譯案)한 것에 지나지 못하고 의지(依支)한 것에 지나지 못하엿다'는 신고송의 지적에서 거리가 멀지 않다.

아즉 동요에 유의만 하얏지 연구를 별로 하지 안 해서 여긔에 일본 西條八十 씨의 『현대동요강화(現代童謠講話)』와 野口雨情 씨의 『동요작법(童謠作法)』과 내가 생각한 의견과 종합하야 이약이한다는 것을 미리 말하야 둔다.[644]
부언(附言)… 이 논문은 일본의 小林澄兄, 大多和顯 양씨(兩氏)의 『예술교육론』과 또 小林 씨 저 『최근교육사조비판』에서 참조 쓰는 초역한 것도 잇슴을 말해 둔다.(완)[645]

(본편은 2, 3인의 자료적 문헌(石田茂의 「아동문학운동의 특수성」, 大河原浩 「푸로레타리아 동화운동에 대한 작가의 태도」 등등을 참조하엿스나 주로 '호엘누렌' 씨 급 槙本楠郎 씨의 소론을 만히 참조하엿슴을 말해 둔다.)[646]

본시 나는 조선 아동문학계에 대한 금후 전망을 쓸여는 것이 그만 이러케 되고 말엇다. 이 역(亦) 뒤로 「아동의 심성과 아동문학의 관계」로 아동의 지각력 상상력 운율 애호성과 아동문학에 대하야 쓰려든 것이 지면 관계로 이만 끗친다. 여긔에 쓴 글을 주로 松村 박사 저서에 의한 것이며 원컨대 이 문제가 금후 식자 간에 만히 토의되기를 바란다.[647]

여긔에 부언하는 바는 野口雨情 씨 저 『童謠と童心藝術』에서 더러 참조한 것도 잇다. 그리고 동심예술이란 말은 野口雨情 씨가 맨- 처음으

---

644) 우이동인, 「동요연구(1)」, 『중외일보』, 1927.3.21.
　　　西條八十의 『現代童謠講話: 新しき童謠の作り方』(新潮社, 大正13)와, 野口雨情의 『童謠作法問答』(尙文堂書店, 大正11), 野口雨情의 『(雨情童謠叢書 第2編)童謠作法講話』(米本書店, 大正13)를 가리킨다.
645) 김태오, 「예술교육의 이론과 실제(9)」, 『조선일보』, 1930.10.2.
646) 안덕근, 「푸로레타리아 소년문학론(10)」, 『조선일보』, 1930.11.7.
647) 고장환, 「아동과 문학 - 1934년의 전망(7)」, 『매일신보』, 1934.1.28.

로 주창한 명칭인데 그것이 적당하기에 그대로 사용하야 왓다.[648]
참고서 松村武雄 저『童謠論』[649] (이상 밑줄 필자)

차례로, 우이동인(牛耳洞人 = 李學仁)은 동요에 대한 연구가 모자라 사이조 야소(西條八十)의 저서『현대동요강화(現代童謠講話)』와 노구치 우조(野口雨情)의 저서『동요작법 문답(童謠作法問答)』을 참조했고, 김태오는 고바야시 스미에(小林澄兄)와 오타와 아키라(大多和顯)의 교육학 관련 저서를 인용하였으며, 안덕근은 이시다 시게루(石田茂), 오카와라 히로시(大河原浩), 마키모토 구스로(槇本楠郎)의 글과 저서를, 고장환은 마쓰무라 다케오(松村武雄)의 저서를, 다시 김태오는 노구치 우조의 저서『동요와 동심예술(童謠と童心藝術)』을, 그리고 윤복진은 마쓰무라 다케오의『동요론(童謠論)』을 참고했다는 것이다. 전거를 밝힌 글을 표절로 치부할 수는 없지만, 본문을 보면 거의 초역(抄譯) 수준이라 엄격한 의미에서 인용과는 차이가 있는 것을 알 수 있다.

일제강점기에 활발한 비평 활동과 동요 창작을 했던 구봉산인(九峰山人 = 宋完淳)과『(푸로레타리아 동요집)불별』을 통해 강한 계급의식을 드러냈던 김병호(金炳昊)도 다음과 같이 일본 작가를 표절한 사실을 밝히고 있어, 표절이 광범위하게 이루어졌다는 것을 확인하는 데 부족함이 없다. 구봉산인에 따르면 한정동은「소금쟁이」사건 이후에도 일본 작가의 작품을 모작한 것이 많았던 것으로 보인다.

---

648) 김태오,「동요예술의 이론과 실제(5)」,『조선중앙일보』, 1934.7.6.
　　노구치 우조(野口雨情)의『童謠と童心芸術』(同文館, 1925)을 가리킨다.
649) 윤복진,「(아동문학강좌)동요짓는 법(완)」,『동화』제2권 제3호, 1937년 4월호, 26쪽.
　　마쓰무라 다케오의 저서 중에『동요론』은 없다. 兒童保護研究會 編,『童話童謠及び音樂舞踊』(兒童保護研究會, 1923)의「동화 및 동요(童話及び童謠)」의 제2편「동요(童謠)」의 제1장「동요의 의의와 종류(童謠の意義と種類)」를 주로 인용하였다.

그리고 「소곰쟁이」로 인하야 짜싹하면 일이 날 번한 한정동 씨는 아
즉도 유위한 존재이다. 신(申) 군의 말과 가티 씨가 동심을 잘 파악치
못하얏다는 것도 사실이나 그보다도 씨에게 잇서서는 자미 적은 내음
새가 나는 것 갓다. ― 원컨대 너무 일본 동요를 만히 보지 마소서.[650]
　또 허일수(許日秀)란 사람의 「넷 기와장」이라는 게 잇는데 그것은 일
어 독본(普校) 권6(卷六)의 「古い瓦」란 것의 위조물이다. 붓그림을 몰으
는 자의 한갓 작란이다.[651]

　그리고 작가로써 출발하려는 습작가들을 보면 대개가 모작(模作)을
많이 하고 있다. 심지어 야구우정(野口雨情)이라든가 기타 외국작가의
글을 그대로 번역하고 창작연(創作然)하는 이가 있으니 삼가야 할 일이
다.[652] (이상 밑줄 필자)

이상 홍은성, 신고송, 송완순, 김병호, 김태오 등 당대 아동문학의 주
요 논자들이 입을 모아 일본 작가와 작품을 지나치게 모방, 표절하고
있는 현실을 꼬집은 것이다. 윤석중(尹石重)의 다음과 같은 지적도 같은
맥락이다.

　이러한 잡지들이 어떤 사명감에서 밑질 작정하고 낸 것은 갸륵한 일
이었으나 그중에는 처세술, 공명심에 사로잡힌 이도 없지 않아 있었으
며, 그래서 문학 소질이 전혀 없는 사람들이 앞을 다투어 사진과 함께
자기 글을 내는 일이 많았으나, 창작다운 창작은 가뭄에 콩 나기로 서
양 것이 아니면 일본 것의 재탕이었다. 돈 댄 사람, 돈을 끈 사람이 글
을 쓰거나 편집을 맡지 않으면 종교 선전·주의 심기에 몰두하여 어린
이들로 하여금 갈팡질팡하게 만들었다.[653] (밑줄 필자)

---

650) 구봉산인, 「비판자를 비판 ― 자기 변해(辯解)와 신(申) 군 동요관 평(9)」, 『조선일
　　보』, 1930.3.1.
651) 김병호, 「최근 동요 평(3)」, 『중외일보』, 1930.9.28.
652) SS생, 「조선동요계의 작금과 전망 ― 작년 작품의 총평을 대신하여」, 『아이동무』,
　　1936년 1월호, 23쪽.

일본의 논의를 표절한 사실이 거론되지 않았을 뿐 이상에서 논의된 것보다 더 많이 몰래 초역·번역되었는데, 당시로서는 일본의 앞선 논의를 받아들이는 수밖에 없었던 측면에다 평자들의 명예욕이 겹친 결과라고 하겠다.

3) 동일 작가의 중복게재

중복게재는 자신의 작품이기는 하나 한 작품을 여러 매체에 거듭 싣는 것을 일컫는다. 일제강점기 아동 문단에는 중복게재 행위도 적지 않게 있었다. 중복게재를 지적한 비평문도 여럿 있다.

> "근일에 신문이나 잡지를 보면 간혹 작자로서 동일한 작품을 가지고 이곳저곳에 투고하야 발표하는 일이 비일비재하기로 필자는 여기에 붓을 들어 멧 마듸 쓰려 한다. (중략) 여기에는 첫재 잡지 편집자로서 그러한 발표욕에만 급급하고 작품 효과 문제를 도외시하고 잇는 반동적 작품을 주의하야 일절로 실지 말 것이며 또 우리로서도 그네들 반동배를 우리의 진영 내에 잠입할 기회를 주지 말도록 견제해 나감이 우리의 진영을 정돈하는 일 방책이 될 것이다." (삼장에서)654) (밑줄 필자)

이활용(李活湧)의 주장은 중복게재의 사실을 구체적으로 적시하지 않아 정확한 내용은 확인할 수 없으나, 당시 아동 문단의 풍토를 잘 지적한 것으로 볼 수 있다.

후창(厚昌) 채규철 씨—『별나라』 수신국에서는 큰소리를 탕탕하던 양반이 그게 무슨 실수요. 『신소년』 신년호에 실닌 「압내」는 1월 9일 치 『동아(東亞)』 지상에 또 내어섯드군요. 그래 작품 한 개를 가지고 두

---

653) 윤석중, 『어린이와 한평생』, 범양사출판부, 1985, 60~61쪽.
654) 이활용, 「(수신국란)나면 되는 투고가에게 일언함」, 『별나라』, 1931년 12월호, 36쪽.

번 세 번 우루어 내어야 시원한가요. 보는 사람은 시원찬애요. 충주 한
백곤.655)

한백곤(韓百坤)이 지적한 채규철(蔡奎哲)의 「압내」는 『신소년』(1930년 1월
호, 44쪽)과 『동아일보』(1930.1.9)에 거듭 게재되었다. 몇 군데 표기법이 다
른 것과 자구를 수정한 것이 확인된다. 당시 동요는 엄격하게 음수율을
지켰던 것을 기준으로 본다면, 『신소년』 소재 작품은 7·5조를 잘 유지
하고 있으나 『동아일보』 소재 작품은 오히려 운율이 흐트러졌다. 개작
이라기보다 하나의 작품을 신문과 잡지와 거듭 투고한 것이 두 매체에
연거푸 게재된 것으로 보인다.

한용수(韓龍水)는 '문단탐조등'에 김여수(金麗水 = 朴八陽)의 「가을」을 표절
이라고 적발하여 제보하였다. 김여수의 「가을」(『어린이』 제8권 제7호, 1930
년 9월호, 30쪽)은 5년 전인 1925년 진남포의 사립 삼숭학교(三崇學校)에서
발행한 『삼숭(三崇)』(제2호)에 실린 차광조(車光祚)의 「낙엽」과 동일한 작품
이란 것이다.

낙엽

가을바람우수수/부러오면은/나무나무입사귀/써러짐니다//우리마당압
쓸의/오동나무도/입사귀를온쓸에/쩔쿼놈니다//나는나는학교서/도라만오
면/갑지차자낙엽을/글거몹니다//종일토록오동입/글거모와도/작고작고한
업시/써러짐니다// (차광조)

가을

가을바람 우수수 부러오면은/나무나무 입사귀 써러짐니다/우리압쓸
마당의 오동나무도/입사귀를 왼쓸에 써러놈니다/우리옵바 학교서 도라
오면은/갈퀴차자 락엽을 글거몹니다/오동입새 왼종일 글고글거도/작고

---

655) 충주(忠州) 한백곤, 「독자담화실」, 『신소년』, 1930년 3월호, 36쪽.

　작고 한업시 써러집니다// (김여수)

　약간의 표기상 차이를 제외하면 완전 동일한 작품이다. 이미 문명(文名)을 얻고 있던 김여수인지라, 한용수는 "박팔양(朴八陽) 김여수(金麗水)는 조선의 문단적 지위로나 쏘는 예술상 인격으로 보아 남의 것을 제 것이라거나 표절할 사람이 아님을 밋"656)는다고 하면서도, 위의 인용에서 보듯이 워낙 동일한 작품이다 보니 표절임을 제기한 것이었다.
　그러나 김여수(金麗水)의 「가을바람 낙엽」(『동아일보』, 1924.9.15)과 「(신작동요)가을」(『어린이』 제8권 제7호, 1930년 9월호, 30쪽)은 같은 작품이지만 표절이 아니라 거듭 발표한 것이었다.

　(전략)
　1. 졸작 동요 「가을」은 지금으로부터 7년 전인 1924년에 『동아일보』 학예란에 발표된 일이 잇섯습니다. 금반에 조사한 결과 그것은 1924년 (즉 大正 13년) 9월 15일부 『동아일보』 제1479호 제4면 제6단에 김여수 (金麗水)라는 이름으로 발표되엇든 것입니다.
　2. 차광조(車光祚) 씨의 「낙엽」의 발표는 1925년이라 하섯스니 그 익년(翌年)이겟습니다.
　3. 금년 『어린이』 8월호에 게재된 「가을」은 전기(前記) 1924년 졸작의 재발표에 지나지 안습니다. (후략)657)

　김여수의 해명으로 표절 혐의는 해명이 되었으나 중복게재는 엄연한 사실로 드러난 셈이다.
　중복게재를 표절로 오인한 것도 있는데, 그 까닭은 필명으로 인한 것이었다. 황순원(黃順元)은 동요와 소년소설 등 아동문학으로 문단 생활을

---

656) 한용수, 「(문단탐조등) 문제의 동요 – 김여수의 「가을」」, 『동아일보』, 1930.9.17.
657) 여수(麗水), 「(문단탐조등) 「표절」 혐의의 진상 – 동요 「가을」에 대하야」, 『동아일보』, 1930.9.23.

시작하여 시를 쓰다가 소설로 옮겨간 경우다. 동요 창작 당시 황순원은 '광파(狂波)'란 필명을 쓰기도 하였다.658) '평양 사설 조선문단 탐정국'이란 이름으로 "표절범을 하나 잡아 노앗"다며 '탁파생(托波生)'의 「언니와 옵바」(『매일신보』, 1931.4.17)는 황순원의 「형님과 누나」(『매일신보』, 1931.3. 29)를 표절한 것이라고 적발하였다. 「형님과 누나」를 「언니와 옵바」로 "개제(改題)하고 본문은 쏙 갓치 벗겨 노핫스니 이것이야말로 대담한 작란"659)이라는 것이다.

> 아츰햇님 방긋이 솟아오를째/압마당 언덕우로 물동이니고/울누나 타박타박 올나옵니다/×저녁해님 빙그레 도라를갈제/뒤산밋 곱은길로 나무짐지고/울형님 살랑살랑 나려옵니다// (새글회 황순원, 「형님과 누나」)

> 붉은해가방긋이 솟아오를째/압마당언덕우로 물동이니고/울누나 타박⌢ 올나옵니다/×붉은해가핑그레 넘어를갈째/뒷동산곱은길로 나무짐지고/울옵바 살랑⌢ 나려옵니다// (광파생, 「언니와 옵바」)

'托波生'은 '狂波生'의 오식이므로 결국 황순원이 황순원 자신의 작품을 수정하고 제목을 바꾼 중복게재에 해당하는 것이다. "일전 나의 졸작인 「형님과 누나」라는 동요가 나의 본명과 호(號)로 두 번 발표된 일이 잇다."660)고 한 것으로도 확인된다.

그런데 '狂波生'이란 필명은 황순필(黃順必)도 사용한 것으로 보인다.

---

658) 선천 호무사, 「(지상위안)산노리 동요회(1)」(『매일신보』, 1931.6.17)에 "○ 평양 밋치광이물결 오섯소? ◇…네. 광파 황순원이요"라 하여 황순원의 필명이 '광파'임을 확인할 수 있다. 황순원이 「동무소식」(『매일신보』, 1931.5.13)에 "나는 표절범인 광파(狂波)라는 사람이다. 그리고 본명은 황순원(黃順元)이다."라 한 데서도 확인된다.
659) 평양 사설 조선문단 탐정국, 「동무소식」, 『매일신보』, 1931.4.21.
660) 황순원, 「동무소식」, 『매일신보』, 1931.5.13.

동일한 내용의 「봄맛는 참새」가 '狂波生'(『매일신보』, 1931.4.25)과 '黃順必'(『매일신보』, 1931.4.27)이란 이름으로 두 번 발표되었다.

◀ 편집부의 여러 선생님! 저는 귀보(貴報) 독자가 된 지도 오래되엇습니다. 그러나 선생님들께 인사 못 들인 것이 죄송하나이다. 그런데 저의 졸작인 「봄 맛는 참새」라는 동요가 본보 25일 지면에 발표되엇습니다. 그런 것이 27일 지면에는 저의 본명으로 쏘 발표되엇습니다. 이것은 나의 잘못으로 원고 상중(相重)되여 그러케 되엇사오니 편집선생님께와 독자제위에게 서량(恕諒)을 바라는 바입니다. (황순필)661) (밑줄 필자)

글쓴이가 '黃順必'인데 '저의 본명'이라 하였으니 '狂波生'이 곧 '黃順必'이라는 말이다. '狂波'는 황순원의 필명인데 흔히 '生'을 덧붙여도 같은 사람을 가리키는 것이 일반적인 것으로 볼 때 의외이지만, 분명한 언명이 있어 필명 하나가 명확해진 것이다. 명확해졌으면서 동시에 불명확해진 것은 '黃順元'과 '狂波生'도 같은 사람이라는 것 때문이다. 황순필은 실제 황순원의 친동생이다. 황순원이 동생의 이름으로 작품을 발표했거나, 동생 황순필이 황순원의 작품을 자신의 이름으로 발표하면서 필명도 섞어서 쓴 것으로 볼 수 있겠다.662)

동요와 비평으로 활발한 활동을 한 전식(田植)도 백촌인(白村人)이란 필명으로 중복게재를 한 사실이 요노매(妖努罵)에 의해 탄로가 났다.

조선 소년문예에서 손을 쏩는 전식(田植) 군! 군이 정말 이럴 줄은 몰낫네. 사람은 참으로 밋지 못할 것이네?
군아. 군은 너무나 현상(懸賞)이라면 목을 매는 모양이야. 그래 이 사람 이번 신년호 『어린이』에 발표된 「야학에서 헤질 째」 이 동요를 『어린이』에 발표된 것이 부족하여서 『매신(每申)』에 쏘 보냇나? 아주 입선

---

661) 황순필, 「동무소식」, 『매일신보』, 1931.5.6.
662) 류덕제, 「황순원의 아동문학 연구」, 『국어교육연구』 제65호, 2017.10, 266쪽.

싸지 되여 깁부겟는데? 그래 적어도 조선 소년문예에 힘쓴 자로서 명예와 황금에 팔니여 자기 주위 환경을 다- 잇는단 말인가? 군이 일홈을 박구어 발표하면 몰을 줄 알엇나. 그것만은 군에 실수이엇섯네.663) (밑줄 필자)

두 편의 「야학에서 헤질 째」는 다음과 같다.

1 야학에서 헤질째 집에올째에/등불들을 들고서 나려옵니다.//2 싯뻘언 등ㅅ불로 길을밝히며/힘차게 창가하며 나려옵니다.//3 웃마을길 넘언말길 우리말길에/울긋불긋 등ㅅ불꼿 피엿습니다.// (전식, 「야학에서 헤질째」, 『어린이』 제10권 제1호, 1932년 1월호, 34쪽)

야학에서 헤질째 집에올째에/등불들을 들고서 나려옵니다//◇싯뻘언 등ㅅ불로 길을밝히며/힘차게 창가하며 나려옵니다//◇웃마을길 넘은말길 우리말길에/울긋불긋 등불꼿 피엿습니다// (백촌인, (당선동요)「야학에서 헤질째」, 『매일신보』, 1932.1.5)

전식은 이에 대해 「요노매 군에게」를 통해 해명을 하였다. 『어린이』 1931년 10월에 투고한 것이 두 달이 지나도 발표되지 않아 "『매신(每申)』에서 모집하는 신년문예에 응한 것"이고 '白村人'이란 별호와 함께 본명 '田植'을 병기했더니 편집자가 '田植'으로 발표한 것이라는 내용이다.664)

요노매는 연이어, 박수봉(朴秀烽)이 「나무꾼」을 중복게재한 사실도 적발하였다. "일전에 2월 2일 『중앙일보』 4면에 발표된 군(君)의 작품 「나무꾼」"을 "『신소년』 2월호를 두적두적하다가 우연히 군(君)의 작품 「나무꾼」을 쏘 발견"하였다는 것이다.665) 박수봉은 「나무꾼」(『중앙일보』, 1932.

---

663) 경성 요노매, 「『매신(每申)』에 입선된 전식 군의 동요를 닑고」, 『어린이』, 1932년 2월호, 58쪽.
664) 전식, 「요노매 군에게」, 『어린이』, 1932년 3월호, 36~38쪽.
665) 경성 요노매, 「수봉 군에게」, 『어린이』, 1932년 2월호, 39쪽.

2.1)과 「나무꾼」(『신소년』, 1932년 2월호, 55쪽)을 거듭 발표한 것이다.

한철염(韓哲焰)과 홍구(洪九)는 당대 아동 문단에서 일정한 위치를 확보한 작가였음에도 중복게재에는 예외가 아니었다.

> 나는 철염(哲焰), 홍구(洪九) 동무에게 잠간 일이 잇소. 『별나라』 1월호에 발표된 홍구 작 동요 「억개동무 칭칭」과 동(仝) 2월호의 철염 작 「해님업는 직공들」은 『신소년』에 발표되엿든 것이 아니요. 발표욕 운운은 아닐 줄 알기로 한마대 뭇나이다.[666]

이서찬(李西贊)은 신고산(新高山) 출신으로 만주 안동현(安東縣)에 거주하면서도 자주 국내 문단에 머리를 내밀었다. 따라서 국내 사정에 밝아 위와 같은 적발이 가능했던 것이다. 필자가 갖고 있는 『별나라』와 『신소년』에 결호가 많아 「억개동무」는 확인할 수 없고, 한철염의 「해님업는 직공들」은 『별나라』(1933년 2월호, 29쪽)와 『신소년』(1932년 6월호, 25쪽)에 중복게재된 것이 확인된다.

중복게재와 관련하여 작가 자신의 탓과 매체 편집자의 잘못이 결합된 다음과 같은 경우도 드물지 않았다.

> ◁ 이무극(李無極) 형에게 이 형! 건강하십니가? 그런데 형님과 담판할 일이 생겻스니 형이 일전에 본지 2면을 통하야 「새벽」이란 제목하에 발표한 동요를 제(弟)로서는 얼마큼 자미깁히 읽고 생각하엿습니다. 그런데 거(去) 4월 1일 본란(本欄)을 두적두적하다가 형의 「새벽동이 틀째」란 제목이 눈에 씌이기로 자세히 읽어 본 즉 아나나 다를까 전 작품과 조금도 차이가 업는 동요이엿습니다.
> 이(李) 형님! 요새 너무 열심히 공부하시느라고 밧분 중 모르고서 그리하섯는가요?
> (혹은 기자 선생님쎄서 부주의하섯는지도 모르지만?)

---

666) 안동현(安東縣) 서찬(西贊), 「독자통신」, 『신소년』, 1933년 5월호, 55쪽.

한 작품을 두 번이나 발표할 것 무엇입니까! 귀중한 지면을 허비하고 형님 이후로는 주의 주의하심을 바랍니다. 하마터면 불량 비평군(批評軍)에게 맛낫드라면 큰 봉변당할 번 햇소다. 하하……하…

◀ 편집자의 책임도 업지 안습니다. (C기자)[667] (밑줄 필자)

위 지적처럼 이무극(李無極)의 「새벽」(『매일신보』, 1932.2.24)이 실린 지 한 달 남짓 후에 「새벽 동이 틀 째에」(『매일신보』, 1932.4.1)가 다시 실린 것이다. 「새벽」은 한 행을 두 줄로 벌려놓았지만 「새벽동이 틀 째에」는 한 행을 한 줄로 행갈이를 달리하였다. 'C기자'가 '편집자의 책임도 업지 안습니다.'라고 한 것처럼 작가만의 잘못이라기보다 매체 편집자의 착오가 중복게재의 결과로 이어진 경우다. 앞에서 표절작으로 다루었던 박덕순의 「가을」은 1930년 10월 23일 자와 1930년 11월 6일 자 『매일신보』에 연거푸 실렸다. 10월 23일 자 작품이 발표되자, 유희각(柳熙恪)이 「동무소식」(『매일신보』, 1930.10.29)에서 김사엽(金思燁)의 「가을」(『어린이』 제7권 제8호, 1929년 10월호 부록 4쪽)을 표절한 사실을 적시하였음에도 불구하고, 같은 매체인 『매일신보』 1930년 11월 6일 자에 다시 박덕순의 「가을」이 버젓이 수록된 것이다.[668] 「가을」은 엄연히 표절작이지만, 같은 작품이 거듭 수록되었다는 점에서 중복게재란 관점에서도 볼 수 있다. 그러나 그 잘못이 꼭 작가로부터 기인한 것이 아닐 수도 있다는 것이다. 김광(金曠)이 "귀지(貴紙) 문예란은 어느듯 세간에서 조소(嘲笑)"[669]하게 되었다고 한 말은 당시 신문 등 매체 편집의 흔한 잘못을 지적한 것이다.

---

667) 「(동무소식)이무극 형에게」, 『매일신보』, 1932.4.9.

668) 엄창섭(嚴昌燮)은 「(문단탐조등)「가을」을 표절한 박덕순(朴德順) 군의 반성을 촉(促)한다」(『동아일보』, 1930.11.14)에서 "박군의 장래를 위하야 반성시킬 필요"가 있고 "조선 소년문단의 경계에 구우일모(九牛一毛)의 도움"이라도 되도록 적발한다고 하였다.

669) 성진(城津) 김광(金曠), 「동무생각」, 『매일신보』, 1930.11.16.

작가가 재투고하면서 첨언한 말을 빼고 중재(重載)한 경우도 적지 않을 것인데, 이런 경우 매체 편집의 책임이 적지 않다. 김효정(金曉汀)의 경우 『매일신보』에 「여수(旅愁)」란 작품이 일주일여 간격을 두고 두 번[「여수(旅愁)」(『매일신보』, 1931.10.28)와 「여수(旅愁)」(『매일신보』, 1931.11.7)] 실렸다. 본인의 해명에 따르면 "동요 「여수」가 재록(再錄)되엿슴은 선고(先稿)의 2절 제2연을 개작하엿삽기 고말(稿末)에 선고(先稿)를 취소하시라는 부언(附言)을 첨기(添記)하야 재투(再投)하엿삽든 바 중재(重載)되엿기 독자제언의 오감(誤感)을 말소키 자(玆)에 재고(載告)"670)한다고 하였다. 그러나 『매일신보』가 설명이나 해명을 한 적이 없는 것은 분명 편집에 일정한 책임이 있다 할 것이다.

4) 「소금쟁이」 표절 논쟁

표절 논쟁은 사실관계를 제대로 확인하지 못한 경우에 주로 발생하였다. 오늘날과 달리 작품의 내용과 서지(書誌)를 대부분 기억에 의존하다 보니 오해가 생길 소지가 있었다. 기억의 잘못 정도가 아니라 터무니없는 오류로 인해 표절 논란이 발생하기도 하였다. 표절 여부는 정확한 사실 확인으로 가려져야 한다. 그렇지 못할 경우 논쟁으로 이어지게 된다.

표절 문제가 논쟁으로 이어진 첫 번째 사례는 한정동(韓晶東)의 「소금쟁이」(『동아일보』, 1925.3.9)를 둘러싼 논쟁이 될 것이다. 한정동의 「소금쟁이」 표절 논란은 1926년 9월 시작되어 11월까지 약 두 달간 『동아일보』 지상을 통해 이어졌다. 그 후에도 박일봉, 우이동인, 유운경 등이 이에 대해 언급하였다. 「소금쟁이」 표절 논쟁을 순서대로 나열하면 다음과 같다.

---

670) 효정(曉汀), 「(동무소식)독자제씨께」, 『매일신보』, 1931.11.14.

필자	제목	발표지	발표 일자
홍파	(문단시비)당선동화 「소금장이」는 번역인가	동아일보	1926.9.23
문병찬	(문단시비)「소금쟁이」를 논함 – 홍파 군에게	동아일보	1926.10.2
김억	(문단시비)「소곰쟁이」에 대하야	동아일보	1926.10.8
한정동	(문단시비)「소금쟁이」는 번역인가	동아일보	1926.10.9~10
한병도	(문단시비)예술적 양심이란 것	동아일보	1926.10.23
최호동	(문단시비)「소금쟁이」는 번역이다	동아일보	1926.10.24
김원섭	(문단시비)「소곰쟁이」를 논함	동아일보	1926.10.27
홍파	'소곰쟁이를 논함'을 닑고	동아일보	1926.10.30
편집자	「소금쟁이」 논전을 보고	동아일보	1926.11.8
박일봉	예술적 양심(전3회)	중외일보	1926.12.6~9
우이동인	동요연구(4~5)	중외일보	1927.3.24~25
유운경	동요 동시 제작 전망(4)	매일신보	1930.11.7

박홍파(朴虹波)가 처음 문제를 제기하여 이후 문단적 관심사로 확대되었다.

"한정동이라는 사람이 써서 작년 동아일보사 신춘문예 현상모집 시에 1등으로 입선된 동요다."

"그러치 안아요. 이것을 좀 보서요." 하며 상글상글 웃는다. 그리고 이어서

"보통학교 책을 너 둔 궤짝에서 6학년 째의 하기휴 학습장(夏期休學習帳)에 일문(日文)으로 잇서요. 한정동이라는 사람은 작년에 내엇지마는 이 책은 재작년 것이야요. 이것을 역(譯)을 하야 1등을 타 먹엇지요. 별 우스운 망알 자식. 그리고도 쌘쌘하게 제가 시인이라고 코구녕이 시인야 그 싸위가 잇스니 되기는 무엇이 되야." (중략) 그리하야 나는 여긔에 일문(日文) 동요와 한 군의 「소금쟁이」를 적어 모방인가 역(譯)인가 혹은 창작인가를 일반에게 판단하야 바드랴 한다. 만일에 창작이라 하면 오등(吾等)은 조선시단을 위하야 깃버하야 할 것이다.

장포밧못가운대 소금쟁이는/1 2 3 4 5 6 7 쓰며노누나/쓰기는쓰지만
두 바람이불어/지워지긴하지만 소금쟁이는/실타고도안하고 쌩쌩돌면서
/1 2 3 4 5 6 7 쓰며노누나// (1925.3)

　小池の小池の みづすまし/いろはにほへと 書いてゐる/書いても書いて
も 風が來て/消いても 行けど みづすまし/あきずにあきずに お手習ひ/
いろはにほへと 書いてゐる// (1924.7)671) (밑줄 필자)

보통학교 6학년 하기휴 학습장에 일본어로 된 원작이 있다는 것과,
한정동의 작품보다 1년여 전에 발표된 것이라는 점을 들어 표절임을 입
증하려 하였다. 15세 집안 아이가 적발한 것인데, 홍파가 보아도 "15세
된 소년에게 욕먹어도 응당"하다고 질타하였다. 아울러 미리 살펴 낙선
을 시키지 않은 "선자의 책임"672)을 물었다. 홍파가 표절이라고 하자마
자 문단의 여러 사람이 이 논쟁에 끼어들었다.

문병찬(文秉讚)은 적극적으로 한정동을 옹호하고 나섰다. 홍파의 글이
"너무도 지독히 인신공격"이고 "너무도 악착스럽게 모욕하려는 것"이라
며, 「소금쟁이」가 "일문(日文)에 번역이라 할지라도" "조선 동요에 잇서
서는 나는 명작동요"로 본다고 하였다.673) 김억(金億)은 '선자의 책임'을
물은 홍파에게 선자의 무식을 책망할 일만은 아니며, 「소금쟁이」가 "어
린동무에게 해(害)를 주지 아니하고 만흔 이익"을 주었으므로, "한(韓) 군
을 그럿케 가혹하게 힐책할 것은 아니고 엇던 편으로 보면 감사할 여지
가 잇슬 것"674)이라며 두둔하였다. 한정동도 「소금쟁이」의 창작 배경을
들어 "보통학교 학습장에서 그런 글을 본 적도 업"고, "처음 발표한 것

---

671) 홍파(虹波), 「당선동화 '소금장이'는 번역인가」, 『동아일보』, 1926.9.23.('當選童話'
　　는 '當選童謠'의 오식: 필자)
672) 위의 글.
673) 문병찬, 「'소금쟁이'를 논함 – 홍파 군에게」, 『동아일보』, 1926.10.2.
674) 김억, 「'소금쟁이'에 대하여」, 『동아일보』, 1926.10.8.

이 1923년 12월"[675]임을 들어 표절이 아니라는 것을 입증하려 하였다.

　　장포밧헤/소금쟁이/글시글시/쓰며논다//글시글시/쓰지만도/물들너서/
지워진다//지워저도/소금쟁이/글시글시/쏘써낸다//
　　그 시의 원작은 이러하다.
　　그런대 말이 넘우도 기러지지만 나는 엇진 싸닭인지 사사조(四四調)
나 팔팔조(八八調)를 그닥지 조와하지 안는 싸닭에 이것을 자기가 조와
하는 <u>칠오조(七五調)로 곳첫스면 혹 엇덜가?</u> 하고 여러 번 생각도 하엿
고 쏘 동시에는 쉽고도 재미로운 것이 조흐려니 하는 생각으로 '글시글
시'란 것을 좀 더 <u>재미롭게 하기 위하야 숫자 1234567을 너은 것이오</u>
<u>쏘 지워진다는 말을 형용할 수가 업서서 바람을 불어도 안을 것을 억
지로 잡아 너엇든 것이다.</u> 그럼으로 나로서는 개작이 원작만 못하다고
생각한다. 그러나 이미 세상에 발표된 것이니 불만하나마 참고 왓섯다.
그런데 이렁저렁 말이 만흔 모양이니 쏘 한마듸 아니 할 수 업다.
　　<u>나는 보통학교 학습장에서 그런 글을 본 적도 업스려니와 내가 이 동
시를 처음 발표한 것이 1923년 12월임에야 엇지함니까.</u>
　　<u>쏘 그뿐 아니라 나는 시, 동시를 물론하고 아직것 번역이라고는 못
해 보앗다는 것을 말해 둔다.</u>
　　일후에 기회가 잇스면 번역이란 것과 창작이란 것에 대하야 좀 논해
보려 하지만 시의 번역이란 대체 될 것인지? 나는 그 말부터 의심하기
를 마지 안는다.
　　부(附) (그새에 진남포(鎭南浦)에는 지국(支局)의 사정으로 한 20일가량
『동아일보』를 보지 못하여서 나의 필(筆)이 느진 감이 업지 안치마는
굿해여 번역을 아니 쓰랴고 한 것이 너무도 일문작(日文作)과 이상하게
도 갓태서 사회 여러분이 혹 오해나 가지지 안나 하야 그 시작(詩作)의
유래를 대강 말한 소이임니다.) 끗.[676] (밑줄 필자)

　　현상 당선작 이전의 원작을 제시하고, 율격을 고쳐 개작한 내용을 예

---

675) 한정동, 「(문단시비)'소곰쟁이'는 번역인가?」, 『동아일보』, 1926.10.10.
676) 위의 글.

시하였을 뿐 아니라, 처음 이 작품을 지은 때가 1923년 12월이라 함으로써 표절을 부인하였다. 홍파(虹波)가 표절의 근거로 들 때 일문(日文) 작품이 지어진 시기를 '재작년'이라 하였으므로 1924년이다. 그런데 한정동은 이보다 앞선 1923년에 지었다고 함으로써 표절이 아니라고 한 것이다.

그러나 한병도(韓秉道＝韓雪野)는 "홍파 군의 박문(駁文)은 당연한 것"이라며 표절을 기정사실화하였고, 김억의 두둔을 "수긍할 수 업다."며 선을 그었다.677) 최호동(崔湖東)도 "두말할 것 업는 역(譯)"이라 단정 짓고, 한정동을 두둔하였던 문병찬과 김억에게 "어린 동무에게 유익을 주엇스니 어물어물해 넘기자"는 것을 "절대로 긍정할 수 없는 것"이라 하였다.678) 김원섭(金元燮) 또한 김억의 공리적 의식에 대해 "불쾌한 감을 늣기지 안을 수 업다."며 "예술적 인격과 가치"를 혼동한 것으로 비판하였다. 한정동의 해명에 대해서도 "주정쑨에 잠고대 갓흔 말"이라며 받아들이지 않았다.679) 『동아일보』 지상의 논쟁이 끝난 시점에 개성(開城)의 박일봉(朴一奉)도 "철두철미 자기 표현이라야 그 작품의 가치를 인정"680)한다고 함으로써 김억의 공리적 의식을 비판하였다.

홍파가 한 차례 더 나서서 「소금쟁이」가 번역이라 하더라도 명작동요라 한 문병찬을 통박한 후, 『동아일보』의 편집자가 최종 마무리를 하였다. 표절 여부를 가릴 주요 사항은 원작과의 유사성과 발표 시기인데 이 두 가지를 정확하게 언급하여 내린 판단이었다.

　　본론에 입(入)하야 「소금장이」 1편이 번역인가 아닌가 함에 대하야

---

677) 한병도, 「예술적 양심이란 것」, 『동아일보』, 1926.10.23.
678) 최호동, 「'소금쟁이'는 번역이다」, 『동아일보』, 1926.10.24.
679) 김원섭, 「'소곰쟁이'를 논함」, 『동아일보』, 1926.10.27.
680) 박일봉, 「예술적 양심(2)」, 『중외일보』, 1926.12.8.

원작(이란 것과) 비교컨대 번역이 아니라 할 수 업다. 원작자는 창작이 라 주장하는 창작이 적확한 빙거(憑據)를 제출치 못하얏다. 그것이 1923 년작이라고 명언하얏지마는 그째에 발표된 데가 업스니 엇지 그 진부 를 알랴. 만약 그것이 참으로 번역이 아니고 창작이라 할진대 그 작자 는 운명의 신의 악희(惡戱)라고 단념할 수밧게 업고 표절의 명(名)은 버 슬 수 업다. 이제라도 바데든 현상금을 반환하고 마는 것이 작가의 양 심에 조흔 일이라고 생각한다.[681] (밑줄 필자)

한참 뜨겁던 논쟁이 수그러든 후 유운경(柳雲卿)은 다음과 같이 평가하 였다.

그 언제인가 한(韓) 군의 응모 동요 「소금쟁이」로 말미암아 세간에서 운위하게 되엿슬 째 한 군의 변명이 몹시 모호햇든 것을 기억한다. 나 는 지금 거기에 대한 진리를 추구할 열심도 흥미도 업다. 다만 그째에 한 군이 엇지 하야 좀 더 분명한 변명을 하지 안엇나. 지옥이라도 괜찬 타. 천당이라도 괜찬타. 이왕 싸홈의 선(線) 우에 나섯슬 째 전심전력을 다하는 것이 인생의 본질이다. 생각컨대 동(同) 군은 그째에 아마 약령 (若齡)('弱齡'의 오식: 필자)이엇스리라. 그러나 엇지햇든 정직은 자기를 공중의 압헤 내어 놋는 유일한 도덕이다. 예절이다. 이 도덕을 무시할 째 이 예절을 직히지 아니할 째 공인으로서 세상에 슬 아무 권리가 업 는 것이다. 그럿컷만 그째의 한 군은 무엇이 그럿케 하게 하엿는지. (중략) 그러나 그것이 한 군의 존재에 대하야 큰 흠이 되엿든 것도 틀님업는 사실이다.[682] (밑줄 필자)

요지는 '한 군(韓君)의 변명이 몹시 모호햇'다는 지적이다. 그런데 분 명하게 해명을 하였더라면 하는 속내도 내비치는 듯하다. 아마 앞에서 본 것처럼 당대의 표절 양상이 그대로 베끼기였던 것에 비하면 한정동

---

681) 편집자, 「'소금장이' 논전을 보고」, 『동아일보』, 1926.11.8.
682) 유운경, 「동요 동시 제작 전망(4)」, 『매일신보』, 1930.11.7.

의 「소금쟁이」는 그 정도는 아니라는 데서 '이왕 싸홈의 선 우에 나섯
슬 째 전심전력을 다하는 것이 인생의 본질'이라는 말을 했던 것 같다.
유운경에 비해 우이동인은 그의 「동요 연구」에서 한정동을 감쌌다. "「소
곰쟁이」가 이상하게도 일본 동요와 갓지만 한정동 씨의 창작품인 것을
확실히 안다."고 못을 박고, 한정동의 해명 「'소곰쟁이'는 번역인가」를
길게 인용하였다.[683]

5) 표절을 둘러싼 논란

표절을 적발하고 이에 반론을 제기하는 과정은 그 자체로 논란이다.
그런데 표절 의혹을 제기하였으나 표절이 아닌 것으로 밝혀지기도 하
였다. '표절을 둘러싼 논란'은 이러한 경우 그저 '논란'만 일어난 경우
라 따로 정리하였다.

「소금쟁이」 표절 논쟁 도중에 또 다른 논쟁으로 비화된 것이 방정환
(方定煥)의 「허잽이」 표절 논란이다. 홍파(虹波)가 한정동의 「소금쟁이」를
표절이라고 문제를 제기하자, 바로 이어서 문병찬(文秉讚)이 한정동을 두
둔하고 나선 것은 앞에서 보았다. 문병찬은 "이런 사실을 들을 것 갓흐
면 아마 홍파 군은 놀라 잡바질 것"[684]이라며, 방정환의 「허잽이」가 윤
극영(尹克榮)의 『반달』에 실렸다면서 동요 전문을 제시하고 이는 울산의
서덕요(徐德謠)의 작품인데 방정환이 도적질한 것이라고 하였다.

이것은 소파(小波) 작요(作謠)라고 자랑하엿지만은 기실(其實)을 알고
보면 울산(蔚山)에 잇는 서덕요(徐德謠)라는 어린 소년의 작품이다 개
벽사 어린이부에서 발행하는 『어린이』 잡지의 서 군이 출품한 것을 소
파 군이 막 쌔아슨 것 아니 도적질한 것이다. 1924년도 『어린이』 잡지

683) 우이동인, 「동요연구(4, 5)」, 『중외일보』, 1927.3.24~25.
684) 문병찬, 「'소금쟁이'를 논함 - 홍파 군에게」, 『동아일보』, 1926.10.2.

를 전부 들처보면 알 것이다. 이런 숯다운 어린이 작품을 쌔앗는 작품 도적자도 잇지 아는가. 이것은 번역도 아니고 서 군의 작품을 고대로 쌔앗은 것이다. 참으로 불상한 소파이다.[685]

방정환이 곧바로 해명하였다. 윤극영(尹克榮)의 『반달』엔 「허잽이」가 없고, '徐德謠'는 '徐德出'의 오식인데 그가 「허잽이」를 투고한 적이 없으며, 『어린이』를 편집하면서 작품이 모자라 '徐三得'이란 익명으로 실었다는 것을 조곤조곤 설명하였다. 흔히 논쟁은 상대방의 허점을 찾아 날카로운 말로 공박하고 통매하는 것이 일반적이었다. 그러나 방정환은 가명으로 발표한 것이 자신의 잘못임을 알고 있다고 하면서, "남을 가르쳐 도적이라 하거나 불상한 소파(小波)라고까지 공개해 말슴할 째에는 단 한 번이라도 진상을 알아본 후에 하여도 늣지 안을 것"이라고 넌짓이 충고하였다.[686] 이러한 방정환의 태도를 두고 한병도(韓秉道)는 "방(方) 군의 변백문(辯白文)이 퍽 점잔코 인격적인 것"이라며 "방 군이 조선 동요계 쏘는 아동 교화의 일인자인 것을 족히 엿볼 수 잇다."고 하였다.[687] 홍파(虹波)도 근거 없이 방정환을 모함한 문병찬에게 "군의 경솔에 충고"[688]한다며 논박하였다. 난데없이 당사자가 된 서덕출은 다음과 같이 사실관계를 밝혔다.

　참 우수운 일도 잇습니다. 요전번 『동아일보』 '문단시비' 중에 엇던 사람이 우리 방 선생님을 비방해 말하되, 「허재비」라는 동요를 울산 서 덕출의 글을 방 선생님이 쌔아서서 자긔 일홈으로 발표햇다고 하엿습니다. 「허재비」를 내가 지은 것도 아니요 『어린이』에 그런 것을 써 간

685) 위의 글.
686) 방정환, 「'허잽이'에 관하야(상, 하)」, 『동아일보』, 1926.10.5~6.
687) 한병도, 「예술적 양심이란 것」, 『동아일보』, 1926.10.23.
688) 홍파, 「'소곰장이를 논함'을 넑고」, 『동아일보』, 1926.10.30.

일도 업슴니다. 사실도 업는 얼토당토안은 말로 방 선생님을 비방한 것
을 보면 우습기도 하고 한심도 함니다.[689]

얼토당토않은 내용으로 당대 아동 문단의 중심인물을 비난하였으니,
'우습기도 하고 한심'하다고 한 지적이 딱 들어맞는 경우라 할 것이다.
우이동인도 서덕출의 해명을 인용하면서, "문(文) 군보다 독자가 「허잽
이」란 동요가 방정환 씨 작품인 것을 더 잘 알 것"[690]이라 하였다.

울산(蔚山) 박영명(朴永明)은 송완순(宋完淳)이 정열모(鄭烈模)의 작품을 표
절하였다고 주장하였다.

▸ 송완순 군, 군은 남의 작품을 비평하엿지요 군은 청백한 창작가가
되어야 할 텐데 <u>웬 정열모 선생님의 저술한 『동요작법』 36혈(頁)에
기재된 것을 도적하엿나요</u> 그리고도 쏘 남의 작품을……[691] (밑줄
필자)

송완순은 곧바로 다음과 같이 반론을 제기하였다.

울산 박영명 군! 나에게 한 말슴은 감사하오며 나의 앞길에 적지 안
흔 훈계올시다마는 그런 사실이 잇다면 나는 두말 못하겟슴니다. 어듸
서 벗긴 걸 보앗슴닛가. <u>『별나라』 4월호에 「달ㅅ밤」이라고 난 것은 과
연 정열모 선생의 지으신 『동요작법』을 모방(模倣)해 보앗슴니다. 그러
나 벗긴 일은 업슴니다.</u> 아! 박 군! 나는 <u>모방은 해 보앗스나 남의 글
도적질은 하지 않앗소.</u> 그리고 일홈도 안 쓴 엇던 분은 나더러 6학년
정해(正解)의 것을 번역하엿다니 대체 무슨 말이요? 나는 이적지 번역
이 무엇인지는 한 번도 안 해 보앗슴니다. 인제 번역도 해 보렵니다. 아
모쪼록 박 군이나 무명씨나 두 분이 다 남의 말을 하려면 쪽ㅅ이 알어

689) 울산 서덕출, 「독자담화실」, 『어린이』, 1926년 11월호, 68쪽.
690) 우이동인, 「동요연구(6)」, 『중외일보』, 1928.11.20.
691) 울산 박영명, 「담화실」, 『신소년』, 1927년 6월호, 50쪽.

가지고 말하시기를 바랍니다. 만일 증거될 만한 것이 업스면 그리 경솔
하지 마시기를 바랍니다.[692] (밑줄 필자)

두 작품은 다음과 같다.

바다건너 나온달/오늘저녁 도든달/쏙두선이 다홍빗//압바오나 보아도/
배도절도 안뵈고/배도절도 안뵈고//전쟁난장 슷낫나/안그러면 죽엇나/
비둘기도 안오고//오늘달이 몃칠달/피칠하여 밝안달/밝앙달강 왜밝애?//
(정열모, 『동요작법』, 신소년사, 1925, 36~37쪽)

오날저녁 저달은/어이저리 밝은가/전쟁가신 아버님/피에배여 저런가//
넓은바다 저배엔/만은사람 탓건만/전쟁가신 아버님/타신배는 안일네//
편지전한 비둘기/이제까지 안오니/전쟁가신 아버지/엇지ㅅ\ 됫슬가//
(대전 송완순, 「달ㅅ밤」, 『별나라』, 1927년 4월호, 57쪽)

정열모의 책에 있는 작품은 제목이 없고 누가 쓴 것인지도 밝혀 놓지
않았다. 동요의 형식은, 정열모의 경우 3행 1연 전체 4연이고, 송완순은
4행 1연 전체 3연이다. 둘 다 3·4조의 운율을 취하고 있다. 정열모의
동요는 밝은 달을 보고 바다 건너 전쟁터에 가신 아버지가 왜 안 돌아
오시는지 궁금해하고 있다. 송완순의 동요도 주요 시어(詩語)가 달, 전쟁,
아버지, 바다, 비둘기, 배 등이어서 유사성은 있다. 하지만 1920년대 당
시 표절은 논란의 여지 없이 베낀 것, 번역한 것을 가리켰기 때문에 송
완순의 「달ㅅ밤」이 표절이라 하기는 어렵다. 모방은 하였으나 베낀 적
은 없다고 항변한 송완순의 말이 일리가 있다.
  이정구(李貞求)의 「단풍닙」은 한정동(韓晶東)의 「소금쟁이」와 유사한 점
이 있다.

---

692) 송완순, 「담화실」, 『신소년』, 1927년 8월호, 62~63쪽.

단풍닙

단풍닙 읆읏붉읏
　　　빗도곱구나
곱기는 곱지만두
　　　바람이불어
앗갑긴 하지만두
　　　썰어지누나
　　　×
날리는 단풍닙이
　　　쓰기는해도
그리운 엄마나무
　　　닛지를못해
올라도 채못가서
　　　썰어지누나693)

"당시의 문단에 시비쩌리가 되든 한정동 씨의 동요"였지만, 이정구는
「소금쟁이」에 호감을 갖고 외우게 되어 「단풍닙」을 "「소금쟁이」(한 씨의 동
요)의 동요에 대고 불럿다."694)고 창작 동기를 밝혔다. 7·5조의 6행으로
동일한 점, '곱기는 곱지만두'와 '쓰기는 쓰지만두'(「소금쟁이」)와 같은 시어
의 유사성 등이 있어 「단풍닙」을 보면 「소금쟁이」를 떠올릴 수 있겠다.

　당시의 기준으로 볼 때 「단풍닙」이 「소금쟁이」의 표절작이라 하긴
어렵다. 송완순이 '모방은 해 보앗스나 남의 글 도적질은 하지 안앗'다
고 한 항변과 닮은 점이 있다. 이정구의 「단풍닙」에 대해 표절이라고
제보한 경우도 없다. 오늘날의 개념으로 일종의 오마주(hommage)에 해당
한다고 하겠다.

　장성관(張成寬)은 윤지월(尹池月)이 표절하였다고 하였는데, 잘못된 기억

---

693) 이정구, 「동요와 그 평석(1)」, 『중외일보』, 1928.3.24.
694) 이정구, 「동요와 그 평석(2)」, 『중외일보』, 1928.3.25.

을 제대로 확인하지 않은 탓이었다.

◀ 윤지월 군이여! 나는 이 글을 쓰고 십허서 쓰는 것은 절째(絶對)로
아니다. 군의 장래도 위할 겸 여러 동무게 이런 말씀할 겸 부득이 쓰지
안으면 안 되엿다. 2월 4일부로 발표된 제(題) 「별」이란 것은 전연 군의
작품이 아닌 줄노 생각한다. 그것이 작년 4월 상순 『조선일보』 이화룡
(李華龍) 군의 작품을 그대로 쓴 것이다. 조곰도 틀림업스니 이 뒤에는
1수(首)를 쓸지라도 순전한 군의 작품을 쓰라는 것이다. (평양 장성
관)695)

장성관이 말한 윤지월의 「별」은 1931년 2월 4일이 아니라 2월 2일 자
『매일신보』에 발표되었다. 장성관이 '조곰도 틀림업스니'라 단언한 것
으로 보면 표절이 분명해 보인다. 그런데 1930년 4월경 『조선일보』에
발표된 동요를 모두 찾아봤지만 이화룡의 「별」은 확인이 되지 않는다.
그리고 윤지월은 표절 사실을 다음과 같이 극구 부인하였다.

2월 4일부 본지에 기재된 나의 작품 「별」이 『조선일보』에 기재된 이
화룡 군의 작품을 절취하였다는 것만은 나의 참된 양심으로써 부인한
다. 그 작품은 내 마음의 유로(流露)인 창작품이다. (중략) 그러나 나는
문단의 그 야열(野劣)한 도문범(盜文犯)은 아니다. 언제든지 우리의 신진
문단의 절대한 장래를 위하야 불휴의 노력을 앗기지 안는 자이다. 그리
하야 나는 우리 문단 상에 이러한 귀한(鬼漢)의 출현을 항상 우려하야
마지안는다. 그런데 나는 도리혀 의외의 험을 쓰고 나니 참으로 불쾌는
더 말할 길이 업다. 이제 동지 이화룡 군과의 철저한 논의도 잇슬 대도
잇스려니와 나는 이 외양내이(外樣內異)의 억울을 변명치 안을 수 업다.
그리고 정의의 기(旗)쌜을 날내인다. 쯔트로 그 작품을 만천하 동지드
레게 다시금 소개하고 붓을 던진다. (윤지월)696) (밑줄 필자)

695) 평양 장성관, 「(동무소식)윤지월 군이여」, 『매일신보』, 1931.3.11.
696) 윤지월, 「(동무소식)장성관 군에게」, 『매일신보』, 1931.3.25.

이 글의 말미에 「별」의 전문을 옮겨 놓고 만천하 동지들에게 검증을 받겠다고까지 하였다. 이후 장성관의 재반론이 더 이상 없었다. 앞에서도 보았듯이 비교를 한 작품이 엉뚱하거나 표절 사실을 적발한 것이 착오인 것도 없지 않았는데, 「별」에 관한 표절 주장은 장성관의 착오로 보인다.

이상과 같이 일제강점기 아동문단의 표절 양상에 대해, 남의 작품이나 일본 작품을 표절한 경우와 자기 작품을 중복게재한 사례, 「소금쟁이」 표절 논란, 그리고 표절을 둘러싼 논란으로 나누어 살펴보았다. 표절이 많았던 원인은 첫째, 발표 매체의 증가에 따른 원고 수요의 격증, 둘째, 표절에 대한 사실 확인의 어려움, 셋째, 아동문학가의 발표욕 혹은 명예욕, 넷째, 표절에 대한 관대한 문단 풍토 등으로 요약할 수 있다.

발표욕이나 명예욕으로 인해 일제강점기 아동 문단에 표절이 성행한 것도 사실이지만 이를 적발하는 것도 일종의 유행이 되었다. 오늘날과 같이 교차확인이 쉽지 않았음에도 당시 독자(소년 문사)들은 표절을 눈감고 지나가지 않았다. 미흡한 부분도 있었지만, 문단의 자정작용이 그런대로 작동하고 있었다고 할 것이다. 이러한 고발정신이 있었기 때문에 표절에 대한 경각심이 높아졌고, 표절을 적발하는 밝은 눈들이 있었기 때문에 소년 문사들이 아동문학 창작에 대한 자세와 태도를 가다듬었을 것이다. 그 결과 아동문학의 수준이 한 차원 높아지는 데 기여했을 것이 분명하다.

제3장

한국 현대 아동문학비평론의 의의

한국 현대 아동문학비평론(소년문예론)이 처음으로 정리되었다. 아동문학과 관련하여, 누가, 언제, 무엇을 말했는지 어느 정도 그 전모가 밝혀졌다.

일제강점기 아동문학은 소년운동과 밀접한 상관관계 속에서 전개되었다. 소년운동은 사회운동의 일 부문운동이었다. 소년운동의 상위에 청년운동이 존재하고 그 위에 전체 사회운동이 위치하게 된다. 따라서 아동문학도 아동문학운동(소년문예운동)이란 이름으로 불렸다. 이른바 '운동으로서의 문학'이란 개념이 여기에서 기인한다.

아동문학비평론은 이러한 배경과 함께 존재한다는 것을 이해해야 한다. 사회운동과 일반문학의 연계선상에 놓여 있기 때문이다. 일반문학의 추이는 일정하게 아동문학비평론에 반영되었다. 윤석중의 말처럼 아동문학은 '문단서 보이고트당하고 사회에서 푸대접 밧'았지만, 다른 한편으로 보면 일반문학의 그늘에 있었던 측면이 없지 않았다.

일반문학과 같이 아동문학 문단도 둘로 나뉘었다. 하나는 『어린이』와 방정환, 윤석중으로 이어지는 동심주의(천사주의) 아동문학이고, 다른 하나는 『신소년』과 『별나라』를 중심으로 한 계급주의 아동문학이었다.

동심주의 아동문학엔 이광수, 주요한 등이 우호적인 지지를 보냈다. 문학은 학교교육의 보충적 역할을 하거나 취미증장의 수단으로 인식되었다. 계급주의 아동문학은 임화, 권환, 윤기정 등 <카프>의 이론가들이 뒷배가 되어 주었다. 문학을 현실변혁의 도구로 쓰고자 했다.

동심주의 아동문학은 현실과 유리된 아이들을 만들었다고 비판되었다. 재롱을 부리는 아이, 덜 자란 미성숙한 존재로서의 어린이였다. '아동의 발견'이 있었다고 하기 어려웠다. 계급주의 아동문학은 식민지 현실을 강조하고 계급주의 문학이론을 따라가기 바빴다. 수염 난 총각을 그렸다는 비판이 따랐다.

아동문학 비평은 계급주의 쪽이 더 왕성했다. 이론투쟁이 강했고, 식민지 현실이 자연스럽게 아동문학가들의 동조를 유도했다고 하겠다. 신고송, 송완순, 박세영, 정홍교, 홍은성 등 계급주의 논자들이 문단의 주도권을 쥐고 있었다.

일반문학에서 내용-형식 논쟁이 있었던 것과 같이 아동문학에도 마찬가지였다. 대놓고 내용-형식이란 말을 써서 논쟁을 하지는 않았지만 논의의 전말을 보면 비슷한 양상을 띠었다.

아동문학 비평은 크게 이론비평과 실제비평이 공존했다. 아동문학이 당면한 시대현실을 어떻게 감당할 것인가 하는 문제나 일반이론의 정립 등에 관심을 두는 것은 이론비평의 몫이었다. 실제비평은 작가나 작품에 대한 구체적인 평가를 시도하는 형태로 나타났다. 연간평, 월평, 서평 등 구체적인 형태는 다양했다.

매체 비평은 신문과 잡지에 대한 평가를 말한다. 신문에 대해서는 매체로서의 신문 자체에 대한 평가는 존재하지 않았지만, 수록 작품에 대한 비평은 많았다. 신문은 학예면 중 한 부분을 아동문학에 할애하고 있어 신문 전체에 대한 매체 비평을 하기에 적절하지 않다고 생각한 듯하다. 반면 아동문학 잡지에 대한 비평은 외형에서부터 내용에 이르기까지 다양한 관점에서 이루어졌다. 비평의 목적이 잡지 편집자와 부형들을 염두에 둔 것이기 때문에, 신문과 달리 종합적인 시각을 필요로 했던 것으로 보인다.

갈래론에 대한 것은 논의가 활발했다. 대표적인 것이 동요와 동시 구분에 관한 것이었다. 이는 해방 후에까지 논의가 이어졌다. 일제강점기 아동문학의 가장 중심에 선 갈래는 단연 동요(동시)다. 수많은 소년문사들의 호응이 있었는데, 소년문사들이 문단 등단 코스로 동요창작을 택하는 경우가 많았기 때문이었다. 하지만 동요에 대한 개념과 창작방법에 대해 교육받은 바가 없었던 소년문사들을 위해, 일제강점기를 관통해 반복적으로 제작비평(동요작법)이 제공되었고 해방기에까지 이어졌다.

아동극(인형극)에 관한 것은 연극을 염두에 두고 활발하게 전개되었다. 주요 행사에는 아동극이 빠지지 않았고, 그에 관한 감상평도 잇따랐다. 일제강점기 아동문학의 중심 갈래 중 하나인 동화나 소년소설에 관한 것도 아동문학 비평의 주된 관심 영역이었다.

리얼리즘론은 오늘날의 현실주의 아동문학의 밑바탕이 되었다고 할 수 있는 논의가 있었고 그에 따른 작품 창작으로 이어졌다고 평가할 수 있다. 방향전환론은 독자적인 아동문학론은 아니었지만 리얼리즘론의 연장선상에서 이해할 수 있다.

서평은 대개가 소개 글 형태를 벗어나지 못했다. 그러다 보니 이른바 주례사비평의 범주에 머문 경우가 많았다. 그러나 다른 경우도 적지 않았다. 진영의 차이로 인해 평자 자신이 갖고 있는 문학적 입장이나 이론적 견해가 다를 경우 혹독한 비판도 서슴지 않았다. 우이동인(이학인)이나 김병호가 당시 발행된 도서들에 대해 시도한 서평들을 보면 확인된다.

비평은 작가와 작품에 대한 문제점을 찾는 데서부터 시작된다. 따라서 논쟁으로 이어질 가능성이 크다. 논쟁이 과열되면 감정싸움으로 비화되기도 한다. 논쟁은 비평에 대한 비평 곧 상위비평(meta-criticism)을 말한다. 상위비평은 주장에 대한 반박 그리고 재반박으로 이어지게 된다. 감정싸움과 같은 경우는 다소 문제가 있다 하더라도, 비평이 논쟁으로 이어지는 것은 상당한 수확을 기대할 수 있다. 구체적 관점에서 보면, 작가들의 작품 창작에 일정한 길잡이가 되어 작품의 질적 수준을 견인할 수 있다는 점이다. 거시적 관점에서 보면, 이론투쟁은 문학론을 정립할 수 있게 하고, 작가들이 시대적 과제를 파악할 수 있게 하는 점에서 소망스러운 점이 있는 것이다.

한국의 아동문학은 척박한 일제강점기와 이데올로기의 혼란한 충돌 시기인 해방기를 거치면서 엄혹한 문학 내외적 상황과 여건을 무릅쓰고 이어온 비평 덕분에 지금 여기에 이르게 되었다. 일제강점기에도 극소수를 제외하고는 "국민문학에의 협력한 일이 없었다"[697)]는 점을 과소평가해서는 안 될 것이고, 해방기의 '나라 만들기'에도 나름대로 일정한 역할을 하였다는 것을 기억해야 할 것이다. 일제강점기와 해방기의 한국 아동문학비평론은 오늘날 한국 아동문학의 토대이자 밑거름으로서 그 역할을 충실히 수행하였다고 평가해야 마땅할 것이다.

비평이 문학을 지도할 수 있다는 도저한 강단비평에 머물러서는 곤란하다. 그러나 비평 없는 문학은 쇠퇴를 예고할 뿐 아니라 바람직한

---

697) 박세영, 「조선 아동문학의 현상과 금후 방향」, 조선문학가동맹중앙집행위원회서기국 편, 『건설기의 조선문학』, 1946, 101쪽.

전망조차 가늠할 수 없게 할 것이다.

　앞으로 한국아동문학비평사가 집필되는 과제가 남았다. 비평사는 개별 비평을 통해 양적 지평의 확대와 질적 수준을 높여갈 수 있다. 동시에 작가론과 작품론은 비평사란 조회체제를 통해 좌표 설정과 방향성을 가늠할 수 있게 된다. 부분과 전체로서 해석학적 순환(hermeneutic circle)이 가능하도록 하기 위해 비평사란 과제를 수행해야 하는 까닭이 여기에 있는 것이다.

한국아동문학비평 자료목록

[아동문학]

「『소년』 발간 취지」, 『소년』 제1년 제1호, 융희 2년 11월(1908.11)

「편집실 통기(通奇)」, 『소년』 제1년 제1호, 융희 2년 11월(1908.11)

「소년문단」, 『소년』 제1년 제1호, 융희 2년 11월(1908.11)

「독(讀)『소년』 잡지」, 『서북학회월보』 제10호, 1909년 3월호

논설, 「『소년』 잡지를 축(祝)홈」, 『대한매일신보』, 1909.4.18

최남선(崔南善), 「(소년시언)『소년』의 기왕(旣往)과 밋 장래」, 『소년』 제3년 제6권, 1910년 6월호

번역한 사람, 「서문」, 최남선 역, 『불상한 동무』, 신문관, 1912.6

최창선(崔昌善), 「머리말」, 엣디워어쓰 부인 저, 『만인계』, 신문관, 1912.9

「셔문」, 『자랑의 단추』, 신문관, 1912.10

「인사 엿줍는 말솜」, 『붉은져고리』 제1년 제1호, 신문관, 1913.1.1

「엿줍는 말숨」, 『붉은져고리』 제1년 제2호, 신문관, 1913.1.15

「엿줍는 말숨」, 『붉은져고리』 제1년 제3호, 신문관, 1913.2.1

「엿줍는 말숨」, 『붉은져고리』 제1년 제4호, 신문관, 1913.2.15

「『붉은져고리』 부록」, 『붉은져고리』 제1년 제4호, 신문관, 1913.2.15

이광수(李光洙), 「머리말」, 이광수 역, 『검둥의 셜음』, 신문관, 1913.2

최남선(崔南善), 「셔문」, 이광수 역, 『검둥의 셜음』, 신문관, 1913.2

「『아이들보이』 데일호」, 『아이들보이』 제1호, 1913년 9월호

「샹급 잇는 글 쏘느기」, 『아이들보이』 제1호, 1913년 9월호

「엿줍는 말숨」, 『아이들보이』 제1호, 1913년 9월호

목성(牧星), 「동화를 쓰기 전에 - 어린이 기르는 부형과 교사에게」, 『천도교회월보』 제126호, 1921년 2월호

배위량(裵緯良), 「『이솝우언』 셔」, 『이솝우언』, 조선야소교서회, 1921.5

배위량(裵緯良), 「우언자(寓言者)의 조샹 이솝의 스격이라」, 『이솝우언』, 조선야소교서회, 1921.5

오텬원, 「『금방울』 머리에」, 오텬원 편, 『(동화집)금방울』, 광익서관, 1921.8

방정환(方定煥), 「(작가로서의 포부)필연의 요구와 절대의 진실로 - 소설에 대하야」, 『동아일보』, 1922.1.6

소파(小波), 「몽환의 탑에서 - 소년회 여러분께」, 『천도교회월보』 제138호, 1922년 2월호

이학인(李學仁), 「동경에 게신 소파 선생에게」, 『천도교회월보』 제139호, 1922년 3월호

방정환, 「머리말」, 방정환 편, 『세계명작동화집 사랑의 선물』, 개벽사출판부, 1922.7

김기전(金起瀍), 「머리말」, 방정환 편, 『세계명작동화집 사랑의 선물』, 개벽사출판부, 1922.7

소파(小波), 「새로 개척되는 '동화'에 관하야 – 특히 소년 이외의 일반 큰 이에게 – 」, 『개벽』
　　제31호, 1923년 1월호

이학인(李學仁), 「재동경(在東京) 소파 선생의게」, 『천도교회월보』 제148호, 1923년 1월호

이정호(李定鎬), 「(소년문란)나의 일기 중에서」, 『천도교회월보』 제149호, 1923년 2월호

이일순(李一淳), 「(소년문란)조선 초유의 동화극대회」, 『천도교회월보』 제149호, 1923년 2월호

방정환(方定煥), 「처음에」, 『어린이』, 1923.3.20

이정호(李定鎬), 「『어린이』를 발행하는 오늘까지 우리는 이러케 지냇습니다」, 『어린이』, 1923.
　　3.20

이정호(李定鎬), 「『어린이』가 발행되기까지 이러케 지내여 왓습니다(2)」, 『어린이』, 1923.4.1

이정호(李定鎬), 「오늘까지 우리는 이러케 지냇습니다(3)」, 『어린이』, 1923.4.23

소파(小波), 「소년의 지도에 관하야 – 잡지 『어린이』 창간에 제(際)하야, 경성 조정호(曹定昊)
　　형께」, 『천도교회월보』 제150호, 1923년 3월호

소파(小波), 「나그네 잡긔장(전4회)」, 『어린이』 제2권 제2호~제3권 제5호, 1924년 2월호~
　　1925년 5월호

버들쇠, 「동요 지시려는 분끠」, 『어린이』 제2권 제2호, 1924년 2월호

버들쇠, 「동요 짓는 법」, 『어린이』, 제2권 제4호, 1924년 4월호

「아동과 독물(하)」, 『매일신보』, 1924.3.30

어린이사, 「돌풀이」, 『어린이』, 제2권 제3호, 1924년 3월호

전영택(田榮澤), 「소년문제의 일반적 고찰」, 『개벽』 제47호, 1924년 5월호

소파(小波), 「어린이 찬미」, 『신여성』, 1924년 6월호

정순철(鄭順哲), 「동요를 권고합니다」, 『신여성』, 1924년 6월호

이상화(李相和), 최소정(崔韶庭)(共選), 「선후에 한마듸」, 『동아일보』, 1924.7.14

윤극영(尹克榮), 「(여학생과 노래)노래의 생명은 어대 잇는가?」, 『신여성』, 1924년 7월호

송순일(宋順鎰), 「(자유종)아동의 예술교육」, 『동아일보』, 1924.9.17

황유일(黃裕一), 「우리 소년회의 순극(巡劇)을 마치고 – 우리 소년 동무들에게, 이원소년회 순
　　극단」, 『동아일보』, 1924.9.29

성해(星海), 「동화에 나타난 조선 정조(전2회)」, 『조선일보』, 1924.10.13~20

요안자(凹眼子), 「동화에 대한 일고찰 – 동화 작자에게」, 『동아일보』, 1924.12.29

밴댈리스트, 「에취·지·웰스」, 『동아일보』, 1924.12.29

일기자(一記者), 「이러케 하면 글을 잘 짓게 됩니다」, 『어린이』, 1924년 12월호

편즙인, 「『어린이』 동모들께」, 『어린이』, 1924년 12월호

엄필진(嚴弼鎭), 「서문」, 『조선동요집』, 창문사, 1924.12

방정환(方定煥), 「동화작법 – 동화 짓는 이에게◇소파생(小波生)◇」, 『동아일보』, 1925.1.1

밴댈리스트, 「동요에 대하야(未定稿)」, 『동아일보』, 1925.1.21

오천원(吳天園), 「머리로 들이고 십흔 말슴」, 오천원 역, 『세계문학걸작집』, 한성도서주식회
　　사, 1925.2

선자(選者), 「동요 선후감」, 『동아일보』, 1925.3.9

김인득(金仁得), 「『사랑의 선물』을 넑고……」, 『어린이』 제26호, 1925년 3월호

방정환(方定煥), 「사라지지 안는 기억」, 『조선문단』 제6호, 1925년 3월호

유지영(柳志永), 「동요 선후감(『동아일보』 소재)을 읽고」, 『조선문단』, 1925년 5월호

노자영(盧子泳), 「첫머리에 씀(서문)」, 춘성 편, 『세계명작동화선집 천사의 선물』, 청조사, 1925.7

백의소년(白衣少年), 「세계 어린이의 동무 '안더-쎈' 소개 - 그의 50년제를 당하야」, 『조선일보』, 1925.8.6

정병기(丁炳基), 「동화의 원조 - 안델센 선생(50년제를 □□□)」, 『시대일보』, 1925.8.10.

사설(社說), 「동화와 문화 - '안더쎈'을 회(懷)함」, 『동아일보』, 1925.8.12.

진장섭(秦長燮), 「(동화의 아버지)가난한 집 아들로 세계학자가 된 '안더-센' 선생」, 『어린이』 제31호, 1925년 8월호.

취몽(醉夢), 「마리」, 정열모, 『동요작법』, 신소년사, 1925.9

양명(梁明), 「문학상으로 본 민요 동요와 그 채집」, 『조선문단』, 1925년 9월호

황기식(黃基式), 「독자에게!」, 운산 편, 『(수양취미과외독물)동화집』, 초등교육연구회, 1925.10

문예부원(文藝部員), 「선후감」, 『시대일보』, 1925.11.2

벽오동(碧梧桐), 「현대의 과학소설 - 예언적 작가 웰스(전2회)」, 『매일신보』, 1925.11.29~12.13

김진호(金鎭浩) 외, 「늘 보고 십흔 어린이 기자 인물 상상기」, 『어린이』, 1925년 11월호

장사동 일독자(長沙洞 一讀者), 「방정환 씨 미행기」, 『어린이』 제3권 제11호, 1925년 11월호

한동욱(韓東昱), 「동화를 쓰기 전에」, 『새벗』 창간호, 1925년 11월호

안덕근(安德根), 「동화의 가치」, 『매일신보』, 1926.1.31

편즙실 급사, 「『어린이』 기자 이 모양 저 모양」, 『어린이』, 1926년 1월호

김남주(金南柱), 「문예와 교육(전4회)」, 『조선일보』, 1926.2.20~23

정홍교(丁洪敎), 「동화의 종류와 의의」, 『매일신보』, 1926.4.25

정홍교(丁洪敎), 「아동의 생활심리와 동화(전2회)」, 『동아일보』, 1926.6.18~19

최상현(崔相鉉), 「발간사」, 『영데이』 창간호, 영데이사, 1926년 6월호

박준표(朴埈杓), 「축 창간」, 『영데이』 창간호, 영데이사, 1926년 6월호

유석조(庾錫祚), 「끗인사」, 『영데이』 창간호, 영데이사, 1926년 6월호

최상현(崔相鉉), 「끗인사」, 『영데이』 창간호, 영데이사, 1926년 6월호

박철혼(朴哲魂), 「끗인사」, 『영데이』 창간호, 영데이사, 1926년 6월호

권일사(權一思), 「끗인사」, 『영데이』 창간호, 영데이사, 1926년 6월호

박준표(朴埈杓), 「(강화)동요 짓는 법」, 『신진소년』 제2권 제3호, 1926년 6월호

철혼(哲魂), 「선자(選者)의 말삼」, 『신진소년』 제2권 제3호, 1926년 6월호

김태오, 「어린이의 동무 '안더-센' 선생 - 51년제를 맛고(전2회)」, 『동아일보』, 1926.8.1~4

정인섭(鄭寅燮), 「예술교육과 아동극의 효과 - 어린이사 주최 동화, 동요, 동무(童舞), 동극대회에 제(際)하야(전8회)」, 『조선일보』, 1926.8.24~31

정이경(鄭利景), 「어린이와 동요」, 『매일신보』, 1926.9.5

「(훈화)소년과 독서」, 『영데이』, 1926년 8-9월 합호

홍파(虹波), 「당선동화 '소금장이'는 번역인가」, 『동아일보』, 1926.9.23
문병찬(文秉讚), 「'소금쟁이'를 논함 - 홍파 군에게」, 『동아일보』, 1926.10.2
방정환(方定煥), 「'허잽이'에 관하야(전2회)」, 『동아일보』, 1926.10.5~6
김억(金億), 「'소곰쟁이'에 대하여」, 『동아일보』, 1926.10.8
한정동(韓晶東), 「(문단시비)'소곰쟁이'는 번역인가?(전2회)」, 『동아일보』, 1926.10.9~10
한병도(韓秉道), 「예술적 양심이란 것」, 『동아일보』, 1926.10.23
최호동(崔湖東), 「'소금쟁이'는 번역이다」, 『동아일보』, 1926.10.24
우이동인(牛耳洞人), 「글도적놈에게」, 『동아일보』, 1926.10.26
김원섭(金元燮), 「'소곰장이'를 논함」, 『동아일보』, 1926.10.27
홍파(虹波), 「'소곰장이를 논함'을 닑고」, 『동아일보』, 1926.10.30
편집자(編輯者), 「'소곰장이' 논전을 보고」, 『동아일보』, 1926.11.8
신길구(申佶求), 「서」, 신길구 편찬, 『세계명작교육동화집』, 영창서관, 1926.11
박일봉(朴一奉), 「예술적 양심(전3회)」, 『중외일보』, 1926.12.6~9
정이경(鄭利景), 「사회교육상으로 본 동화와 동요 - 추일(秋日)의 잡기장(雜記帳)에서 -」, 『매
　　일신보』, 1926.10.17
심의린(沈宜麟), 「서」, 『(담화재료)조선동화대집』, 한성도서주식회사, 1926.10
윤극영(尹克榮), 「(想華)지나간 악상의 이삼편(片)」, 『매일신보』, 1926.11.28
탑원생(塔園生), 「(가뎡평론)유치원 아동의 가극 연극에 대하야(전2회)」, 『조선일보』, 1926.
　　12.10~19
송악산인(松岳山人), 「부녀에 필요한 동화 - 소년 소녀의 량식」, 『매일신보』, 1926.12.11
송악산인(松岳山人), 「동요를 장려하라 - 부모들의 주의할 일」, 『매일신보』, 1926.12.12
편즙인, 「독자작품 총평」, 『별나라』, 1926년 12월호
방정환(方定煥), 「어린이 동모들께」, 이정호 편, 『세계일주동화집』, 해영사, 1926
이정호(李定鎬), 「재판을 발행하면서」, 이정호 편, 『세계일주동화집』, 해영사, 1926
일기자(一記者), 「신년벽두에 <색동회>를 축복합시다」, 『신소년』, 1927년 1월호
최남선(崔南善), 「서」, 한충, 『조선동화 우리동무』, 예향서옥(芸香書屋), 1927.1
육당학인(六堂學人), 「처음 보는 순조선동화집」, 『동아일보』, 1927.2.11
「(時評)인형노래」, 『조선일보』, 1927.3.1
팔봉학인(八峰學人), 「동화의 세계 - 『우리동무』 독후감(전4회)」, 『중외일보』, 1927.3.10~13
이학인(李學仁), 「조선동화집 『새로 핀 무궁화』를 읽고서 - 작자 김여순(金麗順) 씨에게 -」, 『동
　　아일보』, 1927.2.25
염근수(廉根守), 「(문단시비)김여순 양과 『새로 핀 무궁화』 - 이학인 형께 올님」, 『동아일보』,
　　1927.3.9
최호동(崔湖東), 「(문단시비)염근수 형에게」, 『동아일보』, 1927.3.16
이학인(李學仁), 「(문단시비)염근수 형에게 답함」, 『동아일보』, 1927.3.18
박승택(朴承澤), 「염근수 급(及) 우이동인에게」, 『동아일보』, 1927.4.2
손진태(孫晉泰), 「조선의 동요와 아동성」, 『신민』, 1927년 2월호
우이동인(牛耳洞人), 「동요연구(전8회)」, 『중외일보』, 1927.3.21~28

최영택(崔永澤), 「소년문예운동 방지론 - 특히 지도자에게 일고를 촉(促)함(전5회)」, 『중외일보』,
    1927.4.17~23
유봉조(劉鳳朝), 「소년문예운동 방지론을 낡고(전4회)」, 『중외일보』, 1927.5.29~6.2
최영택(崔永澤), 「내가 쓴 소년문예운동 방지론(전3회)」, 『중외일보』, 1927.6.20~22
민병휘(閔丙徽), 「소년문예운동 방지론을 배격(전2회)」, 『중외일보』, 1927.7.1~2
김장섭(金長燮), 「소년문학운동 가부, 어린이들의 문학열을 장려하는 것이 가할가, 고려를 요
    하는 문제 - 학교교육의 보충을 위하야」, 『동아일보』, 1927.4.30
정성채(鄭聖采), 「소년문학운동 가부, 어린이들의 문학열을 장려하는 것이 가할가, 고려를 요
    하는 문제 - 이상에 치우침보다 실제 생활로」, 『동아일보』, 1927.4.30
이익상(李益相), 「소년문학운동 가부, 어린이들의 문학열을 장려하는 것이 가할가, 고려를 요
    하는 문제 - 금일의 그것은 별무 이익」, 『동아일보』, 1927.4.30
박팔양(朴八陽), 「소년문학운동 가부, 어린이들의 문학열을 장려하는 것이 가할가, 고려를 요
    하는 문제 - 진정한 의미의 건전한 문학을」, 『동아일보』, 1927.4.30
정병기(丁炳基), 「소년문학운동 가부, 어린이들의 문학열을 장려하는 것이 가할가, 고려를 요
    하는 문제 - 실사회와 배치 안 되면 가(可)」, 『동아일보』, 1927.4.30
한정동(韓晶東), 「동요작법(3)」, 『별나라』, 1927년 4월호
승응순(昇應順), 「신소년사 기자 선생님 상상기」, 『신소년』, 1927년 4월호
송완순(宋完淳), 「신소년사 기자 선생 상상기」, 『신소년』, 1927년 6월호
박영명(朴永明), 「신소년사 기자 선생 상상기」, 『신소년』, 1927년 6월호
안평원, 「신소년사 기자 선생 상상기」, 『신소년』, 1927년 6월호
「훌용한 동요는 10세 내외에 된다 - 어린이는 감격의 세계로 지도에 노력하자」, 『매일신보』,
    1927.5.4
안준식(安俊植), 「첫돌을 마지하면서」, 『별나라』, 1927년 6월호
주요한(朱耀翰), 「머리말」, 문병찬 편, 『세계일주동요집』, 영창서관, 1927.6
홍은성(洪銀星), 「머리말」, 문병찬 편, 『세계일주동요집』, 영창서관, 1927.6
문병찬, 「머리말」, 문병찬 편, 『세계일주동요집』, 영창서관, 1927.6
염근수(廉根守), 「1만 3천 5백인이 총동원한 조선 초유의 대전람회」, 『별나라』, 1927년 7월호
최병화(崔秉和), 「돌마지 그럼 축하회와 음악 가극 대회」, 『별나라』, 1927년 7월호
전품계(展品係), 「소전(少展) 성적 발표」, 『별나라』, 1927년 7월호
백남선(白南善), 「작품전람회를 보고 나서」, 『별나라』, 1927년 7월호
김태오(金泰午), 「동화의 원조 안더센 씨 - 52년제를 마지하며」, 『조선일보』, 1927.8.1
연성흠(延星欽), 「안더-슨 선생의 동화 창작상 태도(전6회)」, 『조선일보』, 1927.8.11~17
신고송(申孤松), 「9월호 소년잡지 독후감(전5회)」, 『조선일보』, 1927.10.2~7
「생래의 불우 천재 조선 소년 서덕출」, 『조선일보』, 1927.10.12
「불구의 서(徐) 소년은 동요의 천재」, 『동아일보』, 1927.10.12
「불구시인에 위안 선물 - 동요회에서」, 『매일신보』, 1927.10.12
최태원(崔泰元), 「(어린이 페지)서덕출 군에게」, 『동아일보』, 1927.10.18
민대호(閔大鎬), 「창간사」, 『학창』 창간호, 1927년 10월호

최남선(崔南善), 「『학창』 발간을 축(祝)하고 아울러 조선 아동잡지에 대한 기망(期望)을 말함」, 『학창』 창간호, 1927년 10월호

박노상(朴魯相), 「『학창』의 출현을 깃버함」, 『학창』 창간호, 1927년 10월호

안재홍(安在鴻), 「자라가는 어린이들을 위하야」, 『학창』 창간호, 1927년 10월호

김영팔, 「어린이들에게 나의 한 말」, 『학창』 창간호, 1927년 10월호

윤호병(尹鎬炳), 「『학창』은 우리의 큰 동모」, 『학창』 창간호, 1927년 10월호

이희창(李熙昌), 「용감이 살아갑시다」, 『학창』 창간호, 1927년 10월호

애드몬드・데・아미-듸쓰 작, 적라산인 역, 「사랑의 학교」, 『신민』 제30호, 1927년 10월호

과목동인(果木洞人), 「10월의 소년잡지(전5회)」, 『조선일보』, 1927.11.3~8

김한(金漢), 「(학예)전환기에 선 소년문예운동(전3회)」, 『중외일보』, 1927.11.19~21

김동환(金東煥), 「학생문예에 대하야」, 『조선일보』, 1927.11.19

백근(白槿), 「'하우프' 동화가 - 100년제를 마지하며」, 『동아일보』, 1927.11.22

김태오(金泰午), 「(학예)심리학상 견지에서 아동독물 선택(전5회)」, 『중외일보』, 1927.11. 22~26

궁정동인(宮井洞人), 「11월 소년잡지(전5회)」, 『조선일보』, 1927.11.27~12.2

김설강(金雪崗), 「서북지방 동화 순방기(전3회)」, 『아희생활』 제2권 제11호~제3권 제2호, 1927년 11월호~1928년 2월호

김태영(金台英), 「(동요연구, 동요작법)동요를 쓰실려는 분들의게(전5회)」, 『아희생활』, 1927년 10월호~1928년 3월호

적아(赤兒), 「11월호 소년잡지 총평(전8회)」, 『중외일보』, 1927.12.3~11

천마산인(天摩山人), 「동화연구의 일단면 - 동화집 『금쌀애기』를 읽고」, 『조선일보』, 1927. 12.6

정순정(鄭順貞), 「무산계급 예술의 비판(14)」, 『중외일보』, 1927.12.10

박홍제(朴弘濟), 「운동을 교란하는 망평망론을 배격함 - 적아(赤兒)의 소론을 읽고 -」, 『조선일보』, 1927.12.12

이정호(李定鎬), 「아동극에 대하야 - 의의, 기원, 종류, 효과(전8회)」, 『조선일보』, 1927.12.13~22

「(연예와 영화)경성보육학교 아동극 공연 - ◇…14일부터 양일간 조선극장에서」, 『조선일보』, 1927.12.14

심훈(沈熏), 「경성보육학교의 아동극 공연을 보고(전2회)」, 『조선일보』, 1927.12.16~18

홍은성(洪銀星), 「'소년잡지 송년호' 총평(전5회)」, 『조선일보』, 1927.12.16~23

김동환(金東煥), 「(연예와 영화)희유의 명연극을 다수 민중아 보라! - 재공연을 요구함」, 『조선일보』, 1927.12.17

최규선(崔奎善), 「서」, 고장환 편, 『세계소년문학집』, 박문서관, 1927.12

김태오(金泰午), 「어린 동모들에게」, 고장환 편, 『세계소년문학집』, 박문서관, 1927.12

홍효민(洪曉民), 「서」, 고장환 편, 『세계소년문학집』, 박문서관, 1927.12

정홍교(丁洪教), 「서」, 고장환 편, 『세계소년문학집』, 박문서관, 1927.12

고장환(高長煥), 「머리말」, 고장환 편, 『세계소년문학집』, 박문서관, 1927.12

고장환(高長煥),「세계 소년문학 작가 소전(小傳)」, 고장환 편,『세계소년문학집』, 박문서관, 1927.12

방정환(方定煥),「(대중훈련과 민족보건)제일 요건은 용기 고무 - 부모는 자녀를 해방 후 단체에, 소설과 동화」,『조선일보』, 1928.1.3

은성학인(銀星學人),「(쏙·레뷰)청춘과 그 결정(結晶) -『세계소년문학집』을 읽고 -」,『조선일보』, 1928.1.11

홍은성(洪銀星),「문예 시사감 단편(3)」,『중외일보』, 1928.1.28

송완순(宋完淳),「공상적 이론의 극복 - 홍은성 씨에게 여(與)함(전4회)」,『중외일보』, 1928. 1.29~2.1

정홍교(丁洪敎),「무진년을 마즈며 - 소년 동모에게」,『소년계』제3권 제1호, 1928년 1월호

누파(淚波),「개성(開城)에 잇는 소년문예사 여러 동무를 여러분께 소개합니다」,『소년계』제3권 제1호, 1928년 1월호

전영택(田榮澤),「이야기 할아버지 안델센(전2회)」,『아희생활』, 1928년 1월호~2월호

김재은(金在殷),「『소년조선』의 창간을 축(祝)함」,『소년조선』제2호, 1928년 2월호

「<프로예술동맹> 성명 발표 - 대(對) <자유예술연맹>」,『동아일보』, 1928.3.11

「금후의 예술운동, <조선푸로레타리아예술동맹> 성명」,『조선일보』, 1928.3.11

고장환(高長煥),「동요 의의 - 동요대회에 임하야」,『조선일보』, 1928.3.13

홍효민(洪曉民),「병상 잡감」,『조선일보』, 1928.3.17

이정구(李貞求),「동요와 그 평석(전5회)」,『중외일보』, 1928.3.24~28

정순정(鄭順貞),「소년문제·기타(전2회)」,『중외일보』, 1928.5.4~5

심훈(沈熏),「아동극과 소년영화 - 어린이의 예술교육은 엇던 방법으로 할가(전3회)」,『조선일보』, 1928.5.6~9

심의린(沈宜麟),「머리말」, 심의린 편,『실연동화』제1집, 1928.5

승응순(昇應順),「두 돌 상에 둘너안저서」,『별나라』통권24호, 1928년 7월호

김영일(金永一),「최후의 승리는 물론 올 것이다」,『별나라』통권24호, 1928년 7월호

하도윤(河圖允),「너의 힘은 위대하엿다」,『별나라』통권24호, 1928년 7월호

허수만(許水萬)(별나라 성진(城津)지사장),「『별나라』두 돌 상에 돌나안저서 - 과거보담 미래를 축수(祝壽)함」,『별나라』통권24호, 1928년 7월호

우태형(禹泰亨),「2주년의 감상」,『별나라』통권24호, 1928년 7월호

양정혁(楊貞奕),「장차 나슬 일꾼을 위하야」,『별나라』통권24호, 1928년 7월호

재향(栽香),「선후 여언」,『새벗』제4권 제8호, 1928년 8월호

김영두(金泳斗),「서」, 정창원 편저,『동요집』, 삼지사, 1928.9

정창원(鄭昌元),「머리말」, 정창원 편저,『동요집』, 삼지사, 1928.9

사설(社說),「세계아동예술전람회」,『동아일보』, 1928.10.2

「연일 성황을 일운 세계아동예전 - 입장자 1만을 돌파」,『동아일보』, 1928.10.5

김홍진(金弘鎭),「세아예전감상(世兒藝展感想)(1)」,『동아일보』, 1928.10.5

김상회(金相回),「세아예전감상(世兒藝展感想)(2)」,『동아일보』, 1928.10.6

일기자(一記者),「세계아동예술전 초일(初日) 관람기(전4회)」,『동아일보』, 1928.10.5~10

사설(社說), 「아동예술전람회를 보고」, 『중외일보』, 1928.10.8

방정환(方定煥), 「(인사말슴)세계아동예술전람회를 열면서」, 『어린이』 제6권 제6호, 1928년 10월호

방정환(方定煥), 「보고와 감사 - 세계아동예전을 마치고」, 『동아일보』, 1928.10.12

홍은성(洪銀星), 「금년 소년문예 개평(전4회)」, 『조선일보』, 1928.10.28~11.4

정인섭(鄭寅燮), 「(전람회 강화 기4)인형극과 가면극 - 세계아동예술전람회에 제(際)하야」, 『어린이』 제6권 제6호, 1928년 10월호

몽견초(夢見草), 「(전람회 미담)눈물의 작품」, 『어린이』 제6권 제6호, 1928년 10월호

우이동인(牛耳洞人), 「동요연구(전15회)」, 『중외일보』, 1928.11.13~12.6

정인섭(鄭寅燮), 「아동예술교육(전3회)」, 『동아일보』, 1928.12.11~13

「꿈결 갓흔 공상을 이상에 선도 - 넘치는 생명력을 됴결한다 ◇…동화의 본질」, 『매일신보』, 1928.12.17

윤석중(尹石重), 「(여행기)선물로 드리는 나그네 '색상자' - (남국 여행을 맛치고)」, 『어린이』 제6권 제7호, 1928년 12월호

윤석중, 「덕출 형을 찾아서 - 스물두 해 전 이야기」, 서수인 편, 『(서덕출동요집)봄편지』, 자유문화사, 1952

홍은성(洪銀星), 「소년문예 일가언(一家言)」, 『조선일보』, 1929.1.1

여수(麗水), 「당선된 학생 시가에 대하야」, 『조선일보』, 1929.1.1

이정호(李定鎬), 「사랑의 학교(1) 『쿠오레』를 번역하면서」, 『동아일보』, 1929.1.23

ㅈㄱ생, 「소년의 기왕과 장래」, 『신소년』, 1929년 1월호

편집급사, 「(편집실)스켓취」, 『소년조선』, 1929년 1월호

편집위원(編輯委員), 「서」, 조선동요연구협회 편, 『조선동요선집 - 1928년판』, 박문서관, 1929.1

우이동인(牛耳洞人), 「동요 연구의 단편」, 조선동요연구협회 편, 『조선동요선집 - 1928년판』, 박문서관, 1929.1

진장섭(秦長燮), 「동요 잡고 단상」, 조선동요연구협회 편, 『조선동요선집 - 1928년판』, 박문서관, 1929.1

한정동(韓晶東), 「동요에 대한 사고(私考)」, 조선동요연구협회 편, 『조선동요선집 - 1928년판』, 박문서관, 1929.1

고장환(高長煥), 「편집 후 잡화(雜話)」, 조선동요연구협회 편, 『조선동요선집 - 1928년판』, 박문서관, 1929.1

김석연(金石淵), 「동화의 기원과 심리학적 연구(전10회)」, 『조선일보』, 1929.2.13~3.3

유도순(劉道順), 「조선의 동요 자랑」, 『어린이』 제7권 제3호, 1929년 3월호

고긴빗[高長煥], 「가단(歌壇) 선후감」, 『아희생활』 제4권 제3호, 1929년 3월호

최학송(崔鶴松), 「(작문강좌)글[文]」, 『새벗』, 1929년 3월호

홍은성(洪銀星), 「소년잡지에 대하야 - 소년문예 정리운동(전3회)」, 『중외일보』, 1929.4.4~15

사설(社說), 「아동독물의 최근 경향 - 제공자의 반성을 촉(促)함 -」, 『동아일보』, 1929.5.31

고장환(高長煥), 「머리에 멧 마듸」, 고장환 역, 『쫑키호테-와 썰리봐여행기』, 박문서관, 1929.5

방정환(方定煥), 「머리말」, 호당 연성흠 편저, 『세계명작동화보옥집』, 이문당, 1929.5

이정호(李定鎬),「서문 대신으로」, 호당 연성흠 편저,『세계명작동화보옥집』, 이문당, 1929.5

연성흠(延星欽),「『세계명작동화보옥집』을 내노흐면서」, 호당 연성흠 편저,『세계명작동화보옥집』, 이문당, 1929.5

김태오,「동요 잡고 단상(전4회)」,『동아일보』, 1929.7.1~5

연성흠(延星欽),「동화구연방법의 그 이론과 실제」,『중외일보』, 1929.7.15

연성흠(延星欽),「동화구연방법의 그 이론과 실제(전18회)」,『중외일보』, 1929.9.28~11.6

한정동(韓晶東),「(어린이 강좌, 제4강)동요 잘 짓는 방법」,「어린이세상」 기31,『어린이』제7권 제7호 부록, 1929년 9월호

김사엽(金思燁),「(문예작품 독후감)동요작가에게 보내는 말」,『조선일보』, 1929.10.8

상섭(想涉),「(학생문단)'학생문단'의 본의 - ◇…투고 제군에게 촉망하는 바」,『조선일보』, 1929.10.10

석종(夕鍾),「(문예작품 독후감)한(韓) 씨 동요에 대한 비판」,『조선일보』, 1929.10.13

신고송(申孤松),「동심에서부터 - ◇기성동요의 착오점, 동요시인에게 주는 몃 말(전8회)」,『조선일보』, 1929.10.20~30

김남주(金南柱),「(어린이 강좌, 제5강)소설 잘 쓰는 방법」,「어린이세상」 기32,『어린이』제7권 제8호 부록, 1929년 10월호

정홍교(丁洪敎),「소년문학운동의 편상(片想) - 특히 동화와 신화에 대하야」,『조선강단』제1권 제2호, 1929년 11월호

홍효민(洪曉民),「금년에 내가 본 소년문예운동 - 반동의 1년」,『소년세계』제1권 제3호, 1929년 12월호

박인범(朴仁範),「내가 본 소년문예운동」,『소년세계』제1권 제3호, 1929년 12월호

방정환(方定煥),「서문」, 이정호 역,『사랑의 학교』, 이문당, 1929.12

조재호(曹在浩),「서」, 이정호 역,『사랑의 학교』, 이문당, 1929.12

연성흠(延星欽),「서문 대신으로」, 이정호 역,『사랑의 학교』, 이문당, 1929.12

이정호(李定鎬),「이 책을 내면서」, 이정호 역,『사랑의 학교』, 이문당, 1929.12

사설,「창작력의 발휘와 아동작품전 개최」,『동아일보』, 1929.7.22

신고송(申孤松),「새해의 동요운동 - 동심순화와 작가유도(전3회)」,『조선일보』, 1930.1.1~3

홍종인(洪鍾仁),「1929년 악단(樂壇) 전망기(4)」,『중외일보』, 1930.1.5

김병호(金炳昊),「신춘당선가요 만평 - 3사분(社分) 비교합평(전3회)」,『조선일보』, 1930.1.12~15

이병기(李炳基),「동요 동시의 분리는 착오 - 고송(孤松)의 동요운동을 읽고(전2회)」,『조선일보』, 1930.1.23~24

홍종인(洪鍾仁),「아동문학의 황금편 -『사랑의 학교』(전3회)」,『중외일보』, 1930.1.29~2.1

정홍교(丁洪敎),「(소년문제연구)'동심' 설의 해부」,『조선강단』제3호, 1930년 1월호

윤복진(尹福鎭),「3신문의 정월 동요단 만평(전9회)」,『조선일보』, 1930.2.2~12

양우정(梁雨庭),「작자로서 평가(評家)에게 - 부적확한 입론의 위험성: 동요 평가에게 주는 말(전2회)」,『중외일보』, 1930.2.5~6

신고송(申孤松),「동요와 동시 - 이 군에게 답함」,『조선일보』, 1930.2.7

장선명(張善明),「신춘동화 개평 - 3대 신문을 주로(전7회)」,『동아일보』, 1930.2.7~15

신고송(申孤松), 「현실도피를 배격함 - 양(梁) 군의 인식오류를 적발(전2회)」, 『조선일보』, 1930.2.13~14

김완동(金完東), 「신동화운동을 위한 동화의 교육적 고찰 - 작가와 평가(評家) 제씨에게(전5회)」, 『동아일보』, 1930.2.16~22

구봉산인(九峯山人), 「비판자를 비판 - 자기변해와 신(申) 군 동요관 평(전21회)」, 『조선일보』, 1930.2.19

김성용(金成容), 「'동심'의 조직화 - 동요운동의 출발 도정(전3회)」, 『중외일보』, 1930.2.24~26

주요한(朱耀翰), 「동요 월평」, 『아희생활』 제5권 제2호, 1930년 2월호

승응순(昇應順), 「조선소년문예 소고」, 『문예광』 제1권 제1호, 1930년 2월호

고송(鼓頌), 「동심의 계급성 - 조직화와 제휴함(전3회)」, 『중외일보』, 1930.3.7~9

월곡동인(月谷洞人), 「(抄譯)동요 동화와 아동교육(전3회)」, 『조선일보』, 1930.3.19~21

신고송(申孤松), 「공정한 비판을 바란다 - '비판자를 비판'을 보고(전3회)」, 『조선일보』, 1930.3.30~4.2

이재표(李在杓), 「(수신국)소년문사들에게」, 『별나라』 제5권 제2호, 1930년 2-3월 합호

백낙도(白樂道), 「압날의 광명을 노래하자!」, 『별나라』 제5권 제2호, 1930년 2-3월 합호

김순애(金順愛), 「소녀 독자를 무시 - 소년잡지 편집자에게」, 『별나라』 제5권 제2호, 1930년 2-3월 합호

김복동(金福童), 「창작에 힘쓰자」, 『별나라』 제5권 제2호, 1930년 2-3월 합호

방정환(方定煥), 「7주년 기념을 마즈면서」, 『어린이』 통권73호, 1930년 3월호

최린(崔麟) 외, 「7주년을 맛는 『어린이』 잡지에의 선물」, 『어린이』 통권73호, 1930년 3월호

이원수(李元壽), 「창간호브터의 독자의 감상문」, 『어린이』 통권73호, 1930년 3월호

서덕출(徐德出), 「창간호브터의 독자의 감상문」, 『어린이』 통권73호, 1930년 3월호

소용수(蘇瑢叟), 「창간호브터의 독자의 감상문」, 『어린이』 통권73호, 1930년 3월호

구옥산(具玉山), 「당면문제의 하나인 동요작곡 일고찰」, 『동아일보』, 1930.4.2

연호당(延皓堂), 「영원의 어린이 안더-슨전(전40회)」, 『중외일보』, 1930.4.3~5.31

양우정(梁雨庭), 「동요와 동시의 구별(전3회)」, 『조선일보』, 1930.4.4~6

두류산인(頭流山人), 「동화운동의 의의 - 소년문예운동의 신전개(전4회)」, 『중외일보』, 1930.4.8~11

해초(海草), 「(문단탐조등)한우현(韓祐鉉) 동무의 '고향의 봄'은 이원수 씨의 원작」, 『동아일보』, 1930.4.11

구봉학인(九峰學人), 「개인으로 개인에게 - 군이야말로 '공정한 비판'을(전8회)」, 『중외일보』, 1930.4.12~20

김병호(金炳昊), 「4월의 소년지 동요(전3회)」, 『조선일보』, 1930.4.23~26

구봉학인(九峰學人), 「동시말살론(전6회)」, 『중외일보』, 1930.4.26~5.3

김영보(金泳俌), 「머리말」, 『꼿다운 선물』, 삼광서림, 1930.4

최청곡(崔青谷), 「소년문예에 대하야」, 『조선일보』, 1930.5.4

한정동(韓晶東), 「'4월의 소년지 동요'를 닑고(전2회)」, 『조선일보』, 1930.5.6~11

고송(鼓頌), 「동요운동의 당면문제는?(전2회)」, 『중외일보』, 1930.5.14~18
장선명(張善明), 「소년문예의 이론과 실천(전4회)」, 『조선일보』, 1930.5.16~19
「세계적 동화작가 안데르센 기념제 - 금년이 탄생 125주년」, 『조선일보』, 1930.5.25
에취, 스텐, 홀베크, 「'에취·씨·안데르센'의 세계문학상의 지위」, 『조선일보』, 1930.5.25
연성흠(延星欽), 「영원의 어린이 안더-슨 선생 - 그의 소년시대」, 『어린이』 제8권 제4호,
    1930년 4-5월 합호
이종린(李鍾麟), 「속간사」, 『새벗』 복간호, 1930년 5월호
정홍교(丁洪敎), 「속간에 임하야 - 부(附) 어린이날을 당하야」, 『새벗』 복간호, 1930년 5월호
송완순(宋完淳), 「조선 동요의 사적(史的) 고찰(2)」, 『새벗』 복간호, 1930년 5월호
에취 시텐 흘베크, 「'에취·씨·안데르센'의 세계문학상의 지위 - 탄생 125주년을 당하야」,
    『매일신보』, 1930.6.1
「동요곡집 『봄제비』 - 데일집이 발간되엿다」, 『조선일보』, 1930.6.3
송구봉(宋九峰), 「동요의 자연생장성 급(及) 목적의식성(전5회)」, 『중외일보』, 1930.6.14~?
구봉학인(九峰學人), 「동요의 자연생장성 급 목적의식성 재론(전4회)」, 『중외일보』, 1930.6.29
    ~7.2
편집국(編輯局), 「『별나라』 출세기」, 『별나라』 제5권 제5호, 1930년 6월호
홍은성(洪銀星), 「소년문예 시감(時感)을 쓰기 전에」, 『소년세계』 제2권 제6호, 1930년 6월호
이고월(李孤月), 「창작에 힘쓰자 - <새빗사> 정상규 군에게」, 『소년세계』 제2권 제6호, 1930
    년 6월호
붉은샘, 「'푸로'의 아들이여 낙심 마라」, 『소년세계』 제2권 제6호, 1930년 6월호
에취·스틴·홀베크, 「안데르센의 기념제를 마즈며……그의 세계문학상 지위」, 『별건곤』
    제29호, 1930년 6월호
에취 스틴 홀베크, 「안데르센의 세계문학상 지위」, 『신소설』 제2권 제3호, 1930년 6월호
구봉학인(九峰學人), 「'푸로레' 동요론(전15회)」, 『조선일보』, 1930.7.5~22
자하생(紫霞生), 「만근(輓近)의 소년소설 급(及) 동화의 경향(전3회)」, 『조선』 통권153호~157
    호, 1930년 7월호~11월호
엄흥섭(嚴興燮) 외, 「여름방학 지상좌담회」, 『신소년』, 1930년 8월호
사설(社說), 「아동독물을 선택하자」, 『매일신보』, 1930.8.22
김병호(金炳昊), 「최근 동요평」, 『음악과 시』 창간호, 1930년 9월호
유백로(柳白鷺), 「소년문학과 리아리즘 - 푸로 소년문학운동(전5회)」, 『중외일보』, 1930.9.18
    ~26
한용수(韓龍水), 「(문단탐조등)문제의 동요 - 김여수(金麗水)의 '가을'」, 『동아일보』, 1930.9.17
여수(麗水), 「(문단탐조등)'표절' 혐의의 진상 - 동요 '가을'에 대하야」, 『동아일보』, 1930.9.23
김태오(金泰午), 「예술교육의 이론과 실제(전9회)」, 『조선일보』, 1930.9.23~10.2
김병호(金炳昊), 「최근 동요평(전3회)」, 『중외일보』, 1930.9.26~28
이원규(李元珪), 「8·9월 합병호」, 『소년세계』 제2권 제7호, 1930년 8-9월 합호
홍은성(洪銀星), 「소년문예 월평」, 『소년세계』 제2권 제7호, 1930년 8-9월 합호

정상규(鄭祥奎), 「나의 답변 - 이고월(李孤月) 씨의 적발에 대하야」, 『소년세계』 제2권 제7호, 1930년 8-9월 합호
금홍주(琴洪主), 「홍천(洪川) 김춘강(金春岡) 군의게 여(與)함」, 『소년세계』 제2권 제7호, 1930년 8-9월 합호
이화룡(李華龍), 「나의 답변 - 춘강생(春岡生)에게」, 『소년세계』 제2권 제7호, 1930년 8-9월 합호
남응손(南應孫), 「(수상)가을에 생각나는 동무들(전2회)」, 『매일신보』, 1930.10.5~7
유재형(柳在衡), 「『조선일보』 9월 동요(전2회)」, 『조선일보』, 1930.10.8~9
남응손(南應孫), 「조선의 글 쓰는 선생님들(전5회)」, 『매일신보』, 1930.10.17~23
안덕근(安德根), 「푸로레타리아 소년문학론(전12회)」, 『조선일보』, 1930.10.18~11.7
Y C, 「어린아이 읽는 책은 반듯이 택해 줄 일 - 새것이면 그저 조하해(전2회)」, 『동아일보』, 1930.10.27~28
방소파(方小波), 「연단진화(演壇珍話)」, 『별건곤』 제33호, 1930년 10월호
고고회(高古懷), 「(문단탐조등)유천덕 군의 '수양버들'」, 『동아일보』, 1930.11.1
유촌(柳村), 「(문단탐조등)'아츰이슬' = 작자로서」, 『동아일보』, 1930.11.2
유운경(柳雲卿), 「동요 동시 제작 전망(전22회)」, 『매일신보』, 1930.11.2~29
유재형(柳在衡), 「『조선』, 『동아』 10월 동요(전3회)」, 『조선일보』, 1930.11.6~8
남석종(南夕鍾), 「『매신(每申)』 동요 10월평(전9회)」, 『매일신보』, 1930.11.11~21
엄창섭(嚴昌燮), 「(문단탐조등)'가을'을 표절한 박덕순(朴德順) 군의 반성을 촉(促)한다」, 『동아일보』, 1930.11.14
조탄향(趙灘鄕), 「(문단탐조등)이성주(李盛珠) 씨 동요 '밤엿장수 여보소'는 박고경(朴古京) 씨의 작품(전2회)」, 『동아일보』, 1930.11.22~23
민봉호(閔鳳鎬), 「11월 소년지 창기(創紀) 개평(전3회)」, 『조선일보』, 1930.11.26~28
AM, 「아이에게 줄 그림책은 어쩐 것이 조흘가 - 속된 것을 제일 금할 것」, 『동아일보』, 1930.11.27
조탄향(趙彈響), 「(문단탐조등)'갈맥이의 서름'을 창작연 발표한 이계화(李季嬅) 씨에게(전2회)」, 『동아일보』, 1930.11.28~29
엄창섭(嚴昌燮), 「(문단탐조등)정신업는 표절자 김경윤(金景允)에게」, 『동아일보』, 1930.11.30
김병호(金炳昊), 「동요강화(1)」, 『신소년』, 1930년 11월호
이정구(李貞求), 「학생 시가평(전3회)」, 『조선일보』, 1930.12.3~5
전춘파(全春坡), 「평가(評家)와 자격과 준비 - 남석종 군에게 주는 박문(駁文)(전5회)」, 『매일신보』, 1930.12.5~11
「우화로 유명한 '이소푸' - 신분은 미천하엿스나 지혜는 실로 놀라웟다(전2회)」, 『매일신보』, 1930.1
김연승, 「머리말」, 『조선동요가곡선집』, 1930.10.25
남궁랑(南宮浪), 「동요 평자 태도 문제 - 유(柳) 씨의 월평을 보고(전4회)」, 『조선일보』, 1930.12.24~27
전수창(全壽昌), 「현 조선동화(전5회)」, 『동아일보』, 1930.12.26~30
상섭(想涉), 「신춘문예 현상작품 선후감 - 시조, 동요 기타(3)」, 『조선일보』, 1931.1.6

전식(田植), 「신년 당선동요평」, 『매일신보』, 1931.1.14

이호접(李虎蝶), 「동요 제작 소고(전5회)」, 『매일신보』, 1931.1.16~21

김태오(金泰午), 「소년문예운동의 당면에 임무(전8회)」, 『조선일보』, 1931.1.30~2.10

주요한, 「동요 월평」, 『아이생활』, 1931년 1월호

유재형(柳在衡), 「『조선』, 『동아』 양지(兩紙)의 신춘 당선동요 만평(전3회)」, 『조선일보』, 1931.2.8~11

이주홍(李周洪), 「아동문학운동 1년간 – 금후 운동의 구체적 입안(전9회)」, 『조선일보』, 1931.2.13~21

정윤환(鄭潤煥), 「1930년 소년문단 회고(전2회)」, 『매일신보』, 1931.2.18~19

현동염(玄東炎), 「동화교육 문제 – 전(全) 씨의 '현 조선동화'론 비판(전4회)」, 『조선일보』, 1931.2.25~3.1

주요한, 「동요 월평」, 『아이생활』, 1931년 2월호

김기주(金基柱), 「1930년에 대한 '소년문단 회고'를 보고 – 정윤환 군에게 주는 박문(駁文)(전2회)」, 『매일신보』, 1931.3.1~3

소민학인(素民學人), 「(자유평단: 신진으로서 기성에게, 선진으로서 후배에게)공개반박 – 김태오 군에게(전2회)」, 『조선일보』, 1931.3.1~6

장성관(張成寬), 「(동무소식)윤지월 군이여」, 『매일신보』, 1931.3.11

윤지월(尹池月), 「(동무소식)장성관 군에게」, 『매일신보』, 1931.3.25

이익동(李益東), 「동무소식」, 『매일신보』, 1931.3.26

남재성(南在晟), 「(문단탐조등)김형식 군의 '버들편지'는 표절」, 『동아일보』, 1931.3.31

장한몽(張寒夢), 「동무소식」, 『매일신보』, 1931.3.31

민봉호(閔鳳鎬), 「(자유평단 : 신진으로서 기성에게, 선진으로서 후배에게)금춘 소년창작(전4회)」, 『조선일보』, 1931.3.31~4.3

송영(宋影), 「아동극의 연출은 엇더케 하나?」, 『별나라』 통권48호, 1931년 3월호

임화(林和), 「무대는 이렇케 장치하자 – (조명과 화장까지)」, 『별나라』 통권48호, 1931년 3월호

이분옥(李粉玉), 「처음 출연해 보든 이야기 – <소[牛]병정>의 '복만(福萬)'이로!」, 『별나라』 통권48호, 1931년 3월호

최경숙(崔瓊淑), 「처음 출연해 보든 이야기 – <밤ㅅ길>의 '소녀직공'으로!」, 『별나라』 통권48호, 1931년 3월호

권환(權煥), 「서문(1)」, 『(푸로레타리아 동요집)불별』, 중앙인서관, 1931.3

윤기정(尹基鼎), 「서문(2)」, 『(푸로레타리아 동요집)불별』, 중앙인서관, 1931.3

김병호(金炳昊) 외, 「동생들아! 누이들아!」, 『(푸로레타리아 동요집)불별』, 중앙인서관, 1931.3

박기혁(朴璣爀), 「동요작법」, 『(창작감상)조선어작문학습서』, 이문당, 1931.3

박기혁(朴璣爀), 「감상법」, 『(창작감상)조선어작문학습서』, 이문당, 1931.3

윤고종(尹鼓鍾), 「표절에 대하야 – 효정(曉汀) 군에게 드림」, 『매일신보』, 1931.4.8

백촌인(白村人), 「동무소식」, 『매일신보』, 1931.4.14

고종생(鼓鍾生), 「(문단탐조등)소년 연작소설 '마지막의 웃음'은 권경완 씨의 원작」, 『동아일보』, 1931.4.22

김관(金管), 「우리들은 엇더한 노래를 불너야 조흔가」, 『별나라』 통권49호, 1931년 4월호
정철(鄭哲), 「(읽은 뒤의 감상)『불별』은 우리들의 것」, 『별나라』 통권49호, 1931년 4월호
홍은성(洪銀星), 「조선동요의 당면 임무」, 『아이생활』 제6권 제4호, 1931년 4월호
김태오(金泰午), 「동요운동의 당면 임무」, 『아이생활』 제6권 제4호, 1931년 4월호
주요한, 「동요 월평」, 『아이생활』 제6권 제4호, 1931년 4월호
리은상, 「옛날 조선의 어린이들의 노래 - '어린이날', 어린이들에게」, 『동아일보』, 1931.5.3
윤고종(尹鼓鍾), 「예술가와 표절(전2회)」, 『매일신보』, 1931.5.22~23
이고월(李孤月), 「(수신국)반동적 작품을 청산하자!!」, 『별나라』 통권50호, 1931년 5월호
김혈기(金血起), 「투고작가 여덜 동무에게」, 『별나라』 통권50호, 1931년 5월호
강창복(姜昌福), 「읽은 뒤 감상」, 『별나라』 통권50호, 1931년 5월호
「(독서실)윤복진 군의 동요『중중떼떼중』」, 『동광』 제21호, 1931년 5월호
이문해(李文海), 「동무소식」, 『매일신보』, 1931.6.2
「동무소식 (지상위안)산노리 동요회(전6회)」, 『매일신보』, 1931.5.27~6.21
안준식(安俊植), 「단, 한 곳, 단, 한가지」, 『별나라』 통권51호, 1931년 6월호
편집국(編輯局), 「『별나라』는 이러케 컷다 - 『별나라』 6년 약사(略史)」, 『별나라』 통권51호,
    1931년 6월호
신고송(申孤松), 「(1인1화)6년 동안의 가치」, 『별나라』 통권51호, 1931년 6월호
박혈해(朴血海), 「(1인1화)체험이 제일」, 『별나라』 통권51호, 1931년 6월호
유상성(柳相成) 외, 「(별님의 모임)닑은 뒤의 감상」, 『별나라』 통권51호, 1931년 6월호
최증석(崔曾石), 「(읽은 뒤의 감상)『별나라』를 읽고!」, 『별나라』, 1931년 6월호
전식(田植), 「7월의 『매신(每申)』 - 동요를 읽고(전9회)」, 『매일신보』, 1931.7.17~8.11
월생(月生), 「(어린이란)소년소녀의 친구 방(方) 선생님 이야기 - 구슬가티 귀한 그 일생(전3회)」,
    『동아일보』, 1931.7.26~29
주요한, 「동요 감상(鑑賞)」, 『아이생활』 제6권 제7호, 1931년 7월호
김월봉(金月峰), 「(수신국)이고월 군에게」, 『별나라』 제6권 제6호, 1931년 7-8월 합호
김예지(金藝池), 「(수신국)『파랑새』 발간을 듣고」, 『별나라』, 1931년 7-8월 합호
미소(微笑), 「파란 만튼 방정환 선생의 일생」, 『어린이』 제9권 제7호, 1931.8.20
주요한, 「동요 감상」, 『아이생활』 제6권 제8호, 1931년 8월호
남석종(南夕鍾), 「(수상)가을을 안고 - 생각나는 것들(전2회)」, 『매일신보』, 1931.9.6~8
성촌(星村), 「전식 군의 동요평을 읽고 - 그 불철저한 태도에 반박함(전4회)」, 『매일신보』,
    1931.9.6~10
김해림(金海林), 「(동무소식)미지의 동우(同友) 순원(順元) 군!」, 『매일신보』, 1931.9.9
동아일보사, 「서늘하고도 밤이 긴 가을철은 아이들도 독서할 쌔다 - 학년을 짜라 조화하는 책
    도 가지가지, 지도는 어쩨케 해야 할까(전2회)」, 『동아일보』, 1931.9.16~17
전식(田植), 「반박이냐? 평이냐? - 성촌(星村) 군의 반박에 회박(回駁)함(전5회)」, 『매일신보』,
    1931.9.18~23
마해송(馬海松), 「산상수필(전2회)」, 『조선일보』, 1931.9.22~23
뎡홍교, 「취윤소녀회의 긔념작품전람회를 보고」, 『조선일보』, 1931.10.5

백학서(白鶴瑞), 「『매신(每申)』동요평 - 9월에 발표한 것(전8회)」, 『매일신보』, 1931.10.15~
　25
편집실(編輯室), 「『어린이』는 변한다」, 『어린이』 제9권 제9호, 1931년 10월호
김대봉(金大鳳), 「신흥동요에 대한 편견(片見)(전2회)」, 『조선일보』, 1931.11.1~3
정인섭(鄭寅燮), 「학생극의 표어」, 『조선일보』, 1931.11.28
정진석(鄭鎭石), 「조선 학생극의 분야(전3회)」, 『조선일보』, 1931.11.29~12.2
편집인(編輯人), 「독자 작품호를 내면서」, 『어린이』 제9권 제10호, 1931년 11월호
이동규(李東珪), 「동요를 쓰려는 동무들에게」, 『신소년』, 1931년 11월호
신소년사(新少年社), 「<아동예술연구회>의 탄생과 우리들의 태도」, 『신소년』, 1931년 11월호
손길상(孫桔湘), 「『신소년』 9월 동요평」, 『신소년』, 1931년 11월호
최청곡(崔靑谷), 「(시대와 나의 근감)동화에 대한 근감(近感)」, 『시대상』 제2호, 1931년 11월호
김영팔(金永八), 「(시대와 나의 근감)방송 편감(片感)」, 『시대상』 제2호, 1931년 11월호
「경성보육 <녹양회>의 동요동극의 밤 - 본사 학예부 후원으로」, 『조선일보』, 1931.12.3
「경성보육 <녹양회> 주최, 동요동극의 밤 - 어린이의 세계를 보라, 명8일(명8일) 장곡천정공
　회당에서…」, 『조선일보』, 1931.12.8
이헌구(李軒求), 「아동문예의 문화적 의의 - <녹양회> '동요 동극의 밤'을 열면서(전3회)」, 『조
　선일보』, 1931.12.6~9
H생, 「경성보육 <녹양회>의 동요 동극의 밤을 보고」, 『조선일보』, 1931.12.11
김우철(金友哲), 「아동문학에 관하야 - 이헌구 씨의 소론을 읽고(전3회)」, 『중앙일보』,
　1931.12.20~23
계윤집(桂潤集), 「(수신국란)『별나라』 독자제군에게」, 『별나라』, 1931년 12월호
강창옥(康昌玉), 「(수신국란)남의 동요와 제 동요」, 『별나라』, 1931년 12월호
이활용(李活湧), 「(수신국란)나면 되는 투고가에게 일언함」, 『별나라』, 1931년 12월호
박병도(朴炳道), 「(수신국란)김혈기(金血起) 군에게」, 『별나라』, 1931년 12월호
「제1회 중등학생작품 작품지상대회(10월분 발표)」, 『동광』 제28호, 1931년 12월호
정성채(鄭聖采), 「서」, 정성채, 『소년척후교범』, 소년척후단조선총연맹, 1931
김동인(金東仁), 「32년 문단전망 - 어쩌케 전개될까? 전개시킬까? 문단 제씨의 각별한 의견(1)
　자선 주간의 메달일 쭌」, 『동아일보』, 1932.1.1
김진섭(金晉燮), 「32년 문단 전망 - 어쩌케 전개될까? 전개시킬까? 문단 제씨의 각별한 의견
　(1) 형성적 정신에 의하야」, 『동아일보』, 1932.1.1
염상섭(廉想涉), 「32년 문단 전망 - 어쩌케 전개될까? 전개시킬까? 문단 제씨의 각별한 의견
　(2) 각각 제 길을 밟을 박게」, 『동아일보』, 1932.1.2
함일돈(咸逸敦), 「32년 문단 전망 - 어쩌케 전개될까? 전개시킬까? 문단 제씨의 각별한 의견
　(2) 의식에 입각된 것만이…」, 『동아일보』, 1932.1.2
김안서(金岸曙), 「32년 문단 전망 - 어쩌케 전개될까? 전개시킬까? 문단 제씨의 각별한 의견
　(3) 민족으로 모여들 박게」, 『동아일보』, 1932.1.3
이태준(李泰俊), 「32년 문단 전망 - 어쩌케 전개될까? 전개시킬까? 문단 제씨의 각별한 의견
　(3) 가튼 길을 나아가라」, 『동아일보』, 1932.1.3

최독견(崔獨鵑), 「32년 문단 전망 – 어쩌케 전개될까? 전개시킬까? 문단 제씨의 각별한 의견
(3) 글세 별 수 잇겠습니까」, 『동아일보』, 1932.1.3

이병기(李秉岐), 「32년 문단 전망 – 어쩌케 전개될까? 전개시킬까? 문단 제씨의 각별한 의견
(3) 참되고도 새로워야」, 『동아일보』, 1932.1.3

양주동(梁柱東), 「32년 문단 전망 – 어쩌케 전개될까? 전개시킬까? 문단 제씨의 각별한 의견
(4) 밋심을 줄 만한 문학을」, 『동아일보』, 1932.1.4

송영(宋影), 「32년 문단 전망 – 어쩌케 전개될까? 전개시킬까? 문단 제씨의 각별한 의견(5) 전
기적(前期的) 임무를 다하야…」, 『동아일보』, 1932.1.5

이헌구(李軒求), 「32년 문단 전망 – 어쩌케 전개될까? 전개시킬까? 문단 제씨의 각별한 의견
(6) 극문학의 생명을」, 『동아일보』, 1932.1.6

조희순(曹喜淳), 「32년 문단 전망 – 어쩌케 전개될까? 전개시킬까? 문단 제씨의 각별한 의견
(6) 문학활동과 일반의 이해」, 『동아일보』, 1932.1.6

황석우(黃錫禹), 「32년 문단 전망 – 어쩌케 전개될까? 전개시킬까? 문단 제씨의 각별한 의견
(7) 전 문단 폐업도 가야(可也)」, 『동아일보』, 1932.1.7

이하윤(異河潤), 「32년 문단 전망 – 어쩌케 전개될까? 전개시킬까? 문단 제씨의 각별한 의견
(8) 여류문인아 출현하라」, 『동아일보』, 1932.1.8

윤백남(尹白南), 「32년 문단 전망 – 어쩌케 전개될까? 전개시킬까? 문단 제씨의 각별한 의견
(9) 생활의식의 해석 비판」, 『동아일보』, 1932.1.9

김기림(金起林), 「32년 문단 전망 – 어쩌케 전개될까? 전개시킬까? 문단 제씨의 각별한 의견
(10) 신민족주의 문학운동」, 『동아일보』, 1932.1.10

박용철(朴龍喆), 「32년 문단 전망 – 어쩌케 전개될까? 전개시킬까? 문단 제씨의 각별한 의견
(11) 쎈티멘탈리즘도 가(可)」, 『동아일보』, 1932.1.12

한설야(韓雪野), 「32년 문단 전망 – 어쩌케 전개될까? 전개시킬까? 문단 제씨의 각별한 의견
(12) 생활감정의 재현전달(전2회)」, 『동아일보』, 1932.1.13~14

홍해성(洪海星), 「32년 문단 전망 – 어쩌케 전개될까? 전개시킬까? 문단 제씨의 각별한 의견
(13) 현실에 입각 · 현실을 탈출」, 『동아일보』, 1932.1.14

심훈(沈熏), 「32년 문단 전망 – 어쩌케 전개될까? 전개시킬까? 문단 제씨의 각별한 의견(14,
15) 푸로 문학에 직언 이삼(二三)(전2회)」, 『동아일보』, 1932.1.15~16

정인섭(鄭寅燮), 「32년 문단 전망 – 어쩌케 전개될까? 전개시킬까? 문단 제씨의 각별한 의견
(15) 세계문단과의 연락에(전6회)」, 『동아일보』, 1932.1.16~22

이동규(李東珪), 「소년문단의 회고와 전망」, 『중앙일보』, 1932.1.11

「보통학교 1, 2학년까지는 이런 이야기를 조하합니다 – 단순하고 재미나고 반복이 만코 공상
적인 것」, 『동아일보』, 1932.1.15

김대봉(金大鳳), 「동요 비판의 표준(전2회)」, 『중앙일보』, 1932.1.18~19

선자(選者), 「신춘문예 동화 선후언(전3회)」, 『동아일보』, 1932.1.23~26

윤철(尹鐵), 「1932년을 마즈며 소년문예운동에 대해서」, 『신소년』, 1932년 1월호

김우철(金友哲), 「11월 소년소설평 – 읽은 뒤의 인상을 중심 삼고」, 『신소년』, 1932년 1월호

이고월(李孤月), 「(수신국)회색적 작가를 배격하자」, 『별나라』, 1932년 1월호

채몽소(蔡夢笑), 「(수신국)이고월 군에게」, 『별나라』, 1932년 1월호
이동규(李東珪), 「소년문단 시감(時感)」, 『별나라』, 1932년 1월호
백악(白岳), 「1932년을 당하야 – 속간호를 내면서」, 『소년세계』 제3권 제1호, 1932년 1월호
신재향(辛裁香), 「『소년세계』 속간을 마즈며」, 『소년세계』 제3권 제1호, 1932년 1월호
이원규(李元珪), 「(속간기념)순회동화를 맛치고」, 『소년세계』 제3권 제1호, 1932년 1월호
이원규(李元珪), 「(속간기념)순회동화 30일간(2)」, 『소년세계』 제3권 제2호, 1932년 2월호
김대봉(金大鳳), 「동요단 현상의 전망」, 『중앙일보』, 1932.2.22
동아일보사, 「예술적이고도 건전한 것이 제일 – 아이들에게 보여 주어야 할 그림책 선택 방법」,
    『동아일보』, 1932.2.27
백세철(白世哲), 「신춘 소년문예 총평 – 편의상 『어린이』지의 동시·동요에 한함」, 『어린이』,
    1932년 2월호
노양근(盧良根), 「『어린이』 신년호 소년소설평」, 『어린이』, 1932년 2월호
현송(玄松), 「신년호 소설평」, 『신소년』, 1932년 2월호
주요한, 「동요 감상평」, 『아이생활』 제7권 제2호, 1932년 2월호
박희도(朴熙道), 「오호, 방정환 군의 묘」, 『삼천리』 제23호, 1932년 2월호
김대준(金大駿), 「사랑하는 소년 동무들에게 – 우리는 좀 더 동무들을 사랑합시다」, 『별나라』,
    1932년 2-3월 합호
박세영(朴世永), 「고식화한 영역을 넘어서 – 동요·동시 창작가에게」, 『별나라』, 1932년 2-3
    월 합호
김일암(金逸岩), 「(수신국)작품 제작상의 제문제」, 『별나라』, 1932년 2-3월 합호
박병도(朴炳道), 「(수신국)맹인적 비평은 그만두라」, 『별나라』, 1932년 2-3월 합호
조형식(趙衡植), 「(수신국)우리들의 동요시에 대하야」, 『별나라』, 1932년 2-3월 합호
민고영(閔孤影), 「(감상문)깃뿐 일! 통쾌한 소식 – 동무들아 섭々해 말나」, 『별나라』, 1932년
    2-3월 합호
신고송(申鼓頌), 「슈프렛히·콜 – 연극의 새로운 형식으로(전5회)」, 『조선일보』, 1932.3.5~10
「교문을 나서는 재원들, 그들의 포부와 감상 – 장차 무엇을 할 것인가, 경성보육, 동화 명인
    김복진(金福鎭)」, 『조선일보』, 1932.3.10
전식(田植), 「요노매(妖努罵) 군에게」, 『어린이』, 1932년 3월호
요노매(妖努罵), 「수봉(秀烽) 군에게」, 『어린이』, 1932년 3월호
권독부(勸讀部), 「(소년좌담)이야기책과 이야기 듯는 것」, 『시대상』 제4호, 1932년 3월호
이고월(李孤月), 「'스무하로밤'을 표절한 한금봉(韓金鳳) 군에게」, 『소년세계』 제3권 제3호,
    1932년 3월호
이국상(李國祥), 「『소세(少世)』 속간을 읽고」, 『소년세계』 제3권 제3호, 1932년 3월호
최청곡(崔靑谷), 「서(序)」, 김기주 편, 『조선신동요선집 제1집』, 평양: 동광서점, 1932.3
홍난파(洪蘭坡), 「서(序)」, 김기주 편, 『조선신동요선집 제1집』, 평양: 동광서점, 1932.3
김기주(金基柱), 「서(序)」, 김기주 편, 『조선신동요선집 제1집』, 평양: 동광서점, 1932.3
임화, 「글은 어떻게 쓸 것인가」, 『신소년』, 1932년 4월호
신고송(申鼓頌), 「(강좌)조희 연극」, 『별나라』 통권58호, 1932년 4월호

홍종인(洪鍾仁), 「(독서실)『양양범벅궁』윤복진, 박태준 동요 민요 집곡집(集曲集)(제2집)」, 『동광』, 1932년 4월호

빈강어부(濱江漁夫), 「소년문학과 현실성 - 아울러 조선소년문단의 과거와 장래에 대하야」, 『어린이』, 1932년 5월호

고문수(高文洙), 「(독자평단)『어린이』는 과연 가면지일까? - 『어린이』에게 오해를 삼는 자에게 일언함」, 『어린이』, 1932년 5월호

박노홍(朴魯洪), 「김도산(金道山) 군의 '첫겨울'을 보고」, 『어린이』, 1932년 5월호

환송(桓松), 「동요를 지으려면(전9회)」, 『매일신보』, 1932.5.21~31

안준식(安俊植), 「전선무산아동연합대학예회를 열면서 - 『별나라』6주년 기념에 당하야-(전2회)」, 『조선일보』, 1932.5.28~29

춘파(春波), 「'어린이' 작품을 읽고 - '어린이' 여러분에게(전5회)」, 『매일신보』, 1932.6.1~9

여성(麗星), 「『동요시인』총평 - 6월호를 닑고 나서(전7회)」, 『매일신보』, 1932.6.10~17

노양근(盧良根), 「『어린이』잡지 반년간 소년소설 총평(전2회)」, 『어린이』, 1932년 6월호~7월호

김현봉(金玄峰), 「(소년평단)철면피 작가 이고월 군을 주(誅)함」, 『어린이』, 1932년 6월호

고문수(高文洙), 「『어린이』지 5월호 동요 총평」, 『어린이』, 1932년 6월호

철아(鐵兒), 「일농졸(一農卒)·이적아(李赤兒) 두상에 일봉(一捧) - 아울러 이원규 두상에도-」, 『신소년』, 1932년 6월호

주요한(朱耀翰), 「(독서실)『조선신동요선집 제1집』, 김기주 편」, 『동광』제34호, 1932년 6월호

이동규(李東珪), 「이 적은 책을 조선의 수백만 근로소년 대중에게 보내면서」, 『소년소설육인집』, 신소년사, 1932.6

권환(權煥), 「서문」, 『소년소설육인집』, 신소년사, 1932.6

이청사(李靑史), 「동요·동시 지도에 대하야(전9회)」, 『매일신보』, 1932.7.12~20

김동인(金東仁), 「녀름날 만평 - 잡지계에 대한(8)」, 『매일신보』, 1932.7.20

「윤석중(尹石重) 동요작곡집」, 『매일신보』, 1932.7.21

진장섭(秦長燮), 「소파 방 형 생각 - 고인과 지내든 이야기의 일편(一片)」, 『어린이』, 1932년 7월호

안준식(安俊植), 「연합학예회를 맛치고 - 여러분께 감사한 말삼을 듸림-」, 『별나라』통권60호, 1932년 7월호

신고송(申鼓頌), 「연합대학예회의 아동극을 보고」, 『별나라』통권60호, 1932년 7월호

고화영(高火映), 「조선 초유의 연합학예회의 감상」, 『별나라』통권60호, 1932년 7월호

김완식(金完植), 「전조선 야학 강습소 연합대학예회를 보고서」, 『별나라』통권60호, 1932년 7월호

박세영(朴世永), 「전선야학강습소사립학교연합대학예회 총관」, 『별나라』통권60호, 1932년 7월호

정철(鄭哲), 「『소년소설육인집』을 보고」, 『별나라』통권60호, 1932년 7월호

김병호(金炳昊), 「『조선신동요선집』을 읽고」, 『신소년』, 1932년 7월호

주요한, 「동요작법평」, 『아이생활』제7권 제7호, 1932년 7월호

이광수, 「아기네 노래」, 윤석중, 『윤석중동요집』, 신구서림, 1932.7

주요한, 「동심과 창작성」, 윤석중, 『윤석중동요집』, 신구서림, 1932.7

설강학인(雪崗學人), 「(동요강화)현대동요연구(전4회)」, 『아이생활』, 1932년 7월호~12월호

홍종인(洪鍾仁), 「근간의 가요집(2~3회)」, 『동아일보』, 1932.8.11~12

김약봉(金若鋒), 「김동인 선생의 잡지만평을 두들김 - 특히 소년잡지평에 대하야 -」, 『어린이』,
　　1932년 8월호

호인(虎人), 「아동예술 시평(전2회)」, 『신소년』, 1932년 8월호~9월호

홍구(洪九), 「아동문학 작가의 프로필」, 『신소년』, 1932년 8월호

박고경(朴古京), 「대중적 편집의 길로! - 6월호를 읽고」, 『신소년』, 1932년 8월호

철염(哲焰), 「'붓작난' 배의 나타남에 대하야」, 『신소년』, 1932년 8월호

김철하(金鐵河), 「(자유논단)작품과 작자」, 『신소년』, 1932년 8월호

박자영(朴越影) 역, 「이솝의 생애(전15회)」, 『매일신보』, 1932.9.9~28

이정호(李定鎬), 「100호를 내이면서 창간 당시의 추억」, 『어린이』 제10권 제9호, 1932년 9월호

최영주(崔泳柱), 「회고 10년간」, 『어린이』 제10권 제9호, 1932년 9월호

민봉호(閔鳳鎬), 「(독자로부터)오즉 감격이 잇슬 뿐! - 독자의 한 사람으로서 -」, 『어린이』 제
　　10권 제9호, 1932년 9월호

김형기(金亨起), 「(독자로부터)소리처라」, 『어린이』 제10권 제9호, 1932년 9월호

이상인(李相寅), 「(독자로부터)천만년까지」, 『어린이』 제10권 제9호, 1932년 9월호

계윤집(桂潤集), 「(독자로부터)『어린이』 만세 - 『어린이』를 애독하는 아우에게」, 『어린이』 제
　　10권 제9호, 1932년 9월호

남철인(南鐵人), 「최근 소년소설평」, 『어린이』 제10권 제9호, 1932년 9월호

승효탄(昇曉灘), 「조선 소년문예단체 소장사고(消長史稿)」, 『신소년』, 1932년 9월호

홍북원(洪北原), 「근대 문호와 그 작품」, 『신소년』, 1932년 9월호

이정호(李定鎬), 「오호 방정환 - 그의 1주기를 맞고」, 『동광』 제37호, 1932년 9월호

「(독서실)『윤석중 동요집』」, 『동광』 제37호, 1932년 9월호

K, 「윤석중 동요집」, 『신동아』 제2권 제9호, 1932년 9월호

한철염(韓哲焰), 「최근 프로 소년소설평 - 그의 창작방법에 대하야 -」, 『신소년』, 1932년 10월호

「대망의 동요동극 - 금야 7시 공회당, <녹양회> 주최 본사학예부 후원의 '동요·동극의 밤'」,
　　『동아일보』, 1932.11.22

김광섭(金珖燮), 「경성보육학교의 '동요동극의 밤'을 보고(전3회)」, 『조선일보』, 1932.11.25~
　　30

윤지월(尹池月), 「(자유논단)1932년의 아동문예계 회고」, 『신소년』, 1932년 12월호

소년세계사(少年世界社), 「1932년 신년호부터 본지는 경신된다」, 『소년세계』 제3권 제12호,
　　통권22호, 1932년 12월호

설송아(雪松兒), 「1932년의 조선소년문예운동은 엇더하엿나」, 『소년세계』 제3권 제12호,
　　1932년 12월호

박양호(朴養浩), 「본지 1년간 문예운동에 - 송년 편감」, 『소년세계』 제3권 제12호, 1932년 12
　　월호

설송(雪松), 「『소세(少世)』 10월호 동요시를 읽고 - 짤막한 나의 감상」, 『소년세계』 제3권 제
　　12호, 1932년 12월호
이적권(李赤拳), 「(논단)잡지 보는 데 대하야」, 『소년세계』 제3권 제12호, 1932년 12월호
이춘식(李春植), 「<소세동지문예회>를 이러케 운전하자 - <소세문예회>를 아래와 갗이 실
　　행합시다」, 『소년세계』 제3권 제12호, 1932년 12월호
한운송(韓雲松), 「<소세동지문예회>를 이러케 운전하자 - <소세동지문예회>의 대하야」, 『소
　　년세계』 제3권 제12호, 1932년 12월호
장윤식(張允植), 「<소세동지문예회>를 이러케 운전하자 - 부탁과 실행」, 『소년세계』 제3권
　　제12호, 1932년 12월호
김태오(金泰午), 「책 끝에 쓰는 말」, 김태오 편, 『꿈에 본 선녀』, 조선야소교서회, 1932.12
김태오(金泰午) 외, 「침체된 조선아동문학을 여하히 발전식힐 것인가(전3회)」, 『조선일보』,
　　1933.1.2~4
「번역 동요 문제와 야외놀이 기타: 보모좌담회 (5)」, 『동아일보』, 1933.1.5
이헌구(李軒求), 「오늘은 불란서 동화 하라버지 페로오가 난 날 - 그는 엇더한 사람인가, 어려
　　서부터 문학 천재이다」, 『조선일보』, 1933.1.12
「(신간소개)조선구전민요집」, 『중앙일보』, 1933.2.14
함대훈(咸大勳), 「(독서란)김소운 씨 편저 『조선구전민요집』 - (조선문)제일서방판」, 『조선일보』,
　　1933.2.17
박태원(朴泰遠), 「『언문조선구전민요집』 - 편자의 고심과 간행자의 의기」, 『동아일보』, 1933.
　　2.28
정순철(鄭淳哲), 「노래 잘 부르는 법 - 동요 '옛이야기'를 발표하면서」, 『어린이』, 1933년 2월호
김소운(金素雲), 「'전래동요, 구전민요'를 기보(寄報)하신 분에게 - 보고와 감사를 겸하야」, 『매
　　일신보』, 1933.3.23
「『신소년』 돌격대」, 『신소년』, 1933년 3월호~5월호
홍구(洪九), 「아동문예 시평(時評)」, 『신소년』, 1933년 3월호
이연호(李連鎬), 「(자유논단)박 군의 글을 읽고」, 『신소년』, 1933년 3월호
이연호(李連鎬), 「(자유논단)평문 - 『신소년』 신년호에 대한 비판 그의 과오를 지적함」, 『신소
　　년』, 1933년 3월호
로인, 「(자유논단)좀 더 쉬웁게 써다고 - 신년호 박현순(朴賢順) 동무에 글을 읽고」, 『신소년』,
　　1933년 3월호
농소년(農少年), 「소년지 『어린이』의 경신의 퇴보」, 『신소년』, 1933년 3월호
정인과(鄭仁果), 「본지 창간 일곱 돌을 맞으며」, 『아이생활』 제8권 제3호, 1933년 3월호
김우철(金友哲), 「秋田雨雀 씨와 문단생활 25년 - 그의 50 탄생 축하보를 듯고」, 『조선중앙일보』,
　　1933.4.23
정열모(鄭烈模), 「꼬깔」, 박기혁 편, 『(비평 부 감상동요집)색진주』, 활문사, 1933.4
박기혁(朴璣爀), 「머리말 - 어린 동모들에게」, 박기혁 편, 『(비평 부 감상동요집)색진주』, 활문
　　사, 1933.4
김소운(金素雲), 「윤석중 군의 근업 - 동시집 『일허버린 댕기』」, 『조선일보』, 1933.5.10

양천(梁天), 「(강좌)써-클 이야기」, 『별나라』 통권67호, 1933년 4-5월 합호

이광수(李光洙), 「(신간평)윤석중 군의 『잃어버린댕기』」, 『동아일보』, 1933.5.11

주요섭(朱耀燮), 「향토의 노래」, 『설강동요집: 1917 - 1932』, 한성도서주식회사, 1933.5

고장섭(高長燮), 「머리말」, 『설강동요집: 1917 - 1932』, 한성도서주식회사, 1933.5

김태오(金泰午), 「머리말」, 『설강동요집: 1917 - 1932』, 한성도서주식회사, 1933.5

김태오(金泰午), 「동요 짓는 법 - (동요작법) - 」, 『설강동요집: 1917 - 1932』, 한성도서주식
회사, 1933.5

정철(鄭哲), 「출판물에 대한 몇 가지 이야기」, 『신소년』, 1933년 5월호

이서찬(李西贊), 「(자유논단)<소세동지문예회>! 그 정체를 폭로함」, 『신소년』, 1933년 5월호

구왕삼(具王三), 「아동극에 대한 편견(片見) - <동극연구회> 조직을 계기하야」, 『신동아』,
1933년 5월호

이고산(李孤山), 「신문 잡지의 문예선자 제씨에게(상, 하) - 김춘파(金春波) 씨의 시 '새 곡조'
를 읽고」, 『조선일보』, 1933.6.2~3

이서찬(李西贊), 「벽소설에 대하야」, 『조선일보』, 1933.6.13

유치진(柳致眞), 「간단한 인형극 - 그 이론과 실제(전13회)」, 『매일신보』, 1933.6.13~26

용만, 「(신간평)윤석중 씨의 동시집 『일허버린 댕기』와 김태오 씨의 『설강동요집』」, 『매일신
보』, 1933.7.5

김우철(金友哲), 「동화와 아동문학 - 동화의 지위 밋 역할(전2회)」, 『조선중앙일보』, 1933.7.6
~7

여수학인(麗水學人), 「신간 독후 유감(有感)(3~4회)」, 『조선중앙일보』, 1933.7.6~7

고장환(高長煥), 「동화 한아버지 안더-센 선생(전4회)」, 『조선일보』, 1933.7.29~8.4

윤석중(尹石重), 「(JODK)명작 동요의 감상」, 『매일신보』, 1933.8.4

손위빈(孫煒斌), 「(조선신극25년약사, 9)맹아기의 '학생극'과 '레뷰-' 신극열의 상승시대 - 신
흥극단의 출현」, 『조선일보』, 1933.8.12

손위빈(孫煒斌), 「(조선신극25년약사, 10)허무주의를 고조한 종합예술협회 동화극의 출현」, 『조
선일보』, 1933.8.13

양전정(梁田楨), 「불쾌하기 짝이 업는 문예작품의 표절 - 연창학(延昌學) 군에게」, 『조선중앙
일보』, 1933.8.20

정청산(鄭靑山), 「소년문학 써-클 이약이」, 『신소년』, 1933년 8월호

일기자(一記者), 「(상식)잡지가 한번 나오자면 - 이러한 길을 밟어야 한다」, 『신소년』, 1933년
8월호

일기자(一記者), 「『별나라』 7주년 기념 '동요 · 음악 · 동극의 밤'은 이러케 열엿다 - 밧게선
비가 퍼붓는데도 장내엔 1천4백의 관중!」, 『별나라』 통권70호, 1933년 8월호

「(신간평)이정호 씨의 『사랑의 학교』」, 『매일신보』, 1933.10.10

김태오(金泰午), 「동요운동의 당면 임무(전4회)」, 『조선일보 특간』, 1933.10.26~31

최영주(崔泳柱), 「아가의 그림은 표현보다 관념(6) 조흔 그림책을 선택해 주시요」, 『조선일보』,
1933.10.29

양가빈(梁佳彬), 「『동요시인』 회고와 그 비판(전2회)」, 『조선중앙일보』, 1933.10.30~31

윤석중(尹石重), 「(출판기념 회상)동요집의 회상」, 『삼천리』 제5권 제10호, 1933년 10월호

주요섭(朱耀燮), 「아동문학연구 대강」, 『학등』 창간호, 1933년 10월호

수주(樹州), 「(문예야화 13)제창 아동문예」, 『동아일보』, 1933.11.11

김소운(金素雲), 「오금아 힘써라!」, 『어린이』 제11권 제11호, 1933년 11월호

김소운(金素雲), 「동심 소화(小話) – 씨동무」, 『어린이』 제12권 제1호, 1934년 1월호

김소운(金素雲), 「동심 소화(小話) – 김치ㄱ국」, 『어린이』 제12권 제2호, 1934년 2월호

박세영(朴世永), 「동요·동시는 엇더케 쓰나(전4회)」, 『별나라』 통권72호~75호, 1933년 11
　　월호~1934년 2월호

남응손(南應孫), 「11월 동요평(전3회)」, 『조선중앙일보』, 1933.12.4~7

유현숙(劉賢淑), 「'동심잡기'를 읽고 – 윤석중 씨에게 답함(전3회)」, 『동아일보』, 1933.12.26
　　~28

XYZ, 「풍문첩(風聞帖)」, 『별나라』 통권73호, 1933년 12월호

최병화(崔秉和), 「(수상)세계명작 감격 삽화」, 『별나라』 통권73호, 1933년 12월호

박승극(朴勝極), 「(소년문학강좌)소년문학에 대하야(전2회)」, 『별나라』, 1933년 12월호~1934
　　년 1월호

송영(宋影), 「소학교극의 새로운 연출(2)」, 『별나라』 통권73호, 1933년 12월호

이정호(李定鎬), 「1933년도 아동문학 총결산」, 『신동아』 제3권 제12호, 1933년 12월호

고장환(高長煥), 「아동과 문학 – 1934년의 전망(전7회)」, 『매일신보』, 1934.1.3~28

이종수(李鍾洙), 「(신춘현상 동요동화)선후감(전3회)」, 『조선일보 특간』, 1934.1.7~10

원유각(元裕珏), 「조선신흥동요운동의 전망(전5회)」, 『조선중앙일보』, 1934.1.19~24

윤석중(尹石重), 「'동심잡기'에 대한 나의 변해(辯解) – 유현숙(劉賢淑) 씨의 질의와 충고에 답
　　함(전3회)」, 『동아일보』, 1934.1.19~23

남석종(南夕鍾), 「아동극 문제 이삼(二三) – 동요극을 중심으로 하야(전6회)」, 『조선일보 특간』,
　　1934.1.19~25

전식(田植), 「동요 동시론 소고(전3회)」, 『조선일보 특간』, 1934.1.25~27

풍류산인(風流山人), 「'조선신흥동요운동의 전망'을 읽고(전2회)」, 『조선중앙일보』, 1934.1.
　　26~27

일기자(一記者), 「만추를 쑤미든 '동요의 밤' – '캐나리아' 가튼 천재 소녀」, 『별나라』 통권74
　　호, 1934년 1월호

이하윤(異河潤), 「시인 더·라·메-어 연구(1)」, 『문학』 창간호, 시문학사, 1934년 1월호

이하윤(異河潤), 「더·라·메-어의 시경(詩境) – 시인 더·라·메-어 연구(2)」, 『문학』 제3
　　호, 시문학사, 1934년 4월호

엄흥섭(嚴興燮), 「작문·수필 이야기(전2회)」, 『별나라』 통권74호~75호, 1934년 1월호~2월호

송창일(宋昌一), 「동요운동 발전성 – 기성 문인, 악인(樂人)을 향한 제창(전2회)」, 『조선중앙일
　　보』, 1934.2.13~14

이고산(李孤山), 「문예작품의 모작에 대한 일고 – 남대우 군에게」, 『조선중앙일보』, 1934.2.15

이정호(李定鎬). 「어린이들과 옛날이야기, 어떤 이야기를 들려줄가?(전4회)」, 『조선중앙일보』,
　　1934.2.19~22

홍종인, 「신가요집『도라오는 배』출판」, 『조선일보』, 1934.2.28
이동우(李東友), 「우리 마을에 왔든 극단들은 이런 것이다」, 『신소년』, 1934년 2월호
임화(林和), 「아동문학 문제에 대한 이삼(二三)의 사견」, 『별나라』통권75호, 1934년 2월호
앵봉산인(鶯峯山人), 「<동극연구회> 주최의 '동극·동요의 밤'을 보고」, 『별나라』통권75호, 1934년 2월호
이종수(李鍾洙), 「전조선 현상 동화대회를 보고서(전3회)」, 『조선일보 특간』, 1934.3.6~8
이정호(李定鎬), 「중, 보(中, 保), 동창회 주최 동화대회 잡감, 동창회, 연사, 심판자 제씨에게 (전13회)」, 『조선중앙일보』, 1934.3.9~27
김태준(金台俊), 「(조선가요개설)동요편(전3회)」, 『조선일보 특간』, 1934.3.21~24
이청사(李靑史), 「동화의 교육적 고찰(전7회)」, 『매일신보』, 1934.3.25~4.5
이동우(李東友), 「『신소년』신년호의 독후감」, 『신소년』, 1934년 3월호
민화경(閔華景), 「아동극에 관한 단편적인 소감 일절 - 넓니 농촌 강습소와 야학회를 위하야」, 『우리들』제4권 제3호, 1934년 3월호
주영섭(朱永涉), 「보전(普專) 연극 제2회 공연을 끗마치고」, 『우리들』제4권 제3호, 1934년 3월호
김영은(金泳恩), 「유치원 음악과 노래(동요)에 대하야」, 『아이생활』, 1934년 4월호
김우철(金友哲), 「아동문학의 문제 - 특히 창작동화에 대하야(전4회)」, 『조선중앙일보』, 1934. 5.15~18
남석종(南夕鍾), 「조선과 아동시 - 아동시의 인식과 그 보급을 위하야(전11회)」, 『조선일보 특간』, 1934.5.19~6.1
손진태(孫晉泰), 「서」, 마해송, 『해송동화집(海松童話集)』, 東京: 同聲社, 1934.5
고한승(高漢承), 「서」, 마해송, 『해송동화집』, 東京: 同聲社, 1934.5
진장섭(秦長燮), 「서」, 마해송, 『해송동화집』, 東京: 同聲社, 1934.5
마해송(馬海松), 「후기」, 마해송, 『해송동화집』, 東京: 同聲社, 1934.5
장혁주(張赫宙), 「(신간평)해송동화집 독후감」, 『동아일보』, 1934.5.26
본사 B 기자, 「아동문학작가(1) 정청산 씨 방문기」, 『신소년』, 1934년 4-5월 합호
본사 A 기자, 「아동문학작가(2) 이동규 씨 방문기」, 『신소년』, 1934년 4-5월 합호
안평원(安平原), 「(소론)알기 쉽게 감명 잇게 씁시다 - 3월호를 읽고 늣긴 바 잇서 글 쓰는 동무들에게 제의함 -」, 『신소년』, 1934년 4-5월 합호
남대우(南大祐), 「『신소년』3월호 동요를 읽은 뒤의 감상」, 『신소년』, 1934년 4-5월 합호
K. S생, 「1934년 작가 조명대(照明台)」, 『신소년』, 1934년 4-5월 합호
전영택(田榮澤), 「(아동을 위하야, 기4)소년문학운동의 진로」, 『신가정』, 1934년 5월호
고인태(高仁泰), 「아동교육과 아동문예의 서설」, 『실생활』, 1934년 5월호
김태오(金泰午), 「동요예술의 이론과 실제(전5회)」, 『조선중앙일보』, 1934.7.1~6
김태오(金泰午), 「조선동요와 향토예술(전2회)」, 『동아일보』, 1934.7.9~12
김태오(金泰午), 「동심과 예술감」, 『학등』제8호, 1934년 8월호
남석종(南夕鍾), 「문학을 주로 - 아동예술교육의 연관성을 논함(전2회)」, 『조선중앙일보』, 1934.9.4~6

남석종(南夕鍾), 「(아동문학강좌, 1)문학이란 무엇인가」, 『아이생활』, 1934년 9월호
남석종(南夕鍾), 「(아동문학강좌, 2)동요란 무엇인가」, 『아이생활』, 1934년 11월호
남석종(南夕鍾), 「(아동문학강좌, 3)아동자유시란 무엇인가」, 『아이생활』, 1935년 1월호
남석종(南夕鍾), 「(아동문학강좌, 4)작문이란 무엇인가」, 『아이생활』, 1935년 6월호
남석종(南夕鍾), 「(아동문학강좌, 5)동화란 무엇인가」, 『아이생활』, 1935년 7월호
남석종(南夕鍾), 「(아동문학강좌, 6)동극이란 무엇인가」, 『아이생활』, 1935년 9월호
남석종(南夕鍾), 「(아동문학강좌, 7)소설이란 무엇인가」, 『아이생활』, 1935년 10월호
남석종(南夕鍾), 「(아동문학강좌, 완)조선의 문사(文士)와 문학잡지 이야기」, 『아이생활』, 1935
  년 11월호
윤석중(尹石重), 「노래를 지으려는 어린 벗에게」, 『조선중앙일보』, 1934.10.15
송창일(宋昌一), 「아동문예의 재인식과 발전성(전4회)」, 『조선중앙일보』, 1934.11.7~17
박승극(朴勝極), 「(강화)문학가가 되려는 이에게 - 편지의 형식으로써 -」, 『별나라』 통권78호,
  1934년 11월호
차빈균(車斌均), 「(예원 포스트)아동문학을 위하야」, 『조선일보』, 1934.11.3
심의린(沈宜麟), 「(보육학교 당국자에게 보내는 말 3)유치원 개혁은 보육학교서부터 - 음악회
  열 번보다 동요회 한 번이 필요」, 『조선중앙일보』, 1934.11.15
김첨(金尖), 「(예원 포스트)아동문학을 위하야」, 『조선일보』, 1934.12.1
박세영(朴世永), 「작금의 동요와 아동극을 회고함」, 『별나라』 통권79호, 1934년 12월호
×××, 「이해를 보내는 집필 선생의 전모」, 『별나라』 통권79호, 1934년 12월호
XYZ, 「집필 선생의 전모」, 『별나라』 통권80호, 1935년 1-2월 합호
선자(選者), 「신춘문예 선후감(완)」, 『동아일보』, 1935.1.17
여운형(呂運亨), 「『소년중앙』을 내면서」, 『소년중앙』 창간호, 1935년 1월호
권동진(權東鎭), 「나의 당부」, 『소년중앙』, 창간호, 1935년 1월호
조만식(曹晩植), 「나의 당부」, 『소년중앙』, 창간호, 1935년 1월호
한용운(韓龍雲), 「나의 당부」, 『소년중앙』, 창간호, 1935년 1월호
양주삼(梁柱三), 「나의 당부」, 『소년중앙』, 창간호, 1935년 1월호
최규동(崔奎東), 「나의 당부」, 『소년중앙』, 창간호, 1935년 1월호
유억겸(兪億兼), 「나의 당부」, 『소년중앙』, 창간호, 1935년 1월호
김활란(金活蘭), 「나의 당부」, 『소년중앙』, 창간호, 1935년 1월호
이용설(李容卨), 「나의 당부」, 『소년중앙』, 창간호, 1935년 1월호
김봉면(金鳳冕), 「동극에 대한 편론(片論)」, 『예술』 창간호, 1935년 1월호
김병하(金秉河), 「박물동요 연구 - 식물개설편(전26회)」, 『조선중앙일보』, 1935.1.26~3.21
박팔양(朴八陽), 「내가 조와하는 동요」, 『소년중앙』 제1권 제2호, 1935년 2월호
이헌구(李軒求), 「내가 조와하는 노래 2 '어미새'」, 『소년중앙』 제1권 제3호, 1935년 3월호
김소운(金素雲), 「동요에 나타난 '어머니'」, 『가톨릭청년』 제3권 제3호, 1935년 2월호
이정호(李定鎬), 「속간호를 내면서」, 『어린이』 제13권 제1호, 1935년 3월호
송창일(宋昌一), 「아동문예 창작강좌 - 동요편(3~4회)」, 『아이동무』 제3권 제3호~4호, 1935
  년 3월호~4월호

한정동(韓晶東), 「어렷슬 때의 노래 '범나비' 뒷등에」, 『소년중앙』 제1권 제4호, 1935년 4월호

일보생(一步生), 「(탐조등)동요에 대한 우견(愚見)」, 『조선일보』, 1935.5.3

송창일(宋昌一), 「아동극 소고 – 특히 아동성을 주로 –(전6회)」, 『조선중앙일보』, 1935.5.25.
~6.2

김항아(金恒兒), 「(評記)<조선소녀예술연구협회> 제1회 동요・동극・무용의 밤을 보고…」,
『사해공론』 제1권 제1호, 1935년 5월호

알파, 「(정찰기)전래동요 민요곡의 채집」, 『동아일보』, 1935.6.30

함대훈(咸大勳), 「아동예술과 잡감 편편(片片)」, 『조선일보』, 1935.7.15

알파, 「(정찰기)아동문학과 이론 결여」, 『동아일보』, 1935.7.28

일기자(一記者), 「아기들의 영원한 동무 안델센 60주기 – 동화집 처녀 간행 100주년」, 『조선
중앙일보』, 1935.7.28

문순영(文順榮), 「'푸른하눌' 독후감」, 『소년중앙』 제1권 제7호, 1935년 7월호

이정호(李定鎬), 「허고 만흔 동화 가운데 안데르센의 작품이 특히 우월한 점 – 작품발표 100
년 기념을 당해서」, 『조선일보』, 1935.8.6

함대훈(咸大勳), 「감명 속에 읽은 『그림 업는 그림책』의 기억」, 『조선일보』, 1935.8.6

유성(流星), 「(제3회)동요 월평 – 『아이동무』 9월호」, 『아이동무』 제3권 제10호, 1935년 10월호

이원우(李園友), 「(隨感隨想)진정한 소년문학의 재기를 통절이 바람(전2회)」, 『조선중앙일보』,
1935.11.3~5

송창일(宋昌一), 「아동불량화의 실제 – 특히 학교아동을 중심으로 한 사고(私稿)(전9회)」, 『조
선중앙일보』, 1935.11.3~13

이헌구(李軒求), 「톨스토–이와 동화의 세계」, 『조광』 제1호, 1935년 11월호

「'안더센'의 아버지는 불란서 사람이다」, 『조선일보』, 1935.12.6

「특선 아동 독물」, 『조선문단』 속간 제5호, 1935년 12월호

남석종(南夕鍾), 「1935년 조선아동문학 회고 – 부(附) 과거의 조선아동문학을 돌봄」, 『아이생
활』 제10권 제12호, 1935년 12월호

신고송(申鼓頌), 「아동문학 부흥론 – 아동문학의 르네쌍쓰를 위하야(전5회)」, 『조선중앙일보』,
1936.1.1~2.7

금릉인(金陵人), 「레코–드 1년간 회고, 조선 레코–드의 장래(전2회)」, 『조선중앙일보』, 1936.
1.1~5

선자(選者), 「신춘문예 선후감(전2회)」, 『동아일보』, 1936.1.10~12

최인화(崔仁化), 「편집 동심」, 『동화』 창간호, 1936년 1월호

SS생, 「조선 동요계의 작금과 전망 – 작년 작품의 총평을 대신하여」, 『아이동무』 제4권 제2
호, 1936년 2월호

「신년계획 – <조선아동예술연구협회>」, 『신동아』, 1936년 1월호

이설정(李雪庭), 「(日評)위기를 부르짖는 소년문학」, 『조선중앙일보』, 1936.2.19

남기훈(南基薰), 「(日評)아동극과 방송단체(전2회)」, 『조선중앙일보』, 1936.3.10~11

남기훈(南基薰), 「(日評)아동 독품(讀品) 문제(전2회)」, 『조선중앙일보』, 1936.3.19~20

정인과(鄭仁果), 「(사설)십년 전을 돌아보노라(본지 창간 정신의 재인식)」, 『아이생활』, 1936

년 3월호

김태오(金泰午) 외, 「본지 창간 만10주년 기념 지상 집필인 좌담회」, 『아이생활』, 1936년 3월호

한석원(韓錫源) 외, 「본지 역대 주간의 회술기(懷述記)」, 『아이생활』, 1936년 3월호

최봉칙(崔鳳則), 「본지 창간 10주년 연감」, 『아이생활』, 1936년 3월호

백화동(白化東), 「머릿말」, 『가톨릭소년』 창간호, 간도 용정: 가톨릭소년사, 1936년 3월호

배광피(裵光被), 「창간사」, 『가톨릭소년』 창간호, 간도 용정: 가톨릭소년사, 1936년 3월호

강안숙(康安肅), 「(축창간사)축 창간」, 『가톨릭소년』 창간호, 간도 용정: 가톨릭소년사, 1936
년 3월호

김성환(金成煥), 「(축창간사)축 창간」, 『가톨릭소년』 창간호, 간도 용정: 가톨릭소년사, 1936
년 3월호

김용태(八道溝金龍泰), 「(축창간사)『가톨릭소년』의 창간을 축함」, 『가톨릭소년』 창간호, 간도
용정: 가톨릭소년사, 1936년 3월호

김현점(金鉉點), 「(축창간사)축 『가톨릭소년』 창간」, 『가톨릭소년』 창간호, 간도 용정: 가톨릭
소년사, 1936년 3월호

박지병(朴智秉), 「(축창간사)축 창간」, 『가톨릭소년』 창간호, 간도 용정: 가톨릭소년사, 1936
년 3월호

이병기(李秉岐), 「(축창간사)『가톨릭소년』은 감축하외다」, 『가톨릭소년』 창간호, 간도 용정:
가톨릭소년사, 1936년 3월호

최정복(崔正福), 「(축창간사)귀지(貴誌)의 창간을 축함」, 『가톨릭소년』 창간호, 간도 용정: 가
톨릭소년사, 1936년 3월호

전영택(田榮澤), 「서」, 최인화, 『세계동화집』, 대중서옥, 1936.3

주요섭, 「서」, 최인화, 『세계동화집』, 대중서옥, 1936.3

최인화(崔仁化), 「자서」, 최인화, 『세계동화집』, 대중서옥, 1936.3

황승봉(黃承鳳), 「머릿말」, 『동화집 새 션물』, 신의주: 의신학원, 1936.3

김종명(金鍾明), 「아동극 소론(전3회)」, 『가톨릭청년』 제4권 제6호~9호, 1936년 6월호, 7월
호, 9월호

「목소리만 듯고 얼골 모르는 이들!! 방송소년예술단체 순례(전5회) <녹성'동요'연구회>」, 『매
일신보』, 1936.6.21~8.9

윤복진, 「고향의 봄」, 『아이생활』, 1936년 6월호

유광렬(柳光烈), 「소파의 영전에 - 그의 5주기에 임하야」, 『매일신보』, 1936.7.23

리은상, 「어린이의 스승 방정환 선생 가신 날 - 여러 어린이들에게」, 『조선일보』, 1936.7.23

차상찬(車相贊), 「오호 고 방정환 군 - 어린이운동의 선구자!, 그 단갈(短碣)을 세우며」, 『조
선중앙일보』, 1936.7.25

이구조(李龜祚), 「(아동문예시론)동요제작의 당위성(전7회)」, 『조선중앙일보』, 1936.8.7~14

정인섭, 「동화의 아버지 소파 선생 생각」, 『동화』, 1936년 7-8월 합호

사설, 「소년판을 내면서」, 『조선일보』, 1937.1.10

윤복진(尹福鎭), 「동요 짓는 법(전4회)」, 『동화』 제1권 제6호~제2권 제3호, 1936년 7-8월 합
호~1937년 4월호

목양아(牧羊兒), 「(詩評)동시를 읽고」, 『가톨릭소년』 제1권 제4호, 1936년 7월호

목양아(牧羊兒), 「독후감 - 동요를 읽고」, 『가톨릭소년』 제1권 제6호, 1936년 9월호

이종정(李淙禎), 「귀지(貴紙)를 읽고」, 『가톨릭소년』 제1권 제6호, 1936년 9월호

김옥분(金玉粉), 「(강좌)동요를 희곡화하는 방법(전4회)」, 『가톨릭소년』 제1권 제6호~제2권 제1호, 1936년 9월호~1937년 1-2월 합호

목양아(牧羊兒), 「독후감 - 8월호의 시」, 『가톨릭소년』 제1권 제7호, 1936년 10월호

장혁주(張赫宙) 외, 「책머리에 드리는 말씀」, 『세계걸작동화집』, 조광사, 1936.10

리원조, 「애기들에게 읽힐 만한 책 - 『세계걸작동화집』을 읽고 나서(전2회)」, 『조선일보』, 1936.11.27~28

량주삼, 「서」, 박유병 저, 『(어린이얘기책) 사랑의 세계』, 광명사, 1936.11

전영택(田榮澤), 「서」, 박유병 저, 『(어린이얘기책) 사랑의 세계』, 광명사, 1936.11

박유병(朴裕秉), 「서」, 박유병 저, 『(어린이얘기책) 사랑의 세계』, 광명사, 1936.11

이광수(李光洙), 「윤석중 군의 집을 찾아」, 『아이생활』, 1936년 11월호

윤복진, 「물새발자옥」, 『아이생활』, 1936년 11월호

목양아(牧羊兒), 「독후감」, 『가톨릭소년』 제1권 제8호, 1936년 11월호

「생각한 일입니다. 그림책 선택 - 어린이들에게 무서운 영향」, 『조선일보』, 1936.12.18

정인섭(鄭寅燮), 「서문, 아기는 귀여워요 - 노리를 많이 줍시다」, 김상덕 편, 『세계명작아동극집』, 조선아동예술연구협회, 1936.12

조희순(曹喜醇), 「서문」, 김상덕 편, 『세계명작아동극집』, 조선아동예술연구협회, 1936.12

김태오(金泰午), 「서문」, 김상덕 편, 『세계명작아동극집』, 조선아동예술연구협회, 1936.12

이정호(李定鎬), 「서문」, 김상덕 편, 『세계명작아동극집』, 조선아동예술연구협회, 1936.12

김상덕(金相德), 「머리말」, 김상덕 편, 『세계명작아동극집』, 조선아동예술연구협회, 1936.12

김상덕(金相德), 「남은 말씀」, 김상덕 편, 『세계명작아동극집』, 조선아동예술연구협회, 1936. 12

장사건(張師健), 「(독서후감)효심에 불타는 소년 '마르코'」, 『조선일보』, 1937.1.17

김수향(金水鄉), 「망향」, 『아이생활』, 1937년 1월호

모윤숙(毛允淑), 「『세계걸작동화집』을 읽고 - 가정에 비치할 보서(寶書)」, 『여성』, 1937년 1월호

고장환(高長煥), 「인사」, 고장환 편, 『현대명작아동극선집』, 영창서관, 1937.1

고장환(高長煥), 「부치는 말」, 고장환 편, 『현대명작아동극선집』, 영창서관, 1937.1

목양아(牧羊兒), 「(詩評)10·11월호 시단평」, 『가톨릭소년』 제2권 제1호, 1937년 1-2월 합호

정인과, 「(사설)본지 창간 11주년을 맞으면서」, 『아이생활』, 1937년 3월호

엄달호(嚴達鎬), 「(강좌)동요에 대하야」, 『가톨릭소년』 제2권 제2호, 1937년 3월호

엄달호(嚴達鎬), 「(동요강좌)진정한 동요(2)」, 『가톨릭소년』 제2권 제6호, 1937년 7월호

윤복진, 「(여의주)'자장가'를 실으면서」, 『동화』 제2권 제3호, 1937년 4월호

이은상(李殷相), 「『소년』을 내면서」, 『소년』 제1권 제1호, 1937년 4월호

윤석중, 「만들고 나서」, 『소년』 제1권 제1호, 1937년 4월호

천청송(千靑松), 「조선 동요 소묘 - 동요 재출발를 위하야 - (전3회)」, 『가톨릭소년』 제2권 제3호~5호, 1937년 4월호~6월호

목양아(牧羊兒), 「독자문단평」, 『가톨릭소년』 제2권 제4호, 1937년 5월호

김옥분(金玉粉), 「(강좌)동화를 희곡화하는 방법(전2회)」, 『가톨릭소년』 제2권 제5호~6호, 1937년 6월호~7월호

엄흥섭(嚴興燮), 「(나의 수업시대, 작가의 올챙이 때 ⑦) 7세 때 밤참 얻어먹고 얘기책 보던 시절 - 다시금 그리워지는 내 고향(상)」, 『동아일보』, 1937.7.30

엄흥섭(嚴興燮), 「(나의 수업시대, 작가의 올챙이 때 ⑧) 독서에 형과도 경쟁, 소학 때 동요 창작 - 『습작시대』 전후의 삽화(중)」, 『동아일보』, 1937.7.31

엄흥섭(嚴興燮), 「(나의 수업시대, 작가의 올챙이 때 ⑧) 동호자가 모이어 『신시단』 발간 - 당시 동인은 현존 작가들(하)」, 『동아일보』, 1937.8.3

김상덕(金相德), 「머리말」, 김상덕 편, 『조선유희동요곡집(제1집)』, 경성 두루미회, 1937.9.

홍효민(洪曉民), 「(문예시평)소년문학・기타(완)」, 『동아일보』, 1937.10.23

모윤숙(毛允淑), 「서문」, 박영하, 『만향동요집(晚鄕童謠集)』, 만향시려(晚鄕詩廬), 1937.10

노양근(盧良根), 「서문」, 박영하, 『만향동요집』, 만향시려, 1937.10

「선택해서 줄 애기들 그림책 - 애기들의 사변 인식」, 『조선일보』, 1937.11.16

양미림(楊美林), 「방송에 나타난 아동문예계의 한 단면」, 『아이생활』 제140호, 1937년 11월호

송창일(宋昌一), 「아동문학 강좌 - 동요편(전9회)」, 『가톨릭소년』 제2권 제9호~제3권 제8호, 1937년 11월호~1938년 8월호

목양아(牧羊兒), 「독자문단 독후감」, 『가톨릭소년』 제2권 제10호, 1937년 12월호

일선자(一選者), 「신춘작품 선평」, 『동아일보』, 1938.1.12

송완순(宋完淳), 「동요론 잡고 - 연구노-트에서(전4회)」, 『동아일보』, 1938.1.30~2.4

목양아(牧羊兒), 「10월호 시평(詩評)과 감상」, 『가톨릭소년』 제3권 제1호, 1938년 1월호

전영택(田榮澤), 「서」, 임홍은 편, 『아기네 동산』, 아이생활사, 1938.3

최봉칙(崔鳳則), 「서」, 임홍은 편, 『아기네 동산』, 아이생활사, 1938.3

육당학인(六堂學人), 「조선의 민담 동화(전15회)」, 『매일신보』, 1938.7.1~21

이석훈(李石薰), 「(신간평)송창일 씨 저 『참새학교』 평」, 『조선일보』, 1938.9.4

이인(李仁), 「출판기」, 노양근, 『날아다니는 사람』, 조선기념도서출판관, 1938.11

오세억(吳世億), 「기념사」, 노양근, 『날아다니는 사람』, 조선기념도서출판관, 1938.11

이경석(李景錫), 「축사」, 노양근, 『날아다니는 사람』, 조선기념도서출판관, 1938.11

이극로(李克魯), 「머리말」, 노양근, 『날아다니는 사람』, 조선기념도서출판관, 1938.11

최인화(崔仁化), 「서」, 노양근, 『날아다니는 사람』, 조선기념도서출판관, 1938.11

노양근(盧良根), 「자서」, 노양근, 『날아다니는 사람』, 조선기념도서출판관, 1938.11

이헌구(李軒求), 「(신간평)찬란한 동심의 세계 - 『아동문학집』 평」, 『조선일보』, 1938.12.4

이훈구(李勳求), 「서」, 『조선아동문학집』, 조선일보사출판부, 1938.12

김태오(金泰午), 「노양근 씨의 동화집을 읽고」, 『동아일보』, 1938.12.27

최봉칙(崔鳳則), 「퇴사 인사」, 『아이생활』, 1938년 12월호

일기자(一記者), 「신춘문예 선평」, 『동아일보』, 1939.1.13

윤석중(尹石重), 「추리고 나서」, 『윤석중동요선』, 박문서관, 1939.1

전영택(田榮澤), 「톨스토이의 민화」, 『박문』 제5호, 1939년 2월호

추호(秋湖), 「서」, 전영택, 주요섭 편, 『전영택 주요섭 명작동화집』, 교문사, 1939.5

박영종(朴泳鍾), 「(뿍레뷰)재현된 동심 - 『윤석중동요선』을 읽고」, 『동아일보』, 1939.6.9

송남헌(宋南憲), 「창작동화의 경향과 그 작법에 대하야(전2회)」, 『동아일보』, 1939.6.30~7.6

계정식(桂貞植), 「가요곡집 『물새발자욱』을 보고」, 『동아일보』, 1939.7.26

최영주(崔泳柱), 「미소(微笑) 갔는가 - 도(悼) 이정호 군」, 『문장』 제1권 제6집, 1939년 7월호

정인섭, 「소년소녀에게 읽히고 싶은 책」, 『소년』, 1939년 9월호

송완순(宋完淳), 「아동문학·기타」, 『비판』 제113호, 1939년 9월호

송창일(宋昌一), 「동화문학과 작가(전5회)」, 『동아일보』, 1939.10.17~26

양미림(楊美林), 「소년필독 세계명저 안내(전3회)」, 『소년』, 1939년 10월호~12월호

이헌구(李軒求), 「소파의 인상 - 『소파전집』 간행에 앞서서」, 『박문』 제12호, 1939년 10월호

송완순(宋完淳), 「아동과 영화」, 『영화연극』 창간호, 1939년 11월호

송남헌(宋南憲), 「예술동화의 본질과 그 정신 - 동화작가에의 제언(전6회)」, 『동아일보』, 1939.
  12.2~10

박영종(朴泳鍾), 「동시독본」, 『아이생활』 제15권 제2호, 1940년 2월호

전영택, 「책머리에」, 노양근, 『열세동무』, 한성도서주식회사, 1940.2

이기영(李箕永), 「책머리에」, 노양근, 『열세동무』, 한성도서주식회사, 1940.2

노양근(盧良根), 「지은이의 말 - 서를 대하여」, 노양근, 『열세동무』, 한성도서주식회사, 1940.2

양미림(楊美林), 「노양근 저 『열세동무』 독후감」, 『조선일보』, 1940.3.11

박흥민(朴興民), 「(뿍레뷰)노양근 저 『열세동무』」, 『동아일보』, 1940.3.13

양미림(楊美林), 「(북·레뷰)김태오 요, 김성태 곡, 『유치원동요곡집』」, 『조선일보』, 1940.4.25

노양근(盧良根), 「아동문학에의 길 - 『열세동무』 출판기념회 소감」, 『신세기』 제2권 제3호,
  1940년 4월호

양미림(楊美林), 「(사설방송국)노동(老童)은 신성하다」, 『조광』 제6권 제4호, 1940년 4월호

양미림(楊美林), 「아동학서설 - 아동애호주간을 앞두고(전3회)」, 『동아일보』, 1940.5.1~5

송남헌(宋南憲), 「아동문학의 배후(전2회)」, 『동아일보』, 1940.5.7~9

김수향(金水鄕), 「(영화촌평)동심의 오류 - 영화 <수업료>를 보고」, 『동아일보』, 1940.5.10

이구조(李龜祚), 「어린이문학 논의(1) 동화의 기초공사」, 『동아일보』, 1940.5.26

이구조(李龜祚), 「어린이문학 논의(2) 아동시조의 제창」, 『동아일보』, 1940.5.29

이구조(李龜祚), 「어린이문학 논의(3) 사실동화(寫實童話)와 교육동화」, 『동아일보』, 1940.5.30

최영주(崔泳柱), 「소파 방정환 선생의 약력」, 방운용(方芸容), 『소파전집』, 박문서관, 1940.5

김소운(金素雲), 「서」, 김소운 편, 『구전동요선』, 박문서관, 1940.5

양미림(楊美林), 「아동문제 관견(전5회)」, 『동아일보』, 1940.6.2~14

이헌구(李軒求), 「(북·레뷰)어린이에게 주는 불후의 선물, 『소파전집』」, 『조선일보』, 1940.6.8

백철(白鐵), 「(신간평)소파전집」, 『매일신보』, 1940.6.14

이하윤(異河潤), 「(뿍·레뷰)방정환 유저 『소파전집』 독후감」, 『동아일보』, 1940.6.28

양미림(楊美林), 「아동예술의 현상(전5회)」, 『조선일보』, 1940.6.29~7.9

송석하(宋錫夏), 「서」, 박영만 편, 『조선전래동화집』, 학예사, 1940.6

박영만(朴英晩), 「자서」, 박영만 편, 『조선전래동화집』, 학예사, 1940.6

인왕산인(仁旺山人), 「(전초병)아동문학의 의의 – 정당한 인식을 가지자」, 『매일신보』, 1940.7.2

양미림(楊美林), 「(演藝週題)고상한 취미 – 아동의 오락 문제」, 『매일신보』, 1940.7.29

윤석중(尹石重), 「머리말」, 『(동요집)어깨동무』, 박문서관, 1940.7

박영종(朴泳鍾), 「꼬리말」, 윤석중, 『(동요집)어깨동무』, 박문서관, 1940.7

정현웅(鄭玄雄), 「(뿍·레뷰)윤석중동요집『어깨동무』」, 『조선일보』, 1940.7.30

윤복진(尹福鎭), 「(신간평)윤석중 씨 동요집『억게동무』를 읽고」, 『매일신보』, 1940.7.30

이헌구(李軒求), 「어린이에게 주는 불후의 선물(『소파전집』 신간평)」, 『박문』 제19집, 1940년 7월호

「『소파전집』 기념회 – 6월 22일 성대히 거행」, 『박문』 제19호, 1940년 7월호

김태오(金泰午), 「안데르센의 생애와 예술 – 그의 사후 65년을 당하야(전3회)」, 『동아일보』, 1940.8.2~6

임동혁(任東爀), 「(뿍·레뷰)윤석중 저 동요집『어깨동무』」, 『동아일보』, 1940.8.4

박계주(朴啓周), 「(뿍·레뷰) 윤석중 저『어깨동무』를 읽고」, 『삼천리』 제12권 제8호, 1940년 9월호

함대훈(咸大勳), 「(신간평)윤석중 씨 저『어깨동무』」, 『여성』, 1940년 9월호

조풍연(趙豊衍), 「아동문학」, 『박문』, 1940년 9월호

김일준(金一俊), 「동요론 – 동요작가에게 일언」, 『매일신보』, 1940.10.13

윤복진, 「가을바람이지」, 『아이생활』 제15권 제8호, 1940년 9–10월 합호

윤복진, 「선후감」, 『아이생활』, 1940년 9–10월 합호

이구조, 「후기」, 『까치집』, 예문사, 1940.12

정인섭(鄭寅燮), 「(신간평)이구조 저『까치집』을 읽고」, 『매일신보』, 1941.1.11

백석(白石), 「『호박꽃 초롱』 서시」, 강소천, 『(동요시집)호박꽃 초롱』, 박문서관, 1941.2

윤복진(尹福鎭), 「윤복진 선생 평선 – 선후감」, 『아이생활』 제16권 제4호, 1941년 4월호

송남헌(宋南憲), 「명일의 아동연극 – <동극회> 1회 공연을 보고」, 『매일신보』, 1941.5.12

윤복진(尹福鎭), 「선후감」, 『아이생활』 제16권 제5호, 1941년 5월호

윤복진(尹福鎭), 「윤복진 선생 선」, 『아이생활』, 1941년 6월호

양미림(楊美林), 「전시하 아동문제(전3회)」, 『매일신보』, 1942.1.29~2.3

윤복진(尹福鎭), 「선후감」, 『아이생활』 제17권 제1호, 1942년 1월호

목해균(睦海均), 「(전시 아동문제)아동과 문화 – 전시 아동문화의 실천방향(전7회)」, 『매일신보』, 1942.3.7~19

윤복진(尹福鎭), 「윤복진 선생 선」, 『아이생활』, 1942년 6월호

윤복진(尹福鎭), 「윤복진 선」, 『아이생활』, 1942년 8월호

목해균(睦海均), 「조선 아동문화의 동향」, 『춘추』, 1942년 11월호

윤복진(尹福鎭), 「독자 동요선」, 『아이생활』, 1943년 1월호

한석원(韓錫源), 「서」, 송창일, 『소국민훈화집』, 아이생활사, 1943.2

임영빈(任英彬), 「송창일 씨의 『소국민훈화집』을 읽고」, 『아이생활』, 1943년 4–5월 합호

김영일(金英一), 「선평」, 『아이생활』 제18권 제6호, 1943년 7–8월 합호

임인수(林仁洙), 「아동의 명심보감 – 송창일의 『소국민훈화집』 독후감」, 『아이생활』, 1943년

7-8월 합호

김창훈(金昌勳), 「송창일 저『소국민훈화집』독후감」, 『아이생활』 제18권 제6호, 1943년 7-8
월 합호

김영일(金英一), 「사시소론(私詩小論)(전2회)」, 『아이생활』 제18권 제6호~7호, 1943년 7-8월
합호~10월호

표동(漂動), 「문단 춘평」, 『아이생활』 제18권 제8호, 1943년 10월호

박랑(朴浪), 「(수상)아동문단 소감」, 『아이생활』 제19권 제1호, 1944년 1월호

최상수(崔常壽), 「서」, 『현대동요·민요선』, 대동인서관, 1944.8

조풍연(趙豊衍), 「인형극 운동(전3회)」, 『매일신보』, 1945.6.5~7

조선아동문화협회, 「<조선아동문화협회> 취지서」, 1945년 9월

윤복진(尹福鎭), 「민족문화 재건의 핵심 - 아동문학의 당면임무(전2회)」, 『조선일보』, 1945.
11.27~28

송완순(宋完淳), 「(가정과 문화)아동문학의 기본과제(전3회)」, 『조선일보』, 1945.12.5~7

홍구(洪九), 「(수필)주산(珠汕) 선생」, 『신건설』 제1권 제2호(12-1월호), 1945.12.30

송영(宋影), 「(『별나라』속간사)적은 별들이여 붉근 별들이여 -『별나라』를 다시 내노면서」, 『별
나라』해방 속간 제1호, 1945년 12월호

엄흥섭(嚴興燮), 「『별나라』의 거러온 길 -『별나라』약사」, 『별나라』해방 속간 제1호, 1945
년 12월호

조선문화건설중앙협의회 조선문학건설본부 아동문학위원회, 「선언」, 『아동문학』 창간호,
1945년 12월호

임화(林和), 「아동문학 압헤는 미증유의 임무가 잇다」, 『아동문학』 창간호, 1945년 12월호

이태준(李泰俊), 「아동문학에 있어서 성인문학가의 임무」, 『아동문학』 창간호, 1945년 12월호

이원조(李源朝), 「아동문학의 수립과 보급」, 『아동문학』 창간호, 1945년 12월호

안회남(安懷南), 「아동문학과 현실」, 『아동문학』 창간호, 1945년 12월호

양미림(楊美林), 「라디오 어린이시간에 대하여」, 『아동문학』 창간호, 1945년 12월호

윤복진(尹福鎭), 「담화실」, 『아동문학』 창간호, 1945년 12월호

유두응(劉斗應), 「(가정과 문화)소년소설의 지도성 - 소년문학의 재건을 위하야(전4회)」, 『조
선일보』, 1946.1.8~11

윤복진(尹福鎭), 「(문예)아동문학의 진로(전2회)」, 『영남일보』, 1946.1.8~9

송완순(宋完淳), 「아동문화의 신출발」, 『인민』 제2권 제1호, 1946년 1-2월 합호

박영종(朴泳鍾), 「동요 짓는 법(동요작법)(전11회)」, 『주간소학생』 제1호~ 제12호, 조선아동
문화협회, 1946.2.11~4.29

이기영(李箕永), 「붉은 군대와 어린 동무」, 『별나라』 속간 제2호, 1946년 2월호

윤효봉, 「해방 후 첫 번 동요 동화대회를 보고」, 『별나라』 속간 제2호, 1946년 2월호

전영택(田榮澤) 외, 「책머리에 드리는 말삼」, 『세계걸작동화집』, 조광사, 1946.2

최병화(崔秉和), 「아동문학 소고 - 동화작가의 노력을 요망」, 『소년운동』 창간호, 조선소년운
동중앙협의회, 1946년 3월호

윤복진(尹福鎭), 「어린 벗을 사랑하는 친애하는 동지들에게!」, 윤복진 편, 『초등용가요곡집(初

等用歌謠曲集)』, 파랑새사, 1946.3

윤복진(尹福鎭), 「아동에게 문학을 어떻게 읽힐가」, 『인민평론』 창간호, 인민평론사, 1946년 3월호

이민촌(李民村) 외, 「새동무 '돌림얘기' 모임」, 『새동무』 제2호, 1946년 4월호

박영종(朴泳鍾), 「명작감상 동요 독본(전7회)」, 『아동』 제1호~제7호, 1946.4~1948.4

정태병(鄭泰炳), 「머리ㅅ말」, 정태병 편, 『조선동요전집 1』, 신성문화사, 1946.4

마해송(馬海松), 「(다시 찾은 우리 새 명절 어린이날)어린이날과 방정환 선생」, 『자유신문』, 1946.5.5

윤석중(尹石重), 「(다시 찾은 우리 새 명절 어린이날)어린이 운동 선구들 생각」, 『자유신문』, 1946.5.5

이정호, 「영원한 어린이의 동무 소파 방정환 선생 특집호 - 파란 많던 선생 일생」, 『주간소학생』 제13호, 1946.5.6

송완순(宋完淳), 「조선 아동문학 시론(試論) - 특히 아동의 단순성 문제를 중심으로」, 『신세대』 제1권 제2호, 1946.5

신고송(申鼓頌), 「(신간평)동심의 형상」, 『독립신보』, 1946.6.2

박산운(朴山雲), 「(서평)현덕 저 동화집 『포도와 구슬』」, 『현대일보』, 1946.6.20

학생사(學生社), 「서언」, 학생사 역, 『사랑의 학교』, 학생사, 1946.6

박세영(朴世永), 「조선 아동문학의 현상과 금후 방향」, 조선문학가동맹중앙집행위원회서기국 편, 『건설기의 조선문학』, 1946.6

알렉산드라 브루스타인, 김영건 역, 「소련의 아동극」, 『문학』 창간호, 조선문학가동맹중앙집행위원회서기국, 1946.7

김동리(金東里), 「(신간평)『초생달』 읽고 - 윤석중 동요집」, 『동아일보』, 1946.8.13

지용, 「(서평)윤석중 동요집 『초생달』」, 『현대일보』, 1946.8.26

김용환, 「『흥부와 놀부』에 대하여」, 『(아협그림얘기책 1)흥부와 놀부』, 조선아동문화협회, 1946.9

김의환, 「『피터어 팬』에 대하여」, 『(아협그림얘기책 3)피터어 팬』, 조선아동문화협회, 1946.10

김용환, 「『보물섬』에 대하여」, 『(아협그림얘기책 4)보물섬』, 조선아동문화협회, 1946.10

김의환, 「『어린 예술가』에 대하야」, 『(아협그림얘기책 5)어린예술가』, 조선아동문화협회, 1946.11

김의환, 「『껄리버여행기』에 대하여」, 『(아협그림예기책 7)껄리버 여행기』, 조선아동문화협회, 1947.3

최병화(崔秉和), 「동화 아저씨 이정호 선생」, 『새동무』 제7호, 1947년 4월호

조풍연, 「머리말」, 조풍연 편, 『(아협그림얘기책 9)왕자와 부하들』, 조선아동문화협회, 1948.2

박랑(朴浪), 「아동문단 수립의 급무」, 『조선주보』, 1946.11.4

한인현(韓寅鉉), 「이 책을 내면서」, 『문들레』, 제일출판사, 1946.11

박영화(朴榮華), 「(신간평)변영태 저 영문 『조선동화집』」, 『경향신문』, 1946.12.19

윤석중, 「머릿말」, 박영종, 『초록별』, 조선아동문화협회, 1946

김동석, 「머리ㅅ말」, 윤석중, 『(윤석중동요집)초생달』, 박문출판사, 1946
박영종(朴泳鍾), 「새벽달」, 윤석중, 『(윤석중동요집)초생달』, 박문출판사, 1946
윤석중, 「금강산 속에 있는 어린 아들딸에게」, 윤석중, 『(윤석중동요집)초생달』, 박문출판사, 1946
조풍연(趙豊衍), 「(신간평)집을 나간 소년」, 『경향신문』, 1947.1.22
양미림(楊美林), 「아동문학에 있어서 교육성과 예술성(전3회)」, 『동아일보』, 1947.2.4~3.1
김하명(金河明), 「아동교육의 애로」, 『경향신문』, 1947.2.16
김철수, 「동요 짓는 법① - 동요란 무엇인가?」, 『어린이신문』, 1947.3.29
김철수, 「동요 짓는 법② - 동요의 종류」, 『어린이신문』, 1947.4.5
김철수, 「동요 짓는 법③ - 무엇을 노래할가?」, 『어린이신문』, 1947.4.12
김철수, 「동요 짓는 법④ - 어떻게 지을가? 1」, 『어린이신문』, 1947.4.19
김철수, 「동요 짓는 법⑤ - 어떻게 지을가? 2」, 『어린이신문』, 1947.4.26
김철수, 「동요 짓는 법⑥ - 하나씩 따내자 1」, 『어린이신문』, 1947.5.3
김철수, 「동요 짓는 법⑦ - 하나씩 따내자 2」, 『어린이신문』, 1947.5.10
김철수, 「동요 짓는 법⑧ - 어떻게 생각하나? 1」, 『어린이신문』, 1947.5.17
김철수, 「동요 짓는 법⑨ - 어떻게 생각하나 2」, 『어린이신문』, 1947.5.24
김철수, 「동요 짓는 법⑩ - 꿈 노래 1」, 『어린이신문』, 1947.5.31
김철수, 「동요 짓는 법⑪ - 꿈 노래 2」, 『어린이신문』, 1947.6.7
김철수, 「동요 짓는 법⑫ - 말을 고르자 1」, 『어린이신문』, 1947.6.14
김철수, 「동요 짓는 법⑬ - 말을 고르자 2」, 『어린이신문』, 1947.6.21
김철수, 「동요 짓는 법⑭ - 재미나게 쓰자 1」, 『어린이신문』, 1947.6.28
김철수, 「동요 짓는 법⑮ - 재미나게 쓰자 2」, 『어린이신문』, 1947.7.5
김철수, 「동요 짓는 법⑯ - 무슨 조가 좋을까 1」, 『어린이신문』, 1947.7.12
김철수, 「동요 짓는 법⑰ - 무슨 조가 좋을까 2」, 『어린이신문』, 1947.7.19
김철수, 「동요 짓는 법⑱ - 자연스럽게 부르자 1」, 『어린이신문』, 1947.7.26
김철수, 「동요 짓는 법⑲ - 자연스럽게 부르자 2」, 『어린이신문』, 1947.8.2
박영종, 「동요 감상(鑑賞) 자장가」, 『새싹』 제4호, 1947.4.10
김하명(金河明), 「작문교육 단상」, 『경향신문』, 1947.4.20
김원룡(金元龍), 「아동교육의 진실성 - 열과 성으로 실력배양하라」, 『경향신문』, 1947.4.24
양미림(楊美林), 「아동문화의 기본 이념 - 아동관의 문제를 중심으로(상, 하)」, 『문화일보』, 1947.4.27~29
양미림(楊美林), 「'어린이 시간' 방송에의 회고와 전망」, 『소년운동』 제2호, 조선소년운동중앙협의회, 1947년 4월호
이원수(李元壽), 「아동문학의 사적(史的) 고찰」, 『소년운동』 제2호, 조선소년운동중앙협의회, 1947년 4월호
일기자(一記者), 「잊을 수 없는 이들」, 『민중일보』, 1947.5.4
김동인(金東仁), 「아동물 출판업자」, 『중앙신문』, 1947.5.4
김하명(金河明), 「아동문학 단상」, 『경향신문』, 1947.5.18

이주홍(李周洪), 「아동문학 이론의 수립(전2회), 『문화일보』, 1947.5.27~28

송완순(宋完淳), 「(문화)아동출판물을 규탄」, 『민보』 제343호, 1947.5.29

김홍수(金泓洙), 「(신간평)소년 기수(少年旗手)」, 『경향신문』, 1947.6.26

김용호(金容浩), 「(신간평)종달새」, 『경향신문』, 1947.6.29

김철수, 「(새로 나온 좋은 책들)『사랑의 선물』을 읽고」, 『소학생』 제48호, 1947년 7월호

이동규(李東珪), 「해방 조선과 아동문학의 임무」, 『아동문학』 제1집, 평양: 어린이신문사,
    1947년 7월호

박세영(朴世永), 「건설기의 아동문학 – 동요와 소년시를 중심으로」, 『아동문학』 제1집, 평양:
    어린이신문사, 1947년 7월호

김우철(金友哲), 「아동문학의 신방향」, 『아동문학』 제1집, 평양: 어린이신문사, 1947년 7월호

송창일(宋昌一), 「북조선의 아동문학」, 『아동문학』 제1집, 평양: 어린이신문사, 1947년 7월호

김인숙(金仁肅), 「아동문화 운동의 새로운 방향」, 『아동문학』 제1집, 평양: 어린이신문사,
    1947년 7월호

뜨 · 쓰마로꼬바, 「쏘련의 아동문학」, 『아동문학』 제1집, 평양: 어린이신문사, 1947년 7월호

송태주(宋泰周), 「어떻게 아동극을 지도할까」, 『아동문학』 제1집, 평양: 어린이신문사, 1947
    년 7월호

소학생 편집부, 「(아협상타기작문동요당선발표)뽑고 나서 – 작문을 추리고서」, 『소학생』 제
    49호, 1947년 8월호

이희승, 「(아협상타기작문동요당선발표)겉과 속이 같아야」, 『소학생』 제49호, 1947년 8월호

윤석중, 「(아협상타기작문동요당선 발표)동요를 뽑고 나서」, 『소학생』 제49호, 1947년 8월호

정지용, 「(아협상타기작문동요당선발표)싹이 좋은 작품들」, 『소학생』 제49호, 1947년 8월호

이원수, 「(아협상타기작문동요당선발표)생활을 노래하라」, 『소학생』 제49호, 1947년 8월호

김원룡(金元龍), 「(문화)문화 춘감 – 왜말 사용을 근절하자!」, 『경향신문』, 1947.9.7

양미림(楊美林), 「김원룡 동시집 『내 고향』을 읽고」, 『경향신문』, 1947.11.16

김남천(金南天), 「발(跋)」, 현덕, 『(현덕 창작집)남생이』, 아문각, 1947.11

최병화(崔秉和), 「아동문학의 당면 임무」, 『고대신문(高大新聞)』, 1947.11.22

송완순(宋完淳), 「(피뢰침)어린이의 특권」, 『현대과학』 제7호, 현대과학사, 1947년 12월호

양미림(楊美林), 「아동독물 소고」, 『조선교육』 제1권 제7호, 조선교육연구회, 1947년 12월호

김진태, 「동요 이야기」, 『새싹』 제6호, 1947.9

김원룡(金元龍), 「꼬리말」, 이원수, 『(동요동시집)종달새』, 새동무사, 1947

함처식(咸處植), 「(보육수첩 제3회)어린이와 그림책」, 『새살림』 제2권 제1호(제8호), 군정청
    보건후생부 부녀국, 1948.1.31

한인현(韓寅鉉), 「동요교육」, 『아동교육』, 아동교육연구회, 1948년 2월호

이동수(李冬樹), 「아동문화의 건설과 파괴」, 『조선중앙일보』, 1948.3.13

김원룡(金元龍), 「애기 교육과 만화」, 『경향신문』, 1948.4.4

주간(主幹), 「『어린이』를 다시 내면서」, 『어린이』 복간 5월호, 제123호, 1948년 5월호

이동찬, 「『어린이』 속간을 축함」, 『어린이』 제123호, 복간5월호, 1948년 5월호

이해문(李海文), 「신영돈 역 동화집 『목마』」, 『경향신문』, 1948.7.18

신동헌, 「머리말」, 『감옥의 천사』, 새동무사, 1948.8

박영종, 「동요 맛보기(전8회)」, 『소학생』 제60호~제68호, 조선아동문화협회, 1948년 9월
호~1949년 6월호

안재홍(安在鴻), 「『박달 방망이』를 추들음」, 정홍교, 『(정홍교 동화집)박달방망이』, 남산소년
교호상담소, 1948.10

정홍교, 「『박달 방망이』를 내면서」, 정홍교, 『(정홍교 동화집)박달방망이』, 남산소년교호상담
소, 1948.10

김홍수, 「(신간평)동화『박달 방망이』」, 『동아일보』, 1948.11.10

이하윤(異河潤), 「정홍교 동화집『박달 방망이』」, 『경향신문』, 1948.11.18

정태병(鄭泰炳), 「아동문화 운동의 새로운 전망 - 성인사회의 아동에 대한 재인식을 위하여」,
『아동문화(兒童文化)』 제1집, 동지사아동원, 1948년 11월호

송완순(宋完淳), 「아동문학의 천사주의 - 과거의 사적(史的) 일면에 관한 비망초(備望草) -」, 『아
동문화』 제1집, 동지사아동원, 1948년 11월호

윤태영(尹泰榮), 「국민학교와 아동문화」, 『아동문화』 제1집, 동지사아동원, 1948년 11월호

김원룡(金元龍) 외, 「아동문화를 말하는 좌담회」, 『아동문화』 제1집, 동지사아동원, 1948년
11월호

최병화(崔秉和), 「작고한 아동작가 군상」, 『아동문화』 제1집, 동지사아동원, 1948년 11월호

채호준(蔡好俊), 「현역 아동작가 군상」, 『아동문화』 제1집, 동지사아동원, 1948년 11월호

양미림(楊美林), 「아동방송의 문화적 위치」, 『아동문화』 제1집, 동지사아동원, 1948년 11월호

김용환(金龍煥), 「만화와 동화(童畵)에 대한 소고」, 『아동문화』 제1집, 동지사아동원, 1948년
11월호

이원수(李元壽), 「동시의 경향」, 『아동문화』 제1집, 동지사아동원, 1948년 11월호

최영수(崔永秀), 「동심(童心)」, 『아동문화』 제1집, 동지사아동원, 1948년 11월호

임학수, 「어린이와 독서」, 『아동문화』 제1집, 동지사아동원, 1948년 11월호

임인수(林仁洙), 「아동문학 여담」, 『아동문화』 제1집, 동지사아동원, 1948년 11월호

박철(朴哲), 「아동잡지에 대한 우견」, 『아동문화』 제1집, 동지사아동원, 1948년 11월호

배옥천(裵玉泉), 「어린이시간 편성자로서」, 『아동문화』 제1집, 동지사아동원, 1948년 11월호

박영종(朴泳鍾), 남대우, 「아동문화 통신」, 『아동문화』 제1집, 동지사아동원, 1948년 11월호

장지영, 「(아협상타기작문)동요를 뽑고 나서」, 『소학생』 제62호, 1948년 11월호

윤석중, 「머릿말」, 『(윤석중동요선집)굴렁쇠』, 수선사, 1948.11

윤영춘(尹永春), 「(신간평)윤석중 저『굴렁쇠』」, 『국제신문』, 1948.12.5

이원수(李元壽), 「윤석중 동요집『굴렁쇠』」, 『자유신문』, 1948.12.9.

이영철, 「(신간평)윤석중 동화집『굴렁쇠』」, 『조선일보』, 1948.12.16

이원수(李元壽), 「1948년 문화결산 5 - 아동의 현실을」, 『독립신보』, 1948.12.25

서정주(徐廷柱), 「(서평)윤석중 동요집『굴렁쇠』를 읽고」, 『동아일보』, 1948.12.26

최병화(崔秉和), 「세계동화연구(전7회)」, 『조선교육』 제2권 제6호~제3권 제5호, 1948년 10월
호~1949년 10월호

윤석중(尹石重), 「머리말」, 권태응, 『동요집 감자꽃』, 글벗집, 1948.12

권태응(權泰應), 「지은이의 말」, 권태응, 『동요집 감자꽃』, 글벗집, 1948.12

송완순(宋完淳), 「소년소설집 『운동화』를 읽음」, 『어린이나라』, 1949년 1월호

박영종(朴泳鍾), 「(신간평)단순의 향기 - 『굴렁쇠』의 독후감」, 『연합신문』, 1949.2.5

송완순(宋完淳), 「나의 아동문학」, 『조선중앙일보』, 1949.2.8

박영종, 「동요를 뽑고 나서」, 『소학생』 제64호, 1949년 1-2월 합호

박영종, 「동요를 뽑고 나서」, 『소학생』 제65호, 1949년 3월호

박영종, 「동요를 뽑고 나서」, 『소학생』 제67호, 1949년 5월호

박영종, 「동요를 뽑고 나서」, 『소학생』 제69호, 1949년 7월호

박영종, 「뽑고 나서」, 『소학생』 제71호, 1949년 10월호

박영종, 「뽑고 나서」, 『소학생』 제72호, 1949년 11월호

박영종, 「동시를 뽑고 나서」, 『소학생』 제74호, 1950년 1월호

박영종, 「뽑고 나서」, 『소학생』, 제75호, 1950년 2월호

정지용, 「작품을 고르고」, 『어린이나라』, 1949년 2월호

정지용, 「작품을 고르고서」, 『어린이나라』, 1949년 3월호

정지용, 「작품을 고르고서」, 『어린이나라』, 1949년 4월호

정지용, 「작품을 고르고서」, 『어린이나라』, 1949년 6월호

정지용, 「동요를 뽑고」, 『어린이나라』, 1949년 9월호

정지용, 「동요를 뽑고 나서」, 『어린이나라』, 1949년 10월호

김원룡(金元龍), 「(신간평)권태응 동요집 『감자꽃』」, 『경향신문』, 1949.3.24

박영종, 「발문 - 지도하시는 분에게」, 『현대동요선』, 한길사, 1949.3

임인수, 「남는 말씀」, 『(동화집)봄이 오는 날』, 조선기독교서회, 1949.3

조성녀, 「(신간평)박영종 편 『현대동요선』」, 『경향신문』, 1949.4.8

이석중(李錫重), 「아동도서의 출판」, 『출판대감』, 조선출판문화협회, 1949년 4월

사설(社說), 「‘어린이날’의 맞음 - 지순한 세계에 반성 자괴하라」, 『경향신문』, 1949.5.5

박인범(朴仁範), 「아동작품 선택에 대하야 부형과 교사에게」, 『자유신문』, 1949.5.5

최은경, 「고 소파를 추도함」, 『연합신문』, 1949.5.5

강봉의(康鳳儀), 「아동교육 촌감」, 『군산신문』, 1949.5.5

이휘영(李彙榮), 「불문학과 어린이 - 빅토오르 유고오(전3회)」, 『경향신문』, 1949.5.9~11

최병화, 「소파 방정환 선생」, 『소년』, 1949년 5월호

한뫼, 「어린이의 참된 동무 - 방정환 선생 유족을 찾아」, 『어린이』 제133호, 1949년 5월호

최병화(崔秉和), 「머리말」, 『(소년소녀 장편소설)꽃피는 고향』, 박문출판사, 1949.5

홍구범(洪九範), 「(신간평)방기환 저 『손목 잡고』」, 『동아일보』, 1949.7.6

연현(演鉉), 「(신서평)방기환 저 『손목 잡고』」, 『경향신문』, 1949.7.9

김정윤(金貞允), 「아동시의 지향(전3회)」, 『태양신문』, 1949.7.22~24

지용, 「(동요·작문을 뽑고 나서)반성할 중대한 재료 - 특히 선생님들에게 드리는 말씀」, 『소
  학생』 제69호, 조선아동문화협회, 1949년 7월호

이병기, 「어린이는 모두가 시인」, 『소학생』 제69호, 조선아동문화협회, 1949년 7월호

이희승, 「느낀 바를 그대로」, 『소학생』 제69호, 조선아동문화협회, 1949년 7월호

박영종, 「너른 세계를 가지자」, 『소학생』 제69호, 조선아동문화협회, 1949년 7월호

윤석중, 「제 소리와 남의 소리」, 『소학생』 제69호, 조선아동문화협회, 1949년 7월호

조풍연, 「어떤 작문이 떨어졌나」, 『소학생』 제69호, 조선아동문화협회, 1949년 7월호

윤복진(尹福鎭), 「머리말」, 윤복진 엮음, 『세계명작 아동문학선집 1』, 아동예술원, 1949.7

윤복진, 「머리말」, 『꽃초롱 별초롱』, 아동예술원, 1949.8

윤복진, 「발문 – 나의 아동문학관」, 『꽃초롱 별초롱』, 아동예술원, 1949.8

김현록, 「명작감상 시」, 『새싹』 제13호, 1949.9.15

이병기, 이원수, 김철수, 「'모래밭' 선평」, 『진달래』, 1949년 9월호

박목월(朴木月), 「동요 교재론」, 『새교육』 제2권 제5-6 합호, 조선교육연합회, 1949.9

김정윤(金貞允), 「아동시 재설 – 아동 자유시와 몬타-주(상)」, 『태양신문』, 1949.10.30

윤석중 외, 「애독자 여러분이 좋아하는 시인・소설가・화가・좌담」, 『소학생』 제71호, 1949
  년 10월호

김규택(金奎澤), 「어린이와 방정환」, 『민성』 제5권 제10호, 1949년 10월호

박화암, 「(신간평)꽃초롱 별초롱」, 『조선일보』, 1949.11.12

김정윤(金貞允), 「아동작품의 신전개」, 『새한민보』 통권59호, 11월 상중순호, 1949.11.20

한인현 선생, 「동요들의 울타리를 넓히자」, 『진달래』, 1949년 11월호

김원룡(金元龍), 「(신서평)희망의 꽃다발」, 『경향신문』, 1949.12.8

임서하(任西河), 「(신간평)최병화 저 『희망의 꽃다발』」, 『국도신문』, 1950.1.13

김철수, 「보고 느낀 대로 쓰자」, 『아동구락부』, 1950년 1월호

김철수, 「글은 어떻게 지을까? – 관찰과 글」, 『아동구락부』, 1950년 2월호

김철수, 「글은 어떻게 지을까? – 감각을 닦자」, 『아동구락부』, 1950년 3월호

윤석중(尹石重), 「현상문예작품 아동작품을 읽고」, 『한성일보』, 1950.2.5

박인범(朴仁範), 「동화문학과 옛이야기(전2회)」, 『자유신문』, 1950.2.5~7

이주훈(李柱訓), 「아동문학의 한계 – 최근 동향의 소감(小感)」, 『연합신문』, 1950.3.9

최계락(崔啓洛), 「(아동문학시평)동심의 상실 – 최근의 동향」, 『자유민보』, 1950.3.21

임원호, 「(신간평)다람쥐 – 김영일 동시집」, 『조선일보』, 1950.3.22.

이원수(李元壽), 「(신서평)김영일 동시집 『다람쥐』」, 『연합신문』, 1950.3.23

최계락(崔啓洛), 「감동의 위치 – 김영일 동시집 『다람쥐』를 읽고」, 『자유민보』, 1950.3.28

윤복진, 「동요 고선을 맡고서」, 『어린이나라』, 1950년 3월호

윤복진, 「뽑고 나서」, 『어린이나라』, 동지사아동원, 1950년 4-5월 합호

이원훈(李元薰), 「(신서평)『노래하는 나무』 – 세계명작동화선집」, 『연합신문』, 1950.4.13

김훈(金勳), 「(신간평)『노래하는 나무』 – 윤복진 편」, 『조선일보』, 1950.4.14

박인범(朴仁範), 「(신간평)『노래하는 나무』(세계명작동화선집)」, 『자유신문』, 1950.4.15

권해희, 「(신서독후기)윤복진 엮음 『노래하는 나무』 – 세계명작동화선집」, 『경향신문』, 1950.
  4.23

박영종, 「우리 동무 봄노래」, 『소학생』, 1950년 4월호

남산학인(南山學人), 「어린이의 생활과 시 – 주로 어린이 천분을 찬미하여」, 『연합신문』, 1950.
  5.5

박영종(朴泳鍾), 「(문화지표)아동문화 향상의 길」, 『신천지』 제46호, 1950년 5월호
윤석중(尹石重), 「(문화지표)아동문화 향상의 길」, 『신천지』 제46호, 1950년 5월호
윤석중, 「머리말」, 『(윤석중 제7동요집)아침까치』, 산아방, 1950.5
김영수(金永壽), 「(신간평)윤석중 제7동요집 『아침까치』」, 『경향신문』, 1950.6.9
윤복진(尹福鎭), 「석중(石重)과 목월(木月)과 나 – 동요문학사의 하나의 위치」, 『시문학』 제2호,
    1950년 6월호
이희승, 「동요를 골라내고서」, 『소학생』, 1950년 6월호
송창일, 「1949년도 소년소설 총평」, 『아동문학집』 제1집, 평양: 문화전선사, 1950.6
김순석, 「동요 작품에 대하여」, 『아동문학집』 제1집, 평양: 문화전선사, 1950.6

[소년운동]

「소년시언」, 『소년』 제1년 제1권, 융희 2년 11월(1908.11)
「소년시언」, 『소년』 제2년 제1권, 융희 3년 1월(1909.1)
「소년시언」, 『소년』 제2년 제8권, 융희 3년 9월(1909.9)
「소년시언」, 『소년』 제2년 제9권, 융희 3년 10월(1909.10)
「소년시언」, 『소년』 제2년 제10권, 융희 3년 11월(1909.11)
「소년시언」, 『소년』 제3년 제2권, 융희 4년 2월(1910.2)
「소년시언」, 『소년』 제3년 제3권, 융희 4년 3월(1910.3)
「소년시언」, 『소년』 제3년 제8권, 융희 4년 10월(1910.10)
춘원(春園), 「자녀중심론」, 『청춘』, 1918년 9월호
김소춘(金小春), 「장유유서의 말폐(末弊) – 유년남녀의 해방을 제창함」, 『개벽』 제2호, 1920년
    7월호
사설(社說), 「소년운동의 제일성 – <천도교소년회>의 조직과 <계명구락부>의 활동」, 『매일
    신보』, 1921.6.2
묘향산인(妙香山人), 「<천도교소년회>의 설립과 기(其) 파문(波紋)」, 『천도교회월보』 제131
    호, 1921년 7월호
김기전(金起瀍), 「가하(可賀)할 소년계의 자각 – <천도교소년회>의 실사(實事)를 부기(附記)함 –」,
    『개벽』, 1921년 10월호
노아자(魯啞子), 「소년에게(전5회)」, 『개벽』, 1921년 11월호~1922년 3월호
이돈화(李敦化), 「신조선의 건설과 아동문제」, 『개벽』, 1921년 12월호
장도빈(張道斌), 「소년에게 여(與)하노라」, 『학생계』 제12호, 1922년 4월호
일기자(一記者), 「조선에서 처음 듣는 '어린이의 날' – 5월 1일의 <천도교소년회> 창립기념
    일을 그대로 인용하야」, 『천도교회월보』 제141호, 1922년 5월호
「조선 초유의 <소년군> – 묘철호 씨 등 유지의 발기로, 오일 오후에 발회식을 거힝」, 『동아
    일보』, 1922.10.7

사설(社說), 「<조선소년군>의 조직 – 강건한 정신 건장한 신체」, 『동아일보』, 1922.10.8

오상근(吳祥根), 「<조선소년단>의 발기를 보고 – 참고을 위하야」, 『동명』 제7호, 1922.10.15

방정환(方定煥), 「새히에 어린이 지도는 엇지 홀가?(1) 소년회와 금후 방침」, 『조선일보』, 1923.1.4

정성채(鄭聖采), 「새히에 어린이 지도는 엇지 홀가?(2) <척후군>과 금후 방침」, 『조선일보』, 1923.1.5

조철호(趙喆鎬), 「신년의 신의견: 소년군단! 조선 <쏘이스카우트> – 먼저 인간개조로부터 –」, 『개벽』 제31호, 1923년 1월호

사설(社說), 「<조선소년군>의 장래를 옹축(顒祝)홈」, 『조선일보』, 1923.3.4

사설(社說), 「<소년운동협회> 창립에 대하야」, 『조선일보』, 1923.4.30

사설(社說), 「소년운동」, 『매일신보』, 1923.4.30

소년회원(少年會員), 「민족적으로 축복할 5월 1일 '어린이'의 날」, 『천도교회월보』 제151호, 1923년 4월호

기전(起瀍), 「개벽운동과 합치되는 조선의 소년운동」, 『개벽』, 1923년 5월호

소춘(小春), 「5월 1일은 엇더한 날인가」, 『개벽』, 1923년 5월호

「소년관계자 간담회」, 『매일신보』, 1923.6.10

「(오늘 일·래일 일)'어린이날' 선전에 대하야」, 『시대일보』, 1924.4.23

이정호(李定鎬), 「민족적으로 기념할 '5월 1일'」, 『동아일보』, 1924.4.28

「어린이날 운동 – 가뎡에서도 이날을 직히자」, 『동아일보』, 1924.4.29

「5월 1일 – '오월제'와 '어린이날'」, 『동아일보』, 1924.5.1

무성(武星), 「조선 대표의 <소년군>은 어쩌케 그 회를 치럿나? – 진상에 대하야」, 『시대일보』, 1924.5.12

이정호(李定鎬), 「5월 1일 어린이날」, 『천도교회월보』 제164호, 1924년 5월호

홍순준(洪淳俊), 「장차 잘살랴면 어린이를 잘 교육」, 『매일신보』, 1924.8.31

조철호(趙喆鎬), 「<소년군>에 관하야」, 『동아일보』, 1924.10.6

「조선 소년운동」, 『동아일보』, 1925.1.1

조철호(趙喆鎬), 「<조선소년군>」, 『동아일보』, 1925.1.1

조철호(趙喆鎬), 「(寄書)<소년군>의 진의의(眞意義)」, 『동아일보』, 1925.1.28

「조선 소년운동 연혁 – 진주에서 첫소리가 나게 되여 이백여 단톄가 생기기에까지」, 『조선일보』, 1925.5.1

방정환(方定煥), 「이 깃분 날 – 어린이 부형끠 간절히 바람니다」, 『동아일보』, 1925.5.1

이정호(李定鎬), 「소년운동의 본질 – 조선의 현상과 밋 5월 1일의 의의」, 『매일신보』, 1925.5.3

「경성소년지도자 연합발기총회 의사(議事)」, 『동아일보』, 1925.5.29

이성환(李晟煥), 「소년회 이야기 – 주고 바든 몃 마듸 –」, 『어린이』 제3권 제5호, 1925년 5월호

권덕규(權悳奎), 「권두에 쓰는 두어 말」, 조철호, 『소년군 교범』, 조선소년군총본부, 1925.6

조철호(趙喆鎬), 「여(予)의 감(感)」, 조철호, 『소년군 교범』, 조선소년군총본부, 1925.6

금강도인(金剛道人), 「(독자와 기자)목적은 동일한데 방침이 각각 현수(懸殊)」, 『동아일보』,

1925.10.10

사설(社說), 「소년소녀의 웅변 금지」, 『시대일보』, 1925.10.11

김오양(金五洋), 「(자유종)소년운동을 하고(何故) 조해(阻害)?, 『동아일보』, 1926.1.27

박석윤(朴錫胤), 「영국의 소년군 - 조철호 선생에게(전5회)」, 『동아일보』, 1926.2.4~22

「어린이를 옹호하자 - 어린이데이에 대한 각 방면의 의견(전8회)」, 『매일신보』, 1926.4.5~12

논설(論說), 「어린이날」, 『조선일보』, 1926.5.1

방정환(方定煥), 「싹을 키우자」, 『조선일보』, 1926.5.1

상의, 「조선 소년운동과 어린이날」, 『조선일보』, 1926.5.1

방정환(方定煥), 「래일을 위하야 - 오월 일일을 당해서 전조선 어린이들께」, 『시대일보』, 1926.
5.2

일기자(一記者), 「'메이데'와 '어린이날'」, 『개벽』 제69호, 1926년 5월호

조철호(趙喆鎬), 「<소년군>의 필요를 논함」, 『현대평론』 창간호, 1927년 1월호

전백(全柏), 「<조선소년군>의 사회적 입각지(立脚地)(전4회)」, 『동아일보』, 1927.2.13~16

반월성인(半月城人), 「(가정부인)어린이날을 압두고 가정부인에게 부탁한다」, 『매일신보』,
1927.4.26

서문생(西門生), 「(부인시평)소년운동과 어린이날」, 『중외일보』, 1927.4.30

사설(社說), 「어린이날」, 『조선일보』, 1927.5.1

북악산인(北岳山人), 「조선소년운동의 의의 - 5월 1일을 당하야 소년운동의 소사(小史)로」, 『중
외일보』, 1927.5.1

정홍교(丁洪敎), 「소년운동의 방향전환 - '어린이날'을 당하야」, 『중외일보』, 1927.5.1

성해(星海), 「어린이날을 당하야 - 소년운동의 통일을 제언」, 『조선일보』, 1927.5.2

방정환(方定煥), 「어린이날에」, 『중외일보』, 1927.5.3

시평(時評), 「소년운동 - 사회의 주인」, 『동아일보』, 1927.5.4

사설(社說), 「어린이들의 기행렬(旗行列)」, 『동아일보』, 1927.5.5

방정환(方定煥), 「(1인1화)내가 본 바의 어린이 문데」, 『동아일보』, 1927.7.8

김태오(金泰午), 「전조선소년연합회 발기대회를 압두고 일언함(전2회)」, 『동아일보』, 1927.7.
29~30

최청곡(崔青谷), 「방향을 전환해야 할 조선소년운동(전2회)」, 『중외일보』, 1927.8.21~22

사설(社說), 「소년단체 해체에 대하야」, 『동아일보』, 1927.8.26

사설(社說), 「소년운동의 지도정신 - <소년연합회>의 창립대회를 제(際)하야」, 『조선일보』,
1927.10.17

사설(社說), 「조선의 소년운동」, 『동아일보』, 1927.10.19

유동민(劉東敏), 「(학예)무산아동 야학의 필요(전3회)」, 『중외일보』, 1927.11.10~12

홍은성(洪銀星), 「소년운동과 그의 문예운동의 이론 확립(전4회)」, 『중외일보』, 1927.12. 12~
15

홍은성(洪銀星), 「재래의 소년운동과 금후의 소년운동(전2회)」, 『조선일보』, 1928.1.1~3

김태오(金泰午), 「정묘(丁卯) 1년간 조선소년운동 - 기분운동에서 조직운동에(전2회)」, 『조선
일보』, 1928.1.11~12

김태오(金泰午), 「소년운동의 지도정신(전2회)」, 『중외일보』, 1928.1.13~14

홍은성(洪銀星), 「소년운동의 이론과 실제(전5회)」, 『중외일보』, 1928.1.15~19

최청곡(崔靑谷), 「소년운동의 당면 제 문제(전4회)」, 『조선일보』, 1928.1.19~22

방정환(方定煥), 「천도교와 유소년 문제」, 『신인간』, 1928년 1월호

홍은성(洪銀星), 「<소년연합회>의 당면임무 - 최청곡 소론을 박(駁)하야 -(전5회)」, 『조선일
　　보』, 1928.2.1~5

김태오(金泰午), 「소년운동의 당면문제 - 최청곡 군의 소론을 박(駁)함(전7회)」, 『조선일보』,
　　1928.2.8~16

조문환(曹文煥), 「특수성의 조선소년운동 - 과거 운동과 금후 문제 -(전7회)」, 『조선일보』,
　　1928. 2.22~3.4

전소성(田小惺), 「소년운동에 대한 편감(片感)」, 『신민』 제34호, 1928년 2월호

김태오(金泰午), 「인식 착란자의 배격 - 조문환 군에게 여(與)함 -(전5회)」, 『중외일보』,
　　1928.3.20~24

김태오(金泰午), 「이론투쟁과 실천적 행위 - 소년운동의 신전개를 위하야(전6회)」, 『조선일보』,
　　1928.3.25~4.5

사설(社說), 「조선의 소년운동」, 『동아일보』, 1928.3.30

사설(社說), 「어린이날」, 『동아일보』, 1928.5.6

방정환(方定煥), 「일 년 중 데일 깃쁜 날 '어린이날'을 당하야 - 가뎡에서는 이러케 보내자」,
　　『동아일보』, 1928.5.6

최청곡(崔靑谷), 「'어린이날'을 어쩌케 대할 것인가?」, 『동아일보』, 1928.5.6

고장환, 「행복을 위하야 어머니들에게 - 어린이날을 당해서 -」, 『중외일보』, 1928.5.6

정홍교(丁洪敎), 「소년지도자에게 - 어린이날을 당하야」, 『중외일보』, 1928.5.6

조문환(曹文煥)(목포소년동맹), 「(소년운동자의 '어린이날'의 감상, ◇…깃분 날을 마지하면
　　서)조선 소년과 다른 나라 소년」, 『조선일보』, 1928.5.6

조용복(趙鏞福)(조선소년문맹), 「(소년운동자의 '어린이날'의 감상, ◇…깃분 날을 마지하면
　　서)질거웁니다」, 『조선일보』, 1928.5.6

금철(琴徹)(강화소년군), 「(소년운동자의 '어린이날'의 감상, ◇…깃분 날을 마지하면서)쑤준
　　히 할 일」, 『조선일보』, 1928.5.6

홍은성(洪銀星)(아동도서관), 「(소년운동자의 '어린이날'의 감상, ◇…깃분 날을 마지하면서)
　　이날을 마지할 째에」, 『조선일보』, 1928.5.6

남천석(南千石)(개성소년연맹), 「(소년운동자의 '어린이날'의 감상, ◇…깃분 날을 마지하면
　　서)소년운동의 소년 전체화」, 『조선일보』, 1928.5.6

박해쇠(朴亥釗)(밀양소년회), 「(소년운동자의 '어린이날'의 감상, ◇…깃분 날을 마지하면서)
　　농촌소년과 도시소년 악수」, 『조선일보』, 1928.5.6

윤소성(尹小星)(시천교소년회), 「(소년운동자의 '어린이날'의 감상, ◇…깃분 날을 마지하면
　　서)결의를 잘 직힙시다」, 『조선일보』, 1928.5.6

고의성(高義誠)(무궁화사), 「(소년운동자의 '어린이날'의 감상, ◇…깃분 날을 마지하면서)전
　　선적(全鮮的)으로 직히십시다」, 『조선일보』, 1928.5.6

이원규(李元珪)(새벗사), 「(소년운동자의 '어린이날'의 감상, ◇…깃분 날을 마지하면서)합동이 깁분 일이오」, 『조선일보』, 1928.5.6

고장환(高長煥)(서울소년회), 「(소년운동자의 '어린이날'의 감상, ◇…깃분 날을 마지하면서)미래가 연맹 됩니다」, 『조선일보』, 1928.5.6

김태오(金泰午)(광주소년동맹), 「(소년운동자의 '어린이날'의 감상, ◇…깃분 날을 마지하면서)조선을 알게 합시다」, 『조선일보』, 1928.5.8

최청곡(崔靑谷), 「어린이날의 역사적 사명」, 『조선일보』, 1928.5.6

정홍교(丁洪敎), 「어린이날을 마지며 부노형자(父老兄姊)께 ◇…오날부터 이행(履行)할 여러 가지(전3회)」, 『조선일보』, 1928.5.6~9

사설(社說), 「'어린이날'에 임하야(1) - 조선 부모에게 고함」, 『조선일보』, 1928.5.6

사설(社說), 「'어린이날'에 임하야(2) - 민족성의 결함의 회고」, 『조선일보』, 1928.5.7

사설(社說), 「'어린이날'에 임하야(3) - 아동교육의 도덕적 목표」, 『조선일보』, 1928.5.8

사설(社說), 「어린이날을 보고」, 『중외일보』, 1928.5.7

김태오(金泰午), 「조선을 알게 합시다」, 『조선일보』, 1928.5.8

방정환(方定煥), 「어린이날에」, 『조선일보』, 1928.5.8

곽복산(郭福山), 「망론의 극복」, 『중외일보』, 1928.5.10

정홍교(丁洪敎), 「조선소년운동 개관 - 1주년 기념일을 당하야(전4회)」, 『조선일보』, 1928. 10.16~20

방정환(方定煥), 「조선소년운동의 사적(史的) 고찰(1)」, 『조선일보』, 1929.1.4

「(소년운동 제1기)<천도교소년회> <반도소년회>(제일성은 지방에서)어린이 애호 선전」, 『동아일보』, 1929.1.4

「(소년운동 제2기)어린이날 설정 <오월회(五月會)> 성립(총기관 조직에 매진)순회동화회 개최」, 『동아일보』, 1929.1.4

「(소년운동 제3기)연합회 창립회 준비회 조직(<오월회>는 필경 해체)이산(離散)에서 통일에」, 『동아일보』, 1929.1.4

「(소년운동 제4기)중앙통일기관 <소년총연맹>(조혼과 유년 노동 방지)이중운동을 배척」, 『동아일보』, 1929.1.4

방정환(方定煥), 「조선 소년운동의 역사적 고찰(전6회)」, 『조선일보』, 1929.5.3~14

김태오(金泰午), 「어린이날을 당하야 어린이들에게(전2회)」, 『동아일보』, 1929.5.4~5

방정환(方定煥), 「새 호주(戶主)는 어린이 - 생명의 명절 어린이날에」, 『동아일보』, 1929.5.5

사설(社說), 「어린이날」, 『동아일보』, 1929.5.5

김태오(金泰午), 「어린이날을 마지며 부형모매(父兄母妹)께!」, 『중외일보』, 1929.5.6

정홍교(丁洪敎), 「금년의 소년 데- = 지도자 제현에게 =」, 『중외일보』, 1929.5.6

최규선(崔奎善), 「소년지도자 제현(諸賢)에 - 어린이날을 당하야(하)」, 『조선일보』, 1929.5.7

사설(社說), 「조선소년운동과 지도자 문제 - 새로운 방침을 세우라」, 『동아일보』, 1929.5.10

정세진(丁世鎭), 「<소년군>의 기원과 그의 유래」, 『조선강단』 창간호, 1929년 9월호

연성흠(延星欽), 「독일 동화작가 '하우쯔'를 추억하야(전2회)」, 『중외일보』, 1929.11.19~20

김성용(金成容), 「소년운동의 조직문제(전7회)」, 『조선일보』, 1929.11.26~12.4

박팔양(朴八陽) 외, 「사회문제 원탁회의(속)(원탁회의 제7분과)소년운동」, 『조선일보』, 1930. 1.2

사설(社說), 「조선의 소년운동」, 『동아일보』, 1930.3.30

방정환(方定煥), 「아동재판의 효과 - 특히 소년회 지도자와 소학 교원 제씨에게(전2회)」, 『대조』, 1930년 3월호~5월호

정홍조(鄭紅鳥), 「'어린이 데-'를 압두고 임총(臨總) 개최를 제의함(전2회)」, 『중외일보』, 1930. 4.6~7

안정복(安丁福), 「파쟁에서 통일로 - 어린이날을 압두고(전3회)」, 『중외일보』, 1930.4.21~25

정홍교(丁洪教), 「조선소년운동 소사(小史)(1)」, 『조선일보』, 1930.5.4

김태오(金泰午) 외, 「어린이의 날」, 『조선일보』, 1930.5.4

방정환(方定煥), 「어린이날을 당하야」, 『조선일보』, 1930.5.4

고장환, 「부형모자(父兄母姊) 제씨에게」, 『조선일보』, 1930.5.4

방정환(方定煥), 「오늘이 우리의 새 명절 어린이날임니다 - 가뎡 부모님쎄 간절히 바라는 말슴」, 『중외일보』, 1930.5.4

안정복(安丁福), 「전국 동지에게 <소총(少總)> 재조직을 제의함」, 『중외일보』, 1930.6.6

두류산인(頭流山人), 「소년운동의 신진로 - 약간의 전망과 전개 방도(전5회)」, 『중외일보』, 1930.6.7~12

방정환(方定煥), 「아동문제 강연 자료」, 『학생』, 1930년 7월호

정성채(鄭聖采), 「세계 소년척후운동의 기원(紀元)」, 『아희생활』 제5권 제8호, 1930년 8월호

정성채(鄭聖采), 「조선의 소년척후」, 『아희생활』 제5권 제8호, 1930년 8월호

최청곡(崔靑谷), 「부형 사회에 드리는 몃 말삼」, 『조선일보』, 1931.1.1

정홍교(丁洪教), 「어린동무들이 새해에 생각할 일 - 장내 사회에 압잡이가 되십시다」, 『조선일보』, 1931.1.1

정홍교(丁洪教), 「(一人一文)어린이가 울고 웃음이 조선의 울고 웃음 - 크나 적으나 담합하라」, 『조선일보』, 1931.2.18

최청곡(崔靑谷), 「(一人一文)남을 위하야 일을 합시다」, 『조선일보』, 1931.2.25

사설(社說), 「조선 어린이날 - 독자 기념은 유용」, 『조선일보』, 1931.4.7

김영희(金永喜)(안준식 부인), 「(이날을 마지며, 오월 첫재 공일은 어린이날)자녀에게 욕하지 말고 자유롭게 기르자(1)」, 『조선일보』, 1931.4.21

손용화(孫溶嫿)(방정환 부인), 「(이날을 마지며, 오월 첫재 공일은 어린이날)자라는 자녀를 중추인물로 - 사 남매 양육하는(2)」, 『조선일보』, 1931.4.22

권봉렴(權奉廉)(현동완 부인), 「(이날을 마지며, 오월 첫재 공일은 어린이날)개성에 짜라서 양육을 달리하자(3)」, 『조선일보』, 1931.4.23

김정원(金貞媛)(근우회), 「(이날을 마지며, 오월 첫재 공일은 어린이날)어릴 째부터 독물에 주의!(4)」, 『조선일보』, 1931.4.25

이응섭(李應燮)(심치녕 부인), 「(이날을 마지며, 오월 첫재 공일은 어린이날)우리 집에서는 산 교훈으로 지도!(5)」, 『조선일보』, 1931.4.26

심영의(沈濚宜)(조철호 부인), 「(이날을 마지며, 오월 첫재 공일은 어린이날)부모가 연구하며

주택지를 선택(5)」,『조선일보』, 1931.4.29

사설(社說),「조선 어린이날」,『조선일보』, 1931.5.3

사설(社說),「어린이의 권리 - 사회는 이것을 보장하라」,『동아일보』, 1931.5.3

「어린이날 - 아기네를 두신 부모님들께」,『동아일보』, 1931.5.3

곡명거사,「우리 '어린이'들의 전도(前途) - 어린이날을 보내면서」,『조선일보』, 1931.5.5

안준식(安俊植),「(소년강좌)우리들의 설날, 국제 소년데-」,『별나라』통권50호, 1931년 5월호

홍순열(洪淳烈),「어린이날이란 무엇이냐」,『별나라』통권50호, 1931년 5월호

엄항(嚴響),「(실제훈련)우리들의 설날, 국제소년데를 엇더케 마지할가?」,『별나라』통권50호, 1931년 5월호

정홍교(丁洪敎),「우리의 어린이날을 국제소년 데-로 정하자!」,『어린이』제9권 제4호, 1931년 5월호

최청곡(崔靑谷),「생명의 기념일 - '어린이날'을 마즈며」,『어린이』제9권 제4호, 1931년 5월호

김기전(金起田),「(부형께 들녀 드릴 이야기)어린이날의 희망」,『어린이』제9권 제4호, 1931년 5월호

문책기자(文責記者),「(세계각국 어린이운동, 1)(현재 대원 팔백만명)씩씩하게 자라는 러시아의 피오닐 - 건강한 러시아의 아동들」,『조선일보』, 1932.1.1

정홍교(丁洪敎),「조선소년운동 개관 - 금후 운동의 전개를 망(望)함(전6회)」,『조선일보』, 1932.1.1~19

안정복(安丁福),「<소총(少總)> 침체와 그 타개책에 대하야(전5회)」,『조선일보』, 1932.2.10~24

안준식(安俊植),「어린이날준비회에 대한 공개장」,『중앙일보』, 1932.4.26

시평(時評),「어린이날 기념」,『조선일보』, 1932.5.1

정홍교(丁洪敎),「어린이날을 당하야 륙백만 동무에게 - 이날을 뜻깁히 마지합시다」,『조선일보』, 1932.5.1

안정복(安丁福),「어린이날 - 부모들은 깁히 생각하라」,『조선일보』, 1932.5.1

청곡생(靑谷生),「어린이날에 지도자 제현께 - 새 진영을 전개시키자」,『조선일보』, 1932.5.1

사설(社說),「명일의 주인」,『동아일보』, 1932.5.1

「어린이날에 가정에 고함」,『동아일보』, 1932.5.1

「어린이날의 유래와 의의」,『동아일보』, 1932.5.1

이정호(李定鎬),「(아동문제강화 4)'어린이날' 이야기」,『신여성』제6권 제5호, 1932년 5월호

이정호(李定鎬),「(5월과 어린이날)조선소년운동 소사(小史) - 금년의 어린이날을 앞두고」,『신동아』제2권 제5호, 1932년 5월호

사설(社說),「열 돌을 맞는 <조선소년군> - 씩씩한 발전을 하라」,『동아일보』, 1932.10.3

표양문(表良文),「신기사도(新騎士道) - <조선소년군>의 진로를 밝힘(전4회)」,『동아일보』, 1932.10.7~12

북악산인(北岳山人),「새해 첫 아침에 - 어린이 여러분에게」,『매일신보』, 1933.1.1

유도순(劉道順),「새해를 마즈며 - 어린 벗들에게」,『매일신보』, 1933.1.3

정성호(鄭成昊),「어린이날을 압두고 부모형매에게 - 어린아이를 잘 키웁시다(전3회)」,『조선

일보』, 1933.5.3~5

김태오(金泰午), 「어린이날을 당하야 어린이들에게 - 먼저 조선을 알고 꾸준이 힘써 뛰어나는 인물 되자(전2회)」, 『조선중앙일보』, 1933.5.6~7

정홍교(丁洪敎), 「간단한 력사 - 압흐로 엇더케 할가」, 『조선일보』, 1933.5.7

김태석(金泰晳) 외, 「소년운동자로써 부모님에게 한 말슴 - 어린이날을 마즈면서」, 『조선일보』, 1933.5.7

정성호(鄭成昊), 「오늘에 드리는 일곱 가지 조건 - 서로 맹세하고 실행합시다」, 『조선일보』, 1933.5.7

「어린이날 - 그 근본정신을 잊지 말라」, 『동아일보』, 1933.5.7

고장환(高長煥), 「소년운동 제현께 - 어린이날에 당하야(전2회)」, 『조선일보』, 1933.5.7~10

남응손(南應孫), 「새해를 마지하야 어린니에게 드리는 말슴(전2회)」, 『매일신보』, 1934.1.3~5

남응손(南應孫), 「새해를 마즈며 어린동무들에게 드리는 선물」, 『조선중앙일보』, 1934.1.5

김태오(金泰午), 「소년운동의 회고와 전망 - 1934년의 과제(전2회)」, 『조선중앙일보』, 1934.1. 14~15

노일(盧一), 「조선의 '어린이날'」, 『실생활』, 1934년 1월호

사설(社說), 「'어린이'날의 재인식 - 권위 잇는 단체를 조직하라」, 『조선일보』, 1934.4.17

고장환, 「생명의 새 명절, 조선의 '어린이날' - 열세 돐을 맞으며(전2회)」, 『동아일보』, 1934. 5.4~5

사설(社說), 「어린이날」, 『조선일보』, 1934.5.6

사설(社說), 「어린이날 어른들에게」, 『동아일보』, 1934.5.6

조철호(趙喆鎬), 「어린이운동의 역사 - 1921년부터 현재까지(전2회)」, 『동아일보』, 1934.5.6~9

이여성(李如星), 「(아동을 위하야, 기1)아동보건 문제에 대하여」, 『신가정』, 1934년 5월호

고영송(高嶺松), 「(아동을 위하야, 기2)아동도서관의 필요」, 『신가정』, 1934년 5월호

주요섭, 「(아동을 위하야, 기3)아동공원을 설치하라」, 『신가정』, 1934년 5월호

홍익범(洪翼範), 「(조선 소년운동의 방책)지도자와 자원」, 『신가정』, 1934년 5월호

현상윤(玄相允), 「(조선 소년운동의 방책)의무교육 실시」, 『신가정』, 1934년 5월호

안준식(安俊植), 「(조선 소년운동의 방책)진실한 지도자」, 『신가정』, 1934년 5월호

김두헌(金斗憲), 「(조선 소년운동의 방책)지도정신 수립」, 『신가정』, 1934년 5월호

임봉순(任鳳淳), 「(조선 소년운동의 방책)지도이론 통일」, 『신가정』, 1934년 5월호

홍효민(洪曉民), 「세계소년운동 개관」, 『신가정』, 1934년 5월호

조철호(趙喆鎬), 「<조선소년군>의 진용」, 『신가정』, 1934년 5월호

전원배(田元培), 「나치쓰 독일의 척후대인 히틀러 소년소녀단」, 『아이생활』, 1934년 8월호

김성환(金成煥), 「연길(延吉) <탈시시오연합소년회>」, 『가톨릭청년』 제2권 제10호, 가톨릭청년사, 1934년 10월호

조철호(趙喆鎬), 「조선 '어린이' 운동의 역사 - 1921년부터 현재까지」, 『실생활』, 1934년 12월호

정성채(鄭聖采), 「조선의 <뽀이스카우트>」, 『신동아』 제5권 제3호, 1935년 3월호

사설(社說), 「어린이날」, 『조선일보』, 1935.5.5

사설(社說), 「제14회 어린이날 - 어린이날의 재인식」, 『동아일보』, 1935.5.5

사설(社說), 「어린이의 총동원 - 가정에서 깨달아야 할 일」, 『조선중앙일보』, 1935.5.6

김말성(金末誠), 「조선 소년운동 급(及) 경성 시내 동(同) 단체 소개」, 『사해공론』 제1권 제1
    호, 1935년 5월호

조철호(趙喆鎬), 「<낭자군(꺼-ㄹ스카웉)>에 대하야」, 『신가정』 제3권 제11호, 1935년 11월호

남기훈(南基薰), 「뜻깊이 마지하자 '어린이날'을! - 5월 첫 공일은 우리의 명절」, 『동아일보』,
    1936.5.3

「(어린이날 특집)어린이날 - 어른들에게」, 『동아일보』, 1936.5.3

최영주(崔泳柱), 「어린이날 - 희망의 명절 생명의 명절 -」, 『조선중앙일보』, 1936.5.3

윤석중(尹石重), 「입 꼭 다물고 하낫둘 하낫둘 - 오늘은 즐거운 어린이날」, 『조선중앙일보』,
    1936.5.3

고장환(高長煥), 「'어린이날'을 직히는 뜻과 지나온 자최(전3회)」, 『매일신보』, 1936.5.3~5

사설(社說), 「어린이날의 의의」, 『조선일보』, 1936.5.4

사설(社說), 「어린이날 - 지도방침을 수립하라」, 『조선중앙일보』, 1936.5.4

남기훈(南基薰), 「어린이날을 당하야 조선 가정에 보냅니다」, 『조선중앙일보』, 1936.5.4

조철호(趙喆鎬), 「제15주년 어린이 명절을 마지하며」, 『신가정』 제4권 제5호, 1936년 5월호

황성준(黃聖準), 「연길(延吉)교구 소년운동 일별」, 『가톨릭청년』 제4권 제10호, 1936년 10월호

「(우리의 명절)어린이날」, 『조선일보』, 1938.5.1

범인(凡人), 「아동문제의 재인식」, 『비판』, 1938년 12월호

「(소년소녀)오늘은 어린이날 - 2세 국민의 기세를 노피자」, 『매일신보』, 1941.5.5

오봉환(吳鳳煥), 「<소년군>의 기원」, 『조선주보』 제1권 제4호, 1945년 11월 5-12일호 합호

이기영(李箕永), 「붉은 군대와 어린 동무」, 『별나라』 속간 제2호, 1946년 2월호

남기훈(南基薰), 「조선의 현세(現勢)와 소년지도자의 책무」, 『소년운동』 창간호, 조선소년운
    동중앙협의회, 1946년 3월호

정성호(鄭成昊), 「소년운동의 재출발과 <소협(少協)>」, 『소년운동』 창간호, 조선소년운동중
    앙협의회, 1946년 3월호

「소년단체 순례 ① - 아동극단 <호동원(好童園)>」, 『소년운동』 창간호, 조선소년운동중앙협
    의회, 1946년 3월호

지도부(指導部), 「국경일, 어린이날의 정의(定義)」, 『소년운동』 창간호, 조선소년운동중앙협의
    회, 1946년 3월호

김기전(金起田), 「소년지도자에게 주는 말 (1)」, 『소년운동』 창간호, 조선소년운동중앙협의회,
    1946년 3월호

「금년도 어린이날전국준비위원회 위원 급(及) 부서」, 『소년운동』 창간호, 조선소년운동중앙
    협의회, 1946년 3월호

김원철(金元哲), 「소년운동과 어린이날」, 『소년운동』 창간호, 조선소년운동중앙협의회, 1946
    년 3월호

「어린이날의 의의와 그 유래」, 『소년운동』 창간호, 1946년 3월호

김홍섭(金洪燮), 「문화건설의 기조 - 아동문화 건설의 의의」, 『건국공론』 제2권 제2-3합호,

1946년 4월호

사설(社說), 「어린이날을 마지며」, 『영남일보』, 1946.5.4

논설(論說), 「'어린이날'을 마지하고」, 『부산신문』, 1946.5.5

박흥민(朴興珉), 「(다시 찾은 우리 새 명절 어린이날)어린이는 명일의 주인이요 새 조선을 건설하는 생명, 오늘을 국경일로 축복하자」, 『자유신문』, 1946.5.5

사설(社說), 「어른들의 임무」, 『현대일보』, 1946.5.5

사설(社說), 「어린이날」, 『동아일보』, 1946.5.5

사설(社說), 「어린이날」, 『조선일보』, 1946.5.5

사설(社說), 「어린이날을 마지하며」, 『자유신문』, 1946.5.5

양미림(楊美林), 「어린이날의 의의」, 『중외신보』, 1946.5.5

이극로(李克魯), 「(다시 찾은 우리 새 명절 어린이날)순진과 자연성과 총명 – 훌륭한 조선 소년 소녀 소질 알라」, 『자유신문』, 1946.5.5

이동규(李東珪), 「(다시 찾은 우리 새 명절 어린이날)어른의 손에서 매를 뺏어 버리자」, 『자유신문』, 1946.5.5

최옥성(崔玉星), 「어린이날」, 『현대일보』, 1946.5.5

논설(論說), 「어린이날의 행사 성대」, 『중앙신문』, 1946.5.6

박세영, 「어린이 없는 어린이날 – 해방 뒤 첫 어린이날을 마치고」, 『주간소학생』 제15호, 1946.5.20

석촌(夕村), 「소년운동의 과거와 현재」, 『소년운동』 제2호, 조선소년운동중앙협의회, 1947년 4월호

윤재천(尹在千), 「교육자가 본 소년 보도(輔導) 문제」, 『소년운동』 제2호, 조선소년운동중앙협의회, 1947년 4월호

양재응(梁在應), 「(隨想)소년운동을 회고하며 – 고인이 된 동지를 조(吊)함 –」, 『소년운동』 제2호, 조선소년운동중앙협의회, 1947년 4월호

이단(李團), 「소년 지도자에게 일언함」, 『소년운동』 제2호, 조선소년운동중앙협의회, 1947년 4월호

이극로(李克魯), 「소년지도자에게 주는 말(2)」, 『소년운동』 제2호, 조선소년운동중앙협의회, 1947년 4월호

남기훈(南基薰), 「어린이날을 앞든 소년 지도자에게」, 『소년운동』 제2호, 조선소년운동중앙협의회, 1947년 4월호

남기훈(南基薰), 「편집을 마치고」, 『소년운동』 제2호, 조선소년운동중앙협의회, 1947년 4월호

정홍교(丁洪敎), 「소년운동 약사(略史) – 19회 어린이날을 맞이하여」, 『경향신문』, 1947.5.1

정홍교(丁洪敎), 「어린이날의 의의 – 18회 어린이날을 당하여(전3회)」, 『대동신문』, 1947.5.2~4

이헌구(李軒求), 「새나라 어린이들에게」, 『민중일보』, 1947.5.4

남기훈(南基薰), 「커 가는 어린이들」, 『민중일보』, 1947.5.4

정홍교 선생, 「'어린이날'의 내력 – 열여덜 번째의 돌을 마지며」, 『중앙신문』, 1947.5.4

양미림 선생, 「어린이날을 마지하며 어린동무들에게」, 『중앙신문』, 1947.5.4

마해송(馬海松), 「가난한 조선 어린이」, 『자유신문』, 1947.5.5

박태보(朴太甫), 「어린이날은 언제 생겼나」, 『예술신문』 제42호, 1947.5.5

사설(社說), 「어린이날을 마지하여」, 『조선일보』, 1947.5.6

조선소년중앙협의회 어린이날준비위원회, 「5월 5일은 '어린이날' - '어린이날'의 의의와 그
　　유래」, 『부인신보』, 1948.5.4

마해송(馬海松), 「'어린이날'을 위하야」, 『자유신문』, 1948.5.5

정홍교(丁洪敎), 「어린이날의 유래 - 19회 어린이날을 맞이하야」, 『민주일보』, 1948.5.5

남기훈(南基薰), 「어린이날을 맞이하야 소년지도자에게(전2회)」, 『부인신보』 제296호~제297
　　호, 1948.5.6~7

사설(社說), 「'어린이날'의 맞음 - 지순한 세계에 반성 자괴(自愧)하라」, 『경향신문』, 1949.5.5

사설(社說), 「어린이날」, 『연합신문』, 1949.5.5

정홍교(丁洪敎), 「어린이운동 소사(小史)」, 『연합신문』, 1949.5.5

늘봄, 「어린이날의 유래 - 소파 방정환 선생을 추모함」, 『동광신문』, 1949.5.5

사설(社說), 「어린이 지도이념의 확립 - 어린이날 20주년에 제(際)하여」, 『호남신문』, 1949.
　　5.5

S 기자(記者), 「어린이날의 유래」, 『호남신문』, 1949.5.5

김원룡, 「어린이날의 내력」, 『어린이나라』, 동지사아동원, 1949년 5월호

박철, 「어린이날의 유래와 의의」, 『부인신보』, 1950.5.3

사설(社說), 「어린이날」, 『자유신문』, 1950.5.5

사설(社說), 「어린이날」, 『한성일보』, 1950.5.5

김정윤(金貞允), 「아동운동의 재출발」, 『한성일보』, 1950.5.5

초연동(草緣童), 「'어린이'운동 소사(小史)」, 『연합신문』, 1950.5.5

사설(社說), 「어린이날에 제(題)함」, 『연합신문』, 1950.5.6.

[소년회순방기]

「우애와 순결에 싸혀서 자라나는 <화일(和一)샛별회>」, 『매일신보』, 1927.8.14

「무산아동의 교양 위해 노력하는 <서울소년회>」, 『매일신보』, 1927.8.15

「귀여운 소녀의 왕궁 - 생광(生光) 잇는 <가나다회>」, 『매일신보』, 1927.8.16

「조선의 희망의 새싹 뜻잇는 <취운소년회(翠雲少年會)>」, 『매일신보』, 1927.8.17

「천명(千名)의 대집단을 목표코 활약하는 <애우소년회(愛友少年會)>」, 『매일신보』, 1927.8.18

「극락화(極樂花) 쩔기 속에서 자라나는 <불교소년(佛敎少年)>」, 『매일신보』, 1927.8.19

「인왕산(仁旺山)하에 자라나는 기세 조흔 <중앙소년회(中央少年會)>」, 『매일신보』, 1927.8.20

「회관 신축, 회보 발행 은인 맛난 <명진소년(明進少年)> - 장무쇠 씨의 가상한 노력」, 『매일신
　　보』, 1927.8.22

「역사 오래고 터 잘 닥근 <천도교소년회(天道敎少年會)>의 깃븜」, 『매일신보』, 1927.8.23

「『무궁화』 고혼 향긔로 동모 찾는 <시천소년(侍天少年)>」, 『매일신보』, 1927.8.24

「특색 잇는 반성회 - <글벗소년>의 미거(美擧)」,『매일신보』, 1927.8.25
「후원회의 배경 두고 빗나가는 <여명소년(黎明少年)>」,『매일신보』, 1927.8.26
「신흥 기운이 빗나는 체부동(體府洞) <서광소년회(曙光少年會)>」,『매일신보』, 1927.8.27
「혁신의 봉화불 아래 경생된 <천진소년회(天眞少年會)>」,『매일신보』, 1927.8.28
「어린이들의 뜻잇는 모든 모임을 주최해 - <반도소년회(半島少年會)> 공적(1)」,『매일신보』,
    1927.8.30
「노동소년을 위안코자 첫가을 마지 대음악회 - 활약하는 <반도소년회(半島少年會)>(웃)」,『매
    일신보』, 1927.8.31
「갱생의 오뇌에 싸힌 <선광소년회(鮮光少年會)>의 현상」,『매일신보』, 1927.9.2
「부로(父老)들의 이해 엇기에 애를 태오는 <애조소년(愛助少年)>」,『매일신보』, 1927.9.4
「다형(多形)에서 통일로 소년기관을 포용 - <오월회(五月會)>에 과거 현재(상)」,『매일신보』,
    1927.9.6
「70만 선전지 전선(全鮮)에 널니 배포 - <오월회(五月會)>에 과거 현재(하)」,『매일신보』,
    1927.9.7

[한국 아동문학비평사 참고자료]

마해송(馬海松), 「(특집 신문화의 남상기)나와 <색동회> 시대」,『신천지』 제9권 제2호, 통권
    60호, 1954년 2월호
동아일보사, 「어린이날 역사」,『동아일보』, 1954.5.2
윤석중(尹石重), 「(작가의 유년기)『신소년』 지에 '봄'을……」,『자유문학』, 1959년 5월호
정홍교(丁洪敎), 「소년운동과 아동문학」,『자유문학』, 1959년 5월호
박목월(朴木月), 「동요 동시의 지도와 감상(鑑賞)」,『아동문학의 지도와 감상(鑑賞)』, 대한교육
    연합회, 1962.1
윤석중(尹石重), 「한국 아동문학 소사(小史)」,『아동문학의 지도와 감상』, 대한교육연합회,
    1962.1
윤석중(尹石重), 「한국 아동문학 서지」,『아동문학의 지도와 감상』, 대한교육연합회, 1962.1
윤석중(尹石重), 「동심으로 향했던 독립혼 - 한국어린이운동 약사(略史)」,『사상계』, 1962년 5
    월호
윤고종(尹鼓鍾), 「아동잡지 소사(兒童雜誌小史)」,『아동문학』 제2집, 1962년 12월호
박목월 외, 「동요와 동시는 어떻게 다른가」,『경향신문』, 1963.1.25
박목월(朴木月), 「(특집 심포지움)동요와 동시의 구분」,『아동문학』 제3집, 배영사, 1963.1
강소천(姜小泉), 「(의견 ①)같은 나무에 달리는 과일」,『아동문학』 제3집, 배영사, 1963.1
조지훈(趙芝薰), 「(의견 ②)노래와 시의 관계 - 동요와 동시의 구별을 위하여」,『아동문학』 제
    3집, 배영사, 1963.1
김동리(金東里), 「(의견 ③)동요와 동시는 형식적인 면에서밖에 구분되지 않는다」,『아동문학』
    제3집, 배영사, 1963.1

최태호, 「(의견 ④)동시와 동요의 바탕」, 『아동문학』 제3집, 배영사, 1963.1

한정동(韓晶東), 「내가 걸어온 아동문학 50년」, 『아동문학』 제7집, 1963년 12월호

윤석중(尹石重), 「(암흑기의 아동문학 자세)잡지 『어린이』와 그 시절」, 『사상계』 제165호, 1967년 1월호

어효선(魚孝善), 「(암흑기의 아동문학 자세)잡지 『붉은 져고리』와 육당(六堂)」, 『사상계』 제165호, 1967년 1월호

임인수(林仁洙), 「(암흑기의 아동문학 자세)잡지 『아이생활』과 그 시대」, 『사상계』 제165호, 1967년 1월호

이석현(李錫鉉), 「(암흑기의 아동문학 자세)『가톨릭소년』과 『빛』의 두 잡지」, 『사상계』 제165호, 1967년 1월호

윤극영(尹克榮), 「(암흑기의 아동문학 자세)<색동회>와 그 운동」, 『사상계』 제165호, 1967년 1월호

한정동(韓晶東)·이원수(李元壽), 「한국의 아동문학」, 『사상계』 제181호, 1968년 5월호

박석흥(朴錫興), 「(우리 문화)개화기서 현재까지 좌표 삼을 100년의 발자취 – 어린이와 문학 (전9회)」, 『경향신문』, 1973.5.1~6.5

윤석중(尹石重), 「한국동요문학 소사(小史)」, 『예술논문집』 제29집, 대한민국예술원, 1990

참고문헌

1. 기본 자료

『아이들보이』, 『붉은저고리』, 『소년(少年)』, 『어린이』, 『신소년』, 『별나라』, 『아이생활』, 『새벗』, 『개벽』, 『천도교회월보』, 『소년세계』, 『소년조선』, 『아이동무』, 『영데이』, 『신진소년』, 『학창』, 『동화』, 『소년』, 『소년중앙』, 『조선문단』, 『가톨릭소년』, 『가톨릭청년』, 『신여성』, 『문예광』, 『조광』, 『신동아』, 『아동문화』, 『주간소학생』(『소학생』), 『소년운동』, 『새동무』, 『아동』, 『새싹』, 『동아일보』, 『조선일보』, 『시대일보』, 『중외일보』(중앙일보, 조선중앙일보), 『매일신보』

「문예가 명록(名錄)」(『문예월간』, 1932년 1월호)
「문예가 명부(名簿)」(『조선문학』 제2권 제1호, 1934년 신년호)
「문예광(文藝狂) 집필자 방명록」(『문예광』, 1930년 2월 10일)
「문인 일람표: 조선 문인의 푸로뗼, 조선 시인 인상기」(『혜성』, 1931년 8월호)
「문필가 주소록」(『조선문예연감』, 인문사, 1940)
「별님의 모임」(『별나라』 제5권 제2호, 1930년 2-3월 합호)
「본지 집필 제가(諸家)」(『문예공론』 창간호~제2호, 1929년 5월호~6월호)
「시인 현 주소록」(『시학』 제2집, 1939년 5-6월 합호; 1939년 5월 20일 발행)
「시인소식 악인(樂人)소식」(『음악과 시』, 1930년 9월호; 1930년 8월 15일 발행)
「아동문예가 최근 동향」(『동화』, 1936년 9월호)
「아호(雅號) 별호(別號) 급(及) 필명(筆名) 예명(藝名) 일람표」(『출판대감』, 조선출판문화협회,
    1949년 4월)
「예술가 동정」(『삼천리』 제12권 제10호, 1940년 12월호)
「작가작품 연대표」(『삼천리』 제9권 제1호, 1937년 1월호)
「제(諸) 선생의 아호(雅號)」(『동화』, 1936년 12월호)
「조선 각계 인물 온·파레드: 단상의 인(人)과 필두(筆頭)의 인(人)」(『혜성』, 1931년 9월호)
「조선문단 집필 문사 주소록(전2회)」(『조선문단』 속간 제1호~제2호, 1935년 2월호, 4월호)
×××, 「이해를 보내는 집필 선생의 전모(全貌)」(『별나라』 통권79호, 1934년 12월호)
K·S생, 「1934년 작가 조명대(照明台)」(『신소년』, 1934년 4-5월 합호)
XYZ, 「집필 선생의 전모(全貌)」(『별나라』 통권80호, 1935년 1-2월 합호)
XYZ, 「풍문첩(風聞帖)」(『별나라』 통권73호, 1933년 12월호)
계용묵, 「한국문단 측면사(전3회)」(『현대문학』 제10호, 제12호~제13호, 1955년 10월호,
    1955년 12월호~1956년 1월호)

김영일, 「나의 데뷔 시절: 책 속의 주인공이 되어」(『새교육』 제34권 제8호, 1982년 8월호)

김영일, 「일제시에 자유시의 깃발을 들고 – 자유시 운동의 첫걸음」(『어린이문예』, 1979)

김태오 외, 「본지 창간 만10주년 기념 지상 집필인 좌담회」(『아이생활』, 1936년 3월호)

김팔봉, 「우리가 걸어온 30년(전5회)」(『사상계』 제61호~제65호, 1958년 8월호~12월호)

김팔봉, 「한국문단 측면사(전5회)」(『사상계』 제37호~제41호, 1956년 8월호~12월호)

남석종, 「『매신(每申)』 동요 10월 평(2)」(『매일신보』, 1930.11.12)

남응손, 「가을에 생각나는 동무들(상,하)」(『매일신보』, 1930.10.6~10.7)

남응손, 「조선의 글 쓰는 선생님들(전5회)」(『매일신보』, 1930.10.17~23)

문장사(文章社)편집부 편찬, 「조선문예가 총람」(『문장』, 1940년 1월호)

민병휘, 「문단의 신인 · 캅프」(『삼천리』 제5권 제10호, 1933년 10월호)

민병휘, 「문학풍토기 – 개성편(開城篇)」(『인문평론』, 1940년 7월호)

민병휘, 「조선문단을 지키는 청년 작가론(상)」(『신동아』 제47호, 1935년 9월호)

박영희, 「초창기의 문단 측면사(전9회)」(『현대문학』 제59호, 제60호~제65호, 1959년 8월호
～1960년 5월호)

박영희, 「평론가로서 작가에게 주는 글(제4회) 작가 엄흥섭(嚴興燮) 형에게」(『신동아』 제56
호, 1936년 6월호)

박희도, 「오호, 방정환(方定煥) 군의 묘」(『삼천리』 제23호, 1932년 2월호)

본사 A 기자, 「아동문학작가(2) 이동규(李東珪) 씨 방문기」(『신소년』, 1934년 4-5월 합호)

본사 B 기자, 「아동문학작가(1) 정청산(鄭靑山) 씨 방문기」(『신소년』, 1934년 4-5월 합호)

승응순[昇曉灘], 「조선 소년문예단체 소장사고(消長史稿)」(『신소년』, 1932년 9월호)

신고송, 「죽은 동지에게 보내는 조사(弔辭) – 나의 죽마지우 이상춘(李相春) 군」(『예술운동』
창간호, 조선예술연맹, 1945년 12월호)

쌀낭애비, 「별나라를 위한 피 · 눈물 · 쌈!! 수무방울」(『별나라』, 1927년 6월호)

엄흥섭, 「(나의 수업시대 – 작가의 올챙이때…(8) 독서에 형과도 경쟁, 소학때 동요 창작 – 『습
작시대』 전후의 삽화」(『동아일보』, 1937.7.31)

이무영, 「엄흥섭(嚴興燮)을 말함」(『조선문학』 제15호, 1939년 1월호)

이정호, 「오호 방정환(方定煥) – 그의 1주기를 맞고」(『동광』 제37호, 1932년 9월호)

일기자, 「신년벽두에 '색동회'를 축복합시다」(『신소년』, 1927년 1월호)

임화, 「평론가로서 작가에게 보내는 편지(제3회)외우 송영(宋影) 형께」(『신동아』 제55호,
1936년 5월호)

정순정(鄭殉情), 「문단 교우록 – 지나간 단상(斷想)을 모아서(전4회)」(『조선중앙일보』, 1935.
6.8~16)

조벽암, 「엄흥섭(嚴興燮) 군에게 드림 – 남풍에 실려 보내는 수상(愁想)」(『신동아』 제46호,
1935년 8월호)

주요한, 「나의 아호(雅號) · 나의 이명(異名)」(『동아일보』, 1934.3.19)

최상암, 「문단 인물론」(『신세기』, 1939년 9월호)

최영주, 「미소(微笑) 갔는가 – 도 이정호 군(悼李定鎬君)」(『문장』 제6호, 1939년 7월호)

홍구, 「아동문학 작가의 프로필」(『신소년』, 1932년 8월호)

홍효민, 「(나의 아호 나의 이명)감개무량」(『동아일보』, 1934.4.11)
홍효민, 「(한국)문단측면사(전6회)」(『현대문학』 제45호~제50호, 1958년 9월호~1959년 2월호)

2. 논문 및 평론

김경희, 「심의린의 동화운동 연구 - 옛이야기 재구성을 통한 조선어문학 교육을 중심으로」, 서울대학교 대학원 국어국문학과 박사학위 논문, 2016.2.
김봉희, 「신고송 문학 연구」, 경남대학교 국어국문학과 박사학위논문, 2007.8.
김성연, 「일본 구연동화 활동의 성립과 전파과정 연구」, 『일본근대연구』 제48호, 한국일본 근대학회, 2015.
김성연, 「越境する文學: 朝鮮兒童文學の生成と日本兒童文學者による口演童話活動」, 九州大學 比較社會文化 박사학위 논문, 2008.
김찬곤, 「김영일의 '자유시론'과 '아동자유시집' 『다람쥐』」, 『아동청소년문학연구』 제10호, 한국아동청소년문학학회, 2012.
류덕제, 「1930년대 계급주의 아동문학론의 전개 양상과 의미」, 『한국아동문학연구』 제26호, 한국아동문학학회, 2014.
류덕제, 「김기주의 『조선신동요선집』 연구」, 『아동청소년문학연구』 제23호, 한국아동청소년 문학학회, 2018.
류덕제, 「김춘강의 아동문학연구」, 『아동청소년문학연구』 제21호, 한국아동청소년문학학회, 2017.
류덕제, 「송완순의 아동문학론 연구」, 『동화와번역』 제31집, 건국대학교 동화와번역연구소, 2016.
류덕제, 「아동문학가 박아지 연구」, 『국어교육연구』 제60집, 국어교육학회, 2016.
류덕제, 「윤복진의 동요곡집 연구 - 『물새발자옥』을 중심으로」, 『국어교육연구』 제53호, 국어교육학회, 2013.
류덕제, 「윤복진의 아동문학과 월북」, 『아동청소년문학연구』 제17호, 한국아동청소년문학학회, 2015.
류덕제, 「일제강점기 계급주의 아동문학의 방향전환론과 작품적 대응양상 연구 - 『별나라』와 『신소년』을 중심으로」, 『문학교육학』 제43호, 한국문학교육학회, 2014.
류덕제, 「일제강점기 아동문학가의 필명 고찰」, 『아동청소년문학연구』 제19호, 한국아동청소년문학학회, 2016.
류덕제, 「일제강점기 유재형의 아동문학 연구」, 『국어교육연구』 제69호, 국어교육학회, 2019.
류덕제, 「최초의 동요 창작 지침서, 정열모의 『동요작법』」, 『근대서지』 제13호, 2016.
류덕제, 「황순원의 아동문학 연구」, 『국어교육연구』 제65호, 국어교육학회, 2017.
류덕제, 「『별나라』와 계급주의 아동문학의 의미」, 『국어교육연구』 제46호, 국어교육학회, 2010.
문한별, 「『조선출판경찰월보』 수록 아동 서사물의 검열 양상과 의미」, 『우리어문연구』 제64

호, 2019.5.

문한별·조영렬, 「일제강점기 문학 검열의 자의성과 적용 양상 – 아동 문학 검열의 방향성을 중심으로」, 『한국어문학국제학술포럼』 제48호, 2020.2.

민경록, 「어린이도서의 서평에 관한 연구 – 독서교육 관점으로의 접근」, 『서지학연구』 제55집, 한국서지학회, 2013.9.

박경수, 「이구월(李久月)이 나아간 아동문학의 길과 자리」, 『한국문학논총』 제65집, 한국문학회, 2013.

박경수, 「일제강점기 이주홍의 동시 연구」, 『한국문학논총』 제35집, 한국문학회, 2003.

박경수, 「일제강점기 일간지를 통해 본 경남·부산지역 아동문학(2)」, 『한국문학논총』 제40집, 한국문학회, 2005.

박금숙, 「두 작가를 동일 인물로 혼동한 문학사적 오류: 아동문학가 고한승과 다다이스트 고한용의 생애 고찰 중심으로」, 『한국아동문학연구』 제23호, 한국아동문학학회, 2012.

박세영, 「조선 아동문학의 현상과 금후 방향」, 조선문학가동맹중앙집행위원회서기국, 『건설기의 조선문학』, 백양당, 1946.

박정선, 「일제강점기 이주홍의 아동문학 매체 활동」, 『어문론총』 제59권, 한국문학언어학회, 2013.

박종수, 「차상찬(車相瓚)론」, 『한국민속학』 제28집, 한국민속학회, 1996.

박태일, 「1930년대 한국 계급주의 소년소설과 『소년소설 육인집』」, 『현대문학이론연구』 제49호, 현대문학이론학회, 2012.

박태일, 「나라 잃은 시대 후기 경남·부산지역 아동문학 – 이원수와 남대우를 중심으로」, 『한국문학논총』 제40집, 한국문학회, 2005.

사나다 히로코(眞田博子), 「'노래'가 시가 될 때까지 – 동시의 기원에 얽힌 여러 문제들」, 『문학과사회』, 1998년 가을호.

서범석, 「양우정(梁雨庭)의 시 연구」, 『국어교육』 제98호, 한국국어교육학회, 1998.

심향분·현은자, 「서평전문지에 나타난 그림책 서평 분석 연구」, 『아동학회지』 제26권 제1호, 한국아동학회, 2005.2

염희경, 「소파 방정환 연구」, 인하대학교 대학원 박사학위논문, 2007.8.

염희경, 「숨은 방정환 찾기 – 방정환의 필명 논란을 중심으로」, 『아동청소년문학연구』 제14호, 한국아동청소년문학학회, 2014.

유문선, 「총독부 사법 관료의 아나키즘 문학론: 김화산(金華山)의 삶과 문학 활동」, 『한국현대문학연구』 제18집, 한국현대문학회, 2005.

유병석, 「한국문사의 이명 색인」, 『강원대학 연구논문집』 제8집, 1974, 175~184쪽.

유병석, 「한국문사의 이명 연구」, 『문학사상』, 1974년 2월호, 251~259쪽.

유병석, 「한국문사의 이명 일람표(전7회)」, 『문학사상』, 1974년 3월호~9월호.

윤석중, 「한국동요문학 소사(小史)」, 『예술논문집』 제29집, 대한민국예술원, 1990.

윤석중, 「한국아동문학 서지(書誌)」, 대한교육연합회 편, 『아동문학의 지도와 감상』, 대한교육연합회, 1962.

윤석중, 「한국아동문학 소사(小史)」, 대한교육연합회 편, 『아동문학의 지도와 감상』, 대한교육연합회, 1962.

윤주은, 「槇本楠郎와 이주홍의 프롤레타리아 아동문학 비교연구」, 부산외국어대학교 대학원 일어일문학과 박사학위 논문, 2007.

이란주, 「어린이 자료 전문서평지 개발 방안에 관한 연구」, 『한국비블리아학회지』 제22권 제 4호, 한국비블리아학회, 2011.12.

이정석, 「방정환의 동화론 '새로 개척되는 동화에 관하야'에 대한 고찰 – 일본 타이쇼시대 동 화이론과의 영향 관계」, 『아동청소년문학연구』 제3호, 한국아동청소년문학학회, 2008. 12.

장만호, 「민족주의 아동잡지 『신소년』 연구 – 동심주의와 계급주의의 경계를 넘어서」, 『한국 학연구』 제43호, 고려대학교 한국학연구소, 2012.

장유정, 「대중가요 작사가 금능인(金陵人)의 생애와 작품 세계」, 『한국민요학』 제32호, 한국 민요학회, 2011.

장유정, 「유도순의 시집 『혈흔(血痕)의 묵화(默華)』에 관한 연구」, 『한국문학논총』 제63집, 한국문학회, 2013.

장정희, 「방정환 문학 연구」, 고려대학교 박사학위 논문, 2013.6.

장지숙, 「어린이도서 서평 매체에 관한 연구」, 『한국문헌정보학회지』 제38권 제2호, 한국문 헌정보학회, 2004.6.

전기철, 「일제하의 어린이문학 비평」, 『아침햇살』, 1996년 여름호.

제해만, 「동요와 동시에 대하여」, 『아침햇살』, 1996년 여름호.

조두섭, 「권구현의 아나키즘 문학론 연구」, 『대구어문논총』 제12호, 우리말글학회, 1993.

조영렬・문한별, 「일제하 출판 검열 자료 『불온소년소녀독물역문(不穩少年少女讀物譯文)』 (1927.11) 연구」, 『현대문학이론연구』 제77호, 2019.6.

최지훈, 「한국 아동문학비평・연구사 시론」, 『한국아동문학연구』 창간호, 한국아동문학학회, 1990.7.

최지훈, 「한국 아동문학비평사 시고」, 『한국아동문학연구』 제18호, 한국아동문학학회, 2010.

한정호, 「광복기 아동지와 경남・부산 지역 아동문학」, 『한국문학논총』 제37집, 한국문학회, 2004.

홍래성, 「권구현・김화산의 아나키스트로서의 정체성 연구」, 서울시립대학교 석사학위논문, 2014.2.

3. 단행본

강신명, 『아동가요곡선 삼백곡』, 평양: 농민생활사, 1936.

경희대학교 한국아동문학연구센터 편, 『별나라를 차져간 소녀 1~4』, 국학자료원, 2012.

경희대학교 한국아동문학연구센터 편, 『어린이의 꿈 1~3』, 국학자료원, 2012.

국립중앙도서관, 『한국 아동문학도서』, 국립중앙도서관, 1980.

권영민 편, 『한국근대문인대사전』, 아세아문화사, 1990.

권영민 편, 『한국현대문학대사전』, 서울대학교출판부, 2004.

권영민 편, 『한국현대문학사 연표(Ⅰ)』, 서울대학교출판부, 1987.

권영민, 『월북문인연구』, 문학사상사, 1989.

권영민, 『한국계급문학운동연구』, 서울대학교출판문화원, 2014.

권태호, 『국민가요집』, 희망사출판부, 1949.

김근수, 『한국잡지 개관 및 호별 목차집』, 중앙대학교, 1973.

김기주 편, 『조선신동요선집』, 평양: 동광서점, 1932.

김병철 편, 『서양문학 번역 논저 연표』, 을유문화사, 1978.

김병철, 『한국근대 서양문학이입사 연구(상, 하)』, 을유문화사, 1980~1982.

김병철, 『한국근대번역문학사 연구』, 을유문화사, 1975.

김봉희 편저, 『신고송 문학전집(1, 2)』, 소명출판, 2008.

김상덕, 『조선유희동요곡집 제1집』, 경성두루미회, 1937.

김상욱, 『어린이문학의 재발견』, 창비, 2006.

김영민, 『한국근대문학비평사』, 소명출판, 1999.

김영순, 『일본 아동문학 연구』, 채륜, 2014.

김영순, 『한일 아동문학수용사 연구』, 채륜, 2013.

김요섭 편, 『(제1권)환상과 현실』, 보진재, 1970.

김요섭 편, 『(제2권)창작기술론』, 보진재, 1970.

김요섭 편, 『(제3권)안델센 연구』, 보진재, 1971.

김요섭 편, 『(제4권)어머니의 사랑』, 보진재, 1971.

김요섭 편, 『(제5권)문학교육의 건설』, 보진재, 1971.

김요섭 편, 『(제6권)쌩 떽쥐뻬리 연구: Le petit prince를 중심하여』, 보진재, 1971.

김요섭 편, 『(제7권)동요와 시의 전망』, 보진재, 1972.

김요섭 편, 『(제8권)전래동화의 세계』, 보진재, 1972.

김요섭 편, 『(제9권)(안델센 작)그림 없는 그림책 연구』, 보진재, 1970.

김요섭 편, 『(제10권)현대일본아동문학론』, 보진재, 1974.

김윤식, 『한국 근대문예비평사 연구』, 한얼문고, 1973.

김정의, 『한국소년운동사』, 민족문화사, 1992.

김진태, 『동시 감상』, 해동문화사, 1962.

김채수, 『일본 사회주의운동과 사회주의 문학』, 고려대학교출판부, 1997.

김태오, 『설강동요집』, 한성도서주식회사, 1933.

김현식·정선태 편, 『'삐라'로 듣는 해방 직후의 목소리』, 소명출판, 2011.

단대출판부 편, 『빼앗긴 책 – 1930년대 무명 항일시선집』, 단대출판부, 1981.

대한교육연합회 편, 『아동문학의 지도와 감상』, 대한교육연합회, 1962.

도종환, 『정순철 평전』, 충청북도·옥천군·정순철기념사업회, 2011.

두전하(竇全霞), 『한·중·일 프롤레타리아 아동문학』, 소명출판, 2019.

류덕제 편, 『김기주의 '조선신동요선집'』, 역락, 2020.

류덕제 편, 『한국아동문학비평사 자료집 1~8』, 보고사, 2019~2021.

류덕제 편, 『한국현대아동문학비평자료집 1』, 소명출판, 2016.

류덕제, 『한국 현실주의 아동문학연구』, 청동거울, 2017.

류덕희, 고성휘, 『한국동요발달사』, 한성음악출판사, 1996.

류희정 엮음, 『1920년대 아동문학집(1, 2)』, 평양: 문학예술종합출판사, 1993~1994.

문한별, 『검열, 실종된 작품과 문학사의 복원』, 고려대학교 민족문화연구원, 2017.

박경수, 『아동문학의 도전과 지역 맥락: 부산·경남지역 아동문학의 재인식』, 국학자료원,
    2010.

박기혁 편, 『(비평 부 감상동요집)색진주』, 활문사, 1933.

박목월, 『동시 교실』, 아데네사, 1957.

박목월, 『동시의 세계』, 배영사, 1963.

박승극문학전집 편집위원회 엮음, 『박승극 문학전집 1 소설』, 학민사, 2001.

박승극문학전집 편집위원회 엮음, 『박승극 문학전집 2 수필』, 학민사, 2011.

박영종, 『현대 동요선』, 한길사, 1949.

박진영 편, 『신문관 번역소설 전집』, 소명출판, 2010.

박찬모 역, 『맑스 엥겔스 예술론』, 건설출판사, 1946.

박태일, 『경남·부산지역 문학 연구 1』, 청동거울, 2004.

박태일, 『한국 근대문학의 실증과 방법』, 소명출판, 2004.

박태일, 『한국 지역문학 연구』, 소명출판, 2019.

박태준, 『박태준 동요작곡집』, 음악사, 1949.

박태준, 『박태준 작곡집』, 세광출판사, 1975.

방응모 편, 『조선아동문학집』, 조선일보사출판부, 1938.

새벗사 편, 『어린이 독본』, 회동서관, 1928.

새싹사 편, 『어린이날의 유래 – 바른 역사를 위하여』, 새싹사, 1973.

손목인, 『못다 부른 타향살이: 손목인의 인생찬가』, 도서출판 Hot Wind, 1992.

송방송, 『한겨레음악인 대사전』, 보고사, 2012.

송영, 『해방 전의 조선 아동문학』, 평양: 교육도서출판사, 1956.

송하춘, 『한국 현대 장편소설 사전 1917 – 1950』, 고려대학교출판부, 2013.

신명균 편, 『(푸로레타리아동요집) 불별』, 중앙인서관, 1931.

양승국, 『한국 근대 연극비평사 연구』, 서울대학교출판문화원, 2012.

엄필진, 『조선동요집』, 창문사, 1924.

염희경, 『소파 방정환과 근대 아동문학』, 경진출판, 2014.

영신아카데미 한국학연구소 편, 『한국잡지 개관 및 호별 목차집: 해방 15년』, 중앙대학교,
    1975.

예술신문사 편, 『예술연감 – 1947년판』, 예술신문사, 1947.

오영식, 『해방기 간행도서 총목록 1945~1950』, 소명출판, 2010.

오오타케 키요미(大竹聖美), 『한일 아동문학 관계사 서설』, 청운, 2006.

오오타케 키요미(大竹聖美), 『근대 한일 아동문화와 문학 관계사(1895~1945)』, 청운, 2005.

원종찬, 『동화와 어린이』, 창비, 2004.

원종찬, 『북한의 아동문학: 주체문학에 이르는 도정』. 청동거울, 2012.

원종찬, 『아동문학과 비평정신』, 창비, 2001.

원종찬, 『한국 아동문학의 계보와 정전』, 청동거울, 2018.

원종찬, 『한국 아동문학의 쟁점』, 창비, 2010.

윤복진 엮음, 『세계명작아동문학선집』, 아동예술원, 1949.

윤복진 작시, 박태준 작곡, 『가요곡집 물새발자옥』, 교문사, 1939.

윤복진 편, 『동요곡보집』, 복명유치원하기보모강습회, 1929.

윤복진 편, 『초등용가요곡집』, 파랑새사, 1946.3.

윤복진, 『꽃초롱 별초롱』, 아동예술원, 1949.

윤복진, 『노래하는 나무』, 아동예술원, 1950.

윤복진, 『물새발자옥』, 교문사, 1939.

윤복진, 『소학생 문예독본』(3학년 치), 아동예술원, 1949.

윤석중, 『굴렁쇠: 윤석중 동요선집』, 수선사, 1948.

윤석중, 『어깨동무』, 박문서관, 1940.

윤석중, 『어린이와 한평생』, 범양사출판부, 1985.

윤석중, 『윤석중 동요선』, 박문서관, 1939.

윤석중, 『윤석중동요집』, 신구서림, 1932.

윤석중, 『잃어버린 댕기』, 계수나무회, 1933.

윤석중, 『초생달: 윤석중동요집』, 박문출판사, 1946.

이강언·조두섭, 『대구·경북 근대문인 연구』, 태학사, 1999.

이기훈·염희경·정용서, 『방정환과 '어린이'의 시대』, 청동거울, 2017.

이승훈, 『한국현대시론사 1910~1980』, 고려원, 1993.

이재면 편, 『한국동요곡전집』, 신교출판사, 1958.

이재철 편, 『한국현대아동문학 작가작품론 – 사계이재철교수 정년기념논총』, 집문당, 1997.

이재철, 『세계아동문학사전』, 계몽사, 1989.

이재철, 『한국아동문학작가론』, 개문사, 1983.

이재철, 『한국현대아동문학사』, 일지사, 1978.

이현식, 『일제 파시즘 체제하의 한국 근대문학비평 – 1930년대 후반 한국 근대문학비평 이론
　　　연구』, 소명출판, 2006.

임경석·차혜영 외, 『'개벽'에 비친 식민지 조선의 얼굴』, 도서출판 모시는 사람들, 2007.

장수경, 『학원(學園)과 학원 세대』, 소명출판, 2013.

장정희, 『한국 근대 아동문학의 형상』, 청동거울, 2014.

정삼현 편, 『아기네동산』, 아이생활사, 1938.

정순철, 『(동요곡집)갈닙피리 제1집』, 1929.

정순철, 『(동요집)참새의 노래』, 동덕여자고등보통학교, 1932.

정열모, 『동요작법』, 신소년사, 1925.

정열모, 『현대조선문예독본』, 수방각, 1929.

정영진, 『문학사의 길 찾기』, 국학자료원, 1993.

정영진, 『통한의 실종문인』, 문이당, 1989.

정창원, 『동요집』, 삼지사, 1928.

정태병, 『조선동요전집 1』, 신성문화사, 1946.

조규익, 『해방전 만주지역의 우리 시인들과 시문학』, 국학자료원, 1996.

조선동요연구협회 편, 『조선동요선집』, 박문서관, 1929.

조선문학가동맹중앙집행위원회서기국 편, 『건설기의 조선문학』, 백양당, 1946.

조선일보 편집국 편, 『조선일보 학예기사 색인(1920~1940)』, 조선일보사, 1989.

朝鮮總督府警務局圖書課, 諺文新聞の詩歌, 昭和 五年 五月.(단대출판부 편, 『빼앗긴 冊 - 1930
    년대 무명 항일시선집』, 단대출판부, 1981)

조은숙, 『한국아동문학의 형성』, 소명출판, 2009.

채택룡, 『채택룡 문집』, 연변인민출판사, 2000.

최덕교, 『한국잡지백년(전3권)』, 현암사, 2004.

최명표, 『한국근대 소년문예운동사』, 도서출판 경진, 2012.

최명표, 『한국근대 소년운동사』, 선인, 2011.

탐손 강술(講述), 강병주 필기(筆記), 『신선동화집(新撰童話集)』, 조선야소교장로회총회종교교
    육부, 1934.

편집국 편, 『세광 동요 1200곡집』, 세광음악출판사, 1979.

하동호, 『한국 근대문학의 서지 연구』, 깊은샘, 1981.

한국고음반연구회, 민속원 편저, 『유성기 음반 가사집: 콜럼비아 음반 3』, 한국고음반연구회,
    1994.

한국고음반연구회, 민속원 편저, 『유성기 음반 가사집: 콜럼비아 음반 4』, 한국고음반연구회,
    1994.

한국아동청소년문학학회 엮음, 『한국아동문학사의 재발견』, 청동거울, 2015.

한용희, 『동요 70년사 한국의 동요』, 세광음악출판사, 1994.

한용희, 『창작동요 80년』, 한국음악교육연구회, 2004.

한용희, 『한국동요음악사』, 세광음악출판사, 1988.

한정호 편, 『서덕출전집』, 도서출판 경진, 2010.

홍난파, 『조선동요백곡집 상편』, 연악회, 1930.

홍난파, 『조선동요백곡집 하편』, 연악회, 1930.(창문당서점, 1933)

Hernadi, P., 『What is Criticism?』, Bloomington: Indiana Univ. Press, 1981.(최상규 역, 『비평
    이란 무엇인가』, 정음사, 1984)

Lerer, Seth, 『Children's Literature: a reader's history, from Aesop to Harry Potter』, Chicago:
    The Univ. of Chicago Press, 2008.(강경이 역, 『어린이문학의 역사: 이솝우화부터 해
    리 포터까지』, 이론과실천, 2011)

Stacy, R. H., 『Russian Literary Criticism: A Short History』, Syracuse Univ. Press, 1975.(이항재
    역, 『러시아 문학비평사』, 한길사, 1987)

Haase, Donald ed., 『The Greenwood Encyclopedia of Folktales and Fairy Tales』, Conn:

Greenwood Publishing Group, 2008.

葛原シゲル, 『童謠敎育の理論と實際』, 東京: 隆文館, 1933.

芥川龍之介, 『蜘蛛の糸』, 東京: 春陽堂, 1932.

高橋亨, 『朝鮮の物語集, 附 俚言』, 京城: 日韓書房, 1910.

高木敏雄, 『新日本敎育昔噺』, 東京: 敬文館, 1917.

久保田宵二, 『現代童謠論』, 東京: 都村有爲堂出版部, 1923.

臼井吉見, 『大正文學史(筑摩叢書)』, 東京: 筑摩書房, 1963.(고재석・김환기 역, 『일본다이쇼문
　　　학사』, 동국대학교출판부, 2001)

金成姸, 『越境する文學: 朝鮮兒童文學の生成と日本兒童文學者による口演童話活動』, 花書院,
　　　2010.

金田一京助, 田中梅吉 外 合著, 『日本昔話集(下)』, 東京: アルス, 1929.

內山憲尚, 『日本口演童話史』, 東京: 文化書房博文社, 1972.

蘆谷蘆村, 『永遠のこどもアンダアゼン』, 東京: コズモス書院, 1925.

蘆谷重常, 『世界童話硏究』, 東京: 早稻田大學出版部, 1924.

大阪國際兒童文學館 編, 『日本兒童文學大事典(전3권)』, 東京: 大日本図書株式會社, 1994.

百瀨千尋 譯, 『童謠朝鮮』, 京城: 朝鮮童謠普及會, 1936.

百瀨千尋 編, 『諺文朝鮮童謠選集』, 東京: ポトナム社, 1936.

柄谷行人 編著, 『近代日本の批評 1(昭和篇 上)』, 東京: 講談社, 1997.(송태욱 역, 『현대일본의
　　　비평(近代日本の批評 1, 2)』, 소명출판, 2002)

柄谷行人 編著, 『近代日本の批評 2(昭和篇 下)』, 東京: 講談社, 1997.(송태욱 역, 『현대일본의
　　　비평(近代日本の批評 1, 2)』, 소명출판, 2002)

柄谷行人 編著, 『近代日本の批評 3(明治・大正篇)』, 東京: 講談社, 1998.(송태욱 역, 『근대일본
　　　의 비평』, 소명출판, 2002)

柄谷行人, 『日本近代文學の起源』, 東京: 講談社, 1980.(박유하 역, 『일본 근대문학의 기원』, 민
　　　음사, 1997)

北原白秋, 『トンボの眼玉(白秋童謠集1)』, 東京: アルス, 1919.

北原白秋, 『綠の觸角－童謠・兒童自由詩・敎育論集』, 東京: 改造社, 1929.

北原白秋, 『兒童自由詩解說(玉川文庫)』, 東京: 玉川出版部, 1946.

北原白秋, 『兒童自由詩解說』, 東京: アルス, 1933.

山崎源太郎(山崎日城), 『朝鮮の奇談と傳說』, 京城: ウツボヤ書籍店, 1920.

三輪環, 『傳說の朝鮮』, 東京: 博文館, 1919.

三好行雄, 『日本文學の近代と反近代』, 東京: 東京大學出版會, 1972.(정선태 역, 『일본문학의
　　　근대와 반근대』, 소명출판, 2002)

上野瞭, 『現代の兒童文學』, 東京: 中央公論社, 1972.(햇살과나무꾼 역, 『현대 어린이문학』, 사
　　　계절, 2003)

西條八十, 『鸚鵡と時計(赤い鳥の本 第3冊)』, 東京: 赤い鳥社, 1921.

小川未明, 『童話と隨筆』, 東京: 日本童話協會出版部, 1934.

小川未明,『童話雜感及小品』, 東京: 文化書房, 1932.

小川未明,『小學文學童話』, 東京: 竹村書房, 1937.

松村武雄 編,『支那・朝鮮・台湾 神話と傳說』, 東京: 趣味の教育普及會, 1935.

松村武雄, 西岡英雄,『朝鮮・台湾・アイヌ 童話集』, 東京: 近代社, 1929.

松村武雄,『(世界童話大系 16, 日本篇)日本童話集』, 東京: 世界童話大系刊行會, 1928.

松村武雄,『童謠及童話の研究』, 大阪: 大阪每日新聞社, 1923.

松村武雄,『童話及び兒童の研究』, 東京: 培風館, 1922.

松村武雄,『童話童謠及音樂舞踊』, 東京: 兒童保護研究會, 1923.

松村武雄,『世界童話集(下)(日本兒童文庫; 20)』, 東京: アルス, 1929.

松村武雄,『兒童教育と兒童文芸』, 東京: 培風館, 1923.

松村武雄,『支那・朝鮮・台湾 神話と傳說』, 東京: 趣味の教育普及會, 1935.

岸辺福雄,『お伽噺仕方の理論と實際』, 東京: 明治の家庭社, 1909.

嚴谷小波(漣山人),『(少年文學 제1, こがね丸』, 東京: 博文館, 1891.

嚴谷小波,『日本お伽噺集(日本兒童文庫 10)』, 東京: アルス, 1927.

野口雨情,『(雨情童謠叢書 第1編)童謠教育論』, 東京: 米本書店, 1923.

野口雨情,『(雨情童謠叢書 第2編)童謠作法講話』, 東京: 米本書店, 1924.

野口雨情,『童謠と童心芸術』, 東京: 同文館, 1925.

野口雨情,『童謠と兒童の教育』, 東京: イデア書院, 1923.

野口雨情,『童謠十講』, 東京: 金の星出版部, 1923.

野口雨情,『十五夜お月さん』, 東京: 尙文堂, 1921.

野口雨情,『兒童文芸の使命』, 東京: 兒童文化協會, 1928.

野口雨情,『雨情童謠叢書. 第1編(童謠教育論)』, 東京: 米本書店, 1923.

野口雨情,『雨情童謠叢書. 第2編(童謠作法講話)』, 東京: 米本書店, 1924.

柳田國男,『日本昔話集(上)』, 東京: アルス, 1930.

栗原幸夫,『プロレタリア文學とその時代』, 東京: インパクト出版會, 2004.(한일문학연구
　　　회 역,『프롤레타리아문학과 그 시대』, 소명출판, 2018)

日本兩親再教育協會 編,『子供研究講座 第8卷』, 東京: 先進社, 1931.

藏原惟人,『芸術論』, 東京: 中央公論社, 1932.(金永錫・金萬善・羅漢 역,『예술론』, 개척사,
　　　1948)

田島泰秀,『溫突夜話』, 京城: 教育普成株式會社, 1923.

槇本楠郎,『プロレタリア 童謠講話』, 東京: 紅玉堂書店, 1930.

槇本楠郎,『プロレタリア 兒童文學の諸問題』, 東京: 世界社, 1930.

槇本楠郎,『新兒童文學理論』, 東京: 東宛書房, 1936.

朝鮮總督府 編,『朝鮮童話集』, 京城: 株式會社大海堂(大阪屋號書店), 1924.

朝鮮總督府警務局圖書科,『諺文新聞の詩歌』(調査資料第二十輯), 1930.

中村光夫,『明治文學史(筑摩叢書)』, 東京: 筑摩書房, 1963.(고재석・김환기 역,『일본메이지문
　　　학사』, 동국대학교출판부, 2001)

仲村修 編譯,『韓國・朝鮮 兒童文學 評論集』, 東京: 明石書店, 1997.

中村亮平 編, 『朝鮮童話集』, 東京: 富山房, 1926.

秋田雨雀, 『夜明け前の歌 – エロシエンコ創作集』, 東京: 叢文閣, 1921.

坪內逍遙, 『家庭用兒童劇(第1集, 第2集, 第3集)』, 東京: 早稻田大學出版部, 1922～1924.

坪內逍遙, 『兒童教育と演劇』, 東京: 早稻田大學出版部, 1923.

平野謙, 『昭和文學史(筑摩叢書)』, 東京: 筑摩書房, 1963.(고재석·김환기 역, 『일본 쇼와문학사』, 동국대학교출판부, 2001)

河原和枝, 『子ども觀の近代 – 『赤い鳥』と '童心' の理想』, 東京: 中央公論新社, 1998.(양미화 역, 『어린이관의 근대』, 소명출판, 2007)

Grimm Brüder(田中楳吉 譯), 『グリンムの童話(獨和對譯獨逸國民文庫 第1編)』, 東京: 南山堂書店, 1914.

Aesop(小野秀雄 譯), 『エソップ物語(獨和對譯獨逸國民文庫 第2編)』, 東京: 南山堂書店, 1915.

Andersen, Hans Christian(佐久間政一 譯), 『アンデルセンの童話(獨和對譯獨逸國民文庫 第3編)』, 東京: 南山堂書店, 1915.

Hauff, Wilhelm(田中楳吉 譯), 『ハウフの童話(獨和對譯獨逸國民文庫 第4編)』, 東京: 南山堂書店, 1915.

Niebuhr, Barthold Georg(佐久間政一 譯), 『希臘英雄譚(獨和對譯獨逸國民文庫 第5編)』, 東京: 南山堂書店, 1928.

Zur Mühlen, Hermynia(林房雄 譯), 『小さいペーター』, 東京: 曉星閣, 1927.

Zur Mühlen, Hermynia(林房雄 譯), 『眞理の城(世界社會主義文學叢書)』, 東京: 南宋書院, 1928.

4. 기타

「청오 차상찬의 유묵」, 『강원일보』, 2004.9.13.

「(발굴 한국현대사 인물 11)가난·인습 떨쳐낸 '혁명과 사랑의 불꽃' – 정종명」, 『한겨레신문』, 1989.12.22.

國立國會圖書館: National Diet Library, Japan(https://www.ndl.go.jp/ko/index.html)

찾아보기

[ㄱ]

[ㄴ]

[ㄷ]

[ㅈ]

지은이 **류덕제**(柳德濟, Ryu Duckjee)

· 대구교육대학교 교수(1995~현재), 대구교육대학교 교육대학원장(2014~2015)
· 뉴저지주립대학교(The State University of New Jersey)(2004), 버지니아대학교(University of Virginia) (2012) 방문교수
· 한국아동청소년문학학회 회장(2015~2017), 국어교육학회 회장(2018~2020) 역임
· 이재철아동문학평론상 수상(2018)

　　주요 논저로는 「『별나라』와 계급주의 아동문학의 의미」(2010), 「일제강점기 계급주의 아동문학의 방향전환론과 작품적 대응양상 연구」(2014), 「윤복진의 아동문학과 월북」(2015), 「송완순의 아동문학론 연구」(2016), 「일제강점기 아동문학가의 필명 고찰」(2016) 등의 논문과, 『한국 아동청소년문학연구』(공저, 2009), 『학습자중심 문학교육의 이해』(2010), 『현실인식과 비평정신』(2014), 『한국아동문학사의 재발견』(공저, 2015), 『한국현실주의 아동문학 연구』(2017), 『김기주의 조선신동요선집』(2020), 『한국아동문학비평사 자료집(전8권)』(2019~2021) 등의 저서가 있다.

한국현대아동문학비평론 연구

초판1쇄 인쇄 2021년 4월 12일
초판1쇄 발행 2021년 4월 22일

지 은 이 류덕제
펴 낸 이 이대현
펴 낸 곳 도서출판 역락
책임편집 임애정
편　　집 이태곤 권분옥 문선희 강윤경
디 자 인 안혜진 최선주 이경진
마 케 팅 박태훈 안현진

주　　소 서울시 서초구 동광로46길 6-6 문창빌딩 2층(우 06589)
전　　화 02-3409-2060(편집), 2058(영업)
팩　　스 02-3409-2059
전자메일 youkrack@hanmail.net
홈페이지 www.youkrackbooks.com
등록번호 1999년 4월 19일 제303-2002-000014호

ISBN 979-11-6244-705-5 93810

* 정가는 뒤표지에 있습니다.